आनुषंगिक

महासमर-9

आनुषंगिक

महासमर-9

नरेन्द्र कोहली

वाणी प्रकाशन

वाणी प्रकाशन

4695, 21-ए, दरियागंज, नयी दिल्ली 110 002

फ़ोन : +91 11 23273167 फ़ैक्स : +91 11 23275710

शाखाएँ

अशोक राजपथ, पटना 800 004, बिहार

कॉफ़ी हाउस कैम्पस, महात्मा गांधी मार्ग, इलाहाबाद 211 001, उत्तर प्रदेश

महात्मा गांधी अन्तरराष्ट्रीय हिन्दी विश्वविद्यालय, वर्धा 442 001, महाराष्ट्र

सुल्तानिया रोड, मोतिया पार्क, भोपाल 462 001, मध्य प्रदेश

www.vaniprakashan.com
marketing@vaniprakashan.in
sales@vaniprakashan.in

ANUSHANGIK : MAHASAMAR-9
by Narendra Kohli

ISBN : 978-93-5072-899-4
Novel/A Story of Mahabharat

प्रथम संस्करण (श्री नरेन्द्र कोहली जी का 75वाँ जन्मदिन) 2015
द्वितीय संस्करण 2018
तृतीय संस्करण 2021

मूल्य : ₹399

थॉमसन प्रेस (इंडिया) लि. में मुद्रित

वाणी प्रकाशन का लोगो मक़बूल फ़िदा हुसेन की कूची से

आने वाली पीढ़ी के नाम...
हमारे समय के कालजयी लेखक

नरेन्द्र कोहली हिन्दी के ही नहीं अपितु तमाम भारतीय भाषाओं के उन विरले लेखकों में से एक हैं जिन्हें 'सम्पूर्ण साहित्यकार' की संज्ञा दी जा सकती है। साहित्य की लगभग सभी गद्य विधाओं—उपन्यास, कहानी, व्यंग्य, नाटक, निबन्ध, आत्मकथा तथा आलोचना इत्यादि में विपुल सृजन करने वाले नरेन्द्र कोहली अकेले ऐसे रचनाकार हैं जिनके प्रशंसकों तथा पाठकों की संख्या का सही-सही अन्दाज तथा अनुमान लगाना कठिन है।

'अभ्युदय', 'महासमर', 'सैरन्ध्री', 'हिडिम्बा', 'कुन्ती' तथा 'न भूतो न भविष्यति' जैसे आधुनिक क्लासिक या कहें कि कालजयी कृति की रचना करने वाले इस विलक्षण रचनाकार की संवेदना-परिधि में सम्पूर्ण भारतीय समाज, तमाम विविधताओं तथा जटिलताओं के साथ गम्भीर साँस लेता प्रतीत होता है। भारतीय संस्कृति के प्रत्येक पक्ष को सही परिप्रेक्ष्य में उजागर करने वाले इस साहित्यकार ने रामायण तथा महाभारत कथा को युग सापेक्ष तथा शाश्वत मानवीय अस्मिता के साथ विश्लेषित किया है। उनकी दृष्टि सम्पन्नता तथा बौद्धिक प्रखरता के आलोक में जीवन और जगत् के सभी रहस्य पाठकों के सामने एक नये संसार की तरह से प्रस्तुत हुए हैं।

कालजयी रचनाकार की सबसे बड़ी विशेषता यही होती है कि वह अपने साहित्य में एक समानान्तर संसार की रचना करते हुए जातीय स्मृतियों का एक अनमोल खजाना आनेवाली पीढ़ियों तथा अपने समकालीन समाज के लिए गढ़ता है।

यह भी कह दें कि दुनिया की महान् से महान् कृति भी समाज को सन्तुष्ट नहीं कर सकती परन्तु श्री कोहली का लेखन सभी वाद-विवादों से

परे अपने पाठक वर्ग में उतना ही पूजनीय है जितने महाकवि तुलसीदास का रामचरितमानस तथा महर्षि वेद व्यास का महाभारत।

प्राचीन के लौह तत्त्वों को भी अपनी जादुई कलम के स्पर्श से कंचन में परिवर्तित करनेवाले इस महान् रचनाकार का साहित्य आपको भूत, वर्तमान तथा भविष्य के सभी रहस्य समझने तथा परखने की दृष्टि प्रदान करता है। नरेन्द्र कोहली के साहित्य को नयी साज-सज्जा के साथ पाठकों को सौंपते हुए वाणी प्रकाशन प्रतिष्ठान स्वयं को गौरवान्वित अनुभव करता है।

–अरुण माहेश्वरी

प्रकाशक

प्रथम खण्ड

'महाभारत' के आरम्भ को, घटना तथा आख्यान-शिल्प—दोनों दृष्टियों से देखा जा सकता है। स्वयं 'महाभारत' में ही आख्यान-शिल्प की दृष्टि से इस रचना का आरम्भ तीन बार वर्णित है : प्रथम, वेदव्यास द्वारा इसकी रचना, तथा गणनायक गणेश द्वारा इसका लेखन; द्वितीय, जनमेजय के नामयज्ञ में, जनमेजय की इच्छानुसार व्यास-शिष्य वैशम्पायन द्वारा व्यास-रचित कृति का वाचन; तथा तृतीय, नैमिषारण्य में कुलपति शौनक के यज्ञ में लोमहर्षण-पुत्र उग्रश्रवा सौति द्वारा इसका आख्यान। वस्तुतः ये तीन आरम्भ-बिन्दु, 'महाभारत' को तीन भिन्न रूप प्रदान करते हैं; और ये तीन आरम्भ-बिन्दु इस तथ्य के प्रकाश में और भी महत्वपूर्ण हो जाते हैं कि विद्वान लोग व्यास-लिखित मूल ग्रन्थ 'जय' में दो बार संवर्द्धन स्वीकार करते हैं।

वेदव्यास रचित कृति का नाम 'जय' था; और उसे काव्य कहा गया है। उसका सृजन, काव्य के ही रूप में हुआ, "हिमालय की पवित्र तलहटी में पर्वतीय गुफा की भीतर धर्मात्मा व्यास जी स्नान इत्यादि से शरीर-शुद्धि करके पवित्र हो, कुश का आसन बिछाकर बैठे थे। उस समय नियम-पालनपूर्वक शान्त-चित्त हो, वे तपस्या में संलग्न थे। ध्यान-योग में स्थित हो, उन्होंने धर्मपूर्वक महाभारत-इतिहास के स्वरूप का विचार करके ज्ञान-दृष्टि द्वारा आदि से अन्त तक सब कुछ प्रत्यक्ष की भाँति देखा।" (28 तथा 29 के मध्य के श्लोक/1, आदिपर्व)

हम अनेक बार घटित घटनाओं का एकान्त में स्मरण करते हैं; अथवा पुरानी घटनाओं की चर्चा करते हैं। किन्तु, व्यास की यह स्थिति भिन्न है। यह स्मरण अथवा पुनरावलोकन मात्र नहीं है, इसमें व्यास ध्यान-योग में स्थित है और ज्ञान-दृष्टि द्वारा धर्मपूर्वक महाभारत-इतिहास के स्वरूप पर विचार कर रहे हैं। यह वस्तुतः रचना का गर्भाधान है। अभी रचना को अभिव्यक्त नहीं किया गया है, न उसे शब्दबद्ध किया गया है, न लिपिबद्ध—किन्तु, व्यास ने उसे मन में रच लिया है। वे ब्रह्मा से कहते हैं, "मैंने सम्पूर्ण लोकों से अत्यन्त पूजित एक महाकाव्य की रचना की है। ब्रह्मन! मैंने इस महाकाव्य में सम्पूर्ण

वेदों का गुप्ततम रहस्य तथा अन्य सब शास्त्रों का सार संकलित करके स्थापित कर दिया है। केवल वेदों को ही नहीं, उनके अंग एवं उपनिषदों का भी इसमें विस्तार से निरूपण किया है। इस ग्रन्थ में इतिहास और पुराणों का मन्थन करके उनका प्रशस्त रूप प्रकट किया है।" (61-63/1, आदिपर्व) और फिर ब्रह्मा के ही परामर्श के अनुसार उन्होंने गणेश से कहा, "गणनायक! आप मेरे द्वारा निर्मित इस 'महाभारत' ग्रन्थ के लेखक बन जाइये। मैं बोलकर लिखाता जाऊँगा। मैंने मन-ही-मन इसकी रचना कर ली है।" (77/1, आदिपर्व)

'महाभारत' सम्बन्धी आज की मान्यताओं के अनुसार व्यास द्वारा रचित उस प्रथम रचना का नाम 'जय' था; किन्तु इस श्लोक में उसे 'महाभारत' ग्रन्थ कहा गया है। बहुत सम्भव है कि यह श्लोक भी बाद के किसी संवर्द्धन का ही अंग हो; क्योंकि ग्रन्थ का नाम 'जय' से 'महाभारत' तो हो सकता है, 'महाभारत' से 'जय' नहीं हो सकता। फिर भी इतना स्पष्ट है कि वह कृति 'काव्य' है। ब्रह्मा कहते हैं, "तुमने अपनी रचना को काव्य कहा है, इसलिए अब यह काव्य नाम से ही प्रसिद्ध होगी।" (72/1, आदिपर्व) किन्तु यह काव्य, इतिहास पर आधृत है और इसमें वेदों, उपनिषदों तथा पुराणों का तत्त्व भी सम्मिलित किया गया है। अतः यह इतिहास का आलेखमात्र नहीं है, यह घटनाओं का वर्णनमात्र नहीं है—यह एक काव्य है, जिसकी वेदव्यास ने रचना की है। रचना वे रच चुके हैं, अतः किसी की इच्छा, प्रसन्नता अथवा आवश्यकता के अनुसार उसके रूप में परिवर्तन नहीं होगा। यह उन्होंने किसी व्यक्ति अथवा समुदाय को ध्यान में रखकर किसी अवसर अथवा आवश्यकता-विशेष के लिए नहीं रची है। वे किसी से सम्बोधित नहीं हैं। उन्होंने इसकी रचना स्वान्तःसुखाय ही की है। उनके सम्मुख कोई श्रोता नहीं है, केवल उनके लिपिकार अथवा लेखक, गणपति गणेश बैठे हैं। इसलिए इस रचना का कोई तात्कालिक लक्ष्य अथवा उद्देश्य नहीं है। किसी व्यक्ति अथवा समुदाय को किसी एक विशिष्ट स्थिति से उबारने, किसी समस्या का समाधान करने, अथवा किसी विशिष्ट जीवन-दृष्टि की स्थापना का प्रयास नहीं है। वह एक काव्य है, जिसमें काव्य के साधारण धर्म का पालन किया गया है।

इस कृति का नाम है 'जय'। असत्य पर सत्य की जय, अधर्म पर धर्म की जय। क्योंकि इसके विपरीत की स्थापना करने की आवश्यकता किसी और को हो तो हो, कवि को नहीं है। कवि के रूप में व्यास ने भी यही किया। अतः इस दृष्टि से इस मूल रचना 'जय' में घटनाओं की दृष्टि से कौरवों तथा पांडवों के युद्ध का वर्णन किया गया होगा, जिसमें पांडवों की विजय का उल्लासपूर्ण चित्रण होगा। इसमें पांडवों की वीरता और उनके गुणों को प्रस्तुत किया गया

होगा, ताकि पाठकों के संस्कारों का परिष्कार हो। यह एक कवि की रचना होगी, जिसमें काव्य के गुणों का समावेश ही नहीं, उनका महत्व भी होगा। अतः इसमें घटना की दृष्टि से युद्ध के पश्चात् विजयी होकर पांडवों द्वारा प्रजा के पालन और जीवन के सुखों के भोग का चित्रण होगा। क्षत्रिय कर्मों की प्रशंसा होगी। युद्ध-कर्म पर प्रश्नचिह्न नहीं लगाया गया होगा। उसके विषय में संशय नहीं प्रकट किया गया होगा। स्वयं वासुदेव कृष्ण जिस युद्ध की प्रेरणा थे, जिसे वे धर्म-युद्ध मानते थे, जिस युद्ध में पांडवों की विजय के लिए वे अर्जुन के सारथी बने थे—उस युद्ध को व्यास ने निरर्थक नहीं माना होगा। यद्यपि 'महाभारत' को बाद में आरण्यक संस्कृति का ग्रन्थ कहा गया है, किन्तु 'जय' शीर्षक धारण करनेवाला काव्य आरण्यक-संस्कृति का वाहक नहीं रहा होगा।

महाभारत जैसे युद्ध-काव्य में रुरु और डुडुम्भ के वार्तालाप के माध्यम से 'अहिंसा' की महत्ता का प्रवेश कराया गया है और रुरु की जिज्ञासा के फलस्वरूप उसे जनमेजय की कथा सुनायी गयी है। यह कदाचित् 'भारत' इतिहास का आरम्भ है। किन्तु 'भारत' इतिहास की रचना किसी एकान्त स्थान पर बैठकर किसी कवि की अन्तर्प्रेरणा तथा आत्म-सन्तोष के लिए नहीं हुई है। अब 'जय' नामक काव्य एक विशिष्ट सन्दर्भ से जुड़ गया है। काव्य के स्थान पर इतिहास प्रमुख हो गया है। आर्यों और नागों में शत्रुता की चरम स्थिति पहुँच चुकी है। हस्तिनापुर के आर्य सम्राट जनमेजय ने अपनी प्रतिहिंसा में नागों को समूल नष्ट करने का संकल्प किया है। वह एक बड़े जातीय युद्ध के द्वार पर खड़ा है। ऐसे में वह अपने पूर्वजों का गौरवगान सुनना चाहता है। युद्ध से पहले उनकी वीरता को अनुभव करना चाहता है।

उन घटनाओं के प्रत्यक्ष द्रष्टा तथा काव्य के रूप में उनका स्रष्टा वेदव्यास स्वयं वहाँ विद्यमान हैं। जनमेजय उनसे वह काव्य सुनना चाहता है। उपर्युक्त अवसर पर उसे सुनने का उद्देश्य मात्र रसास्वादन नहीं है। नागों के विरुद्ध इस युद्ध का औचित्य सिद्ध करने तथा अपने लिए युद्धोन्माद का बल पाने के लिए वह 'जय' काव्य सुनना चाहता है।

किन्तु वेदव्यास के लिए जनमेजय और नागों का युद्ध, धर्म और अधर्म का युद्ध नहीं था। वह जातीय युद्ध था, जिसमें एक जाति प्रतिशोध के लिए प्रतिहिंसावश अपने शस्त्र बल से दूसरी जाति को मिटा देना चाहती थी। निश्चित रूप से वेदव्यास, एक ओर आर्य सम्राट जनमेजय का उत्साह खंडित नहीं करना चाहते होंगे और दूसरी ओर युद्धोन्माद की अग्नि को प्रचंड करना भी श्रेयस्कर नहीं मानते होंगे। उन्होंने कौरवों और पांडवों के युद्ध में धर्म की विजय का उद्‌घोष किया था। यदि सम्भव होता तो स्वयं वासुदेव कृष्ण और

कृष्ण द्वैपायन व्यास युद्ध के स्थान पर धर्माश्रित सन्धि ही चाहते। दुर्योधन ने उसे सम्भव नहीं होने दिया; किन्तु आर्यों तथा नागों में प्रश्न धर्म और अधर्म पक्ष का नहीं था। यहाँ भेद जाति का था और व्यक्ति की प्रतिहिंसा जाति का द्वेष बन गयी थी। दोनों जातियाँ प्रतिशोध का भाव त्यागकर क्षमा और उदारता के आधार पर सन्धि कर सकती थीं। उस समय वेदव्यास ने आर्यों और नागों में किसी सम्मानजनक सन्धि की ही कामना की होगी।

उन्होंने अपने शिष्य से कहा, "वैशम्पायन! पूर्वकाल में कौरवों और पांडवों में जिस प्रकार फूट पड़ी थी, जिसे तुम मुझसे सुन चुके हो, यह सब इन राजा जनमेजय को सुनाओ।" (22/60, आदिपर्व)

महाभारत के वर्णन के अनुसार, "उस समय गुरुदेव व्यासजी की आज्ञा पाकर विप्रवर वैशम्पायन ने राजा जनमेजय, सभासदगण तथा अन्य सब भूपालों से कौरवों-पांडवों में जिस प्रकार फूट पड़ी थी और उनका सर्वनाश हुआ—वह सब पुरातन इतिहास कहना आरम्भ किया।" (23-24/60, आदिपर्व)

अब यह इतिहास है—'भारत' इतिहास! इसे काव्य नहीं कहा गया। इस इतिहास के मूल में फूट की चर्चा है, फूट के कारण युद्ध और युद्ध के कारण सर्वनाश का उल्लेख है। निश्चित रूप से सर्वनाश करनेवाले 'युद्ध' का समर्थन न वेदव्यास करेंगे, न उनके शिष्य वैशम्पायन; किन्तु एक क्षत्रिय राजा के सम्मुख वे युद्ध का निषेध भी नहीं कर सकते। अतः युद्ध के परिणामों के प्रति सावधान करने के लिए युद्धोन्मुख राजा ही सर्वोत्तम पात्र है। वैशम्पायन कहते हैं, "जनमेजय! तुम इस महाभारत कथा को सुनने के लिए उत्तम पात्र हो और मुझे यह कथा उपलब्ध है, तथा श्रीगुरुजी के मुखारविन्द से मुझे यह आदेश भी मिल गया है कि मैं तुम्हें यह कथा सुनाऊँ। इससे मेरे मन को बड़ा उत्साह प्राप्त होता है। राजन्! जिस प्रकार कौरव और पांडवों में फूट पड़ी—वह प्रसंग सुनो। राज्य के लिए जो जुआ खेला गया, उससे उनमें फूट हुई और उसी के कारण पांडवों का वनवास हुआ। भरतश्रेष्ठ! फिर जिस प्रकार पृथ्वी के वीरों का विनाश करनेवाला महाभारत युद्ध हुआ, वह तुम्हारे प्रश्न के अनुसार तुमसे कहता हूँ, सुनो।" (3-5/61, आदिपर्व)

इस उक्ति में वैशम्पायन बहुत सावधान हैं। वे यह स्वीकार कर रहे हैं कि युद्ध का मूल कारण राज्य है, उस राज्य के कारण फूट पड़ी और युद्ध हुआ; किन्तु युद्ध से समस्या का समाधान हुआ या नहीं, सर्वनाश अवश्य हुआ। वैशम्पायन द्वारा सुनाये जा रहे 'भारत' में युद्ध को क्षत्रिय के काम्य लक्ष्य के स्थान पर विनाशकारी कर्म के रूप में रेखांकित किया जा रहा है। यहीं से महाभारत में 'युद्ध' को किसी समस्या के समाधान के रूप में स्वीकार किया

जाता तो आर्यों और नागों में भयंकर युद्ध होता जिसमें सम्भवतः आर्यों की भी बहुत भारी क्षति होती; किन्तु नागों का तो सर्वनाश होकर ही रहता। इसलिए सारे चिन्तकों तथा मनीषियों के द्वारा युद्ध के स्थान पर राजनीतिक समाधान को ही वरीयता दी गयी। जनमेजय ने आस्तीक को वरदान दिया। तक्षक को क्षमा किया गया; और नागों को सुखपूर्वक रहने की अनुमति दी गयी।

दृष्टिकोण के इस परिवर्तन का प्रभाव कथा की रूपरेखा पर भी पड़ा होगा। वैशम्पायन की कथा में युधिष्ठिर को युद्ध के लिए और भी अनिच्छुक दिखाया गया होगा। युधिष्ठिर में आनृशंसता के भाव की वृद्धि की गयी होगी और सबसे बड़ी बात है विजय के पश्चात् भी निराशा, दुख तथा विषाद का हाथ लगना दिखाया गया होगा, जिससे युद्ध के प्रति उत्साह न बढ़े और युद्ध को विजय, उल्लास तथा सुख-भोग का सरल मार्ग न माना जाये। सम्भव है कि युद्धोपरान्त निराशा तथा हताशा के सारे प्रसंग इसी अवसर पर या तो रचकर जोड़े गये हों; अथवा उन्हें रेखांकित कर विषाद का रंग गाढ़ा किया गया हो।

यहाँ एक आपत्ति यह की जा सकती है कि महाभारत के वर्णन के अनुसार, जनमेजय द्वारा यज्ञ रोक दिये जाने तथा तक्षक को क्षमा कर दिये जाने के पश्चात् वेदव्यास का पदार्पण होता है। ऐसी स्थिति में यह कैसे माना जा सकता है कि यह प्रभाव वैशम्पायन द्वारा सुनायी गयी कथा का था?

पहली बात तो यही है कि तर्क-संगत निष्कर्ष निकालने के लिए पुराण कथाओं की शिथिलता को भी ध्यान में रखना चाहिए। दूसरी बात यह है कि 'महाभारत' में भी यह स्पष्ट है कि वेदव्यास नाग-यज्ञ में ही पधारे थे। 'महाभारत' कथा सुनने के अन्त तक आस्तीक भी वहीं था और कथा की समाप्ति के पश्चात् ही यज्ञ को पूर्णतः समाप्त घोषित किया गया था और जनमेजय तक्षशिला से हस्तिनापुर लौटा था। न तो वेदव्यास टहलते हुए तक्षशिला पहुँचे थे और न ही वे इस तथ्य से अनभिज्ञ थे कि जनमेजय नाग-यज्ञ कर रहा है। यदि आस्तीक ने अपने उद्यम द्वारा यज्ञ को समाप्त करवा दिया होता तो जनमेजय महाभारत की कथा सुनने के लिए वहाँ बैठा नहीं रहता। वस्तुतः महाभारत की कथा जनमेजय को यज्ञ के मध्य ही सुनायी गयी, जिससे उसकी समझ में आया होगा कि युद्ध से समस्याओं का समाधान नहीं होता।

वैशम्पायन द्वारा सुनाये गये इस 'भारत' इतिहास में निश्चय ही हिंसा तथा प्रतिहिंसा के अवमूल्यन का प्रयत्न किया गया होगा और अहिंसा की महिमा को स्थापित किया गया होगा।

महाभारत का तृतीय आरम्भ जिस परिवेश में हुआ है, उसका वर्णन स्वयं महाभारत में इस प्रकार है : "एक समय की बात है। नैमिषारण्य में कुलपति

शौनक के बारह वर्षों से चलते रहनेवाले सत्र में जब उत्तम एवं कठोर ब्रह्मचर्य आदि व्रतों को पालन करनेवाले ब्रह्मर्षिगण अवकाश के समय सुखपूर्वक बैठे थे, सूत-कुल को आनन्दित करनेवाले लोमहर्षण-पुत्र उग्रश्रवा सौति स्वयं कौतूहलवश उन ब्रह्मर्षियों के समीप बड़े विनीत भाव से आये। वे पुराणों के विद्वान और कथावाचक थे। उस समय नैमिषारण्य वासियों के आश्रम में पधारे हुए उन उग्रश्रवाजी को उनसे चित्र-विचित्र कथाएँ सुनने के लिए सब तपस्वियों ने वहीं घेर लिया।" (1-3/1, आदिपर्व)

इस वक्तव्य में अनेक बातें ध्यातव्य हैं। प्रथम तो यह नैमिषारण्य में कुलपति शौनक का आश्रम है, जहाँ सांसारिक चर्चाएँ नहीं होतीं। दूसरे, जो श्रोता वहाँ एकत्रित हैं वे ब्रह्मषि हैं। उनके जीवन का लक्ष्य ब्रह्म-प्राप्ति है। फिर वे लोग इस समय कुलपति शौनक के बारह वर्षों तक चलनेवाले सत्र में पधारे हैं। निश्चित रूप से इस समय उनके मन और भी अधिक एकाग्र हैं तथा अपने लक्ष्य के प्रति और भी अनुकूलित हैं। इस समय वे कोई साधारण काव्य नहीं सुनना चाहते होंगे, न उनकी इच्छा युद्ध तथा शान्ति की समस्याओं पर वक्तव्य सुनने की होगी। वे अवकाश के क्षणों में हैं, अतः सम्भव है वे कुछ बौद्धिक मनोरंजन भी चाहते हों।

सौति उग्रश्रवा उन्हीं से पूछते हैं कि वे क्या सुनना चाहते हैं, क्योंकि श्रव्यकाव्य तथा कथावाचन की परम्परा में वाचक से भी अधिक महत्त्वपूर्ण श्रोता का व्यक्तित्व, उसकी मनःस्थिति तथा उसकी तत्कालीन आवश्यकता है। उग्रश्रवा पूछते हैं, "इस समय आप सभी स्नान, सन्ध्या-वन्दन, जप तथा अग्निहोत्र आदि करके, शुद्ध हो, अपने-अपने आसन पर स्वस्थ चित्त से विराजमान हैं। आज्ञा कीजिये, मैं आप लोगों को क्या सुनाऊँ? क्या मैं आप लोगों को धर्म और अर्थ के गूढ़ रहस्य से युक्त अन्तःकरण को शुद्ध करनेवाली भिन्न-भिन्न पुराणों की कथा सुनाऊँ अथवा उदार चरित महानुभाव ऋषियों एवं स्मृतियों का पवित्र इतिहास?" (15-16/1, आदिपर्व)

ऋषियों ने अपनी रुचि प्रकट करते हुए कहा, "उग्रश्रवाजी! परमर्षि द्वैपायन ने जिस प्राचीन इतिहास-रूप पुराण का वर्णन किया है, और देवताओं तथा ऋषियों ने अपने-अपने लोक में श्रवण करके जिसकी भूरि-भूरि प्रशंसा की है, जो आख्यानों में सर्वश्रेष्ठ है, जिसका एक-एक पद, वाक्य एवं पर्व, विचित्र शब्द-विन्यास और रमणीय अर्थ से पूर्ण है, जिसमें आत्मा-परमात्मा के सूक्ष्म-स्वरूप का निर्णय एवं उनके अनुभव के लिए अनुकूल युक्तियाँ भरी हुई हैं और जो सम्पूर्ण वेदों के तात्पर्यानुकूल अर्थ से अलंकृत है, उस भारत इतिहास की परम पुण्यमयी, ग्रन्थ के गुप्त भावों को स्पष्ट करनेवाली, पदों-वाक्यों की

व्युत्पति से मुक्त, सब शास्त्रों के अभिप्राय के अनुकूल और उनसे समर्थित जो अद्भुतकर्म व्यास की संहिता है, उसे हम सुनना चाहते हैं। अवश्य ही वह चारों वेदों के अर्थों से भरी हुई तथा पुण्यस्वरूपा है। पाप और भय का नाश करनेवाली है।" (17-21/1, आदिपर्व)

स्पष्टतः इसमें इस कृति को 'इतिहास' कहा गया है। वस्तुतः 'जय' काव्य के पश्चात् यह कृति 'भारत' नामक इतिहास हो गयी–इसमें कोई संशय नहीं है; किन्तु यह इतिहास, साधारण इतिहास नहीं है। इसमें अन्य अनेक गुणों के साथ-साथ 'आत्मा-परमात्मा के सूक्ष्म-स्वरूप को निर्णय एवं उनके अनुभव के लिए अनुकूल युक्तियाँ भरी हुई हैं।' उग्रश्रवा के श्रोताओं की सबसे अधिक रुचि 'आत्मा-परमात्मा के स्वरूप' और उनके अनुभव की युक्तियों में ही हो सकती है। "उग्रश्रवा एक कुशल वक्ता थे। इस प्रकार प्रश्न किये जाने पर वे शुद्ध अन्तःकरणवाले मुनियों की उस विशाल सभा में ऋषियों तथा राजाओं से सम्बन्ध रखनेवाली उत्तम तथा यथार्थ कथा कहने लगे।" (8/1, आदिपर्व) मुझे लगता है कि इस तीसरे वचन ने इस कृति को 'भारत' से 'महाभारत' बना दिया। इसमें या तो इतिहास रह गया या अध्यात्म। उग्रश्रवा ने कहा, "शौनकजी! आपके इस सत्संग सत्र में यह जो उत्तम इतिहास 'महाभारत' सुना रहा हूँ, यह जनमेजय के सत्र-यज्ञ में व्यासजी के बुद्धिमान शिष्य वैशम्पायनजी के द्वारा भी वर्णित किया गया था।" (33/1, आदिपर्व) बहुत सम्भव है कि कुशल वक्ता और कथावाचक उग्रश्रवा ने इसमें अपनी दृष्टि के अनुकूल अनेक ऐतिहासिक-पौराणिक कथाएँ जोड़ी हों। उन्होंने कहा, "जैसे भोजन किये बिना शरीर-निर्वाह सम्भव नहीं है, वैसे ही इतिहास का आश्रय लियें बिना, पृथ्वी पर कोई कथा नहीं है।" (33/1, आदिपर्व) किन्तु यह इतिहास उग्रश्रवा के लिए साध्य नहीं था, वह मात्र साधन ही था। सम्भवतः संवर्धन के इसी चरण में महाभारत की कथा मर्त्यलोक से स्वर्गलोक तक पहुँच गयी। युधिष्ठिर आनृशंसता से भी आगे बढ़कर समदृष्टि को प्राप्त हो चुका था, जो अपने भाइयों को स्वर्गरोहण के समय गिरते हुए देखकर भी विचलित नहीं होता तथा अपने साथ आये हुए कुत्ते का त्याग कर स्वर्ग भी प्राप्त करना नहीं चाहता। यह उद्देश्य कदाचित् आध्यात्मिक चिन्तन से उद्भूत है, वह भौतिक भोगों की निरर्थकता तथा अधिकार के लिए लड़े गये युद्धों के लिए की गयी हिंसा की निस्सारता चित्रित कर, मनुष्य को अपनी सीमाओं–काम, क्रोध, लोभ, मोह इत्यादि से ऊपर उठकर एक दिव्य जीवन की ओर बढ़ने के लिए प्रेरित करता है। इस संसार में जो कुछ होता है, कदाचित् वह माया है, क्योंकि स्वर्ग में सब कुछ वैसे का वैसा ही विद्यमान है। यहाँ के सारे पात्र वहाँ हैं। इतने संघर्ष के

पश्चात् जहाँ धृतराष्ट्र युधिष्ठिर पहुँचते हैं, दुर्योधन वहाँ पहले से ही विद्यमान है। इसके पश्चात् किसी कर्म अथवा घटना का कोई अर्थ नहीं रह जाता। भौतिक धरातल पर जो कुछ भी यहाँ घटित हो रहा है, वह सब निस्सार है—यह चिन्तन कदाचित् आरण्यक संस्कृति का ही परिणाम है।

इस सारे विश्लेषण पर यह कहकर आपत्ति की जा सकती है कि इस प्रकार महाभारत को तीन बार कहा और सुना जाना, प्राचीन ग्रन्थकारों का एक आख्यान-शिल्प मात्र था—सचमुच ग्रन्थ तीन बार सुनाया और सुना नहीं गया था।

वाल्मीकि-रामायण के अनुसार नारद ने सर्वप्रथम, राम के जन्म से भी पहले, ऋषि वाल्मीकि को राम का चरित्र सुनाया था। ऋषि ने उस चरित्र के विषय में काव्य की रचना की थी, और फिर लव-कुश ने उस कृति का गायन अयोध्या की राजसभा में किया था। तुलसीदास के 'रामचरितमानस' में उस कृति की रचना महादेव शिव ने की थी 'प्रथम महेश रचि मानस राखा', उन्होंने वह कथा पार्वती को सुनायी थी। उसी कथा को काक भुषुंडी ने गरुड़ को सुनाया। वही कथा भारद्वाज मुनि ने याज्ञवल्क्य को सुनायी, और अन्ततः उसी रामकथा को तुलसी के गुरु नरहरिदास ने उन्हें सुनाया और तुलसी ने उस कथा को काव्य-बद्ध किया।

इसी प्रकार अन्य प्राचीन और मध्यकालीन ग्रन्थों में से और भी उदाहरण लिये जा सकते हैं। हम देखते हैं कि यह उनकी आख्यान-शिल्प की एक रूढ़ि है कि कथा की रचना करनेवाला कृतिकार सीधे-साधे स्वयं कथा नहीं सुनाता वरन् एक ऐसा आख्यान-शिल्प अंगीकार करता है, जिसमें एक से अधिक कथावाचक और श्रोताओं के युगल होते हैं। इस शिल्प के अपने कुछ लाभ हैं, और स्वयं कृतिकार भी इस कथा का एक पात्र बन जाता है। यह समानता होने के बावजूद यदि हम उनकी तुलना करें, तो हमें उनसे कुछ-न-कुछ अन्तर दिखायी पड़ता ही है। तुलसीदास के रामचरितमानस के अनुसार, रामकथा की रचना चाहे महादेव शिव ने की, किन्तु जो ग्रन्थ हमारे हाथों में है, वह तुलसी का लिखा हुआ ही है। शेष वक्ता और श्रोता उनसे पहले हो चुके हैं। इसलिए हम कह सकते हैं कि तुलसी की रचना में कोई परिवर्तन, संवर्धन अथवा परिवर्धन नहीं हुआ है। वाल्मीकि-रामायण में ऋषि वाल्मीकि को जब नारद ने रामचरित्र सुनाया, उस समय तक पृथ्वी पर राम का अवतार नहीं हुआ था, और वाल्मीकि ने उस चरित्र को काव्य का रूप दिया, जिसे उनके अल्पव्यवस्क शिष्यों—लव-कुश ने राम की राजसभा में सुनाया। इसमें भी किसी संवर्धन अथवा परिवर्तन की सम्भावना नहीं है, क्योंकि लव और कुश बालक हैं, अपने गुरु की वाणी सुना

रहे हैं, और काव्य-रचना की क्षमता का परिचय उन्होंने नहीं दिया है।

किन्तु महाभारत की स्थिति कुछ भिन्न है। इसमें स्वयं व्यास ने रचना कर गणेश की सहायता से उसे लिपिबद्ध कर एक विशेष अवसर पर प्रकाशित भी कर दिया है। दूसरी बार एक लम्बे अन्तराल के पश्चात् जनमेजय के नाग-यज्ञ में उस कथा का वाचन हुआ है, और यह वाचन व्यास के एक शिष्य वैशम्पायन ने किया है। वैशम्पायन, लव-कुश के समान बालक नहीं हैं। व्यास के चार प्रमुख शिष्यों में से वैशम्पायन एक हैं। शेष को यह अवसर नहीं कराया गया : या तो वे लोग वहाँ उपस्थित नहीं थे अथवा वे उतने कुशल वाचक नहीं थे। वैशम्पायन ने जो सुनाया, वह इतिहास था—भारत इतिहास। वह व्यास का काव्य ही नहीं था। इस भारत इतिहास में व्यास की काव्य-रचना के बाद के भी अनेक प्रसंग जुड़े हुए हैं जिनमें स्वयं वेदव्यास भी एक चरित्र हैं। तीसरी बार शौनक के यज्ञ में इसे सुनानेवाले एक कुशल कथावाचक उग्रश्रवा सौति हैं, जो इस क्षेत्र के प्रतिभावान तथा समर्थ व्यक्ति हैं। उन्होंने जो कथा सुनायी, उसमें व्यास ही नहीं, वैशम्पायन तथा जनमेजय भी पात्र के रूप में सम्मिलित कर लिये गये हैं।

एक और महत्त्वपूर्ण अन्तर यह है कि वाल्मीकि की रचना एक ही बार लव-कुश के द्वारा सुनायी गयी। उसके श्रोता ने उसे सुनने को कोई आग्रह नहीं किया था। इसलिए जो कुछ कवि ने लिखा था—वही सुना दिया गया और उसमें श्रोता की इच्छा, आवश्यकता और परिवेश के अनुसार किसी परिवर्तन की न आवश्यकता थी, न सम्भावना। तुलसी का रामचरितमानस तुलसी ने ही रचा और तुलसी ने ही सुनाया। उनके पहले के जो वक्ता-श्रोता हैं, वे मात्र रूढ़ि का पालन करने के लिए रखे गये हैं। फिर भी यदि हम उनके स्वरूप को देखें तो वे सब भक्त हैं—पार्वती, गरुड़ तथा याज्ञवल्क्य। तीनों ही भक्ति और जिज्ञासा से उस कथा को सुन रहे हैं। उनकी आवश्यकता तथा परिवेश में कोई अन्तर नहीं है।

वाल्मीकि-रामायण और तुलसी के रामचरितमानस में प्रक्षेप की चर्चा हो सकती है; किन्तु उनके संवर्धन तथा संज्ञा-परिवर्तन की चर्चा कहीं नहीं हुई है। महाभारत को न केवल तीन व्यक्तियों के द्वारा अलग-अलग श्रोताओं के सामने एक-दूसरे से भिन्न परिवेश में प्रकाशित किया गया, वरन् उसके तीन रूपों 'जय', 'भारत' और 'महाभारत' की चर्चा भी विद्वानों ने की है। यहीं तक नहीं, उसके इन तीनों रूपों में श्लोक संख्या भी भिन्न-भिन्न है। यदि हम चाहें तो उनके स्वरूप को भी भिन्न मान ही सकते हैं। वे पृथक्तया, काव्य, इतिहास तथा अध्यात्म हो सकते हैं। इन तीनों आख्यानों के अनुसार उनका आरम्भ

भिन्न-भिन्न लोकों तथा भिन्न प्रसंगों से माना जाता है।

इससे एक तथ्य तो यह प्रमाणित होता ही है कि महाभारत के वक्ता-श्रोता युगलों की स्थिति अन्य ग्रन्थों से भिन्न है। फिर यह भी सिद्ध होता है कि यह कदाचित् आख्यान-शिल्प का रूढ़ि-पालन मात्र नहीं है, और यह तो सिद्ध है ही कि दो बार संवर्धन किये जाने के कारण महाभारत के तीन पृथक रूप हैं, जिनके तीन अलग-अलग नाम हैं।

यह कार्य इतिहासकारों का है कि वे यह शोध करें कि मूल महाभारत की रचना कब हुई, और उसके ये संवर्धन किस काल-विशेष में हुए। मौटे तौर पर यदि हम महाभारत के इन तीनों कथानक शिल्पों को, तीन आरम्भ-बिन्दु मानें तो अनुमातः यह देख सकते हैं कि महाभारत के जिस रूप को उन आरम्भ-बिन्दुओं पर खड़ा किया जायेगा, उनका तत्सम्बद्ध महाभारत के रूप पर क्या प्रभाव पड़ेगा। यदि हम उनके ऐतिहासिक काल को बीच में न लायें, इन वक्ता-श्रोता-युगलों को मात्र कथा-रूढ़ि न मानें तो इन तीन आरम्भ बिन्दुओं पर खड़े हुए महाभारत के तत्सम्बद्ध स्वरूपों का कुछ-कुछ अनुमान भी लगाया जा सकता है। उससे हमें सम्पूर्ण महाभारत को, उसकी संवर्धन यात्रा को तथा उसके विभिन्न पक्षों को समझने में सहायता मिल सकती है।

द्वितीय खण्ड

1

'महाभारत' के इन तीन आरम्भ-बिन्दुओं को देखते हुए यह प्रश्न उठता है कि 'महाभारत' की मूल कथा का आरम्भ कहाँ से स्वीकार किया जाये? चूँकि यह पौराणिक शैली में लिखा गया ग्रन्थ है, इसलिए इसमें मूल कथा के पूर्व भी अनेक उपकथाएँ हैं—जिन्हें सुविधा से पृथक् किया जा सकता है। फिर भी कुरु-वंश की यह कथा स्वयं कुरु से आरम्भ हो, भरत से आरम्भ हो, शान्तनु से आरम्भ हो अथवा भीष्म से आरम्भ हो? यद्यपि इसमें कुरु-वंश की चर्चा बार-बार आती है, किन्तु फिर भी न तो यह राजा हस्ती की कथा है, जिसने हस्तिनापुर बसाया था और न ही यह सम्पूर्ण कुरु-वंश की, जिसमें क्रमवार आदि से अन्त तक इस वंश से सम्बन्धित घटनाओं को समेटा गया हो। इसकी सर्वप्रमुख घटना 'महाभारत' का युद्ध है। इसलिए उसके मुख्य पात्र वे ही लोग हैं जो उस युद्ध में सम्मिलित हुए, जो उस युद्ध के कारण बनें, तथा जिन्हें उस युद्ध का परिणाम भुगतना पड़ा। इसलिए इस ग्रन्थ का प्रतिपाद भी वही तथ्य है जो इस युद्ध के परिणास्वरूप उपलब्ध हुआ।

इस दृष्टि से यह कथा युधिष्ठिर से भी आरम्भ हो सकती है, किन्तु युधिष्ठिर को जो परिस्थितियाँ मिलीं, उनका कारण धृतराष्ट्र और पांडु की परिस्थितियों में निहित हैं। युधिष्ठिर और दुर्योधन में से कौन राजा हो, यह द्वन्द्व ही इसलिए उत्पन्न हुआ, क्योंकि धृतराष्ट्र ज्येष्ठ होने पर भी अन्धा था, और पांडु राजा होने पर भी राज्य (चाहे उसकी देखभाल के लिए सही) धृतराष्ट्र को सौंपा गया था। धृतराष्ट्र अन्धा तथा पांडु रोगी। उनके ऐसा होने का कारण उनकी माताओं की स्थिति में निहित था। अम्बिका ने आँखें बन्द कर अन्धे धृतराष्ट्र को जन्म दिया था, तथा अम्बालिका ने भय से पीली पढ़कर रोगी पांडु को। उनकी आँखें बन्द करने तथा भयभीत होने का कारण नियोग-पद्धति थी, जिसकी आवश्यकता विचित्रवीर्य की अकाल मृत्यु के कारण पड़ी। विचित्रवीर्य की अकाल मृत्यु का कारण उसका अबाध अनियन्त्रित भोग-विलास था, जो

पुनः वृद्ध पिता की तरुणी भार्या का पुत्र होने के कारण ही नहीं, इस कारण भी था कि सत्यवती को अपनी इच्छा के विरुद्ध शान्तनु से विवाह करना पड़ा था, जिसकी क्षति-पूर्ति के रूप में उसे हस्तिनापुर के राज्य का भोग ही मिला था। इस प्रकार यह कथा अनवरत रूप से शान्तनु से ही आरम्भ होती है—जिसने वार्धक्य में युवती सत्यवती से विवाह किया, और इस प्रकार अपने तरुण तथा योग्य पुत्र भीष्म को राज्य-च्युत कर क्रमशः चित्रांगद और विचित्रवीर्य को राजा बना दिया।

शान्तनु, काम के असाधारण आवेग से ग्रस्त पुरुष है। गंगा से प्रथम मिलन के समय उसकी ओर आकृष्ट होने पर एक बार भी उसने यह नहीं पूछा कि वह कौन है? कहाँ से आयी है? उसके माता-पिता कौन हैं? उससे विवाह करने के लिए किसकी अनुमति लेनी पड़ेगी? उसका कन्या-दान कौन करेगा, तथा विवाह के लिए वह ऐसी विचित्र शर्तें क्यों रख रही है? विवाह के पश्चात् भी एक के बाद एक सात पुत्रों को जल-समाधि देती हुई गंगा का विरोध न करना, शान्तनु की असाधारण कामासक्ति का ही प्रमाण है। आठवें पुत्र के समय जब वह गंगा को रोकता भी है तो गंगा के चले जाने के पश्चात् उसे अपने पुत्र की कोई सुध नहीं रहती। वह पत्नी के वियोग में वनों-पर्वतों में भटकता, वर्षों तक अपनी पीड़ा को भुलाये रखने के लिए पशुओं का आखेट करता रहता है। उसे यह भी याद नहीं रहता कि उसका एक पुत्र—देवव्रत—भी है, जिसे बचाने के लिए ही उसने अपनी पत्नी को रुष्ट किया था। शान्तनु की यह कामासक्ति सत्यवती से मिलने के पश्चात् और भी प्रबल ढंग से प्रमाणित होती है। सत्यवती, यद्यपि दासराज की कन्या है, किन्तु शान्तनु उसे हस्तिनापुर की महारानी बनाने के लिए उत्सुक है। दासराज की शर्त को पूरा न कर सकने के कारण वह इस विचार का त्याग नहीं करता, वरन् अपने पुत्र भीष्म को यह कहकर भ्रमित करता है कि वह एक ही पुत्र का पिता होने के कारण, भीष्म की अकाल मृत्यु की स्थिति में निर्वंश हो जाने की आशंका से पीड़ित है। यद्यपि 'महाभारत' में शान्तनु के चरित्र की बहुत प्रशंसा की गयी है, किन्तु वह चरित्र इस योग्य है नहीं। 'महाभारत' में अनेक स्थानों पर अनेक व्यक्तियों की प्रशंसा सर्वथा निरर्थक है। उसमें अनेक बार धृतराष्ट्र को भी ज्ञान-चक्षु तथा धर्मात्मा जैसे विश्लेषणों से विभूषित किया गया है। इसलिए शान्तनु के चरित्र की प्रशंसा में दिये गये वक्तव्य इस तथ्य को नहीं छुपा सकते कि कामासक्त व्यक्ति अपने पुत्र से सर्वथा झूठ बोल रहा है और यह चाहता है कि पुत्र उसकी इच्छा को पूर्ण करने के लिए अपेक्षित, असाधारण त्याग करे। परन्तु इसके साथ ही हम शान्तनु का यह गुण नहीं भुला सकते कि उसने न तो गंगा को दिया हुआ

अपना वचन तोड़ा और न ही सत्यवती को कोई झूठा वचन दिया। वह चाहता तो दासराज को वचन देकर सत्यवती से विवाह कर सकता था; किन्तु उसने भीष्म की ओर से वचन देना उचित नहीं समझा और यही चाहा कि भीष्म को वह वंचित न करे, भीष्म स्वयं ही इसकी अनुमति दे दें।

'महाभारत' में, कथा की व्याख्या इसी लोक, काल तथा एक जन्म की घटनाओं से नहीं की जाती। अन्य पौराणिक कृतियों के ही समान 'महाभारत' का देश-काल भी मात्र इसी लोक तथा इसी जन्म तक सीमित नहीं है। यह एक शिल्प भी हो सकता है, तत्कालीन विश्वासों का प्रतिफलन भी, तथा लेखक का अलौकिक ज्ञान भी। यही कारण है कि गंगा द्वारा अपने सात पुत्रों को जल-समाधि देने तथा द्रौपदी द्वारा पाँच पतियों का वरण करने की व्याख्या अन्य लोकों और अन्य जन्मों की घटनाओं द्वारा की गयी है। किन्तु ऐसी स्थिति में भी गंगा सम्बन्धी सारा आख्यान, अव्याख्येय लगता है। कर्म-सिद्धान्त के अनुसार जन्मान्तरवाद को मानते हुए भी, यह स्वीकार किया जाता है कि कोई देवी-देवता ही नहीं, स्वयं विष्णु भी जब अवतार लेते हैं तो उन्हें साधारण मनुष्य के समान किन्हीं स्त्री-पुरुष को माता-पिता के रूप में अंगीकार कर पुत्र-रूप में जन्म लेना पड़ता है। किन्तु गंगा के सन्दर्भ में न तो उसके लौकिक माता-पिता हैं, न वह माता के गर्भ से जन्मी है, और न ही किसी परिवार में उसका पालन-पोषण हुआ है। वह तो देव-लोक से सीधी पृथ्वी पर आ गयी है; और उसने नारी का रूप धारण कर लिया है। वह एक साथ ही नदी और स्त्री, दोनों रूपों में इस भूलोक पर वर्तमान है।

नारी के रूप में, वह एक पुरुष की पत्नी बनकर आठ बार गर्भ-धारण करती है; और सरिता के रूप में हस्तिनापुर से लगी हुई वह सदा ही प्रवाहित होती रहती है। वह अन्य मनुष्यों के समान किसी स्त्री के गर्भ से उत्पन्न क्यों नहीं हुई? इसकी व्याख्या 'महाभारत' में आवश्यक नहीं समझी गयी। किन्तु उसके इस दोहरे चरित्र के परिणामस्वरूप, एक ही घटना के दो रूप पाठक के सामने आते हैं। देव-सरिता होते हुए भी वसुओं को उनके शाप से मुक्त करने के लिए वह पृथ्वी पर आकर एक साधारण सामान्य पुरुष की पत्नी के रूप में आठ सन्तानों को जन्म देती है। यह उसका गौरवपूर्ण पक्ष है; यद्यपि होता यह भी एक शाप के कारण ही है। दूसरी ओर, एक लौकिक नारी के रूप में अपने ही सात पुत्रों को जल-समाधि देकर जीवन-मुक्त कर देना और आठवें को भी मुक्त करने का प्रयत्न करना, अद्भुत तथा अव्याख्येय तथ्य हैं, जो नारी मनोविज्ञान के लिए सामान्य स्थितियों में सर्वथा असम्भव हैं। इसी प्रसंग में उस समाज के विषय में भी अनेक प्रश्न उठाये जा सकते हैं : वह कैसा समाज

और प्रशासन था, जिसमें एक माता अपने सात-सात पुत्रों को जीवन-मुक्त कर देती है और उसे इन हत्याओं के लिए दंडित करना तो दूर, कोई आपत्ति भी नहीं कर सकता—न पिता, न राजा, न राज-विधान, न धर्म-विधान।

भीष्म ने अपने शैशव में अपने माता-पिता के दाम्पत्य जीवन के विषय में जो जाना होगा, वह तनिक भी सुखद नहीं रहा होगा। माता, सदा ही पिता की भावनाओं की उपेक्षा करती हुई, जैसे मुक्ति पाने के लिए कोई ब्याज ढूँढ़ रही थीं, और पिता अपनी कामासक्ति में बँधे सदा भयभीत थे कि कहीं वह उनको छोड़कर चली ही न जाये। निश्चित रूप से भीष्म के लिए अपने माता-पिता का वह दाम्पत्य जीवन किसी भी रूप में आकर्षक नहीं रहा होगा। बहुत सम्भव है कि नारी-पुरुष सम्बन्धों के विषय में उनके मन में शैशव से ही वितृष्णा विकसित हो गयी हो। ऐसी स्थिति में इस जीवन के भौतिक सुख उनके लिए तनिक भी आकर्षक नहीं रह गये होंगे। यही कारण है कि जिस समय दासराज ने उनके सम्मुख सत्यवती के शान्तनु के साथ विवाह के सन्दर्भ में अपनी शर्तें रखीं, तो उन्हें अपना राज्य तथा नारी-सुख त्यागने की प्रतिज्ञा करने में एक क्षण भी नहीं लगा। भीष्म की प्रतिज्ञा को मातृ-पितृ-भक्ति मानना सामान्य मनोविज्ञान के अनुकून नहीं है। यदि वह केवल पितृ-भक्ति होती तो भीष्म के मन में कभी न कभी अपनी सहज आवश्यकताओं के दमन की पीड़ा अवश्य ही जागती। इसलिए मुझे लगता है कि भीष्म के मनोविज्ञान की जड़ें उनके अपने माता-पिता के सम्बन्धों तथा विभिन्न ऋषि-आश्रमों में व्यतीत किये गये जीवन के आरम्भिक अनुभवों में हैं।

महाभारत की कथा में सत्यवती बहुत कम समय के लिए आयी, किन्तु वह इस कथा की अत्यन्त महत्त्वपूर्ण पात्र है। वस्तुतः सत्यवती का अतीत (जो महाभारत की मुख्य कथा का अंग नहीं है) उसके वर्तमान तथा भविष्य को न केवल प्रेरित करता है, वरन् उसके व्यक्तिगत गुण-दोषों के विचार के लिए भी एक महत्त्वपूर्ण आधार है। सत्यवती के विषय में हमें पहली सूचना यह मिलती है कि वह क्षत्रिय राजा की पुत्री है, जो मत्स्य के पेट में से मछुवारों को प्राप्त हुई :

"मत्स्य जीवी मल्लाहों ने उस मछली को जाल में बाँध लिया और उसके उदर को चीरकर एक कन्या और एक पुरुष निकाला।" (63/61, आदिपर्व)

राजा को सूचना देने पर उसने वह कन्या, केवट-प्रमुख दासराज को दे दी :

"मछेरों की बात सुनकर राजा उपरिसर ने उस समय उन दोनों बालकों में से जो पुरुष था, उसे स्वयं ग्रहण कर लिया। वही मत्स्य नामक धर्मात्मा एवं

सत्यप्रतिज्ञ राजा हुआ।" (63/63, आदिपर्व)

दासराज ने उस कन्या को अपनी पुत्री के समान पाला। सत्यवती के जीवन में यही एकमात्र अलौकिक घटना नहीं है। उसके साथ इसी प्रकार की अनेक अन्य असाधारण घटनाएँ भी जुड़ी हुई हैं। मत्स्य के पेट में रहने के कारण वह मत्स्य-गन्धा थी। उसके शरीर में से मत्स्य की तीव्र गन्ध आती थी।

"उन जुड़वाँ सन्तानों में जो कन्या थी, मछली की पुत्री होने के कारण उसके शरीर से मछली की गन्ध आती थी। अतः राजा ने उसे मल्लाह को सौंप दिया और कहा—यह तेरी पुत्री होकर रहे।" (63/67, आदिपर्व)

महाभारत में अनेक मनुष्यों के जन्म असामान्य ढंग से वर्णित हैं। कोई कुम्भ में से उत्पन्न हुआ है, कोई द्रोण में से। अन्य जीव-जन्तुओं के साथ पुरुष के सम्पर्क से भी सन्तान का जन्म हुआ है। इसकी बुद्धिपरक व्याख्या कठिन है। इसे हम या तो वैचित्र्य पर आधृत कवि-कल्पना मान सकते हैं, अथवा असाधारण प्रतीक। कुछ लोग इसे इतिहास के किसी ऐसे युग से जोड़ने का प्रयत्न भी कर सकते हैं, जब मनुष्य का मनुष्येतर प्राणियों से भी शरीर-सम्पर्क होता था; किन्तु तब सन्तान के रूप में 'जल-परी' जैसी मिश्रित जाति के जीव को जन्म लेना चाहिए, न कि सत्यवती जैसी पूर्ण नारी को।

सत्यवती का मत्स्य-गन्धा होना भी कुछ इसी प्रकार की काव्य-रूढ़ि लगती है, जिसे बाद में पराशर-ऋषि ने योजन-गन्धा अथवा पद्म-गन्धा में बदल दिया था। यदि मछली के गर्भ में से जन्म लेने के कारण सत्यवती मत्स्य-गन्धा थी, तो उसके भाई राजा मत्स्य को भी इसी प्रकार मछली की गन्ध से युक्त होना चाहिए था।

महाभारतकार का कहना है कि केवट-प्रमुख दासराज ने अपनी इस अत्यन्त सुन्दरी, पालिता पुत्री को धर्मार्थ नौका पर नियुक्त कर रखा था, ताकि वह निःशुल्क नदी पार करने के इच्छुक लोगों को यमुना के आर-पार लाये और ले जाये। महाभारत में यह स्पष्ट नहीं किया गया कि दासराज ने यह निःशुल्क नौका क्यों चलायी थी? और अपनी पुत्री सत्यवती को ही उस पर क्यों नियुक्त किया था? इतना तो सत्यवती के वर्णन से ही स्पष्ट है कि मत्स्य-अप्सरा तथा क्षत्रिय राजा की यह पुत्री, असाधारण सुन्दरी थी : "वह अतिशय रूप-सौन्दर्य से सुशोभित थी। सिद्धों के हृदय में भी उसे पाने की अभिलाषा जाग उठती थी। उसकी हँसी बड़ी मोहक थी। उसकी जाँघें कदली की-सी शोभा धारण करती थी।" (63/70-71, आदिपर्व)

महाभारत के नारी पात्रों के लिए यह कुछ भी असाधारण नहीं है। सत्यवती के ही समान कुन्ती, माद्री तथा गान्धारी भी विश्व की असाधारण सुन्दरियाँ

थीं, और द्रौपदी तो ऐसी अद्‌भुत रूपवती युवती थी कि पुरुष मन उसे देखकर स्थिर रह ही नहीं सकता था।

अपनी धर्मार्थ नौका में ही सत्यवती की भेंट पराशर ऋषि से हुई थी। महाभारतकार का चित्रण यह बताता है कि पराशर सत्यवती के रूप को देखकर स्वयं को स्थिर नहीं रख पाये और उन्होंने उसके साथ समागम की इच्छा प्रकट की : "उस दिव्य वसुकुमारी को देखकर परम बुद्धिमान मुनिवर पराशर ने उसके साथ समागम की इच्छा प्रकट की।" (63/71, आदिपर्व)

इस इच्छा की प्रतिक्रिया में सत्यवती ने अपनी आपत्ति के रूप में एकान्त न होने की चर्चा की। "भगवन्! देखिये, नदी के आर-पार दोनों तटों पर बहुत-से ऋषि खड़े हैं और हम दोनों को देख रहे हैं। ऐसी दशा में हमारा समागम कैसे हो सकता है?" (63/72-73, आदिपर्व)

उसके पश्चात् सत्यवती ने अपने कुँवारेपन तथा माता-पिता के अधीन होने तथा अपनी असहायता की बात कही; किन्तु पराशर अथवा उनके प्रस्ताव के प्रति अपनी अरुचि अथवा वितृष्णा की चर्चा तनिक भी नहीं की। यह स्पष्ट नहीं है कि वह ऋषि की ओर आकृष्ट तो हुई थी, किन्तु लोक-लाज के कारण उनके प्रस्ताव को स्वीकार नहीं कर पा रही थी, अथवा उसकी उनमें कोई रुचि नहीं थी, और वह इस ब्याज से उनके प्रस्ताव का विनीत भाव से तिरस्कार कर रही थी। महाभारत के अनुसार, ऋषि ने उसे अपने साथ कहीं अन्यत्र चलने के लिए नहीं कहा, वरन् अपने योगबल से वहीं कृत्रिम अन्धकार उत्पन्न किया और सत्यवती के साथ समागम किया।

इस प्रकार की योग-शक्ति का उल्लेख पुराणों के लिए कुछ भी असाधारण नहीं है। कृष्ण ने भी जयद्रथ वध से पहले सूर्य को अपने योग-बल से ढाँप लिया था। बात केवल अन्धकार अथवा कोहरा उत्पन्न करने की नहीं है। पुराणों ही नहीं, अनेक अन्य धर्म ग्रन्थों में भी तपस्या अथवा योग के अभ्यास के कारण अनेक चरित्रों को असाधारण शक्तियों से युक्त चित्रित किया गया है। सामान्य मानव बुद्धि के लिए यह काव्य-रूढ़ि ही हो सकती है; किन्तु साधना सम्बन्धी ग्रन्थों के अनुसार मनुष्य अपनी साधना तथा तपस्या के बल पर प्रकृति पर कुछ असाधारण अधिकार प्राप्त कर लेता है, जो हमें प्रकृति ने स्वयं नहीं दिये हैं। सारे वरदान और शाप इसी कोटि में आते हैं। साधारण लौकिक नियमों के अनुसार इनकी व्याख्या नहीं हो सकती।

इस घटना को यदि हम पराशर और सत्यवती का परस्पर आकर्षण मानकर चलें, तो यह एक प्रेम का दुखदायी अन्त है, जहाँ प्रेमी-प्रेमिका का संयोग हो नहीं सका, और सन्तान के जन्म के बावजूद उन्हें एक-दूसरे से पृथक् ही रहना

पड़ा। यदि हम इसे उनका परस्पर प्रेम न मानें तो यह प्रायः बलात्कार का-सा दृश्य उत्पन्न करता है जहाँ युवती का विरोध होने पर भी पुरुष ने अपने सामर्थ्य के आधार पर उस युवती को असहाय कर अपनी इच्छापूर्ति की।

वस्तुतः सत्यवती का चरित्र सरल और पारदर्शी नहीं है। सत्यवती के पिता दासराज ने जिस प्रकार सम्राट शान्तनु के प्रस्ताव पर उससे भाव-तोल कर अपनी इच्छानुसार अपनी पुत्री का शुल्क प्राप्त कर, कुरु-वंश का भविष्य बदल दिया, उससे यह नहीं लगता कि वह एक सीधा-सादा, सरल-अबोध, असहाय केवट प्रमुख था। वह अत्यन्त व्यवहार-कुशल तथा चतुर व्यक्ति था। सत्यवती को भी जीवन के संस्कार उसी ने दिये थे। हम यह अनुमान कर सकते हैं कि पिता तथा पुत्री, दोनों में ही न रजोगुण की कमी थी, न व्यावहारिकता की। दोनों ही जीवन को भौतिक सुख-लाभ की दृष्टि से देखने में पटु थे। शान्तनु के प्रस्ताव के उत्तर में दासराज ने सहज ही अपने प्रत्युत्पन्नमतित्व के आधार पर अपने दौहित्र के लिए हस्तिनापुर का राजसिंहासन नहीं माँग लिया होगा, न ही देवव्रत के द्वारा राज्य-त्याग का वचन देने पर, उनसे आजीवन अविवाहित रहने का वचन माँग लेना उसकी बुद्धि की तात्कालिक उपज थी। अपने रजोगुण तथा सांसारिक महत्त्वाकांक्षा के कारण निश्चित रूप से दासराज के मन में ऐसी योजना पहले से रही होगी। इसका आधार सत्यवती का क्षत्रिय राजा के वंश से सम्बन्धित होना तथा उसकी अपार रूपराशि था। सत्यवती अब मत्स्य-गन्धा से योजन-गन्धा हो चुकी थी।

मुझे लगता है कि इन सारे तथ्यों की सूचना महाभारतकार ने इस लक्ष्य को ध्यान में रखते हुए ही दी है कि हम दासराज के मन की योजना का अनुमान लगा सकें। चूँकि सत्यवती राजवंश से सम्बन्धित भी थी और असाधारण सुन्दरी भी—इसलिए उसका पूर्ण शुल्क लेकर, राजवंश में उसका विवाह करने की योजना दासराज के मन में आरम्भ से ही रही होगी। इसलिए सत्यवती का विवाह किसी ऋषि से नहीं हो सकता था। अतः पराशर से सत्यवती का सम्बन्ध तथा सन्तान उत्पन्न हो जाने के बावजूद दोनों का विवाह न होना—मुझे असफल प्रेम की त्रासदी के रूप में ही दिखायी पड़ता है। विवाह न होने के बावजूद सत्यवती और पराशर में न तो परस्पर कोई विरोध है और न मनोमालिन्य। सत्यवती के कानीन-पुत्र को पराशर ने ही पाला है। इसका अर्थ यह हुआ कि सत्यवती ने स्वेच्छा से अपना पुत्र पराशर को सौंपा होगा। इतना ही नहीं, बाद के अपने जीवन में भी जब कभी उसे आवश्यकता पड़ी, उसने कृष्ण द्वैपायन व्यास को बुलाया और अपनी इच्छा व्यक्त की। बाद की कथा में ऐसा आभास कहीं नहीं होता कि सत्यवती को, कृष्ण द्वैपायन को अपना पुत्र स्वीकार करने

में किसी भी प्रकार का कोई संकोच था, जैसाकि कुन्ती को कर्ण के सन्दर्भ में था। वेदव्यास ने भी न केवल प्रकट रूप में सत्यवती को अपनी माता का सम्मान दिया, वरन् अन्ततः उसे अपने आश्रम में ले गये और वहीं सत्यवती ने अपने प्राण त्यागे।

लौकिक दृष्टि से सत्यवती-पराशर की कथा तत्कालीन समाज तथा नारी-पुरुष सम्बन्धों के विषय में बहुत कुछ कहती है। यदि हम मान लें कि सत्यवती न तो पराशर में आसक्त थी और न ही शान्तनु में, तो भी उसका विवाह शान्तनु से होता है जो एक राजा है; और पराशर से नहीं, जो एक ऋषि है। पराशर से सम्बन्ध न होने तथा वृद्ध शान्तनु से विवाह हो जाने के पीछे केवल एक ही तर्क है और वह है—दासराज तथा सत्यवती की सांसारिक महत्त्वाकांक्षा। इतना ही नहीं, सत्यवती के कानीन-पुत्र का पराशर के आश्रम में पलना भी इस बात का संकेत है कि पराशर इस दाम्पत्य-जीवन के लिए प्रस्तुत थे; सन्तान का दायित्व उठाने के इच्छुक थे; और सत्यवती को मत्स्य-गन्धा नहीं, पद्मगन्धा मानते थे। वैसे भी विवाह-पूर्व सम्बन्ध, अधिकतर प्रेम-सम्बन्ध ही होता है। शान्तनु से विवाह तो सांसारिक लोभ और लाभ की तुला में तुलकर ही होता है। सत्यवती और पराशर का सम्बन्ध तत्कालीन समाज की मान्यताओं के दो महत्त्वपूर्ण सन्दर्भों को उद्घाटित करता है। 'महाभारत' में कानीन-पुत्र का प्रसंग एक सत्यवती के सन्दर्भ में आया है, और दूसरा कुन्ती के। दोनों ही स्थानों पर कानीन-पुत्र के जनक ऋषि हैं। वे इसे न समाज-विरोधी मानते हैं और न धर्म-विरोधी। अतः वे इसे गोपनीय भी नहीं मानते; किन्तु राज-परिवारों के लिए कानीन-पुत्रों को स्वीकार करना सम्भव नहीं है। अतः सत्यवती तथा कुन्ती, दोनों ही ने कानीन-पुत्रों के सन्दर्भ में सारे तथ्य गुप्त रखे हैं।

'महाभारत' में, वह समाज—जो कानीन-पुत्र, नियोग-पद्धति तथा बहुपतित्व को स्वीकार करता था,—क्रमशः परिवर्तित हो रहा है। ऋषि समाज अब भी सन्तान को सृष्टि की देन समझकर पवित्र मानता है, चाहे वह कानीन-पुत्र ही क्यों न हो; किन्तु राज-समाज कानीन-पुत्र को, अब क्षेत्रज-पुत्र के रूप में स्वीकार नहीं करता। इसलिए देवताओं और ऋषियों की कृपा से प्राप्त कानीन-पुत्रों सम्बन्धी तथ्य राज-समाज में गोपनीय माने जाते हैं। दूसरी और नियोग-पद्धति का आवश्यकतानुसार अब भी प्रचलन है। इसलिए सत्यवती, भीष्म, वेदव्यास, पांडु, कुन्ती तथा माद्री नियोग-पद्धति को धर्मसंगत आचरण मानकर स्वीकार करते हैं; किन्तु दुर्योधन तथा उसके हितैषियों का स्वार्थ इसमें है कि पांडवों को सम्राट पांडु के क्षेत्रज पुत्र न माना जाये, इसलिए वे इस पद्धति का विरोध करते दिखायी पड़ते हैं। बहु-पतित्व भी अब बहुत प्रचलित दिखायी नहीं

पड़ता। यद्यपि युधिष्ठिर द्वारा बहु-पतित्व के उदाहरण उद्धृत किये गये हैं, फिर भी 'महाभारत' में सिवाय द्रौपदी के, बहु-पतित्व का और कोई भी उदाहरण उपलब्ध नहीं है। अनेक स्थानों पर राष्ट्र-समाज इसे निन्दनीय भी मानते हैं और यदा-कदा द्रौपदी को लांछित करने के लिए इस पद्धति का अवलम्ब भी ग्रहण किया गया है। स्वर्ण द्रुपद तथा धृष्टद्युम्न भी इस सम्बन्ध के लिए प्रस्तुत नहीं थे। उनके मन में इसके प्रति विरोध ही था; किन्तु वेदव्यास ने पूर्व-जन्म के वरदान तथा शास्त्रों की सहमति के उदाहरण देकर उन्हें इसके लिए राजी कर लिया। इस प्रकार हम देखते हैं कि ऋषि समुदाय अब भी कानीन-सन्तान के जन्म नियोग-पद्धति तथा बहु-पतित्व को धर्मसंगत तथा सामाजिक आचरण मानता है, जबकि राज-समाज क्रमशः उनका त्याग कर रहा है।

दासराज ने योजनाबद्ध रूप से सत्यवती-पराशर विवाह का विरोध किया होगा; और सत्यवती ने इच्छा अथवा अनिच्छा से अपने पिता से सहमत होते हुए पराशर को त्यागा होगा। एक वृद्ध राजा से निर्धन युवती का विवाह राजा का अत्याचार भी हो सकता है और कन्या-पक्ष का लोभ भी। यदि हम यह मानें कि सत्यवती और शान्तनु का विवाह राजबल के भय से हुआ, तो सत्यवती और उसके पिता को उतना बड़ा शुल्क नहीं मिल सकता था, जो शान्तनु तथा भीष्म ने चुकाया। स्पष्टतः शान्तनु तथा भीष्म दोनों ही वहाँ याचक बनकर आये थे और दासराज के मुँहमाँगे दामों पर उन्होंने सत्यवती को प्राप्त किया था।

इस प्रकार वर प्राप्त कर आयी वृद्ध राजा की युवती पत्नी निश्चय अधिकारों से मंडित होकर उस राजप्रासाद में रही होगी, जैसे दशरथ के महल में कैकेयी रही थी। शान्तनु के लिए, अपनी पत्नी को कल्पनातीत अधिकार देना कोई नयी बात नहीं थी। पहली बार, जब वे गंगा पर मुग्ध हुए थे, तो युवक होते हुए भी, उन्होंने गंगा से उन शर्तों पर विवाह किया था, जो दूसरा कोई पति स्वीकार नहीं कर सकता था। अब वह दासराज की शर्तों पर सत्यवती से अनमेल विवाह कर उसे अपने महल में लाये थे। ऐसे में निश्चित रूप से उनका और सत्यवती का सम्बन्ध याचक और दाता का ही रहा होगा।

यद्यपि महाभारत में सत्यवती तथा भीष्म के सम्बन्ध बहुत स्नेहपूर्ण बताये गये हैं, किन्तु सत्यवती भीष्म के बहुत अनुकूल रही होगी—इसमें मुझे बहुत सन्देह है। जिस युवराज देवव्रत से उन पिता-पुत्री को इतना भय था कि उसके सारे अधिकार छीने बिना, उन लोगों ने यह सम्बन्ध ही स्वीकार नहीं किया, उसके प्रति सत्यवती सरल, स्नेहमयी माता बनकर रही होगी—यह बात मुझे तर्कसंगत नहीं लगती।

शान्तनु और सत्यवती का जीवन भी सामान्य नहीं रहा होगा। यद्यपि

महाभारत में ऐसी कोई चर्चा नहीं है, किन्तु मानवीय मनोविज्ञान तथा विभिन्न घटनाओं के आधार पर यह अनुमान किया जा सकता है कि अधिकार-सुख तथा नारी-सुख के त्याग की प्रतिज्ञा करने के पश्चात् भीष्म के जीवन में भौतिक-लिप्ति के लिए अधिक अवकाश नहीं रह गया होगा। इस सन्दर्भ में मुझे दो घटनाएँ अपनी ओर आकृष्ट करती हैं। एक तो शान्तनु द्वारा भीष्म को इच्छा-मृत्यु का वरदान; दूसरी, चित्रांगद का अपने ही नाम के गन्धर्वराज द्वारा द्वन्द्व-युद्ध में वध।

शान्तनु कोई ऋषि नहीं थे, और न ही उन्होंने कोई तपस्या अथवा साधना की थी कि उन्हें किसी को शाप अथवा वरदान देने की शक्ति प्राप्त होती। फिर कोई किसी को दीर्घ जीवन सम्बन्धी वरदान अथवा आशीर्वाद तो दे भी सकता है, इच्छा-मुत्यु का वरदान तो बहुत ही असाधारण है क्योंकि उसमें अधिकांशतः अल्पायु की सम्भावना ही निहित है। मेरी धारणा है कि यह वरदान इच्छा-मृत्यु का न होकर, इच्छा-मुक्ति का हो तो अधिक उपयुक्त और तर्कसंगत होगा। भीष्म ने अपने पिता के लिए स्वयं को प्रतिज्ञा के बन्धन में बाँधा है, इसलिए पिता को यह पूर्ण अधिकार है कि वह अपने पुत्र को बन्धन से मुक्त होने का अधिकार दे। यही कारण है कि शान्तनु, भीष्म को इच्छा-मुक्ति का वरदान देते हैं। शान्तनु को अपने जीवन में सत्यवती की आवश्यकता तो थी किन्तु भीष्म का इस प्रकार का वैराग्य निश्चित रूप से उन्हें प्रिय नहीं रहा होगा। पिता के मन को लगा होगा कि उनके सुख के लिए, उनके पुत्र ने असाधारण मूल्य चुकाया है। वे अपने मन का अपराध-बोध अवश्य ही हल्का करना चाहते होंगे। इसलिए उन्होंने भीष्म को इस बन्धन से मुक्त होने के लिए इच्छा-मुक्ति का वरदान दिया होगा।

दूसरी ओर जो भीष्म अपनी चरम वृद्धावस्था में भी कुरु-वंश की रक्षा करते रहे, वे ही भीष्म, सत्यवती के पुत्र चित्रांगद की, उसी नाम के गन्धर्व राजा से रक्षा करने क्यों नहीं आये—यह महाभारतकार हमें नहीं बताता। मेरा अनुमान है कि यह वही काल रहा होगा, जब शान्तनु की मृत्यु के पश्चात् भीष्म शासन से स्वयं विरक्त हुए होंगे अथवा सत्यवती और उसके पुत्रों ने भीष्म को अपना विरोधी मानकर किसी प्रकार हस्तिनापुर से परे हटा दिया होगा। यदि वे हस्तिनापुर में थे भी, तो सत्यवती ने यह कभी नहीं चाहा होगा कि भीष्म राजकार्य में हस्तक्षेप करें। यही कारण है कि चित्रांगद के उस प्राण-घातक युद्ध में भीष्म कहीं आस-पास भी दिखायी नहीं देते। यदि हस्तिनापुर में उस समय सब कुछ सामान्य रहा होता तो यह सम्भव ही नहीं था कि गन्धर्वराज सत्यवती-पुत्र चित्रांगद का वध कर, जीवित निकल जाता। यदि उस घटना-विशेष के समय

भीष्म हस्तिनापुर में नहीं भी थे, तो वे गन्धर्वराज को चित्रांगद के वध के लिए क्षमा नहीं कर देते। बाद में ही सही, वे इसका प्रतिशोध लेने अवश्य जाते। जो कुछ घटित हुआ, उससे यह भी लगता है, जैसे भीष्म का इस सारी घटना से कुछ लेना-देना ही नहीं है। यह सहज-सामान्य स्थिति नहीं है।

चित्रांगद को महाभारतकार ने बहुत अहंकारी तथा उद्दंड राजा स्वीकार किया है। उसकी अल्पायु में ही मृत्यु हो गयी थी। इसका अर्थ यह हुआ कि सत्यवती ने उसका पालन-पोषण इस प्रकार किया होगा, जिससे वह अत्यन्त उद्दंड, क्रोधी, अहंकारी तथा युद्धरत युवक के रूप में विकसित हुआ। ऐसी स्थिति का कारण भी सत्यवती का मनोविज्ञान ही हो सकता है। हस्तिनापुर के राजप्रासाद में रहती हुई, वह कभी भी भूल नहीं पायी होगी कि उसने न केवल भीष्म से उसका राज्य छीन लिया है, वरन् उसे आजीवन ब्रह्मचर्य का पालन करने के लिए बाध्य कर, उसे जीवन के रस से ही वंचित कर दिया है। इसलिए उसके मन में लगातार यह भय भी सघन होता गया होगा कि कहीं भीष्म अपना राज्य वापस न माँग ले, अथवा यह राज्य वह बलात् छीन ही न ले।

किन्तु विचित्रवीर्य के विवाह के लिए स्वयं भीष्म का काशी जाकर, काशिराज की पुत्रियों—अम्बा, अम्बिका तथा अम्बालिका—का हरण करना इस बात का प्रमाण है कि भीष्म और सत्यवती में यदि कोई मतभेद उत्पन्न हुआ था, तो वह अस्थायी ही रहा होगा। निश्चित रूप से शान्तनु और चित्रांगद की मृत्यु के पश्चात् सत्यवती और विचित्रवीर्य पर्याप्त असुरक्षित और असहाय हो गये होंगे। इसलिए उन्हें अपनी रक्षा के लिए भीष्म की आवश्यकता पड़ी होगी। वैसे भी गन्धर्वराज ने कुरुक्षेत्र के निकट चित्रांगद का वध किया था। उसे असुरक्षित हस्तिनापुर तक पहुँचने में कितनी देर लगती? इसलिए हस्तिनापुर भीष्म जैसे सुरक्षा-कवच की उपेक्षा नहीं कर सकता था।

विचित्रवीर्य की प्रशंसा में भी 'महाभारत' में बहुत कुछ कहा गया है, किन्तु विचित्रवीर्य का स्वयं किसी स्वयंवर में जाकर किसी राजकुमारी की वरमाला को प्राप्त न करना, किसी सुन्दर राजकुमारी को हरण करने के लिए न जाना, अल्पायु में निःसन्तान मृत्यु को प्राप्त होना और भीष्म का एक के स्थान पर तीन-तीन कन्याओं का हरण कर लाना, अपने-आपमें इस बात का प्रमाण है कि विचित्रवीर्य की स्थिति कुछ ऐसी थी कि न तो वह स्वयंवर में सफल-काम हो सकता था, और न ही किसी राजकुमारी के हरण की क्षमता उसमें थी। यद्यपि भीष्म, पांडु के लिए भी माद्री को लाने गये थे; किन्तु वह स्थिति भिन्न थी। विचित्रवीर्य की बाध्यता क्या थी, इस पर विचार करने से हमारा ध्यान इस बात पर अटकता है कि वह दो-दो रानियों के होते हुए भी, विलास के अतिरेक

से क्षय रोग द्वारा निःसन्तान मृत्यु को प्राप्त हुआ। इन तथ्यों का अभिप्राय यही हो सकता है कि निषाद-कन्या सत्यवती हस्तिनापुर की महारानी बनने के पश्चात अपने रजोगुणी स्वभाव के कारण अपने पुत्रों को संयत, नियन्त्रित तथा अनुशासित नहीं रख पायी। उसका बड़ा पुत्र चित्रांगद अत्यन्त क्रोधी, उद्दंड तथा उच्छृंखल व्यक्ति के रूप में विकसित हुआ। परिणामतः वह द्वन्द्व-युद्ध में मारा गया। दूसरा पुत्र अल्पायु में ही विलास के अतिरेक के कारण क्षयरोग को प्राप्त हुआ। क्षयरोग के रोगी को न तो कोई राजा स्वेच्छा से अपनी कन्या का दान कर सकता था, न ही वह स्वयंवर में किसी राजकुमारी का मनभावन हो सकता था, और न ही उसमें बलात् किसी राजकुमारी का हरण अथवा अपहरण करने की क्षमता विद्यमान थी। यद्यपि 'महाभारत' में विचित्रवीर्य द्वारा वर्षों तक अम्बिका और अम्बालिका के साथ सुखी दाम्पत्य जीवन व्यतीत करने की चर्चा भी आती है; किन्तु उसका निःसन्तान मृत्यु को प्राप्त होना, इस बात को प्रमाणित करता है कि अपनी रोगावस्था के कारण न तो वह दाम्पत्य जीवन के लिए ही सक्षम रहा होगा और न ही पिता बनने के लिए।

भीष्म द्वारा काशिराज को तीन पुत्रियों—अम्बा, अम्बिका और अम्बालिका—का हरण अपने-आपमें अनेक प्रश्नों को जन्म देता है। भीष्म यदि विचित्रवीर्य के लिए पत्नी की व्यवस्था करने हेतु एक कन्या को लेने गये थे तो उन्होंने तीन-तीन कन्याओं का हरण क्यों किया? विचित्रवीर्य अल्पायु ही में मृत्यु को प्राप्त हुआ था, इसलिए निश्चित रूप से इस अपहरण के समय उसका वय काफी कम रहा होगा। उसकी अवस्था के अनुकूल उसकी भार्या बनने के उपयुक्त कौन-सी राजकुमारी थी? निश्चित रूप से ये तीनों बहनें जुड़वाँ नहीं थीं। उनमें अवस्था का भेद था। इसलिए यदि अम्बा विचित्रवीर्य की अवस्था के अनुकूल पत्नी थी तो अन्य दोनों बहनें विचित्रवीर्य से पर्याप्त छोटी रही होंगी। अथवा, यदि अम्बालिका उसकी पत्नी होने योग्य अवस्था में थी तो अम्बिका तथा अम्बा वय में उससे पर्याप्त बड़ी रही होंगी। इसलिए विचित्रवीर्य के लिए तीनों बहनों का अपहरण बहुत बोधगम्य नहीं है। यह बात भी ध्यान देने योग्य है कि अम्बा ने भीष्म से विवाह के लिए प्रचंड प्रयत्न किया था। इसका अर्थ यह है कि अम्बा के लिए पति के रूप में भीष्म समवयस्क थे। अम्बा अपनी इच्छा से किसी युद्ध से विवाह करने के लिए हठ क्यों करती? हम यह जानते हैं कि विचित्रवीर्य की माता सत्यवती के विवाह के समय ही भीष्म युवक थे। ऐसी स्थिति में भीष्म की समवयस्क कन्या, विचित्रवीर्य की पत्नी बनने की दृष्टि से वय में काफी बड़ी रही होगी।

अपहरण के समय भीष्म ने एक बार भी यह नहीं कहा कि वह अपने

भाई विचित्रवीर्य के साथ विवाह करने के लिए इन कन्याओं का अपहरण कर रहे हैं। यह तथ्य भी समान रूप से रोचक है कि अपहरण के समय अम्बा ने भी यह नहीं कहा कि उसने मन-ही-मन शाल्व का वरण कर रखा है; अथवा वह शाल्व की वाग्दत्ता है। भीष्म और शाल्व का युद्ध होता रहा और अम्बा चुपचाप देखती रही। हस्तिनापुर पहुँचने के पश्चात् यह स्पष्ट हुआ कि अम्बा का विवाह उसका अपहरण करनेवाले भीष्म से नहीं, उनसे वय में बहुत छोटे विचित्रवीर्य के साथ होने जा रहा है तो अम्बा ने पहली बार यह कहा कि उसका विवाह विचित्रवीर्य के साथ नहीं हो सकता, क्योंकि वह शाल्व की वाग्दत्ता है और मन-ही-मन उसका वरण कर चुकी है। यह बात महत्त्वपूर्ण है कि उसने यह तथ्य वहाँ उद्घाटित क्यों नहीं किया, जहाँ भीष्म उसका हरण कर रहे थे और शाल्व प्राणपण से उसे बचाने का प्रयत्न कर रहा था? क्या उसका अर्थ यह नहीं है कि चाहे स्वयंवर से पूर्व वह शाल्व का वरण कर भी चुकी हो, तो भी भीष्म को देखने के पश्चात् वह उनमें अनुरक्त हुई, और जब उसे यह ज्ञात हुआ कि भीष्म द्वारा अपहृत होने पर भी उसका विवाह भीष्म के साथ न होकर, विचित्रवीर्य के साथ होने जा रहा है, तो उसे अपना पूर्व प्रेमी शाल्व याद आया हो। भीष्म के प्रति उसके अनुराग का संकेत उसके बाद के सारे व्यवहार में भी मिलता है। भीष्म से विवाह की उसकी हठ अपने-आपमें भी महत्त्वपूर्ण है। परशुराम द्वारा यह कहने पर कि वे भीष्म तथा शाल्व को अम्बा के साथ विवाह करने के लिए समान रूप से बाध्य कर सकते हैं, अम्बा ने एक बार भी यह नहीं कहा कि वे शाल्व को बाध्य करें। भीष्म से विवाह न हो सकने की स्थिति में उसका रुष्ट होना, प्रतिहिंसावश भीष्म की मृत्यु के लिए तपस्या करना, और महादेव शिव से इस सन्दर्भ में वरदान प्राप्त करना भी, इसी तथ्य का प्रमाण है। यह उसका विरोध नहीं, भीष्म के प्रति अनुराग ही था; अन्यथा पत्नी के रूप में अस्वीकार करने के सन्दर्भ में, शाल्व से भी उसे उतना ही रुष्ट होना चाहिए था, जितना वह भीष्म से हुई; और शाल्व पर भी परशुराम के माध्यम से उतना ही दबाव डालना चाहिए था, जितना कि उसने भीष्म पर डाला।

भीष्म का अम्बा के प्रति अनुराग भी बहुत सूक्ष्म रूप में ध्वनित होता है; अन्यथा वे काशी में ही यह घोषणा कर सकते थे कि वे इन राजकुमारियों का अपहरण अपने लिए नहीं, अपने भाई के लिए कर रहे हैं। वय में इतने छोटे भाई विचित्रवीर्य के लिए अम्बा का अपहरण सर्वथा असमीचीन था। तो फिर भीष्म ने उसका अपहरण क्यों किया? वे तीन में से एक राजकुमारी भी ले आते तो विचित्रवीर्य को तो पत्नी मिल ही जाती; फिर वे विचित्रवीर्य से इतनी

बड़ी अम्बा को किस मोह में हस्तिनापुर ले आये? और फिर अम्बा के एक बार यह कहने पर कि वह विचित्रवीर्य से विवाह नहीं करेगी, उसे सम्मानपूर्वक शाल्व तक पहुँचाने का प्रयत्न भी उसके प्रति भीष्म के मन की कोमलता की ओर इंगित करता है। यह दूसरी बात है कि अपनी प्रतिज्ञा के कारण भीष्म अपने मन के राग को सार्वजनिक रूप से तो क्या, अपने एकान्त के सम्मुख भी स्वीकार नहीं कर सकते थे।

सत्यवती अत्यन्त रजोगुणी महिला है। पति की मृत्यु उसे सत्ता और अधिकार से तनिक भी विमुख नहीं कर पायी होगी। पति की मृत्यु के पश्चात् यदि वह जीवन से विरत हो गयी होती, तो राज्य के सूत्रों को वह कदापि अपने हाथों में नहीं लेती। महाभारत की घटनाएँ साक्षी हैं कि न तो शान्तनु की मृत्यु, सत्यवती को सत्ता और ऐश्वर्य से विरत कर पायी, न चित्रांगद की, और न ही विचित्रवीर्य की।

यह सत्य है कि भीष्म के द्वारा राज्य त्यागने पर शान्तनु के पश्चात् चित्रांगद और चित्रांगद के पश्चात् विचित्रवीर्य ही राजा हो सकता था। उन्हें राजा बनाने के लिए सत्यवती को कोई विशेष प्रयत्न करने की आवश्यकता नहीं थी, किन्तु शान्तनु तथा चित्रांगद की मृत्यु के पश्चात् सत्यवती, विचित्रवीर्य के राज्यारोहण विवाह तथा सन्तानोत्पति के सन्दर्भ में पर्याप्त उद्यमशील दिखायी पड़ती है, सामान्यतः इतनी दुर्घटनाओं के पश्चात् किसी भी व्यक्ति में जीवन के प्रति वैराग्य तथा निरीहता जन्म लेती है; किन्तु सत्यवती में उसके विपरीत सत्ता का दर्प दिखायी पड़ता है। विचित्रवीर्य की मृत्यु के पश्चात् भी जिस प्रकार वह पहले भीष्म तथा बाद में वेदव्यास के सम्मुख विचित्रवीर्य की पत्नियों के साथ नियोग का प्रस्ताव रखती है, उससे कहीं यह नहीं लगता कि जीवन के प्रति उसकी आसक्ति तनिक भी शिथिल हुई है। सत्यवती ने अम्बिका और अम्बालिका की इच्छा के विरुद्ध, उनके साथ नियोग के लिए वेदव्यास को नियुक्त किया। उन दोनों के ही सन्दर्भ में स्वेच्छा से पुत्र-प्राप्ति के लिए नियोग की सहमति दिखायी नहीं पड़ती। वह तो सत्यवती के आदेश का पालन-मात्र था। उनकी अनिच्छा के प्रकारान्तर से एकाधिक प्रमाण मिल जाते हैं। महाभारतकार के अनुसार आरम्भ में अम्बिका नियोग के लिए सहमत नहीं थी। सत्यवती ने उसे अनेक प्रकार से समझाया और अन्ततः यह कहा कि नियोग के लिए उसके देवर आयेंगे;

1. **कौसल्ये देवरस्तेऽस्ति सोऽद्य त्वानुप्रवेक्ष्यति।**
अप्रमत्ता प्रतीक्षैनं निशीथे त्यागमिष्यति॥

(105/2, आदिपर्व)

2. **श्वश्रवास्तद् वचनं श्रुत्वा शयाना शयने शुभे।**
साचिन्तयत् तदा भीष्ममन्यांश्च कुरुपुंगवान॥
(105/3, आदिपर्व)

(कौसल्ये! तुम्हारे एक देवर हैं, वे ही आज तुम्हारे पास गर्भाधान के लिए आयेंगे। तुम सावधान होकर उनकी प्रतिक्षा करो। वे ठीक आधी रात के समय यहाँ पधारेंगे। 105/2, आदिपर्व)

संस्कृत में देवर का अर्थ 'अन्य वर' है, जिसका अर्थ हिन्दी के अनुसार, 'देवर' और 'जेठ', दोनों हो सकता है। वस्तुतः उस समय तक महाभारत-कथा में कोई भी ऐसा पात्र दिखायी नहीं देता, जिसे विचित्रवीर्य का छोटा भाई मान, अम्बिका का देवर कहा जाये। अतः विचित्रवीर्य के भाई के रूप में या तो स्वयं भीष्म विद्यमान थे; अथवा सत्यवती के पुत्र होने के नाते विचित्रवीर्य के दूसरे भाई महर्षि वेदव्यास थे। सत्यवती ने अम्बिका को यह नहीं बताया कि नियुक्त पुरुष वेदव्यास है। उसने देवर शब्द का प्रयोग कर अम्बिका को भ्रम में रखा। इसका प्रमाण यह है कि एक तो उस समय तक सार्वजनिक रूप से यह ज्ञात नहीं था कि सत्यवती के एक कानिन-पुत्र—वेदव्यास भी है। इसलिए अम्बिका उसी पुरुष की कल्पना कर सकती थी, जिसे वह विचित्रवीर्य के भाई के रूप में जानती थी। महाभारत के ही अनुसार, जब अम्बिका अपने शयन-कक्ष में नियुक्त पुरुष की प्रतिक्षा कर रही थी, तो उसकी कल्पना में भीष्म की ही छवि थी—(सास की यह बात सुनकर कौसल्या पवित्र शैया पर शयन करके उस समय मन-ही-मन भीष्म तथा श्रेष्ठ कुरुवंशियों का चिन्तन करने लगी। 105/3, आदिपर्व)

इसका अर्थ यह हुआ कि सत्यवती ने कुछ इस ढंग से उसे तैयार किया था कि अम्बिका यह सोच रही थी कि नियुक्त पुरुष, भीष्म ही हैं। वैसे तो भीष्म के प्रति अम्बिका के आकर्षण का उल्लेख महाभारत में नहीं है; किन्तु अम्बा के भीष्म के प्रति आकर्षण को ध्यान में रखते हुए और भीष्म के भ्रम में नियोग के लिए सहमत हो जाने तथा उनकी कल्पना करते हुए उनकी प्रतिक्षा करने तथा अन्ततः भीष्म के स्थान पर वेदव्यास को सम्मुख देख, वितृष्णा से आँखें बन्द कर लेने की घटनाएँ—इस बात का प्रमाण हैं कि अम्बिका के मन में भीष्म के लिए आकर्षण था और सत्यवती ने कपट करते हुए, इसका लाभ उठाया। अम्बिका, अम्बालिका तथा पुनः अम्बिका की दासी के नियोग के सन्दर्भ में सत्यवती के चरित्र में कहीं भी तनिक-सी भी उदात्तता नहीं है। वहाँ कपट है, छल-प्रपंच है, सत्ता तथा अधिकार का क्रूर प्रयोग है।

'नियोग पद्धति' के माध्यम से उस समाज की जहाँ सन्तान के प्रति आतुरता

प्रकट होती है, वहीं नारी के प्रति क्रूरता भी प्रमाणित होती है। अम्बिका और अम्बालिका दोनों की इच्छा के विरुद्ध व्यास को उनके पास भेजा गया। अम्बिका ने भय अथवा वितृष्णा से अपनी आँखें बन्द कर लीं और अम्बालिका भय से पीली पड़ गयी। निश्चित रूप से यह सास के बहुओं पर एकाधिकार का प्रमाण है। वे कदाचित् इसका विरोध भी नहीं कर सकती थीं। इसलिए दूसरी बार वही स्थिति आने पर अम्बिका ने अपनी दासी को व्यास के पास भेज दिया। इससे उसने अपनी अनिच्छा तो प्रकट की ही, यह संकेत भी दे दिया कि वह सास की आज्ञा की अवज्ञा भी कर सकती है। कदाचित् इसीलिए सत्यवती ने अन्धे धृतराष्ट्र तथा रोगी पांडु से ही सन्तोष कर लिया। अन्यथा उसके समान रजोगुणी स्त्री अपने साम्राज्य का विस्तार करने के लिए अपने पुत्र की 'क्षेत्र' अपनी पुत्रवधुओं से और भी सन्तान की अपेक्षा करती।

जिस स्त्री के पति तथा दो पुत्रों की मृत्यु हो चुकी हो, उसका यह व्यवहार सिद्ध करता है कि अपने पति तथा पुत्रों की मृत्यु से वह टूटी नहीं, असहाय नहीं हुई, वरन् उनकी सत्ता पाकर और अधिक सक्षम, कठोर तथा कभी-कभी क्रूर भी हो गयी।

यदि हम सत्यवती के इस सारे व्यवहार को उसके जीवन की आरम्भिक घटनाओं से जोड़ें तो हम इसी निष्कर्ष पर पहुँचेंगे कि पराशर के साथ उसका सम्बन्ध-विच्छेद भी इसी रजोगुण का ही प्रत्यक्षीकरण था। वह एक सरला और अबोध कन्या का आकस्मिक रूप से ऋषि की वासना का आखेट हो जाना नहीं था। वह सम्बन्ध-विच्छेद भी कदाचित् इसीलिए था कि उस सम्बन्ध से सत्यवती को कोई भौतिक उपलब्धि नहीं होनेवाली थी। बहुत सम्भव है कि यह निर्णय उस समय सत्यवती का न रहा हो, उसके अत्यन्त सांसारिक पिता दासराज का रहा हो; किन्तु बाद में सत्यवती का विकास उसी दिशा में हुआ था।

पांडु की मृत्यु के पश्चात् जब कुन्ती अपने पुत्रों के साथ हस्तिनापुर आयी, तब तब सत्यवती वहीं थी। इस बीच उसके विषय में कोई विशेष चर्चा नहीं मिलती; किन्तु हस्तिनापुर की राजनीति से वह निर्लिप्त भी दिखायी नहीं पड़ती। उसने एक बार भी हस्तिनापुर छोड़ने, वनवास करने अथवा किसी आश्रम में जाकर रहने की इच्छा प्रकट नहीं की। महर्षि वेदव्यास ने ही स्वयं यह निवेदन किया कि अब हस्तिनापुर में दुख-ही-दुख हैं, इसलिए सत्यवती का वहाँ रहना, सुखकर नहीं है। ऐसा लगता है कि भविष्य में होनेवाली घटनाओं का आभास पाकर अथवा उनका अनुमान लगा, महर्षि व्यास ने स्वयं ही सत्यवती को वहाँ से हटाने का निश्चय किया। इस प्रकार वेदव्यास के आश्रम में जाती हुई सत्यवती निश्चय ही उस वृद्ध माता के समान थी, जो जीवन की लालसाओं में

आकंठ डूबी हुई थी, और उसका पुत्र कष्टों को कम करने की दृष्टि से बलात् हस्तिनापुर से हटाकर ले गया था।

2

धृतराष्ट्र तथा पांडु के पालन-पोषण के दौरान न केवल सत्यवती तथा भीष्म के समस्त मतभेद समाप्त हो गये लगते हैं; वरन् सत्यवती के मन की समस्त आशंकाएँ भी विलीन हो गयी हैं। वह पूर्ण अधिकार से भीष्म को आदेश देती है; और उनका बल पाकर वह कुछ अधिक ही कठोर हो गयी है। भीष्म का वैराग्य भी कुरु-वंश के भविष्य के प्रति अनुराग में बदल गया है; और वे धर्म-अधर्म तथा उचित-अनुचित का विवेचन भूलकर, कुरु-वंश तथा कुरु-राज्य के हित के लिए सब कुछ करने को तत्पर हो गये हैं। इसकी छाया काशिराज की पुत्रियों के हरण में भी दिखायी पड़ती है। जो भीष्म केवट-प्रमुख को पुत्री का पूर्ण मूल्य चुकाकर उसे लाये, वे काशिराज की पुत्रियों का बलात् हरण कैसे कर रहे हैं? सम्भवतः इसके उत्तर में कहा जा सकता है कि असमर्थ तथा असहाय निषाद-प्रमुख की कन्या का हरण 'धर्म' नहीं था, किन्तु अपनी कन्या की रक्षा में समर्थ क्षत्रिय राजा की कन्या का हरण क्षत्रिय समाज में धर्म ही माना जाता था। निषाद-प्रमुख भीष्म से लड़ नहीं सकता था, इसलिए भीष्म उसकी कन्या को, शुल्क देकर लाये; किन्तु काशी में आर्यावर्त के सारे राजाओं को चुनौती देकर, उनकी वीरता को धिक्कारते हुए, अम्बा, अम्बिका और अम्बालिका का हरण कर लाये। धृतराष्ट्र के विवाह के सन्दर्भ में गन्धारराज सुबल के साथ उन्होंने युद्ध तो नहीं किया, किन्तु अपनी सैनिक शक्ति का प्रभाव अवश्य दिखाया। गन्धारराज सुबल की इच्छा गान्धारी का विवाह अन्धे धृतराष्ट्र से करने की नहीं थी। इस पर भी यदि विवाह हुआ तो निश्चित रूप से हस्तिनापुर के योद्धाओं के आतंक के कारण ही हुआ। स्पष्टतः सैनिक बल के दबाव में किया गया वह राजनीतिक सम्बन्ध था। पांडु के लिए माद्री को लाने गये भीष्म यद्यपि अपने साथ सेना लेकर गये थे; किन्तु उन्होंने मद्रराज शल्य के कहने पर माद्री का शुल्क चुकाया। वहाँ सैन्य-बल अथवा उसके आतंक का प्रयोग नहीं किया गया।

'महाभारत' की कथा में प्रवेश करने से पहले ही गान्धारी ने शिव की आराधना कर सौ पुत्रों की प्राप्ति का वरदान पा लिया था। वैसे हमारे पुराणों में किसी भी घटना की व्याख्या करने का एक सरल मार्ग यह है कि उस घटना को अलौकिक या पारलौकिक घटनाओं से जोड़ दिया जाये। महाभारत में गान्धारी

के इस वरदान की चर्चा है, किन्तु शिव के प्रति उसकी भक्ति की चर्चा फिर कभी नहीं आयी। हाँ! वेदव्यास को प्रसन्न करके भी गान्धारी ने उनसे सौ पुत्रों का वरदान माँगा था। प्रश्न है कि यदि उसे महादेव शिव से पहले ही यह वरदान प्राप्त हो चुका था, तो उसे पुनः वही वरदान वेदव्यास से माँगने की क्या आवश्यकता थी? वह कोई और नया वरदान भी तो माँग सकती थी। शिव की उपासना, साधना अथवा तपस्या का वर्णन महाभारत में नहीं है, किन्तु इतना तो स्पष्ट ही है कि गान्धारी में अद्भुत संकल्प-शक्ति है। अपनी अभिलाषा पूर्ण करने के लिए वह साधना अथवा तपस्या की किसी भी सीमा तक जा सकती है। धृतराष्ट्र से विवाह का प्रस्ताव जब गन्धार के राजप्रासाद में गया तो गन्धारराज सुबल को वह पसन्द नहीं आया था, किन्तु बाद में उन्होंने किन्हीं कारणों से उस प्रस्ताव को स्वीकार कर लिया। इस स्वीकृति के कारणस्वरूप महाभारत में कुरुकुल के गुण ही गिनाये गये हैं, किन्तु हम देख चुके हैं कि इस स्वीकृति के पीछे क्या था।

'महाभारत' के अनुसार, सुबल द्वारा इस सम्बन्ध की सहमति दे दिये जाने के बाद गान्धारी अपनी आँखों पर पट्टी बाँध लेती है। महाभारतकार इसके लिए गान्धारी की प्रशंसा करता है, क्योंकि वह इसको गान्धारी के पातिव्रत्य का ही अंग मानता है। वह यह मानता है कि गान्धारी ने पट्टी इसलिए बाँधी, ताकि वह अपने पति के दोष न देखे, उससे अधिक समर्थ न हो, और अधिक समर्थ होने के कारण उसके मन में अहंकार न जागे। किन्तु आधुनिक आलोचक इस घटना को पतिव्रता के प्रेम के रूप में न देखकर नारी-विद्रोह तथा प्रतिवाद के रूप में देखते हैं। उनका कहना है कि वह गान्धारी का कुरुकुल के प्रति व्यंग्य थ। अन्धे पुरुष के लिए सुनयना पत्नी की इच्छा को ठुकराने के लिए उसने स्वयं अपने ऊपर यह प्रतिबन्ध लगाया और अन्त तक उसका निर्वाह किया। उसने मृत्युपर्यन्त अपने पुत्रों का मुख तक नहीं देखा।

गान्धारी के पातिव्रत्य में कोई सन्देह नहीं है। विवाह के पश्चात् उसने कभी पश्चाताप, क्रोध या विरोध नहीं जताया। इसका अर्थ यह नहीं है कि वह मानवीय इच्छाओं-आकांक्षाओं से अनासक्त कोई देवी थी। गर्भवती गान्धारी ने युधिष्ठिर के जन्म की सूचना-पाकर स्वयं अपने हाथों अपने गर्भ पर आघात कर उसे नष्ट करने का प्रयत्न किया था। वेदव्यास के पूछने पर उसने स्वयं स्वीकार किया, "मैंने सुना है, कुन्ती के एक ज्येष्ठ पुत्र उत्पन्न हुआ है, जो सूर्य के समान तेजस्वी है। यह समाचार सुनकर अत्यन्त दुख के कारण मैंने अपने उदर पर आघात करके गर्भ गिराया है।" (15-16/114, आदिपर्व) उस युग में, जब संयुक्त परिवार का इतना सशक्त रूप विद्यमान था कि ताया और चाचा को

भी पिता ही कहा जाता था, और तायी तथा चाची को माता; गान्धारी के रुष्ट होने का कारण मात्र इतना ही था कि युधिष्ठिर बड़ा होने के कारण हस्तिनापुर के राज्य का धर्मसंगत उत्तराधिकारी था। राज्य तो धर्मतः पांडु का ही था और युवराज उसके ज्येष्ठ पुत्र को ही होना चाहिए था, फिर भी कदाचित् गान्धारी के मन में आकांक्षा थी कि यदि उसके पुत्र का जन्म हो जाये तो वह ज्येष्ठता के आधार पर उसे युवराज बना लेगी। स्पष्टतः गान्धारी के मन में धृतराष्ट्र के ही समान राज्य के लिए असाधारण लिप्सा भी थी; और कुन्ती तथा उसके पुत्रों के प्रति द्वेष एवं मात्सर्य का भाव भी। कुन्ती उसे उस प्रकार प्रिय नहीं थी, जिस प्रकार वह अपने मुख से बखानती है।

इस सन्दर्भ में एक और तथ्य अत्यन्त महत्त्वपूर्ण है : गान्धारी के भाई शान्तनु का गन्धार को त्यागकर स्थायी रूप से हस्तिनापुर में रहना। उस युग में किसी भी अन्य विवाहिता स्त्री के ससुराल में उसके भाई के रहने का उल्लेख नहीं मिलता। यहाँ न केवल शकुनि हस्तिनापुर नगर में ही, वरन् हस्तिनापुर की राजसभा में भी विद्यमान है; और वह इतना महत्त्वपूर्ण है कि भीष्म जैसे कुलवृद्ध भी उसकी सारी दुष्टताओं को देखते हुए उसे कुछ नहीं कह सकते। दुर्योधन के सम्पर्क में तो शकुनि बाद में आया, पहले तो वह गान्धारी की इच्छा से ही हस्तिनापुर में विद्यमान रहा होगा। गान्धारी क्यों चाहती थी कि शकुनि गन्धार को छोड़कर हस्तिनापुर में विद्यमान रहे? एक कारण तो यह हो सकता है कि उसे लगा होगा कि अन्धे दुर्बल धृतराष्ट्र को भीष्म तथा अन्य कुलवृद्धों के प्रभाव से मुक्त रखने के लिए शकुनि को सदा वहाँ उपस्थित रहना चाहिए। और धृतराष्ट्र को कुरुवृद्धों और कुरु परम्पराओं के प्रभाव से मुक्त रखने के पीछे उद्देश्य केवल एक ही था कि हस्तिनापुर का राज्य धृतराष्ट्र के आधिपत्य में रहे और भीष्म की इच्छा की, राजनीति पर छाया भी न पड़े। सम्भवतः यह भी अन्धे धृतराष्ट्र से विवाह करवाने के लिए, भीष्म से लिया गया गान्धारी का प्रतिशोध ही था।

यह भीष्म ही नहीं, सारे कुरुकुल से लिया गया गान्धारों का प्रतिशोध था। शकुनि आजीवन हस्तिनापुर में बैठा, मात्र ऐसे षड्यन्त्रों की सृष्टि करता है, जिनसे कुरु-वंश की शक्ति नष्ट हो, उनकी आन्तरिक कलह बढ़े और अन्ततः कुरु-वंश का नाश हो। बहिन तथा भागिनेय के प्रेम-मात्र के कारण कोई अपना देश, राज्य और परिवार छोड़कर सारा जीवन पराये घर की देखभाल करने में व्यतीत नहीं करता।... हस्तिनापुर की सैन्य-शक्ति के सम्मुख असहाय और दुर्बल गान्धारों के पास इस प्रच्छन्न प्रतिशोध के सिवाय और उपाय भी क्या था?

गान्धारी साधारण पतिव्रता और धर्मपरायण स्त्री नहीं थी। वह कुटिल भी

हो सकती थी और क्रूर भी। उसके भीतर का विष कुछ ही अवसरों पर उफनकर बाहर आया है, जो यह बताता है कि अपनी इच्छा के विरुद्ध हुई घटनाओं के फलस्वरूप अपने मन में उपजे कालकूट विष को वह किस प्रकार छिपाकर रख सकती थी, और उपयुक्त अवसर पर प्रहार कर सकती थी। ऐसी नारी ने अन्धे धृतराष्ट्र के साथ अपने सम्बन्ध को सहज ही स्वीकार नहीं किया होगा।

दुर्योधन के बड़े होने पर गान्धारी तथा धृतराष्ट्र के व्यवहार में कुछ अन्तर दिखायी पड़ता है। धृतराष्ट्र अपनी महत्त्वाकांक्षाएँ, दुर्योधन के माध्यम से पूरी करना चाहता है; जबकि गान्धारी की अपनी कोई महत्त्वाकांक्षा दिखायी नहीं देती। गान्धारी चाहती है कि उसके पुत्र की इच्छाएँ तो पूरी हों, किन्तु वह उस मार्ग पर चलने का दुस्साहस न करे, जिस पर अन्ततः वह दंडित भी हो सकता हो; किन्तु धृतराष्ट्र, दुर्योधन के किसी भी कार्य का विरोध नहीं करता। हस्तिनापुर की राजसभा में द्रौपदी का अपमान होने की सूचना पाकर गान्धारी स्पष्ट रूप से दुर्योधन का विरोध ही नहीं करती, वह धृतराष्ट्र को उसे त्याग देने का परामर्श भी देती है। गान्धारी भी अपने ज्येष्ठ पुत्र दुर्योधन से अपार प्रेम करती है; किन्तु उसका प्रेम मोह की उस सीमा तक नहीं पहुँचा है, जहाँ वह धर्म-अधर्म का भेद ही न कर सके। द्रौपदी के अपमान की पीड़ा गान्धारी को स्पर्श करती है। मैं इस घटना को गान्धारी के विवाह की घटना से जोड़कर देखता हूँ। अपनी असहायता का अनुभव कर, तब गान्धारी ने विरोध और विद्रोह के रूप में अपनी आँखों पर पट्टी बाँध ली थी; किन्तु इस समय नारी की असहायता और अपमान—वह भी अपने ही पुत्रों के हाथों—देखकर उसका मन विह्वल ही नहीं, अत्यन्त विचलित हो उठता है। वह अपने पुत्रों के हजार पाप अनदेखे कर सकती थी, किन्तु किसी नारी के अपमान से उसे अपना अपमान स्मरण हो आता है और वह धृतराष्ट्र से कहती है, "आपके पुत्र आपके ही नियन्त्रण में रहें, ऐसी चेष्टा कीजिये। ऐसा न हो कि वे सभी मर्यादा का त्याग करके प्राणों से हाथ धो बैठे और आपको इस बुढ़ापे में छोड़कर चल बसें। इसलिए आप मेरी बात मानकर इस कुलांगार दुर्योधन को त्याग दें।" (8/75, सभापर्व)

किन्तु इस उक्ति में, तथा इसी प्रकार की अन्य उक्तियों में जहाँ कहीं भी गान्धारी ने युद्ध का विरोध किया है, वहाँ यह तर्क नहीं है कि युद्ध अनुचित है अथवा यह अधर्म-युद्ध है। उसने जहाँ कहीं भी विरोध किया है, इस आधार पर किया है कि इस युद्ध में उसके पुत्र मारे जायेंगे। जबकि धृतराष्ट्र अपने पुत्रों की पराजय और मृत्यु की ओर से भी अन्धा है। ऐसे में यह प्रश्न उठता है कि यदि गान्धारी को अपने पुत्रों की विजय और पांडवों की पराजय का

पूर्ण विश्वास होता तो क्या तब भी वह युद्ध का विरोध करती? तब भी वह दुर्योधन को त्यागने की बात कहती? इस प्रश्न का उत्तर अनुमानाश्रित ही हो सकता है। महाभारत में इस सन्दर्भ में कोई चर्चा नहीं है। फिर भी इतना तो स्पष्ट है कि तत्कालीन परिस्थितियों में उद्योग-पर्व में गान्धारी ने पांडवों के साथ युद्ध का विरोध किया है और सदा ही सन्धि का समर्थन किया है। इस सन्दर्भ में उसे जहाँ भी दुर्योधन ही नहीं, धृतराष्ट्र का भी विरोध करना पड़ा है, उसने उनका मुखर रूप से विरोध किया है। युद्ध के पश्चात् भी, अपने पुत्रों की मृत्यु के बावजूद उसने स्वीकार किया है कि युद्ध के लिए दोषी धृतराष्ट्र था; और कुरुकुल के विनाश के जिन चार अपराधियों के उसने नाम लिये, वे हैं—दुर्योधन, दुःशासन, शकुनि तथा कर्ण!

इस सारे विरोध के पीछे उसका विवेक है। उसका मन प्रत्येक अवस्था में अपने पुत्रों के ही साथ है। उनकी विजय से उसे प्रसन्नता होती है और उनकी पराजय की सम्भावना, पराजय तथा मृत्यु से दुख और कष्ट होता है। कर्ण की मृत्यु की सूचना पाकर गान्धारी अचेत होकर गिर पड़ी थी। निश्चित रूप से इस अचेतावस्था का कारण कर्ण के प्रति उसका प्रेम कम, दुर्योधन की पराजय की आशंका अधिक थी। इसका अर्थ यह है कि इस युद्ध का विरोध करते हुए भी, उसके लिए अपने पुत्र और पति को दोषी ठहराते हुए भी, वह यह कभी नहीं चाहती थी कि इस युद्ध में उसके पुत्र पराजित हों। युद्ध के क्षेत्र से प्रत्यक्ष पराजय की सूचनाएँ मिलने पर भी मन में कहीं वह विजय की आशा बनाये हुए थी। भीष्म तथा द्रोण के धराशायी हो जाने की सूचनाएँ सुनकर गान्धारी के अचेत होकर गिरने का उल्लेख महाभारत में नहीं है; किन्तु कर्ण की मृत्यु ने उसकी चेतना ही छीन ली। थोड़ा विचार करने पर इसके कारण-स्वरूप एक सम्भावना दिखायी पड़ती है। सम्भव है, गान्धारी को भी दुर्योधन के समान, कौरवों के प्रति भीष्म और द्रोण की निष्ठा में सन्देह रहा हो, और वह समझती हो कि कर्ण के सेनापतित्व में दुर्योधन की विजय होगी। किन्तु कर्ण की मृत्यु का समाचार उसकी आशाओं पर पानी फेर गया।

अपने पुत्रों की सम्पूर्ण पराजय और मृत्यु के पश्चात्, महाभारत में गान्धारी के लम्बे-लम्बे विलापों का वर्णन है। वे विलाप माता के रूप में भी हैं, सास के रूप में भी और एक नारी के रूप में भी। उसकी करुणा उन सब स्त्रियों को अपने कंठ से लगाने को प्रस्तुत है, जिनके पतियों, भाइयों, पिताओं तथा पुत्रों ने इस युद्ध में वीरगति पायी है। उसमें मित्र तथा शत्रु-पक्ष का भेद नहीं है। वह कुन्ती, द्रौपदी, सुभद्रा, उत्तरा, सुदेष्णा—सबके प्रति समान रूप से सकरुण है। उससे किसी का भी दुख देखा नहीं जाता। किन्तु पांडवों के सामने पड़ने

पर उसका रोष जाग उठता है और वह उन्हें शाप देने को प्रस्तुत हो जाती है। उस समय उसका विवेक काम नहीं करता! वह भूल जाती है कि इस युद्ध की आकांक्षा पांडवों ने नहीं की थी। वे उसके लिए उत्सुक नहीं थे। दुर्योधन ने बलात् यह युद्ध उन पर लादा था और युधिष्ठिर ने यह युद्ध अनिच्छापूर्वक स्वीकार किया था। वह यह भी भूल जाती है कि युद्ध इसीलिए होते हैं कि अपने शत्रुओं को पूर्णतः नष्ट कर दिया जाये। पांडवों ने अपना क्षत्रिय धर्म ही निभाया था; यदि उन्होंने दुर्योधन की सेना को नष्ट न किया होता तो वे स्वयं नष्ट हो गये होते। गान्धारी अपने रोष में उन पांडवों को शाप देने को प्रस्तुत हो जाती है, जिन्हें वह कुन्ती के समान अपने लिए भी रक्षणीय मानती है। किन्तु कृष्ण के समझाने पर उसकी बुद्धि स्थिर हो जाती है और वह शाप देने का विचार छोड़ देती है और इस सीमा तक विनीत हो जाती है कि कहती है कि अब तो कृष्ण ही उसका और उसके वृद्ध पति का पालन करेंगे।

किन्तु उसका रोष मिटता नहीं है। दूसरे अवसर पर पांडवों को अपने सामने पाकर पुनः उसका वह रोष जाग उठता है। पांडव लोग पिछली सारी घटनाओं के बावजूद इतने विनीत, शालीन तथा ग्लानि से दबे हुए हैं कि गान्धारी उन्हें सीधे-सीधे शाप तो नहीं दे सकती, किन्तु अपना आक्रोश प्रकट करते हुए उनसे युद्ध में किये गये एक-एक अमर्यादित व्यवहार का स्पष्टीकरण माँगती है। पांडव उसका सम्मान भी करते हैं और उसकी तपःशक्ति से भयभीत भी हैं। वे बलपूर्वक यह नहीं कहते कि हमने स्वयं पर बलात् थोपा गया एक युद्ध किया है और अपने शत्रुओं को नष्ट किया है। वे गान्धारी के प्रश्नों के उत्तर इस प्रकार देते हैं, जैसे वे अपराधी हों और अपनी माँ को अपनी ओर से सफाई दे रहे हों। गान्धारी जब भीम से पूछती है कि उसने दुःशासन का रक्तपान क्यों किया तो वह छाती ठोंककर यह नहीं कहता कि दुर्योधन ने द्रौपदी का अपमान किया, इसलिए मैंने दुःशासन का रक्तपान किया। वह डरकर कहता है कि रक्त मेरे ओठों और दाँतों से आगे नहीं गया इत्यादि। युधिष्ठिर तो पश्चात्ताप की भावना से ऐसा ग्रस्त है कि वह गान्धारी के सामने स्वीकार करता है कि इस विनाश के लिए वही दोषी है। अतः गान्धारी उसे शाप दे दे। कदाचित् गान्धारी का विवेक सजग है और वह जानती है कि यदि वह अपने संचित क्रोध को नियन्त्रित न कर पायी तो सम्भव है कि उसके मुख से कोई शाप फूट ही निकले। इसलिए वह अपनी पट्टी के भीतर से ही युधिष्ठिर को देखती है, किन्तु उसके मुख की ओर नहीं, उसके पैरों के नखों की ओर। युधिष्ठिर के पैरों के नख काले पड़ जाते हैं। इस घटना से गान्धारी के नियन्त्रित क्रोध तथा सजग विवेक–दोनों का ही प्रमाण मिलता है।

पांडवों को गान्धारी क्षमा कर देती है, किन्तु उसका यह क्रोध टूटता है कृष्ण पर। उसका आरोप है कि यदि कृष्ण चाहते तो वे यह युद्ध रोक सकते थे। वह अपने आरोप का कारण स्पष्ट नहीं करती और न ही कृष्ण ही यह कहते हैं कि वे तो सन्धि-सन्देश लेकर आये ही थे,—सन्धि का सन्देश तो दुर्योधान ने ठुकराया था। गान्धारी उस समय दुर्योधन की माता के रूप में नहीं, कुरुकुल का सदस्या के रूप में सोच रही है। इसलिए अपने कुल के किसी व्यक्ति को दोषी नहीं मानती और उसका संचित आक्रोश कुरुकुल के बाहर के व्यक्ति—कृष्ण—पर केन्द्रित हो जाता है और वह कृष्ण के यदुकुल को कौरवों के ही समान परस्पर लड़कर नष्ट होने का, और कृष्ण को व्यक्तिगत रूप से एक अज्ञात और गौरव-शून्य मृत्यु का शाप दे देती है। वह कृष्ण, जिसे वह अवतारी पुरुष मानती है वह कृष्ण, जिससे वह अपने पालन-पोषण की अपेक्षा करती है—वही कृष्ण उसके द्वारा शापित होते हैं, क्योंकि अपने पुत्रों की मृत्यु के लिए वह किसी-न-किसी को दोषी ठहरायेगी ही; और उस दोषी को वह अदंडित नहीं छोड़ सकती, क्षमा नहीं कर सकती।

3

गर्भपात के पश्चात् गान्धारी के भ्रूण से व्यास द्वारा सौ पुत्रों का जन्म सम्भव करना दैवी चमत्कार के रूप में भी देखा जा सकता है; योग की सिद्धि के रूप में भी; तथा विज्ञान के आविष्कार के रूप में भी। किन्तु कथाकार के रूप में मेरा मन इन तीनों के पक्ष-विपक्ष के रूप में कुछ नहीं कहना चाहता। मेरा मन एक ही प्रश्न पूछता है कि ये सौ पुत्र गान्धारी के ही थे अथवा केवल धृतराष्ट्र के? युयुत्सू के रूप में हमारे पास यह प्रमाण वर्तमान है कि सेवा करनेवाली अन्य स्त्रियों से भी धृतराष्ट्र की सन्तान का जन्म सम्भव था? इस रूप में अन्धे धृतराष्ट्र की सेवा में कितनी ही दासियाँ रही होंगी। चक्षुहीनता के कारण धृतराष्ट्र का संसार पर्याप्त सीमित रहा होगा। वन में जाकर हिंस्र पशुओं के आखेट की क्षमता उसमें नहीं थी; किन्तु राजमहल के अवरोध में दासियों का आखेट तो वह कर ही सकता था। धृतराष्ट्र में रजोगुण की अपार मात्रा थी। जीवन के भोग के प्रति उसके मन में असीम तृष्णा थी। 'महाभारत' के युद्ध के पश्चात् जब उसके सारे पुत्र मारे जा चुके थे, वह पांडवों—जिनसे वह आजीवन शत्रुता निभाता रहा—के आश्रय में भी जीवन का भोग कर रहा था। उसका पूर्ण सत्कार हो रहा था। भीम के उग्र विरोध के बावजूद उसे सारी सुविधाएँ उपलब्ध थीं। ऐसा व्यक्ति सौ पुत्रों की सेना एकत्रित कर लेता है तो न कुछ

असाधारण है, न अस्वाभाविक। यह ठीक है कि 'महाभारत' में धृतराष्ट्र की कामुकता का बहुत स्पष्ट और मुखर चित्रण नहीं है किन्तु 'महाभारत' में घटनाएँ अधिक प्रामाणिक हैं। चरित्रों के सम्बन्ध में दिये गये वक्तव्य अनेक स्थानों पर विश्वसनीय नहीं बन पाये हैं। इसीलिए यदि स्थान-स्थान पर धृतराष्ट्र को धर्मात्मा तथा प्रज्ञा-चक्षु कहा गया है तो मुझे आश्चर्य नहीं होता। सौ पुत्रों में से केवल दुर्योधन और दुःशासन का ही प्रमुख होना भी, यह सोचने के लिए अवकाश प्रस्तुत करता है कि सारे के सारे पुत्र गान्धारी के गर्भ से ही उत्पन्न नहीं हुए थे। मनुष्य की आयु में किसी स्त्री के लिए यह सम्भव नहीं है कि वह सौ प्रसव करे, इसलिए बहुत सम्भव है कि धृतराष्ट्र की कामुकता को छिपाने के लिए सौ के सौ धार्तराष्ट्रों को गान्धारी के ही पुत्र बताया गया हो, और उसका एक ही मार्ग था कि उनके जन्म को विलक्षण बना दिया जाये, जो महाभारत में हुआ है।

पांडु के विवाह के सन्दर्भ में भी कुछ बातें विचारणीय हैं। यह तो कहा गया है कि वह आरम्भ से ही पांडु रोग से पीड़ित था; किन्तु उसके व्यक्तित्व, स्वास्थ्य एवं पौरुष में किसी प्रकार की किसी कमी की चर्चा नहीं की गयी। वह कुन्ती के स्वयंवर में जाता है और कुन्ती उसका वरण कर हस्तिनापुर में आ जाती है। किन्तु अगले ही क्षण हम देखते हैं कि भीष्म उसके लिए दूसरी पत्नी लाने के लिए मद्र देश की ओर प्रस्थान करते हैं। मेरे मन में यह प्रश्न उठता है कि कुन्ती के होते हुए माद्री को लाने की क्या आवश्यकता थी भीष्म को? तथा पहली बार यदि पांडु स्वयं स्वयंवर में जाकर कुन्ती को प्राप्त कर सकता है, तो दूसरी बार भीष्म क्यों उसके लिए पत्नी उपलब्ध कराने का प्रयत्न कर रहे हैं? भीष्म ने विचित्रवीर्य के लिए काशिराज की पुत्रियों का अपहरण किया, क्योंकि विचित्रवीर्य अपनी पत्नी के रूप में किसी कन्या को प्राप्त करने में असमर्थ था। धृतराष्ट्र के लिए उन्होंने सुबल से गान्धारी को प्राप्त किया, क्योंकि धृतराष्ट्र भी स्वयं अपने लिए पत्नी प्राप्त करने में असमर्थ था। किन्तु जो पांडु पहले ही अपने लिए एक पत्नी प्राप्त कर चुका है, उसके लिए, दूसरी पत्नी प्राप्त करने के लिए मद्र देश तक की यात्रा का कष्ट भीष्म को क्यों उठाना पड़ा? इतना ही नहीं, दो-दो नवोढ़ा पत्नियों के होते हुए भी पांडु दिग्विजय के लिए क्यों चला जाता है? और दिग्विजय से लौटकर हस्तिनापुर के राजप्रासाद में अपनी पत्नियों के साथ सुखी दाम्पत्य जीवन व्यतीत करने के स्थान पर वह आखेट के लिए वन क्यों जाना चाहता है? इन सारी परिस्थितियों में मेरा कथाकार मन यह मानने लगता है कि वह अपनी पत्नियों के साथ नहीं रहना चाहता, क्योंकि वह उनका सामना नहीं कर सकता; और उनसे दूर बने रहने

को कोई-न-कोई बहाना तो उसे चाहिए ही। इसके उत्तर में यह पूछा जा सकता है कि अपनी ही पत्नियों से आँखें चुराने का क्या कारण हो सकता है? इस प्रश्न का उत्तर आगे चलकर किन्दम ऋषि से शाप से उपलब्ध होता है। मैं यह नहीं मान सकता कि पांडु एक स्वस्थ और पूर्ण पुरुष था, फिर भी वह अपनी पत्नियों से भागता फिरता था; और अपनी पत्नियों के साथ अनेक वर्ष व्यतीत करने के पश्चात् भी सन्तान का न होना संयोग-मात्र ही था, जबकि उसकी दोनों पत्नियाँ सन्तान उत्पन्न करने में सक्षम थीं।

इन सारी घटनाओं को सामने रखकर मेरे मन में एक ही बात उठती है कि पांडु की निर्वीर्यता को किन्दम ऋषि के शाप के माध्यम से महाभारतकार ने ढँका भी है, और उद्घाटित भी किया है। पांडु वस्तुतः आरम्भ से ही पूर्ण पुरुष नहीं था, किन्तु कदाचित् वह अपनी इस अपूर्णता से या तो परिचित नहीं था, या उसे स्वीकार करना नहीं चाहता था। इसीलिए भ्रमवश वह कुन्ती के स्वयंवर में चला गया था; और कुन्ती को पत्नी के रूप में प्राप्त कर लाया था। अपने पुरुषत्व की वास्तविक स्थिति का साक्षात्कार उसने दाम्पत्य सम्बन्धों के प्रथम क्षणों में ही कर लिया होगा। अपनी इस निर्वीर्यता से उपजे क्रोध, अपमान तथा लज्जा को ढाँपने के लिए उसने दिग्विजय का बहाना किया होगा। क्षत्रिय राजा को दिग्विजय पर जाने से कोई रोक नहीं सकता था और वह इस दिग्विजय के अभियान के माध्यम से अपनी पत्नी से दूर भी रह सकता था और अपने अपूर्ण पौरुष को गौरवान्वित भी कर सकता था।

किन्तु कदाचित् भीष्म इसका कारण नहीं समझ पाये और बहुत सम्भव है कि उन्होंने यह समझा हो कि पांडु के मन को कुन्ती भायी नहीं। तत्कालीन समाज में पति-पत्नी की इस अनबन के कारण पत्नी को होनेवाले कष्ट के विषय में कुछ नहीं सोचा जाता रहा होगा। वह पदार्थ के समान रही होगी। स्वामी को रुचिकर न होने के कारण, स्वामी के लिए दूसरा पदार्थ आ जाता होगा। लगता है, इसी मानसिकता के कारण भीष्म पांडु के लिए दूसरी पत्नी ले आये होंगे। कुन्ती के साथ अपने दाम्पत्य अनुभव के आधार पर पांडु अपनी क्षमताओं के प्रति आशंकित रहा होगा। इसलिए वह स्वयं दूसरी पत्नी लेने नहीं गया। किन्तु स्पष्ट रूप से अपनी स्थिति उसने भीष्म को भी नहीं बतायी होगी; इसलिए भीष्म ने उसके लिए दूसरी पत्नी उपलब्ध कराने की भूल की। दोनों पत्नियों के साथ एक-सा ही अनुभव होने के कारण पांडु ने उनसे दूर रहने के लिए आखेट के ब्याज से अपने बचने का मार्ग निकाला होगा। किन्तु अब तक कदाचित् कुन्ती और माद्री भी पांडु की स्थिति को कुछ भाँप गयी होंगी, इसलिए वे उसके साथ हठपूर्वक चली आयी होंगी।

पांडु के सन्दर्भ में किन्दम ऋषि का शाप अत्यन्त महत्त्वपूर्ण घटना है। किसी क्षत्रिय राजा के लिए किसी पशु का, विशेषकर मृग का, आखेट तनिक भी असाधारण घटना नहीं है, किन्तु रति-कीड़ा संलग्न मृग और मृगी पर बाण का आघात करना, निश्चित रूप से पांडु की असहज मनःस्थिति का परिचायक है। सम्भोगरत मृग पर पांडु न बाण का प्रहार क्यों किया? इसका कोई समुचित उत्तर पांडु के पास नहीं है। किन्तु उसकी मनःस्थिति को ध्यान में रखते हुए अनेक अनुमान लगाये जा सकते हैं। दो-दो पत्नियों के होते हुए भी रति-क्रीड़ा में असमर्थ पांडु, मृगों को सम्भोगरत देखकर निश्चय ही अपनी पीड़ा से विक्षिप्त हो उठा होगा। यह तथ्य उसके लिए अत्यधिक पीड़ादायक रहा होगा कि जिस सुख का भोग करने की क्षमता सम्राट पांडु में नहीं है, वह क्षमता प्रकृति ने साधारण पशुओं को भी दे रखी है। अपनी अक्षमता से पीड़ित होकर क्षोभवश प्रतिहिंसा से प्रेरित होकर पांडु ने उस मृग को मारा होगा।

यह प्रश्न और भी जटिल है कि क्या वह मृग स्वयं किन्दम ऋषि थे, वह मृगी उनकी पत्नी थी या साधारण मृगी थी; अथवा वे किन्दम ऋषि के आश्रम से सम्बन्धित साधारण मृग थे? यदि शाप, वरदान तथा योग की सिद्धियों को स्वीकार कर लिया जाये, और यह मान लिया जाये कि किन्दम ऋषि में इस प्रकार की अलौकिक शक्तियाँ थीं, जिनके द्वारा वे स्वयं को मृग में तथा अपनी पत्नी को मृगी में परिणत कर सकते थे, तो भी इस प्रश्न का समाधान नहीं होगा कि उन्हें सम्भोग के लिए मृग में परिणत होने की क्या आवश्यकता थी। वे नर-नारी के रूप में ही क्यों रति-सुख प्राप्त नहीं कर सकते थे? कुछ विद्वानों ने यह भी स्वीकार किया है कि यह और कुछ नहीं, केवल किन्दम ऋषि द्वारा मनुष्य होते हुए भी अपनी कामेच्छा का नियन्त्रण न कर पाने के कारण मृगी के साथ सम्भोग का प्रमाण है। मुझे इस व्याख्या को स्वीकार करने में भी कठिनाई है। 'महाभारत' के अनुसार, पांडु ने जिस पर बाण चलाया वह मृग ही था, जो बाद में ऋषि के रूप में परिणत हुआ; इसलिए यही स्वीकार करना उचित नहीं होगा कि किन्दम ऋषि नारी की अनुपलब्धि के कारण मृगी से ही रति-सुख का आनन्द उठा रहे थे। मैं अलौकिक शक्तियों के द्वारा ऋषि के मृग में परिणत होना भी स्वीकार नहीं कर पाता, इसीलिए मुझे लगता है कि पांडु ऋषि के शाप के कारण निर्वीर्य नहीं हुए। वे आरम्भ से ही पुंसत्वहीन थे; इसलिए साधारण मृगों को भी रति-संलग्न देख, उन्होंने प्रतिहिंसावश मृग की हत्या थी। वे मृग किन्दम ऋषि के आश्रम से सम्बद्ध रहे होंगे। अतः किन्दम ऋषि ने अवश्य ही इसका विरोध किया होगा और पांडु को समझाया होगा कि अपनी इस अक्षमता के कारण अन्य जीवों को पीड़ित करना न तो धर्मसंगत

ही है, और न लाभदायक ही। प्रकृति ने जो क्षमता सारे जीव-जन्तुओं को दे रखी है, वह न तो पांडु के आदेश से समाप्त हो सकती है और न ही पांडु उन सारे जीवों को समाप्त कर सकते हैं। इसलिए पांडु को अपनी अक्षमता स्वीकार कर लेनी चाहिए तथा उसके उपचार का प्रयत्न करना चाहिए। यही परामर्श 'महाभारत' में किन्दम ऋषि के शाप के रूप में स्वीकार किया गया है। यह कहना कठिन है कि पांडु की पुंसत्वहीनता को स्पष्ट शब्दों में उल्लिखित न कर, इस कथात्मक-रूढ़ि का प्रयोग क्यों किया गया।

पांडु के सन्दर्भ में एक और प्रश्न भी विचारणीय है कि अपनी अक्षमता से परिचित होकर उसने संन्यास स्वीकार किया अथवा मात्र वनवास? आगे की घटनाओं से ऐसा नहीं लगता कि पांडु के मन में वैराग्य उपजा होगा और उसने सांसारिकता का त्याग कर संन्यास ग्रहण किया होगा। यदि पांडु संन्यास स्वीकार करता तो न तो उसकी दोनों पत्नियाँ उसके साथ रह पातीं, न ही वह हस्तिनापुर का राजा रहता; और न ही हस्तिनापुर के युवराज के रूप में उसे एक पुत्र की कामना होती। वस्तुतः 'महाभारत' में उपलब्ध वर्णन के अनुसार वनों और पर्वतों पर रहते हुए भी, हस्तिनापुर का राजा पांडु ही है। धृतराष्ट्र अपने भाई के राज्य की देखभाल-मात्र कर रहा है। पांडु के मन में भी यह स्पष्ट है कि यदि उसका पुत्र नहीं हुआ, तो राज्य धृतराष्ट्र की भावी सन्तान के अधिकार में चला जायेगा। इसलिए यह आवश्यक है कि पांडु का पुत्र जन्म ले। इसीलिए पांडु के वनवास को तपस्या न मानकर साधना के रूप में ही ग्रहण किया जा सकता है। वह पुत्र-प्राप्ति के लिए साधना कर रहा है। सम्भवतः वह अपना शारीरिक उपचार भी करवा रहा होगा। क्योंकि न तो उसके मन से कामेष्णा गयी है, न पुत्रेष्णा। इसका प्रमाण मृत्यु के समय माद्री का आकर्षण तथा नियोग द्वारा पुत्र प्राप्त करने की घटनाओं में उपलब्ध है। पांडु कोई भी लौकिक सुख छोड़ नहीं सका है, वरन् उनको प्राप्त करने के लिए सघन प्रयत्न कर रहा है, यही उसकी साधना है। परिणामतः यदि वह स्वयं पुत्र उत्पन्न नहीं कर सकता तो देव-प्रदत्त पुत्रों को प्राप्त करता है।

इस स्थल पर महाभारतकार ने पांडु के माध्यम से कुन्ती को जो कुछ कहलवाया है, वह उक्ति तत्कालीन समाज के विषय में हमें पर्याप्त जानकारी देती है। निश्चित रूप से उस काल में अनेक सामाजिक तथा राजनैतिक कारणों से पुत्र-प्राप्ति जीवन की अनिवार्यता थी। सम्भव है कि निरन्तर युद्धरत समाज को सैनिकों की परम आवश्यकता थी। इसलिए राज्य तथा समाज उस व्यक्ति को क्षमा नहीं कर सकता था, जो समाज को कम-से-कम एक पुत्र दिये बिना अपनी जीवन-लीला समाप्त कर दे। यह भी सम्भव है कि वृद्धावस्था में अपनी

आर्थिक आवश्यकताओं की पूर्ति तथा शारीरिक देखभाल के लिए वृद्ध तथा असमर्थ पिता के पास सिवाय अपने पुत्र के और कोई अवलम्ब न हो। कारण कुछ भी रहा हो किन्तु नारी-पुरुष के स्वच्छन्द सम्बन्ध से लेकर परिवार के निर्माण, तथा एक-पत्नी एवं एक-पतिव्रत की यात्रा में सन्तान और विशेषकर पुत्र को एक अनिवार्यता माना जाता रहा, और अन्ततः इसे एक आध्यात्मिक आवश्यकता के रूप में स्वीकार किया गया। यह कहा गया कि मृत्यु के पश्चात् भी पुत्रहीन मनुष्य शान्ति नहीं पा सकेगा। पांडु को पुत्र ही नहीं, पुत्रों की आवश्यकता थी। विशेषकर इसलिए थी कि यह हस्तिनापुर का सम्राट था और अपनी मृत्यु के पश्चात् इस समृद्ध राज्य की, किसी और के अधिकार में जाने की, वह कल्पना भी नहीं कर सकता था। इसलिए उसने कुन्ती को नियोग के लिए तैयार किया।

'नियोग-पद्धति' का प्रयोग हस्तिनापुर में धृतराष्ट्र, पांडु तथा विदुर के जन्म के लिए हो चुका था। वस्तुतः नियोग वह पद्धति है, जिसमें पति अथवा उसके अभिभावकों की अनुमति से, पति अथवा उसके अभिभावकों द्वारा नियुक्त पुरुष से स्त्री शरीर-संग करती है और सन्तान को जन्म देती है। इसमें महत्त्वपूर्ण बात यह है कि यह संसर्ग काम-सुख के लिए नहीं, धर्म अथवा कर्त्तव्य मानकर किया जाता है, और उस सम्पर्क की अवधि में भी उस स्त्री तथा पुरुष के मन में काम-भाव नहीं होना चाहिए। बाद में तो उनके नर-नारी सम्बन्ध की कल्पना ही नहीं की जा सकती। पांडु के द्वारा इस प्रस्ताव के उत्तर में कुन्ती उसे यह बताती है कि दुर्वासा उसे पहले ही ऐसा मन्त्र दे चुके हैं, जिससे वह किसी भी देव-शक्ति को आमन्त्रित कर उससे सन्तान प्राप्त कर सकती है।

दुर्वासा और कुन्ती का यह प्रसंग अपने-आपमें पर्याप्त रहस्यात्मक है और इस सन्दर्भ में अनेक प्रश्न उठाये जा सकते हैं। सबसे पहले तो मन में एक प्रश्न यह आता है कि अपनी कन्यावस्था में यदि कुन्ती ने दुर्वासा की सेवा की ही थी तो दुर्वासा ने प्रसन्न होकर उसे कोई अन्य वरदान क्यों नहीं दिया? देवताओं से सन्तान-प्राप्ति का ही मन्त्र क्यों दिया? पुराण शैली में सोचें तो सहज रूप में स्वीकार किया जा सकता है कि दुर्वासा ने अपनी दिव्य-दृष्टि से देख लिया था कि कुन्ती को अपने भावी जीवन में इस मन्त्र की आवश्यकता पड़ेगी। किन्तु यह पौराणिक-चिन्तन-विधि ही है; कथानक सम्बन्धी लौकिक प्रश्नों के उत्तर, इस शैली से नहीं दिये जा सकते। लौकिक शैली से यदि इस घटना का विश्लेषण करें तो हमें मानना पड़ेगा कि कुन्ती की वह सेवा इसलिए ही असाधारण थी कि दुर्वासा जैसे औघड़ तथा क्रोधी ऋषि को अपनी सेवा के द्वारा उसने सन्तुलित और प्रसन्न रखा। इस सेवा की सीमा कहाँ तक थी, यह

कहना कठिन है; किन्तु घटनाओं से आभास यही होता है कि कुन्ती ने चाहे सेवावृत्ति से प्रवृत्त होकर अथवा अपनी अबोधावस्था के कारण दुर्वासा की प्रत्येक इच्छा पूरी की। हम पहले भी देख चुके हैं कि ऋषियों के लिए कानीन-पुत्र न तो अवांछनीय था, और न ही निन्दनीय। कदाचित् इसीलिए दुर्वासा ने कुन्ती को कानीन-पुत्र दिया होगा और उनका यह मन्त्र वस्तुतः सन्तान-प्राप्ति के सम्बन्ध में उन्मुक्त ऋषियों की मन्त्रणा मात्र होगी, जिसके अनुसार भार्या बनकर केवल अपने पति के औरस पुत्रों को जन्म देना ही, नारी का कर्त्तव्य नहीं है, वरन् क्षमतावान होने पर वह अपनी इच्छा से कन्यावस्था में भी सन्तान को जन्म दे सकती है, क्योंकि सन्तान का जन्म सृष्टि की एक पवित्र प्रक्रिया है। प्रत्येक सन्तान पवित्र ओर वांछनीय है। सन्तानोत्पति के सन्दर्भ में किन्हीं नियमों अथवा सीमाओं को स्वीकार कर अपनी क्षमताओं को प्रतिबन्धित करना, ऋषि चिन्तन के अनुकूल नहीं है।

कुन्ती और माद्री के पुत्रों को यद्यपि देव-पुत्रों के रूप में स्वीकार किया गया; किन्तु उन्हें 'महाभारत' ही में आये शब्द 'देव प्रदत्त पुत्र' ही स्वीकार करना उचित है। अर्जुन के जीवन में इन्द्र का साधारण हस्तक्षेप रहा है। दो या तीन अवसरों पर इन्द्र की चर्चा आयी है। उसी प्रकार सूर्य ने कर्ण को भी कदाचित् एक-आध बार चेतावनी ही दी है; किन्तु पुराणों में देव शक्तियों का इतना हस्तक्षेप तो किसी के भी जीवन में हो सकता है। इतने से हस्तक्षेप के लिए उनका पिता-पुत्र होना तनिक भी आवश्यक नहीं है। शेष भाइयों के जीवन में उनके तथाकथित 'देव-पिता' कभी नहीं आये। इसलिए यदि यह स्वीकार कर लिया जाये कि यह सब 'देव-प्रदत्त' पुत्र थे, जहाँ किसी भी नियुक्त पुरुष को देव-शक्तियों के प्रतिनिधि के रूप में अंगीकार किया गया, तो इसमें कुछ भी अलौकिक नहीं रह जाता है।

इस सन्दर्भ में कुन्ती और माद्री के चरित्रों की तुलना भी हमारे लिए पर्याप्त महत्त्वपूर्ण है, जो महाभारत की कथा को दूर तक प्रभावित करती है।

कुन्ती संसार के उन गिने-चुने पात्रों मं से एक है, जिसे अपना सारा जीवन एक परीक्षा के रूप में ही व्यतीत करना पड़ा। विधाता ने उसके साथ सदा ही शतरंज का खेल खेला है। उसे एक-से-एक कठिन परिस्थितियों में घेरकर, जैसे विधाता मुस्कराता रहा, 'बोल कुन्ती! अब क्या करेगी?' और कुन्ती ने बिना अपना धैर्य खोये उन कठिनाइयों से निकलने का विकट प्रयत्न किया, उन चुनौतियों का साहसपूर्वक सामना किया और सदा ही उन परीक्षाओं में उत्तीर्ण होती रही। कुन्ती के जीवन का जो गौरवपूर्ण पक्ष है, वह उसकी सफलता नहीं, उसकी कटुता-शून्यता, प्रतिहिंसा का अभाव, प्रतिशोध का निषेध, दया, करुणा,

परदुख-कातरता, उदारता तथा धर्म पर अडिग रहना है।

कुन्ती के पाँच पुत्रों में पृथक्-पृथक् जो गुण दिखायी पड़ते हैं, वे सारे सम्मिलित रूप में अकेली कुन्ती में विद्यमान हैं। ऐसा लगता है कि जीवन ने कुन्ती को बहुत कम दिया; किन्तु कुन्ती ने जीवन को, (उससे प्राप्त अभाव के) प्रतिदान में बहुत कुछ दिया है। वह अपनी कठिन परिस्थितियों के बावजूद, उनसे अप्रभावित, निर्लिप्त भाव से जीवन को कुछ-न-कुछ देती ही रही है। अपनी कठिनाइयों, असफलताओं तथा निराशाओं के मध्य भी, जिस प्रकार अनासक्त रूप में वह अपने धर्म का पालन करती रही है, उससे निश्चय ही उसने स्वयं को, विश्वभर को अनासक्ति का मन्त्र देनेवाले श्रीकृष्ण की, योग्य बुआ सिद्ध किया है।

शूरसेन ने अपनी पुत्री पृथा, अपने फुफेरे भाई कुन्तिभोज को गोद दे दी थी। परिणामस्वरूप, उसका नाम परिवर्तित होकर कुन्ती हो गया। स्पष्ट है कि कुन्ती अपने शैशव में माता-पिता के उस नैसर्गिक प्रेम से वंचित रही, जो सामान्य से सामान्य शिशु को भी प्राप्य है। इसमें सन्देह नहीं कि कुन्तिभोज, कुन्ती से बहुत प्रेम करते रहे होंगे; किन्तु ऐसे सम्बन्धों में सायास प्रेम कितना भी हो, वह सहज-स्वाभाविक, नैसर्गिक प्रेम नहीं हो सकता, जो वास्तविक जनक तथा जननी के साथ होता है। जो पिता (पालन-पोषण करनेवाला), जनक (जन्म देनेवाला) नहीं है, भावना के स्थान पर बुद्धि से परिचालित होने के कारण, जो प्रेम देता है, वह सायास भी होता है और कृत्रिम भी। उसमें एक प्रकार का संशय और दूरी बनी ही रहती है। महाभारत में यह उल्लेख तो है कि कुन्तिभोज सन्तानहीन था, किन्तु उसमें यह चर्चा नहीं है कि उसकी पत्नी वर्तमान थी अथवा नहीं।

यद्यपि महाभारत में कुन्ती के 'पिता' के साथ 'माता' शब्द का प्रयोग भी अनेक बार हुआ है।

तथा प्रेष्येषु सर्वेषु मित्रसम्बन्धि मातृषु।
मयि चैव यथावत् त्वं सर्वमावृत्य वर्तसे॥
(303/20, वनपर्व)

किन्तु कथा में कुन्ती की माता अथवा कुन्तिभोज की पत्नी के दर्शन कभी नहीं हुए। वैसे उसी सन्दर्भ में कुन्तिभोज ने कुन्ती को 'मेरी सन्तानों में सबसे बड़ी' भी कहा है : 'सुतानां प्रवार मम' (24/303, वनपर्व), जिसका अर्थ है कि जब शूरसेन ने पृथा को कुन्तिभोज को सौंपा था, तब कुन्तिभोज निःसन्तान थे; किन्तु बाद में उनकी और सन्तानें भी हुईं। महाभारत के युद्ध के सन्दर्भ में कुन्तिभोज के दो पुत्रों—कुन्तिभोज तथा पुरुजित्—का उल्लेख भी मिलता है।

(6/12, कर्णपर्व)। इन तथ्यों के प्रकाश में यह मानना होगा कि कुन्तिभोज की पत्नी अथवा पत्नियाँ भी रही होंगी। हमारे लिए दो ही विकल्प हैं। हम या तो 'निःसन्तान कुन्तिभोज' तथा 'सन्तानों में बड़ी पृथा' के पिता कुन्तिभोज को महाभारतकार द्वारा आत्मविरोधी चित्रण मानें : अथवा निःसन्तान कुन्तिभोज को प्रौढ़ वय में पुत्र-लाभ से लाभान्वित राजा मानें। दोनों ही स्थितियों में उसकी पत्नी अथवा पत्नियों का अस्तित्व अत्यन्त सूक्ष्म है और सदा ही नेपथ्य में है। यही कारण है कि हमें यह पता तो चलता है कि कुन्तिभोज, कुन्ती से बहुत प्रेम करता था, किन्तु यह पता नहीं चलता कि कुन्ती को माता का प्रेम (कृत्रिम ही सही) मिला भी या नहीं।

अनुमान यही है कि दुर्वासा के आगमन के समय कुन्तिभोज की पत्नी नहीं थी। क्योंकि यदि रानी विद्यमान होती तो कन्या-वय की कुन्ती को उस घर की प्रबन्धिका नहीं बनना पड़ता। दुर्वासा जैसे औघड़ ऋषि के सत्कार में कुन्ती जैसी कन्या को नियुक्त करना, इस तथ्य का प्रमाण हो सकता है कि घर में उस समय, उससे वय में बड़ी कोई अन्य महिला नहीं थी। इसका अर्थ न केवल यह है कि कुन्ती न केवल अपने शैशवकाल से ही जननी तथा माता–दोनों के ही प्रेम, ममता तथा वात्सल्य से वंचित रही, वरन् बहुत छोटी अवस्था में ही उसे अपने पिता कुन्तिभोज की गृहस्थी का दायित्व भी सँभालना पड़ा।

अपने सारे बौद्धिक, दायित्वपूर्ण तथा सायास प्रेम के बावजूद कुन्तिभोज कभी भी कुन्ती के उतने निकट और आत्मीय नहीं हो सके, जितना सामान्यतया मातृविहिन अकेली कन्या का पिता होता है। इस अनुमान के लिए एक कारण तो यह ही है कि दुर्वासा के मन्त्र की चर्चा कुन्ती ने अपने पिता से कभी नहीं की। यदि उनमें तनिक भी आत्मीयता होती तो इस वरदान की सर्वप्रथम सूचना कुन्तिभोज को ही होनी चाहिए थी; क्योंकि अपनी किसी भी उपलब्धि की सूचना अपने माता-पिता को देकर सन्तान को असाधारण प्रसन्नता होती है। ऐसा लगता है कि उस राजप्रासाद में कुन्ती इतनी अकेली थी कि जीवन की इतनी बड़ी, अद्‌भुत और चमत्कारिक उपलब्धि की चर्चा भी, वह किसी से नहीं कर सकी। मन्त्र के सन्दर्भ में संशय और प्रश्नों सम्बन्धी ऊहापोह को भी उसने अपने ही मन में बन्दी रखा।

अपने गर्भ की चर्चा अविवाहिता कुन्ती अपने पिता से तो क्या ही करती, कुन्तिभोज ने भी–कर्ण के जन्म के पूर्व अथवा पश्चात्–कुन्ती ने गर्भ के किसी लक्षण को कभी परिलक्षित नहीं किया। उस अकेली दत्तक पुत्री से उसके वात्सल्यपूर्ण पालक पिता का कितना स्नेह-सम्बन्ध था, यह तो इसी तथ्य से स्पष्ट हो जाता है कि वह पिता अपनी पुत्री के गर्भधारण से प्रसव तक के काल

में—उसी घर में रहते हुए भी, इस घटना का एक साधारण आभास तक नहीं पा सका। निश्चित रूप से एक घर में रहते हुए भी, उनमें इतने औपचारिक सम्बन्ध रहे होंगे कि उनमें उन ही सूचनाओं का आदान-प्रदान होता होगा, जिन्हें वे अपरिहार्य मानते होंगे।

उस घर में यदि कुन्ती की माता अथवा माताएँ (कुन्तिभोज की पत्नी अथवा पत्नियाँ) तथा कुन्तिभोज की वे सन्तानें भी थीं—जिनकी चर्चा उन्होंने की है, तो यह और भी आश्चर्यजनक तथ्य है कि उनमें से किसी ने भी कुन्ती के गर्भ तथा प्रसव को लक्ष्य नहीं किया। ये ही सारे तथ्य मुझे यह मानने को प्रेरित करते हैं कि कुन्ती, कुन्तिभोज के राजप्रासाद में सर्वथा एकाकी तथा दायित्वों के बोझ तले दबी एक प्रबन्धपटु राजकन्या-मात्र थी। दूसरा विकल्प यह है कि हम यह मान लें कि इस घटना का कुन्तिभोज को ज्ञान था। अतः उन्हीं की इच्छा से या तो इस तथ्य को गोपन रखा गया और अन्ततः प्रसव होने पर उन्हीं की इच्छा से या तो उसे अश्व नदी में बहा दिया गया अथवा किसी सम्बन्ध के कारण अधिरथ तक पहुँचा दिया गया। उस स्थिति में भी राधा और अधिरथ, कर्ण के विषय में यह नहीं जानते थे कि वह किसका पुत्र है। हाँ! उस स्थिति में यह अनुमान लगाने में सुविधा हो जाती है कि कुन्ती ने पांडु का वरण क्यों किया।

महाभारत के अनुसार कर्ण, दुर्वासा का नहीं, सूर्य का पुत्र है। कुन्ती ने अपने पिता कुन्तिभोज तथा अपने सम्बन्धियों के कल्याण के लिए ही सूर्य का प्रस्ताव स्वीकार किया। महाभारत के अनुसार, कुन्ती द्वारा सूर्य के प्रस्ताव को स्वीकार करने का प्रमुख कारण सूर्य द्वारा उसके पिता तथा निरपराध ब्राह्मण—दुर्वासा—को शापित किये जाने का भय था : "परन्तु यदि तुम मेरा प्रिय वचन नहीं मानोगी, तो मैं कुपित होकर तुम को, उस मन्त्रदाता ब्राह्मण को और तुम्हारे पिता को शाप दे दूँगा। तुम्हारे कारण मैं उन सबको जलाकर भस्म कर दूँगा, इसमें संशय नहीं है।" (16-17/306, वनपर्व) उसने अपने पितृकुल के कल्याण के लिए अपने गर्भ तथा प्रसव सम्बन्धी सूचनाओं को ही गोपनीय नहीं रखा, वरन् अपने उस नवजात शिशु को अश्व नदी के जल को समर्पित कर दिया। किन्तु जब यही कुन्ती अपने पति के साथ शतशृंग पर तपस्या कर रही थी, पति के देहान्त के पश्चात् छोटे-छोटे पाँच पुत्रों को लेकर असहाय विधवा के रूप में बिलख रही थी, जब उसके पुत्र भीम को विष देकर, उसकी हत्या का प्रयत्न किया गया था और वह अपने अन्य पुत्रों के प्राणों के भय से इस तथ्य को किसी के सम्मुख कह भी नहीं सकती थी, जब वारणावत में उसे तथा उसके पुत्रों को अग्नि में जलाकर मार डालने का प्रयत्न किया गया था, जब वे

अपने प्राणों की रक्षा के लिए छद्म वेश में वन-वन भटक रहे थे इत्यादि—ऐसे किसी भी अवसर पर कुन्तिभोज ने अपनी इस पालिता पुत्री की कभी सुध ली हो—इसका कोई उल्लेख महाभारत में नहीं है। अन्त में, महाभारत के युद्ध में कुन्तिभोज और उनके दो पुत्रों—कुन्तिभोज तथा पुरुजित्—के लड़ने का उल्लेख अवश्य है, किन्तु उसका कोई विशेष महत्व इसलिए नहीं है, क्योंकि उस युद्ध में तो देश-विदेश के अनेक राजा, अपने सम्बन्ध-असम्बन्ध की चिन्ता के बिना भी लड़ रहे थे। कुन्तिभोज की इस उपेक्षा का कारण या तो यह था कि अब उनके अपने पुत्र जन्म ले चुके थे, अतः पालिता पुत्री की उन्हें अधिक चिन्ता नहीं थी; फिर दुर्वासा-प्रसंग को ही कुन्तिभोज की उदासीनता का कारण माना जाना चाहिए।

कंस-वध के पश्चात् कारागार से छूटने पर वसुदेव द्वारा कुन्ती की सहायता के लिए कुछ सामग्री तथा कुन्ती के पुत्रों के विभिन्न संस्कारों के लिए पुरोहित काश्यप को भेजने की चर्चा, हमें महाभारत के कुछ संस्करणों में मिलती है। (32/123, आदिपर्व)। 'भागवत' में कृष्ण द्वारा कुन्ती तथा उसके पुत्रों का समाचार प्राप्त करने के लिए अक्रूर को भेजने का वर्णन भी उपलब्ध है : "चाचाजी! आप हमारे हितैषी सुहृदों में सर्वश्रेष्ठ हैं। इसलिए आप पांडवों का हित करने के लिए तथा उनका कुशल-मंगल जानने के लिए हस्तिनापुर जाइये। हमने ऐसा सुना है कि राजा पांडु के मर जाने पर अपनी माता कुन्ती के साथ युधिष्ठिर आदि पांडव बड़े दुख में पड़ गये हैं। अब राजा धृतराष्ट्र उन्हें अपनी राजधानी हस्तिनापुर में ले आये हैं और वे वहीं रहते हैं। आप जानते ही हैं कि राजा धृतराष्ट्र एक तो अन्धे हैं और दूसरे उनमें मनोबल की कमी है। उनका पुत्र दुर्योधन बहुत दुष्ट है और उसके अधीन होने के कारण वे पांडवों के साथ अपने पुत्रों जैसा समान व्यवहार नहीं कर पाते। इसलिए आप वहाँ जाइये और मालूम कीजिये कि उनकी स्थिति अच्छी है या बुरी। आपके द्वारा उनका समाचार जानकर मैं ऐसा उपाय करूँगा जिससे उन सुहृदों को सुख मिले।"

(अक्रूर के प्रति, श्रीकृष्ण की उक्ति, 32-35/48/10, भागवत महापुराण)

कृष्ण के आग्रह पर अक्रूर हस्तिनापुर गये : "अक्रूरजी यह जानने के लिए कि धृतराष्ट्र, पांडवों के साथ कैसा व्यवहार करते हैं, कुछ महीनों तक वहीं रहे।" (4/48/10, भागवत) इतना ही नहीं, 'भागवत' में कुन्ती की मनःस्थिति तथा व्यवहार का भी अत्यन्त मार्मिक चित्रण है, "जब अक्रूरजी कुन्ती के घर आये, तब वह अपने भाई के पास जा बैठीं। अक्रूरजी को देखकर कुन्ती के मन में अपने मायके की स्मृति जाग गयी और नेत्रों में आँसू भर आये। मैंने सुना है कि हमारे भतीजे भगवान श्रीकृष्ण और कमल-नयन बलराम बड़े ही

भक्तवत्सल और शरणागत-रक्षक हैं। क्या वे कभी अपने इन फुफेरे भाइयों को भी याद करते हैं? मैं शत्रुओं के बीच घिरकर शोकाकुल हो रही हूँ। मेरी वही दशा है, जैसे कोई हरिणी भेड़ियों के बीच पड़ गयी हो। मेरे बच्चे बिना बाप के हो गये हैं। क्या हमारे श्रीकृष्ण कभी यहाँ आकर मुझको और इन अनाथ बालकों को सान्त्वना देंगे?...गोविन्द! अपने बच्चों के साथ दुख पर दुख भोग रही हूँ। तुम्हारी शरण में आयी हूँ। मेरी रक्षा करो। मेरे बच्चों को बचाओ।" (7-11/48/10, भागवत)

इसी प्रकार वारणावत में कुन्ती तथा पांडवों के भस्म हो जाने का समाचार सुनकर कृष्ण तथा बलराम हस्तिनापुर आये थे, "यशस्विनी सत्यभामा, पिता के मारे जाने पर बड़ी दुखी हुई और रथ पर चढ़कर हस्तिनापुर चली आयी। उस समय श्रीकृष्ण (हस्तिनापुर में थे और लाक्षागृह में) भस्म हुए पांडवों की उदक क्रिया कर चुके थे, इसके उपरान्त उन्होंने पांडवों को अस्थि-संचयन करने का कार्य सात्यकि को सौंप दिया।" (6-8/39, हरिवंश) भागवत में भी इस घटना का विस्तृत वर्णन है।

इन सारे तथ्यों की ध्वनि यही है कि वसुदेव तथा कृष्ण तो लगातार कुन्ती और उसके पुत्रों की खोज-खबर लेते रहे और उनकी सहायता करते रहे, किन्तु कुन्तिभोज का आगमन महाभारत के युद्ध में ही होता है—उससे पूर्व उन्होंने कभी कुन्ती का स्मरण नहीं किया।

हस्तिनापुर की द्यूत सभा में अपना वर्चस्व हारकर जब पांडव वनवास कर रहे थे, उस समय सिवाय द्रौपदी के, पांडवों की अन्य पत्नियाँ अपने बालकों के साथ अपने-अपने मायके चली गयी थीं। निश्चित रूप से कुन्ती के सामने भी, ये ही दो विकल्प रहे होंगे कि वह या तो द्रौपदी के समान पांडवों के साथ वनवास करे या फिर सुभद्रा इत्यादि अन्य पांडव-पत्नियों के समान अपने मायके चली जाये। वसुदेव तथा कृष्ण के साथ निरन्तर सम्पर्क बने रहने, पुत्र-वधू सुभद्रा के द्वारका जाने पर भी कुन्ती की ही इच्छा नहीं रही होगी। उसकी ऐसी इच्छा क्यों नहीं थी, इसका उत्तर महाभारत में नहीं है। अनुमानतः यही कहा जा सकता है कि शूरसेन द्वारा उसे कुन्तिभोज को दे दिये जाने के पश्चात् उसका मायका मथुरा अथवा द्वारका न होकर कुन्तिभोज का नगर ही हो गया था। ऐसे में यदि उसे मायके जाना था तो कुन्तिभोज के प्रासाद में ही जाना चाहिए था। वसुदेव के घर न जाने का एक और कारण यह भी हो सकता है कि अर्जुन और सुभद्रा के विवाह के पश्चात् अब वसुदेव उसके समधी हैं, और समधियों के घर जाकर रहना उसके लिए सामाजिक व्यवहार की दृष्टि से उचित नहीं था।

किन्तु कुन्तिभोज के घर न जाकर, वह सारा समय हस्तिनापुर में विदुर के घर व्यतीत करना, यही प्रकट करता है कि कुन्तिभोज ने विवाह के पश्चात् कुन्ती से ऐसे सम्बन्ध ही नहीं रखे थे, कि वह उसे उस प्रकार अपना मायका मान सकती, जैसे सुभद्रा के लिए द्वारका तथा द्रौपदी के लिए काम्पिल्य के राजप्रासाद थे। स्पष्ट है कि कुन्ती ने अपने मायके के लिए कठिन-से-कठिन परिस्थितियों का सामना किया; किन्तु मायके की ओर से उसे कोई प्रतिदान नहीं मिला।

कुन्ती ने मायके के ही समान अपने श्वसुर-कुल के भी सारे दायित्व पूरे किये। एक बार ससुराल आकर वह कभी मायके नहीं लौटी। अपने पति के साथ हस्तिनापुर में रही, पांडु के वानप्रस्थ लेने पर उसके साथ वन में रही, पुत्रों के वन जाने पर हस्तिनापुर में विदुर के घर रही। धृतराष्ट्र के घर न रहने के स्पष्ट कारण थे। विदुर उसका देवर ही नहीं, स्वैच्छिक सहायक तथा शुभचिन्तक भी था। उसके घर वह अधिकारपूर्वक रही और महाभारत के युद्ध के पश्चात् जब उसके पुत्र हस्तिनापुर के राजप्रासादों में रह रहे थे और धृतराष्ट्र, गान्धारों तथा विदुर वनवास के लिए हस्तिनापुर छोड़ रहे थे, तो कुन्ती अपने पुत्रों के साथ रहने के स्थान पर अपने जेठ, जेठानी तथा देवर के साथ उनकी सेवा करने के लिए वन चली गयी। धृतराष्ट्र तथा गान्धारी के पिछले सारे व्यवहार को भुलाकर, उनके साथ मात्र अपना सम्बन्ध याद रख, उन्हें अपना गुरुजन मानकर, उनकी सेवा के लिए अपने पुत्रों और उनके वैभव को त्याग जाना, कुन्ती के चरित्र का एक अद्भुत पक्ष है।

आरम्भ से अन्त तक कुन्ती के जीवन की यही विधि रही है। उसने अपने दायित्वों का सदा पूर्ण निर्वाह किया, किन्तु प्रतिदान-स्वरूप उसका देय, उसे या तो मिला नहीं, या फिर उसने लेना नहीं चाहा। इस व्यवहार के लिए, उसके मन में किसी के प्रति कोई शिकायत भी नहीं है। उसने कभी किसी प्रतिवाद, परिवाद अथवा उपालम्भ को वाणी नहीं दी।

कुन्ती ने अपने स्वयंवर में स्वेच्छा से पांडु को अपना पति चुना था। मेरा मन बार-बार यह प्रश्न उठाता है कि उस असाधारण रूप तथा गुणवती राजकुमारी ने पांडु को स्वेच्छा से अपना पति क्यों चुना? महाभारतकार उसका उत्तर देता है, "मनस्विनी कुन्ती ने सब राजाओं के बीच रंगमंच पर बैठे हुए भरतवंश शिरोमणि नृपश्रेष्ठ पांडु को देखा। उनमें सिंह के समान अभिमान जाग रहा था। उनकी छाती बहुत चौड़ी थी। उनके नेत्र बैल की आँखों के समान बड़े-बड़े थे। उनका बल महान् था। वे सब राजाओं की प्रभा को अपने तेज से आच्छादित करके भगवान सूर्य की भाँति प्रकाशित हो रहे थे। उस राजसमाज

में द्वितीय इन्द्र के समान विराजमान थे। निर्दोष अंगोंवाली कुन्तिभोज-कुमारी शुभ लक्षणा कुन्ती स्वयंवर की रंगभूमि में नरश्रेष्ठ पांडु को देखकर, मन-ही-मन उन्हें पाने के लिए व्याकुल हो उठी। उसके सब अंग काम से व्याप्त हो गये और चित्त एकबारगी चंचल हो उठा।" (4-7/111, आदिपर्व)

यद्यपि यहाँ पांडु की भरपूर प्रशंसा की गयी है, जोकि 'महाभारत' की सामान्य शैली है; किन्तु वेदव्यास ने जब सत्यवती को यह बताया था कि अम्बालिका का पुत्र 'पांडु' होगा तो यह एक चिन्ताजनक सूचना थी। इसके लिए, महर्षि वेदव्यास के तत्कालीन रूप को देखकर अम्बालिका के डरकर पीले पड़ जाने को ही दोषी ठहराया गया था। यदि यह चिन्ताजनक बात न होती तो न तो वेदव्यास अपनी माता को चिन्तित स्वर में सूचना देते, न अम्बालिका को अनुचित कृत्य का दोषी ठहराया जाता, और न ही सत्यवती एक और (पूर्णतः स्वस्थ) पौत्र के लिए अम्बिका को पुनः नियोग का आदेश देती।

कुन्ती के प्रति पांडु तथा कुरु परिवार का व्यवहार, स्पष्टतः बहुत स्नेहमय नहीं था, अन्यथा पांडु के दूसरे विवाह में भीष्म इतनी शीघ्रता नहीं करते। कुन्ती ने अपने श्वसुरकुल के प्रति अपने सारे दायित्व पूरे किये; किन्तु उसे पति-सुख तक प्राप्त नहीं हुआ, किसी अन्य सुख की तो बात ही क्या? किन्तु इस हताशा के बावजूद कुन्ती ने पांडु की कभी उपेक्षा नहीं की। पांडु के संन्यास ग्रहण करने के निश्चय के पश्चात् कुन्ती ने ही उसे वानप्रस्थ में परिवर्तित किया और हस्तिनापुर के राजप्रासाद का वैभव छोड़कर, पांडु के साथ वनों तथा पर्वतों में वास किया। पांडु ने चाहे संन्यास की आड़ में, कुन्ती को त्यागने का प्रस्ताव किया हो; कुन्ती ने अपने निर्वीर्य पति को त्यागने के स्थान पर, साधना में सहयोग करना ही श्रेयस्कर समझा। जो पांडु पति के रूप में स्वयं कुन्ती को कुछ नहीं दे पाया, वह भी उससे देव-प्रदत्त पुत्रों की अपेक्षा करता है; शास्त्र, धर्म तथा प्रथाओं-प्रचलनों का उल्लेख करते हुए, उसे नियोग के लिए सहमत होने के लिए बाध्य करता है। अपने पति की अक्षमता की क्षतिपूर्ति को भी कुन्ती अपना दायित्व मानती है और उसके लिए तीन-तीन देव-प्रदत्त पुत्र प्राप्त करती है।

पांडु न केवल अक्षम पति है, वरन् उसने कुन्ती पर एक सपत्नी भी आरोपित कर दी है; किन्तु उसके बावजूद कुन्ती के मन में न पांडु के लिए कोई विरोध है और न माद्री के प्रति मालिन्य। कुन्ती के प्रति माद्री की ईर्ष्या तनिक भी गोपनीय नहीं है। वह स्वयं स्वीकार करती है, "शत्रुओं को सन्ताप देनेवाले निष्पाप कुरुनन्दन, आप सन्तान उत्पन्न करने की शक्ति से रहित हो गये, आपकी इस न्यूनता या दुर्बलता को लेकर मेरे मन में कोई सन्ताप नहीं है। यद्यपि मैं सदा कुन्ती की अपेक्षा श्रेष्ठ होने के कारण पटरानी के पद पर

बैठने की अधिकारिणी थी, तो भी जो सदा मुझे छोटी बनकर रहना पड़ता है, इसके लिए भी मुझे कोई दुख नहीं है। राजन्! गान्धारी तथा राजा धृतराष्ट्र के जो सौ पुत्र हुए हैं, वह समाचार सुनकर भी मुझे वैसा दुख नहीं हुआ था। परन्तु इस बात का मेरे मन में बहुत दुख है कि मैं और कुन्ती दोनों समान रूप से आपकी पत्नियाँ हैं, तो भी उन्हें तो पुत्र हुए और मैं सन्तानहीन ही रह गयी। यह सौभाग्य की बात है कि इस समय मेरे प्राणनाथ को कुन्ती के गर्भ से पुत्र की प्राप्ति हो गयी है। यदि राजकुमारी कुन्ती मेरे गर्भ से भी कोई सन्तान उत्पन्न करा सकें तो यह उनका मुझ पर महान् अनुग्रह होगा और इससे आपका भी हित हो सकता है। सपत्नी होने के कारण मेरे मन में एक अभिमान है, जो कुन्ती से कुछ निवेदन करने में बाधक हो रहा है, अतः यदि आप मुझ पर प्रसन्न हों, तो आप स्वयं ही मेरे लिए कुन्ती को प्रेरित कीजिये।" (2-6/123, आदिपर्व)

यदि और कोई सपत्नी होती तो माद्री के इस कथन के पश्चात् कदाचित् कभी भी सहयोग न करती, किन्तु कुन्ती ने अपने मन में माद्री के प्रति कभी भी प्रतिहिंसा नहीं आने दी। उसने माद्री को भी वह मन्त्र प्रदान किया, जिसके आधार पर माद्री ने दो-दो प्रदत्त पुत्र प्राप्त किये।

कुछ स्वच्छन्द चिन्तकों के मन में यह सम्भावना जन्मी है कि कुन्ती के मन में अतृप्त काम वर्तमान था, जिसकी तृप्ति के लिए उसने तीन-तीन बार नियोग स्वीकार किया था; किन्तु महाभारत में वर्णित तथ्य इसके सर्वथा विपरीत प्रमाण उपस्थित करते हैं। पहली बार जब दुर्वासा-प्रदत्त मन्त्र के प्रभावस्वरूप स्वयं सूर्यदेव उसके सम्मुख उपस्थित हुए थे और उन्होंने समागम की इच्छा प्रकट की थी, तो कुन्ती ने अपने वय तथा बुद्धि के अनुरूप उसका भरसक प्रतिरोध ही किया था :

क) "कुन्ती ने कहा—शत्रुओं का नाश करनेवाले प्रभो! एक ब्राह्मण ने मुझे वरदान के रूप में देवताओं के आवाहन का मन्त्र प्रदान किया है। उसी की परीक्षा के लिए मैंने आपका आवाहन किया था। यद्यपि मुझसे यह अपराध हुआ है, तो भी इसके लिए आपके चरणों में मस्तक रखकर मैं यह प्रार्थना करती हूँ कि आप क्षमापूर्वक प्रसन्न हो जाइये। स्त्रियों से अपना अपराध हो जाये, तो भी श्रेष्ठ पुरुषों को सदा उनकी रक्षा ही करनी चाहिए। भगवान सूर्य ने कुन्ती को समझाते हुए इस तरह की बहुत-सी बातें कहीं, किन्तु मैं अभी कुमारी कन्या हूँ, यह सोचकर सुन्दरी कुन्ती ने उनसे समागम की इच्छा नहीं की। यशस्विनी कुन्ती भाई-बन्धुओं में बदनामी फैलने के डर से भी डरी हुई थी और नारी-सुलभ लज्जा से भी

वह विवश थी।" (11-16/110, आदिपर्व)

ख) "कुन्ती बोली–भगवन्! आप जहाँ से आये हैं, वहीं पधारिये। मैंने आपको कौतूहलवश ही बुलाया था। प्रभु! प्रसन्न होइये। किरणों के स्वामी दिवाकर! आप अपने स्थान पर चले जाइये। छोटी बालिका होने के कारण मेरे द्वारा आपको बुलाने का यह दुखदायक अपराध बन गया है। मेरे पिता-माता तथा अन्य गुरुजन ही मेरे इस शरीर को देने का अधिकार रखते हैं। मैं अपने धर्म का लोप नहीं करूँगी। स्त्रियों के सदाचार में अपने शरीर की पवित्रता को बनाये रखना ही प्रधान है और संसार में उसी की प्रशंसा की जाती है। प्रभो! प्रभाकार! मैंने अपने बाल स्वभाव के कारण मन्त्र का बल जानने के लिए ही आपका आवाहन किया है। एक नासमझ बालिका मानकर आप मेरे इस अपराध को क्षमा कर दें।" (12-24/306, वनपर्व)

सूर्य देव द्वारा विविध प्रकार से समझाने तथा अनेक आश्वासन देने पर भी कुन्ती के मन में कामेच्छा नहीं जागी थी। ऐसा नहीं है कि उसके मन में प्रकृतिजन्य स्वाभाविक काम-भावना वर्तमान नहीं थी, किन्तु सूर्य के साथ इस सम्बन्ध को वह अनैतिक और असामाजिक मानती थी।

पांडु ने उससे नियोग-विधि से देव-प्रदत्त-पुत्र को जन्म देने का आग्रह किया तो कुन्ती ने उत्तर दिया था : "धर्मज्ञ! आप मुझसे किसी तरह ऐसी बात न कहें, मैं आपकी धर्मपत्नी हूँ और कमल के समान विशाल नेत्रोंवाले आपमें ही अनुराग रखती हूँ। महाबाहु वीर भारत! आप ही मेरे गर्भ से धर्मपूर्वक अनेक पराक्रमी पुत्र उत्पन्न करेंगे। नरश्रेष्ठ! मैं आपके साथ ही स्वर्गलोक में चलूँगी। कुरुनन्दन! पुत्र की उत्पत्ति के लिए, आप ही मेरे साथ समागम कीजिये! मैं आपके सिवा किसी दूसरे पुरुष से समागम करने की बात मन में भी नहीं ला सकती। फिर इस पृथ्वी पर आपसे श्रेष्ठ दूसरा मनुष्य है भी कौन?" (2-5/120, आदिपर्व)

पांडु ने जब उसके सम्मुख सिद्ध कर दिया कि देव-प्रदत्त पुत्र के लिए नियोग पूर्णतः धर्म-सम्मत है और वह उससे पुत्र चाहता ही है, तो वह सहमत हो गयी; किन्तु पांडु के बार-बार आग्रह के बावजूद अर्जुन के जन्म के पश्चात् कुन्ती ने और नियोग से इनकार कर दिया, "आर्यपुत्र! आपत्तिकाल में भी तीन से अधिक चौथी सन्तान उत्पन्न करने की आज्ञा शास्त्रों ने नहीं दी है। इस विधि के द्वारा तीन से अधिक चौथी सन्तान चाहनेवाली स्त्री स्वैरिणी होती है और पाँचवें पुत्र के उत्पन्न होने पर तो वह कुल्टा समझी जाती है। विद्वन्! आप धर्म को जानते हुए भी प्रमाद से कहनेवाले के समान धर्म का लोप करके अब फिर मुझे सन्तानोत्पति के लिए क्यों प्रेरित कर रहे हैं?" (77-78/122, आदिपर्व)

यदि कुन्ती के मन में काम-सम्बन्धों के लिए इतनी ही आतुरता होती तो

उसने चौथे पुत्र के लिए अपने पति द्वारा प्रस्तावित नियोग को सहर्ष स्वीकार किया होता।

कुन्ती और माद्री, दोनों ही पांडु की इस अक्षम स्थिति में उसके साथ रह रही थीं, किन्तु अन्ततः पांडु की उत्तेजना और मृत्यु का कारण माद्री ही बनी। तर्क के लिए कहा जा सकता है कि इसमें माद्री का क्या दोष? दोष तो पांडु का था। हमें यह नहीं भूलना चाहिए कि दोनों ही पत्नियों के लिए यह ध्यान रखना आवश्यक था कि वे इस बात के लिए सावधान रहें कि उनकी किसी चेष्टा, मुद्रा अथवा हेला के कारण पांडु उत्तेजित न हो जाये। रूप अथवा वय की दृष्टि से कुन्ती हीन नहीं थी, किन्तु वह मर्यादित होकर रही। माद्री ने मर्यादा तोड़ी अथवा वह असावधान हुई—यह कहना कठिन है, किन्तु अपने अतृप्त काम को माद्री ने चितारोहण के समय स्वीकार किया है, "पति के संयोग-सुख से मेरी तृप्ति भी नहीं हुई है। अतः आप बड़ी महारानी से मेरी प्रार्थना है कि मुझे पति-लोक में जाने की आज्ञा दें। मैं वहीं धर्मज्ञ, कृतज्ञ, सत्यप्रतिज्ञ और बुद्धिमान पति के चरणों की सेवा करूँगी। आर्य! आप मेरी इच्छा का अनुमोदन करे।" (124वाँ अध्याय, आदिपर्व)

पुत्रों के सन्दर्भ में भी माद्री ने यह स्वीकार किया, "कुन्ती सभी पुत्रों के योगक्षेम के निर्वाह में—पालन-पोषण, में समर्थ हैं। कोई स्त्री, चाहे वह अरुन्धती ही क्यों न हो, बुद्धि में इनकी समता नहीं कर सकती।" (124वाँ अध्याय, आदिपर्व) तथा, "बहन! पुत्रों के पालन-पोषण की शक्ति जैसी आपमें है, वैसी मुझमें नहीं है।" (124वाँ अध्याय, आदिपर्व)। स्पष्ट है कि माद्री ने इन उक्तियों में, सपत्नी होते हुए भी, कुन्ती के चरित्र के अनेक उदात्त गुणों को स्वीकार किया है। उसने यह माना है कि उसके सुख के लिए, कुन्ती त्याग कर सकती है। उसने यह भी स्वीकार किया है कि उसकी अपेक्षा कहीं अधिक सक्षमता से कुन्ती अपने काम-भाव को संयत कर सकती है। उसकी उक्ति में से यह भी ध्वनित होता है कि माद्री, कुन्ती के पुत्रों को अपने औरस पुत्रों के समान वात्सल्य नहीं दे पायेगी, जबकि कुन्ती की ओर से उसे तनिक भी आशंका नहीं है कि अपने पुत्रों की तुलना में वह माद्री के पुत्रों की रंचमात्र भी उपेक्षा करेगी। ध्यातव्य है कि कुन्ती की बुद्धि, क्षमता, संयम, उदारता तथा समता इत्यादि की प्रशंसा, वह माद्री कर रही है, जो न केवल सम्बन्ध की दृष्टि से उसकी सपत्नी है, वरन् उसके तीन पुत्र होने के कारण ईर्ष्या भी करती है, उसकी समकक्षता पाने अथवा उसे नीचा दिखाने के लिए स्वयं पुत्रवती होना चाहती है तथा स्वयं को उससे श्रेष्ठ मानकर, उसके प्रति उपेक्षा का भाव भी रखती है। 'महाभारत' साक्षी है कि कुन्ती ने माद्री की सारी अपेक्षाएँ पूरी कीं। उसने न केवल स्वयं

माद्री के पुत्रों को अपने पुत्रों के समान स्नेह दिया, वरन् अपने पुत्रों को भी यही शिक्षा दी कि वे नकुल और सहदेव को कभी भी अपने सगे भाइयों से कम न मानें। द्रौपदी के साथ विवाह के सन्दर्भ में भी माद्री के पुत्रों को विलग नहीं रखा गया, तथा अन्त में वनवास के लिए जाती हुई कुन्ती ने युधिष्ठिर को जो आदेश दिये, उनमें से एक आदेश यह भी था कि वह कुन्ती के प्रिय पुत्र सहदेव का पूरा-पूरा ध्यान रखे। यक्ष-प्रश्न-प्रसंग में भी जब युधिष्ठिर के सम्मुख यह प्रस्ताव आया कि वह अपने किसी एक भाई को जीवित कर ले तो कुन्ती की इस शिक्षा का प्रभाव युधिष्ठिर पर दिखायी पड़ता है : "मेरे पिता की कुन्ती और माद्री, दो भार्याएँ रहीं। वे दोनों ही पुत्रवती बनी रहें, ऐसा मेरा विचार है। यक्ष! मेरे लिए जैसी कुन्ती है, वैसी ही माद्री। उन दोनों में कोई अन्तर नहीं है। मैं दोनों माताओं के प्रति समान भाव ही रखना चाहता हूँ। इसलिए नकुल ही जीवित हो।" (131-32/313, वनपर्व)

कुन्ती में अपने पुत्रों के लिए अथाह ममता है। वह उनके पालन-पोषण और शिक्षा के लिए पूर्णतः सन्नद्ध है। उनकी सुरक्षा के लिए अत्यन्त चिन्तित है। भीम को विष दिये जाने के प्रसंग में विदुर के सम्मुख वह अपनी यह चिन्ता प्रकट करती है। मथुरा से अक्रूर के आने पर भी वह अपनी इसी चिन्ता को वाणी देती है, और उनकी रक्षा के लिए कृष्ण के सम्मुख तो वह अनेक बार प्रार्थना करती है। उद्योगपर्व में कृष्ण के हस्तिनापुर आने पर कुन्ती, युधिष्ठिर के प्रति जो सन्देश प्रेषित करती है, वह एक शुद्ध, निष्कपट क्षत्राणी का सन्देश है। विदुला की कथा के माध्यम से वह युधिष्ठिर को कहलवाती है, "ओ कायर! उठ खड़ा हो। इस तरह शत्रु से पराजित होकर, घर में शयन न कर। ऐसा करके तो तू सब शत्रुओं को ही आनन्द दे रहा है, और मान-प्रतिष्ठा से वंचित होकर बन्धु-बान्धवों को शोकमग्न कर रहा है।" (8/133, उद्योगपर्व)। इस उक्ति में अपने अधिकार के लिए संघर्ष का स्पष्ट आह्वान है, किन्तु जब कुन्ती के वे ही पुत्र अपना और अपनी सन्तानों का रक्त बहाकर, महाभारत के युद्ध में विजयी होकर, हस्तिनापुर के स्वामी बनकर प्रतिष्ठित होते हैं, तो कुन्ती उस सारे वैभव का परित्याग कर, अपने उन जेठ-ज़ेठानी की सेवा के लिए वन चली जाती है, जिन्होंने उसे आजीवन त्रस्त रखा और कभी चैन की साँस नहीं लेने दी।

इन्हीं तथ्यों को दृष्टि में रखते हुए, मैंने आरम्भ में ही कहा था कि कुन्ती ने जीवन में सबको दिया ही दिया है, किसी से कुछ पाने का लोभ उसने कभी नहीं किया। कुन्ती के जीवन में 'सेवा', अत्यन्त महत्त्वपूर्ण तत्त्व रहा है। यह मानो उसके जीवन का मूल-मन्त्र ही है। कुन्तिभोज ने भी दुर्वासा की सेवा में

शायद इसीलिए कुन्ती को नियुक्त किया था, और महाभारत के युद्ध में सर्वनाश हो जाने के पश्चात् सर्वथा असहाय धृतराष्ट्र और गान्धारी की सेवा के लिए भी वही कुन्ती स्वेच्छा से उनके साथ गयी, जिसने आजीवन उनकी क्रूरताओं से अपने पुत्रों की रक्षा के लिए संघर्ष किया था। यह कदाचित् युधिष्ठिर के ही समान, कुन्ती की भी आनृशंसता ही थी कि अपने घोरतम शत्रु के प्रति भी मन में तनिक-सी भी कटुता न रखी जाये, और अपनी इस कटुता शून्यता को प्रमाणित करने के लिए उन्हीं की सेवा की जाये, जिन्होंने जीवन-भर हमें कष्ट देने के सिवाय और कुछ नहीं किया। कुन्ती के चरित्र को समझने के लिए, उसके उच्च आध्यात्मिक स्तर को भी समझना होगा।

कुन्ती के मन की ममता, करुणा तथा उदारता के अनेक छोट-बड़े उदाहरण महाभारत में बिखरे हुए हैं। काम-पीड़िता हिडिम्बा की याचना के उत्तर में भीम तथा हिडम्बा के सम्बन्ध के लिए युधिष्ठिर को सहमत करना और भीम को यह आदेश देना कि वह हिडिम्बा की काम-तृप्ति के लिए, उसे पुत्र-जन्म तक अपनी सेवा का अवसर दे—उसकी इसी उदारता तथा करुणा का एक छोटा से उदाहरण है। मैं इसे कुन्ती की उदारता और करुणा का उदाहरण इसलिए मानता हूँ, क्योंकि न तो हिडिम्बा, कुन्ती की स्वीकार्य पुत्र-वधु थी; और न ही यह विवाह धर्मशास्त्र द्वारा अनुमोदित था। कुन्ती ने अन्यत्र परिवेदन का सशस्त्र विरोध किया है; किन्तु यहाँ हिडिम्बा की आतुरता और काम-पीड़ा पर दया कर उसने युधिष्ठिर के अविवाहित होते हुए भी, भीम को इस अस्थायी विवाह की अनुमति ही नहीं, आदेश दिया है। यह उस अपरिचित, विजातीय, अबोध कन्या की पीड़ा को न सह सकने के कारण ही सम्भव हुआ है। बहुत सम्भव है कि कुछ लोग यह तर्क देना चाहें कि यह कुन्ती की दया नहीं, उसका स्वार्थ था, क्योंकि हिडिम्बा से भीम का सम्बन्ध स्थापित हो जाने पर, उन्हें हिडिम्बा की ओर से सहायता और सुरक्षा उपलब्ध होती। इस तर्क के विषय में मुझे इतना ही कहना है कि महाभारत की कथा में एक भी उदाहरण ऐसा नहीं है, जहाँ अपने स्वार्थ और सहायता के लोभ में पांडवों ने कोई भी अनुचित सम्बन्ध स्थापित किया हो अथवा अधर्मपूर्ण समझौता किया हो।

कुन्ती की करुणा का एक असाधारण उदाहरण एकचक्रा नगरी में बकासुर से भयभीत ब्राह्मण परिवार की रक्षा के लिए अपने पुत्र भीम को बकासुर का भोजन ले जाने की आज्ञा देना है। जो कुन्ती अपने पुत्रों से पूछे बिना कोई साधारण-सा निश्चय भी नहीं करती थी, वह उनसे परामर्श लिये बिना, उन्हीं को इतने बड़े संकट में झोंक देने का निश्चय कर लेती है। कुन्ती के इस निश्चय का विरोध वह धर्मराज युधिष्ठिर भी करता है, जिसने आजीवन आनृशंसता का

पालन किया है, "माँ! आपने यह असह्य और दुष्कर साहस क्यों किया? साधु पुरुष, अपने पुत्र के परित्याग को अच्छा नहीं बताते। दूसरे के पुत्र के लिए, आप अपने पुत्र को क्यों त्याग देना चाहती हैं? पुत्र का त्याग करके आपने लोक और वेद, दोनों के विरुद्ध कार्य किया है।" (5-6/161, आदिपर्व)

कुन्ती अपने पुत्र से सहमत नहीं है, "पुत्र! हम लोग इस ब्राह्मण के घर में बड़े सुख से रहे हैं। धृतराष्ट्र के पुत्रों को हमारी कानों-कान खबर नहीं होने पायी है। इस घर में हमारा इतना सत्कार हुआ है कि हमने पिछले दुख और क्रोध को भुला दिया है। पार्थ! ब्राह्मण के इस उपकार से उऋण होने का यही एक उपाय मुझे दिखायी दिया। मनुष्य वही है, जिसके प्रति किया हुआ उपकार नष्ट न हो। दूसरा मनुष्य उसके लिए जितना उपकार करे, उससे कई गुना अधिक प्रत्युपकार स्वयं उसके प्रति करना चाहिए? (13-15/161, आदिपर्व) यह वही कुन्ती है जो कर्ण के इस आश्वासन पर कि उसके पाँच पुत्र जीवित रहेंगे, छठे को भी खोना नहीं चाहती, और यहाँ केवल अपनी करुणा और कृतज्ञतावश एक असहाय और निर्बल ब्राह्मण परिवार की रक्षा के लिए अपने सबसे बलवान पुत्र का बलिदान करने को प्रस्तुत है।

आज, महाभारत-काल की सर्वाधिक विवादास्पद समस्त प्रथाएँ कुन्ती से ही सम्बन्धित हैं, कानीन-पुत्र, नियोग तथा बहुपतित्व का सम्बन्ध यद्यपि प्रत्यक्षतः द्रौपदी से है, किन्तु इस तथ्य की उपेक्षा नहीं की जा सकती कि इस बहुपतित्व का प्रस्ताव प्रकारान्तर से कुन्ती की ओर से ही आया। धर्मराज युधिष्ठिर ने इस प्रस्ताव का मूल कारण अपनी माता के वचन के सत्य का निर्वाह बताया। कुन्ती के पुत्रों द्वारा इस सन्दर्भ में कुन्ती की इच्छा, वचन अथवा आदेश के निर्वाह के प्रयत्न को स्वीकार करने में किसी को कोई कठिनाई नहीं है, किन्तु उसके आवरण के रूप में महाभारत में जिस घटना का उल्लेख है, वह मुझे तनिक भी तर्कसंगत नहीं लगती। उस घटना से तो कुन्ती अत्यन्त नासमझ, अपने परिवेश से अनभिज्ञ अथवा उदासीन तथा निरर्थक, बिना सोचे-समझे कुछ भी कह देनेवाली स्त्री प्रमाणित होती है। किन्तु यदि हम उस घटना का विश्लेषण करें तो पायेंगे कि वह घटना रंचमात्र भी तर्कसंगत नहीं है और वह किसी अन्य सत्य का आवरण-मात्र है।

भीम तथा अर्जुन के यह कहने पर कि "माँ! हम लोग भिक्षा लाये हैं।" कुन्ती का निर्विकार रूप से उत्तर देना 'तुम सब मिलकर उसे पाओ।' (भुङ्‌क्तेति समेत्य सर्वे) से तो ऐसा लगता है कि जैसे कुन्ती यह जानती ही न हो कि उसके पुत्र कहाँ गये हैं और क्या करने गये हैं; जैसे युधिष्ठिर, नकुल तथा सहदेव ने स्वयंवर-मण्डप से लौटकर उसे कुछ बताया ही न हो कि वहाँ क्या

हो रहा है, जैसे कुन्ती को अपने पुत्रों—भीम तथा अर्जुन—की सुरक्षा-असुरक्षा, सफलता-असफलता से कुछ लेना-देना ही न हो। जिन पुत्रों के साथ वह एकचक्रा नगरी से ही इस स्वयंवर में भाग लेने के उद्देश्य से चली थी, उन पुत्रों के स्वयंवर से लौटकर आने पर वह दौड़कर बाहर नहीं आयी और भीतर से ही सामान्य भाव से कह दिया कि "तुम सब उसे मिलकर पाओ।"

और क्या वे लोग प्रतिदिन जो भिक्षा लाते थे, उसे मिलकर नहीं पाते थे कि आज उसे यह कहने की आवश्यकता पड़ी? क्या वह मिलकर पाना किसी प्रकार का विभाजन है? क्या वे लोग जो भिक्षा लाते थे, उसे आपस में बाँटा करते थे? क्या उस सारे अन्न को पकाकर स्वयं कुन्ती ही उन्हें उनकी आवश्यकता के अनुसार नहीं परोसती थी, कि आज उसने बिना उनकी ओर मुड़े, बिना आँख उठाये कह दिया कि सब लोग मिलकर उसे पाओ।

वस्तुतः इस घटना के गर्भ में कुन्ती की यह इच्छा वर्तमान है कि उसके पुत्र किसी भी प्रकार एक-दूसरे से पृथक् न हों, अलग न हों। वह नारी की शक्ति को जानती है; पुरुष-मन पर पड़नेवाले उसके प्रभाव से परिचित है। अतः वह नहीं चाहती कि उसके अपने पुत्र धर्म और कर्तव्य से अधिक, किसी नारी से प्रेम करें। वह चाहती है कि उसके पुत्र अपनी एकता को स्त्री के प्रेम से अधिक महत्त्व दें।

पाँचों भाइयों के मन में मन्मथ के प्रकट होने की चर्चा महाभारतकार ने बाद में की है; युधिष्ठिर के मन में यह आशंका बाद में जगी है कि कहीं द्रौपदी के कारण हम पाँचों भाइयों में फूट न पड़ जाये—कुन्ती ने यह पहले कह दिया है, 'तुम सब मिलकर उसे पाओ।' और महाभारत-कथा में द्रौपदी को एक बार अपने पाँचों पुत्र सौंपकर कुन्ती उनके मार्ग से हट जाती है। अब उनकी एकता, उनके परस्पर प्रेम तथा सहयोग के सूत्र द्रौपदी के हाथ में हैं।

महाभारत में कानीन-पुत्र के दो महत्त्वपूर्ण चित्रण हैं : पहला सत्यवती का और दूसरा कुन्ती का। महाभारतकार ने दोनों ही प्रसंगों में इस सन्दर्भ में कन्याओं की अनिच्छा ही प्रकट की है। दोनों ही प्रसंगों में उन कन्याओं ने अपने पुत्रों का त्याग किया है। किन्तु, सत्यवती का पुत्र अपने पिता के पास चला गया था, वहीं उसका लालन-पालन हुआ था। पिता ने कृष्ण द्वैपायन व्यास को खुले रूप में अपना पुत्र स्वीकार किया था और अनुकूल अवसर पाते ही सत्यवती ने अपनी सहायता के लिए व्यास को बुला लिया। पांडु की मृत्यु का समाचार मिलने पर व्यास अपनी माता सत्यवती को अपने साथ ले गये। उनके आश्रम में ही सत्यवती ने अपने प्राण त्यागे।

कुन्ती के समय तक राजपरिवारों में कदाचित् कानीन-पुत्र का विरोध और

भी कठोर हो गया था। सत्यवती केवट-पुत्री थी, जहाँ कदाचित् कन्या की शुद्धता पर उतना बल न रहा हो, जितना राजपरिवारों में था। फिर व्यास पराशर-पुत्र थे, सूर्य पुत्र नहीं। पराशर इसी धरती के जीव थे, अतः उन्होंने अपने पुत्र को अंगीकार किया, जबकि सूर्यदेव का धरती पर आना और कर्ण को अपना पुत्र स्वीकार करना सम्भव नहीं था। यही कारण है कि सत्यवती को अपने कानीन-पुत्र के लिए उतनी यातना नहीं सहनी पड़ी, जो कुन्ती के हिस्से में आयी। सत्यवती का अपने पुत्र से माता-पुत्र का सम्बन्ध स्थापित हो गया और माँ को पुत्र का भरपूर सहयोग मिला। कुन्ती पहले तो कर्ण को बता ही नहीं पायी कि वह उसका पुत्र है, और जब उसने बताने का साहस किया, तब तक वह उसकी पहुँच से बहुत दूर निकल चुका था। कुन्ती को अपने पितृकुल और श्वसुरकुल की मर्यादाओं की रक्षा के लिए आजीवन न केवल अपने पुत्र से दूर रहना पड़ा, वरन् यह भी देखना पड़ा कि उसका अपना पुत्र अपने ही भाइयों के विरुद्ध, उनके घोरतम शत्रुओं का सबसे बड़ा सहायक है। कुन्ती की कर्ण के प्रति ममता भी उसे पीड़ित करती ही होगी, किन्तु अपने शेष पुत्रों के विरुद्ध कर्ण के अभियान तथा कर्ण के प्रति अर्जुन तथा भीम की शत्रुता उसे कितना कष्ट देती होगी—यह हमारे लिए मात्र अनुमान का ही विषय हो सकता है। कुन्ती ने जीवन-भर यह सारी पीड़ा सही, ताकि उसके पितृकुल तथा श्वसुरकुल की मर्यादा बनी रहे। उसका पुत्र-धर्म तथा पुत्रवधु-धर्म कलंकित न हो।

'नियोग' उस काल की धर्मसम्मत तथा समाज अनुमोदित प्रथा थी। महाभारत में धृतराष्ट्र, पांडु, विदुर तथा पाँचों पांडवों का जन्म नियोग से ही हुआ है। इस सन्दर्भ में हम अम्बिका, अम्बालिका तथा कुन्ती की तुलना करते हैं तो उनके चरित्रों के सन्दर्भ में कुछ तथ्य हमारे हाथ लगते हैं। नियोग के लिए इन तीनों में से कोई भी इच्छुक नहीं थी। वस्तुतः अम्बिका और अम्बालिका का तो इससे पूर्ण विरोध था। उनकी इच्छा के सर्वथा विरुद्ध उनकी सास सत्यवती ने उनके पास नियुक्त पुरुष भेजा था। उन दोनों ने अपना विरोध, अनिच्छा, अप्रसन्नता तथा असहायता अपने-अपने ढंग से प्रकट कर दी थी; किन्तु कुन्ती ने अपने पति के साथ वार्तालाप में ही अपना भिन्न मत तथा विचार प्रस्तुत किया था। पति के तर्कों, अपनी परिस्थितियों तथा देव-प्रदत्त पुत्रों की आवश्यकता को देखते हुए वह स्वेच्छा से नियोग के लिए प्रस्तुत हो गयी थी। उस समय उसके मन में मात्र 'धर्म' था, अम्बिका के समान किसी पुरुष-विशेष की छवि नहीं। अम्बिका तथा अम्बालिका अपने श्वसुरकुल के वंशवर्धन के लिए भी अपनी इच्छा-अनिच्छा, पसन्द-नापसन्द त्याग नहीं सकी थीं, जबकि कुन्ती की परदुख-कातरता तथा करुणा, उसे अपना धर्म समझाने

में पूरा योगदान कर रही थीं। स्वेच्छा, उसके लिए धर्म के मार्ग की बाधा नहीं थी। वस्तुतः उसकी स्वेच्छा भी धर्म के साथ एकाकार थी। उसका धर्म, अधिकार, अहंकार और भोग में न होकर मर्यादा, सेवा, करुणा, आनृशंसता तथा परदुख-कातरता में था। यही कारण है कि उसके पुत्र धैर्यपूर्वक जीवन की कठिनाइयाँ सह सके, चुनौतियों का सामना कर सके, धर्म के मार्ग पर स्थिर रह सके तथा अधर्म के विरुद्ध एक भयंकर और विनाशकारी युद्ध कर अन्ततः सर्वव्यापी धर्म की स्थापना कर सके।

'महाभारत' में माद्री के पति के साथ अग्निप्रवेश को 'चितारोहण' ही कहा गया है। उसे 'सती' होने का गौरव नहीं दिया गया। इससे कहीं यह सिद्ध नहीं होता कि महाभारत काल में सती-प्रथा प्रचलित थी। यह एक अपवाद ही है, जैसे द्रौपदी का बहुपतित्व। यह तथ्य रेखांकित करना इसलिए भी महत्त्वपूर्ण हो जाता है कि 'महाभारत' की किसी एक घटना को लेकर तत्कालीन समाज के सम्बन्ध में कोई सिद्धान्त न बना लिया जाये। वस्तुतः वह एक परिवर्तनशील समाज की कथा है, जिसमें समाज निरन्तर किन्हीं प्रथाओं को त्याग रहा है, तथा किन्हीं नयी प्रथाओं को अंगीकार कर रहा है। इसलिए माद्री का चितारोहण अपने-आपमें सामाजिक आचरण का कोई भी आदर्श स्थापित नहीं करता। 'महाभारत' में ही विधवा होने पर सत्यवती, अम्बिका, अम्बालिका तथा कुन्ती में से किसी ने भी चितारोहण नहीं किया।

कुन्ती का पांडवों के साथ हस्तिनापुर में आना 'महाभारत' की कथा को एक नये परिवेश में ले आता है। हस्तिनापुर में धृतराष्ट्र स्वयं को राजा के प्रतिनिधि के रूप में भी इतना शक्तिशाली तथा सत्ता-सम्पन्न बना चुका है कि उसे राजा ही माना ज़ाता है। दुर्योधन स्वयं को राजा का पुत्र तथा भावी युवराज मानता है। राजकर्मचारियों के लिए धुतराष्ट्र ही राजा और दुर्योधन ही युवराज है। कुन्ती अपने पुत्रों के साथ हस्तिनापुर पहुँचती है तो भीष्म, कुन्ती और माद्री के पुत्रों को पांडु के पुत्रों के रूप में सहज ही अंगीकार कर लेते हैं। अतः इस रूप में सम्राट् पांडु का पुत्र युधिष्ठिर ही युवराज होना चाहिए। यद्यपि इसके पश्चात् भी भीष्म पांडवों की शिक्षा-दीक्षा की व्यवस्था करते तथा उनके पालन-पोषण का ध्यान करते दिखायी देते हैं, किन्तु वे धृतराष्ट्र तथा दुर्योधन के षड्यन्त्रों से न तो उन्हें बचा सकते हैं और न ही उन षड्यन्त्रों के लिए वे दुर्योधन अथवा धृतराष्ट्र का विरोध करते दिखायी पड़ते हैं। वे जैसे प्रत्येक घटना को सहज रूप में अनिवार्य मानकर स्वीकार कर लेते हैं।

हस्तिनापुर में पांडवों का जीवन कुछ ऐसा ही है, जैसे कोई अपने कष्ट के दिनों में अपने किसी धनी सम्बन्धी के घर शरण लेने के लिए बाध्य हो।

कहीं भी ऐसा आभास नहीं मिलता कि पांडव अपनी राजधानी में लौटे हैं और युधिष्ठिर वहाँ का युवराज है। इतना ही नहीं, पांडवों का जीवन वहाँ सुरक्षित भी नहीं है। प्रमाणकोटि की घटना इसका सार्थक प्रमाण है। भीम को दुर्योधन के द्वारा विष दिया जाता है। जिस समय कुन्ती यह कहती है कि उसके पुत्र की हत्या का प्रयत्न किया गया है, उस समय विदुर परामर्श देते हैं कि कुन्ती मौन रहे। कहीं ऐसा न हो कि उसके शेष पुत्रों का भी वध कर दिया जाये। कुन्ती तथा पांडव इस भय से इसकी चर्चा ही किसी से नहीं करते। भीम को दुर्योधन ने विष दिया है, इसकी सूचना व्यास तो पाठक को देते ही हैं; किन्तु धृतराष्ट्र का अपना पुत्र युयुत्सु इस बात की सूचना पांडवों को देता है और वे लोग दुर्योधन के भय से इसकी सूचना किसी को नहीं देते। इतना ही नहीं, दुर्योधन सार्वजनिक रूप से पांडवों के सारथि का भी वध करता है, और उसके लिए भी प्रतिवाद तक करने का साहस कोई नहीं करता। सारा परिवेश भय तथा आतंक से ग्रस्त है। पांडव तथा कुन्ती अपने जीवन की रक्षा हेतु स्तब्ध होकर चुपचाप दिन काट रहे हैं। यद्यपि विदुर उनका सहायक और हितैषी है, किन्तु विदुर के पास न तो इतनी शक्ति है, न सत्ता कि वह दुर्योधन की गुण्डागर्दी का विरोध कर सके। दुर्योधन के पास कोई पद अथवा अधिकार नहीं है—न वह राजा है, न युवराज। अवस्था भी उसकी अधिक नहीं है; किन्तु वह इतना क्रूर तथा निर्भीक हो चुका है कि हत्याओं और सार्वजनिक हत्याओं से भी संकोच नहीं करता। उसका विरोध करने का साहस किसी में भी शायद इसलिए नहीं है कि उसका विरोध धृतराष्ट्र का ही विरोध माना जायेगा। परिणामतः राज्य की ओर से सुरक्षा तो मिलेगी नहीं, दुर्योधन तथा उसके दुर्वृत्त संगी-साथी प्रतिशोध की भावना से और अधिक अत्याचार करेंगे। यह संसार की किसी भी कसौटी से, जनकल्याण करनेवाला धर्माधृत राज्य नहीं है, किन्तु फिर भी महाभारत में अनेक स्थानों पर धृतराष्ट्र को 'महात्मा' तथा 'प्रजापालक राजा' कहा गया है।

भीष्म की स्थिति विचित्र है। एक ओर तो वे धर्म के स्तम्भ और न्याय के पालक हैं, अत्यन्त शक्तिशाली भी हैं, और कुरुकुल और कुरु-राज्य में कोई उनका विरोध करता भी दिखायी नहीं देता। किन्तु फिर भी इन सारी घटनाओं में वे कहीं भी हस्तक्षेप करते दिखायी नहीं देते। या तो यह स्वीकार कर लिया जाये कि वे इन सारी घटनाओं से सर्वथा अनभिज्ञ थे, या यह स्वीकार किया जाये कि वे जीवन से इतने तटस्थ हो चुके थे कि इन बातों को नगण्य मान, उनमें हस्तक्षेप नहीं करना चाहते थे। अपने ही एक पौत्र के द्वारा दूसरे पौत्र के वध का प्रयत्न किसी दादा के लिए साधारण बात नहीं हो सकती, और समाज तथा राज्य की दृष्टि से तो एक व्यक्ति की हत्या का प्रयत्न जघन्य अपराध है

ही। या फिर यह स्वीकार कर लिया जाये कि राजा की इच्छा का विरोध तब न परिवार करता था, न समाज और न राज्य का विधान। स्वयं भीष्म की माता गंगा के द्वारा अपने सात पुत्रों की हत्या के सन्दर्भ में किसी ने गंगा पर उँगली तक नहीं उठायी थी। कदाचित् सन्तान को माता-पिता की निजी सम्पत्ति मानकर उनका यह अधिकार भी मान लिया गया था कि यदि वे अपनी सन्तान के प्राण भी लेना चाहें तो उसमें कुछ भी अनुचित नहीं है। किन्तु पांडव धृतराष्ट्र की अपनी सन्तान भी नहीं थे और इस परायेपन के कारण उपजी शत्रुता के कारण ही उनके प्राण लिये जाने का प्रयत्न किया जा रहा था, जिसके प्रति भीष्म पूर्णतः अनासक्त दिखायी पड़ते हैं। कैसा था यह अभिभावकत्व?

भीम का कालकूट विष खाकर भी जीवित बच रहना एक प्रकार की अलौकिक घटना के रूप में ही चित्रित हुआ है। पौराणिक चिन्तन-विधि के अनुरूप गंगा के तल में नाग-लोक है, जहाँ मनुष्य के रूपवाले नाग बसते हैं। वे नाग, सर्प भी हैं और मनुष्य भी। वे जल के भीतर किस प्रकार साँस लेते हैं—इसका उत्तर पौराणिक कल्पना नहीं देती। वहीं संयोग से भीम को अपने नाना का नाना आर्यक नाग मिलता है; और वह न केवल उसके विष का उपचार करता है, वरन् उसे एक विशिष्ट रस पिलाकर दस हजार हाथियों का बल भी प्रदान करता है। इस प्रसंग को यदि हम पौराणिक कल्पना लोक से बाहर निकाल, यथार्थ तर्क की भूमि पर खड़ा करना चाहें तो उसमें तनिक भी कठिनाई नहीं है। भीम को विष खिलाकर दुर्योधन ने गंगा में ऐसे स्थान पर फिंकवा दिया था, जहाँ न केवल जल गहरा था, वरन् विषैले सर्प भी वर्तमान थे। यह दुर्योधन की चतुराई की चरम सीमा थी कि उसने भीम की मृत्यु का इतना पक्का प्रबन्ध किया कि यदि उसके खिलाये हुए विष से वह न मरे तो गंगा के जल में डूबकर मर जाये; उससे बचे तो सर्पों के विष से उसकी जीवन-लीला समाप्त हो जाये। किन्तु या तो वह जानता नहीं था, या उसका ध्यान इस ओर नहीं गया कि विष को विष ही काटता है। ऐसी स्थिति में यदि यह मान लें कि कालकूट विष खाये हुए मूर्च्छित भीम के शरीर का विष सर्प-दंश से कट गया और भीम की चेतना लौटने लगी तथा ऐसी स्थिति में नाग जाति के मनुष्यों की सहायता से न केवल वह गंगा के जल से बाहर निकल आया, वरन् उनके साथ उनकी बस्ती में भी पहुँच गया, तो इसमें कुछ भी अयथार्थ नहीं लगता। इस सन्दर्भ में आर्यक की चर्चा सब जगह ही प्राप्त है। आर्यक की पुत्री मारिशा, भीम के नाना शूरसेन की माता थी। इससे आर्य तथा नाग जातियों के सम्बन्धों पर भी प्रकाश पड़ता है। यद्यपि ये दो जातियाँ पृथक्-पृथक् ही रहती थीं और सामान्यतः उन लोगों में अमैत्री ही अधिक थी; किन्तु उनके परस्पर निकट आने और अपवादस्वरूप

परिणय सम्बन्धों के उदाहरण भी मिल जाते हैं। ये सम्बन्ध इस दृष्टि से भी महत्त्वपूर्ण हैं कि हम यह मान सकें कि नाग जाति मनुष्यों की ही एक जाति है। वे लोग सर्प नहीं हैं। 'महाभारत' तथा अन्य पौराणिक ग्रन्थों में लेखक इतनी स्वतन्त्रता ले लेता है कि कल्पना के आधार पर नाग जाति को वास्तविक सर्प बना देता है और उन्हें जल के भीतर किसी काल्पनिक नाग-लोक में बसा देता है; किन्तु जब इस प्रकार के परिणय-सम्बन्धों का चित्रण होता है, तो उसमें वे पूर्णतः मनुष्य ही प्रमाणित होते हैं। न आर्यक भूमि पर रेंगनेवाला सर्प था और न ही उसकी पुत्री मारिशा नागिन रही होगी, जिसने शूरसेन जैसे पुरुष को जन्म दिया था। इसलिए उसे नागिन न कहकर सदा नाग-कन्या के रूप में ही चित्रित किया गया है। इस प्रसंग की हम रामकथा में आयी वानर जाति से भी तुलना कर सकते हैं। वहाँ भी 'वानर' पुरुष पूर्णतः बन्दर के रूप में चित्रित हैं, किन्तु 'वानर' स्त्रियाँ सुन्दरी नारियाँ हैं। उनके रूप-सौन्दर्य का तो वर्णन है, किन्तु तारा, रूमा अथवा अन्य किसी भी वानरी की पूँछ का कहीं वर्णन नहीं है। कहना कठिन है कि इन कवियों ने ऐसा चित्रण पुरुष-द्वेष के कारण किया अथवा नारीमोह के कारण।

भीम के वापिस हस्तिनापुर लौट आने पर पांडवों का संयम अद्‌भुत है। यह जानते हुए भी कि दुर्योधन ने भीम की हत्या का गम्भीर तथा भयंकर प्रयत्न किया है और उसको मार डालने में तनिक भी कोर-कसर नहीं छोड़ी है, वे दुर्योधन तथा उसके भाइयों से सहज स्वाभाविक व्यवहार करते हैं। यह संयम कभी-कभी यह सोचने को भी बाध्य करता है कि महाभारतकार ने अपने पात्रों को कदाचित् स्मरण-शक्ति ही नहीं दी है। एक घटना के घटित हो जाने पर आगे चलकर दूसरी घटना के समय पहली घटना का स्मरण ही उन लोगों को नहीं रहता। दूसरी घटना पर पहली घटना का कोई प्रभाव ही दिखायी नहीं पड़ता, किन्तु इस स्थान पर मैं इसे पांडवों का संयम ही कहना पसन्द करूँगा; क्योंकि पांडवों ने एक नहीं अनेक बार अपने भावावेगों को संयत कर सहनशीलता का अद्‌भुत प्रमाण दिया है। युधिष्ठिर तो अपने अपराधियों को क्षमा ही कर देता है। वस्तुतः यह उनके जीवन के आध्यात्मिक पक्ष का चित्रण है। आध्यात्मिकता को समझे बिना पांडवों के व्यवहार को समझने में अनेक कठिनाइयाँ हैं किन्तु भीम इतना क्षमाशील नहीं है। फिर भी वे सब लोग अपने भय, असुरक्षा, त्रास, क्रोध तथा प्रतिहिंसा जैसी भावनाओं को अपने मन में कहीं गहरे छुपाये हुए सहज-साधारण व्यवहार करने का प्रयत्न करते हैं। वारणावत के अग्निकांड के पश्चात्, काम्पिल्य में द्रौपदी को प्राप्त कर हस्तिनापुर लौटने, तथा कौरवों की द्यूत सभा में द्रौपदी के चीरहरण के अवसर पर भी, भीम के कुछ वाक्यों के स्फुट

विस्फोट के सिवाय, उन सबका व्यवहार इतना संयत, शान्त तथा अनुशासित रहा है कि अनेक बार पाठक के मन में यह रोष जागता है कि समर्थ होते हुए भी पांडव, दुर्योधन पर प्रत्याक्रमण क्यों नहीं करते।

किन्तु इस समय पांडव भयभीत हैं। अभी उन्होंने वह शक्ति अर्जित नहीं की है, जिससे उनमें आत्मविश्वास जागता और वे दुर्योधन से खुले रूप में लड़ सकते अथवा धृतराष्ट्र का विरोध कर सकते। वे लोग सारे कष्ट सहते हुए, सिर झुकाये हुए आत्मदमनपूर्वक अच्छे दिनों की प्रतीक्षा कर रहे हैं। यहाँ तक आते-आते इतना तो स्पष्ट हो ही चुका है कि दुर्योधन उन्हें किसी भी रूप में सहन नहीं कर सकता। वह उनके साथ कोई समझौता नहीं करेगा और न केवल उनसे उनके अधिकार छीनने का प्रयत्न करेगा, वरन् उनकी हत्या का भी बार-बार प्रयत्न करेगा। उसके साथ उसके षड्यन्त्रकारी मित्र हैं। शकुनि उसका परामर्शदाता है तथा दुःशासन के साथ-साथ कर्ण उसका सहयोगी है। यद्यपि कर्ण के चरित्र की प्रशंसा में अनेक लेखकों ने बहुत कुछ कहने का प्रयत्न किया है, किन्तु मूल 'महाभारत' के अनुसार अपने आरम्भिक दिनों से ही कर्ण दुर्योधन का मित्र है और उसके सारे घृणित षड्यन्त्रों में उसके साथ सम्मिलित है।

4

कृप और कृपी का प्रसंग इस कथा के लिए अनेक महत्त्वपूर्ण मोड़ उपस्थित करता है। कृप और कृपी यद्यपि ऋषि शरद्वान की सन्तानें हैं; किन्तु उनका पालन-पोषण भीष्म के पिता शान्तनु ने किया था। महाभारत का शिल्प कुछ ऐसा है कि जो घटना जब घटित होती है, तब ही उसका वर्णन आवश्यक नहीं है। अपने कथानक की सुविधा के अनुसार किसी पात्र अथवा घटना को कहीं भी प्रस्तुत कर, उसका पूरा इतिहास बता दिया जाता है। इस शिल्प में जहाँ लेखक को यह सुविधा है कि वह अपनी इच्छानुसार पात्रों को कथानक में सम्मिलित कर ले, वहाँ पाठक की असुविधा यह है कि वह समकालीन घटनाओं को एक साथ नहीं जान पाता, और बाद में घटनाओं का पूर्वापर निश्चित करना कठिन हो जाता है। शान्तनु, कृप अथवा कृपी को कब लाये? क्या वे इन्हें गंगा से अपनी भेंट के भी पूर्व लाये? यदि ऐसा है तो कृपाचार्य तथा द्रोण-पत्नी कृपी की अवस्था भीष्म से भी, कम-से-कम दस वर्ष अधिक होनी चाहिए। किन्तु यह इसलिए सम्भव नहीं लगता कि कृपी का पुत्र अश्वत्थामा युधिष्ठिर की पीढ़ी के कुछ राजकुमारों की अवस्था का है। यदि कृपी भीष्म से दस वर्ष बड़ी हो तो उसका पुत्र तीसरी पीढ़ी के राजकुमारों के उम्र का नहीं हो सकता।

यदि शान्तनु उन्हें गंगा से मिलने के पश्चात् लाये हैं, तो उनकी अवस्था की समस्या तो रहती ही है, साथ ही, शान्तनु की मानसिकता को देखते हुए भी कुछ कठिनाइयाँ उत्पन्न होती हैं। गंगा से विवाह के पश्चात् अपनी आसक्ति के कारण निश्चित रूप से वे सहज और सामान्य नहीं थे। विशेष रूप से जब गंगा ने अपने पुत्रों को जल-समाधि देकर जीवनमुक्त करना आरम्भ कर दिया था तो शान्तनु की मनःस्थिति ऐसी नहीं रही होगी कि वे किसी और के बच्चों का सहज रूप से पालन-पोषण कर सकते। और यदि शान्तनु उन्हें गंगा से पृथक् हो जाने के बाद लाये, तो भी हमारी कठिनाई दूर नहीं होती; क्योंकि गंगा के चले जाने के पश्चात् वे सर्वथा विक्षिप्त होकर अपनी पीड़ा का दमन करने के लिए, तब तक मृगया करते रहे जब तक उन्होंने सत्यवती को नहीं देख लिया। इस बीच यदि वे कृप-कृपी को ले भी आये हों तो विक्षिप्त मनःस्थिति में वनों, पर्वतों और सरिता-तटों पर पशुओं की हत्या कर अपने आवेश को दबाने का प्रयत्न करते हुए शान्तनु ने, कृप और कृपी का पालन-पोषण किस प्रकार किया होगा? उस काल में तो वे अपने पुत्र देवव्रत की देखभाल भी नहीं कर पाये थे। सत्यवती से विवाह के पश्चात् स्थिति और भी भिन्न और जटिल हो गयी होगी। उसमें वे अपने ही पुत्रों की ओर ध्यान दे पाते, वही पर्याप्त होता। इस प्रकार इस कथा में शान्तनु द्वारा कृप-कृपी को लाने तथा पालन-पोषण करने की घटनाओं का तालमेल बैठाना कठिन ही प्रतीत होता है और कृपाचार्य की अवस्था का भी कुछ ठीक हिसाब नहीं बैठता। कथानक की दृष्टि से कृपाचार्य की अवस्था बहुत महत्त्वपूर्ण नहीं है; किन्तु यह तथ्य महत्त्वपूर्ण है कि जो उम्र कृपाचार्य की है, वही उम्र द्रोण-पत्नी कृपी की भी है; क्योंकि वे जुड़वाँ भाई-बहन हैं। ऐसी स्थिति में कृपी का विवाह कितने भी विलम्ब से हुआ हो, अश्वत्थामा की अवस्था इतनी कम नहीं हो सकती कि वह भीष्म से तीसरी पीढ़ी के राजकुमारों का समकक्ष हो सकता।

कृपी का महत्त्व इस कथा में इतना ही है कि वह अपने विवाह सम्बन्ध के कारण द्रोण को हस्तिनापुर से जोड़ देती है। द्रोण के विषय में जो तथ्य 'महाभारत' में उल्लिखित हैं, उनके आधार पर द्रोण, ऋषि भारद्वाज के पुत्र हैं। उनकी माता, अप्सरा घृताची है, और उनके पिता का आश्रम कदाचित् गंगाद्वार में था। द्रोण का जन्म 'महाभारत' के अनुसार अप्राकृतिक ढंग से हुआ है। 'महाभारत' के लिए यह तनिक भी असाधारण अथवा अस्वाभाविक बात नहीं है। वहाँ इस प्रकार के और भी अनेक उदाहरण हैं।

द्रोण अग्निवेश के शिष्य तथा द्रुपद के सहपाठी बताये गये हैं। उन्हें धृष्टद्युम्न का गुरु भी बताया गया है। द्रोण और द्रुपद के सम्बन्धों को लेकर

कथानक-सम्बन्धी अनेक प्रश्न हमारे सामने आते हैं। यदि हम यह स्वीकार करते हैं कि धृष्टद्युम्न, द्रोण का शिष्य था तो निश्चित रूप से यह सम्बन्ध उस समय का होना चाहिए, जिस समय द्रुपद और द्रोण में मैत्रीपूर्ण सम्बन्ध थे। किन्तु 'महाभारत' के अनुसार धृष्टद्युम्न का जन्म ही द्रुपद और द्रोण की शत्रुता के चरम-विकास—अर्जुन द्वारा द्रोण को बन्दी किये जाने—के पश्चात् हुआ, जोकि स्वाभाविक नहीं है। यदि द्रोण ने द्रुपद को पराजित कर, उसे बन्दी बना, उसका आधा राज्य छीन उसे अपमानित किया, तो अपने उस शत्रु के पुत्र को जिसका जन्म ही पिता के अपमान का प्रतिशोध लेने के लिए हुआ था—द्रोण अपना शिष्य क्यों बनायेंगे? और द्रुपद ही अपने इस पुत्र को अपने परम शत्रु का शिष्य बनने के लिए क्यों भेजेंगे? दूसरी ओर, यदि धृष्टद्युम्न का जन्म अर्जुन द्वारा द्रुपद के बन्दी बनाये जाने के बाद हुआ तो निश्चित रूप से अवस्था में वह अर्जुन से बहुत छोटा होगा, और चूँकि द्रौपदी, धृष्टद्युम्न की जुड़वाँ बहन हैं, इसलिए उसकी अवस्था भी अर्जुन से बहुत कम होगी। ऐसी स्थिति में वह अवस्था की दृष्टि से पांडवों की उपयुक्त पत्नी नहीं हो सकती। इन सारी समस्याओं से जूझने के लिए महाभारतकार ने एक नवीन युक्ति का प्रयोग किया है। महाभारत के अनुसार धृष्टद्युम्न तथा द्रौपदी का जन्म यद्यपि द्रुपद की पराजय के पश्चात् हुआ है; किन्तु उनका जन्म अप्राकृतिक है। वे दोनों ही यज्ञ की अग्नि से मन्त्र-बल द्वारा उत्पन्न किये गये हैं, और अपने जन्म के समय ही वे दोनों युवावस्था को प्राप्त थे। धृष्टद्युम्न अपने दिव्य रथ, कवच और शास्त्रों के साथ यज्ञकुण्ड में से प्रकट हुआ था; और द्रौपदी अपना रूप, यौवन और आकर्षण लेकर इस लक्ष्य से पृथ्वी पर आयी थी कि वह द्रोण और उसे आश्रय देनेवाले कुरुकुल के नाश का कारण बने।

ऐसी स्थिति में धृष्टद्युम्न के द्रोण-शिष्य होने की न कोई सम्भावना है और न ही उसकी आवश्यकता। यदि वह अपने शस्त्रास्त्रों, कवच तथा रथ के साथ द्रोण के नाश का लक्ष्य लेकर अग्नि से जन्मा है, तो ऐसे अलौकिक पुरुष को द्रोण से शिक्षा प्राप्त कर नया सीखना ही क्या था? और फिर द्रोण धृष्टद्युम्न को शस्त्र-शिक्षा देते ही क्यों? किन्तु महाभारतकार ने यहाँ नियति की अपरिहार्यता में तत्कालीन विश्वास को अवलम्ब बनाकर यह कहा कि द्रोण भावी घटनाओं की अनिवार्यता को जानते थे, इसलिए यज्ञ में से प्रकट हुए धृष्टद्युम्न को अपना शिष्य बनाकर उसे शस्त्र-शिक्षा देने के लिए, वे अपने साथ ले गये। द्रोण जैसे व्यक्ति के इस प्रकार की बात कहना मुझे सर्वथा तर्कशून्य लगता है। जो व्यक्ति अपने बाल-सखा के एक साधारण तथ्यपरक कथन को सहन नहीं कर सका और उससे प्रतिशोध लेने के लिए जिसने वर्षों तैयारी कर,

अन्ततः उसे अपमानित किया, वह व्यक्ति भाग्य के विधान को स्वीकार कर अपनी मृत्यु के निमित्त उत्पन्न हुए योद्धा को, शस्त्र-शिक्षा देगा; यह बात तर्क के किसी धरातल पर स्वीकार नहीं की जा सकती। और फिर द्रुपद अपने पुत्र को द्रोण के पास ही क्यों भेजेंगे?

द्रुपद के ही एक और पुत्र शिखण्डी की भी चर्चा महाभारत में की गयी है; किन्तु जिस समय पांडव द्रुपद को बन्दी बनाने के लिए काम्पिल्य पर आक्रमण कर रहे हैं, उस समय द्रुपद के साथ न तो धृष्टद्युम्न है, न ही शिखंडी।

द्रुपद और उसके भाइयों का पांडवों से युद्ध करने का उल्लेख तो महाभारत में है; किन्तु उसकी सहायता के लिए न शिखंडी है, न धृष्टद्युम्न। 'महाभारत' की कथा के अनुसार, उस समय धृष्टद्युम्न का वर्तमान होना तो सम्भव ही नहीं है, क्योंकि उसका जन्म ही इस पराजय के बाद यज्ञ-कुंड में से हुआ था। किन्तु शिखंडी का भी उस समय कहीं कोई अस्तित्व नहीं है। जिस समय शिखंडी का जन्म हुआ है, उसके कन्या होने को छुपाकर उसे कुमारक घोषित किया गया है। वह बड़ा हुआ है, उसका विवाह हुआ है, उसके ससुर हिरण्यवर्मा ने द्रुपद पर आक्रमण कर उसे समूल नष्ट करने की धमकी दी है, द्रुपद भय से काँप रहे हैं, किन्तु इस सारे परिदृश्य में धृष्टद्युम्न कहीं भी नहीं है। जिस समय धृष्टद्युम्न का यज्ञ-कुंड में से जन्म होता है उस समय भी शिखंडी का अस्तित्व महाभारत में नहीं है। ये सारी कथाएँ अपने-आप में इस प्रकार स्वतन्त्र तथा एक-दूसरे के समानान्तर हैं कि कोई किसी दूसरे को स्पर्श ही नहीं करती। ऐसा लगता है कि जिस समय जिस चरित्र की आवश्यकता पड़ती है, महाभारतकार उस समय उसके सम्बन्ध में कुछ अगली-पिछली बातों की चर्चा कर उसे कथा में उतार लाता है। यही कारण है कि इन चरित्रों का परस्पर सम्बन्ध तथा उनका सम्पूर्ण परिवेश स्पष्ट नहीं हो पाता।

इन चरित्रों के सम्बन्धों को स्पष्ट करने के लिए मेरे मन में पहला प्रश्न यह उठता है कि भीष्म का वध करनेवाला शिखंडी तथा द्रोण को वध करनेवाला धृष्टद्युम्न—दोनों द्रुपद के घर में ही क्यों उत्पन्न हुए? या इसी प्रश्न को दूसरे रूप में भी पूछा जा सकता है कि द्रुपद ही किसी-न-किसी व्यक्ति के वध के लिए पुत्र की कामना क्यों करता है? इस दृष्टि से मुझे द्रुपद एक ऐसा पीड़ित राजा दिखायी देता है जो स्वयं योद्धा होकर भी, अपने शत्रुओं के सम्मुख असहाय है। भीष्म के वध के लिए एक पुत्र की कामना करना स्पष्ट कर देता है कि कुरुओं और पांचालों के सम्बन्ध मैत्रीपूर्ण नहीं थे। यद्यपि 'महाभारत' में भीष्म द्वारा द्रुपद को पीड़ित करने की किसी घटना की चर्चा नहीं है, फिर भी द्रुपद की यह कामना उनके सम्बन्धों को स्पष्ट कर देती है। एक सम्भावना तो यह हो सकती है कि

द्रोण द्वारा पराजित और अपमानित होने के पश्चात् द्रुपद के मन में द्रोण और उसे आश्रय देनेवाले कुरुओं के प्रति वैर उत्पन्न हुआ; किन्तु इसी के साथ एक दूसरी सम्भावना यह भी हो सकती है कि कुरुओं से पांचालों की शत्रुता पहले से ही चली आ रही थी। इसीलिए द्रोण द्वारा द्रुपद का अनिष्ट करने का संकल्प जन्मते ही द्रोण को अपने लिए एकमात्र आश्रय पांचालों के घोर शत्रु कुरु ही दिखायी दिये और आचार्य द्रोण भीष्म की शरण में चले गये।

इनमें से कौन-सी सम्भावना अधिक तर्कसंगत है, इसका निर्णय करने के लिए हमें पहले यह तय करना पड़ेगा कि शिखंडी और धृष्टद्युम्न में से द्रुपद का ज्येष्ठ पुत्र कौन है? पहले द्रुपद ने भीष्म के काल, शिखंडी की कामना की, अथवा द्रोण के हत्यारे धृष्टद्युम्न की? इसमें एक परेशानी यह भी है कि शिखंडी एक सामान्य बालिका के रूप में माँ के गर्भ से उत्पन्न हुआ। शिशु से बालक, बालक से किशोर और किशोर से तरुण हुआ। जबकि महाभारत के अनुसार धृष्टद्युम्न युवक के रूप में अपने शस्त्रों तथा रथ के साथ यज्ञ-कुंड में से उत्पन्न हुआ। यदि महाभारत में वर्णित घटनाओं को उसी रूप में स्वीकार किया जाये तो पहले जन्म लेकर भी शिखंडी धृष्टद्युम्न से छोटा हो सकता है। उदाहरण के रूप में शिखंडी ने यदि धृष्टद्युम्न के जन्म से दस वर्ष पूर्व जन्म लिया हो तो और उसके जन्म के दस वर्ष बाद धृष्टद्युम्न ने बीस-बाइस वर्ष के युवक के रूप में यज्ञ-कुंड में से जन्म लिया हो, तो धृष्टद्युम्न दस वर्ष बाद जन्म लेकर भी शिखंडी से दस-बारह वर्ष बड़ा हो सकता है, किन्तु महाभारत की घटनाओं को उनके ठीक उसी रूप में ग्रहण न कर उस शिल्प के भीतर तथ्यों के आधार पर स्वयं घटनाओं को स्पष्ट करने का प्रयत्न किया जाये तो हमें मानना पड़ेगा कि धृष्टद्युम्न और कृष्णा (द्रौपदी) का जन्म भी हवन-कुंड में से न होकर माँ के गर्भ से ही हुआ होगा। ऐसी स्थिति में शिखंडी और धृष्टद्युम्न में से निश्चित रूप से एक पहले उत्पन्न हुआ होगा और वही बड़ा भाई होगा। दूसरे ने बाद में जन्म लिया; अतः निश्चित रूप से वह छोटा है। इस दृष्टि से मुझे दो-एक बातें महत्त्वपूर्ण लगती हैं। वे यह कि शिखंडी के जन्म के समय द्रुपद को बार-बार पुत्रहीन राजा कहा गया है। यदि धृष्टद्युम्न बड़ा होता तो द्रुपद को पुत्रहीन नहीं कहा जा सकता था। ऐसी ही स्थिति धृष्टद्युम्न के यज्ञ-कुंड में से तथाकथित जन्म के समय भी है। यद्यपि उस समय शब्दों में द्रुपद को पुत्रहीन नहीं कहा गया, फिर भी वह उतना ही असहाय है जितना कि कोई पुत्रहीन पिता होता है। यह विचारणीय है कि शिखंडी के विषय में बहुत समय तक यह कहना कठिन था कि वह पुत्र था या पुत्री? इस दृष्टि से शिखंडी के वर्तमान होते हुए भी द्रुपद को पुत्रहीन कहा जा सकता था। अतः मुझे यही मानना अधिक

उपयुक्त लगता है कि शिखंडी का ही जन्म पहले हुआ था। यदि शिखंडी के जन्म के समय धृष्टद्युम्न और द्रौपदी (जोकि जुड़वाँ भाई-बहन हैं) विद्यमान थे, तो शिखंडी की माता द्वारा कन्या को कुमारक घोषित करने का कोई विशेष लाभ नहीं था। पुत्रहीन राजा को पुत्र-लाभ की सूचना देना तो आह्लादकारी हो सकता है; किन्तु एक पुत्र और एक पुत्री के पिता को सद्यःजात सन्तान के विषय में गलत सूचना देने का कोई विशेष लाभ दिखायी नहीं पड़ता।

शिखंडी के विषय में दूसरा महत्त्वपूर्ण प्रश्न यह है कि उसके पुत्र होने का भ्रम केवल उसकी माता द्वारा फैलाया गया था अथवा द्रुपद भी उसमें सहयोगी थे? यदि यह भ्रम उसकी माता द्वारा फैलाया गया था, तो निश्चित रूप से वह अपने पति को प्रसन्न करने अथवा उसके रोष से अपनी रक्षा का प्रयत्न कर रही थी; किन्तु यदि द्रुपद भी इस झूठे प्रचार में सहयोगी थे, तो वे किसे धोखा देना चाह रहे थे? महाभारतकार का यह पौराणिक तर्क है कि द्रुपद की तपस्या से प्रसन्न होकर महादेव शिव ने उसे यह वरदान दिया था कि उसके घर में एक कन्या जन्म लेगी और बाद में वह पुरुष हो जायेगी; तथा भीष्म का वध करेगी। इसलिए शिखंडी के माता-पिता इस आशा में कि शिखंडिनी को बाद में तो पुरुष हो ही जाना है, उसका परिचय पुत्र के रूप में ही देते रहे। मैं इसे पुराणकार की वर्णनशैली का ही एक रूप मानता हूँ। यह कथानक का तर्क नहीं हो सकता। यदि हम महाभारतकार के इस तर्क को ठीक उसी रूप में स्वीकार कर भी लें तो यह प्रश्न उठता है कि उन लोगों ने यह जानते हुए भी कि वह स्त्री है, उसका विवाह एक अन्य राजकुमारी से क्यों कर दिया? क्या वे यह नहीं जानते थे कि इस विवाह से उनके पुत्र का भ्रम भंग हो जायेगा? वे उनके विवाह के लिए इतने आतुर क्यों थे? वे शिव के वरदान के अनुसार, उसके पूर्ण पुरुष बनने तक प्रतिक्षा भी तो कर सकते थे। इस विवाह का एक ही अर्थ हो सकता है कि या तो द्रुपद और उसकी पत्नी को ही यह ज्ञात नहीं था कि शिखंडी पुरुष नहीं स्त्री हैं; अथवा दोनों में से किसी एक को इस तथ्य का ज्ञान नहीं था। यही कारण है कि उस एक ने दूसरे का भ्रम बनाये रखने के लिए इस विवाह से असहमति प्रकट नहीं की। दोनों में से जिसे यह ज्ञात नहीं था कि शिखंडी स्त्री है, उसी ने इस विवाह की आतुरता दिखायी होगी। किन्तु यह सम्भव ही नहीं है कि माँ को ज्ञात न हो कि जिस शिशु को उसने जन्म दिया है, जिसका उसने स्वयं अपने हाथों पालन-पोषण किया है, वह कन्या है अथवा कुमारक। इसलिए हमारे सामने सिवाय यह मानने के और कोई विकल्प ही नहीं है कि यह भ्रम शिखंडी की माता का ही फैलाया हुआ था। द्रुपद, आदि से अन्त तक इस भ्रम में ही रहे होंगे कि शिखंडी उनका ज्येष्ठ पुत्र है : अतः

उन्होंने उसके विवाह के लिए तत्परता भी दिखायी हो सकती है। वे द्रुपद, जो अपने शत्रुओं के वध के लिए पुत्रों की कामना करते रहे थे, इसलिए भी इस विवाह के लिए आतुर रहे हो सकते हैं कि इस सम्बन्ध के माध्यम से एक शक्तिशाली राजा से प्रगाढ़ आत्मीय सम्बन्ध में बँध जायेंगे तथा अपने शत्रुओं के विरुद्ध उनसे सैनिक सहायता भी प्राप्त कर सकेंगे। हिरण्यवर्मा की द्रुपद के परिवार को समूल नष्ट करने की धमकी से यह प्रतीत होता है कि वह वस्तुतः पर्याप्त शक्तिशाली सेना का स्वामी रहा होगा। अन्यथा पांचालों को इस प्रकार की धमकी देना उसके लिए सम्भव न होता।

इसका अर्थ है कि द्रुपद सचमुच नहीं जानते थे कि शिखंडी पुरुष नहीं, स्त्री है। यह भ्रम उनकी रानी के द्वारा ही प्रचारित किया गया होगा। सम्भावना इसी बात की हो सकती है कि द्रुपद पुत्र के लिए बहुत आतुर थे उनकी यह आतुरता देखकर उनकी रानी का यह साहस ही नहीं हो पाया होगा कि उनको इस तथ्य से सूचित कर सके कि उसने कन्या को जन्म दिया है। इस स्थल पर यह प्रश्न भी उठता है कि क्या यह वही रानी है जिसे धृष्टद्युम्न और द्रौपदी के जन्म के समय पुरोहित ने पुत्र को स्वीकार करने के लिए पुकारा था; और वह नहीं आयी तो पुरोहित ने प्रतीक्षा करना अनावश्यक समझकर हवन-कुंड में से ही धृष्टद्युम्न और द्रौपदी को प्रकट कर दिया? महाभारत में ऐसी कोई चर्चा नहीं है कि उस रानी का कोई और पुत्र भी पहले से विद्यमान था। वैसे तो वहाँ यह भी चर्चा नहीं है कि द्रुपद का भी कोई पुत्र तब तक था।

सम्भावना इस बात की लगती है कि द्रुपद की ये दोनों रानियाँ अलग-अलग थीं। सम्भवतः दोनों में प्रतिस्पर्धा रही हो कि कौन द्रुपद को पहले पुत्र दे सकती है। इसी से शिखंडी की माता ने पहले पुत्र दे सकने की होड़ में अपनी पुत्री को पुत्र बताया। यदि हम धृष्टद्युम्न और द्रौपदी के जन्म की अलौकिक कथा को स्वीकार न करें, उन्हें भी सामान्य मानवों की तरह माता के गर्भ से उत्पन्न सन्तान मानें, तो यह प्रश्न उठता है कि उनकी यज्ञ-कुंड में से उत्पन्न होने के अर्थ क्या है? तर्क के धरातल पर हम उसे एक संकल्प के रूप में स्वीकार कर सकते हैं; जिसके अनुसार वे अपने जीवन की सारी इच्छाएँ, आकांक्षाएँ और अपना पिछला जीवन अग्नि को समर्पित कर, यह प्रतिज्ञा करते हैं कि अब से उनके जीवन का एकमात्र लक्ष्य द्रोणाचार्य तथा उनको शरण देनेवाले कुरुकुल का नाश करना ही होगा।

एक सम्भावना के रूप में स्वीकार किया जा सकता है कि शिखंडी, वय में धृष्टद्युम्न से बड़ा था; किन्तु मूल रूप से स्त्री होने के कारण द्रुपद उसमें किसी प्रकार की क्षमता नहीं देख पाते थे; इसलिए उन्होंने उससे कभी यह अपेक्षा ही

नहीं की कि वह उनके शत्रुओं का वध कर, उनके अपमान का प्रतिशोध ले। एक सम्भावना यह भी हो सकती है कि हिरण्यवर्मा की धमकीवाली घटना द्रोण के आक्रमण से पहले घटित हो चुकी थी और शिखंडी घर छोड़कर जा चुका था। वह वन में स्थूणाकर्ण के पास था, अतः द्रुपद को यह मालूम ही नहीं था कि वह कहाँ है! यही समय है जब कौरवों का, द्रोण की इच्छा से पांचालों पर आक्रमण हुआ। उस समय धृष्टद्युम्न भी वहाँ नहीं है। महाभारत में चूँकि धृष्टद्युम्न का अलौकिक जन्म माना गया है, इसलिए द्रोण के आक्रमण से पहले उसके अस्तित्व की कोई सम्भावना ही नहीं है। यदि हम यह अलौकिक जन्म स्वीकार न करे तो हमें यह मानना पड़ेगा कि द्रोण के आक्रमण के समय धृष्टद्युम्न काम्पिल्य में विद्यमान नहीं था। अतः उसके लौटने पर उसे यह अग्नि-संकल्प दिया गया होगा।

महाभारत में द्रुपद का चित्रण एक वीर राजा के रूप में है, जो उस समय के महान योद्धाओं—भीष्म तथा द्रोण—से प्रतिशोध लेने का साहस और संकल्प करता है। किन्तु हिरण्यवर्मा की धमकी के समय वह अत्यन्त दुर्बल राजा के रूप में भयभीत दिखायी देता है। ऐसे में हमारे सामने दो ही विकल्प हैं कि या तो द्रुपद की दोनों विरोधी छवियों को महाभारतकार के चित्रण का दोष मानें; अथवा यह स्वीकार करें कि वीर क्षत्रिय होते हुए भी द्रुपद हिरण्यवर्मा से युद्ध करना नहीं चाहता। महाभारत के ही अनुसार, हिरण्यवर्मा भीष्म अथवा द्रोण जैसा योद्धा नहीं है। तो फिर भीष्म और द्रोण से न डरनेवाला द्रुपद हिरण्यवर्मा से क्यों डरता है?

द्रुपद की छवि एक धर्मपरायण राजा की है। उसका सम्बन्ध कृष्ण और पांडवों से है। कृष्ण से यह सम्बन्ध द्रौपदी के विवाह से पूर्व का है। कृष्ण इस विवाह के पश्चात् द्रौपदी के सखा नहीं बने थे। अर्जुन और भीम के द्वारा पराजित और अपमानित होने के बावजूद, द्रुपद का पांडवों को अपने जामाता के रूप में स्वीकार करना भी यह प्रमाणित करता है कि उसकी इच्छा पांडवों से सम्बन्ध स्थापित करने की थी। पांडवों का जो गुण उसे आकृष्ट कर रहा था—वह उनकी सज्जनता और धर्मपरायण ही है। वैसे भी द्रुपद उस समय के आततायी राजाओं—जरासन्ध, कंस, शिशुपाल, दामघोष, दुर्योधन इत्यादि में से किसी का भी मित्र नहीं है। इसका अर्थ यह है कि वह अधर्मपरक युद्ध नहीं कर सकता था। शिखंडी, जोकि स्त्री था, का विवाह हिरण्यवर्मा की पुत्री के साथ कर देना अधर्म ही था। इसलिए उसके साथ द्रुपद की युद्ध की अनिच्छा सम्भवतः अपने अपराध को स्वीकार करने के कारण थी, अन्यथा हिरण्यवर्मा से द्रुपद जैसे राजा का भयभीत होना किसी तरह भी तर्कसंगत नहीं लगता।

एक महत्त्वपूर्ण प्रश्न यह भी है कि शिखंडी के माता-पिता की स्थिति कुछ भी रही हो—स्वयं शिखंडी तो यह जानता था कि वह पुरुष नहीं, स्त्री है। ऐसी स्थिति में उसने इस विवाह के प्रस्ताव को क्यों और कैसे स्वीकार कर लिया? एक सम्भावना यह हो सकती है कि जिस छद्म को वह आज तक ढोता आया था, उसको उतार फेंकना उसके लिए सम्भव नहीं था। जब वह अपने स्त्रीत्व को स्वीकार ही नहीं कर सकता था तो वह विवाह को अस्वीकार कैसे करता? एक विकल्प उसके पास वह भी था जो उसने हिरण्यवर्मा की धमकी के पश्चात् ग्रहण किया; अर्थात् यदि वह अपने स्त्रीत्व को स्वीकार नहीं कर सकता था तो घर छोड़कर विवाह से पहले भी भाग सकता था। किन्तु उसने ऐसा नहीं किया। इसका अर्थ यह हुआ कि इस विवाह के लिए वह अनिच्छुक नहीं था।

इतना ही नहीं, जो शिखंडी अपने शैशव से आज तक स्वयं को पुरुष के रूप में प्रस्तुत कर रहा था, लगता है कि उसने अपनी पत्नी से अपने स्त्री होने को तनिक भी नहीं छुपाया। और अन्ततः यदि महाभारत की कथा की अलौकिकता को छानकर केवल यह तथ्य स्वीकार करें कि स्थूणाकर्ण ने अपने ज्ञान, कला तथा विद्या द्वारा शिखंडी को स्त्री से पुरुष बना दिया था, तो यह भी स्वीकार करना होगा कि संसार की प्रत्येक स्त्री को पुरुष बना देना किसी भी आयुर्वैज्ञानिक के लिए सम्भव नहीं है। शिखंडी का एक कन्या से अपने विवाह को स्वीकार करना, उससे अपने स्त्रीत्व को न छुपाना, और अन्ततः एक आयुर्वैज्ञानिक की सहायता से वस्तुतः पुरुष बन जाना, इस बात का पुष्कल प्रमाण है कि मन और शरीर से उसमें पर्याप्त पुरुष तत्व पहले से ही विद्यमान था। या तो इसका यह पौरुष तब तक विकसित नहीं हुआ था, इसलिए उसे स्त्री मान लिया गया, अथवा प्रकटतः स्त्री होते हुए भी, भीतर से उसमें इतना परिवर्तन आ चुका था कि किसी पुरुष के मन के समान उसे भी एक कन्या को अपनी पत्नी के रूप में ग्रहण करना पर्याप्त आकर्षक लगा होगा। वस्तुतः वह प्रकृति द्वारा यौन-परिवर्तन का एक ऐसा उदाहरण है, जिसे एक आयुर्वैज्ञानिक की सहायता से तत्काल पुरुष बना दिया गया। यही कारण है कि न तो उसने विवाह से इनकार किया, न पुरुष बने रहने में उसे किसी प्रकार की असुविधा हुई, न उसने अपनी पत्नी से अपनी वस्तुस्थिति को छुपाया और न ही स्थूणाकर्ण को उसे पुरुष बनाने में किसी कठिनाई का अनुभव हुआ।

यदि इन सम्भावनाओं को हम स्वीकार कर लें तो हमें यह स्वीकार करने में भी कठिनाई नहीं होनी चाहिए कि शिखंडी द्रुपद की एक रानी की सन्तान था, धृष्टद्युम्न तथा द्रौपदी दूसरी रानी की। शिखंडी, धृष्टद्युम्न से बड़ा था। उसका विवाह पहले हुआ था; और द्रोण के आक्रमण तथा धृष्टद्युम्न के अग्नि-संकल्प

के समय वह घर से भागा हुआ था; किन्तु द्रौपदी के स्वयंवर से पूर्व वह पूर्ण पुरुष बनकर वापिस काम्पिल्य में लौट आया था, और अन्ततः महाभारत के युद्ध में वह पुरुष योद्धा के रूप में सम्मिलित हुआ था।

शिखंडी को महाभारतकार ने अम्बा का ही पुनर्जन्म स्वीकार किया है। वस्तुतः पुराणकार का चित्रण वर्तमान जीवन के आरम्भ और इति तक ही सीमित नहीं है। वह वर्तमान जन्म के पूर्व के अनेक जन्मों तथा मृत्यु के पश्चात् के भावी जन्मों की भी चर्चा करता है। उसकी कथा इसी लोक तक सीमित न होकर, अन्य लोकों तक फैली हुई है। हमारे लिए इन समस्याओं को सुलझाना न सम्भव है, न उसकी अपेक्षा की जानी चाहिए। हम न जन्म के पहले देख सकते हैं, न मृत्यु के पश्चात्; और न ही हमें अन्य लोकों का कोई ज्ञान है। इसलिए हम उस चित्रण को पुराणकार का विशेषाधिकार ही मान सकते हैं।

द्रौपदी का चरित्र महाभारत में ही नहीं, अनेक दृष्टियों से विश्व-साहित्य में भी अद्भुत है। एक ऐसा चरित्र जिसके लिए पूरे विश्वास के साथ 'न भूतो न भविष्यति' कहा जा सकता है। द्रौपदी का चरित्र महाभारत के अन्य पात्रों के समान न अंकुरित हुआ है, न विकसित; वह तो प्रतिष्ठित हुआ है। महाभारतकार के अनुसार द्रौपदी का जन्म यज्ञ-कुंड में से हुआ था और उस समय वह पूर्णयौवना थी। इसीलिए मैंने उस चरित्र को प्रतिष्ठित करना कहा है। वह बना-बनाया चरित्र है, जिसकी मात्र प्रतिष्ठा की गयी है; इसलिए उसके शैशव तथा किशोरावस्था की कोई घटना महाभारत में उपलब्ध नहीं है। यही कारण है कि उस चरित्र के निर्माण के सन्दर्भ में अनेक जिज्ञासाओं के साथ एक महत्त्वपूर्ण जिज्ञासा यह भी है कि कृष्ण के साथ उसका सख्य कब स्थापित हुआ? इसका उत्तर अनुमानाश्रित ही हो सकता है। महाभारत में यह प्रश्न अनुत्तरित ही है। किन्तु इससे द्रौपदी का असाधारण महत्त्व अवश्य स्थापित हो जाता है। किसी अन्य स्त्री को कृष्ण की 'सखी' होने का सम्मान मिला हो— इसका प्रमाण दुर्लभ ही है; किन्तु द्रौपदी, कृष्ण की सखी होने के अधिकार को एकाधिक बार रेखांकित करती है :

1. **कथं हि भार्यां पांडुनां पार्षतस्य स्वसा सती।**
   वासुदेवस्य च सखी पार्थिवानां सभामियाम्॥

   (69/10, सभापर्व)

2. **चतुर्भिः कारणैः कृष्ण त्वया रक्ष्यास्मि नित्यशः।**
   सम्बन्धाद् गौरवात् सख्यात् प्रभुत्वेनैव केशव॥

   (12/127, वनपर्व)

द्रौपदी का तेज अप्रतिम है। यह यज्ञ-कुंड में से प्रकट तथा अग्नि से उत्पन्न हुई है। यह एक तत्व ही उसकी तेजस्विता को प्रमाणित करने के लिए पर्याप्त है। सामान्यतः लोगों का ध्यान उसकी जिस असाधारणता की ओर गया है, वह उसका पाँच पतियों की पत्नी होना है, उसकी तेजस्विता नहीं। बहुपतित्व कोई इतनी असाधारण बात नहीं है। वह विभिन्न समाजों के इतिहास के विभिन्न चरणों का परिचायक मात्र है। आज भी जबकि मानव-समाज एक पति तथा एक पत्नी के सिद्धान्त को सम्पूर्ण मान्यता दे चुका है, अनेक जातियों अथवा समाजों में बहुपत्नीत्व तथा बहुपतित्व का प्रचलन है। यद्यपि महाभारत में भी 'बहुपतित्व' का अन्य कोई उदाहरण नहीं मिलता है; फिर भी यह तथ्य महत्त्वपूर्ण है कि धर्मराज युधिष्ठिर उसका प्रस्ताव करते हैं, धर्म की साक्षात् प्रतिभा स्वयं श्रीकृष्ण उसका समर्थन करते हैं, महर्षि कृष्ण द्वैपायन व्यास उसे धर्मसम्मत बताते हैं तथा द्रुपद तथा धुष्टद्युम्न उसे स्वीकार करते हैं। इसलिए केवल यह कहकर इस घटना की व्याख्या नहीं की जा सकती कि युधिष्ठिर ने येन-केन-प्रकारेण द्रौपदी को प्राप्त करने के लिए कामुकतावश यह प्रस्ताव किया था। युधिष्ठिर के इस प्रस्ताव के कारण कुछ और ही थे।

आधुनिक समकालीन मानस के लिए द्रौपदी के पाँच पतियों की बात को समझना कितना कठिन है, इसका अनुमान हम इसी बात से लगा सकते हैं कि उसी युग का कर्ण, पाँच पतियों की पत्नी होने के कारण चाहे द्वेषवश ही सही, द्रौपदी को 'वेश्या' कहकर पुकार रहा था। किन्तु उसी द्रौपदी को कुन्ती ने 'सती' कहा है। 'सती' पति के साथ चितारोहण करनेवाली स्त्री को नहीं कहते। माद्री चितारोहण करने के पश्चात् भी 'सती' नहीं कहलायी। कुन्ती ने द्रौपदी को 'सती' इसलिए कहा, क्योंकि उसने अपने पतियों का आजीवन साथ निभाया। वनगमन के समय पाँचों पांडवों की सारी पत्नियों को उनके मायकेवाले आकर अपने साथ ले गये थे।

जिस समय पांडव विभिन्न वनों में वनवासियों तथा तपस्वियों का जीवन व्यतीत कर रहे थे, उस समय उनकी पत्नियाँ उनके वियोग में दुखी रहने के बावजूद, अपने पिताओं अथवा भाइयों के राजप्रासादों में भौतिक रूप से अत्यन्त सुखी परिवेश में रह रही थीं। हिडिम्बा, उलूपी तथा चित्रांगदा ने अपने पतियों के साथ न जाकर, अपने मूल स्थान पर ही बने रहना उचित समझा था। एक द्रौपदी ही थी, जो हस्तिनापुर के द्यूत में अपने पतियों के साथ दाव पर लगी। अकेली द्रौपदी ही अपने पतियों के साथ वन-वन भटकी, भूखी-प्यासी रही। अपहरण तथा हिंस्र पशुओं का ग्रास बन जाने का जोखिम उठाती रही, और अज्ञातवास में भी उनके निकट ही बनी रहकर, सब प्रकार की कठिनाइयों,

जोखिमों, शारीरिक तथा मानसिक पीड़ाओं तथा अपमान का सामना करती रही। वह चाहती, तो वह भी अपने पुत्रों के साथ अपने मायके जा सकती थी। उसके लिए कोई बाध्यता नहीं थी कि उसे भी पांडवों के साथ वन जाना ही था :

"एष नो ग्लह एवैको वनवासाय पांडवाः
यूयं वयं वा विजिता वसेम वनमाश्रिताः"
(22/76, सभापर्व)

उसने पुत्र-वियोग तथा पति-वियोग में पुत्र-वियोग को चुना और पति का साथ दिया। रामकथा में कौसल्या के सामने भी यही बाधा थी, वह पुत्र के साथ जाने के लिए पति को नहीं छोड़ सकती थी। सीता ने भी पति के साथ जाने के लिए ही, श्वसुर तथा पिता, दोनों के सुख-वैभव का त्याग किया : इसी पतिनिष्ठा के कारण कुन्ती ने द्रौपदी को सती कहा था।

आधुनिक नारी-मानस ने अपनी समकालीन मानसिकता को एक अलग युग के एक अति असामान्य तथा असाधारण चरित्र की मानसिकता पर आरोपित कर; अनेक आपतियाँ उठायी हैं। पिछले एक दशक में लिखे गये उपन्यासों में इस प्रकार के अनेक ऐसे संकेत हैं जिनसे लगता है कि द्रौपदी पुरुष-वर्ग द्वारा प्रताड़ित एक अत्यन्त पीड़िता नारी पात्र है। महाभारत में इस तथाकथित पीड़ा का कोई प्रमाण नहीं है। यह ध्यान देने योग्य बात है कि द्रौपदी के विवाह के पश्चात् कुन्ती ने अपने पाँचों पुत्रों की बागडोर द्रौपदी को सौंप दी तथा स्वयं उनके जीवन से प्रायः हट ही गयी। दुर्गा भागवत ने अपनी पुस्तक 'व्यास पर्व' में बहुत उपयुक्त शब्दों में अपने पतियों के साथ द्रौपदी के सम्बन्धों का वर्णन किया है। युधिष्ठिर की उदारता तथा महानता के कारण द्रौपदी उसकी दासी थी; भीम की प्रिया थी; अर्जुन की प्रेमिका थी; और नकुल-सहदेव की ऐसी आदरणीय पत्नी थी, जिसके मन में उनके प्रति ममत्व था। पाँचों पतियों से अपने सम्बन्धों का सन्तुलन द्रौपदी ने कुछ इस प्रकार स्थापित किया था कि न कभी उसे लेकर उसके पतियों में कोई वैमनस्य जागे, न विरोध हो। महाभारतकार ने इस सम्बन्ध की श्रेष्ठता प्रमाणित करने के लिए इसे नारद का दिया हुआ सूत्र बताया है।

वह 'दीना' नहीं थी। जब कभी उसने आँसू बहाये भी हैं, वे आक्रोश तथा फूत्करी के साथ बहे हैं। उसकी तेजस्विता उसे दीन होने ही नहीं देती थी। यही कारण है कि द्यूत प्रसंग में घसीटकर सभा में लाये जाने पर भी उसने दया की भिक्षा नहीं माँगी; वह असहाय के समान रोयी-चिल्लायी नहीं; उसने सभासदों को धिक्कारा; और धर्म के विषय में एक प्रश्न पूछा :

इमं प्रश्नमिमे ब्रूत सर्व एव सभासदः।
जितां वाप्यजितां वा मां मन्यध्वे सर्व भूमिपाः
(67/41 तथा 42, सभापर्व)

उसने युधिष्ठिर को दोषी नहीं ठहराया; किन्तु यह अवश्य पूछा कि क्या उसे धर्मपूर्वक जीता गया है? अनेक विद्वानों ने द्रौपदी के इस रूप को उसकी पण्डिताई के रूप में देखा है। उसने धर्म पर शास्त्रार्थ के लिए चुनौती दी और किसी ने उसके प्रश्न का उत्तर नहीं दिया। भीष्म ने भी इतना ही कहा कि धर्म की गति अत्यन्त सूक्ष्म होती है।

द्रौपदी का विदुषी रूप, उसकी प्रखर बुद्धि, उसकी तर्कशक्ति इत्यादि गुण, वनवास प्रसंग में अधिक प्रकट होते हैं। एक ओर युधिष्ठिर के शत्रु-विषयक क्रोध को उभाड़ने के लिए सन्तापपूर्ण वचन कहती है, तो दूसरी ओर युधिष्ठिर के साथ समानाधार पर तेज और क्षमा के महत्त्व के विषय में तर्क करती है। प्रह्लाद तथा बलि में हुए संवाद का वर्णन करती है। इतना ही नहीं, वह युधिष्ठिर की बुद्धि, धर्म तथा ईश्वर के न्याय इत्यादि पर भी आक्षेप करती है।

द्रौपदी स्वतन्त्र है, इतनी स्वतन्त्र कि वह अपने स्वयंवर में पुकारकर कह सकती है कि मैं सूत-पुत्र से विवाह नहीं करूँगी। अंगराज कर्ण से विवाह करना उसे स्वीकार्य नहीं है, किन्तु निर्धन, भिक्षोपजीवी ब्राह्मण से विवाह करने में उसे तनिक भी आपत्ति नहीं है। वह अर्जुन के साथ कुम्भकार के घर जाकर भी परिताप नहीं करती। पांडवों के द्वारा लायी गयी भिक्षा का अन्न खाकर भी वह अपना कष्ट अथवा विरोध प्रकट नहीं करती। वस्तुतः वह अपने पाँचों पतियों के साथ मिलकर एक हो गयी थी।

जब कभी उसने अपने पतियों में से किसी एक का भी विरोध किया, तो वह वैसा ही था, जैसा वे पाँचों भाई कभी-कभी एक-दूसरे से अपना मतभेद प्रकट करते थे। इसीलिए प्रत्येक स्थिति में वह उन पाँचों के साथ छठी होकर रही; अपने पतियों का कठिनाई में पूर्ण संग निभाया और वन में आकर कृष्ण के सम्मुख अपना दुख प्रकट किया। अपने सुख-वैभव के छिन जाने की उसे पीड़ा नहीं थी, उसे पीड़ा थी अपने अपमान की। उसने कृष्ण के सामने अपने पतियों की बार-बार यह कहकर शिकायत की, कि उन्होंने उसके अपमान का प्रतिकार नहीं किया। यदि वह साधारण नारी होती तो अपने पतियों को अपनी इस स्थिति के लिए दोषी ठहराकर, उनसे विमुख हो सकती थी; किन्तु वह उनसे विमुख होना तो दूर, उनकी ओर अधिक उन्मुख हुई। उसकी तेजस्विता और निखरकर सामने आयी। उसने अपने केश खोल रखे थे। उन केशों को वह दुःशासन के वक्ष के रक्त से धोना चाहती थी, अतः उन खुले केशों के

साथ अपने पतियों के संग रही। उन्हें याद दिलाती रही, और अन्ततः वह पूर्णकाम भी हुई।

द्रौपदी का अग्नि-तत्व अपने शत्रुओं को क्षमा नहीं करता। उसने न अपने पिता का अपमान करनेवाले द्रोण को क्षमा किया, न अपना अपमान करनेवाले दुर्योधन, दुःशासन तथा कीचक को, न जयद्रथ को और न ही अपने पुत्रों के हत्यारे अश्वत्थामा को; ऐसी कोई भी घटना हो जाने पर अपने समर्थ पतियों से उसकी एक ही माँग होती थी कि अपने उन शत्रुओं से प्रतिशोध लिया जाये, युधिष्ठिर के समान वह क्षमा नहीं कर सकती थी; यही कारण है कि यह प्रायः क्षमा का विरोध करती दिखायी पड़ती है।

अपनी सपत्नियों के प्रति उसकी ईर्ष्या का वर्णन प्रायः नहीं है; किन्तु अर्जुन के साथ सुभद्रा के आने पर द्रौपदी के प्रणय-मान का चित्रण महाभारत में अवश्य है। किन्तु सुभद्रा के व्यवहार से द्रौपदी प्रसन्न हो जाती है और उसका स्वागत करती है। वैसे यह बात भी ध्यान देने योग्य है कि महाभारत में सपत्नी-ईर्ष्या का वर्णन प्रायः है ही नहीं। कुन्ती तथा माद्री में भी ईर्ष्या का बड़ा झीना पर्दा है। वही स्थिति अन्य स्त्रियों की भी है।

द्रौपदी के अपने पतियों के साथ प्रेम अथवा श्रंगार का वर्णन भी महाभारत में प्रायः नहीं है। कदाचित् महाभारत में इतने अधिक अन्य विषय है कि ग्रन्थाकार के पास इसका अवकाश नहीं है। वनवास की अवधि में द्रौपदी भीमसेन से सौगन्धिक पुष्प की माँग करती है, तो भीम की तत्परता में रोमांस का एक हल्का झोंका अवश्य आता है। वस्तुतः भीम सदा ही उन अवसरों के लिए लालायित रहता है, जब वह द्रौपदी के लिए कुछ कर सके। द्रौपदी के आकर्षण की व्यास ने उपेक्षा नहीं की है। वस्तुतः उस काल में 'प्रेम' को केवल 'काम' के रूप में ही देखा गया है। पुरुष हो या स्त्री, ये काम से विह्वल होकर आत्मविभोर हो उठते हैं। द्रौपदी के आकर्षण का वर्णन स्थान-स्थान पर है। पांडवों के सन्दर्भ में भी तथा अन्य पुरुषों के सन्दर्भ में भी। द्रौपदी के अपहरण के प्रयत्न इसी तथ्य के प्रमाण हैं। युद्ध के अवसर पर धृतराष्ट्र को युद्ध की कथा सुनाते हुए संजय ने भी इस विषय की चर्चा की है। वह धृतराष्ट्र को उपालम्भ देता है कि उसके पुत्र द्रौपदी को अपनी दासी बनाकर उसका भोग करना चाहते थे। द्रौपदी के रूप-सौन्दर्य का वर्णन महाभारतकार इन शब्दों में करता है :

सुभगा दर्शनयांगी स्वसितायतलोचना ॥44॥
श्यामा पद्मपलशाक्षी नीलकुंचितमूर्धजा।
ताम्र तुंगनखी सुभ्रूश्चारुपीन पयोधरा ॥45॥
मानुषं विग्रहं कृत्वा साक्षादभर वर्णिनी।

नीलोत्पलसमो गन्धो यस्याः क्रोशत् प्रधावति ॥46॥
या बिभर्ति परं रूपं यस्या नास्त्युपमा भुवि।
देवदानव यक्षाणामीप्सितां देवरूपिणीम् ॥47॥
(166/44 से 47, आदिपर्व)

वह बड़ी सुन्दरी एवं सौभाग्यशालिनी थी। उसका एक-एक अंग देखने के योग्य था। उसकी श्यामल आँखें बड़ी-बड़ी थीं। उसकी शरीर-कान्ति श्याम थी। नेत्र ऐसे जान पड़ते, मानो खिले हुए कमल के दल हों, केश काले-काले और घुँघराले थे। नख उभरे हुए और लाल रंग के थे। भौंहें बड़ी सुन्दर थीं। दोनों उरोज स्थूल और मनोहर थे। वह ऐसी जान पड़ती, मानो साक्षात् देवी दुर्गा ही मानव शरीर धारण करके प्रकट हुई हों। उसके अंगों से नीलकमल की-सी सुगन्ध प्रकट होकर एक कोस तक चारों ओर फैल रही थी। उसने परम सुन्दर रूप धारण कर रखा था। उस समय पृथ्वी पर उसके जैसी सुन्दर स्त्री, दूसरी नहीं थी। देवता, दानव और यक्ष भी उस देवोपम कन्या को पाने के लिए लालायित थे।

5

द्रोण की कथा में भी कुछ ऐसे अनुतरित प्रश्न हैं जिन पर विचार करना आवश्यक है। वे ऋषि थे, राजा के मित्र थे, धृष्टद्युम्न जैसे राजकुमार के गुरु थे, किन्तु उनके पास एक भी गाय नहीं थी। सामान्यतः ऋषियों और तपस्वियों का जो चित्रण हमें मिलता है, उसमें वे लोग वनों में रहते हैं, पशुपालन करते हैं, शिष्य लोग गोधन को चराने के लिए वनों में ले जाते हैं। उनका जीवन सादा, सरल, विलास-रहित तथा आडम्बर-शून्य है, किन्तु उनकी जीवन की आवश्यकताएँ अवश्य पूरी होती हैं। द्रोण के पास यदि गाय भी नहीं है तो अवश्य ही यह निर्धनता की चरम स्थिति है। ऐसा क्यों है? अश्वत्थामा को दूध के स्थान पर आटे का घोल पिलाने की घटना के पश्चात् द्रोण अपनी निर्धनता को दूर करने के लिए उद्यम भी करते हैं। परम गुरु परशुराम के आश्रम में जाकर वे उनसे धन की याचना करते हैं। यह दूसरी बात है कि तब तक परशुराम के पास धन बचा नहीं है; किन्तु द्रोण उनके पास शस्त्र अथवा ज्ञान की याचना करने नहीं गये, वे उनसे धन ही माँगते हैं। परशुराम से धन न मिलने के पश्चात् उन्हें द्रुपद की याद आती है। इस घटना से पहले वे द्रुपद के पास क्यों नहीं आये? अपनी निर्धनता को दूर करने के लिए उन्होंने अपने बाल-सखा से सहायता क्यों नहीं माँगी। धृष्टद्युम्न के गुरु, आश्रय अथवा गुरु-दक्षिणा के अभाव में

क्यों कष्ट पाते रहे? इन प्रश्नों का उत्तर महाभारत में नहीं है।

जिस दिन द्रोण अपनी निर्धनता की पीड़ा के प्रति सजग हुए, उस दिन धन माँगने के लिए भी यह पहले राजा के पास नहीं, ब्राह्मण के पास ही गये। वहाँ से असफल होने के पश्चात् वे द्रुपद के पास आये। द्रुपद की सभा में आकर उन्होंने धन की याचना नहीं की, उसे अपनी मैत्री की याद दिलायी। 'महाभारत' के अनुसार, द्रुपद ने सहज ही इस तथ्य को स्वीकार नहीं किया कि वे बालावस्था में गुरुकुल में अध्ययन करते समय सखा थे।

द्रोण के द्वारा धन की याचना न कर, अपनी मैत्री की बलपूर्वक चर्चा करना; तथा द्रुपद द्वारा उतने ही सबल रूप से मैत्री का प्रत्याख्यान करना—दोनों ही तथ्य मुझे अत्यन्त महत्वपूर्ण दिखायी पड़ते हैं। आज तक किसी भी ऋषि ने राजसभा में जाकर राजा से अपनी मैत्री नहीं जतायी। उसने सदा राजा को आशीर्वाद ही दिया; या यदि किसी विशेष वस्तु की आवश्यकता थी, तो उसकी याचना की। द्रोण ऋषि के रूप में, राजसभा में नहीं आये। सामान्यतः मैत्री का दम भरनेवाले किसी आगन्तुक को यह उत्तर नहीं दिया जा सकता कि उससे मित्रता सम्भव नहीं है। न इसकी कोई आवश्यकता होती है; और न ही यह शिष्टाचार ही है। राजनैतिक शत्रुता की पृष्ठभूमि में ऐसा सम्भव है कि कोई राजा अन्य राजा की मैत्री स्वीकार न करे। यह भी सम्भव है कि किसी की मैत्री की कुछ ऐसी शर्तें हों कि दूसरा पक्ष उन शर्तों को स्वीकार करने में असमर्थ हो, अतः मित्रता को ही स्वीकार न करे। द्रुपद और द्रोण में कोई परम्परागत शत्रुता नहीं थी। ऐसी स्थिति में द्रुपद के द्वारा इस मैत्री को बलपूर्वक अस्वीकार करने के दो ही कारण हो सकते हैं : या तो उस मैत्री के साथ कुछ ऐसी शर्तें थीं, जिन्हें वह स्वीकार नहीं कर सकता था; अथवा उस मित्रता को स्वीकार करने पर उसकी अपनी हानि, अवमानना अथवा अपमान की सम्भावना थी। 'महाभारत' में केवल इतना ही वर्णित है कि द्रोण ने उसे अपनी मित्रता का स्मरण कराया और द्रुपद ने नीति के रूप में उन्हें यह स्पष्ट किया कि मित्रता केवल बराबर के लोगों में हो सकती है। इस नीति-वाक्य में कहीं द्रोण का अपमान नहीं है, क्योंकि द्रुपद ने जहाँ यह कहा कि राजा की मित्रता राजा ही से हो सकती है, वहाँ यह भी कहा कि ज्ञानी की मित्रता, ज्ञानी से होती है। इस नीति-वाक्य का अर्थ केवल इतना ही है कि मित्रता का कोई समान आधार होना चाहिए। इसमें न कुछ अनुचित है और न ही अपमानजनक; किन्तु इस नीति-वाक्य को कहने की द्रुपद को आवश्यकता ही क्यों पड़ी? और द्रोण ने राजसभा में अपनी मित्रता की घोषणा क्यों की? क्या ऐसा सम्भव नहीं था कि द्रोण सहज रूप से द्रुपद के पास आते और द्रुपद सहज रूप से अपने घर आये

अपने बाल-सखा, अपने पुत्र के गुरु तथा धनुर्वेदाचार्य द्रोण को सम्मानपूर्वक अपने यहाँ ठहराता। आखिर हस्तिनापुर में भी तो यही हुआ था। द्रोण विनीत भाव से गये थे और भीष्म ने सम्मानपूर्वक उन्हें अंगीकार किया था। हस्तिनापुर के लिए वे नवागुन्तक थे, किन्तु द्रुपद के तो वे पुराने मित्र थे।

मेरा कथाकार मन यह अनुमान करता है कि सभा में द्रोण द्वारा अपनी मित्रता की प्रतिष्ठा करने की विधि अथवा वक्तव्य में कुछ न कुछ ऐसा अवश्य रहा होगा जो सिंहासनासीन किरीटधारी पांचालराज द्रुपद के लिए अपमानजनक रहा होगा। हम किसी के स्नेह के उत्तर में कटुवचन तभी कह सकते हैं जब उस स्नेह में भी हमें अपनी अवमानना दिखायी पड़ती हो। फिर भी द्रुपद का व्यवहार न तो बहुत अशिष्ट है, न ही द्रोण के लिए प्रत्यक्ष रूप से अपमानजनक। उसने तो केवल एक नीति-वाक्य कहा; किन्तु वह नीति-वाक्य द्रोण की मैत्री का अस्वीकार था और द्रोण को सार्वजनिक रूप से मैत्री के लिए बढ़ा हुआ अपना हाथ अस्वीकृत किये जाने के कारण सारी स्थिति अत्यन्त अपमानजनक लगी और वे अपनी मित्रता, सद्भावना, सौहार्द तथा अपनी आवश्यकताओं को भूलकर द्रुपद का राज्य छोड़कर चले गये।

यहाँ से द्रोण के मन में असाधारण प्रतिहिंसा जन्म लेती है। यह प्रतिहिंसा सामान्य रूप से किसी व्यक्ति द्वारा मैत्री सम्बन्ध अस्वीकार कर देने के कारण उत्पन्न नहीं होती। यह प्रतिहिंसा अपमान की किसी अत्यन्त गहरी अनुभूति से उत्पन्न हुई थी। मेरा तर्क इस झगड़े में द्रुपद के व्यवहार को दोषी नहीं मानता। मुझे इसमें द्रोणाचार्य का अहंकार गर्जमान दिखायी पड़ता है। एक ऋषि के समान उन्होंने द्रुपद को आशीर्वाद देकर अपना सम्मान क्यों बनाये नहीं रखा? अपनी आवश्यकताओं को देखते हुए उन्होंने द्रुपद से आश्रय की याचना क्यों नहीं की? और द्रुपद को आशीर्वाद देकर अपना सम्मान क्यों बनाये नहीं रखा? अपनी आवश्यकताओं को देखते हुए उन्होंने द्रुपद से आश्रय की याचना क्यों नहीं की? और द्रुपद द्वारा मैत्री की अस्वीकृति के पश्चात् वे एक उदारमना, सदाशयतापूर्ण, सात्विक ब्राह्मण के रूप में उसे क्षमा क्यों नहीं कर पाये? स्पष्ट है कि उन्होंने द्रुपद को उसके स्वतन्त्र निर्णय के लिए दंडित करने का निश्चय इसलिए किया, क्योंकि उनका स्फीत अहंकार द्रुपद को इतनी स्वन्त्रता देने को प्रस्तुत ही नहीं था। उन्होंने यह नहीं देखा कि जिस प्रकार का प्रतिशोध वे द्रुपद से लेने जा रहे हैं, वह कितना विनाशकारी होगा।

काम्पिल्य छोड़ने पर द्रोण ने हस्तिनापुर जाने का निश्चय क्यों किया? यह प्रश्न कम महत्त्वपूर्ण नहीं है। क्या उन्होंने एक राजधानी में असफल होने के कारण एक अन्य समृद्ध राजधानी ही चुनी थी, अथवा उन्होंने कुरु-पांचालों में

चली आती हुई परम्परागत ईर्ष्या-द्वेष तथा स्पर्धा से युक्त अमैत्री को ध्यान में रखा? यह भी प्रश्न उठता है कि वे प्रकट रूप में हस्तिनापुर क्यों नहीं आये? वे छिपकर कृपाचार्य के घर में रहे और प्रकट होने के लिए उपयुक्त अवसर की प्रतीक्षा करते रहे। उनके इस छिपने में, मुझे दो सम्भावनाएँ दिखायी पड़ती हैं। यदि हम यह स्वीकार करें कि कुरु तथा पांचालों में मित्रता नहीं थी और द्रोण आरम्भ से पांचालों के मित्र तथा गुरु थे, तो ऐसी स्थिति में हस्तिनापुर उनके शत्रुओं की राजधानी था। वहाँ उनका इस प्रकार अनाहूत आ जाना, सन्देह की दृष्टि से देखा जा सकता था। सम्भवतः वहाँ यह स्वीकार नहीं किया जाता कि वे एक साधारण नागरिक के रूप में केवल आजीविका की खोज में हस्तिनापुर आये थे। यह तो निश्चित है कि वे हस्तिनापुर में आजीविका की खोज में ही आये थे। इसीलिए वे राजकुमारी से ही नहीं, स्वयं भीष्म से भी यह कहते हैं कि उनकी आजीविका का प्रबन्ध कर दिया जाये; किन्तु उसके साथ ही साथ वे राजकुमारों से यह प्रतिज्ञा और आश्वासन भी चाहते हैं कि शिक्षा पूर्ण होने पर वे उनकी मनोकामना अवश्य पूरी करेंगे। इसका अर्थ यह हुआ कि वे अपनी आजीविका को प्रतिहिंसा और प्रतिशोध के साथ जोड़ रहे थे। उन्होंने ऐसी योजना बनायी, जिससे उन्हें आजीविका भी मिल जाये, उनकी निर्धनता भी दूर हो जाये और उनका प्रतिशोध का लक्ष्य भी पूरा हो सके। द्रुपद की सभा में द्रोण का व्यवहार सर्वथा भिन्न था; और हस्तिनापुर में कुरुओं से वे सर्वथा भिन्न व्यवहार कर रहे थे। द्रुपद पर वे मैत्री आरोपित करना चाहते थे और कुरुओं से वे आजीविका की याचना कर रहे थे। उनकी मान्यता थी कि द्रुपद ने अपने बचपन में यह कहा था कि बड़ा होने पर जब वह पांचाल का राजा बनेगा तो उस राज्य पर द्रोण का भी उतना ही अधिकार होगा, जितना कि स्वयं द्रुपद का। किन्तु स्वयं भीष्म और धृतराष्ट्र के भी यह कहने पर कि कुरुओं का राज्य और कुरुओं की सम्पत्ति उनकी ही है—इस कथन को द्रोण ने कभी उस रूप में ग्रहण नहीं किया, जैसे उन्होंने द्रुपद के कथन को ग्रहण किया था। उन्होंने द्रुपद से तो उसका आधा राज्य छीन लिया, किन्तु अपने प्रौढ़वय में पूर्ण चैतन्यावस्था में कहे गये भीष्म और धृतराष्ट्र के कथन को उन्होंने मात्र शिष्टाचार ही माना; और इन कथनों के आधार पर हस्तिनापुर के राज्य पर आधिपत्य स्थापित करने की कभी चर्चा तक नहीं की।

हस्तिनापुर में अपने-आपको छिपाये रखने और प्रकट रूप से पद की याचना न करने का एक कारण कृपाचार्य से उनका सम्बन्ध भी था। सम्भवतः वे जानते रहे होंगे कि उनको दिया गया कोई भी पद कौरवों के कुल-गुरु कृपाचार्य के महत्त्व को कम करेगा ही; इसलिए कृपाचार्य के घर में रहकर, प्रकट रूप

से उनके अधिकार छीनने का प्रयत्न करते हुए, उन्हें संकोच ही हुआ। किन्तु उनके व्यवहार से इतना तो स्पष्ट ही है कि उन्होंने हस्तिनापुर आने का निर्णय इसलिए किया क्योंकि पांचालों के शत्रु अथवा अमित्र के रूप में शक्तिशाली कुरुओं का प्रयोग वे द्रुपद के विरुद्ध कर सकते थे। कुरु-पांचालों की शत्रुता का इतना ही प्रमाण पर्याप्त है कि जब द्रोण ने हस्तिनापुर के राजकुमारों का उपयोग द्रुपद के विरुद्ध किया तो न धृतराष्ट्र ने आपत्ति की, न भीष्म ने। अतः यह माना जाना चाहिए कि द्रोण ने काम्पिल्य के विरुद्ध हस्तिनापुर की शत्रुता को ठीक पहचाना था। वे अपने मन में प्रतिशोध की पूरी योजना लेकर आये थे और उसको पूरा करने के परिणामस्वरूप कृपाचार्य अथवा स्वयं कुरु-वंश को होनेवाली क्षति की चिन्ता उन्हें नहीं थी।

गुरु के रूप में द्रोणाचार्य तनिक भी उदार और समदर्शी दिखायी नहीं देते। उन्होंने आरम्भ से ही चुनना आरम्भ किया कि उनका कौन-सा शिष्य उनके अधिक काम आयेगा। महाभारत के वर्णन के आधार पर यह कहा जा सकता है कि अर्जुन उनको इसलिए प्रिय नहीं था कि वह उनका योग्यतम शिष्य था, वरन् वह उनका एकमात्र ऐसा शिष्य था, जिसने बिना किसी शर्त के, बिना यह जाने हुए कि उनका संकल्प क्या है, उस संकल्प को पूर्ण करने का वचन दिया था। उन्होंने अपने उपयोग के लिए अर्जुन को संसार का सर्वश्रेष्ठ धनुर्धर होने का आशीर्वाद दिया था; इसलिए उन्होंने एकलव्य को अपना शिष्य नहीं बनाया। उन्होंने कर्ण को भी सूत-पुरुष होने के कारण शिक्षा देना अस्वीकार किया। निश्चित रूप से उनके मन में विद्या दान करते हुए भी जाति और वर्ण का भेद वर्तमान था। कदाचित् उन्हें यह भय भी सता रहा था कि ये दोनों अर्जुन से श्रेष्ठतर धनुर्धर हो सकते हैं। इस सारे व्यवहार को देखते हुए लगता है कि वे अर्जुन पर बहुत कृपाल थे; तथा उसे संसार का सर्वश्रेष्ठ धनुर्धर बनाने के लिए, वे कुछ भी उचित-अनुचित कर सकते थे।

किन्तु, वे अर्जुन से भी धनुर्वेद के मन्त्र छिपाते हैं। वे जानबूझकर अर्जुन तथा अन्य राजकुमारों को जल भरने के लिए ऐसे पात्र देते हैं, जिनके मुँह सँकरे हैं; और अश्वत्थामा को खुले मुँह का पात्र दिया जाता है। अश्वत्थामा, राजकुमारों की तुलना में शीघ्र जल भरकर ले आता है, तो उसे धनुर्वेद का कोई ऐसा मन्त्र सिखा देते हैं, जो अन्य राजकुमारों को वे सिखाना नहीं चाहते। उन्होंने रसोइये को यह निर्देश भी दिया था कि वह अर्जुन को कभी भी अन्धकार में भोजन न दे, क्योंकि उन्हें भय था कि अन्धकार में भोजन करने के अभ्यास से अर्जुन शब्द-बेधी बाण की विधि सीख जायेगा। इस प्रकार वे अपने सर्वाधिक प्रिय शिष्य के प्रति भी पूर्ण निष्ठावान नहीं थे। वे उसे इतना ही सिखाना

चाहते थे, जिससे वे उनका प्रतिशोध ले सके; किन्तु उसकी क्षमताएँ, उनके पुत्र अश्वत्थामा से बढ़ ना पायें। इस प्रकार अन्य लोगों से वे अर्जुन को श्रेष्ठतर बनाना चाहते थे, अश्वत्थामा को अर्जुन से भी श्रेष्ठतर, और कदाचित् स्वयं वे अश्वत्थामा से अधिक क्षमतावान बने रहना चाहते थे। वे अपना वर्चस्व प्रत्येक स्थिति में बनाये रखना चाहते थे।

कुरु राजकुमारों के विषय में यह तो नहीं कहा गया कि वे द्रोणाचार्य की युद्धशाला में ही निवास करते थे; किन्तु जब हम यह देखते हैं कि अर्जुन रात का भोजन भी युद्धशाला में ही कर रहा है, और अपने पुत्र को कुछ भी अतिरिक्त सिखाने के लिए द्रोणाचार्य को अपने शिष्यों को गंगाजल भरकर लाने जैसे किसी अन्य कार्य में उलझाये रखना पड़ता है, तो यह आभास होता है कि कदाचित् ये सारे राजकुमार युद्धशाला में ही निवास कर रहे थे। कुरु राजकुमार गुरुकुल में नहीं गये, तो युद्धशाला में रहने की क्या आवश्यकता थी? शायद उनका प्रशिक्षण आठों प्रहरों में कुछ इस प्रकार विभाजित था कि अपने परिवार के साथ रहकर ये शिक्षा पूर्ण नहीं कर सकते थे। इसलिए द्रोणाचार्य को अपने पुत्र अश्वत्थामा को भी इन्हीं राजकुमारों के साथ शिक्षा देने की बाध्यता स्वीकार करनी पड़ी होगी।

इस स्थल पर आकर मेरे मन में अश्वत्थामा के वय को लेकर भी प्रश्न उठता है। अश्वत्थामा को आटा घोलकर पिलाये जाने की घटना के पश्चात् ही द्रोण ने अर्थोपार्जन के लिए परशुराम के आश्रम, द्रुपद की राजधानी और हस्तिनापुर की यात्राएँ की थीं। आटे को घोलकर गोरस के रूप में पीकर प्रसन्न होनेवाला अश्वत्थामा छोटा बच्चा होना चाहिए। कोई किशोर इस प्रकार की भूल नहीं कर सकता। उस घटना के पश्चात् यदि द्रोणाचार्य को अपनी विभिन्न यात्राओं में दो-तीन वर्ष भी लग गये हों तो भी अश्वत्थामा का वय आठ-दस वर्ष से अधिक नहीं होना चाहिए। इस दृष्टि से वह कुरु राजकुमारों से पर्याप्त छोटा होना चाहिए; क्योंकि इतने बड़े तो वे हो ही चुके हैं कि दुर्योधन भीम को विष खिला, बाँधकर गंगा में फिंकवा सकता। इस दृष्टि ने दुर्योधन को सत्रह-अठारह वर्ष का तो होना ही चाहिए। यदि हम वय की इस गणना को स्वीकार कर लें तो अश्वत्थामा और द्रोणाचार्य की अवस्था में बहुत बड़ा अन्तराल आ जाता है, जिसका स्पष्टीकरण अत्यन्त कठिन है।

एक प्रश्न यह भी है कि जब अश्वत्थामा कुरु राजकुमारों से भी अधिक समर्थ था; और स्वयं द्रोण भी अपराजेय योद्धा थे तो द्रुपद से वे स्वयं क्यों नहीं भिड़े? अश्वत्थामा के युवा हो जाने पर राजकुमारों के साथ उसे भी द्रुपद के विरुद्ध युद्ध में क्यों नहीं भेजा? वह ठीक है कि उनके पास कोई सेना नहीं

थी; किन्तु दुर्योधन के ध्वज के अधीन लड़नेवाली सेना तो द्रुपद से पराजित हो ही गयी थी। द्रुपद को बन्दी बनाने के लिए तो केवल अर्जुन, भीम, नकुल और सहदेव गये थे। उनके ही अनुरूप द्रोणाचार्य भी अश्वत्थामा तथा कुछ अन्य सहायकों के साथ युद्ध करने जा सकते थे।

एक तर्क यह दिया जा सकता है कि द्रोणाचार्य ब्राह्मण थे। उन्हें युद्ध-शास्त्र का ज्ञान तो था; किन्तु वे योद्धा नहीं थे। उन्होंने युद्धों का व्यावहारिक अनुभव प्राप्त नहीं किया था, और न ही ब्राह्मण होने के कारण युद्ध उनका धर्म था। किन्तु 'महाभारत' की आगे की कथा में हम उन्हें दुर्योधन की सेना द्वारा किये गये, प्रायः सभी अभियानों में सम्मिलित होते हुए देखते हैं। जहाँ तक योद्धा होने की बात है, पांडवों के विरुद्ध किये गये ज्ञात तथा अज्ञात अभियानों में वे अर्जुन से पराजित होकर लौटे हैं। विराट नगर में हुआ युद्ध इसका प्रमाण है, जिसमें अर्जुन ने भीष्म, द्रोण, दुर्योधन, कर्ण तथा अन्य महारथियों के सम्मिलित बल को अकेले ही पराजित किया। अश्वत्थामा को युद्ध के लिए न भेजने का एक कारण, पुत्र के प्रति मोह भी हो सकता है। यह भी कहा जा सकता है कि द्रोणाचार्य यद्यपि योद्धा थे, किन्तु मन से भीरु थे। द्रुपद के साथ हुए युद्ध के पहले कदाचित् उन्होंने किसी भी युद्ध में भाग नहीं लिया था; इसलिए तब तक शायद उनमें युद्ध का आत्मविश्वास ही नहीं था और जिस प्रकार के स्वार्थी व्यक्ति वे थे, वैसे व्यक्ति के लिए अपने पुत्र को युद्ध के संकट में न डालना ही स्वाभाविक था। धीरे-धीरे विभिन्न युद्धों के अनुभव ने कदाचित् उन्हें विजय का विश्वास दिलाया था। इसलिए अन्तिम युद्ध में वे अत्यन्त विकट और सामर्थ्यवान योद्धा तथा सेनापति प्रमाणित हुए।

6

द्रोणाचार्य के सन्दर्भ में आगे बढ़ने से पहले कर्ण के विषय में भी थोड़ा विचार कर लिया जाना चाहिए। कर्ण, कुन्ती का कानीन-पुत्र था। 'महाभारत' के अनुसार, कुन्ती ने विवाह से पूर्व सन्तान उत्पन्न करने के कलंक से स्वयं अपने-आपको तथा अपने परिवारों को बचाने के लिए, उसे अश्व नदी में प्रवाहित कर दिया था। यह सारी घटना अत्यन्त गोपनीय थी और स्वयं कुन्तिभोज भी इसके विषय में कुछ नहीं जानते थे। यह स्वाभाविक नहीं लगता कि कुन्ती ने पूरी अवधि तक गर्भ धारण किया हो, प्रसव किया हो और प्रसव के पश्चात् स्वास्थ्य लाभ कर अश्व नदी तक जाकर पुत्र को नदी में बहा दिया हो; और उससे इतना प्रेम करनेवाले पिता को भी इस सन्दर्भ में कुछ ज्ञात न हुआ हो। क्या उन

नौ-दस महीनों में कुन्तिभोज ने कुन्ती को देखा ही नहीं? क्या उस सारी अवधि में कुन्ती एक सामान्य कन्या के समान स्वस्थ, सक्रिय तथा शक्तिमती रही? क्या उसकी गतिविधियों में कोई अन्तर नहीं आया? क्या राजा कुन्तिभोज एक अविवाहित कन्या तथा गर्भवती स्त्री की रूपाकार, हाव-भाव, आचरण-व्यवहार में भेद करने में सर्वथा असमर्थ थे? फिर एक नवजात शिशु का मंजूषा में बन्द होकर अश्व नदी में बहते जाना, अश्व नदी से यमुना में आना, यमुना की यात्रा के पश्चात् गंगा में मिलना और फिर प्रयाग से लेकर अंग देश में चम्पा नगरी तक यात्रा करना और वहाँ अधिरथ के हाथ लगना—क्या किसी मानवीय तर्क से सम्भव है? हजारों मीलों की यात्रा करती हुई, एक मंजूषा चलती जाये और उसमें बन्द नवजात शिशु का कोई अनिष्ट न हो—यह ईश्वरीय चमत्कार तो हो सकता है, किन्तु लौकिक व्यवहार के सर्वथा प्रतिकूल है। क्या इस कथा का यह स्वरूप नहीं हो सकता कि कुन्तिभोज अपनी पुत्री के गर्भ के विषय में जानता हो। वह इसे अपने कुल के लिए कलंक मान इससे छुटकारा चाहता हो और उसी ने कुन्ती की सहमति अथवा असहमति से उससे वह नवजात शिशु ले लिया हो और किसी प्रकार राधा अथवा अधिरथ तक पहुँचा दिया हो। अधिरथ के विषय में भी जो सूचनाएँ 'महाभारत' में मिलती हैं, वे परस्पर सामंजस्य स्थापित नहीं कर पातीं। एक ओर वह धृतराष्ट्र का सारथि है और दूसरी ओर वह चम्पा नगरी में रह रहा है। चम्पा नगरी में रहकर वह धृतराष्ट्र का सारथ्य किस प्रकार करता होगा? और फिर कर्ण भी शैशव से ही दुर्योधन और उसके भाइयों के साथ हस्तिनापुर में दिखायी पड़ता है। वह भीम और दुर्योधन के झगड़े में दुर्योधन का पक्षधर है। निश्चित रूप से अपनी सामाजिक तथा आर्थिक स्थिति के कारण वह राजकुमार दुर्योधन से अत्यन्त अभिभूत है। दुर्योधन को तो वह महत्त्व, सम्मान तथा स्नेह देने के लिए प्रस्तुत है; किन्तु पांडव उसे एक आँख नहीं भाते। वह संसार को दुर्योधन की ही दृष्टि से देखता है। कदाचित् वह स्वतन्त्र, मौलिक दृष्टि से दुर्योधन से पृथक् होकर तटस्थ रूप से जीवन को देख ही नहीं पाया। वह दुर्योधन से सम्मोहित प्रतीत होता है। यही कारण है कि वह हस्तिनापुर पर पांडवों का अधिकार स्वीकार नहीं करता। उनके साहस, शौर्य तथा चरित्र के श्रेष्ठ गुणों को देखते हुए, कभी भी उनकी प्रशंसा नहीं कर पाता, और क्षमता-भर उनको हानि पहुँचाने का प्रयत्न करता रहता है।

भारतीय साहित्य में अनेक कृतियाँ कर्ण की पराजित महत्त्वाकांक्षा की पीड़ा को उद्घोषित करती हुई, उसके चरित्र के गुणों को उजागर करती हैं। वे लेखक को यह दिखाना चाहते हैं कि कदाचित् कर्ण ही इन सारे राजकुमारों में सबसे अधिक धर्मपरायण, उदात्त चरित्रवाला और वीर योद्धा था। यह उसका

दुर्भाग्य था कि समाज ने उसके गुणों को स्वीकार नहीं किया। समाज उसके साथ अत्याचार करता रहा और वह आजीवन उस अत्याचार के विरुद्ध लड़ता रहा; किन्तु 'महाभारत' में जिस कर्ण का वर्णन है, वह कर्ण इन सारे दावों को झुठला देता है। 'महाभारत' की घटनाओं के आधार पर कर्ण का जो स्वरूप उभरता है, वह इन कृतियों के कर्ण से सर्वथा भिन्न है।

सबसे पहली बात यह है कि कर्ण की संगति सदा ही दुर्योधन, दुःशासन और शकुति की रही है। संगति ही व्यक्ति की अपनी वृत्तियों का प्रमाण होती है। दुर्योधन और शकुनि के सारे षड्यन्त्रों में कर्ण पूर्णतः सम्मिलित है। भीम को विष देने के षड्यन्त्र में भी, पांडवों को वारणावत में जलाकर मार डालने के षड्यन्त्र में भी; और बाद में द्रौपदी के चीरहरण के समय उसके अपमान का विरोध करनेवाले दुर्योधन के सगे भाई विकर्ण को डाँटने में सबसे प्रमुख कर्ण ही है। न केवल दुःशासन द्वारा द्रौपदी को केशों से पकड़ घसीट लाने को वह उचित ठहराता है, वरन् वह उसे वेश्या कहकर यह प्रस्तावित करता है कि उसे पूर्णतः निर्वस्त्र कर दिया जाना चाहिए।

कुछ लोग यह तर्क देते हैं कि द्रौपदी द्वारा अपने अपमान के कारण कर्ण क्षुब्ध था; इसलिए उसने द्रौपदी के विषय में ऐसी बात कही। इस तर्क से कर्ण के व्यक्तित्व का बचाव नहीं होता; उल्टे यह सिद्ध होता है कि कर्ण अत्यन्त हीन वृत्ति का व्यक्ति था। द्रौपदी ने अपने स्वयंवर की शर्तों के अनुकूल ही यह कहकर कि मैं सूत-पुत्र से विवाह नहीं करूँगी—कर्ण को धनुष पर प्रत्यंचा चढ़ाने से रोक दिया था। उसके कथन में कुछ भी स्वयंवर की प्रतिज्ञाओं के प्रतिकूल नहीं था। प्रतियोगिता में नियम को उद्धृत कर, किसी प्रतियोगी को प्रतियोगिता में भाग लेने से रोकना, नियमानुकूलता है, उस प्रतियोगी का अपमान नहीं। और यदि हम यह मान लें कि द्रौपदी ने वाक्-बाण से उसका अपमान भी किया था, तो कोई सद्पुरुष, किसी महिला से इस प्रकार के अपने अपमान का प्रतिशोध उसे सार्वजनिक रूप से निर्वस्त्र कर नहीं लेगा। किसी स्त्री को इस प्रकार से अपमानित करनेवाले पुरुष की वृत्ति क्या है और उसकी आत्मा कितनी पतित है, इसके अधिक विश्लेषण की आवश्यकता नहीं है। इसके पश्चात् भी अनेक अवसरों पर कर्ण, पांडवों पर आक्रमण करने तथा उन्हें युद्ध में मार डालने के लिए दुर्योधन को प्रोत्साहित करता रहा है। पांडव जब वनवास कर रहे थे, उस समय उनके सम्मुख अपने वैभव का प्रदर्शन कर, उनकी निर्धनता को रेखांकित कर, उन्हें पीड़ित करने का प्रस्ताव भी कर्ण का ही था, और उस युद्ध में पराजित होकर सबसे पहले भागा भी वही था। अपनी दुर्गति से पीड़ित दुर्योधन जब प्रायोपवेशन कर प्राण त्यागना चाहता है,

तो संसार-भर के दानव दुर्योधन को समझाने के लिए आते हैं। वे कहते हैं कि उसे अब मरने की आवश्यकता नहीं है, क्योंकि अब संसार में सद्वृत्तियों पर असद्वृत्तियों की विजय होगी। दैत्यगण दुर्योधन को सूचना देते हैं कि कृष्ण से अपना प्रतिशोध लेने के लिए नरकासुर की आत्मा कर्ण में प्रवेश कर चुकी है; इसलिए कर्ण संसार में असद्वृत्तियों की विजय के लिए भयंकर प्रयत्न करेगा। यह आश्वासन ही अपने-आपमें कर्ण की प्रकृति के विषय में बहुत कुछ कह देता है। उसमें सूर्य-पुत्र होने का कोई उदात्त गुण दिखायी नहीं देता। उसकी महानता को रेखांकित करने के लिए अनेक बार यह भी कहा जाता है कि वह बहुत बड़ा दानी था, वह बहुत अच्छा मित्र था, पूजा-पाठ करता था और असाधारण वीर था। वह तपोनिष्ठ, दानवीर तथा युद्धवीर हो सकता है; किन्तु तपस्या तो अनेक राक्षसों ने भी की थी, तथा उससे प्राप्त शक्तियों का दुरुपयोग किया था। रावण क्या किसी से कम शिव-भक्त था? या उसने तपस्या नहीं की थी? अथवा वह वीर नहीं था? क्या वह कर्मकांड का किसी से कम ज्ञाता था? किन्तु इन सबके बावजूद उसका आचरण धर्मसंगत, सामाजिक तथा सात्विक नहीं था। अनेक पापी तथा अपराधी भी बहुत अधिक पूजा-पाठ और दान करते हुए दिखायी पड़ जाते हैं। इस दृष्टि से कर्ण के चरित्र में पायी जानेवाली अनेक विशेषताओं की चर्चा तो हो सकती है; किन्तु वे उसे सात्विक, परिष्कृत, उदात्त, न्यायप्रिय, धर्मपरायण तथा सामाजिक व्यक्ति नहीं बनाती। परशुराम के प्रति उसका व्यवहार इस तथ्य को और भी पुष्ट करता है। एक ओर अर्जुन तथा एकलव्य जैसे गुरु-निष्ठ शिष्य हैं, और दूसरी ओर कर्ण है, जो छल से गुरु को प्रवंचित कर, झूठ बोलकर उनसे ज्ञान प्राप्त करना चाहता है।

कर्ण के पक्ष में सबसे बड़ा तर्क यह है कि उसके अनेक गुणों के बावजूद उसे हीन जाति का कहकर अपमानित किया जाता रहा। यही कारण था कि उसके मन में इतनी अधिक कटुता थी। किन्तु इस तर्क में भी बहुत तथ्य नहीं है। 'सूत' शब्द जातिसूचक अवश्य है, किन्तु अपमानजनक नहीं। वैसे तो 'ब्राह्मण' तथा 'ऋषि' को भी 'भिखभंगा' और 'कंगला' कहकर अपमानित किया जा सकता है; किन्तु अपने-आपमें वे शब्द अपमानजनक नहीं हैं। वैसे ही 'सूत' भी है। सूत सुमन्त्र दशरथ के सारथि, मित्र तथा मन्त्री थे। अधिरथ भी धृतराष्ट्र का सारथि होने के रूप में सम्राट के निकट का व्यक्ति था; और उसका पुत्र कर्ण राजकुमारों के मित्र के समान रह रहा था। संजय भी सूत ही था, जिसने धृतराष्ट्र को गीता सुनायी थी। विराट की रानी सुदेषणा का मायका-परिवार सूत जाति का था और केकय देश का शासक था। कीचक सूत-पुत्र होकर विराट का सेनापति था। इस प्रकार मूल प्रश्न यह है कि कर्ण का वस्तुतः अपमान हुआ अथवा अपनी

अत्यधिक महत्त्वाकांक्षाओं के कारण वह स्वयं को अपमानित मानता रहा? क्या कर्ण का पांडवों से भी अधिक अपमान हुआ? क्षत्रिय राजकुमार होते हुए भी पांडव—कर्ण से कहीं अधिक अपमानित और प्रवंचित हुए, किन्तु उन्होंने तो न अपनी सद्वृत्तियाँ त्यागीं, न अधर्म का साथ दिया।

द्रोण की शिक्षा का एकमात्र लक्ष्य है कि उनके शिष्य, द्रुपद को पराजित कर उसे बन्दी बना, दास के समान हाथ-पैर बाँधकर उसके सामने लाकर डाल दें। उन्होंने अपने शिष्यों को इसी प्रकार प्रशिक्षित किया था। प्रशिक्षण समाप्त होने पर अपने शिष्यों की योग्यता प्रदर्शित करने के लिए उन्होंने हस्तिनापुर नगर के बाहर रंगशाला का निर्माण करवाया था। इस रंगशाला के प्रसंग में यह महत्त्वपूर्ण नहीं है कि कुरु राजकुमारों ने क्या सीखा? कथानक की दृष्टि से वहाँ सबसे महत्त्वपूर्ण घटना कर्ण का आगमन ही है। यहाँ भी कर्ण के मन की ईर्ष्या, द्वेष और मात्सर्य खुलकर सामने आये हैं। यह सार्वजनिक उत्सव नहीं है। इसमें द्रोणाचार्य अपने शिष्य, कुरु राजकुमारों को सिखायी गयी अपनी विद्या उनके परिवार के लोगों के सामने प्रदर्शित कर रहे हैं, ताकि वे लोग देख सकें कि उनके राजकुमार किस योग्य हो गये हैं, और उनके गुरु ने उनकी योग्यता का कितना विकास किया है। यह कोई सार्वजनिक प्रतियोगिता नहीं है, जिसमें कोई भी व्यक्ति आकर अपनी प्रतिभा का प्रदर्शन कर सके। फिर भी कर्ण न केवल यह चाहता है कि उसे अपने गुणों के प्रदर्शन का अवसर दिया जाये, वरन् यह भी चाहता है कि उसे अर्जुन से द्वन्द्व-युद्ध की अनुमति दी जाये। वह अपनी विजय से अधिक अर्जुन की पराजय के लिए प्रयत्नशील है। वह अपने लिए सम्मान भी चाहता होगा, किन्तु अर्जुन के यश को नष्ट करना, उसकी सर्वोच्च आकांक्षा है।

कर्ण का रंगशाला में इस प्रकार आकस्मिक रूप से आ जाना कथा की दृष्टि से कुछ नये प्रश्नों को जन्म देता है। इसके पूर्व यह चर्चा तो महाभारत में है कि द्रोण ने कर्ण को शिक्षा देने और विशेष रूप से ब्रह्मास्त्र का प्रशिक्षण देने से इनकार कर दिया था। इसके पश्चात् कर्ण गुरु परशुराम के पास कब पहुँचा, इसकी चर्चा महाभारत में नहीं है। इसलिए अपने अनुमान से हम यह मान सकते हैं कि हस्तिनापुर में गुरु द्रोण की युद्धशाला में अपने विकास का कोई अवसर न देख कर्ण उन्हीं दिनों गुरु परशुराम के पास चला गया होगा। यह भी स्पष्ट है कि वह गोपनीय रूप से ही हस्तिनापुर छोड़ गया होगा, क्योंकि इस सारी अवधि में कोई यह चर्चा नहीं करता कि कर्ण महेन्द्रगिरि पर परशुराम के आश्रम में गया है। कर्ण की यह गोपनीयता उचित ही है, क्योंकि गुरु परशुराम के आश्रम में वह अपना वास्तविक परिचय नहीं देता। यदि वह हस्तिनापुर में यह घोषणा

करके जाता कि वह परशुराम के आश्रम में जा रहा है, तो बहुत सम्भव था कि यह सूचना गुरु के पास भी पहुँच जाती और उसका भेद खुल जाता।

यहाँ यह प्रश्न भी उठता है कि क्या कर्ण इसी समय सीधा महेन्द्रगिरि से हस्तिनापुर चला आ रहा है अथवा वह कुछ समय पूर्व हस्तिनापुर में लौट आया था, और उसे रंगशाला उत्सव की सूचना थी? इसीलिए अर्जुन द्वारा अपनी कला-प्रदर्शन के पश्चात् उपयुक्त अवसर जानकर कर्ण भी आ धमका है। अधिक सम्भावना इसी बात की है कि कर्ण रंगशाला उत्सव में कुछ समय पूर्व—वह अवधि चाहे कितनी ही अल्प क्यों न हो—हस्तिनापुर पहुँच गया होगा; और यह सम्भव नहीं है कि हस्तिनापुर पहुँचकर वह अपने मित्रों—दुर्योधन, दुःशासन तथा अश्वत्थामा—से न मिला हो। मैं इस मान्यता से सहमत नहीं हूँ कि रंगशाला में जिस समय कर्ण आया, उस समय तक दुर्योधन उससे परिचित नहीं था, और दुर्योधन ने केवल वीरता का सम्मान करते हुए कर्ण को अंगराज बना दिया था। इस घटना से पूर्व 'महाभारत' में कर्ण के हस्तिनापुर में विद्यमान होने और दुर्योधन के परिचित ही नहीं, मित्र होने के उल्लेख वर्तमान है। इसीलिए जब हम यह मान लेते हैं कि कर्ण रंगशाला उत्सव में कुछ समय पूर्व हस्तिनापुर में पहुँच गया था और अपने मित्रों से भी मिल चुका था, तो हमें यह मानने में तनिक भी असुविधा नहीं होनी चाहिए कि रंगशाला में इस प्रकार प्रकट होकर अर्जुन को अपमानित ही नहीं, त्रस्त करने की और यदि सम्भव हो तो द्वन्द्व-युद्ध में उसका वध करने के प्रयत्न की योजना, भी दुर्योधन और कर्ण की मिलीभगत ही होगी। कदाचित् इसी कारण से कर्ण इतना आश्वस्त एवं उग्र था; तथा दुर्योधन उसकी सहायता के लिए उत्सुक तथा तत्पर।

कर्ण की परशुराम के आश्रम में शिक्षा पाने की घटना पर भी कुछ प्रश्नचिह्न लगाये जा सकते हैं। परशुराम 'क्षत्रिय' को शिक्षा देने का निषेध करते हैं; किन्तु 'महाभारत' में ही भीष्म द्वारा परशुराम के आश्रम में शिक्षा पाने के प्रमाण उपलब्ध हैं। इसका अर्थ यह हुआ कि एक परशुराम क्षत्रिय भीष्म को शिक्षा दे रहे थे और एक परशुराम, कर्ण को क्षत्रिय मान शिक्षा का निषेध कर रहे थे, और स्पष्ट घोषणा कर रहे थे कि वे केवल ब्राह्मणों को ही शिक्षा देंगे। इसी बीच एक उस परशुराम की भी चर्चा है, जिन्होंने आश्रम त्यागने से पूर्व अपना सर्वस्व ब्राह्मणों में वितरित किया था और आचार्य द्रोण उनके ही पास धन की याचना करने के लिए गये थे। मुझे ऐसा लगता है कि 'महाभारत' में परशुराम पीठ के तीन कुलपतियों की चर्चा है। यदि हम आरम्भ से परशुराम परम्परा को देखें तो अनुमानाश्रित तर्क यही कहता है कि आदि-परशुराम सहस्रार्जुन से शत्रुता के कारण क्षत्रियों के शत्रु हो गये थे। उनके आश्रम

में उनकी यही परम्परा चली आती रही होगी। रघुवंशी राम से पराजित होने के कारण कदाचित् उनका दृष्टिकोण बदला होगा और परशुराम का आश्रम क्षत्रियों के कुछ अनुकूल हो गया होगा। उसी अनुकूलता की अवधि में भीष्म ने उस आश्रम में शिक्षा ग्रहण की होगी; किन्तु परशुराम पीठ की नीति पुनः परिवर्तित हुई होगी। यह भी सम्भव है कि यह नीति-परिवर्तन भीष्म-परशुराम युद्ध के पश्चात् ही हुआ हो, और इसलिए अगले परशुराम ने अपना सर्वस्व केवल ब्राह्मणों में ही वितरित किया होगा; और क्षत्रिय विरोध की परम्परा वहाँ पुनः स्थापित हो गयी होगी।

रंगशाला में अर्जुन-विरोध की योजना सम्भवतः कर्ण और दुर्योधन की ही सम्मिलित योजना थी; किन्तु द्रोणाचार्य ने कर्ण को अपने कौशल-प्रदर्शन की अनुमति क्यों दी थी? यदि वे चाहते तो इसकी अनुमति ही न देते। यह कौरवों का अपना घरेलू मामला था, इसलिए किसी बाहरी व्यक्ति को कौशल-प्रदर्शन की अनुमति देना तनिक भी आवश्यक नहीं था—फिर भी कर्ण को यह अनुमति स्वयं द्रोणाचार्य ने दी, जबकि कर्ण का व्यवहार द्रोणाचार्य तथा कृपाचार्य, दोनों के लिए ही पर्याप्त अवज्ञापूर्ण था। पहली सम्भावना तो यही मालूम पड़ती है कि यदि यह दुर्योधन और कर्ण की योजना थी तो अश्वत्थामा भी उसमें अवश्य ही सम्मिलित रहा होगा। अश्वत्थामा अब तक दुर्योधन के पर्याप्त निकट आ चुका था। यह तथ्य भी हमारा ध्यान अपनी ओर खींचता है कि द्रोणाचार्य का परम प्रिय शिष्य अर्जुन था, किन्तु उनके पुत्र का मित्र वह कभी नहीं बन पाया। दुर्योधन में ऐसा कौन-सा आकर्षण था, जिससे अश्वत्थामा अपने पिता के प्रिय शिष्य की ओर आकृष्ट न होकर, दुर्योधन की ओर खिंचता चला गया? यदि अर्जुन, आचार्य द्रोण का प्रिय शिष्य था तो स्वाभाविक रूप से उनके मन में यह इच्छा उठी होगी कि उनका पुत्र भी उनके शिष्य से आत्मीयता का अनुभव करे। अर्जुन ने भी सहजतया यह चाहा होगा कि गुरु को प्रसन्न करने के लिए वह गुरु-पुत्र को भी प्रसन्न करे। किन्तु फिर भी अश्वत्थामा अर्जुन और पांडवों का मित्र न बनकर, दुर्योधन का ही मित्र बना और आचार्य द्रोण उसे पांडवों के पक्ष में लाने में असमर्थ ही रहे। इसके विपरीत अश्वत्थामा ही द्रोण को दुर्योधन के पक्ष में खींचकर ले गया। इसका कारण मुझे दो स्थानों पर दिखायी पड़ता है—कदाचित् वे दोनों कारण कर्ण और अश्वत्थामा में समान रूप से विद्यमान हैं। कर्ण भी अपनी हीन स्थिति के कारण दुर्योधन की ओर आकृष्ट हुआ था, अर्थात् दुर्योधन का पद एवं वैभव उसे अपनी ओर आकृष्ट कर रहा था। दुर्योधन का मित्र बनकर वह स्वयं को गौरवान्वित अनुभव कर रहा था। ठीक इसी प्रकार अश्वत्थामा ने भी अत्यन्त निर्धन स्थिति में अपना

शैशव व्यतीत किया था। उसके लिए भी दुर्योधन के वैभव में पर्याप्त आकर्षण था। दुर्योधन में निश्चित रूप से अपने वैभव के माध्यम से दूसरों को क्षुब्ध करने का विशेष गुण था। दूसरा कारण, कर्ण और अश्वत्थामा दोनों का ही अर्जुन-विरोध था। स्वयं द्रोण ने अश्वत्थामा और अर्जुन में प्रतिस्पर्धा की नींव डाली थी। उन्होंने अर्जुन को संसार का सर्वश्रेष्ठ धनुर्धर होने का आशीर्वाद दिया था और उससे छिपाकर अश्वत्थामा को धनुर्विद्या के मन्त्र सिखाते रहे थे। निश्चित रूप से अश्वत्थामा के मन में अर्जुन के लिए स्नेह नहीं रहा होगा, क्योंकि वह उसी के पिता से, उसकी तुलना में अधिक विद्या प्राप्त कर, उससे श्रेष्ठतर धनुर्धर बनने का प्रयत्न कर रहा था।

रंगशाला महोत्सव में अर्जुन को नीचा दिखाने की योजना यदि दुर्योधन, कर्ण तथा अश्वत्थामा ने मिलकर बनायी थी, तो अश्वत्थामा ने अवश्य ऐसा प्रयत्न किया होगा, जिससे रंगशाला में कर्ण के कौशल-प्रदर्शन में उसके पिता की ओर से बाधा न आये। बहुत सम्भव है कि उसने अपने पिता से स्पष्ट रूप से इसकी अनुमति चाही हो। दूसरी ओर द्रोण के सम्मुख एक शक्तिशाली चुनौती थी। कर्ण वह व्यक्ति था जिसको द्रोण ने शिक्षा देने से इनकार किया था और अब वह एक अन्य समर्थ गुरु से शिक्षा प्राप्त करके आया था और उनके शिष्य से प्रतिस्पर्धा का इच्छुक था। ऐसी स्थिति में कर्ण को कौशल-प्रदर्शन की अनुमति न देना, न केवल यह प्रदर्शित करता है कि अर्जुन, कर्ण से निर्बल था, वरन् उससे कहीं यह भी प्रमाणित हो सकता था कि परशुराम आचार्य द्रोण से श्रेष्ठतर गुरु थे। ऐसी स्थिति में द्रोण के द्वारा कर्ण को कौशल-प्रदर्शन की अनुमति न देना उनकी प्रतिष्ठा के लिए घातक हो सकता था।

इसी सन्दर्भ में कर्ण के द्वारा अर्जुन से द्वन्द्व-युद्ध की इच्छा प्रकट करने पर भी विचार किया जा सकता है। वस्तुतः कर्ण के आने से पूर्व ही भीम तथा दुर्योधन का कौशल-प्रदर्शन द्वन्द्व-युद्ध का रूप ले चुका था। भीम और दुर्योधन, दोनों ही एक-दूसरे पर घातक प्रहार कर रहे थे। दुर्योधन तो निश्चित रूप से भीम को मार ही डालना चाहता था। वह इसके लिए पहले भी प्रयत्न कर चुका था। सम्भवतः भीम उसके आक्रमणों से उत्तेजित हो उठा था अथवा दुर्योधन का पिछला व्यवहार स्मरण कर, उसकी भी प्रतिहिंसा जाग उठी थी। उस द्वन्द्व-युद्ध को रोकने के लिए द्रोणाचार्य को आदेश देना पड़ा था, और अश्वत्थामा ने अपने पिता की आज्ञा से उन दोनों के बीच में पड़, एक प्रकार से उनके हाथ थामकर, उस द्वन्द्व-युद्ध को रोका था। ऐसी स्थिति में यह कैसे सम्भव था कि द्रोणाचार्य अर्जुन और कर्ण में द्वन्द्व-युद्ध होने देते? फिर भी महाभारत ने इस द्वन्द्व-युद्ध को रोकने का श्रेय आचार्य द्रोण को नहीं, कृपाचार्य को दिया

है। कृपाचार्य ने द्वन्द्व-युद्ध को रोकने के लिए, यह कहा कि राजकुमार केवल राजकुमारों से ही द्वन्द्व-युद्ध करते हैं। कर्ण किसी भी स्थिति में स्वयं को कुल की दृष्टि से अर्जुन के तुल्य सिद्ध नहीं कर सकता था; इसलिए कृपाचार्य ने अपनी ओर से द्वन्द्व-युद्ध की सम्भावना पूरी तरह समाप्त कर दी थी। किन्तु दुर्योधन ने तत्काल ही कर्ण को अंग देश का राजा घोषित कर उसे अर्जुन से द्वन्द्व-युद्ध करने के योग्य बना देने का प्रयत्न किया। हम स्पष्ट देख रहे हैं कि दुर्योधन ने पहले भीम की हत्या का प्रयत्न किया और अब यह मानकर कि कर्ण, अर्जुन से श्रेष्ठतर योद्धा है और वह द्वन्द्व-युद्ध में अवश्य ही उसकी हत्या कर देगा, उसे द्वन्द्व-युद्ध के योग्य प्रमाणित करने का पूरा प्रयत्न कर रहा है; अर्थात् वह सार्वजनिक रूप से अपने चचेरे भाई की हत्या का प्रयत्न कर रहा है, और उसके लिए बाहरी व्यक्ति की सहायता ले रहा है। उसका अधिक-से-अधिक मूल्य चुकाने के लिए भी उसे तनिक भी संकोच नहीं है। वह दुर्योधन, जो पांडवों को सूई की नोक के बराबर धरती नहीं देना चाहता, कर्ण को अंग देश का राज्य दे रहा है। क्यों? स्पष्टतः उसके लिए कर्ण की मित्रता महत्त्वपूर्ण नहीं है, महत्त्वपूर्ण है पांडवों की शत्रुता।

कर्ण का तथाकथित राज्याभिषेक हो जाने तथा उसके अंगराज बन जाने पर भी अर्जुन से उसका द्वन्द्व-युद्ध नहीं हो सका। महाभारत में पूर्णतः स्पष्ट नहीं है कि यह युद्ध क्यों नहीं हुआ। अर्जुन उस युद्ध के लिए प्रस्तुत था, कृपाचार्य की ओर से उठायी गयी आपत्ति का दुर्योधन ने अपने तौर पर निराकरण कर ही दिया था; फिर भी यह द्वन्द्व-युद्ध नहीं हुआ। एक कारण शायद उस समय कुन्ती का मूर्च्छित हो जाना भी हो सकता है; किन्तु यह कोई बहुत बड़ा कारण नहीं है। जिस स्थान पर अपने प्रतियोगी की हत्या की जा सकती है, वहाँ एक प्रतियोगी की माता का मूर्च्छित हो जाना कोई विशेष अर्थ नहीं रखता। रंगशाला से पांडव तब तक हटे नहीं थे। दुर्योधन ही कृपाचार्य को कहनी-अनकहनी कहकर कर्ण की बाँह पकड़कर बाहर चला गया था।

इसका कारण कर्ण के अंग देश के राजा के रूप में राज्याभिषेक की वास्तविकता में ही निहित हो सकता है। पहला प्रश्न तो यह है कि दुर्योधन तब तक न तो राजा है न युवराज; उसे यह अधिकार कैसे मिल गया कि वह कुरुओं के राज्य का एक खंड किसी भी व्यक्ति को दे डाले। यदि यह मान लिया जाये कि दुर्योधन ने राजा धृतराष्ट्र के पुत्र के अधिकार का प्रयोग किया था तो प्रश्न यह है कि स्वयं धृतराष्ट्र ही हस्तिनापुर का राजा न होकर, सम्राट् पांडु का राजप्रतिनिधि है; वह पांडु के राज्य में से कोई खंड किसी को कैसे दे सकता है? और जब पिता को ही यह अधिकार नहीं है, तो पुत्र को यह

अधिकार कैसे हो सकता है? यदि कहीं धृतराष्ट्र को यह अधिकार होता कि वह हस्तिनापुर के राज्य में से कोई खंड किसी को दे सकता, तो निश्चित रूप से उसने सारा-का-सारा राज्य दुर्योधन को दे दिया होता। सबसे महत्त्वपूर्ण बात यह है कि क्या वस्तुतः अंग देश पर कौरवों का शासन था? यदि अंग देश पर कौरवों का आधिपत्य था, तो हस्तिनापुर का साम्राज्य कम-से-कम एक दिशा में हस्तिनापुर से लेकर चम्पा नगरी तक अवश्य होना चाहिए। उस समय के राज्यों की न तो सीमाएँ स्पष्ट हैं, और न ही उनके मानचित्र उपलब्ध हैं। कई बार तो राज्यों का वर्णन करते हुए उन्हें इतना विस्तृत बताया जाता है कि सारा संसार ही उनमें समा जाता है; किन्तु जब दूसरी और विभिन्न राज्यों तथा राजाओं का नाम लेकर वर्णन किया जाता है, तो राज्य बहुत विस्तृत दिखायी नहीं पड़ते। कौरवों के राज्यों का बँटवारा हुआ तो उनकी राजधानियाँ हस्तिनापुर तथा इन्द्रप्रस्थ में बनीं। इन दोनों राजधानियों की दूरी आज की दृष्टि से दो सौ किलोमीटर भी नहीं है। उसी प्रकार पांचालों के राज्य का विभाजन हुआ तो विभक्त राज्यों की राजधानियाँ काम्पिल्य तथा अहिछत्र में बनीं, उनमें भी बहुत अधिक दूरी नहीं है। हस्तिनापुर से मथुरा भी बहुत दूर नहीं है, जो यादवों की राजधानी थी। पुष्कर, सौभ, विराट नगर तथा अन्य राजाओं की राजधानियाँ भी इसी तथ्य को प्रमाणित करती हैं। इस दृष्टि से कौरवों का राज्य हस्तिनापुर से लेकर अंग देश में चम्पा नगरी तक होने की कोई सम्भावना दिखायी नहीं देती। किन्तु इससे भी महत्त्वपूर्ण तथ्य यह है कि मगध में जरासन्ध बैठा था। उसने अपने आस-पास के एक नहीं, निन्यानबे राजाओं को पराजित कर, बन्दी बनाकर कारागार में डाल रखा था, ताकि उनकी गिनती सौ को पार करते ही, वह उनकी बलि देकर अपनी शक्ति, सत्ता तथा अधिकार को बढ़ाये। ऐसे में क्या यह सम्भव था कि अंग देश और चम्पा नगरी कौरवों के अधीन रहे हों? मेरा अनुमान है कि हम अधिक से अधिक यही मान सकते हैं कि हस्तिनापुर का राज्य किन्हीं अज्ञात कारणों से अंग देश पर अपना दावा रखता था। सम्भव है कि उस क्षेत्र का कोई भी राजा कुरुओं का मांडलिक रहा हो। यह भी सम्भव है कि उस क्षेत्र को लेकर जरासन्ध से उनका मतभेद चल रहा हो, या यह सम्भावना भी हो सकती है कि कौरवों का अंग देश से कोई सम्बन्ध ही न हो; किन्तु महाभारत के ही अनुसार चूँकि अधिरथ तथा कर्ण को चम्पा नगरी का निवासी बताया गया है, तो कर्ण को राजा घोषित करते समय दुर्योधन के मन में अंग देश का ही नाम आया हो। महाभारत में कर्ण सदा ही हस्तिनापुर में विद्यमान है। वह अपने राज्य में कभी नहीं गया। यह इस बात का पूर्ण प्रमाण नहीं हो सकता कि अंग देश उसके अधिकार में नहीं था, क्योंकि शकुनि तथा

आचार्य द्रोण भी सदा हस्तिनापुर में ही विद्यमान थे, जबकि उनका सम्बन्ध गन्धार तथा अहिछत्र से था।

कर्ण का राज्याभिषेक किया गया था; किन्तु वह चम्पा नगरी के राजप्रासाद में न होकर हस्तिनापुर की रंगशाला में हुआ था। यह अभिषेक मात्र सांकेतिक भी हो सकता है, जिसका अर्थ है, कि दुर्योधन कर्ण को अंग देश का राजा स्वीकार करता है। प्रभावी रूप से अंग देश पर कर्ण के आधिपत्य का कोई प्रमाण कहीं भी दिखायी नहीं पड़ता। यह अनुमान भीष्म पितामह, विदुर तथा पांडवों के उस समय के व्यवहार से भी पुष्ट होता है। उनमें से किसी ने भी दुर्योधन के इस प्रस्ताव को विरोध नहीं किया। यदि दुर्योधन सचमुच ही अपने राज्य का एक खंड कर्ण का दे रहा होता, तो अवश्य ही इन लोगों की ओर से उसका विरोध होता। साथ-ही-साथ हम यह भी देखते हैं कि कर्ण के अंगराज बन जाने से कृपाचार्य की आपत्ति का प्रतिकार नहीं हो सका; और कर्ण तथा अर्जुन का द्वन्द्व-युद्ध नहीं हुआ। ऐसा लगता है कि दुर्योधन के द्वारा कर्ण का राजतिलक हो जाने पर भी, शेष लोगों को कोई अन्तर ही नहीं पड़ा। भीम तब भी कर्ण पर व्यंग्य ही कसता रहा।

वनपर्व के 254वें अध्याय के आठवें श्लोक कर्ण की दिग्विजय के सन्दर्भ में यह चर्चा भी आयी है कि उसने अंग, बंग, कलिंग, शुंडिक, मिथिला, मगध और कर्कखंड को अपने राज्य में मिला लिया। वैसे तो यह सारी दिग्विजय ही प्रामाणिकता की दृष्टि से अत्यन्त सन्दिग्ध है, फिर भी यह प्रश्न हमारा ध्यान खींचता है कि यदि कर्ण पहले से ही 'अंगराज' था तो उसके द्वारा अब 'अंग' को अपने राज्य में मिलाने का क्या अर्थ है? यदि उसने अंग को अब अपने राज्य में मिलाया तो इससे पहले वह कहाँ का राजा था?

इसी समय कर्ण का पिता अधिरथ रंगशाला में आता है; और यह जानकर कि कर्ण इस अधिरथ का पुत्र है, कुन्ती मूर्च्छित हो जाती है। कुन्ती की मूर्च्छा कर्ण को पहचान लेने के कारण है। उसने कर्ण को उसके जन्मजात कवच-कुंडल से पहचाना अथवा अधिरथ का पुत्र होने के कारण यह स्पष्ट नहीं है। यदि हम मानें कि कुन्ती ने कर्ण को कवच और कुंडल से पहचाना था कि वह उसी का पुत्र है, तो इसका अर्थ यह हुआ कि कर्ण के रंगशाला में प्रवेश करते ही उसे पहचान लेना चाहिए था; किन्तु कुन्ती की मूर्च्छा उस समय आयी, जिस समय कर्ण और अर्जुन द्वन्द्व-युद्ध की तैयारी कर रहे हैं। उस समय तक अधिरथ का प्रवेश रंगशाला में नहीं हुआ था।

कर्ण के कवच-कुंडल को लेकर भी मानव-बुद्धि अनेक प्रश्न उठाती है। वस्तुतः यह अति-प्राकृतिक, सर्वथा अस्वाभाविक तथा असाधारण घटना है।

यदि हम यह माने लें कि कर्ण के शरीर पर जन्मजात कवच तथा कुंडल वर्तमान थे, जो उसके शरीर की वृद्धि के साथ-साथ बढ़ते गये, तो उस कवच और कुंडल का स्वरूप हमारे शरीर के मांस के समान ही होना चाहिए। वह किसी धातु का कवच नहीं हो सकता; क्योंकि धातु शरीर के साथ बढ़ेगी नहीं। यदि वह शरीर के मांस जैसी ही वस्तु थी तो वह इतनी कठोर नहीं हो सकती कि बाण उसको वेध न सके। इससे मांस के विशेष रूप से कठोर और दृढ़ होने का आभास मिलता है जैसाकि गैंडे तथा कुछ वन्य पशुओं के शरीर पर होता है; किन्तु कर्ण के शरीर को बहुत सुन्दर और आकर्षक कहा गया है। यदि उसके शरीर पर गैंडे अथवा रहीनों जैसे पशुओं के समान प्राकृतिक कवच था तो उसका रूप सुन्दर और आकर्षक नहीं हो सकता। मुझे कर्ण के कवच-कुंडल की कथा एक अद्‌भुत घटना का चमत्कार उत्पन्न करनेवाली कल्पना-मात्र ही लगती है। उसे तर्क किसी रूप में भी स्वीकार नहीं कर सकता। यह बात मैं इसलिए भी कहता हूँ, क्योंकि उस कवच-कुंडल के बावजूद 'महाभारत' के युद्ध से पहले वह अर्जुन, गन्धर्व चित्ररथ तथा कुछ अन्य लोगों से बार-बार पराजित हुआ है। अतः यह मान लेना कि 'महाभारत' के युद्ध में वह इसलिए पराजित हो गया, क्योंकि इन्द्र ने छल से उसका कवच-कुंडल छीन लिया था, अन्यथा वह अपराजेय था—मेरी समझ में नहीं आता। यदि प्राकृत कवच-कुंडल को स्वीकार करें तो वह बालक इतना अद्‌भुत होना चाहिए था कि रंगशाला से बहुत पहले ही उसकी चर्चा कुन्ती के कानों में आ पड़नी चाहिए थी; और यह उसको पहले से ही मालूम हो जाना चाहिए था कि कर्ण उसी का पुत्र है। वह हस्तिनापुर में है, अधिरथ के घर में है, और पांडवों के विरुद्ध दुर्योधन का पक्षधर है। इसलिए मेरा मन इस बात को नहीं मानता कि कर्ण के शरीर पर किसी प्रकार का कोई प्राकृतिक कवच था, और उसी के कारण कुन्ती ने उसे पहचाना भी था। किन्तु यदि कवच को हम स्वीकार न करें, तो इन्द्र के द्वारा दान माँगकर उसके कवच-कुंडल ले लेना और उसे दुर्बल कर छोड़ जाना—ये सारी घटनाएँ अनावश्यक हो जाती हैं। मेरे मत में, कर्ण के प्रति सहानुभूति उत्पन्न करने के लिए अथवा उसका अपराजेय योद्धा का बिम्ब बनाये रखने के लिए, इस प्रकार की घटनाओं की कल्पना की गयी है, जो मूल कथा का अंग हो भी सकती हैं और उनका प्रक्षिप्त होना भी सम्भव है।

मैं रंगशाला में अधिरथ के उपस्थित होने को भी पर्याप्त महत्त्वपूर्ण मानता हूँ। कथानक की दृष्टि से यह एक महत्त्वपूर्ण युक्ति है। यदि कुन्ती ने कर्ण को अधिरथ के आने से पूर्व ही पहचान लिया था तो अधिरथ के रंगशाला में आने की कोई सार्थकता नहीं है। दुर्योधन, उसके भाई तथा पांडव ही नहीं,

कृपाचार्य, द्रौणाचार्य और अश्वत्थामा तक यह जानते हैं कि कर्ण अधिरथ सूत का पुत्र है यदि ऐसा नहीं था, तो द्रोणाचार्य ने किस आधार पर उसे शिक्षा देने से मना किया था? इसलिए रंगशाला में अधिरथ के आने का मुख्य लक्ष्य यही हो सकता है कि उसके माध्यम से कुन्ती यह पहचाने कि कर्ण नामक युवक, जो अर्जुन से द्वन्द्व-युद्ध करने जा रहा है, उसका अपना कानीन-पुत्र है। इस प्रकार इस द्वन्द्व-युद्ध में किसी की भी मृत्यु होने पर कुन्ती का ही एक पुत्र मृत्यु को प्राप्त होगा। इसका अर्थ यह भी हुआ कि कुन्ती को यह सूचना थी कि उसका पुत्र हस्तिनापुर में अधिरथ के घर में पल रहा है, और कदाचित् अपने स्वयंवर में पांडु के कंठ में जयमाला डालने के, जहाँ अन्य अनेक कारण हो सकते हैं, वहां एक अज्ञात कारण यह भी हो सकता है कि वह अपने खोये हुए उस कानीन-पुत्र के निकट हस्तिनापुर में रहना चाहती थी। सम्भव है कि उसके मन में कहीं-न-कहीं यह आशा हो हस्तिनापुर में कहीं-न-कहीं उसका पुत्र मिल ही जायेगा। सम्भव है कि हस्तिनापुर में आकर अपने जीवन की विचित्र घटनाओं की अस्त-व्यस्तता में उसे इसका अवकाश ही न मिला हो। या अधिरथ अथवा कर्ण की खोज करने का उसे साहस न हुआ हो; क्योंकि कर्ण की खोज करने पर बहुत सम्भव है कि उसका यह भेद खुल जाता, जिसे गुप्त रखने के लिए उसने अपने सद्यःजात कानीन-पुत्र को त्याग दिया था। किन्तु अब कर्ण को पहचानकर वह जिस संकट में पड़ गयी थी, वह पहले से भी अधिक विकट था। पहले तो वह केवल इतना ही जानती थी कि उसका कानीन-पुत्र यहीं कहीं हस्तिनापुर में ही है, किन्तु अब वह जानती थी कि उसका अपना बड़ा पुत्र अपने ही छोटे भाइयों का शत्रु हो गया है। कुन्ती इतनी असहाय थी कि न वह कर्ण को यह बता सकती थी कि पांडव उसके छोटे भाई हैं, इसलिए वह उनसे शत्रुता न पाले; और न ही पांडवों को बता सकती थी कि कर्ण उनका बड़ा भाई है, अतः वे उसे अंगीकार कर लें। जब तक वह नहीं जानती थी, तब तक क्षत्रिय माता के समान वह अपने पुत्रों के युद्धों को किसी-न-किसी रूप में स्वीकार कर ही लेती; किन्तु अब यह जानकर कि उसके अपने ही पुत्र परस्पर एक-दूसरे के शत्रु हो रहे हैं—सहन करना उसके लिए और कठिन हो गया था।

7

रंगशाला में हुए उत्सव के साथ ही कुरु राजकुमारों की शिक्षा की पूर्णता घोषित कर दी जाती है, किन्तु धृतराष्ट्र को अब भी कोई बाध्य नहीं कर सकता कि

वह युधिष्ठिर को उसका राज्य दे दे। राज्य देना तो दूर, वह युधिष्ठिर का युवराज्याभिषेक भी नहीं करता। निश्चित रूप से वह अब तक इस प्रतीक्षा में नहीं था कि युधिष्ठिर वयस्क हो ले, अपनी शिक्षा समाप्त कर ले, तो वह उसका राज्य उसको सौंप दे। वह इस राज्य को तब तक अपनी मजबूत जकड़ में बाँधे रखना चाहता था, जब तक उसके लिए यह सम्भव हो; अथवा जब तक कोई उससे यह राज्य बलात् छीन ही न ले। सामान्यतः यह माना जाता है कि धृतराष्ट्र युधिष्ठिर को राज्य देना नहीं चाहता था, पर मुझे ऐसा लगता है कि राज्य से उसको इतना अधिक मोह था कि अपने जीवन में दुर्योधन को भी राज्य देना उसे स्वीकार्य नहीं था। इसका अर्थ स्पष्ट है कि राज्य उसे दुर्योधन के लिए नहीं चाहिए था, उससे पहले और उससे अधिक, वह राज्य अपने लिए चाहता था।

इसी अनिर्णय के काल में द्रोणाचार्य ने कुरु राजकुमारों से अपनी गुरु-दक्षिणा की माँग की। उनकी माँग थी कि उनके शिष्य युद्ध में द्रुपद को पराजित कर, बन्दी बना, उनके सामने प्रस्तुत करें। ऐसा लगता है कि रंगशाला महोत्सव का आयोजन द्रोण ने तो इसीलिए किया था कि वे हस्तिनापुर के राजपरिवार के सम्मुख यह प्रमाणित कर सकें कि उन्होंने कुरु राजकुमारों को श्रेष्ठ योद्धाओं में परिणत कर दिया है; किन्तु धृतराष्ट्र ने कदाचित् यह देखने के लिए उस आयोजन में सहयोग किया था, कि कुरु राजकुमारों में सर्वश्रेष्ठ योद्धा कौन है, अथवा वह कुरुवृद्धों तथा हस्तिनापुर की प्रजा के सामने यह भी प्रमाणित करना चाहता था कि उसके पुत्र पांडवों से अधिक समर्थ तथा बलशाली हैं। कदाचित् इसीलिए दुर्योधन ने भीम को मारने तथा कर्ण को अर्जुन से भिड़ाने का प्रयत्न किया था; और धृतराष्ट्र ने उसमें तनिक भी आपत्ति नहीं की थी। किन्तु उसमें से धृतराष्ट्र तथा दुर्योधन का मनोवांछित परिणाम नहीं निकला। अतः द्रोण की गुरु-दक्षिणा का प्रसंग फिर एक बार कुरु राजकुमारों के सम्मुख एक और अवसर प्रस्तुत करता है, जिसमें वे लोग न केवल अपनी योग्यता सिद्ध कर सकें, वरन् उनमें से कौन-सा दल, प्रबल है—उसका भी प्रमाण दे सकें। यह बात मेरे मन में इसलिए आती है, क्योंकि आचार्य द्रोण के शिष्य, कुरु राजकुमार संयुक्त रूप से द्रुपद पर आक्रमण करते। आरम्भ में दुर्योधन अपने सहायकों के साथ द्रुपद पर आक्रमण करता है और पराजित होकर लौटता है। उस समय पांडव चुपचाप एक ओर खड़े रहते हैं। यहीं से धृतराष्ट्रों तथा पांडवों का भेद अत्यन्त स्पष्ट हो जाता है। यद्यपि कर्ण गुरु-द्रोण का शिष्य नहीं था, फिर भी दुर्योधन के इस आयोजन में, वह उसके साथ था और द्रुपद से पराजित होकर लौटा था। इस तथ्य की

ओर मैं इसलिए इंगित कर रहा हूँ, ताकि हम कर्ण की वीरता और अपराजेयता के सत्य को ठीक-ठीक समझ सकें।

दुर्योधन के पराजित हो जाने पर मूलतः अर्जुन और भीम ही बिना किसी सैनिक सहायता के द्रुपद पर आक्रमण करते हैं। युधिष्ठिर इस युद्ध में सम्मिलित नहीं हैं। जैसे द्रोण इन दोनों आक्रमणों में सम्मिलित नहीं हैं, उसी प्रकार अर्जुन और भीम द्वारा आक्रमण किये जाने पर युधिष्ठिर भी अलग ही खड़ा रहता है। वीर सेनापति के होते हुए स्वयं राजा को युद्ध में भाग लेने की आवश्यकता नहीं होती। अर्जुन और भीम ने इस युद्ध में युधिष्ठिर को राजा का सम्मान दिया था और यह कदाचित् युधिष्ठिर की दुर्योधन पर श्रेष्ठता स्थापित करने के लिए किया गया था। इस आक्रमण में भीम अपनी गदा के साथ आगे-आगे चल रहा है; उसके पीछे, रथ में अर्जुन है, और नकुल तथा सहदेव अर्जुन के रथ के पहियों की रक्षा कर रहे हैं। इस युद्ध में न केवल यह प्रमाणित होता है कि पांडव—दुर्योधन, दुःशासन, कर्ण तथा उनके भाइयों और साथियों की तुलना में कहीं अधिक वीर और समर्थ हैं, वरन् यह भी प्रमाणित होता है कि अर्जुन हिंसा अथवा प्रतिहिंसा के भाव के कारण, युद्ध-प्रिय नहीं है। वह क्षत्रिय-धर्म के रूप में ही युद्ध करता है और निरीह हत्याएँ वह नहीं करता। द्रुपद को पराजित करने के पश्चात् जिस समय भीम अपनी गदा से लगातार सैनिकों का विनाश कर रहा है, उस समय अर्जुन उसे रोक कर कहता है कि हम यहाँ पांचाल सेनाओं अथवा पांचाल प्रजा को नष्ट करने नहीं आये, हम केवल गुरु-दक्षिणा चुकाने के लिए आये हैं। इसलिए अब सैनिकों का विनाश बन्द करो। अर्जुन और भीम—विशेषकर अर्जुन का व्यवहार ऐसा है कि उससे पराजित होकर भी द्रुपद के मन में उसके प्रति शत्रुता का भाव नहीं है। वे यह समझ रहे हैं कि पांडव अपने धर्म-बन्धन में बँधे हुए उनसे युद्ध करने आये हैं, अन्यथा उनके मन में न द्रुपद तथा पांचालों के लिए शत्रुता का भाव है, न वे राज्य हस्तगत करने को लालायित हैं, और न ही अनावश्यक रक्तपान का हिंस्र सुख उनका लक्ष्य है। यहाँ एक तथ्य और भी स्पष्ट होता है कि यद्यपि अर्जुन भीम से छोटा है, तो भी वह उसे संयत और नियन्त्रित कर सकता है। 'महाभारत' की कथा में अन्य भी ऐसे अवसर आये हैं, जब अर्जुन ने युधिष्ठिर के विरुद्ध भीम के क्रोध को संयत और नियन्त्रित किया है। ऐसा लगता है कि भीम युधिष्ठिर से तो फिर भी कभी-कभी रुष्ट हो जाता है, किन्तु अर्जुन के प्रति उसके मन में कभी रोष नहीं जागता।

यह तथ्य इसलिए महत्त्वपूर्ण है कि यदि इस घटना से द्रुपद के मन में, द्रोण के ही समान, पांडवों के प्रति भी प्रतिहिंसा जागती, तो कदाचित् वे अपनी

पुत्री का विवाह पांडवों से नहीं करते और यह तो स्पष्ट ही है कि विवाह के उस अवसर पर, द्रुपद ने पांडवों को पहचान कर भी, उनके प्रति क्षण-भर को भी रोष नहीं जताया। यह विचारणीय है कि द्रोण के वध के लिए तो वे यज्ञ कर एक ऐसे पुत्र की याचना कर रहे हैं जो द्रोण का नाश कर सके; किन्तु जिस अर्जुन ने वस्तुतः उन्हें पराजित कर उनके हाथ-पैर बाँधकर उन्हें द्रोण के चरणों में डाल दिया, उस अर्जुन के विरुद्ध उनके मन में तनिक भी आक्रोश नहीं है। यह इसीलिए है, क्योंकि वे समझते हैं कि उनके उस सारे अपमान के लिए उत्तरदायी केवल आचार्य द्रोण है। पांडव तो अपने गुरु की आज्ञा का पालन-मात्र कर रहे थे। बहुत सम्भव है कि वह आज्ञा-पालन उन्होंने अपनी इच्छा के विरुद्ध ही किया हो।

यही घटना जहाँ एक ओर पांडवों और विशेष रूप से भीम और अर्जुन के युद्ध में सक्षम हो जाने की कथा कहती है, वहीं यह भी ज्ञात होता है कि छोटा होने पर भी, अर्जुन युद्ध की योजनाएँ स्वतन्त्र रूप से अपने बड़े भाइयों से भी बेहतर ढंग से बना सकता है। यह इन भाइयों के वयस्क हो जाने तथा अपने गुणों के अनुसार उत्तरदायित्व निभाने का प्रमाण है।

इस अभियान से लौटने पर, महाभारत की कथा के अनुसार, युधिष्ठिर का युवराज्याभिषेक कर दिया जाता है। मेरे मन में यह प्रश्न बार-बार उठता है कि वह धृतराष्ट्र, जो जोंक के समान हस्तिनापुर के सिंहासन से चिपका हुआ था, जो अपनी इच्छा से किसी भी प्रकार युधिष्ठिर को युवराज बनाने के लिए प्रस्तुत नहीं था, उसने स्वेच्छा से युधिष्ठिर को युवराज कैसे बना दिया? इतना ही नहीं, कुछ ही समय में उसने उन्हें हस्तिनाुर से निष्कासित कर वारणावत भेज दिया, और वह यह जानता था कि वहाँ दुर्योधन ने उनकी मृत्यु का प्रबन्ध कर रखा है। ये दोनों बातें मैं एक साथ इसलिए रखता हूँ, क्योंकि इन दोनों की तुलना से ही यह प्रश्न उठता है कि पहले हस्तिनापुर में ऐसा क्या हुआ कि धृतराष्ट्र ने युधिष्ठिर को युवराज बना दिया और फिर वह कौन-सा शक्ति-सन्तुलन बिगड़ा, जिससे धृतराष्ट्र में इतना साहस आ गया कि वह युवराज को उसकी माता तथा भाइयों सहित न केवल राजधानी से निष्कासित कर सका, वरन् उनकी हत्या का षड्यन्त्र रचने में, उसे तनिक भी भय नहीं लगा।

इस प्रश्न का सामान्यतः यह उत्तर दिया जाता है कि हस्तिनापुर में जनमत पांडवों की ओर था। उसके दबाव में धृतराष्ट्र ने युधिष्ठिर का युवराज्याभिषेक कर दिया। किन्तु इसके ठीक विपरीत जब दुर्योधन अपने पिता से आग्रह करता है कि पांडवों का वारणावत भेज दिया जाये और धृतराष्ट्र यह कहता है कि जनमत पांडवों के पक्ष में रहने के कारण वह ऐसा नहीं कर पायेगा, तो दुर्योधन

उसे बताता है कि हस्तिनापुर की राजसभा और प्रजा में पांडवों के लिए बहुत कम समर्थन है; और महत्त्वपूर्ण लोगों को दुर्योधन ने अपनी सत्ता और धन के बल पर, या तो लुब्ध कर लिया है अथवा त्रस्त, इसलिए पांडवों के निष्कासन पर कोई भी उनके समर्थन में नहीं बोलेगा। दुर्योधन की यह मान्यता महाभारत की ही कथा के आधार पर सत्य प्रमाणित होती है। पांडव हस्तिनापुर से जा रहे हैं, तो युधिष्ठिर और विदुर अच्छी तरह जानते है कि उन्हें वारणावत क्यों भेजा जा रहा है; किन्तु उसका विरोध करने का साहस किसी में नहीं है। युधिष्ठिर, भीष्म और द्रोण से अनुमति लेने जाता है, तो कहीं उसके मन में यह आशा है कि वे लोग उसे रोक लेंगे; किन्तु वे भी इस निष्कासन के विरोध में कुछ नहीं बोलते, और प्रकारान्तर से उनके निष्कासन का समर्थन कर देते हैं। इस प्रकार हस्तिनापुर के जनमत में पांडवों का पक्ष और विपक्ष बहुत स्पष्ट दिखायी नहीं देता। पर सही है कि रंगशाला-महोत्सव तथा पांचालों के युद्ध के पश्चात् पांडव शक्तिशाली योद्धाओं के रूप में उभरकर सामने आये, और उन्हें विदुर का स्थायी समर्थन प्राप्त था। भीष्म यदा-कदा उनके प्रति अपना प्रेम तो प्रदर्शित करते हैं, किन्तु उनके पक्ष में धृतराष्ट्र का विरोध नहीं करते। इसलिए हम अपने मूल प्रश्न पर लौटते हैं कि ऐसी कौन-सी शक्ति थी, जिसके दबाव में धृतराष्ट्र ने युधिष्ठिर का युवराज्याभिषेक तो कर दिया; किन्तु उस दबाव के हटते ही न केवल युवराज को, वरन् उसकी माता और भाइयों को भी हस्तिनापुर से निष्कासित कर, मृत्यु के मुख में धकेल दिया गया?

महाभारत में इस प्रश्न का उत्तर नहीं मिलता। यह भी एक महत्त्वपूर्ण तथ्य है कि यद्यपि बाद की कथा में कृष्ण, पांडवों के सबसे बड़े समर्थक, मित्र तथा संरक्षक हैं; किन्तु काम्पिल्य में हुई भेंट से पहले पांडवों से उनके मिलने की कोई चर्चा महाभारत में नहीं है। महाभारत में यह भी उल्लेख नहीं है कि भीम और दुर्योधन ने बलराम से गदा-युद्ध की शिक्षा कब ली? और भी ऐसे प्रश्न हो सकते हैं जिनका उत्तर किन्हीं अज्ञात कारणों से महाभारत में उपलब्ध नहीं है। उन प्रश्नों का उत्तर हमें महाभारत के बाहर खोजना होगा। भागवत महापुराण में, जिस समय कृष्ण, कंस का वध कर, उग्रसेन का राज्य स्थापित कर मथुरा में सुख-शान्ति लौटा लाते हैं, उस समय वसुदेव को नहीं, स्वयं कृष्ण को अपनी बुआ और उसके पुत्रों की याद आती है। वे अक्रूर से कहते हैं कि अक्रूर हस्तिनापुर जाकर पांडवों की स्थिति देखें, क्योंकि उन्होंने सुना है कि धृतराष्ट्र उनके साथ अच्छा व्यवहार नहीं कर रहे और पांडव अत्यन्त दुखी हैं। कृष्ण का अपनी बुआ और उसके पुत्रों के विषय में इस प्रकार सोचना कुछ भी असाधारण नहीं है। इससे पहले भी, महाभारत के दक्षिणात्य संस्करणों में, यह

चर्चा आती है कि वसुदेव अपनी बहन कुन्ती के लिए कुछ उपहार भिजवाते हैं—जब वह पांडु तथा अपने पुत्रों के साथ शतशृंग पर्वत पर रह रही थी। किन्तु यह प्रसंग तर्कसंगत प्रतीत नहीं होता, क्योंकि वसुदेव यह उपहार तब ही भिजवा सकते थे, जब वे कारागार से बाहर आ जाते। कारागार से बाहर, वे तब ही आ सकते थे जब कंस की मृत्यु हो जाती। उस समय कृष्ण सोलह वर्ष के थे। युधिष्ठिर और भीम कृष्ण से बड़े हैं। यदि हम यह मानें कि कृष्ण द्वारा कंस-वध तथा देवकी-वसुदेव को मुक्त कर देने के समय तक पांडु जीवित था और कुन्ती अपने पुत्रों के साथ शतशृंग पर ही रह रही थी तो हमें यह मानना पड़ेगा कि उस समय युधिष्ठिर लगभग बीस वर्ष का हो चुका होगा। अतः उसके पश्चात् हस्तिनापुर आने, शिक्षा प्राप्त करने तथा युवराज्याभिषेक तक पहुँचने में उन लोगों को जो समय लगा, उस दृष्टि से उनकी अवस्था बहुत बड़ी हो जायेगी। इसकी तुलना में यह कहीं अधिक तर्कसंगत है जिस समय कृष्ण ने कंस-वध किया और मथुरा में उग्रसेन के नेतृत्व में शक्तिशाली यादव राज्य स्थापित किया, उस समय पांडव शिक्षा प्राप्त कर, युधिष्ठिर के युवराज्याभिषेक की प्रतीक्षा कर रहे थे।

कृष्ण केवल अपने सम्बन्ध के कारण भी यदि अपनी बुआ और उसके पुत्रों की खोज-खबर लेते, तो भी आश्चर्य की कोई बात नहीं थी। कृष्ण के मन में बहुत प्रेम था। यह प्रेम वे उन्मुक्त रूप से वितरित करते थे। जिस किसी ने कृष्ण से तनिक भी प्रेम किया, उसने प्रतिदिन में उनसे कहीं अधिक प्रेम पाया। किन्तु यह भी ध्यान में रखने योग्य तथ्य है कि यह, वह समय था जिस समय जरासन्ध बार-बार कृष्ण तथा बलराम के वध के लिए मथुरा पर आक्रमण कर रहा था। मथुरा में पराजित होने के कारण वह अपने नये-नये मित्र बना रहा था। उन मित्रों के साथ सामूहिक सैनिक अभियानों की योजनाएँ बना रहा था। कालयवन के साथ मिलकर मथुरा पर आक्रमण करना इस तथ्य का एक सबल प्रमाण है। ऐसी स्थिति में कृष्ण भी अपने मित्रों की खोज कर रहे होंगे, और पांडवों से बड़ा शक्तिशाली मित्र तथा सहायक और कौन हो सकता था? राजनीतिज्ञ कृष्ण के लिए यह देखना भी आवश्यक था कि अपने मित्रों की खोज में जरासन्ध कहीं हस्तिनापुर में भी प्रवेश न पा जाये। इसलिए यदि कृष्ण को हस्तिनापुर तथा बुआ कुन्ती एवं पांडवों का ध्यान आता है, तो तनिक भी आश्चर्य नहीं होता कि वे क्यों उनकी सहायता करना चाहते हैं। उनको उनके धर्मसंगत अधिकार दिलाना चाहते हैं। वे हस्तिनापुर में अपने शत्रुओं का प्रवेश और समर्थन—दोनों ही रोकना चाहते हैं। इन सबके लिए आवश्यक है कि वे पांडवों से सम्पर्क करें।

अक्रूर हस्तिनापुर आते हैं। कुन्ती और पांडवों से मिलते हैं और उन्हें बताते हैं कि कृष्ण ने उन्हें किसलिए भेजा है। यह पहला अवसर है कि कुन्ती के मायके और पांडवों के ननिहाल से कोई हस्तिनापुर आया है। शकुनि का निरन्तर हस्तिनापुर में बने रहना, इस बात का प्रमाण है कि गान्धारी और दुर्योधन को निरन्तर गन्धार से समर्थन, सहयोग तथा सहायता मिल रही है। फिर दुर्योधन का पिता हस्तिनापुर कर राजा है, उनकी तुलना में पांडव मित्र-विहीन हैं, और कुन्ती के मायके में पिता शूरसेन का देहान्त हो चुका है तथा वसुदेव और देवकी कारागार में हैं। अतः वे कुन्ती की क्या सहायता करते? यह हम देख चुके हैं कि कुन्तिभोज की ओर से कभी भी कुन्ती से सम्पर्क क्यों नहीं किया गया, और सत्ता के इस संघर्ष में पांडवों को उनका समर्थन कभी नहीं मिला।

अक्रूर के आने पर कुन्ती को कहीं यह अनुभव होता है कि उसका भी कोई अपना है। उसे भी गान्धारी के समान अपने मायके से समर्थन मिल सकता है। वह आँखों में अश्रु भरकर अक्रूर के सम्मुख अपने कष्टों का वर्णन करती है। अपनी यातना का उल्लेख करते हुए वह यह भी कहती है कि संसार में कृष्ण के सिवाय उसका और कोई नहीं है। इसलिए कृष्ण को चाहिए कि वह अपनी बुआ और उसके पुत्रों की सहायता करे।

इस समय यादव पर्याप्त शक्तिशाली हैं। वह जरासन्ध जैसे सम्राट को भी एकाधिक बार पराजित कर चुके हैं। द्रुपद के साथ उनका घनिष्ठ मैत्री-सम्बन्ध दिखायी पड़ता है। इसका प्रमाण काम्पिल्य में कृष्ण का महत्त्व तथा द्रौपदी से कृष्ण का सम्बन्ध है। इस दृष्टि से अक्रूर का हस्तिनापुर आना एक शक्तिशाली राज्य के प्रतिनिधि का कुरुओं की राजसभा में आना है। अक्रूर, पांडवों का मामा है। वह राजसभा में उपस्थित होकर धृतराष्ट्र पर युधिष्ठिर का युवराज्याभिषेक करने के लिए दबाव डालता है। इस समय तक द्रोणाचार्य भी पूर्ण रूप से पांडवों के पक्ष में दिखायी पड़ते हैं। विदुर तो हैं ही पांडवों के समर्थक और कोई धर्म-संकट न होने पर भीष्म भी पांडवों के पक्षधर हैं। इस प्रकार युधिष्ठिर के युवराज्याभिषेक के लिए एक प्रबल जनमत दिखायी पड़ता है, और धृतराष्ट्र उसी जनमत के दबाव में युधिष्ठिर को युवराज बना देता है।

धृतराष्ट्र के द्वारा युधिष्ठिर के युवराज्याभिषेक की घोषणा का दुर्योधन इत्यादि के द्वारा निश्चित विरोध हुआ होगा और उन्होंने धृतराष्ट्र से यह पूछा होगा कि उसने युधिष्ठिर को युवराज बनाने की घोषणा क्यों की? यह कहना तो बहुत कठिन है कि उस समय धृतराष्ट्र के मन में क्या था? किन्तु यह अनुमान ही लगाया जा सकता है कि परिस्थितियों का विश्लेषण कर धृतराष्ट्र इस निष्कर्ष पर पहुँचा होगा कि उस समय विभिन्न राज्यों की मित्रता तथा

शत्रुता के शक्ति-सन्तुलन में दुर्योधन का युवराज बनना एक ओर तो वैसे ही सम्भव नहीं है, और यदि वह बन गया तो बहुत सम्भव है कि उसे किसी भीषण युद्ध में संलग्न होना पड़े। कृष्ण के मित्र अथवा तटस्थ होने की स्थिति में, हस्तिनापुर पर जरासन्ध का आक्रमण हो सकता था। जरासन्ध तथा पांचालों में सन्धि होने की स्थिति में द्रोण से प्रतिशोध लेने के लिए उनकी संयुक्त सेना हस्तिनापुर पर आक्रमण कर सकती थी। जरासन्ध के मित्र बन जाने की स्थिति में यादवों तथा उनके मित्र पांचालों एवं मत्स्यों की सम्मिलित सेना भी हस्तिनापुर पर सैनिक अभियान कर सकती थी। ऐसी संकट की घड़ी में यदि युधिष्ठिर को युवराज बना दिया जाये और इन सम्भावित युद्धों में जब प्रतिद्वन्द्वी राज्य लड़कर दुर्बल हो लें, तब दुर्योधन सत्ता अपने हाथ में ले सकता था।

युधिष्ठिर के युवराज्याभिषेक के तत्काल बाद अर्जुन और भीम का सिन्धुसौवीर तक सैनिक अभियान करना एक ओर तो उनकी शक्ति के विस्तार का प्रमाण है और दूसरी ओर यह भी लगता है कि कहीं ऐसा तो नहीं कि धृतराष्ट्र यह चाहता हो कि युधिष्ठिर को युवराज बनाने के बहाने वह अपने सारे शत्रुओं से पांडवों को तब तक लड़ने को बाध्य करता रहे, जब तक स्वयं पांडव अत्यन्त दुर्बल न हो जाये, या सब ओर उनके इतने शत्रु उठ खड़े हों कि पांडवों का जीना दूभर हो जाये। युधिष्ठिर को उसने युवराज ही तो बनाया था, राजसत्ता तो नहीं सौंपी थी। महाभारत में इसके बाद का वर्णन यह स्पष्ट करता है कि युधिष्ठिर के हाथ में वास्तविक सत्ता नहीं थी। यह ही वह समय है जब दुर्योधन राजकोष से मनमाना धन खर्च कर राजसभा के विभिन्न सदस्यों तथा मन्त्रियों को क्रय कर, उन्हें अपना अनुचर बना रहा था, और युधिष्ठिर युवराज होते हुए भी सर्वथा असहाय था और राजसत्ता को अपने प्रतिकुल होते देख रहा था।

इसके पश्चात् स्थितियाँ बड़ी तेजी से बदलती हैं। जरासन्ध तथा कालयवन का मथुरा पर सामूहिक सैनिक अभियान इतना प्रबल था कि कृष्ण तथा उनके यादव स्वयं ही यह स्वीकार कर लेते हैं कि वे उस सम्मिलित सेना के सम्मुख ठहर नहीं पायेंगे। अपने प्राण बचाने के लिए वे लोग न केवल मथुरा खाली कर देते हैं, वरन् उसे जरासन्ध की दया पर छोड़ वहाँ से दूर कुशस्थली में, सागर तट पर द्वारका का निर्माण कर, अपनी सुरक्षा का प्रबन्ध करते हैं। इन परिस्थितियों में न तो जरासन्ध के हस्तिनापुर पर आक्रमण की कोई सम्भावना है और न यादवों के पांडवों की सहायता के लिए हस्तिनापुर आने की। जरासन्ध अथवा यादवों की सहायता के बिना पांचाल भी हस्तिनापुर को ओर देख नहीं सकते। इसका अर्थ यह हुआ कि युधिष्ठिर के पक्ष में किसी बाहरी शक्ति के

आने की कोई सम्भावना नहीं रह गयी थी। न ही हस्तिनापुर के विरोध में कोई ऐसी सेना आ रही थी, जिससे युद्ध करना दुर्योधन को संकट में डालने का कारण बनता। निश्चित रूप से इन परिस्थियों में युधिष्ठिर का युवराज रहना, धृतराष्ट्र को बहुत खला होगा और उसने पांडवों से छुटकारा पाने की कोई युक्ति सोची होगी।

महाभारत में धृतराष्ट्र का पांडवों को जलाने की योजना में प्रत्यक्ष सम्मिलित होने का वर्णन नहीं है। किन्तु कूटनीति के आचार्य मन्त्री कणिक से धृतराष्ट्र की मन्त्रणा इस ओर संकेत करती है। कणिक स्पष्ट रूप से कहता है कि जिनके द्वारा राज्य छीन लिये जाने का कोई भी संकट हो, उन्हें निश्चित रूप से शत्रु समझा जाये और ऐसे लोगों को कभी भी जीवित नहीं रहने दिया जाये। एक दूसरी महत्त्वपूर्ण बात, वह यह भी कहता है कि चतुर राजा वही है जो देने की बात तो करे, किन्तु दे नहीं। जितना भी सम्भव हो, वह टालता रहे। इस प्रकार कणिक की मन्त्रणा है कि पांडवों को राज्य देने की बात तो की जाये, किन्तु उन्हें राज्य दिया न जाये; तथा जितनी जल्दी सम्भव हो, पांडवों का वध कर दिया जाये। यह मन्त्रणा धृतराष्ट्र के मन की स्थिति को स्पष्ट करती है और यह भी संकेत करती है कि धृतराष्ट्र पहले स्वयं निश्चय करता था, और उसके पश्चात् अपने निश्चय को पुष्ट करने के लिए मन्त्रणा प्राप्त किया करता था। इसलिए यह महत्वपूर्ण था कि वह किस समय विदुर से मन्त्रणा प्राप्त करता है, और किस समय कणिक से। यह किसी भी स्वेच्छाचारी राजा के लिए अत्यन्त स्वाभाविक है।

दूसरी ओर अपने पिता से अपने मन की दुखी स्थिति की चर्चा कर दुर्योधन पिता को सहमत कर लेता है कि वह पांडवों को वारणावत भेज देगा। वस्तुतः यह पिता-पुत्र की स्वतन्त्र व्यवस्था नहीं थी; एक ही षड्यन्त्र के विभिन्न अंग थे। वारणावत में लाक्षागृह बनाकर उसमें धोखे से पांडवों को जला देने की योजना में दुर्योधन, दुःशासन, शकुनि तथा कर्ण सम्मिलित थे। धृतराष्ट्र को उसमें प्रत्यक्ष रूप से सम्मिलित नहीं किया गया था; किन्तु उन्हें धृतराष्ट्र की सहमति प्राप्त थी।

वारणावत जाने से पहले, हस्तिनापुर का सारा राजनीतिक परिवेश पांडवों का विरोधी हो चुका था। विदुर जानता था कि वारणावत भेजने के पीछे धृतराष्ट्र और

दुर्योधन की क्या योजना है। कदाचित् हस्तिनापुर छोड़ने से पूर्व युधिष्ठिर को भी इसका आभास हो गया था, किन्तु परिस्थितियाँ ऐसी नहीं थीं कि वे लोग इस आज्ञा का विरोध कर सकते, अथवा इसके विरुद्ध खड़े हो सकते।

इससे स्पष्ट है कि युधिष्ठिर के युवराज बनने से उसे किसी प्रकार की कोई सत्ता प्राप्त नहीं हुई थी। अपने बल पर युद्ध करने जैसी बात उन्होंने सोची ही नहीं थी। राजसभा में उन्हें अधिक समर्थन प्राप्त नहीं था, और बाहर से किसी सहायता की कोई आशा नहीं थी। कृष्ण इस समय अपने यादवों के साथ दूर सागरतट पर द्वारका का निर्माण कर अपनी सुरक्षा की व्यवस्था करने में व्यस्त थे। इन परिस्थितियों से यह निष्कर्ष भी निकाला जा सकता है कि भीष्म का होना, न होना, पांडवों की सुरक्षा के लिए कोई अर्थ नहीं रखता था। एक बार भी न कभी भीष्म पांडवों की सुरक्षा के लिए खड़े हुए और न कभी पांडवों के वध के प्रयत्न के लिए उन्होंने धृतराष्ट्र, दुर्योधन अथवा किसी अन्य व्यक्ति को दंडित करने की बात उठायी।

युधिष्ठिर के चरित्र में उसका आध्यात्मिक पक्ष भी बहुत प्रबल है। आत्मदान तथा गुरुजनों की आज्ञाओं तथा इच्छाओं का किसी भी मूल्य पर पालन, आध्यात्मिक चिन्तन अथवा आध्यात्मिक साधना में अपना निर्द्वन्द्व महत्त्व रखता है। युधिष्ठिर ने सदा ही धृतराष्ट्र को अपने पिता का ही सम्मान दिया है।...इस प्रकाश में एक तर्क यह भी हो सकता है कि युधिष्ठिर का वारणावत जाना, उसकी राजनैतिक बाध्यता न होकर आध्यात्मिक आवश्यकता थी, क्योंकि वह पितृव्य धृतराष्ट्र की आज्ञा का उल्लंघन नहीं कर सकता था। महाभारत-कथा के अन्य प्रसंगों में युधिष्ठिर के चरित्र का यह पक्ष भी उभरकर सम्मुख आया है, किन्तु वारणावत प्रसंग में अपने भाइयों तथा माता को मृत्यु के मुख में ले जाना—उसकी आध्यात्मिक नहीं, राजनैतिक बाध्यता ही समझनी चाहिए।

8

महाभारत के वर्णन के अनुसार, वारणावत के लोग पांडवों से बहुत अधिक प्रेम करते थे; किन्तु यहाँ एक प्रश्न यह उठता है कि दुर्योधन ने पांडवों के वध के षड्यन्त्र के लिए ऐसा स्थान क्यों चुना, जहाँ का जनमत उनके पक्ष में था? पांडवों को प्रेम करनेवाली प्रजा के मध्य लाक्षागृह बनवाना, और उस लाक्षागृह में पांडवों को जलाकर मार डालना—उनके लिए सरल नहीं रहा होगा। अधिक स्वाभाविक तो यह है कि उसने कोई ऐसा स्थान चुना होगा, जहाँ प्रजा पांडवों की सहायक न हो, किसी विपत्ति में उनकी सहायता को न आये, और उनकी रक्षा के लिए, उनके शत्रुओं के मार्ग की बाधा न बने। इसलिए यदि वारणावत की प्रजा में पांडव लोकप्रिय थे तो पुरोचन को खुले रूप से लाक्षागृह बनवाने की सुविधा प्राप्त नहीं हुई होगी। दुर्योधन पांडवों को मार डालने के लिए

एक-के-बाद एक षड्यन्त्र रच रहा था, तो निश्चित रूप से वह असावधान नहीं रहा होगा। उसने इस बात की व्यवस्था की होगी कि यदि पांडव लाक्षागृह की अग्नि से बचकर निकल भी जाये तो कोई न तो उनकी सहायता करे, न इस सूचना को प्रचार दे और न ही इस षड्यन्त्र को लेकर कोई चर्चा करे। अतः वारणावत का प्रशासक, सेनाधिकारी तथा अन्य लोग निश्चित रूप से दुर्योधन के पक्ष के लोग रहे होंगे, जिनसे पुरोचन को हर प्रकार की सहायता मिलती रही होगी। लाक्षागृह, पुरोचन ने स्वयं अपने हाथों से नहीं बनाया होगा, कुछ लोगों ने उसे भवन-निर्माण-सामग्री बेची होगी, उसमें डाले जानेवाले अतिप्रज्वलनशील पदार्थ की आपूर्ति करनेवाला भी कोई व्यापारी रहा होगा। वहाँ कुछ श्रमिकों ने काम भी किया होगा, कुछ मिस्त्री और कारीगर भी वहाँ निर्माण-कार्य में लगे होंगे, जिन्होंने इस प्रज्वलनशील पदार्थ को भवन में प्रत्यक्ष अथवा परोक्ष रूप में लगाया होगा। यह भवन निर्माण-प्रक्रिया का सहज अंग नहीं था। उनके मन में शंकाएँ, जिज्ञासाएँ तथा प्रश्न उठे होंगे। इन सारी बातों को गोपनीय रखने के लिए पुरोचन को अनेक सहायकों की आवश्यकता हुई होगी। इसका अर्थ यह हुआ कि वहाँ पांडव अपने शत्रुओं में पूर्णतः घिरे हुए थे। उनके अपने सहायक न होने के कारण उन्हें प्रत्येक दिशा से, प्रत्येक कार्य में, प्रत्येक व्यक्ति में, संकट की आहट सुनायी देती रही होगी। विदुर ने उन्हें यह कहा था कि वे धैर्य न छोड़ें, अपनी इन्द्रियों को व्याकुल न होने दें, और अपने शत्रुओं से सावधान रहें। यह कल्पना का विषय है कि उनके मन पर धृतराष्ट्र और दुर्योधन का कितना आतंक रहा होगा कि वे लोग प्रत्यक्ष रूप से कुरु-राज्य को छोड़कर किसी सुरक्षित स्थान को भी नहीं जा सकते थे। कृष्ण तो जरासन्ध से बचने के लिए प्रत्यक्ष रूप से अपने यादवों को लेकर द्वारका चले गये थे; किन्तु पांडवों का यह भय कि वे कहीं भी रहें—दुर्योधन उनका वध करवाकर ही रहेगा—महत्त्वपूर्ण है। इसीलिए उन्हें वहाँ रहकर अग्नि-कांड की प्रतीक्षा करनी ही थी, ताकि धृतराष्ट्र और दुर्योधन को यह विश्वास हो सके कि वे लोग सचमुच यमप्रदेश में प्रवेश कर चुके हैं। दुर्योधन उनकी ओर से निश्चिन्त होकर, असावधान हो जाये और वे लोग उस असावधानी का लाभ उठाकर स्वतन्त्र रूप से मनोवांछित स्थान तक जा सकें; अपने लिए शक्तिशाली सहायक ढूँढ़ सकें; और उचित अवसर आने पर एक नई शक्ति के रूप में स्वयं को प्रकट कर सकें।

वारणावत पहुँचते ही उन्हें यह मालूम हो गया था कि 'शिव-भवन' (लाक्षागृह) प्रज्वलनशील पदार्थों से बनाया गया है। अतः दुर्योधन की योजना उन्हें जलाकर मार डालने की है। यह भी उन्होंने सोचा ही होगा कि मृत्यु के और भी अनेक मार्ग हैं। उनके लिए वारणावत में सारी व्यवस्था करने का

काम पुरोचन के हाथ में था, जो उनकी हत्या का प्रबन्ध कर रहा था। ऐसी स्थिति में सहज ही यह स्वीकार किया जा सकता है कि भोजन तथा रसोइयों की व्यवस्था भी पुरोचन ने ही की होगी, अतः पांडवों को विष का भय भी रहा होगा। वारणावत में यदि वे लोग दुर्योधन के समर्थक, अपने शत्रुओं में मध्य थे, तो किसी भी प्रकार प्रजा को भड़काकर उन पर घातक प्रहार भी किया ही जा सकता था। इस प्रकार जब हम देखते हैं कि वारणावत में प्रवेश करते ही पांडव वहाँ के साधारण जन से भेंट करने के लिए, उनके घरों में जा रहे हैं; तो यह प्रजा-वत्सल युवराज का राजनीतिक कर्त्तव्य भी हो सकता है, किन्तु उसके साथ-साथ प्रजा में अपने समर्थक तत्त्व ढूँढ़ने का प्रयास भी हो सकता है। फिर कुन्ती ब्राह्मणों को भोजन का निमन्त्रण देती रहती है। मेरी दृष्टि में यह जनसाधारण और विशेषकर बाह्मण-परिवारों से आत्मीयता बढ़ाने का प्रयास भी हो सकता है। ब्राह्मण परिवारों की चर्चा विशेषकर इसीलिए कर रहा हूँ, क्योंकि ब्राह्मणों का जो स्वरूप तत्कालीन समाज में चित्रित है, उसके अनुसार उन्हें निर्लोभ होना चाहिए; सत्व-गुण-प्रधान होने के कारण दुर्योधन की युक्तियों से असहमत तथा न्याय के पक्षधर होने के कारण पांडवों के समर्थक होना चाहिए। इतनी बड़ी संख्या में ब्राह्मणों को भोजन करवाने के पीछे एक महत्त्वपूर्ण बात यह भी है कि यदि पांडवों को भोजन में विष देने का प्रयत्न किया जायेगा, तो 'ब्रह्म-हत्या' का संकट भी उपस्थित होगा, जो कदाचित् तत्कालीन समाज में सबसे भयंकर अपराध माना जाता था। इस प्रकार पांडव विष के विरुद्ध ब्राह्मण रूपी ढाल से कार्य ले रहे थे। दिन-भर बाहर वनों में भटककर कदाचित् विपक्षी और विरोधी लोगों से किसी भी प्रकार के सम्भावित टकराव को टाल रहे थे, अपने भाग निकलने के लिए मार्ग खोज रहे थे; तथा लाक्षागृह से दूर रहकर स्वयं को सुरक्षित रख रहे थे।

ऐसे ही समय में वहाँ विदुर द्वारा भेजा हुआ खनक उपस्थित होता है। स्पष्ट है कि हस्तिनापुर में बैठे हुए विदुर को लाक्षागृह की सारी स्थिति का ज्ञान है। वह जानता है कि लाक्षागृह प्रज्वलनशील है, उसमें आग लगायी ही जायेगी। वह यह भी जानता है कि आग लगाये जाने की स्थिति में पांडवों को बाहर निकलने का कोई मार्ग नहीं मिलेगा, इसलिए सुरंग का खोदा जाना अत्यावश्यक है। वह यह भी जानते हैं कि किस तिथि को यह अग्नि-कांड घटित होगा। यहाँ यह प्रश्न भी मन में उठता है कि आखिर विदुर को ये सारी सूचनाएँ कहाँ से प्राप्त हुईं? महाभारत में इसका कोई उत्तर नहीं दिया गया है। अनुमानाश्रित तर्क के आधार पर यह माना जा सकता है कि कुरु-साम्राज्य के महामन्त्री के पास सूचनाएँ प्राप्त करने का अपना कोई न कोई तन्त्र अवश्य होगा। यह भी

महत्त्वपूर्ण है कि पांडवों को लगातार अपने मार्ग से हटाने के प्रयत्न में लगा दुर्योधन, पांडवों के समर्थक विदुर को हटाने का कोई प्रयत्न नहीं करता। स्पष्ट है कि विदुर अपने जन्म की स्थिति से, धृतराष्ट्र से अपने सम्बन्ध के आधार पर, अपनी बुद्धि के बल पर अथवा किन्हीं अज्ञात कारणों से महामन्त्री पद को इतनी दृढ़ता से पकड़े बैठा है कि दुर्योधन अन्त तक न तो उसे हटाने की बात सोच पाता है और न ऐसा कोई प्रयत्न करता है। एक और सम्भावना से इनकार नहीं किया जा सकता कि पांडवों को वारणावत भेज, दुर्योधन तथा उसके साथी इतने निश्चिन्त और असावधान हो गये होंगे कि कदाचित् विदुर जैसे व्यक्ति के लिए यह रहस्य गोपनीय नहीं रह गया होगा।

सुरंग खोदने की क्रिया बड़ी सामान्य-सी क्रिया लगती है, किन्तु यदि गम्भीरता से सोचा जाये तो वारणावत की उन परिस्थितियों में गुप्त रूप से एक ऐसी सुरंग का खोदना, जो उस लाक्षागृह से निकलकर नगर के बाहर, नदी-तट के वन तक के मार्ग को तय करती है—बहुत सरल नहीं था। पहली बात तो यह है कि सुरंग का खोदना कहाँ से आरम्भ किया जाये—वन की ओर से, अथवा लाक्षागृह के किसी कक्ष की ओर से? यदि वन की ओर से सुरंग खोदी जाये तो उसका मुख-द्वार, गुप्त कैसे रह पायेगा? यदि उसे ढँक दिया जाये तो उस सुरंग में से निकलनेवाली मिट्टी कहाँ डाली जायेगी? उसकी दिशा का निर्धारण कैसे किया जायेगा कि वह ठीक लाक्षागृह के ही किसी कक्ष में आकर खुले? फिर यह प्रश्न भी है कि क्या खुदाई का यह सारा काम अकेला खनक ही कर रहा था? वह खोद भी रहा था और उस सारी मिट्टी को ढोकर किसी उपयुक्त स्थान पर डाल भी रहा था, और यह सब गुप्त रूप से हो रहा था?

दूसरी ओर, सुरंग खोदने का काम यदि लाक्षागृह के भीतर से हो रहा था तो उसका मुख-द्वार छिपाने की इतनी समस्या नहीं थी। उस कक्ष को सदा बन्द रखा जा सकता था। सुरंग की दिशा की भी समस्या नहीं थी; क्योंकि उसका मुख वन में किसी एक निश्चित स्थान पर खुलना आवश्यक नहीं था। नदी-तट पर वन में कहीं भी उसका द्वार खुल सकता था। किन्तु, सबसे बड़ी समस्या सुरंग में से खोदी गयी मिट्टी को ठिकाने लगाने की थी। इस सारी मिट्टी को कक्ष में अथवा सम्पूर्ण लाक्षागृह में छिपाकर नहीं रखा जा सकता था। इसी समस्या के समाधान के लिए महाभारतकार ने यह संकेत दिया है कि परिखा खोदने के बहाने से खनक ने यह सुरंग खोदी। हम अपने अनुमान से यह स्वीकार कर सकते हैं कि लाक्षागृह के आस-पास एक परिखा खोदने के ब्याज से पांडवों ने अनेक श्रमिकों को भी इस कार्य में लगाया होगा। परिखा खोदने से निकली मिट्टी में ही सुरंग की मिट्टी को खपाया गया होगा। इस

प्रकार यह सुरंग गोपनीय ढंग से खोदी जा सकी होगी।

लाक्षागृह में अग्निकांड होने के दिन कुन्ती ने अनेक ब्राह्मणों तथा प्रजा-जनों को सपरिवार भोजन के लिए निमन्त्रित किया था। इस भोजन के अनेक कारण हो सकते हैं, अथवा इससे अनेक प्रकार के लाभ पांडवों को मिल सकते हैं। महाभारतकार ने कदाचित् इसकी योजना इसलिए की थी कि भोजन के बहाने, वहाँ एक भीलनी और उसके पाँच पुत्रों को भी लाया जा सके, जिसके जले हुए शरीर पांडवों के जल मरने का भ्रम पैदा कर सकें।

ब्राह्मणों तथा साधारण प्रजा-जनों को भोजन के लिए बुलाना, सामान्य बात है। उसमें भील भी हो सकते हैं और अन्य लोग भी; किन्तु वह भीलनी तथा उसके पुत्र मदिरा पीकर इतने मत्त हो चुके थे कि वे अपनी असावधानी में वहीं सो गये। पहला प्रश्न तो यह है कि क्या भोजन के साथ मदिरा भी पांडवों की ओर से ही उपलब्ध करायी गयी थी? दूसरे यह कि भीलनी तथा उसके पुत्र वहीं क्यों नहीं पाये गये जहाँ सामान्य जन भोजन कर रहे थे? ये लोग एक अलग कक्ष में मदिरा पीकर अचेत पाये गये। क्या इसका अर्थ यह है कि कोई व्यक्ति, किसी विशेष प्रयोजन से उन्हें अलग से छिपाकर इस कक्ष में ले आया था और वहाँ गुप्त रूप से उन्हें इतनी मदिरा पिलायी गयी कि वे मत्त हो उठे? यदि पांडवों ने भोजन के साथ मदिरा उपलब्ध करायी होती, तो सामान्यतः ब्राह्मण उस भोज में सम्मिलित न होते। मदिरा-पान क्षत्रियों का व्यसन था, ब्राह्मणों का नहीं। मैं यह नहीं कहता कि कोई ब्राह्मण मदिरा पीता ही नहीं होगा, किन्तु यह तो सहज रूप से कहा जा सकता है कि ब्राह्मणों को भोजन के लिए आमन्त्रित कर मदिरा पिलाने की परम्परा नहीं थी। फिर यदि पांडवों की ओर से मदिरा पिलायी गयी होती तो, वहाँ एक भीलनी और उसके पाँच पुत्र ही क्यों—अनेक अन्य लोग भी प्रमत्त और अचेत पाये गये होते। किन्तु वहाँ और कोई न प्रमत्त था और न अचेत। भीलनी तथा उसके पुत्र भोजन करने के स्थान पर भी नहीं पाये गये थे। वे एक एकान्त कक्ष में अचेत पड़े मिले थे। स्पष्ट है कि वह भीलनी और उसके पुत्र अपनी इच्छा से पांडवों के 'शिव-भवन' में छिपकर मदिरा पीने के लिए अपने साथ मदिरा लेकर नहीं आये होंगे। इसका अर्थ यह हुआ कि कोई व्यक्ति सायास इन लोगों को गोपनीय रूप से उस कक्ष तक लाया, और वहाँ उन्हें इतनी मात्रा में और ऐसी मदिरा पिलायी गयी, जिससे वे मृतप्राय हो गये। वह व्यक्ति कौन हो सकता है? उन्हें इस प्रकार अचेत करने का, किसको क्या लाभ हो सकता है—यह जानना भी हमारे लिए आवश्यक है; और यह प्रश्न भी महत्त्वपूर्ण है कि यदि भीलनी तथा उसके पुत्र अचेत हो ही गये थे, तो पांडवों ने उन्हें उठाकर बाहर क्यों नहीं

पहुँचवा दिया? उन्हें जीवित जला देने की क्या आवश्यकता थी? आनृशंसता का उद्घोषक युधिष्ठिर क्या केवल इस कारण से छह जीवित व्यक्तियों को जला देने का समर्थक हो सकता है कि उनके शवों से पांडवों के मर जाने का भ्रम प्रचारित होगा? एक ब्राह्मण परिवार की रक्षा के लिए बकासुर के वध हेतु अपने पुत्र भीम के प्राणों को संकट में डालनेवाली कुन्ती, क्या इस छोटे से लाभ के लिए छह जीवित मनुष्यों को जला देने की अनुमति अपने पुत्रों को देती?

पांडवों का जो चरित्र महाभारत में चित्रित है, उसकी दृष्टि से वे इस तरह के व्यक्ति नहीं हो सकते जो दुर्योधन को अपने विषय में भ्रम में बनाये रखने के लिए किन्हीं छह जीवित प्राणियों को जला दें। यदि किन्हीं कारणों से भीम और अर्जुन ऐसे कार्य के लिए सहमत हो भी जाये तो युधिष्ठिर कदाचित् उसकी अनुमति नहीं देगा। यदि उनके लिए अपने पीछे छह जले हुए शवों को छोड़कर जाना अनिवार्य ही था, तो उसके लिए उन्हें अपनी योजना में कोई न कोई व्यवस्था करनी ही चाहिए थी। हम देखते हैं कि पांडवों ने ऐसी कोई व्यवस्था नहीं की थी। यदि संयोग से भीलनी और उसके पाँच पुत्र न आये होते और आकर भी भोजन कर सुरक्षित लौट गये होते, अथवा मदिरा पीते किन्तु सर्वथा अचेत न होते, तो ऐसी स्थिति में पांडव अपने पीछे प्रमाणस्वरूप किन छह शवों को छोड़कर जाते?

इस कार्य के लिए महाभारत में जो तर्क दिया गया है वह मात्र इतना ही है कि वे लोग मदिरा पीकर अचेत थे। ऐसी स्थिति में पांडव उन्हें उठाकर लाक्षागृह से बाहर भी डलवा सकते थे। उनकी अचेतावस्था पर्याप्त कारण नहीं थी कि उनको जीवित जला दिया जाता। फिर भी यदि पांडवों ने उन्हें लाक्षागृह में पड़ा रहने दिया और लाक्षागृह को आग लगा दी तो ऐसा कारण अवश्य होना चाहिए जिससे वे उन्हें न सुरक्षित बाहर निकाल सकते थे, न वे भीतर सुरक्षित रह सकते थे।

इन सारी परिस्थितियों को देखते हुए हम इस निष्कर्ष पर पहुँचजे हैं कि यदि उन भीलों को लाक्षागृह में लाने और मदिरा पिलाने में पांडवों का कोई हाथ नहीं था, तो वे संयोग से ही लाक्षागृह में आकर किसी एकान्त कक्ष में मदिरा पीकर अचेत नहीं हो गये थे। निश्चित रूप से किसी योजना के अन्तर्गत सायास उन्हें वहाँ लाया गया था और शेष लोगों से छिपाकर उन्हें मदिरा पिलायी गयी थी। यदि संयोग से वे स्वयं वहाँ आ भी गये थे, तो उन्हें एकान्त में ले जाकर, प्रयत्नपूर्वक मदिरा पिलायी गयी थी। या तो वे मदिरा की इतनी मात्रा पी गये थे कि अब कभी उनकी चेतना लौट नहीं सकती थी अथवा उस मदिरा में ऐसा कुछ था कि वे जीवित नहीं रह सकते थे। यदि हम इन परिस्थितियों

को स्वीकार कर लें, तो इसका अर्थ यह हुआ कि यदि पांडव उन भीलों को जल जाने से बचाने के लिए बाहर कहीं सुरक्षित स्थान पर पहुँचा देते तो भी वे मृत अवस्था में ही वारणावत के लोगों को प्राप्त होते। ऐसी स्थिति में उनकी हत्या का आरोप पांडवों पर आता और वारणावत का जनमत पांडवों के विरुद्ध भड़क उठता। अतः पांडवों के लिए एक ही मार्ग था कि या तो चिकित्सा द्वारा भीलों को जीवित रखा जाये या यदि वे जीवित बच नहीं सकते थे तो उनकी मृत्यु का समाचार जन-सामान्य तक कभी न पहुँचे; और उनके शव कभी भी पहचाने न जा सके। लाक्षागृह को तो जलना ही था। पांडवों ने उन शवों को जलने के लिए वहाँ छोड़कर, एक तो उस षड्यन्त्र को विफल कर दिया, जो निश्चित रूप से पुरोचन के पक्ष से पांडवों को कलंकित करने के लिए किया गया था; और दूसरे, छह जले हुए शवों के रूप में वे ऐसा प्रबल प्रमाण छोड़ गये, जिन्हें उन्हीं के शव समझकर दुर्योधन निश्चिन्त हो गया कि पांडव अवश्य ही मृत्यु को प्राप्त हो चुके हैं।

यदि हम इन सम्भावनाओं को स्वीकार नहीं करते और इसी मान्यता पर टिके रहते हैं कि वे भील सर्वथा सामान्य स्थितियों में भोजन के लोभ में वहाँ आये थे और उन्होंने स्वयं ही इतनी मदिरा पी थी कि वे अचेत हो गये थे। उनकी चेतना के लौटने की पूरी सम्भावना थी; और फिर भी पांडवों ने उनको जीवित जला दिया था, तो पांडवों का एक बहुत ही क्रूर रूप उभरकर हमारे सामने आयेगा जो युधिष्ठिर की आनृशंसता और पांडवों के प्रजा-वत्सलता की भावना के तनिक भी अनुकूल नहीं है। और यह प्रश्न अनुत्तरित ही रह जायेगा कि पांडवों को इस क्रूरता की आवश्यकता ही क्या थी?

यदि हम इससे भी आगे बढ़कर यह कल्पना करें कि पांडव प्रयत्नपूर्वक इन भीलों को लाक्षागृह में इसलिए लाये थे कि वे उन्हें मदिरा पिलाकर अचेत करें और उनको अपनी मृत्यु का भ्रम बनाये रखने के लिए जीवित जला जायें तो हमको यह भी स्वीकार करना पड़ेगा कि महाभारतकार ने सत्य को छुपाने का प्रयत्न किया है, क्योंकि उसने पांडवों द्वारा इस प्रकार के किसी प्रयत्न की चर्चा न कर, यही कहा है कि वे भील संयोगवश वहाँ आ गये थे।

लाक्षागृह से निकलकर पांडव जब गंगा-तट पर आते हैं तो वहाँ विदुर द्वारा भेजी गयी नौका तथा नाविक—उन्हें मिलते हैं। इसका अर्थ यह हुआ कि विदुर ने पांडवों को सुरक्षित किसी अज्ञात स्थान पर भिजवा देने की पक्की योजना बना रखी थी। गंगा के पार जो वन था उसे हिडिम्ब-वन कहा गया है जो नरभक्षी राक्षसों का क्षेत्र था। यद्यपि हिडिम्ब को उन राक्षसों का राजा कहा गया है; किन्तु वहाँ राज्य की किसी व्यवस्था की चर्चा नहीं मिलती।

यदि हम महाभारत के ही वर्णन पर निर्भर रहें, तो वह स्थान एक ऐसा गहन वन था, जहाँ सामान्यतः मनुष्यों का आवागमन नहीं होता। गहन-वन होने के कारण वहाँ निश्चित रूप से हिंस्र-पशु विचरण करते होंगे। उन पशुओं के मध्य रहनेवाले, जो भी आदिम मनुष्य किन्हीं कारणों से वहाँ बसे हुए होंगे, वे नरभक्षी ही रहे होंगे। इस प्रकार यह एक ऐसा क्षेत्र था, जहाँ सामान्यतः किसी मनुष्य के जाने और जीवित रहने की कल्पना नहीं की जा सकती। विदुर की यह योजना कदाचित् इस मान्यता पर आधृत थी कि मानवों के सभ्य समाज में, किसी भी स्थान पर वे पांडवों को सुरक्षित नहीं रख सकते थे। इसीलिए उन्होंने पांडवों को उस स्थान पर भेजने का जोखिम उठाया, जहाँ यद्यपि वे पशुओं और राक्षसों द्वारा पीड़ित किये जा सकते थे; किन्तु दुर्योधन और उसके मित्र—पांडवों के वहाँ होने की न तो कल्पना कर सकते थे और न ही उन्हें वहाँ खोजने के लिए किसी को भेज सकते थे। किन्तु दुर्योधन से सुरक्षित रखने के लिए पांडवों को हिंस्र-पशुओं तथा नरभक्षी राक्षसों की दया पर छोड़ देना क्या उचित था? ऐसा लगता है कि विदुर ने यह मान लिया होगा कि पांडव उन हिंस्र पशुओं तथा नरभक्षी राक्षसों से किसी प्रकार अपनी रक्षा कर लेंगे; किन्तु दुर्योधन के जानते हुए किसी भी स्थान पर, वे उसके षड्यन्त्रों से अपनी रक्षा नहीं कर पायेंगे।

हिडिम्ब-वन से काम्पिल्य तक की पांडवों की यात्रा पर्याप्त रहस्यमयी है। उनके एक स्थान से दूसरे तक जाने का कोई न कोई कारण है और किसी-न-किसी की प्रेरणा से, वे चलते-चलते काम्पिल्य पहुँचे हैं, जहाँ उन्हें इतने शक्तिशाली मित्र तथा सम्बन्धी मिले हैं, कि न केवल वे आर्यावर्त के क्षत्रियों के समाज में प्रकट ही हो गये, वरन् उनमें इतनी हिम्मत और साधन-सम्पन्नता भी आ गयी कि वे हस्तिनापुर पहुँचकर अपने राज्य की माँग भी कर सके। क्या यह सब संयोगवश ही हो गया? यदि हम यह मान लें कि पांडव संयोग से ही उस काम्पिल्य आ पहुँचे, जिस समय वहाँ द्रौपदी का स्वयंवर हो रहा था, और अर्जुन ने संयोग से ही स्वयंवर की प्रतिज्ञा पूरी कर, द्रौपदी को जीत लिया, तो ऐसी स्थिति में कृष्ण की काम्पिल्य में उपस्थिति भी संयोग ही मानी जायेगी।

कन्हैयालाल माणिकलाल मुंशी के अनुसार, यह सारी योजना कृष्ण की थी। कृष्ण को सन्देह था कि पांडव वारणावत में जलकर मरे नहीं हैं। इसलिए उन्होंने पांडवों की खोज में उद्धव को भेजा, जो उन्हें हिडिम्ब-वन या 'राक्षसवृत' में जाकर मिला और उनके साथ काम्पिल्य आने की योजना बनाकर लौट आया। इस मान्यता के अनुसार काम्पिल्य में द्रौपदी का स्वयंवर, उसमें रखी गयी शर्त तथा वे सारी परिस्थितियाँ जो पांडवों तथा अर्जुन के अनुकूल पड़ीं—कृष्ण की

रची हुई थीं। उन्होंने अर्जुन को ही ध्यान में रखकर स्वयंवर की शर्त ऐसी रखी थी, जिससे केवल वह ही सफल हो पाये। किन्तु मुंशी यह नहीं बताते कि कृष्ण को क्यों सन्देह था कि पांडवों की मृत्यु नहीं हुई है? इस सम्भावना पर भी विचार किया जा सकता है कि विदुर ने जैसे वारणावत के लाक्षागृह में से पांडवों को जीवित बचाने तथा हिडिम्ब-वन में सुरक्षित रखने की योजना बनायी थी, वैसे ही उसने उन्हें काम्पिल्य तक लाने की योजना भी बनायी थी। किन्तु इसमें सबसे बड़ी कठिनाई यह है कि महाभारत में कहीं कोई ऐसा संकेत नहीं है, जिससे यह माना जा सके कि विदुर ने पांडवों तक कोई संकेत पहुँचाया हो कि यदि वे लोग काम्पिल्य पहुँच जायेंगे तो न केवल सुरक्षित रहेंगे वरन् उन्हें शक्तिशाली सहयोगी भी प्राप्त होंगे। वैसे भी हस्तिनापुर में बैठकर विदुर के लिए इस प्रकार की योजनाएँ बनाना बहुत सरल और सुरक्षित नहीं था।

इसमें कोई सन्देह नहीं है कि विदुर ही एकमात्र ऐसा व्यक्ति था, जिसके पास इस बात का निश्चित प्रमाण था कि पांडव लाक्षागृह में नहीं जले थे, और गंगा पार कर हिडिम्ब-वन में सुरक्षित प्रवेश कर गये थे। महाभारत के अनुसार, विदुर ने पांडवों को मृत मान जलांजलि देते हुए, अत्यन्त दुखी भीष्म को भी यह बता दिया था, कि उन्हें इतना दुखी होने की आवश्यकता नहीं है, क्योंकि पांडव जीवित हैं। इस सूचना का कोई तर्क नहीं है, क्योंकि यह सूचना मिलने पर न तो भीष्म यह पूछते हैं कि पांडव कहाँ हैं, न वे यह पूछते हैं कि लाक्षागृह के जल जाने के पश्चात् पांडव हस्तिनापुर क्यों नहीं आये; न वे यह पूछते हैं कि लाक्षागृह में आग कैसे लगी, किसने लगायी; अपराधियों को खोजने तथा दंडित करने का तो कोई प्रयत्न ही नहीं है। अपराधियों के प्रति जिज्ञासा तथा क्षोभ तक भी उनके मन में नहीं है। यह सब न तो स्वाभाविक है, न तर्कसंगत। मुझे यही स्वीकार करना उचित लगता है कि भीष्म को पांडवों के जीवित बचने की कोई सूचना नहीं थी; और वे उन्हें मृत मान, रो-धोकर शान्त ही नहीं हो गये थे, अपने जीवित पौत्रों की ओर अधिक उन्मुख भी हो गये थे।

पांडवों को बचाने में हस्तिनापुर के छोर से विदुर का योगदान प्रत्यक्ष है। काम्पिल्य में कृष्ण एक प्रकार से उनके संरक्षक बन गये हैं। अनेक अवसरों पर कृष्ण द्वैपायन व्यास भी उनके मार्ग की विघ्न-बाधाओं को दूर करने के लिए सक्रिय हुए हैं। मुझे लगता है कि हमें इस यात्रा तथा इस योजना के कारणों और स्वरूप को समझने के लिए विदुर, कृष्ण तथा कृष्ण-द्वैयापन-व्यास के त्रिकोण के भीतर ही जाँच-पड़ताल करनी होगी।

हम यह देखते हैं कि हस्तिनापुर में विभिन्न उत्सवों के अवसर पर, यहाँ तक कि युधिष्ठिर के युवराज्याभिषेक के अवसर पर भी कृष्ण-द्वैयापन-व्यास

उपस्थित नहीं होते, किन्तु वे ही व्यास, सभ्य समाज के एकमात्र व्यक्ति हैं, जो पांडवों को हिडिम्ब-वन में मिलते हैं, वे ही उन्हें एकचक्रा नगरी जाने के लिए कहते हैं; वे ही उन्हें काम्पिल्य जाने से पूर्व मार्ग में मिलते हैं; और काम्पिल्य में तो द्रौपदी तथा पांडवों के मध्य आनेवाली प्रत्येक विध्न-बाधा को वे ही दूर करते हैं। इससे हम यह अनुमान लगा सकते हैं कि कृष्ण-द्वैयापन-व्यास पांडवों को हिडिम्ब-वन से काम्पिल्य तक लाने के लिए निरन्तर प्रयत्न कर रहे हैं। यह अनुमान भी बहुत असम्भावित नहीं होगा कि एकचक्रा में जिस ब्राह्मण के घर पांडव ठहरे हैं, यह ब्राह्मण व्यासजी का अनुयायी हो। जो ब्राह्मण एकचक्रा में उन्हें द्रौपदी के स्वयंवर का समाचार देने के लिए आया और उन्हें काम्पिल्य जाने का प्रेरणापूर्ण अनुरोध कर गया, वह भी व्यासजी का ही चर हो सकता है। पांडवों के पुरोहित धौम्य तो वेदव्यास के शिष्य ही हैं। वेदव्यास का युधिष्ठिर के युवराज्याभिषेक के अवसर पर हस्तिनापुर में उपस्थित न होना तथा काम्पिल्य में विवाह के मार्ग में आयी समस्त बाधाओं को दूर करने में सक्रिय रूप से प्रयत्नशील होना—उनके विषय में यह धारणा बनाने में सहायक होता है कि जहाँ उनकी आवश्यकता नहीं हैं, वहाँ अपनी साधना छोड़कर वे नहीं जाते, और जहाँ कोई क्रिया उनके अभाव में रुकी हुई है, वहाँ वे अनामन्त्रित भी पहुँच जाते हैं। कथा के इस सारे अंश को देखने से ऐसा लगता है कि पांडवों की इस यात्रा की योजना जैसे स्वयं वेदव्यास ने ही बनायी हो।

किन्तु काम्पिल्य में द्रौपदी का स्वयंकर वेदव्यास की योजना नहीं है। निश्चित रूप से यह स्वयंवर आर्यावर्त्त के सर्वश्रेष्ठ धनुर्धर को खोज निकालने का प्रयत्न है। उसी धनुर्धर से द्रौपदी का विवाह भी होगा। राजकुमारियों का वीर्य-शुल्का होना कोई नयी बात नहीं है। किन्तु द्रुपद के मन में अपने उस वीर जामाता के लिए एक विशेष लक्ष्य है, और वह लक्ष्य है द्रुपद को अपमानित करनेवाले द्रोणाचार्य तथा उनको संरक्षण देनेवाले भीष्म अथवा सम्पूर्ण कुरुकुल का विनाश। द्रौपदी का यह स्वयंवर वीरता के सम्मान के लिए नहीं है। वह निश्चित रूप से द्रुपद की प्रतिहिंसा का अभिव्यक्त रूप है; किन्तु एक बात ज्ञातव्य है कि यह स्वयंवर सर्वश्रेष्ठ धनुर्धर की खोज के लिए ही है। द्रुपद जानते हैं कि आर्यावर्त्त के श्रेष्ठ धनुर्धर अर्जुन या कर्ण ही हो सकते हैं। कर्ण का द्रौपदी द्वारा तिरस्कार यह सिद्ध करता है कि कर्ण, द्रुपद का मनोनीत जामाता नहीं था, क्योंकि द्रौपदी जो कुछ भी कर रही थी, वह अपने पिता की इच्छा के अनुरूप ही कर रही थी। इस दृष्टि से केवल अर्जुन ही एकमात्र ऐसा धनुर्धर रह जाता है, जिसकी कामना द्रुपद अपने जामाता के रूप में कर सकते थे।

किन्तु इस स्थापना को स्वीकार करने से पहले, हमें दो प्रश्नों पर विचार

करना होगा। प्रथम, क्या द्रुपद के मन में स्वयं को पराजित करनेवाले अर्जुन के प्रति तनिक भी विरोध नहीं था? द्वितीय, क्या द्रुपद जानते थे कि लाक्षागृह में पांडवों की मृत्यु नहीं हुई है? महाभारत में अर्जुन के प्रति द्रुपद के मनोभाव, ऐसा संकेत देते हैं कि उनके मन में अर्जुन के प्रति कोई विरोध नहीं था। यद्यपि उन्हें निश्चित रूप से यह सूचना नहीं दी गयी थी कि पांडव जीवित हैं, तो भी पांडवों की मृत्यु को लेकर उसके मन में संशय अवश्य था। अर्जुन के प्रति विरोध न होने का कारण खोजने पर, प्रत्यक्ष कारण तो केवल इतना ही हो सकता है कि अर्जुन के व्यवहार से, वे उसे अपने अपमान का अपराधी न मान, गुरु द्रोण के हाथ का एक उपकरण मात्र मानते हैं, और वह उपकरण अत्यन्त शक्तिशाली है। उस उपकरण से घृणा करने के स्थान पर, उनके मन में यह विचार आया हो सकता है कि यदि वे उस उपकरण को अंगीकार कर लें, तो एक ओर द्रोण सर्वथा दुर्बल हो जायेंगे और दूसरी ओर उनकी शक्ति अत्यधिक बढ़ जायेगी। उन्हें इस प्रकार की प्रेरणा पांडवों के शुभचिन्तक कृष्ण के द्वारा भी दी गयी हो सकती है।

कृष्ण का काम्पिल्य में अधिकार और व्यवहार, दोनों ही मन में अनेक जिज्ञासाएँ उत्पन्न करते हैं। काम्पिल्य के राजपरिवार में, कृष्ण परिवारजन का ही सम्मान पाते हैं, और अनेक स्थानों पर वे धृष्टद्युम्न से भी अधिक आत्मीय तथा अधिकार-सम्पन्न प्रतीत होते हैं। बाद में द्रौपदी ने भी सार्वजनिक रूप से स्वयं को कृष्ण की सखी घोषित किया है। 'महाभारत' में कहीं भी यह चर्चा नहीं मिलती कि कृष्ण का पांचालराज से पारिवारिक सम्बन्ध कब और कैसे हुआ? इतनी घनिष्ठता कब हुई? वे द्रौपदी के सखा कब बने? किन्तु महाभारत की कथा में कृष्ण का प्रवेश ही काम्पिल्य में होता है, और वहाँ वे पर्याप्त महत्त्वपूर्ण हैं। एक और बात विचारणीय है कि कृष्ण, अनेक यादव युवकों के साथ स्वयंवर में उपस्थित है; किन्तु वे लोग उस स्वयंवर में भाग नहीं लेते। वे स्वयंवर में सम्मिलित तो होते हैं, किन्तु प्रतियोगी के रूप में नहीं। ऐसा क्यों है? वह कौन-सा समझौता है, जिसके अन्तर्गत यादव युवक स्वयंवर में भाग नहीं लेते? कृष्ण को द्रौपदी जब इतनी प्रिय है, तो वे उससे विवाह क्यों नहीं करना चाहते? इन सारे प्रश्नों के उत्तर महाभारत में नहीं दिये गये। किन्तु यदि हम कन्हैयालाल माणिकलाल मुंशी की व्याख्या को स्वीकार करें, तो इनमें से अनेक प्रश्नों का अनुमानाश्रित उत्तर हमें मिल जाता है। मुंशी मानते हैं कि कृष्ण द्रुपद की प्रतिहिंसा का उपकरण नहीं बनना चाहते। वे यह भी चाहते थे कि अर्जुन का सम्बन्ध द्रौपदी से हो जाये, ताकि पांचाल तथा पांडव एक-दूसरे के सहायक हो सकें। ऐसी स्थिति में कृष्ण द्वारा द्रौपदी से विवाह

को अस्वीकार करना द्रौपदी का तिरस्कार नहीं है। अतः द्रौपदी के साथ चाहे कृष्ण का विवाह नहीं होता, किन्तु उनमें एक सख्य-भाव अवश्य स्थापित हो जाता है, जिसका अर्थ हुआ कि वह उनकी बहन भी हो सकती है, भाभी भी तथा प्रिय मित्र भी। उन दोनों के मध्य यौनाकर्षणविहीन स्निग्ध-भाव भी हो सकता है। ऐसी स्थिति में कदाचित् कृष्ण ने ही अर्जुन को खोज निकालने के लिए काम्पिल्य में स्वयंवर की शर्त इस प्रकार से रखवायी, जिसमें केवल अर्जुन ही उत्तीर्ण हो सकता था।

यद्यपि कृष्ण के अपने विवाहों का प्रसंग महाभारत की कथा का अंग नहीं है, तो भी द्रौपदी के साथ विवाह न करने के सन्दर्भ में कुछ बातें मेरे मन में आती हैं। कदाचित् कृष्ण के विवाहों में से एक भी विवाह कृष्ण की अपनी इच्छा का परिणाम नहीं है। उनकी सारी रानियाँ, वे युवतियाँ हैं, जो कृष्ण पर मुग्ध हुईं; उनमें आसक्त हुईं तथा कृष्ण को पति-रूप में प्राप्त करने के लिए प्रयत्नशील हुईं। जाम्बवती का उदाहरण कुछ भिन्न है। वहाँ जाम्बवान ने स्वयं कृष्ण को जाम्बवती सौंप दी थी। मेरे कहने का तात्पर्य यह है कि कृष्ण ने दूसरों की इच्छा तथा प्रेम का सम्मान करते हुए ही विवाह किये हैं, अपनी आसक्ति के कारण नहीं। इसलिए प्रतियोगी के रूप में द्रौपदी के स्वयंवर में सम्मिलित होना अथवा द्रौपदी को पत्नी-रूप में पाने के लिए द्रुपद की प्रतिहिंसा का उपकरण बनना, उनके लिए सम्भव नहीं था।

इस प्रकार हम यह मान सकते हैं कि काम्पिल्य में पांडवों के स्वागत तथा उनके द्रुपद से सम्बन्ध की सारी योजना और व्यवस्था कृष्ण की ही रही हो सकती है। किन्तु फिर भी यह प्रश्न अनुत्तरित ही रह जाता है कि कृष्ण को यह कैसे मालूम हुआ कि पांडव लाक्षागृह की अग्नि में जलकर भस्म नहीं हुए हैं; और उनके काम्पिल्य में आ पहुँचने की सम्भावना है?

यदि विदुर, वेदव्यास तथा कृष्ण को सहयोगी मानकर उन तीनों के कार्यों को हम समग्र रूप में देखें तो लगता है कि लाक्षागृह से पांडवों को सुरक्षित हिडिम्ब-वन तक पहुँचाने का कार्य विदुर ने किया। हिडिम्ब-वन से काम्पिल्य तक की यात्रा वेदव्यास ने करवायी तथा काम्पिल्य में उनकी सुरक्षा का प्रबन्ध कृष्ण ने किया। अन्त में यादवों और पांचालों की सम्मिलित शक्ति ने पांडवों को शक्तिशाली सेना के रूप में हस्तिनापुर में लाकर खड़ा कर दिया। किन्तु प्रश्न यह भी उठता है कि विदुर, वेदव्यास तथा कृष्ण में सहयोग कैसे हुआ और क्या उन लोगों ने मिलकर यह योजना बनायी थी? यदि हाँ! तो यह योजना कब बनी?

विदुर ने पांडवों के लिए जो कुछ किया था वह किसी के सहयोग से नहीं,

अपनी ही क्षमता के आधार पर किया था और वह एकमात्र व्यक्ति है, जिसे यह निश्चित ज्ञान था कि पांडवों की मृत्यु नहीं हुई है। यदि किसी और को यह सूचना मिली होगी तो वह विदुर से ही प्राप्त हुई होगी। वेदव्यास का हस्तिनापुर आना और विदुर से मिलना कोई असाधारण बात नहीं है। हस्तिनापुर के राजवंश से उनका जो सम्बन्ध था, वह सबको ज्ञात ही था; और उनमें तथा विदुर में जो स्नेह तथा परस्पर विश्वास था वह धृतराष्ट्र की तुलना में कहीं अधिक था। भीष्म चाहे धार्तराष्ट्रों तथा पांडवों के मध्यस्थ ही रहे हों, किन्तु वेदव्यास निश्चित रूप से पांडवों के समर्थक थे। पांडवों की मृत्यु की सूचना पाकर वे अवश्य हस्तिनापुर आये होंगे। यद्यपि महाभारत में उनके इस आगमन की सूचना नहीं है, तो भी हम उनकी इस यात्रा का अनुमान लगा ही सकते हैं। हस्तिनापुर आने पर वे विदुर से अवश्य ही मिले होंगे और बहुत सम्भव है कि उसी समय विदुर से उन्हें यह सूचना मिली हो; अन्यथा कोई कारण दिखायी नहीं देता कि वेदव्यास भटकते हुए हिडिम्ब-वन पहुँचे हों और वहाँ संयोग से पांडवों से जा मिले हों। वेदव्यास अपने तपस्वी जीवन के कारण बहुत भ्रमणशील रहे होंगे; इसलिए यह भ्रमण उनके लिए न असाधारण था, न अस्वाभाविक। पर, उनका भ्रमण तीर्थ-स्थानों, पवित्र स्थलों, ऋषि-आश्रमों, विद्यापीठों तथा आवश्यक होने पर राजसभाओं तक ही सीमित रहा होगा। सघन वनों में हिंस्र पशुओं तथा नरभक्षी राक्षसों के मध्य जाने का उनके पास कोई कारण नहीं था। इसलिए, मुझे लगता है कि विदुर से सूचना पाकर ही वे भ्रमण के ब्याज से पांडवों को खोजने के लिए, उनसे सम्पर्क स्थापित करने के लिए तथा उन्हें सुरक्षित स्थान पर पहुँचाने के लिए उस ओर निकल गये होंगे।

सहज ही यह जिज्ञासा भी उठती है कि विदुर ने यह सूचना वेदव्यास को ही क्यों दी? इसका उत्तर वेदव्यास के व्यक्तित्व तथा उनकी भ्रमणशीलता में निहित है। वेदव्यास की सात्विकता, न्यायप्रियता तथा धर्म-प्रेम को देखते हुए, उन पर पांडवों की सुरक्षा का विश्वास किया जा सकता है, यद्यपि विदुर ऐसा विश्वास कभी भीष्म पर भी नहीं कर पाये। दूसरा गुण उनकी भ्रमणशीलता है। किसी भी और व्यक्ति के माध्यम से यदि पांडवों को खोजने का प्रयत्न किया जाता तो निश्चित रूप से दुर्योधन का ध्यान भी उस ओर आकृष्ट हो जाता। वेदव्यास के निरन्तर भ्रमण के कारण न तो किसी का ध्यान उस ओर गया और न ही किसी के लिए उनकी निरन्तर खोज-खबर बनाये रखना सम्भव हो पाया।

पांडवों को हिडिम्ब-वन में छुड़वाने के पश्चात् निश्चित रूप से विदुर के मन में उनकी कुशलता जानने की जिज्ञासा रही होगी तथा उन्हें किसी सुरक्षित

स्थान तक पहुँचाने की व्यवस्था करने की आकुलता भी रही होगी। वेदव्यास के रूप में उन्हें जब एक अनुकूल व्यक्ति मिला होगा, तो उन्होंने इस अवसर का लाभ उठाने का प्रयत्न अवश्य किया होगा।

कृष्ण के विषय में 'हरिवंश पुराण' के माध्यम से यह निश्चित तथा स्पष्ट सूचना मिलती है कि वारणावत में पांडवों के जल जाने की सूचना पाकर वे हस्तिनापुर आये थे और पांडवों को उन्होंने जलांजलि दी थी। स्यमन्तक मणि की कथा भी इस सूचना की पुष्टि करती है। द्वारिका में कृष्ण तथा बलराम की अनुपस्थिति का लाभ उठाकर, अक्रूर तथा कृतवर्मा की प्रेरणा से, शतधन्वा ने स्यमन्तक मणि के लोभ में कृष्ण के ससुर सत्राजित की हत्या कर दी थी। सत्यभामा अपने उस शोक में से किसी प्रकार कृष्ण तक पहुँचने के लिए लम्बी यात्रा कर हस्तिनापुर पहुँची थी। यदि कृष्ण हस्तिनापुर आये थे तो यह कैसे सम्भव है कि उन्होंने पांडवों की मृत्यु की परिस्थितियों तथा कारणों की खोज करने का प्रयत्न न किया हो। कृष्ण से विदुर के सम्बन्ध अन्यन्त घनिष्ठ थे और पांडवों के सम्बन्ध में कृष्ण की पक्षधरता किसी से भी छिपी हुई नहीं थी। ऐसी स्थिति में विदुर, पांडवों सम्बन्धी सूचनाएँ कृष्ण से न तो गोपनीय रखना चाहते होंगे और न ही गुप्त रख पाये होंगे। अतः विदुर, वेदव्यास तथा कृष्ण का त्रिकोण अपने-आप ही बन जाता है; और अपनी-अपनी स्थिति के अनुसार उनका कर्त्तव्य भी निर्धारित हो जाता है।

9

वारणावत से सुरक्षित बचकर पांडव हिडिम्ब-वन में आये। 'महाभारत' के चित्रण के अनुसार उस समय पांडवों की स्थिति अत्यन्त दयनीय थी। एक भीम ही था जो निस्तेज नहीं हुआ था। वस्तुतः वारणावत से लेकर काम्पिल्य तक ही यात्रा की कथा का नायक भीम ही है। भीम की शक्ति का वर्णन सारे महाभारत में एक-सा नहीं है। कहीं तो वह वर्णन अत्यन्त अतिशयोक्तिपूर्ण है, जहाँ वह अनेक बलशाली लोगों को अकेला ही अपनी भुजाओं के बल से ध्वस्त कर देता है; वृक्ष उखाड़ लेता है तथा अनेक अतिमानवीय कार्य करता दिखायी देता है। दूसरी ओर दुर्योधन के साथ गदा-युद्ध जैसे प्रसंगों में वह प्रायः उसके बराबर का, या उससे कुछ ही बढ़कर योद्धा सिद्ध होता है। किन्तु हिडिम्ब-वन से आरम्भ होनेवाली कथा में भीम की शक्ति अतिमानवीय है। जिस यात्रा में युधिष्ठिर, अर्जुन, नकुल तथा सहदेव—जो असाधारण क्षत्रिय योद्धा हैं, तनिक भी दुर्बल अथवा अक्षम नहीं हैं—थक ही नहीं जाते, हताश भी हो जाते हैं, उस

यात्रा में भीम उन चारों तथा माता कुन्ती को अपने कन्धों पर और भुजाओं में उठाकर भागता हुआ मार्ग तय करता है। अपने पैरों की ठोकरों, जंघाओं के संघर्ष तथा छाती के धक्कों से वृक्षों की शाखाओं को तोड़ता हुआ, वन में अपने लिए स्थान बनाता है। निश्चित रूप से इन सारे प्रसंगों में महाभारतकार ने भीम को असाधारण महावीर के रूप में चित्रित किया है, और इस बात की तैयारी की है कि वह हिडिम्ब तथा बकासुर जैसे राक्षसों को तो मार ही गिराये, काम्पिल्य की रंगशाला में भी अनेक राजाओं के विरुद्ध संघर्ष में अपनी वीरता तथा शक्ति का प्रमाण दे सके। यह बात भी ध्यान देने योग्य है, कि अब तक पांडव अत्यन्त दीन-हीन, दुर्योधन से भयभीत तथा त्रस्त दिखायी देते हैं। यद्यपि हस्तिनापुर की रंगशाला में वे अपनी वीरता, शक्ति, युद्ध-कौशल तथा सामर्थ्य प्रमाणित कर चुके हैं, युधिष्ठिर को छोड़कर शेष चारों भाई बिना सेना के अपने ही बल पर द्रुपद तथा उसकी सेना को पराजित कर चुके हैं, फिर भी वे लोग दुर्योधन की शक्ति, सत्ता तथा षड्यन्त्रों से भयभीत होकर छिपते फिरते हैं। हिडिम्ब-वन से ही उनका स्वतन्त्र रूप से विघ्न-बाधाओं से संघर्ष करने के प्रति आत्मविश्वास जागने लगता है। कदाचित् भीम तथा अर्जुन विशेष रूप से अपनी माँ को यह विश्वास दिला सकने में सफल होते हैं कि वे अब छोटे बच्चे नहीं हैं, न ही दुर्बल और असहाय हैं। वे वयस्क हैं तथा शक्तिशाली योद्धा हैं।

हिडिम्ब-वन की घटनाएँ भीम के चारों ओर घूमती हैं। हिडिम्ब राक्षस का वध भीम की शक्ति का ही नहीं, उसके आत्मविश्वास का भी प्रमाण है। जिस समय वह हिडिम्ब राक्षस से लड़ रहा है, उस समय उसके चारों भाई सोये हुए हैं। जब शेष भाई जागकर पूछते हैं कि क्या वे लोग उसकी सहायता के लिए आये, तो वह स्पष्ट रूप से उन्हें मना कर देता है। भाइयों के द्वारा यह पूछा जाना कि क्या वे लोग उसकी सहायता के लिए आयें, दो दृष्टियों से देखा जा सकता है। प्रथम तो वे लोग क्षात्र-धर्म के नियमों के अनुसार द्वन्द्व-युद्ध करते हुए दो व्यक्तियों के बीच में नहीं आना चाहते थे, एक व्यक्ति के विरुद्ध अनेक व्यक्तियों का अनीतिपूर्ण युद्ध नहीं करना चाहते थे। किन्तु यह क्षत्रियों का धर्म और न्याय की मर्यादा में बँधा हुआ युद्ध नहीं था। हिडिम्ब न तो क्षत्रिय था; और न क्षत्रिय मर्यादाओं को मानता था। वह तो नरभक्षी मायावी राक्षस था। उसके विरुद्ध लड़ाई में इन नियमों का पालन करने का कोई अर्थ नहीं था। ऐसे में दूसरी बात यही हो सकती है कि चारों भाइयों को यह स्पष्ट दिख रहा था कि भीम अकेला ही हिडिम्ब से लड़ने में सक्षम है। यह निर्विवाद रूप से इस युद्ध में विजयी होगा, इसलिए उन्होंने इस युद्ध में हस्तक्षेप नहीं किया।

यह युद्ध भीम के बल तथा वीरता को प्रतिष्ठित करने के लिए पर्याप्त था; फिर भी हिडिम्बा का भीम के प्रति आकर्षण, इसके लिए एक पूरक प्रमाण के रूप में हमारे सामने आता है। हिडिम्ब नर-भक्षिणी राक्षसी है, जिसके मन में पुरुष का आकर्षण उसके गुण, शील अथवा रूप के कारण नहीं जागता। वह पुरुष के पशु-बल तथा शरीर की दीर्घता पर ही मुग्ध होती है। भीम ही ऐसा व्यक्ति था, जो राक्षसों के समाज में उन परिस्थितियों से निपट सकता था। यहाँ उसकी स्थिति लोक-कथाओं में गौरवान्वित उन वीर राजकुमारों की-सी है, जो बलशाली से बलशाली जीव को शारीरिक बल से पराजित कर राजकुमारी का मन जीतते हैं। यहाँ भीम की शारीरिक शक्ति ही युद्ध और काम, दोनों क्षेत्रों में विजयिनी होती है।

किन्तु यदि कुन्ती तथा शेष पांडवों की दृष्टि से देखा जाये तो वे लोग एक विचित्र स्थिति में फँस गये थे। हिडिम्बा न तो उनके समाज का अंग थी और न उनके मनोनुकूल नारी थी। भीम के प्रति हिडिम्बा के आकृष्ट होने का कारण भीम के शरीर का आकार था। इसका अर्थ यह भी है कि हिडिम्बा का अपना आकार भी साधारण नारियों की तुलना में पर्याप्त बड़ा रहा होगा। इस दृष्टि से शेष भाइयों को उसमें ऐसा कोई गुण दिखायी नहीं देता, जिसके कारण वे उसे अपनी भाभी के रूप में सहज ही स्वीकार कर प्रसन्न हो सकें। यद्यपि महाभारत के अनुसार, वह काम-रूप धारण करनेवाली राक्षसी थी, जो अवसर आने पर अत्यन्त सुन्दर, मनोहारी रूप धारण कर लेती थी, और उसके सुशील न होने की कोई शिकायत भी नहीं की जा सकती थी। किन्तु यह महाभारत का काव्य-पक्ष है, यहाँ तथ्यों को किसी सुन्दर आवरण से ढँकने का प्रयत्न किया गया है, अथवा किन्हीं घटनाओं को काव्यात्मक बनाकर सहृदय के मन में आनेवाली बाधाओं को दूर कर, उसे रस-ग्रहण में समर्थ बनाया गया है। यदि इस काव्यात्मक आवरण को हटा दें और घटनाओं को उनके तथातथ्य रूप में ही देखें तो नर-भक्षण करनेवाली एक राक्षसी अथवा नरभक्षी समाज में रहनेवाली स्त्री का रूप-रंग, निश्चित रूप से आदिम युग के पशु धरातल पर जीनेवाले, कच्चा नर-मांस खानेवाले लोगों के ही अनुरूप होगा। यह स्वीकार करना कठिन है कि राक्षस-जाति को अपनी इच्छानुसार रूपाकार बदलने की शक्ति प्राप्त थी। यदि हिडिम्बा यह जानती थी कि उसका रूपाकार आकर्षक नहीं है और इसलिए उसने भीम को लुब्ध करने के लिए अपना रूप मनोहर बनाया, तो वह अपना रूप सदा के लिए वैसा ही बना सकती थी और सुन्दर नारी के रूप में जीवन व्यतीत कर सकती थी। ज्ञान और सामर्थ्य होते हुए उसे क्या आवश्यकता थी कि वह स्वयं को कुरूप, बेडौल तथा वीभत्स बनाकर रहती?

इसी प्रकार उसके शील-शिष्टाचार की बात भी है। यदि उसे आर्यों के श्रेष्ठ, शील और शिष्टाचार का ज्ञान था तो वह तुलनात्मक रूप में अपने आचरण तथा व्यवहार की कुरूपता, अनघड़ता तथा क्रूरता को समझती ही होगी। अतः उसे राक्षसी के रूप में जीने की क्या आवश्यकता थी? भौतिक दृष्टि से इस घटना का अर्थ केवल इतना ही है कि वह समाज केवल अपनी भूख को समझता था, इसलिए अपने स्वाद तथा स्वार्थ के बाहर किसी प्रकार का चिन्तन उसके पास नहीं था। पेट की भूख के लिए वह पशुओं तथा मनुष्यों को भक्षण करता था और काम का वेग इतना प्रबल था कि यदि हिडिम्बा, भीम में आसक्त हुई तो उसके लिए यह तथ्य तनिक भी महत्त्वपूर्ण नहीं था कि भीम उसके भाई का हत्यारा है। अपने मनभावन पुरुष को पाने के लिए, वह अपने भाई की हत्या में सहायक भी हो सकती थी, जैसाकि भीम की सहायता कर उसने किया।

पांडवों के जीवन में हिडिम्बा का कोई स्थान नहीं हो सकता था। फिर भी भीम उसके साथ पति रूप में रहा और कुन्ती तथा पांडवों ने इस सम्बन्ध को मान्यता दी। यह विवाह केवल आपद्-धर्म के रूप में ही स्वीकार किया गया। उस समय तक युधिष्ठिर का विवाह भी नहीं हुआ था। बड़े भाई के अविवाहित रहते छोटे भाई का विवाह हुआ। इसकी अनुमति कुन्ती ने सहज परिस्थितियों में कभी नहीं दी होगी। इस विवाह को स्वीकार करने का मूल कारण उस वन में अज्ञात रूप से रहने के लिए एक आश्रय प्राप्त करना था, और वह आश्रय उन्हें हिडिम्बा के रूप में मिल रहा था। यदि वे इस विवाह को स्वीकार नहीं करते, तो उनकी एकमात्र मित्र हिडिम्बा भी उनकी शत्रु हो जाती। उसके माध्यम से मिलनेवाला सारा समर्थन समाप्त हो जाता और उन प्रतिकूल परिस्थितियों में उनका वहाँ सुरक्षित जीवित रहना सम्भव नहीं हो पाता, इसलिए आपद्-रूप में उन्होंने इस विवाह को स्वीकार किया। कन्हैयालाल माणिकलाल मुंशी ने तो यहाँ तक कल्पना की है कि इस सम्बन्ध के माध्यम से भीम उन राक्षसों का राजा ही बन गया। यह बहुत असम्भव कल्पना नहीं है, क्योंकि उन राक्षसों के नेता, प्रमुख अथवा राजा हिडिम्ब को मारने के पश्चात् भीम स्वतः उस पद पर आधिपत्य स्थापित कर सकता था, जिस पद का स्वामी हिडिम्ब था। यदि हम यह मान लें कि हिडिम्ब की मृत्यु के पश्चात् उस पद की स्वामिनी उसकी बहिन हुई तो उसके पति के रूप में भी भीम को प्रायः वही पद प्राप्त हो जाता। इस प्रकार हिडिम्बा पांडवों के लिए सुरक्षा की आश्वस्ति थी।

सुन्दर और सर्जनात्मक होते हुए भी मुझे यह कल्पना मान्य नहीं है। महाभारत के अनुसार हिडिम्बा स्वयं ही पांडवों को निकट ही शालिहोत्र मुनि के आश्रम में ले जाती है; और उन्हें शीघ्र ही मुनि वेदव्यास के वहाँ आने की

सूचना देती है। यदि हम यह स्वीकार कर लें कि वहाँ निकट ही मुनि शालिहोत्र का आश्रम था, तो हमें यह भी स्वीकार करना पड़ेगा कि वहाँ अन्य ऋषि, मुनि तथा तपस्वी आते और रहते होंगे। ऐसी स्थिति में भी यदि वहाँ शरभंग के आश्रम के समान हड्डियों का ढेर नहीं था तो इसका एक ही अर्थ है कि वह स्थान सुरक्षित था। यदि निकट ही नरभक्षी राक्षसों का 'राज्य' होता, जिसका राजा पहले हिडिम्ब और बाद में वृकोदर के नाम से भीम हुआ, तो शालिहोत्र का आश्रम सुरक्षित स्थान नहीं रहता। इसलिए हमें यही मान लेना चाहिए कि वन के एक खंड में मुनि शालिहोत्र का आश्रम था, जहाँ ऋषि-मुनि आया-जाया करते थे और शेष सभ्य समाज से उसका सम्पर्क था, किन्तु उससे कुछ हटकर तथाकथित सघन 'हिडिम्ब-वन' था, जिससे हिडिम्ब जैसा कोई इक्का-दुक्का नरभक्षी राक्षस रहता था, जो अपने आखेट के लिए किसी मनुष्य के वन में आने की प्रतीक्षा करता था, स्वयं वन से बाहर निकल आश्रम पर आक्रमण करने का साहस वह नहीं कर पाता था।

भीम और हिडिम्बा का विवाह पांडवों के बहुत मनोनुकूल नहीं था, इसीलिए वे लोग यथासम्भव शीघ्रातिशीघ्र वहाँ से चले जाने के लिए उत्सुक थे। वेदव्यास से एकचक्रा नगरी जाने के परामर्श के मिलते ही वे वहाँ से प्रस्थान के लिए प्रस्तुत हो गये। जाते हुए हिडिम्बा तथा घटोत्कच को साथ न लेना एक प्रकार से प्रमाणित करता है कि अब तक पांडवों के साथ-साथ हिडिम्बा भी यह स्वीकार कर चुकी थी कि वह आर्यों के समाज का अंग नहीं हो सकती। हम यह भी कल्पना कर सकते हैं कि भीम के व्यक्तित्व के कारण जन्मा उसका कामोन्माद अब शान्त हो चुका था; और राक्षसों के अस्थायी-पतित्व के नियम के अनुसार उसे भीम के चले जाने के पश्चात् दूसरा पति स्वीकार करने में कोई कठिनाई भी नहीं थी। हिडिम्बा न तो अपना वह समाज और जीवन-पद्धति छोड़कर पांडवों के साथ जाने को उत्सुक रही होगी और न ही पांडव उसे अपने साथ ले जाने के बहुत इच्छुक रहे होंगे। इसलिए यह व्यवस्था दोनों के ही अनुकूल रही होगी।

यहाँ भीम के व्यक्तित्व तथा जीवन की विभिन्न परिस्थितियों में रस खोजने की उसकी प्रवृत्ति पर ध्यान जाता है। यद्यपि हिडिम्बा किसी भी प्रकार से पांडवों के मनोनुकूल नहीं थी, किन्तु पत्नी के रूप में भीम ने उसके प्रति कभी वितृष्णा नहीं दिखायी। 'महाभारत' की सम्पूर्ण कथा में कहीं कोई ऐसा संकेत नहीं मिलता कि हिडिम्बा के साथ व्यतीत किये गये, वे दिन भीम के लिए सुखद नहीं थे। इसका अर्थ यह हुआ कि भीम द्रौपदी के सौन्दर्य के प्रति भी आकृष्ट हो सकता है, तो हिडिम्बा की मांसलता तथा पशु-धरातल का कामावेग भी

उसके लिए जीवन-रस उपलब्ध करा सकता था। भीम को महाभारत में अपने चारों भाइयों की तुलना में थोड़ा अपरिष्कृत तथा अनगढ़ चित्रित किया गया है। इसीलिए उसमें क्रोध अधिक है, भावावेश उसे अधिक व्याकुल करते हैं। वह दुःशासन के वक्ष को चीरकर उसके रक्त का पान कर सकता है। उस रक्त को द्रौपदी के केश धोने के लिए उपलब्ध करा सकता है। वारणावत में पुरोचन को जीवित जला सकता है। जरासन्ध की टांगें पकड़, उसे चीरकर दो खंडों में विभाजित कर सकता है; तथा कीचक को पटककर उसका मुंड उसके वक्ष में धँसा सकता है। वह अपने शत्रुओं के प्रति अनुदार तथा कठोर भी हो सकता है। न वह अपना अधिकार माँगने में संकोच करता है और न ही अपने शत्रुओं को दंडित करने में। महाभारत के युद्ध के पश्चात् धृतराष्ट्र के सत्कार में भी उसे आपत्ति है, और इस आपत्ति को प्रकट करने में उसे तनिक भी संकोच नहीं है। वह जीवन के अपरिष्कृत भोग भी भोग सकता है; और हिडिम्बा जैसी नारी से भी रति-सुख प्राप्त कर सकता है। वह पति के रूप में उसके साथ रहकर सन्तान भी उत्पन्न कर सकता है; और भाइयों के कहने पर उस पत्नी तथा पुत्र को सदा के लिए त्यागकर उनके साथ चल भी पड़ सकता है।

एकचक्रा नगरी में पांडव अपने प्रकट रूप में निवास नहीं कर रहे। उन्होंने ब्राह्मणों का छद्मवेश धारण कर रखा है। इसका अर्थ यह है कि उन्हें अपने पहचान लिये जाने पर संकट दिखायी पड़ता है। यह संकट दुर्योधन तथा उसके मित्रों की ओर से ही हो सकता है। इसका अर्थ यह भी हुआ कि एकचक्रा अथवा किसी भी स्थान पर दुर्योधन के पक्ष के लोग हो सकते हैं, जो उनको पहचानकर उसकी सूचना दुर्योधन को दे सकते हैं; तथा दुर्योधन उन्हें वहाँ भी क्षति पहुँचा सकता है। अर्थात् दुर्योधन के हाथ इतने लम्बे हैं कि वे एकचक्रा तक पहुँच सकते हैं।

एकचक्रा को कुछ विद्वानों ने 'अहिछत्र' नगर ही माना है। यदि हम इस स्थापना को स्वीकार कर लें तो अहिछत्र इस समय द्रोणाचार्य की राजधानी होनी चाहिए। और यदि पांडव आचार्य द्रोण अथवा अश्वत्थामा के अधिकार-क्षेत्र के भीतर हैं तो वे प्रायः दुर्योधन की ही मुट्ठी में हैं। इसलिए उनका एकचक्रा नगरी में आना न केवल अत्यन्त संकटपूर्ण कार्य है, वरन् उनका अत्यन्त गोपनीय ढंग से छद्मवेश में रहना भी उचित ही है। और यदि एकचक्रा तथा अहिछत्र को हम एक ही नगर मानें तो यह भी स्वीकार करना पड़ेगा कि यद्यपि अब वहाँ द्रुपद का राज्य नहीं है, तो भी वह द्रुपद के राज्य के पर्याप्त निकट और उसके प्रभाव-क्षेत्र के भीतर स्थित है। ऐसे में जब तक उनको यह स्पष्ट न हो जाये कि द्रुपद का मनोभाव उनके प्रति मैत्रीपूर्ण है अथवा अमैत्रीपूर्ण, तब तक वे

लोग द्रुपद के चरों के सम्मुख भी स्वयं को प्रकट नहीं कर सकते।

'महाभारत' में न तो एकचक्रा और अहिछत्र के एक ही नगर होने की चर्चा है और न ही उसके राजा के रूप में द्रुपद अथवा द्रोण के नाम का उल्लेख है। वह जिस राजा की चर्चा करता है, उसके विषय में इतना ही कहता है कि राजा नगर में नहीं रहता और उसने बक नाम असुर से यह समझौता कर रखा है कि वह बाहरी शत्रुओं से नगर की रक्षा करेगा; किन्तु उसके पुरस्कारस्वरूप नगरवासियों पर मनमाना अत्याचार करने का उसको अधिकार होगा। इसलिए बकासुर एक मनुष्य तथा एक बैलगाड़ी अन्न का भक्षण प्रतिदिन करता है; और यह मनुष्य तथा अन्न उपलब्ध कराना नगरवासियों का काम है। इस वर्णन को ध्यान में रखते हुए हम उस भीरु राजा के रूप में न आचार्य द्रोण की कल्पना कर सकते हैं और न पांचालराज द्रुपद की। भौगोलिक रूप से विद्वानों को एकचक्रा तथा अहिछत्र में कोई समानता मिली हो, तो मिली हो; किन्तु महाभारत में उल्लिखित उस नगर के जनजीवन को देखते हुए 'एकचक्रा' और 'अहिछत्र' को एक ही नगर मानने में पर्याप्त असुविधा है।

महाभारत में यद्यपि इसका उल्लेख नहीं है, किन्तु यह अनुमान किया जा सकता है कि एकचक्रा नगरी में पांडवों के ठहरने की व्यवस्था वेदव्यास ने ही करवायी होगी। वेदव्यास ने पांडवों को एकचक्रा जाने के लिए कहा है, वेदव्यास उस सारे क्षेत्र में भ्रमण करते रहते हैं, वेदव्यास के अनुचरों, शिष्यों तथा भक्तों की वहाँ कोई कमी नहीं है। इसलिए यदि वेदव्यास ने एकचक्रा नगरी में पांडवों के अज्ञातवास की व्यवस्था अपने किसी अनुचर के घर पर कर दी हो तो इसमें तनिक भी असाधारण नहीं है।

एकचक्रा-वास में भीम के द्वारा बकासुर की हत्या, भीम की शक्ति और असाधारण बल को और भी प्रतिष्ठित करनेवाली घटना है, किन्तु उसके साथ-ही-साथ कुन्ती और युधिष्ठिर के चरित्रों के कुछ मानवीय पक्ष भी यहाँ उद्घाटित होते हैं। उस ब्राह्मण ने कुन्ती और उसके पुत्रों को आश्रय दिया है, इसलिए कुन्ती उसकी कृतज्ञ है। जिस समय ब्राह्मण पर आये संकट का उसे ज्ञान होता है, वह स्वयं ही यह निश्चित करती है कि भीम उस राक्षस को मारने के लिए अकेला ही जायेगा। युधिष्ठिर यह जानकर आपत्ति करता है कि किसी और के प्राण बचाने के लिए अपने पुत्र के प्राणों की बलि देने की कुन्ती को क्या आवश्यकता है? युधिष्ठिर की यह आपत्ति अपने भाइयों के प्रति सहज स्नेह की परिचायक तो है ही, साथ ही मनुष्य की सहज स्वार्थ-वृत्ति की भी प्रतीक है। वे लोग वहाँ अज्ञातवास कर रहे हैं। ऐसे में भीम के इस कृत्य से उनके छद्मवेश के प्रकट हो जाने की आशंका है। युधिष्ठिर में आत्म-रक्षा

की प्रवृत्ति प्रबल है, और उस आत्म-रक्षा में अपने भाइयों तथा माता की रक्षा भी सम्मिलित है। यहाँ तक युधिष्ठिर अभी आनृशंसता तथा जीव-दया के उस सोपान तक नहीं पहुँचा है, जहाँ वह किसी अन्य व्यक्ति के प्राणों की रक्षा के लिए अपनी अथवा अपने भाइयों की बलि दे सकता। अतः उसका आचरण एक सहज स्वाभाविक सामान्य सांसारिक मनुष्य का-सा है।

किन्तु कुन्ती का उत्तर भीम के बल तथा क्षमताओं के प्रति उसके विश्वास को उद्घाटित करता है। उसका दृढ़ विश्वास है कि भीम कभी पराजित नहीं होगा, और दूसरी ओर उसके मन में कृतज्ञता तथा जीव-दया के भाव भी हैं। जिस ब्राह्मण के घर में उन्हें शरण मिली है, उसके परिवार में ऐसा कोई नहीं है जो खाद्य-पदार्थ की बैलगाड़ी लेकर बकासुर के पास जाये और उसकी मृत्यु के पश्चात् भी उसका परिवार किसी प्रकार चलता रह सके। कृतज्ञता, मानव-दया तथा अत्याचार-विरोध के भाव कुन्ती को प्रेरित करते हैं कि वह इतना संकट उठाये कि उसका एक पुत्र यदि जीवित न भी रहे तो भी उसे ब्राह्मण परिवार की सहायता करनी ही चाहिए। कुन्ती का व्यक्तित्व अनेक जटिल सूत्रों से बना गया है। वह अवसरानुकूल बहुत कोमल तथा बहुत कठोर हो सकती है। वह बड़े-से-बड़े अत्याचार को धैर्यपूर्वक चुपचाप पी जानेवाली तथा अवसर की प्रतीक्षा करनेवाली महिमामयी नारी है, जो यथासमय न्यायोचित अधिकार तथा प्रतिशोध के भाव से अपने पुत्रों को अत्यन्त क्रूर कर्म करने के लिए भी प्रेरित कर सकती है। एकचक्रा की इस घटना में यह निश्चय युधिष्ठिर अथवा कोई एक भाई नहीं कर सकता था कि बकासुर को मारने के लिए कौन जाये? किन्तु माँ के रूप में कुन्ती यह निश्चय कर सकती थी कि उसका कौन-सा पुत्र इसके लिए समर्थ है, और किसको वह संकट में डालना चाहती है।

एक प्रश्न मेरे मन में बार-बार उठता है कि बकासुर का वध करने के लिए भीम का अकेले जाना क्यों आवश्यक था? अथवा शेष भाइयों ने इस अभियान पर उसे अकेले क्यों जाने दिया? वे चारों भी उसके साथ जा ही सकते थे। ऐसा कोई नियम नहीं था कि बकासुर के पास एक ही व्यक्ति को जाना है। बकासुर की माँग कम-से-कम एक व्यक्ति की थी। और यह तो युद्ध था, जिसमें कोई नियम नहीं था। बकासुर प्रतिदिन एक निरीह अभागे को चीरकर खा जाता था; अतः अकेले भीम को भेजने की कोई आवश्यकता नहीं थी। हम इस घटना को भी हिडिम्ब के साथ युद्ध की घटना के प्रकाश में ही देख सकते हैं। चारों भाइयों ने वहाँ वर्तमान होते हुए भी युद्ध में भीम की सहायता की आवश्यकता नहीं समझी, और यहाँ भी वे लोग भीम के साथ नहीं गये। इसका अर्थ यही हो सकता है कि राक्षसों के विरुद्ध लड़ने के लिए वे लोग अकेले

भीम को ही पर्याप्त समर्थ समझते थे। किन्तु इतना बड़ा प्रजाहित का एक कार्य करने के बाद भी पांडवों ने उसका यश लेना नहीं चाहा। यह कदाचित् केवल इसीलिए था कि उनका छद्म रूप बना रहे और उचित अवसर आने से पूर्व उनकी वास्तविकता उद्‌घाटित न हो।

'एकचक्रा' की स्थिति, सामाजिक और राजनीतिक परिस्थितियों के अध्ययन के लिए बहुत महत्त्वपूर्ण है। राजा दुर्बल और भीरु है। वह स्वयं न राज्य की रक्षा कर सकता है, न प्रजा की। उसके लिए वह दुष्ट राक्षसों की सहायता लेता है; और उन्हें प्रजा पर किसी भी सीमा तक अत्याचार करने का अधिकार देता है। महाभारत के अनुसार बकासुर अकेला नहीं है। उसके मित्र तथा सम्बन्धी उसके साथ हैं। उसके वध के पश्चात् भीम उसके सम्बन्धियों को भी चेतावनी देता है; और वे लोग भयभीत होकर वहाँ से भाग जाते हैं।

ब्राह्मण परिवार के सदस्य जिस समय इस आसन्न संकट से पीड़ित हो दुखपूर्वक रो रहे हैं; और परस्पर एक-दूसरे के लिए प्राण देने का प्रस्ताव कर रहे हैं, उनके वार्तालाप में उस समाज की सारी बुराइयाँ उभरकर ऊपर आ जाती हैं, जिसका राजा इस प्रकार भीरु, कायर, अशक्त तथा स्वार्थी हो। दुर्बल तथा स्वार्थी शासन का यह जीवन्त चित्रण है।

एकचक्रा में ही एक ब्राह्मण आकर कुन्ती तथा पांडवों को द्रौपदी के स्वयंवर के विषय में न केवल सूचना देता है, वरन् उन्हें वहाँ अवश्य जाने के लिए प्रेरित करता है। इतना ही नहीं, वह स्वयं उनके साथ चलने को प्रस्ताव भी करता है। एक वीर्य-शुल्का राजकुमारी के स्वयंवर में जहाँ वीरता की एक कठिन शर्त रखी जायेगी, साधारण प्रजा अथवा साधारण ब्राह्मणों को दर्शक के रूप में उपस्थित होना तो समझ में आता है, किन्तु प्रतियोगी के रूप में उनका सम्मिलित होना कोई अर्थ नहीं रखता। ब्राह्मण-वेश धारण किये हुए अर्जुन के साथ द्रौपदी का विवाह अपने-आपमें इस बात का प्रमाण है कि क्षत्रिय राजकुमारियों का विवाह ब्राह्मण युवकों से भी हो सकता था; किन्तु वीर्य-शुल्का राजकुमारी के स्वयंवर की प्रतिज्ञा को पूर्ण कर विवाह करनेवाला ब्राह्मण कुमार कदाचित् कोई और नहीं है। इसलिए उस ब्राह्मण का कुन्ती और उसके पुत्रों को स्वयंवर में सम्मिलित होने तथा प्रतियोगिता में भाग लेने के लिए प्रेरित करना बहुत सहज और स्वाभाविक नहीं है। क्या यह ब्राह्मण किसी भी युवक को किसी प्रकार काम्पिल्य जाने के लिए प्रेरित करता रहा होगा? क्या वह कोई प्रचारक था, जिसे स्वयंवर के लिए भीड़ जुटाने के लिए नियुक्त किया गया था? मुझे लगता है कि हमें उस ब्राह्मण को वेदव्यास के चर के रूप में ही पहचानना होगा, जो उन्हीं के आदेश पर पांडवों को काम्पिल्य जाने का आग्रह करने के ब्याज से

वेदव्यास का आदेश सुनाने आया था। यह अनुमान इसलिए भी बल रखता है, क्योंकि हम पहले भी यह स्थापित कर चुके हैं कि हिडिम्ब-वन से काम्पिल्य तक की पांडवों की सारी यात्रा के आयोजक स्वयं वेदव्यास हैं।

10

काम्पिल्य में पांडव एक कुम्भकार के घर में ठहरते हैं, जो कदाचित् नगर से बाहर स्थित है। वहाँ से पांडव स्वयंवर में सम्मिलित होने के लिए आते हैं। द्रौपदी को लेकर अर्जुन और भीम वापस कुम्भकार के इसी घर में पहुँचते हैं, और यह कहते हैं कि "माँ, हम भिक्षा लेकर आ गये।" और कुन्ती बिना यह देखे कि वे क्या भिक्षा लाये हैं, कह देती है, "तुम सभी भाई मिलकर उसे पाओ।" कुन्ती के इस आदेश को द्रौपदी के पाँच पांडवों के साथ विवाह का मूल आधार बनाया गया है; किन्तु मेरे मन में इस सारे प्रसंग को लेकर अनेक प्रश्न हैं। एकचक्रा से चलते हुए ही कुन्ती यह जानती थी कि लोग काम्पिल्य में भीख माँगने नहीं, द्रौपदी के स्वयंवर में सम्मिलित होने के लिए जा रहे हैं। उसके मन में भी कहीं यह कामना और अपेक्षा रही होगी कि उसके पुत्रों में से कोई इस प्रतियोगिता में सफल हो, और द्रौपदी को पत्नी के रूप में प्राप्त करे। द्रौपदी को प्राप्त करने का अर्थ था, द्रुपद से सम्बन्ध, अर्थात् पांडवों को एक ऐसे शक्तिशाली मित्र की प्राप्ति, जो उन्हें दुर्योधन से लड़कर भी राज्य दिलवाने में सहायक हो सकता था। जिस समय वे पाँचों भाई स्वयंवर में सम्मिलित होने के लिए आवास से चले हैं, क्या वे मातृ-भक्त पुत्र, माँ को यह बताकर नहीं गये कि वे स्वयंवर में सम्मिलित होने जा रहे हैं? क्या जाने से पहले उन्होंने अपनी माँ से इस आशय का आशीर्वाद प्राप्त नहीं किया होगा? क्या कुन्ती उत्कंठापूर्वक उनके लौटकर आने और स्वयंवर का समाचार पाने की प्रतीक्षा नहीं कर रही होगी? स्वयंवर में अर्जुन के विजयी हो जाने पर युधिष्ठिर, नकुल तथा सहदेव डेरे के लिए क्यों चल पड़े थे? उन्होंने, अन्य क्षत्रिय राजाओं से युद्ध में, अर्जुन तथा भीम की सहायता क्यों नहीं की? वे लोग अर्जुन और भीम से पहले कुन्ती के पास क्यों नहीं पहुँचे? राजाओं से युद्ध कर, सब कुछ शान्त कर अर्जुन और भीम गोपनीय ढंग से चलकर भी, प्रकट रूप से सीधे आनेवाले युधिष्ठिर, नकुल तथा सहदेव से पहले घर कैसे पहुँच गये? युधिष्ठिर उनसे पहले कुन्ती के पास आ गया था तो उसने माँ को अर्जुन की विजय के विषय में कुछ भी क्यों नहीं बताया?

वैसे तो भीम और अर्जुन का यह कहना ही असहज था कि "माँ! हम

भिक्षा ले आये हैं।" सामान्यतः उन्हें मात्र इतना ही कहना चाहिए था कि "माँ, हम आ गये हैं।" फिर भी यदि हम यह मान लें कि उन्होंने भिक्षा से द्रौपदी की विपरीतता की दूरी के आधार पर केवल परिहास-वश यह कहा था तो कुन्ती का आदेश क्या सार्थकता रखता है? क्या प्रतिदिन वह उनको यही कहती थी कि मिलकर भिक्षा पाओ? फिर यदि हम यह मान लें कि वे लोग भिक्षा में अन्न लाया करते थे तो कुन्ती ही तो उस सारे अन्न को एकत्रित कर पकाया करती थी। ऐसे में उसके यह कहने का क्या अर्थ है कि भिक्षा को सब लोग पाओ? क्या वे लोग अपने-अपने हिस्से का अन्न बाँटकर उसको अलग-अलग छह चूल्हों पर पकाते थे?... और यदि वे भिक्षा में अन्न नहीं, धन लाते थे तो भी क्या कुन्ती उस सारे धन को सम्मिलित रूप से एक स्थान पर रखने की जगह, उन सब भाइयों को उसे बाँटकर अपना-अपना धन अलग रखने की नीति अपनाती थी?

मुझे इस आदेश में कहीं कोई तर्क, सहजता, स्वाभाविकता अथवा सार्थकता दिखायी नहीं देती। मुझे लगता है कि द्रौपदी का पाँचों भाइयों के साथ विवाह करवाने के लिए, इस कल्पना का आधार लिया गया है, जो बहुत तर्कसंगत नहीं है। द्रौपदी के अर्जुन के साथ विवाह में एक आपत्ति कुन्ती को हो सकती थी और वह यह कि दो-दो बड़े भाइयों के अविवाहित रहते हुए, अर्जन विवाह कैसे कर सकता है? धर्मशास्त्र की दृष्टि से यह परिवेदन है, और परिवेदन पाप है। इससे उस पुरुष, उस कन्या, उस पुरोहित तथा उन अभिभावकों को नरक में जाना पड़ता है, जो परिवेदन में सहयोगी हैं। वैसे तो यह आपत्ति भीम के, हिडिम्बा के साथ विवाह के सन्दर्भ में भी की जा सकती है; किन्तु एक तो वह विवाह आपातुस्थिति में हुआ था, जिसमें नियम तथा विधान का ध्यान रखना सम्भव नहीं था, और दूसरे वह विवाह स्थायी नहीं था। इसलिए वहाँ यह आपत्ति नहीं की गयी, जबकि द्रौपदी के, अर्जुन के साथ विवाह में यह आपत्ति महत्त्व रखती है।

अर्जुन का विवाह युधिष्ठिर तथा भीम, दोनों के पश्चात् होना चाहिए था। यदि द्रौपदी का विवाह अर्जुन से कर दिया जाता तो कुन्ती की यह पहली पुत्र-वधु पांडवों को राज्य मिलने पर उनके साम्राज्य की पटरानी नहीं बन सकती थी। कदाचित् इसलिए भी कुन्ती यह चाहती होगी कि द्रौपदी का विवाह युधिष्ठिर से हो। इसीलिए युधिष्ठिर के यह कहने पर, "अर्जुन! तुमने द्रौपदी को जीता है, तुम्हारे ही साथ इस राजकुमारी की शोभा होगी। शत्रुओं का सामना करनेवाले वीर! तुम अग्नि प्रज्वलित करो और विधिपूर्वक इस राजकन्या का पणिग्रहण करो।" अर्जुन का उत्तर है, "नरेन्द्र! आप मुझे अधर्म का भागी न बनाइये।

यह धर्म नहीं है, ऐसा व्यवहार तो अनार्यों में देखा गया है। पहले आपका विवाह होना चाहिए तत्पश्चात् अचिन्त्यकर्मा महाबाहु भीमसेन का और फिर मेरा। तत्पश्चात् नकुल और वेगवान सहदेव विवाह कर सकते हैं। राजन! भैया भीमसेन, मैं नकुल-सहदेव तथा वह राजकन्या—सभी आपकी आज्ञा के अधीन हैं।" (8-9/190, आदिपर्व)

कुन्ती के आदेश का तिरस्कार कर, यदि हम इस पूरी घटना पर विचार करें, तो भी सम्बन्धों की स्थिति बहुत जटिल हो जाती है। हम यह जानते हैं कि महाभारत की कथा के अनुसार कन्या को जीतकर लानेवाला ही अनिवार्यतः उसके साथ विवाह नहीं करता था। भीष्म ने अपहरण कर लायी गयी राजकुमारियाँ विचित्रवीर्य को दे दी थीं, इसलिए बड़े भाई के सर्वप्रथम विवाह के सन्दर्भ में द्रौपदी के साथ विवाह का अधिकार युधिष्ठिर का ही बनता है। स्वयंवर की घटनाओं से यह स्पष्ट है कि लक्ष्य-वेध कर लेने-भर से द्रौपदी अर्जुन को नहीं मिल जाती। अर्जुन का वध कर द्रौपदी को छीन लेने का प्रयत्न करनेवाले राजाओं की वहाँ भीड़ थी; और उनसे युद्ध कर अर्जुन तथा द्रौपदी की रक्षा करनेवालों में भीम का प्रमुख स्थान था। इसलिए मन-ही-मन कहीं भीम भी यह मानता है कि द्रौपदी को उसने प्राप्त किया है; और अर्जुन ने तो लक्ष्य-वेध करके वीर्य-शुल्का द्रौपदी को स्वयंवर की प्रतिज्ञा के अनुसार प्राप्त किया ही है। इस प्रकार द्रौपदी पर इन तीनों बड़े भाइयों का अपना-अपना अधिकार बनता है। और महाभारतकार ने इस प्रकार का कोई संशय ही नहीं छोड़ा कि पाँचों पांडव द्रौपदी को देखते ही उसके प्रति आसक्त हो गये थे। इस आसक्ति को देखते हुए यदि द्रौपदी का किसी एक के साथ विवाह होता, तो निश्चित रूप से पाँचों भाई शान्तिपूर्वक इकट्ठे नहीं रह सकते थे। कुन्ती ने आग्रहपूर्वक अपने और माद्री के पुत्रों को समानता के धरातल पर पाला था। वह ऐसा कोई काम होने देने की अनुमति नहीं दे सकती थी, जिसमें कुन्ती और माद्री के पुत्रों में कोई भेद आ जाये। इसलिए जब तीनों कौन्तेयों के द्रौपदी पर अधिकार तथा पाँचों पांडवों की द्रौपदी के प्रति आसक्ति पर कुन्ती ने विचार किया होगा, तो उसे केवल एक ही समाधान सूझा होगा कि द्रौपदी का विवाह पाँचों भाइयों के साथ कर दिया जाये। किन्तु तब भी यह प्रश्न शेष रह जाता है कि इस प्रस्ताव को द्रौपदी तथा द्रुपद ने किस प्रकार स्वीकार कर लिया?

यदि हम यह मानकर चलें कि द्रुपद ने इस सारे स्वयंवर की योजना इस दृष्टि से बनायी थी कि वे अर्जुन को अपने जामाता के रूप में पा सकें, इससे न केवल उन्हें अपना संकल्प पूर्ण करने तथा द्रोण से प्रतिशोध लेने के लिए एक उपकरण मिल जायेगा, साथ ही द्रोण का सबसे शक्तिशाली शस्त्र उससे छिन

जायेगा; परिणामतः द्रोण सर्वथा दुर्बल हो जायेंगे; तो अर्जुन के साथ द्रौपदी का विवाह होना उनके लिए सर्वथा अनुकूल है। अपने ससुर तथा पत्नी के प्रभाव में अर्जुन तो द्रोण के विरोध में आकर खड़ा हो जाये, किन्तु शेष चारों भाई यदि अपने गुरु के समर्थन में ही खड़े रहें तो उससे द्रोणाचार्य की उतनी हानि नहीं हो सकती जितनी कि द्रुपद चाहते हैं। ऐसी स्थिति में यह भी सम्भव है कि अपने गुरु तथा अपने भाइयों के विरुद्ध अर्जुन लड़ना ही न चाहे। यह भी सम्भव है कि अपने भाइयों के प्रभाव में वह पुनः उन्हीं के पक्ष में लौट जाये और अपने श्वसुर के पक्ष की पूर्ण उपेक्षा कर दे। इसकी तुलना में द्रुपद के लिए यह कहीं अधिक लाभदायक होगा कि पाँचों पांडवों का सम्मिलित बल अकेले अर्जुन से कहीं अधिक होगा और उन पाँचों भाइयों के परस्पर प्रेम को देखते हुए, यदि उन्हें दो विरोधी-पक्षों में लड़ने के लिए बाध्य किया जायेगा, तो अपने असमंजस तथा इच्छा के प्रतिकूल कर्म करने के कारण खंडित व्यक्तित्व के रूप में निश्चित रूप से, वे अपने शौर्य के अनुकूल युद्ध नहीं कर पायेंगे। द्रुपद का लक्ष्य द्रोण का नाश था। पांडवों के बल को विभाजित करने से उनका कोई भी प्रयोजन सिद्ध होनेवाला नहीं था। दूसरी ओर यदि द्रौपदी का विवाह केवल अर्जुन से होता तो न तो वह हस्तिनापुर के युवराज युधिष्ठिर की पत्नी होती और न कभी कुरु साम्राज्य की साम्राज्ञी हो सकती थी। उसके लिए आवश्यक था कि उसका विवाह युधिष्ठिर से ही होता। अर्जुन तथा युधिष्ठिर दोनों को अपना जामाता बनाने के लिए द्रुपद को द्रौपदी के लिए बहुपतित्व स्वीकार करना ही पड़ता।

द्रुपद के मन में जो आपत्ति थी, वह केवल इतनी ही थी कि उस युग में बहुपतित्व का प्रचलन बहुत अधिक नहीं था। द्रुपद के प्रश्न के उत्तर में युधिष्ठिर ने जो दो उदाहरण प्रस्तुत भी किये, वे प्राचीनकाल से सम्बन्धित थे। 'महाभारत' की सारी कथा में बहुपतित्व की प्रथा का समर्थन करनेवाला और कोई उदाहरण नहीं है? किन्तु युधिष्ठिर ने जिस रूप में यह प्रस्ताव रखा था, उसके समर्थन में उदाहरण जुटाये थे, और जिस प्रकार वेदव्यास ने उसका समर्थन किया था; उससे यह प्रमाणित होता है कि किसी-न-किसी मात्रा में उस समाज को बहुपतित्व भी स्वीकार्य था, और किसी-न-किसी समाज में बहुपतित्व की प्रथा प्रचलित थी। सामाजिक, राजनीतिक तथा धार्मिक दृष्टि से यह न तो सर्वथा अवैधानिक था, न इसे अपराध अथवा पाप के रूप में स्वीकार किया जाता था अन्यथा युधिष्ठिर इस तरह का प्रस्ताव करने का साहस ही नहीं कर सकता था। हाँ, इतना अवश्य है कि यह प्रथा न तो बहुत प्रचलित थी, न उसकी लोकप्रियता बढ़ रही थी, इसके विपरीत ऐसा लगता है कि क्रमशः

इस प्रथा का न केवल लोप हो रहा था, साथ ही साथ इसका सम्मान भी कम हो रहा था; और कदाचित् कुछ अर्थों में किन्हीं प्रदेशों अथवा राजवंशो में उसे घृणा की दृष्टि से भी देखा जा रहा था। इसलिए युधिष्ठिर द्वारा द्रौपदी के पाँचों भाइयों के साथ विवाह का प्रस्ताव किये जाने पर द्रुपद तथा धृष्टद्युम्न ने उसे सहज ही स्वीकार नहीं किया; किन्तु युधिष्ठिर तथा वेदव्यास द्वारा कायल किये जाने पर उनकी आपत्ति समाप्त हो गयी और वे सहमत हो गये।

'महाभारत' के अपने शिल्प के अनुसार द्रौपदी का पाँचों पांडवों के साथ विवाह अनिवार्य बताया गया। क्योंकि पिछले जन्म में तपस्या कर, उसने अपने आवेश में एक ही नहीं, पाँच बार 'मुझे वर दो, मझे वर दो' कहा था; इसलिए विधाता ने उसके लिए पाँच पतियों की व्यवस्था की थी। 'महाभारत' के शिल्प के अनुसार यह एक विश्वसनीय तर्क हो सकता है, किन्तु ऐतिहासिक तथा सामाजिक दृष्टि से हम उसे तत्कालीन परिस्थितियों का प्रतिबिम्ब ही मानेंगे। किसी भी समाज में स्त्री-पुरुष-सम्बन्ध, उनके अपने विधान के अनुसार तय किये जाते हैं। यहाँ तक कि यह एक समाज की आदर्श स्थिति दूसरे समाज में पाप मानी जा सकती है। इस जन्म में स्त्री-पुरुष-सम्बन्धों के कारण, कोई पिछले जन्मों में नहीं खोजता, और यदि उस समाज के तत्कालीन विधान में, वे सम्बन्ध सम्भव नहीं होते, तो माता-पिता तथा समाज द्वारा उसकी कभी भी अनुमति नहीं दी जाती। यदि हम किसी कृति में किन्हीं स्त्री-पुरुष-सम्बन्धों को उस कृति के लेखक की घोरतम काल्पनिक उड़ान भी मानें, तो भी यह तो स्वीकार करना ही पड़ेगा कि उस काल्पनिक उड़ान के आधार के रूप में कहीं कोई छोटा सा टापू तो होगा ही। ऐसा सम्भव ही नहीं है कि उस प्रकार के स्त्री-पुरुष-सम्बन्ध की भौतिक अथवा मानसिक कल्पना कहीं हो ही नहीं और लेखक उसका चित्रण कर जाये अथवा उस सम्बन्ध की स्तुति करे। इसलिए द्रुपद, धृष्टद्युम्न तथा स्वयं द्रौपदी के लिए यह सम्बन्ध चाहे सहज मान्य न रहा हो; किन्तु इस प्रकार के सम्बन्ध के विरुद्ध उनके मन में इतनी कठोर धारणा भी नहीं थी कि थोड़े से विचार-विमर्श के पश्चात् वे उसे स्वीकार ही न कर पाते। वस्तुतः बहुपतित्व भी उस युग के विलुप्त होनेवाली प्रथाओं में से एक था, जिस प्रकार 'कानीन-पुत्र' तथा 'नियोग' की प्रथाएँ थीं।

इन तीनों के सम्बन्ध में हम सहज रूप में देख सकते हैं कि ऋषि समुदाय उसे 'सनातन-धर्म' का रूप मानकर, अब भी ग्राह्य तथा सम्मानजनक मानता है, जबकि राजवंश क्रमशः उसे न केवल त्यागते जा रहे हैं, वरन् घृणित भी मान रहे हैं। लगता है कि ऋषियों का चिन्तन समाज हित में अत्यन्त उदार था। इसमें उनके व्यक्तिगत स्वार्थ की कुंठाएँ, बाधा बनकर नहीं आती थीं। वे लोग नारी को पुरुष-सम्बन्ध तथा सन्तान उत्पन्न करने के लिए उसी प्रकार

से मुक्त तथा उदार अधिकार प्रदान कर रहे थे, जैसेकि पुरुष को प्राप्त थे। किन्तु राजवंश—जो क्रमशः पुरुष-प्रधान समाज को उसकी पराकाष्ठा की ओर ले जा रहे थे—नारी को इस प्रकार के मुक्त अधिकार नहीं देना चाहते थे। उन्हें बहुपत्नीत्व तो स्वीकार्य था, किन्तु बहुपतित्व वे स्वीकार नहीं कर पा रहे थे। वैसे ही पुरुष किसी भी अवस्था में किसी भी स्त्री से इच्छानुसार सम्बन्ध स्थापित कर सकता था, विभिन्न स्त्रियों से सन्तान भी उत्पन्न कर सकता था, किन्तु स्त्री को वे यह अधिकार नहीं देना चाहते थे। वे अपना धन, सम्पत्ति तथा राज्य अपनी औरस सन्तान को ही देना चाहते थे।

पांडवों और द्रुपद, दोनों के ही परिवारों को देखकर यह लगता है कि उनके मन में ऋषियों द्वारा प्रचारित धर्म-तत्व के प्रति अभी भी बहुत सम्मान था। इसीलिए यह बहुत विचित्र बात नहीं है कि इन तीन में से दो प्रथाओं के साथ कुन्ती का सम्बन्ध है तथा तीसरी प्रथा उसकी ही पुत्रवधू के सन्दर्भ में मान्य हुई।

हमारे अनेक समकालीन लेखकों ने द्रौपदी और उसके पाँच पतियों के सम्बन्धों को लेकर अनेक कृतियों की रचना की है; और द्रौपदी की मनःस्थिति का विभिन्न प्रकार से चित्रण किया है। अनेक लेखकों ने इसे नारी पर पुरुष के अत्याचार के रूप में देखा है। विशेषकर कुछ लेखिकाओं ने नारी-स्वतन्त्रता के दृष्टिकोण से द्रौपदी पर हुए इस 'अत्याचार' के लिए पुरुषों की घनघोर भर्त्सना की है। किन्तु 'महाभारत' की कथा में द्रौपदी आरम्भिक संकोच के पश्चात्, जब इस किंचित् असाधारण सम्बन्ध को स्वीकार कर लेती है, तो आजीवन उसके मन में न कहीं पश्चाताप है और न ही इस सम्बन्ध के कारण कोई लज्जा, ग्लानि अथवा पीड़ा है। अनेक अवसर ऐसे भी आये हैं, जब उसके लिए पाँच पतियों का होना गर्व का विषय रहा है। समकालीन लेखकों की इन रचनाओं को देखकर मेरे मन में एक छोटी-सी बात आती है कि कदाचित् उन लेखकों ने संस्कार की महत्ता को समझने का प्रयत्न नहीं किया है। मनुष्य जब जन्म लेता है तो उसके मन में सामाजिक व्यवहार, रीति-रिवाज, खान-पान इत्यादि के सम्बन्ध में अपनी कोई धारणा नहीं होती। जिस समाज में उसका पालन-पोषण होता है, उसकी मान्यताओं को वह सहज ही संस्कार रूप में ग्रहण करता है, और अधिकांशतः उन मान्यताओं को ही वह संसार के सर्वश्रेष्ठ मूल्य मानता है। जिन परिवारों में मांस नहीं खाया जाता, वे मांसाहारियों को पापी समझते हैं, जबकि मांसाहारी परिवार का बालक अपनी निपट शैशवावस्था से ही मांस की बोटी को खाना और हड्डी को चूसते रहना सीख लेता है। उसके लिए यह एक खाद्य पदार्थ-मात्र है, किन्तु वह मांसाहारी परिवार यदि हिन्दू है तो अन्य पशुओं का मांस खाते हुए भी, वह गो-मांस खाने की कल्पना नहीं कर सकता;

और यदि वह मुस्लिम या ईसाई परिवार है, तो उनके लिए गो-मांस भी अन्य उन पशुओं के मांस के ही समान है—जिन्हें वे खाद्य मानते हैं। ठीक उसी प्रकार, जिस समाज में आज भी बहुपत्नीत्व की प्रथा है, उनमें उसके प्रति, न स्त्री के मन में कोई विरोध भाव है, न पुरुष के मन में। पुरुष तो उसे अपना अधिकार ही मानता है, नारी भी उसे अपने लिए सहज स्वीकार्य सामाजिक प्रथा के रूप में ग्रहण करती है; और अफ्रीका के कुछ कबीलों में तो स्त्री उस पुरुष से विवाह करना अपने लिए गर्व का विषय समझती है, जिसकी पहले से अनेक पत्नियाँ हैं, क्योंकि जितनी अधिक पत्नियाँ होंगी, वह पुरुष समाज का उतना ही बड़ा तथा सम्मानित व्यक्ति माना जायेगा, और उससे विवाह कर वह स्त्री, उस बड़प्पन तथा सम्मान में भागीदार होगी। वैसे ही जिस समाज में स्त्री के लिए पर्दे की प्रथा है, वहाँ स्त्री यह नहीं मानती कि उसे बाहरी संसार से पृथक कर उसके अधिकारों को सीमित और संकुचित किया गया है, वरन् वह उन स्त्रियों को निर्लज्ज मानती हैं, जो पर्दा नहीं करतीं।

इन उदाहरणों को ध्यान में रखते हुए यदि हम द्रौपदी के मन में झाँके तो हमें वहाँ कोई भी विरोध, ग्लानि, पश्चात्ताप, क्षोभ तथा असहायता दिखायी नहीं पड़ती। हमारे समकालीन लेखकों ने महाभारतकालीन द्रौपदी के मन को समझने के स्थान पर अपने मन को तथा अपने तर्कों को उस पर आरोपित किया है, इसलिए वह उन्हें अत्यन्त पीड़ित, दुखी तथा पुरुष-समाज के द्वारा सतायी हुई दिखायी पड़ती है। मैं बहुपत्नीत्व अथवा बहुपतित्व का समर्थन नहीं कर रहा, किन्तु यह अवश्य कहना चाहता हूँ कि किसी भी पात्र को उसके युग और सन्दर्भों से काटकर देखने पर हम उसका सत्य कभी नहीं समझ पायेंगे। विभिन्न कथा-कृतियों में आधुनिक रूप से चित्रित द्रौपदी का दुख, स्वयं महाभारत की द्रौपदी के लिए भी आश्चर्य का विषय होगा।

कुछ लेखिकाओं ने इस सम्बन्ध को अपने मानसिक रति-विलास का अवलम्ब बना लिया है। कदाचित् उनके मन में स्त्री के एकाधिक पुरुषों से सम्बन्ध को लेकर, कुछ रोमानी कल्पनाएँ हैं। इसलिए वे प्रत्येक नये सम्बन्ध के साथ द्रौपदी के मन में कुछ कठिनाइयों को चित्रित कर, फिर उसे नये पुरुष के साथ सम्बन्ध के रस में लीन दिखा देती हैं। एक महिला उपन्यासकार ने द्रौपदी को पहले कृष्ण की प्रेमिका के रूप में प्रस्तुत किया है। कृष्ण के यह कहने पर कि अर्जुन उसके लिए अधिक उपर्युक्त पति होगा, अतः उनकी इच्छा है कि वह अर्जुन से विवाह कर ले—वह अर्जुन की अनुरागिनी हो जाती है। पाँचों भाइयों से विवाह के पश्चात् वह दिन-रात यह सोचती है कि अपने इन विभिन्न पतियों के साथ वह क्या और कैसे सम्बन्ध बनायेगी। इसमें नारी मन को जाने किस रूप में समझा गया है कि अपने प्रिय के कहने पर वह अपने

मन के आराध्य पुरुष को ही बदल डालती है। वहाँ द्रौपदी का मन कदाचित् आधुनिक नारी का मन है, जिसके मन, संस्कार तथा समाज में बहुपतित्व का निषेध है। इसलिए वह सोचती है कि एक पति से मन को हटाकर वह दूसरे में अनुरक्त कैसे करेगी। यह उदाहरण कदाचित् उस समाज की नारी के मन के समानान्तर रखा जा सकता है जहाँ एक से अधिक सन्तान का पूर्ण निषेध हो, और वह नारी यह कल्पना करे कि यदि उसके पाँच पुत्र हो जायें तो वह उन सबसे प्रेम कैसे कर पायेगी। वस्तुतः द्रौपदी के लिए तत्कालीन सामाजिक मान्यताओं के कारण यह इतना कठिन काम नहीं था, और हम क्यों भूल जाते हैं कि द्रौपदी अग्नि कुंड में से जन्मी हुई वह तेजस्विनी नारी थी जिसका जीवन अपने पिता के अपमान का प्रतिशोध लेने के लिए तथा उनके शत्रुओं का विनाश करने के लिए था। अपने इन पाँच पतियों के माध्यम से उसने अपने पिता के पक्ष से लड़ने के लिए पाँच महावीर योद्धओं का वरण किया था।

11

द्रौपदी के स्वयंवर के लिए जो शर्त रखी गयी थी, वह इतनी ही थी कि स्वयंवर के धनुष पर प्रत्यंचा चढ़ाकर, दिये गये पाँच बाणों से एक छिद्र में से उसके पीछे रखे गये एक कृत्रिम पक्षी को वेधना होगा। सम्भवतः इसमें उस धनुष की कठोरता को सँभालने की शक्ति तथा छिद्र में से पाँच बाणों को एक साथ मारने के कौशल की परीक्षा थी किन्तु, कालान्तर में एक सुन्दर यन्त्र की कल्पना कर ली गयी, जिसमें नीचे जल में उसकी छाया देखते हुए, ऊपर घूमते हुए एक यन्त्र में लगी हुई मछली की आँख का वेधन करना था। यह कल्पना आकर्षक अवश्य है; किन्तु यह 'महाभारत' में वर्णित नहीं है। निश्चित् रूप से यह परीक्षा अर्जुन को ध्यान में रखते हुए ही निर्धारित की गयी है। और इससे यह भी स्पष्ट है कि द्रुपद को यह मालूम है कि पांडवों की वारणावत में मृत्यु नहीं हुई है। इससे हम यह भी अनुमान लगा सकते हैं कि उसके मन में यह अपेक्षा थी कि पांडव यहाँ आयेंगे, और यदि आयेंगे तो अर्जुन इस स्वयंवर में अवश्य भाग लेगा। यह एक प्रकार से पांडवों को खोज निकालने, उन्हें काम्पिल्य तक लाने तथा उपयुक्त अवसर पर राज-समाज में प्रकट होने का अवसर देने की योजना थी। यदि द्रुपद इतना कुछ जानते थे तो कदाचित् यह भी उन्हें मालूम ही होगा कि पांडव अपने वास्तविक रूप में स्वयंवर में सम्मिलित नहीं होंगे। स्वयंवर आरम्भ होने से पहले उन्हें यह भी ज्ञात हो गया होगा कि पांडव राजाओं तथा राजकुमारों के रूप में नहीं आये हैं। सम्भवतः इसी कारण से उनके ही नहीं, द्रौपदी तथा धृष्टद्युम्न के मन में भी यह बात रही होगी कि पांडव किसी अन्य रूप में उस विशाल जनसमुदाय में कहीं न कहीं उपस्थित होंगे। इस दृष्टि से

राज-समाज के प्रतियोगियों की असफलता द्रुपद तथा द्रौपदी, दोनों के लिए ही हर्ष का विषय रही होगी। जिसको प्राप्त करने के लिए उन्होंने इतना बड़ा आयोजन किया था, वह उस राज-समाज में नहीं था, इसलिए राज-समाज में से किसी की भी सफलता द्रुपद तथा द्रौपदी—दोनों को ही निराश करती। कदाचित् इसी कारण से जिस समय ब्राह्मण वेशधारी अर्जुन ने प्रतियोगी के रूप में धनुष उठाने का प्रयत्न किया, तो किसी ने तनिक भी आपत्ति नहीं की। बहुत सम्भव है कि ब्राह्मण के रूप में अर्जुन को वे कुछ-कुछ पहचान भी चुके हों। इसका निश्चित् प्रमाण महाभारत में है कि कृष्ण पांडवों को पहचान चुके थे। हो सकता है कि उन्होंने इसकी सूचना द्रुपद तथा द्रौपदी को भी दे दी हो।

वैसे तो कर्ण को प्रतियोगिता में सम्मिलित होने की अनुमति न देना नियम विरुद्ध नहीं था; फिर भी द्रुपद ने यह अनुमति दी और द्रौपदी ने उसे वर्जित कर दिया। प्रश्न यह है कि क्या सफल होने पर कर्ण द्रुपद को अपने जामाता के रूप में स्वीकार्य था? यदि नहीं था तो उन्होंने स्वयं वह बात क्यों नहीं कही, जो द्रौपदी को कहनी पड़ी। धृष्टद्युम्न ने आरम्भिक घोषणा में प्रतियोगियों के लिए जो विशेषण लगाये थे, उनमें से एक कुलीन होना भी था। कुलीन का सम्बन्ध न धन से है, न पद से। कर्ण इस समय अंगराज माना जाता था। यद्यपि हम देख चुके हैं कि उसका अंगराज होना कितना सन्देहास्पद है; फिर भी कम-से-कम हस्तिनापुर में उसे यह मान्यता प्राप्त थी। धन की भी उसके पास कमी नहीं थी। किन्तु निर्धन ब्राह्मण के वेश में अर्जुन को स्वीकार करते हुए, जिसके कुल-गोत्र का उस समय तक किसी को ज्ञान नहीं था, द्रौपदी तथा द्रुपद ने यही सिद्ध किया कि उन्हें धन तथा पद से युक्त अकुलीन वर से निर्धन तथा पदहीन कुलीन युवक अधिक ग्राह्य था। यहाँ कुलीनता का सम्बन्ध वर्ण से भी है और आचरण से भी। वस्तुतः वर्ण स्थूल रूप में आचरण का ही प्रतीक है।

यहाँ इसी सन्दर्भ में यह प्रश्न उठता है कि कर्ण को स्वयंवर में सम्मिलित होने से पहले ही क्यों सूचित नहीं किया गया कि वह इस स्वयंवर में भाग लेने का अधिकारी नहीं माना गया? यह द्रुपद तथा धृष्टद्युम्न की असावधानी से हो गया; अथवा यह 'स्वयंवर' में कन्या को वर के चयन के लिए दी जानेवाली वास्तविक स्वतन्त्रता का द्रौपदी के द्वारा प्रयोग था; अथवा मंच पर प्रस्तुत होने के पश्चात् सार्वजनिक रूप से द्रौपदी के मुख से यह कहलवाकर कि वह सूत-पुत्र से विवाह नहीं करेगी—जानबूझकर कर्ण का अपमान किया गया? किन्तु द्रुपद अथवा द्रौपदी की ओर से कर्ण का अपमान क्यों किया जाये? उन्हें कर्ण से क्या विरोध था? और क्या वह विरोध इतना प्रखर था कि उसका इस प्रकार अपमान किया जाये, जिसे वह आजीवन भुला न सके। वस्तुतः यहाँ द्रौपदी

तथा कर्ण के आकर्षण अथवा अनाकर्षण का कोई प्रश्न नहीं है, क्योंकि यद्यपि द्रौपदी असाधारण सुन्दरी थी, तो भी कर्ण उसे उसके सौन्दर्य पर मुग्ध होकर प्राप्त करने नहीं आया था। यह सम्बन्ध, अथवा स्वयंवर-विजय तो उसकी वीरता तथा धनुर्विद्या के कौशल की मान्यता तथा प्रतिष्ठा की उपलब्धि होती। द्रौपदी ने भी उसके रूप-रंग अथवा व्यक्तित्व के प्रति अनाकर्षण अथवा घृणा के कारण उसे अस्वीकार नहीं किया था। तो फिर उसका इस कोटि का अपमान करने का दुस्साहस क्यों किया गया?

इस प्रश्न के उत्तर पर विचार करने से पूर्व एक प्रश्न मेरे मन में और उठता है। स्थान-स्थान पर हम यह देखते हैं कि क्षत्रिय राजकुमारियों के स्वयंवरों में केवल उन्हीं लोगों को आमन्त्रित किया जाता है जो उस राजा तथा राजकुमारी को वर के रूप में स्वीकार्य होते हैं। मेरी यह मान्यता केवल इस अनुमान पर आश्रित है कि यदि राजा अप्रिय व्यक्तियों को निमन्त्रण नहीं भेजता, तो आमन्त्रित व्यक्ति उसके प्रिय ही होने चाहिए। इस दृष्टि से द्रौपदी के स्वयंवर में हस्तिनापुर के राजकुमारों का उपस्थित होना आश्चर्यजनक है। द्रोण द्वारा द्रुपद के अपमान के पश्चात् पांचालों तथा कौरवों में कोई सुखद सम्बन्ध हो ही नहीं सकता था। इस दृष्टि से दुर्योधन, उसके भाइयों और उसके मित्रों—जिनमें अंगराज कर्ण सम्मिलित था—को आमन्त्रित करने का कोई प्रश्न ही नहीं उठता था। फिर भी जब वे सब लोग वहाँ उपस्थित हैं, तो इसका अर्थ यह हुआ कि द्रौपदी के स्वयंवर के लिए पांचाल नरेश ने खुला निमन्त्रण भेजा होगा। इसलिए न केवल दुर्योधन, उसके भाई, कर्ण इत्यादि वहाँ उपस्थित थे, वरन् स्वयं द्रोण का पुत्र अश्वत्थामा भी वहाँ वर्तमान था। या तो द्रुपद उन्हें मना नहीं कर सकते थे, या द्रुपद को यह विश्वास था कि वे लोग प्रतिज्ञा पूरी नहीं कर पायेंगे। इसलिए कर्ण का अपमान एक ओर जहाँ उसके माध्यम से, दुर्योधन आदि का भी अपमान था। दूसरी ओर कर्ण की क्षमताओं को देखते हुए, यह भय भी था कि कहीं वह विजयी न हो जाये। दुर्योधन तथा उसके समर्थकों के प्रति यह रोष और विरोध, द्रुपद के मन में पांडवों के प्रति सहानुभूति का भी प्रमाण है। इसका अर्थ यह है कि कर्ण को स्वयंवर में भाग लेने का अवसर जानबूझकर दिया गया, ताकि उसका तथा उसके माध्यम से दुर्योधन का अपमान कर, आचार्य द्रोण के प्रति अपना विरोध जताया जा सके। दूसरी सम्भावना यह है कि द्रुपद ने कर्ण की क्षमताओं का अवमूल्यांकन ही किया हो। उन्होंने उसमें इतनी क्षमताएँ ही न देखी हों कि वह धनुष की प्रत्यंचा चढ़ाकर प्रतियोगी के रूप में यन्त्र के सम्मुख खड़ा हो सकेगा। इसलिए उसे वर्जित करने का कोई कारण नहीं समझा गया होगा; किन्तु जब वह उन आरम्भिक बाधाओं को पार कर आया, जिन्हें अन्य राजकुमार पार नहीं कर

सके थे, तो उसकी सफलता की सम्भावना को देखते हुए द्रौपदी को इस प्रकार कटु होकर उसे रोकना पड़ा।

ऐसी स्थिति में यह प्रश्न भी उठता है कि द्रुपद ने इस स्वयंवर के लिए खुला निमन्त्रण भेजा ही क्यों? उन्होंने केवल अपने मनोनुकूल राजाओं तथा राजकुमारों को ही क्यों आमन्त्रित नहीं किया? हम एक सम्भावना पर विचार कर सकते हैं : वे नहीं जानते थे कि जिस अर्जुन को वे इस स्वयंवर के माध्यम से बुला रहे हैं, उस तक यह सन्देश पहुँचा भी है कि नहीं, और यदि सन्देश पहुँच गया है, तो वह किस रूप में वहाँ आयेगा। यदि स्वयंवर का खुला निमन्त्रण न होता तो अर्जुन का उसमें सम्मिलित हो पाना कभी भी सम्भव न होता।

अर्जुन की सफलता के पश्चात् स्वयंवर का दृश्य बदल जाता है। कदाचित् सामान्य स्वयंवरों में इसी प्रकार की घटनाएँ होती रही होंगी। हरण तथा अपहरण क्षत्रिय राजाओं के लिए तनिक भी अपवाद नहीं था। ऐसे समय में सामान्यतः कन्या का पिता उन उद्दण्ड, अहंकारी किन्तु शक्तिशाली राजाओं को नियन्त्रित नहीं कर सकता था। हरण तथा अपहरण की प्रत्येक घटना में अन्य सारे क्षत्रिय राजा हरणकर्ता के विरुद्ध कन्या के पिता की ओर से युद्ध करते दिखायी पड़ते हैं जैसाकि भीष्म के साथ हुआ। वीर्य-शुल्का कन्या को जय करनेवाले प्रतियोगी के विरुद्ध जब उपद्रव होता है, तो सारे असफल राजा, सफल प्रतियोगी का विरोध करते हुए दिखायी पड़ते हैं। ऐसी स्थिति में सफल प्रतियोगी एक और वीर्य-शुल्का कन्या के पिता की प्रतिज्ञा तो पूरी करता ही है—उन समस्त असफल राजाओं को पराजित कर अपनी वीरता तथा सामर्थ्य का प्रमाण भी प्रस्तुत करता है।

अर्जुन के सफल होने, और असफल क्षत्रिय राजाओं की ओर से विरोध किये जाने पर, जब उपद्रव की स्थिति होने की सम्भावना दिखायी देती है, तो युधिष्ठिर, नकुल तथा सहदेव अपने भाइयों की सहायता करने के स्थान पर उठकर अपने डेरे पर क्यों चले जाते हैं? इस प्रश्न का उत्तर महाभारत में नहीं मिलता। कदाचित् यह तीसरा अवसर है जब पांडवों में से एक अथवा दो भाइयों को युद्ध की स्थिति में छोड़ शेष भाई पृथक् खड़े हो गये हैं। हिडिम्ब तथा बकासुर के वध की घटनाओं में चारों भाइयों में से किसी ने भीम की सहायता नहीं की थी। यहाँ भीम तो अर्जुन की सहायता के लिए आया, किन्तु शेष तीनों भाई वहाँ से चले गये। इस 'क्यों' का उत्तर अनुमानतः वही हो सकता है, जो पिछली दोनों घटनाओं में था; अर्थात् युधिष्ठिर को यह पूर्ण विश्वास था कि सारे राजा मिलकर भी अर्जुन और भीम का कुछ नहीं बिगाड़ पायेंगे। वैसे द्रुपद, धृष्टद्युम्न उनकी सेनाओं और सेनापतियों, कृष्ण, बलराम तथा अन्य यादव वीरों की उपस्थिति से उन्हें यह आश्वासन तो मिल ही गया होगा कि वे

लोग अर्जुन तथा भीम का कोई भी अनिष्ट नहीं होने देंगे।

यह तथ्य है कि वे वहाँ से चले गये। इस जाने के अनुमानतः दो कारण हो सकते हैं। एक तो उन्हें यह भय था कि यदि वे लोग इकट्ठे हो गये तो कदाचित् वे पहचान लिये जायेंगे। पहचान लिये जाने पर उन्हें दुर्योधन तथा उसके साथियों की ओर से भी संकट की आशंका थी; और द्रुपद का दृष्टिकोण उनके प्रति क्या होगा—यह भी वे नहीं जानते थे। द्रुपद को पराजित कर बाँधकर बन्दी के रूप में द्रोण के चरणों में डाल देनेवाला अर्जुन ही तो था। यदि द्रुपद को पता चल जाता कि यह वही अर्जुन है, तो सम्भवतः वह अपनी प्रतिहिंसा में उनका वध भी कर सकता था। इसलिए जब तक वे पूर्णतः आश्वस्त नहीं हो जाते कि द्रुपद के मन में उनके लिए अमैत्री भाव नहीं है, तब तक वे स्वयं को प्रकट नहीं कर सकते थे। फिर भी यह एक विचित्र स्थिति तो है ही कि एक ओर वे अपने दो भाइयों को पूर्णतः आश्वस्ति के साथ निर्भय होकर विरोधी राजाओं के बीच में छोड़ रहे हैं कि उनका कोई अनिष्ट नहीं होगा और दूसरी ओर वे दुर्योधन तथा द्रुपद, दोनों से इतने भयभीत हैं कि वे अपना वास्तविक रूप प्रकट नहीं कर सकते।

दूसरी सम्भावना केवल इतनी ही है कि वे अपनी माता को अर्जुन की सफलता की अग्रिम सूचना देने के लिए गये थे। किन्तु इस प्रकार व्यग्रता में माता को सूचना देने के लिए जाना, सिवाय मानसिक अपरिपक्वता के और कुछ नहीं हो सकता : जैसे कोई बच्चा किसी नये समाचार को थोड़ी देर भी अपने पास रोककर न रख सके और माता को बताने के लिए भागता हुआ घर चला जाये। जब दो भाई राजाओं की एक पूरी भीड़ के साथ जीवन-मरण का युद्ध कर रहे हों, ऐसे में उनके तीन भाइयों का उठकर माँ को सूचना देने के लिए चल पड़ना तनिक भी तर्कसंगत नहीं लगता। और मजे की बात यह है कि वही बात नहीं हुई, जिसके लिए वे लोग इतनी जल्दी माँ के पास गये थे। इधर अर्जुन और भीम युद्ध कर, उन राजाओं को पराजित कर द्रौपदी को लेकर घर पहुँचे और उधर माँ को सूचना देने के लिए काफी समय पहले चल पड़े भाइयों का पता नहीं था। क्या ऐसा नहीं लगता कि महाभारतकार ने युधिष्ठिर, नकुल तथा सहदेव को जानबूझकर यह देर करवायी है ताकि कुन्ती को यह सूचना ही न मिल सके कि अर्जुन स्वयंवर में विजयी हुआ है? किन्तु युधिष्ठिर को विलम्ब भी नहीं हुआ है। जिस समय भीम और अर्जुन डेरे पर आये हैं, युधिष्ठिर भीतर उपस्थित है, क्योंकि कुन्ती ने उसी से कहा था : "पुत्र! यह राजा द्रुपद की कन्या द्रौपदी है। तुम्हारे छोटे भाई भीमसेन और अर्जुन ने इसे भिक्षा कहकर मुझे समर्पित किया और मैंने भी भूल से अनुरूप उत्तर दे दिया, तुम सब मिलकर उसे पाओ।" (4/190, आदिपर्व)

यह समस्या एक ही स्थिति में सुलझ सकती है। यदि हम यह मान लें कि युधिष्ठिर, नकुल तथा सहदेव के स्वयंवर से उठकर डेरे पर लौट आने की घटना अर्जुन की सफलता से पूर्व की है। यह सम्भावना हो सकती है कि युधिष्ठिर के मन में यह अत्यन्त स्पष्ट था कि बड़ा होने के कारण पहले विवाह उसी का होगा। जब उसने द्रौपदी के स्वयंवर की प्रतिज्ञा सुनी, तो उसके मन में स्पष्ट हो गया होगा कि वह यह प्रतिज्ञा पूरी नहीं कर सकता। सम्भव है कि वह अपनी हताशा में ही उठकर डेरे पर आ गया हो। कुछ इसी प्रकार के कारणों से नकुल और सहदेव भी आ गये हों, और उन तीनों को यह पता ही न हो कि अर्जुन स्वयंवर में विजयी हुआ है। इसी कारण से वे कुन्ती को अर्जुन की विजय का समाचार भी न दे पाये हों।

अर्जुन द्वारा स्वयंवर की प्रतिज्ञा पूरी कर देने के पश्चात् क्षत्रिय राजाओं के समूह के द्वारा उसका विरोध तत्कालीन क्षत्रियों की मानसिकता को प्रकट करता है। ऐसा भी सम्भव है कि दुर्योधन तथा उसके साथियों ने अर्जुन को पहचान लिया हो; और उसने राजाओं की उस भीड़ को उत्तेजित कर उनके हाथों, उनकी आड़ में स्वयं अर्जुन की हत्या का प्रयत्न किया हो।

उस शल्य को क्या कहिये जो बिना जाने-बूझे, कहीं भी किसी से भिड़ जाता है। भीम के साथ उसका युद्ध बहुत तर्कसंगत नहीं लगता। शल्य, माद्री का बड़ा भाई है। उसी ने हठपूर्वक भीष्म से कन्या-शुल्क लेकर पांडु से विवाह के लिए माद्री उन्हें सौंपी थी। इस रूप में वह माद्री से कुछ तो बड़ा रहा ही होगा। इस घटना के कम-से-कम पाँच वर्ष बाद भीम के जन्म की सम्भावना है। इस रूप में शल्य, भीम से कम-से-कम तीस वर्ष बड़ा रहा होगा ही, किन्तु फिर भी वह द्रौपदी को पाने के लिए अर्जुन और भीम से लड़ रहा है। यह युद्ध उसने अनजाने में किया; किन्तु महाभारत के युद्ध में वह जानते-बूझते, बिना किसी महत्त्वपूर्ण कारण के, कौरवों की ओर से पांडवों के विरुद्ध लड़ा। वह उस युग के क्षत्रियों का पूर्ण प्रतिनिधि है, जो अहंकारवश कहीं भी भिड़ जाते हैं, चाहे उसका कोई कारण हो या न हो, उसमें उनका अपना अथवा समाज का कोई हित हो या न हो।

यह युद्ध वस्तुतः कर्ण की अर्जुन के हाथों दूसरी पराजय है। वह कर्ण, जो हस्तिनापुर की रंगशाला में अर्जुन के साथ द्वन्द्व-युद्ध करना चाहता था, इससे पूर्व द्रुपद से भी पराजित हो चुका था, और अर्जुन ने द्रुपद को बन्दी किया था। अब वह प्रत्यक्ष रूप से अर्जुन से पराजित हुआ था और हाथ जोड़कर युद्ध से पृथक् हो गया था। यह सम्भव नहीं है कि इस युद्ध के होने तक अर्जुन और भीम, दुर्योधन और शकुनि के द्वारा पहचान न लिये गये हों। फिर भी कर्ण हाथ जोड़कर पृथक् हो जाता है। यह घटना उसकी वीरता की डींगों

का तो प्रत्याख्यान करती ही है, साथ ही, अर्जुन के सम्मुख उसकी स्थिति भी स्पष्ट कर देती है।

किन्तु इस स्वयंवर की सबसे आश्चर्यजनक घटना यह है कि द्रुपद, अर्जुन और भीम से उनका परिचय पूछे बिना उन्हें द्रौपदी को ले जाने देते हैं। और रोचक तथ्य यह भी है कि उनके पीछे-पीछे धृष्टद्युम्न छिपकर उनका परिचय जानने के लिए जाता है। यहाँ इन दोनों पक्षों के व्यवहार के विषय में बहुत सारे प्रश्न उठाये जा सकते हैं। पांडव छद्म-वेश में हैं और गोपनीय रूप से नगर के बाहर कुम्हार के घर में ठहरे हुए हैं। इसका अर्थ यह हुआ कि वे अभी स्वयं को प्रकट करना नहीं चाहते। तो फिर द्रौपदी को लेकर वे लोग किस प्रकार छिपकर डेरे पर आये होंगे? स्वयंवर में न केवल द्रुपद और उसका राज-तन्त्र, सारा राज-समाज तथा असंख्य प्रजा-जन उपस्थित थे। जिस समय द्रौपदी को लेकर अर्जुन और भीम चले होंगे, उस समय क्या उन सारे उपस्थित लोगों ने उनको छिपकर जाने दिया होगा? क्या भीड़ की भीड़ उनके पीछे न चल पड़ी होगी? क्या उन राजाओं ने जिन्होंने उनके विरुद्ध युद्ध किया था, उन्हें यूँ ही जाने दिया होगा? क्या उनके चर अर्जुन और भीम के पीछे नहीं लग गये होंगे? स्वयं द्रुपद, जो उनका परिचय जानने को अत्यन्त उत्सुक थे, ने भी बिना परिचय पूछे, उन्हें चुपचाप जाने दिया? और यदि जाने ही दिया तो धृष्टद्युम्न को गोपनीय रूप से क्यों उनके पीछे लगा दिया? पांडवों की यह गोपनीयता भी कैसी थी, कि धृष्टद्युम्न भी उनके पीछे चला आया, कुटीर के बाहर से छिपकर उनके सारा वार्तालाप सुन गया, और पांडवों को कुछ पता ही नहीं चला। कृष्ण और बलराम भी छिपकर उनके कुटीर में चले आये; और छिपकर ही लौटे।... जो भी हो, इतना तो स्पष्ट ही है कि उस समय तक पांडव स्वयं को प्रकट करना नहीं चाहते थे। यह भी महत्त्वपूर्ण है कि स्वयं कृष्ण ने उनके कुटीर में आकर उनसे यह कहा कि अभी वे लोग अपना परिचय गुप्त ही रखें। इस गोपनीयता के पीछे जैसाकि हम पहले ही देख चुके हैं, द्रुपद तथा दुर्योधन, दोनों का ही भय हो सकता है। यद्यपि अब अर्जुन और भीम की वीरता इस सीमा तक प्रतिष्ठित हो चुकी है कि वे आर्यावर्त के राज-समाज के चुने हुए वीर योद्धाओं के सम्मिलित बल को अकेले ही पराजित कर सकते हैं; किन्तु फिर भी, अभी न वे स्वयं प्रकट होना चाहते हैं और न ही कृष्ण उन्हें प्रकट होने का परामर्श देते हैं।

कुम्हार के घर में ठहरे हुए पांडवों के परिवार में द्रौपदी का आना अद्‌भुत है। वह उनसे एक भी प्रश्न नहीं पूछती कि वे कौन हैं? ब्राह्मण होने पर भी शस्त्रधारी क्यों हैं? कहाँ के रहनेवाले हैं? ब्राह्मण होकर भी कुम्हार के घर क्यों ठहरे हैं? वह कुछ नहीं पूछती और पांडवों के द्वारा लायी गयी भिक्षा को

एकत्रित कर बड़े सहज भाव से भोजन की तैयारी करती है। उसमें से आधा भीम को देकर, शेष के छह भाग कर चार पांडवों, कुन्ती तथा अपने मध्य बाँट देती है; और भोजन कर भूमि पर शैया बना पांडवों के चरणों की ओर इस प्रकार लेट जाती है, जैसे यह उसका नित्य-प्रति का क्रम रहा हो। यहाँ एक राजकुमारी की मानसिकता का महाभारतकार ने तनिक भी ध्यान नहीं रखा। एक राजकुमारी भिक्षोपजीवी ब्राह्मणों के घर आकर तनिक भी विचलित न हो—यह सम्भव ही नहीं है। या फिर हम यह मान लें कि जिस प्रकार यह सारा स्वयंवर ही इसलिए रचा गया था कि उसके माध्यम से अर्जुन से सम्पर्क किया जा सके, उसी प्रकार द्रुपद ने सहज ही अपनी बेटी को उन दो ब्राह्मणों के साथ भेज दिया और धृष्टद्युम्न को उनका परिचय खोज लाने का आदेश दिया। इस सारे व्यवहार में भी कहीं यह ध्वनि है कि द्रुपद को यह सन्देह था कि ये युवक अपने वास्तविक रूप में नहीं हैं। उनका वास्तविक परिचय कुछ और है। द्रुपद के मन में कहीं यह सन्देह भी था कि कदाचित् वह युवा ब्राह्मण अर्जुन ही है। इसलिए धृष्टद्युम्न द्वारा यह सूचना लाये जाने पर कि वे युवक पांडव ही हैं—द्रुपद को आश्चर्य कम, सुख की अनुभूति ही अधिक होती है। कदाचित् इसी प्रकार द्रौपदी के मन में भी यह बात रही हो कि इस परिवार का यह वास्तविक स्वरूप नहीं है। वे लोग अपनी गोपनीयता बनाये रखने के लिए नाटक ही कर रहे हैं। उनकी वास्तविकता जानने तक उसे चुपचाप धैर्यपूर्वक यह सब कुछ देखना और करना होगा जो वे लोग चाहते हैं, जैसे कोई अभिनेता नाटक में दी गयी भूमिका का पूर्ण निष्ठा से निर्वाह करता है। हम सुविधा से यह मान सकते हैं कि शायद कृष्ण ने पांचालों को कोई न कोई ऐसा संकेत दिया होगा, जिससे उनके मन में यह आस्था होगी कि वे पांडव ही हैं। किन्तु इस मान्यता के विरोध में कृष्ण की वह उक्ति ही सबसे बड़ा प्रमाण है जिसमें उन्होंने पांडवों को अपनी वास्तविकता प्रकट न करने का परामर्श दिया था। इसका अर्थ यह हुआ कि द्रौपदी उनके विषय में कुछ नहीं जानती थी; किन्तु यह सन्देह उसे था कि उनकी वास्तविकता कुछ और है। इसलिए रात को जब वे पाँचों भाई परस्पर शस्त्रों तथा युद्धों की बात करते रहे, तो निश्चित रूप से द्रौपदी को यह विश्वास हो गया होगा कि वस्तुतः वे लोग साधारण भिक्षोपजीवी ब्राह्मण नहीं हैं; किन्तु उनका वास्तविक परिचय उसने फिर भी नहीं पूछा।

इसी समय जो अधिक महत्त्वपूर्ण घटना घटी, कुन्ती की यह आपत्ति थी कि बड़े भाई अविवाहित रहते हुए भी क्या अर्जुन पहले विवाह कर लेगा? ऐसे समय में अर्जुन से नहीं, युधिष्ठिर की भी प्रक्रिया ध्यान से देखने योग्य है। सामान्यतः अर्जुन यह कह सकता था कि युधिष्ठिर के अविवाहित रहते हुए भीम ने भी तो विवाह किया था, अथवा स्वयंवर में वह विजयी हुआ है,

युधिष्ठिर नहीं; इसलिए द्रौपदी से विवाह करने का अधिकार केवल उसको ही प्राप्त है। किन्तु अर्जुन इन दोनों में से एक भी बात नहीं कहता। वह अत्यन्त शालीनतापूर्वक युधिष्ठिर से निवेदन करता है कि वह द्रौपदी से विवाह कर ले, क्योंकि ज्येष्ठ होने के कारण विवाह का पहला अधिकार उसी का है। उत्तर में युधिष्ठिर भी उतने ही आग्रहपूर्वक अर्जुन से कहता है कि विवाह अर्जुन ही करे, क्योंकि स्वयंवर की प्रतिज्ञा उसी ने पूर्ण की थी। यहाँ यह ध्यातव्य है कि जिस द्रौपदी के लिए सम्पूर्ण जम्बूद्वीप के राजा प्राण देने और प्राण लेने के लिए तुले हुए थे, और जिस द्रौपदी में अर्जुन और युधिष्ठिर, दोनों की ही आसक्ति स्वयं महाभारतकार ने स्वीकार की है, उसी द्रौपदी को वे निर्लिप्त, अनासक्तभाव से एक-दूसरे को प्रदान कर रहे हैं। इस सन्दर्भ में मेरा ध्यान इस ओर भी जाता है कि इन दोनों पुरुषों के लिए नारी की इच्छा कोई अर्थ नहीं रखती। वे उसे एक निर्जीव पदार्थ के समान अपनी सम्पत्ति जानकर एक-दूसरे को प्रदान कर रहे हैं। यह कदाचित् उस युग में नारी के प्रति सामाजिक मान्यता थी। पिता अथवा पति को यह अधिकार था कि वह अपनी पत्नी तथा अपनी पुत्री को अपने अधिकार के सन्दर्भ में, अपनी सम्पत्ति के समान ही समझे। कन्यादान की अवधारणा भी इसी सामाजिक मान्यता की देन है। हालाँकि सुभद्रा-हरण के प्रसंग में कृष्ण इस प्रकार के कन्यादान का विरोध करते हैं, किन्तु सामाजिक प्रचलन तो उसका था ही। पति का भी पत्नी पर इसी प्रकार का अधिकार था। इसीलिए तो युधिष्ठिर जुए में द्रौपदी को ही दाँव पर लगा सका। इसी प्रसंग में यह भी दिखायी देता है कि युधिष्ठिर ने द्रौपदी को ही दाँव पर नहीं लगाया, उसने अपने भाइयों को भी, जो पुरुष थे और उसके भाई थे, पुत्र नहीं, उसी प्रकार दाँव पर लगाया जैसे वे भी उसकी सम्पत्ति ही थे। इस धरातल पर स्त्री और पुरुष का भी कोई अन्तर दिखायी नहीं देता। जो परिवार का मुखिया है, उसे अपने परिवार के सदस्यों का स्वामित्व प्राप्त है। इस प्रकार के और भी अनेक उदाहरण 'महाभारत' में मिल जाते हैं।

किन्तु चर्चा द्रौपदी के प्रति आसक्त होते हुए भी अर्जुन तथा युधिष्ठिर के उन संस्कारों की थी जहाँ वे कामासक्ति का संयमन आवश्यक समझते हैं। अर्जुन और द्रौपदी के सम्बन्ध में कुन्ती को यदि कोई हल्की-सी आपत्ति है, तो द्रौपदी चाहे कितनी ही आकर्षक तथा मनोहारिणी क्यों न हो, अर्जुन अपनी भावनाओं को संयमित करेगा ही। यह कोई अकेला उदाहरण नहीं है। द्रौपदी का प्रेमी अर्जुन, जो उलूपी, चित्रांगदा तथा सुभद्रा से विवाह करता है, न तो नारी सौन्दर्य से निर्लिप्त है और न ही कामासक्ति से मुक्त; किन्तु वही अर्जुन उर्वशी के द्वारा दिये गये काम-निमन्त्रण को अस्वीकार करता है, क्योंकि उस सम्बन्ध में उसे अनौचित्य दिखायी देता है। उत्तरा के साथ अपने विवाह का

भी वह इसी आधार पर विरोध करता है। युधिष्ठिर और अर्जुन द्वारा द्रौपदी को एक-दूसरे को प्रदान करने का इस प्रस्ताव में उनके चरित्रों का यही परिष्कार दिखायी पड़ता है। ये वे आर्य लोग हैं, जो जीवन के भोग को अनुचित नहीं मानते। नारी सुख उनके जीवन का बहुत बड़ा सुख है। वे अनेक नारियों से शरीर-सम्बन्ध रखते हैं, किन्तु फिर भी उचित-अनुचित का विवेक वे त्यागते नहीं, धर्माधर्म का विचार वे करते ही हैं।

अर्जुन की वस्तु को युधिष्ठिर स्वीकार नहीं कर सकता। यह बड़े भाई का बड़प्पन है। किन्तु जब यह मान ही लिया जाता है कि द्रौपदी युधिष्ठिर को दे दी गयी; और वह उसकी सम्पत्ति हो गयी, तो वह अपनी सम्पत्ति तो अपने छोटे भाइयों के साथ बाँट ही सकता है। बड़े भाई के रूप में छोटे भाइयों की सम्पत्ति को ग्रहण करना उसके लिए उचित नहीं है, किन्तु अपनी सम्पत्ति को अपने छोटे भाइयों में वितरित करना उसकी उदारता है। यह दूसरी बात है कि सम्पत्ति के रूप में इस समय द्रौपदी उनके सामने खड़ी है।

इसी सन्दर्भ में एक और बात पर भी ध्यान जाता है। भाभी और देवर के रिश्ते में शृंगार की छौंक है, जोकि अनुज-वधू तथा जेठ के सम्बन्ध में नहीं है। अनेक समाजों में आज भी बड़े भाई की मृत्यु पर उसकी पत्नी का विवाह छोटे भाई से कर दिया जाता है, किन्तु छोटे भाई की मृत्यु के पश्चात् उसकी पत्नी का विवाह बड़े भाई से हो—ऐसा प्रचलन नहीं है।

पाँचों भाइयों से विवाह की चर्चा द्रौपदी ने पांडवों के डेरे पर ही सुन ली थी; किन्तु उसने अपनी कोई प्रतिक्रिया प्रकट नहीं की। द्रुपद के निमन्त्रण पर उनके प्रासाद में जाकर अपना परिचय देने के पश्चात् जब यही प्रस्ताव युधिष्ठिर पंचालराज द्रुपद के सम्मुख रखता है, तो आपत्ति द्रुपद तथा धृष्टद्युम्न की ओर से आती है—द्रौपदी की ओर से नहीं। इससे यह आभास मिलता है कि कदाचित् द्रौपदी मन-ही-मन इसके लिए सहमत हो चुकी थी। यह भी सम्भव है कि बहुपतित्व की इस प्रथा के प्रति पुरुष-समुदाय को स्त्रियों की अपेक्षा अधिक आपत्ति रही हो और पुरुष ही उसे समाप्त करना चाहते हों। किन्तु इस प्रसंग में तो धर्मराज युधिष्ठिर, योगीराज कृष्ण तथा महर्षि वेदव्यास सब ही सहमत हैं कि यह विवाह पूर्णतः धर्मसंगत है। उस युग के धर्म की व्याख्या करने के अधिकारी ये तीनों महापुरुष, अपने युग के धर्म के साक्षात् प्रतिनिधि हैं।

12

अब पांडवों को अपना परिचय गुप्त बनाये रखने की आवश्यकता नहीं है, और न ही यह उनके लिए सम्भव है। पांचालों की राजधानी काम्पिल्य में उन्होंने सम्पूर्ण जम्बू-द्वीप के राज-समाज के सम्मुख द्रौपदी को प्राप्त किया है, यह सूचना उन

राजाओं के साथ सारे जम्बू-द्वीप में स्वयं ही पहुँच गयी होगी। महाभारतकार के वर्णन के अनुसार, विदुर द्वारा यह सूचना दिये जाने पर, कि द्रौपदी कौरवों की पुत्र-वधू बन गयी हैं—धृतराष्ट्र यह समझकर कि स्वयंवर को दुर्योधन ने जीता है, अपनी हार्दिक प्रसन्नता प्रकट करता है। यहाँ विदुर ने जानबूझकर धृतराष्ट्र को यह नहीं बताया कि स्वयंवर का विजेता दुर्योधन नहीं, अर्जुन है। लगता है कि धृतराष्ट्र की दृष्टता का जी भरकर दंड देने के लिए ही विदुर ने उस अन्धे के साथ यह क्रूर परिहास किया। किन्तु वास्तविक सूचना मिलने पर भी धृतराष्ट्र और उसके पुत्र, कोई बहुत विकट आश्चर्य प्रकट नहीं करते। जबकि सामान्यतः मरे हुए व्यक्तियों के और विशेषकर उन व्यक्तियों के जिन्हें उन्होंने अपने हाथों मरवाया था—जीवित हो उठने पर इतना अधिक आश्चर्य होना चाहिए था कि जैसे वे इसका किसी भी स्थिति में विश्वास ही न कर पायें।

किन्तु महाभारत में अनेक स्थानों पर स्मृति का अत्यन्त अभाव है। पांडवों की ओर से कभी यह स्मरण नहीं रखा होगा कि वारणावत में उनको जीवित जला देने का षड्यन्त्र धृतराष्ट्र और दुर्योधन ने किया था। वे हस्तिनापुर पहुँचकर इस प्रकार सहज व्यवहार करते हैं, जैसे वे अपने किसी सुखद प्रवास से लौटे हों। ऐसे ही अनेक उदाहरण और भी दिये जा सकते हैं।

अब स्थिति एकदम बदल चुकी है। पांडव, द्रुपद के जमाता हैं। इसलिए उन पर द्रोण से भी अधिक उसका अधिकार है। वह चाहेगा कि पांडवों को उनका राज्य प्राप्त हो, और यदि उसके लिए युद्ध भी करना पड़े तो किया जाये। धृष्टद्युम्न और द्रुपद की तो युद्ध के लिए प्रचंड इच्छा रही होगी; क्योंकि युद्ध के माध्यम से ही वे द्रोणाचार्य तथा उनको शरण देनेवाले भीष्म से अपना प्रतिशोध ले सकते थे। अब तक यदि उन्होंने हस्तिनापुर पर आक्रमण नहीं किया था, तो पांडवों के कारण ही नहीं किया था, जो वस्तुतः पांचाल के विजेता थे। अब वे ही महावीर पांडव हस्तिनापुर की ओर न होकर पांचालों के पक्ष में खड़े थे। यह कहना कठिन है कि यदि युद्ध होता तो यह माना जाता कि आक्रमणकारी पांचाल हैं और पांडव सेनाएँ उनकी सहायता कर रही हैं, अथवा आक्रमण पांडवों ने किया है और पांचाल सेनाएँ उनकी सहायता कर रही हैं। यदि केवल इतना ही होता तो कदाचित् धृतराष्ट्र ने युद्ध का साहस भी दिखाया होता; अथवा युद्ध का संकट भी उठाया होता। किन्तु पांडवों के पक्ष में तो स्वयं कृष्ण, बलराम सात्यकि तथा यादव सेनाएँ थीं। पांडवों, पांचालों तथा यादवों की सम्मिलित शक्ति का विरोध हस्तिनापुर नहीं करना चाहता था। यदि यह प्रयत्न किया जाता तो महाभारत का वह युद्ध जो कुछ वर्षों बाद हुआ, पहले ही हो चुका होता। यह प्रथम अवसर है कि पांडवों ने अपना अधिकार सैनिक बल के आधार पर माँगा है। हस्तिनापुर के धर्मसंगत राजा युधिष्ठिर को बाह्य

मित्रों की सेनाओं की सहायता से अपने ही राज्य पर आक्रमण करने की-सी स्थिति उत्पन्न करनी पड़ी। इसका स्पष्ट अर्थ है कि धृतराष्ट्र ने जो राज्य पांडवों को दिया, वह पांडवों के अधिकार को स्वीकार करते हुए नहीं, अपने भाई के पुत्रों पर दया कर अथवा स्नेहवश भी नहीं, पारिवारिक शान्ति बनाये रखने की इच्छा से भी नहीं, वह तो पांडवों के समर्थक सैन्य बल से भयभीत होकर उस युद्ध से बचने के लिए, उसका धूर्ततापूर्ण षड्यन्त्र था, जिसमें वह पूर्णतः सफल हुआ।

यह आश्चर्यजनक तथ्य है कि राज्य के विभाजन का प्रस्ताव उन भीष्म की ओर से आया, जो आज तक हस्तिनापुर की एकता और अखंडता की रक्षा का प्रयत्न कर रहे थे। यह प्रस्ताव किन परिस्थितियों में आया, इसे देखें तो न केवल भीष्म का चिन्तन, वरन् उनकी स्थिति भी स्पष्ट हो जाती है।

धृतराष्ट्र ने पांडवों को काम्पिल्य से लिवा लाने के लिए विदुर को भेजा तो है, किन्तु उसके अपने घर में लगातार यह योजना बन रही है कि पांडवों पर आक्रमण कर उनका वध कर दिया जाये। हस्तिनापुर में दुष्कृत्यों, अन्यायों, दुष्टताओं, क्रूर-कर्मों की इतनी भीड़ लग चुकी है कि वह सब कुछ जैसे उनकी जीवन-विधि ही बन गयी है। कोई उसका विरोध नहीं करता, कोई दुष्टों, पापियों तथा अपराधियों को दंडित नहीं करता, उल्टे उनके सारे अधिकार सर्वमान्य होते जा रहे हैं। यह तथ्य स्थापित हो जाने पर भी कि दुर्योधन, दुःशासन, शकुनि तथा कर्ण ने मिलकर राज्य के लिए पांडवों तथा कुन्ती को अग्नि में जलाकर भस्म कर देने का षड्यन्त्र रचा था और धृतराष्ट्र का अनुमोदन उनको प्राप्त था, कोई उस अपराध के लिए उन्हें दंडित करने की बात तक कहने का साहस नहीं करता। भीष्म तथा विदुर भी नहीं। यह भी कोई नहीं कहता कि अब तो धृतराष्ट्र यह राज्य युधिष्ठिर के हवाले कर उसके मार्ग से हट जाये। स्थिति यह है कि आग में जलाकर राज्य के वास्तविक अधिकारियों को मारकर, उनके राज्य पर आधिपत्य जमानेवाली शक्तियों से यह भी नहीं कहा जा रहा कि अब तो वास्तविक अधिकारियों को उनका राज्य सौंप दिया जाये; उल्टे दुर्योधन यह मानता है कि राज्य उसका है और पांडव उसे छीनने के लिए हस्तिनापुर पर आक्रमण कर रहे हैं। हस्तिनापुर की सेनाओं को लेकर वह मार्ग में ही पांडवों पर आक्रमण कर उनकी हत्या कर देना चाहता है। ऐसी स्थिति में भीष्म एक प्रकार का सन्धि-प्रस्ताव रखते हैं कि दुर्योधन पांडवों की हत्या की बात न करे, उनका राज्य उन्हें ना लौटायें, केवल आधा राज देकर ही समझौता कर ले। किसी में भी यह कहने का साहस नहीं है कि दुर्योधन अन्याय और अत्याचार कर रहा है। इसके विपरीत उसे ही मनाने का प्रयत्न किया जाता है कि वह पांडवों का जीवन उन्हें बख्श दे; और उनकी आजीविकास्वरूप उन्हें राज्य का

एक खंड दे दे। भीष्म की स्थिति भी अत्यन्त स्पष्ट है : उनके पास किसी प्रकार का कोई अधिकार नहीं है। अब उनका कोई नैतिक दबाव भी शेष नहीं बचा है। दुर्योधन की अनीति को देखते हुए भी वे प्रिय पांडवों के जीवन की रक्षा और उनके भरण-पोषण का प्रबन्ध भर कर रहे हैं। इस स्थिति को देखते हुए तनिक भी आश्चर्य नहीं होता कि भीष्म ने हस्तिनापुर राज्य के विभाजन का प्रस्ताव क्यों रखा। हाँ! यह आश्चर्य अवश्य होता है कि जब राज्य का विभाजन हो ही गया तो पांडवों के पक्षधर भीष्म, द्रोण और विदुर उनके साथ इन्द्रप्रस्थ क्यों नहीं गये? कई बार तो यह प्रश्न भी उठता है कि क्या सचमुच ये लोग पांडवों से प्रेम करते थे? क्या ये लोग सचमुच मानते थे कि धर्म के मार्ग पर पांडव ही चल रहे हैं? और यदि ऐसा था तो महाभारत के युद्ध में द्रोण और भीष्म पांडवों की ओर से युद्ध न कर दुर्योधन की ओर से क्यों लड़े? सामान्य-जन का विश्वास है कि भीष्म और द्रोण ने दुर्योधन का अन्न खाया था। इसलिए वे लोग अन्न का मूल्य चुका रहे थे; किन्तु प्रश्न यह है कि यदि उनके पास पांडवों के आश्रय में रहने का विकल्प था तो उन लोगों ने दुर्योधन का अन्न खाया ही क्यों?

द्रोण के विषय में तो यह भी लगता है कि कदाचित् पांडवों को वारणावत में भेजने से पूर्व ही द्रोण के मन में पांडवों का प्रेम समाप्त हो गया था। यदि वे पांडवों के पक्ष में होते तो धृतराष्ट्र इतनी सुविधा से पांडवों को वारणावत नहीं भेज सकता था। महाभारत में द्रोण के पांडव-विरोधी होने का कोई उल्लेख नहीं है, किन्तु एक साधारण, छोटी सी घटना हमारा ध्यान अवश्य खींचती है। द्रोण, अर्जुन से कहते हैं, "निष्पाप अर्जुन! यदि युद्ध-भूमि में मैं तुम्हारे विरुद्ध लड़ने को आऊँ, तो तुम मेरा सामना करना।" (14/138, आदिपर्व) अर्जुन उन्हें यह वचन देता है कि वह ऐसा ही करेगा। इस प्रसंग का यहाँ कोई सन्दर्भ नहीं है और न ही उस स्थान पर इस प्रकार के वार्तालाप की कोई सार्थकता है; किन्तु इस वार्तालाप से यह संकेत तो ग्रहण किया ही जा सकता है कि अब अर्जुन, द्रोण का वह प्रिय शिष्य नहीं रहा। उनमें सशस्त्र युद्ध की सम्भावना भी हो सकती है। मुझे लगता है कि भीतर-ही-भीतर आये किसी विरोध अथवा संघर्ष का यह एक आवरण मात्र है। वह विरोध अथवा संघर्ष क्या हो सकता है—महाभारत में इसका कोई उल्लेख नहीं है; किन्तु कुछ अनुमान तो लगाये ही जा सकते हैं।

युधिष्ठिर युवराज बन चुका था और द्रोण राजकुमारों की शिक्षा पूरी करके भी हस्तिनापुर की सभा में ही वर्तमान थे। अब उनका पद और स्वरूप गुरु का नहीं है, क्योंकि वे अब किसी को शिक्षा नहीं दे रहे। उनका स्वरूप क्रमशः सेनाओं के संचालक-सेनापति अथवा युद्ध के सन्दर्भ में परामर्शदाता का हो जाता है। शिक्षण का कार्य समाप्त करने के पश्चात् उनका काम सम्भवतः

युद्ध परामर्श तथा युद्ध संचालन ही है। उनकी नीति अत्यन्त क्रूर है—यह हम एकलव्य तथा द्रुपद के प्रसंगों के आधार पर कह सकते हैं। हमारे सामने यह भी स्पष्ट है कि द्रुपद पर आक्रमण करने के लिए भीम, अर्जुन, नकुल तथा सहदेव चार भाई ही गये थे। युधिष्ठिर ने उस युद्ध में भाग नहीं लिया था। वह युद्ध-क्षेत्र के बाहर ही खड़ा रहा था। वैसे भी युधिष्ठिर आनृशंसता का प्रचारक है, शान्ति का उपासक है, और युद्ध नहीं चाहता। महाभारत का युद्ध भी उससे जब तक टल सका, उसने टाला। इस दृष्टि से युधिष्ठिर और द्रोण के व्यक्तित्व परस्पर एक-दूसरे के अनुकूल नहीं हो सकते। इसलिए यह अनुमान किया जा सकता है कि जितनी अवधि के लिए युधिष्ठिर युवराज के रूप में हस्तिनापुर की राजसभा में विद्यमान था, उसी अवधि में आचार्य द्रोण के साथ उसके सम्बन्धों में कोई ऐसा अन्तराल आया हो जिसके कारण गुरु द्रोण ने पांडवों के सिर से अपना स्नेह तथा संरक्षण का हाथ खींच लिया था। इसीलिए दुर्योधन और धृतराष्ट्र निर्भय होकर पांडवों को वारणावत भेज सके। यदि पांडवों से द्रोण का और कोई मतभेद न भी होता, तो भी जिस घर की स्वामिनी उनके परम शत्रु द्रुपद की पुत्री थी, उस घर में न उनका स्वागत हो सकता था, और न वे ही उस घर को अपना स्नेह दे सकते थे। अश्वत्थामा तो अब तक पूर्णरूपेण दुर्योधन के दल में सम्मिलित हो ही चुका था। और उसके पिता तथा मातुल किसी भी प्रकार दुर्योधन के विरोधियों को अपना स्नेह नहीं दे सकते थे। इसलिए द्रोणाचार्य तथा कृपाचार्य का दुर्योधन को छोड़कर इन्द्रप्रस्थ जाना सर्वथा असम्भव था।

इसी सन्दर्भ में भीष्म के विषय में सोचा जाये तो पहला अनुमानाश्रित तर्क तो मन में यही उठता है कि ये हस्तिनापुर के जन्मे-पले, उनका सारा जीवन गंगा-तट पर हस्तिनापुर में ही बीता था। ऐसे में वय के इस चरण पर आकर, अपनी वृद्धावस्था में किसी नये स्थान पर जाकर फिर से बसना, कदाचित् उनके मनोनुकूल नहीं था। फिर, वे पांडवों से प्रेम अवश्य करते थे, किन्तु सम्पूर्ण महाभारत में दुर्योधन के प्रति उनकी घृणा, आक्रोश अथवा क्रोध का उग्र वर्णन कहीं भी नहीं है। वे दुर्योधन के व्यक्तित्व के गुणों से प्रेम चाहे न करते हों; किन्तु पौत्र के रूप में दुर्योधन भी उन्हें पांडवों से कम प्रिय नहीं था। महाभारत में भीष्म को धार्तराष्ट्रों तथा पांडवों के सन्दर्भ में 'मध्यस्थ' ही कहा गया है। इस दृष्टि से उनके पांडवों के साथ इन्द्रप्रस्थ जाने की सम्भावना कम ही थी। वैसे भी बँटवारे के पश्चात् जिन्हें घर से निकाला जाता है, वे ही जाते हैं। शेष सब लोग तो अपने पुराने स्थान पर ही बने रहते हैं। यदि हम कल्पना को कुछ और आगे ले जायें और मानवीय मनोविज्ञान के सन्दर्भ में देखें तो यह बात मन में आती है कि पांडव यद्यपि यह कहकर हस्तिनापुर से निर्वासित किये

गये कि उन्हें आधा राज्य दिया जा रहा है; किन्तु वस्तुतः वे एक निर्जन स्थान में, जिसके आस-पास हिंस्र पशुओं से भरे वन थे, सर्वथा साधनहीन स्थिति में अपना जीवन फिर से आरम्भ करने के लिए बाध्य किये गये थे। ऐसे में भीष्म अथवा उसी प्रकार के जो परिजन उनके साथ जाते, वे उनके सहायक न होकर अपने भरण-पोषण का अतिरिक्त बोझ उन पर डालते। बहुत सम्भव है कि भीष्म के मन में कहीं यह भी रहा हो कि हस्तिनापुर में रहकर वे दुर्योधन को नियन्त्रित करते रहेंगे; और भविष्य में यदि कभी सम्भव हुआ तो वे युधिष्ठिर से उसका मेल करवा देंगे।

सबसे अधिक आश्चर्यजनक तथ्य विदुर का पांडवों के साथ इन्द्रप्रस्थ न जाकर पीछे हस्तिनापुर में रह जाना है। विदुर तथा दुर्योधन में कभी भी अच्छे सम्बन्ध नहीं रहे और यह बात किसी से भी गुप्त नहीं थी। इसलिए दोनों ही ओर से यह प्रश्न उठता है कि विदुर को मन्त्री-पद से हटाकर हस्तिनापुर से निष्कासित करने की बात कभी भी क्यों नहीं सोची गयी, और विदुर ने हस्तिनापुर छोड़कर पांडवों के साथ इन्द्रप्रस्थ में बस जाने की योजना क्यों नहीं बनायी?

हस्तिनापुर में रहना विदुर के लिए न सरल था, न सुखद। हस्तिनापुर में विदुर को देखकर मेरे मन में राक्षसों के मध्य, लंका में रहनेवाले विभीषण का बिम्ब उभरता है। किन्तु विदुर कभी भी विचलित अथवा व्याकुल होता दिखायी नहीं देता। क्या वह इतना ही दृढ़-व्यक्तित्व था कि अपने इन सारे विरोधियों के मध्य भी अपनी प्रज्ञा की स्थिरता बनाये रख सकता था, और यदि यह उसके लिए सम्भव था तो भी उसे इसकी आवश्यकता ही क्या थी? महाभारत में इस प्रकार के प्रश्नों के उत्तर नहीं मिलते। मेरे मन में दो बातें आती हैं। एक तो यह कि वह भी मानसिक रूप से हस्तिनापुर, भीष्म तथा धृतराष्ट्र से बँधा हुआ था; और दूसरे, यह कि बहुत सम्भव है कि उसने हस्तिनापुर में रहकर पांडवों के विरुद्ध होनेवाले षड्यन्त्रों से संघर्ष कर पांडवों की रक्षा करते रहने का संकल्प किया हो। यदि वह उनके साथ इन्द्रप्रस्थ चला जाता, तो पांडवों के हित-साधन के लिए हस्तिनापुर की राजसभा में कौन रह जाता? धृतराष्ट्र से विदुर का विचित्र प्रकार का रागात्मक सम्बन्ध है। धृतराष्ट्र अपने दुख की प्रत्येक घड़ी में अपनी मानसिक शान्ति के लिए विदुर को ही स्मरण करता है। विदुर की नीति से असहमत तथा उत्तेजित होकर वह विदुर को बुला भेजता है। विदुर के मन में भी धृतराष्ट्र के कृत्यों तथा नीतियों का शत-प्रतिशत विरोध होने पर भी, उसके प्रति करुणा तथा स्नेह की कमी नहीं है। जीवन के अन्तिम चरण में विदुर ही धृतराष्ट्र के साथ वन में गया था और उसने धृतराष्ट्र की सेवा और सहायता करते हुए दावाग्नि में जलकर अपने प्राण त्यागे थे।

किन्तु दुर्योधन ने विदुर को हस्तिनापुर से क्यों नहीं निकाला? सम्भवतः यह उसकी क्षमता से इसलिए बाहर था, क्योंकि धृतराष्ट्र की इच्छा थी कि विदुर हस्तिनापुर में रहे। पर, धृतराष्ट्र उसे हस्तिनापुर में क्यों रखना चाहता था? मुझे लगता है कि धृतराष्ट्र को विदुर की बहुत आवश्यकता थी। अपने पुत्र-मोह तथा नीच-बुद्धि के बावजूद धृतराष्ट्र जानता था कि विदुर उसका शुभचिन्तक था, वह उसे दुर्योधन तथा शकुनि की दुष्ट राजनीति से भी सावधान करता रहता था और आवश्यकता पड़ने पर पांडवों के क्रोध से उसकी रक्षा करने में भी समर्थ था।

इस प्रकार भीष्म, द्रोण और विदुर के पांडवों के साथ इन्द्रप्रस्थ न जाने के अपने-अपने कारण थे। इसका कहीं यह अर्थ नहीं है कि इन लोगों को पांडवों से प्रेम नहीं था; अथवा पांडव न्याय के पक्षधर नहीं थे। इन्द्रप्रस्थ के निर्माण तथा वहाँ भली प्रकार बसने के कार्य में पांडवों के सबसे बड़े सहायक कृष्ण थे। उन्होंने वन तथा जन-बल, दोनों से ही पांडवों की सहायता की थी। और कृष्ण से बढ़कर धर्म का पक्ष और किसी का नहीं था। इसलिए हस्तिनापुर के इन तीन वृद्धों का पांडवों के साथ इन्द्रप्रस्थ न जाना पांडवों के विरुद्ध प्रमाणस्वरूप प्रस्तुत नहीं किया जा सकता।

13

पांडवों तथा द्रौपदी के दाम्पत्य सम्बन्ध को सुचारु रूप से परिचालित करने के लिए महाभारत में नारद का आना उल्लिखित है। स्पष्टतः यहाँ पांडवों के उदात्त तथा अत्यन्त असाधारण रूप से संयमी चरित्रों को ध्यान में रखते हुए भी मानवीय मनोविज्ञान की सीमाओं की उपेक्षा नहीं की गयी। कोई कितना भी संयमी पुरुष हो, काम का दुर्जय वेग उसे अस्थिर कर सकता है—इस तथ्य की अवहेलना महाभारतकार नहीं करता। एक प्रकार से महाभारतकार ने तिलोत्तमा तथा सुन्द-उपसुन्द की कथा के माध्यम से इस तथ्य को रेखांकित किया है। किन्तु अगली ही घटना पर विचार करते हुए ऐसा लगने लगता है कि नारद का आगमन तथा तिलोत्तमा-सुन्द-उपसुन्द कथा मानव मनोविज्ञान के प्रकाशन से कहीं अधिक, कथा के नयन का आधार होने के कारण, कथानक निर्माण की दृष्टि से अत्यन्त महत्त्वपूर्ण है।

एक ब्राह्मण की गुहार पर अर्जुन अपने शस्त्र लेने के लिए उस कक्ष में जाने को बाध्य होता है जिसमें उस समय युधिष्ठिर तथा द्रौपदी एकान्त में बैठे हैं। इस घटना पर विचार करते ही, पहला प्रश्न मन में यह उठता है कि क्या अब भी पांडव वनवासियों के समान किसी ऐसे कुटीर में निवास कर रहे थे जिसमें केवल एक कक्ष था? यदि ऐसा नहीं था तो अर्जुन के शस्त्र उस कक्ष में

क्यों थे जहाँ युधिष्ठिर तथा द्रौपदी एकान्त में बैठे थे? या इसी प्रश्न को यदि पलटकर पूछा जाये कि द्रौपदी और युधिष्ठिर के कक्ष में अर्जुन ने अपने शस्त्र क्यों रख छोड़े थे? यदि हम यह मान लें कि वह द्रौपदी का कक्ष था, जहाँ अर्जुन के शस्त्र रखे गये थे तो भी यह प्रश्न उठता है कि अर्जुन द्रौपदी के कक्ष में शस्त्रों सहित क्यों गया था? और फिर वह काल तो युधिष्ठिर और द्रौपदी के सहवास के लिए नियत था, उसमें अर्जुन द्रौपदी के कक्ष में कब और क्यों गया था, जब उसके शस्त्र वहाँ छूट गये थे। इन सबसे अधिक महत्त्वपूर्ण प्रश्न यह है कि दिन के समय संयमी युधिष्ठिर अपनी पत्नी के साथ एकान्त में क्यों था, जिसके कारण उसके भाई को इस कठिनाई का सामना करना पडा।

यहाँ फिर एक बार महाभारत में वचन के चरम पालन का एक और उदाहरण है। ऐसा लगता है कि युधिष्ठिर और द्रौपदी किसी कारणवश, किसी एक ऐसे स्थान पर एक साथ थे, जो किन्हीं अर्थों में पांडवों का शस्त्रागार था। न तो वह रात्रि में एकान्तवास का अवसर था और न ही वह किसी प्रकार का शृंगार सम्बन्धी प्रसंग। अर्जुन का वहाँ आना किसी भी रूप में युधिष्ठिर और द्रौपदी के लिए शृंगार-प्रसंग में व्यवधान नहीं था। इस अभिप्राय का कथन युधिष्ठिर और द्रौपदी ने बार-बार किया है, किन्तु अर्जुन इस निश्चय पर अडिग रहता है कि उसने उनका एकान्त भंग किया है, इसलिए वह वनवास के लिए जायेगा ही। ऊपरी दृष्टि से यह सारा प्रसंग कुछ विचित्र प्रकार से अटपटा लगता है, किन्तु यदि महाभारत के चरित्रों को उन्हीं के सन्दर्भ में देखा जाये, तो यह बात अत्यन्त स्पष्ट होकर सामने आती है कि वे लोग स्वयं को दंड अथवा असुविधा से बचाने के लिए किसी भी प्रकार की कोई ओट लेने के लिए तैयार नहीं थे। अर्जुन द्रौपदी और युधिष्ठिर, दोनों ही की ओर से निरपराध घोषित कर दिया गया था। अर्जुन भी यह जानता था कि केवल शब्दों की दृष्टि से ही वह अपराधी था, क्योंकि वह उस स्थान पर चला गया था जहाँ युधिष्ठिर और द्रौपदी एकान्त में बैठे थे, किन्तु भावना की दृष्टि से उसने कोई अपराध नहीं किया था। फिर भी उसने स्वेच्छा से वह दंड स्वीकार किया।

यदि कल्पना को थोड़ी-सी स्वतन्त्रता दी जाये तो इस प्रसंग को एक दूसरे ही रूप में भी देखा जा सकता है। चूँकि प्रसंग युधिष्ठिर तथा द्रौपदी के एकान्त में एक साथ होने का है और यह काल द्रौपदी और युधिष्ठिर के सहवास का है, इसलिए यह माना जा सकता है कि वह रात्रि का समय था। वैसे तो महाभारत में गो-हरण की चर्चा दिन के समय में भी है, किन्तु वह राजाओं और सेनाओं के द्वारा होता है। यह चोरी तो एक चोर ही कर रहा है। अतः यह रात्रि का समय ही होना चाहिए। दिन का समय होता तो ब्राह्मण को पांडवों के द्वार पर गुहार करने की आवश्यकता नहीं थी। वह किसी साधारण अधिकारी अथवा

सेनानायक के सम्मुख भी अपनी शिकायत ले जा सकता था। चोरी की सूचना देने वह सीधा राज-द्वार ही क्यों आया? इसका कारण यह ही हो सकता है कि वह आपात्काल था, अतः वह सीधा राजा के द्वार पर ही आ उपस्थित हुआ।

यदि वह रात्रि का समय था तो युधिष्ठिर तथा द्रौपदी का एकान्त में एक साथ होना, कोई आश्चर्य की बात नहीं थी। प्रश्न केवल यह है कि वे लोग वहाँ क्यों थे, जहाँ अर्जुन के शस्त्र थे? अथवा वे शस्त्रागार में क्या कर रहे थे? निश्चित रूप से वे लोग शस्त्रागार में विहार के लिए नहीं आये थे, और न ही वह उनका शयन-कक्ष हो सकता था। अन्यथा न तो वहाँ अर्जुन के शस्त्र होते और न ही अर्जुन रात्रि में अपने भाई के शयन-कक्ष में जाने की बात सोचता।

ऐसे में हमारे सामने एक ही विकल्प रह जाता है। युधिष्ठिर का रात्रि में द्रौपदी के साथ शस्त्रागार में आने का एक ही कारण हो सकता है कि प्रसंगवश उठी द्रौपदी की शस्त्रास्त्र सम्बन्धी किसी जिज्ञासा को शान्त करने अथवा परस्पर चर्चा में उठे शस्त्रों सम्बन्धी किसी मतभेद का निर्णय करने के लिए, युधिष्ठिर द्रौपदी को वहाँ लाया था और संयोगवश उसी समय अर्जुन को वहाँ आना पड़ा।

उस ब्राह्मण का अपने पशुओं को बचाने के लिए गुहार लेकर पांडवों तक आना इस दृष्टि से तो महत्त्वपूर्ण है ही कि उसके कारण अर्जुन को वनवास के लिए जाना पड़ा और अनेक नयी घटनाएँ इस कथा में जुड़ीं, किन्तु यह घटना इस तथ्य की दृष्टि से भी महत्त्वपूर्ण है कि इन्द्रप्रस्थ में उस समय भी कुछ इतने दुस्साहसी चोर थे जो पांडवों द्वारा संरक्षित प्रजा-जन के पशुओं की चोरी कर रहे थे। यह एक घटना ही खांडवप्रस्थ के दाह की भूमिका स्वरूप देखी जा सकती है। यदि इस पृष्ठभूमि में हम खांडववन के दाह तथा उसमें से जीवित बच निकलने के प्रयत्न से भागते हुए जीवों की कृष्ण तथा अर्जुन के द्वारा हिंसा को देखें तो उसे हिंसा का तर्क समझ में आता है।

अपने अपराध को स्वीकार कर उसके दंड अथवा प्रायश्चित स्वरूप वनवास के लिए गया अर्जुन एक ओर जहाँ तपस्वी-वनवासी के रूप में चित्रित है, वहीं दूसरी ओर यह सारा प्रसंग अर्जुन को एक रोमानी नायक के रूप में चित्रित करता है। वह एक ऐसा नायक है जिसके रूप, वीरता तथा गुणों पर मुग्ध होकर अनेक राजकुमारियाँ तथा अन्य युवतियाँ उसकी ओर आकृष्ट ही नहीं होतीं, प्रेम-निवेदन भी करती हैं। अर्जुन एकाधिक विवाह करता है, किन्तु अपनी उन सारी पत्नियों को वह अपने साथ हस्तिनापुर नहीं लाता। यहाँ विवाह के बावजूद यह स्पष्ट अन्तर दीखता है कि यह सम्बन्ध चाहे स्थायी है, किन्तु किन्हीं कारणों से उसमें यह सहमति भी है कि न तो वह पत्नी अर्जुन के साथ हस्तिनापुर जायेगी और न ही अर्जन उसके साथ उसके निवास स्थान

पर रहेगा। एक अल्पकालिक दाम्पत्य जीवन के पश्चात् वे लोग अपने-अपने स्थान पर, अपना-अपना जीवन स्वतन्त्र रूप से जीयेंगे; किन्तु फिर भी उनका सम्बन्ध आजीवन पति-पत्नी का बना रहेगा।

पांडवों ने परस्पर नियम निर्धारण करते हुए यह तय किया था कि जो भी भाई दोषी पाया जायेगा वह बारह वर्ष के लिए ब्रह्मचारी के रूप में वनवास करेगा, किन्तु अर्जुन न तो पूरी तरह से वनवास करता है और न ही ब्रह्मचर्य का पालन करता है। गंगा-द्वार में जिस समय उलूपी उससे अपनी काम-वेदना की चर्चा करती है, उस समय अर्जुन उससे कहता है कि वह ब्रह्मचर्य का पालन करने के लिए वचनबद्ध है, अतः वह उसका निवेदन स्वीकार करने के लिए स्वतन्त्र नहीं है। किन्तु चित्रांगदा और सुभद्रा के प्रसंगों में अर्जुन स्वयं ही आकृष्ट होता है, और स्वयं ही उन्हें प्राप्त करने के लिए प्रयत्नशील भी होता है। इन दोनों प्रसंगों में उसे न तो अपना ब्रह्मचर्य-पालन याद रहता है और न ही वनवास। चित्रांगदा से विवाह कर वह तीन वर्ष चित्रवाहन की राजधानी में उसके राजप्रासाद में निवास करता है। द्वारका में तो वह स्वयं श्रीकृष्ण के भवन में पूर्ण नागरिक सुविधाओं के साथ अपना समय आनन्दपूर्वक व्यतीत करता है। इससे लगता यह है कि अपनी भूल के प्रायश्चितस्वरूप वह केवल इतना ही दंड स्वीकार करता है कि वह इतने वर्षों तक हस्तिनापुर तथा अपने भाइयों से दूर रहेगा।

यह बात भी ध्यातव्य है कि यद्यपि इस भ्रमणकाल में तीर्थ-यात्रा तथा देव-दर्शन की चर्चा लगातार बनी हुई है, किन्तु फिर भी मुख्य घटनाएँ—सारी-की-सारी—शृंगार-परक हैं। यह यात्रा अर्जुन के लिए दंडस्वरूप न होकर, सुख-भोग की सिद्धि की यात्रा प्रतीत होती है। अर्जुन के जीवन में आनेवाली विभिन्न युवतियों के सम्बन्ध में व्यवहार-भेद अवश्य दिखायी देता है। उलूपी नाग-कन्या है, आर्य-कन्या नहीं। अर्जुन उसकी ओर आकृष्ट नहीं होता वरन् वह अर्जुन की ओर आकृष्ट होती है तथा अर्जुन की ओर से प्रणय अथवा काम-निवेदन की प्रतीक्षा किये बिना स्वयं ही आत्मनिवेदन करती है। यह घटना हिडिम्बा-प्रसंग की याद दिलाती है। हिडिम्बा के ही समान उलूपी भी आर्येतर जाति की कन्या है। वह आसक्त होने पर पुरुष से अधिक सक्रिय है। अपने भाव को व्यक्त करने में उसे न संकोच है, न सम्भ्रम। वह विवाह की बात नहीं करती—काम-निवेदन करती है। उलूपी ने एक बार भी विवाह की चर्चा नहीं चलायी। उसने अर्जुन के ब्रह्मचर्य-पालन की दीवार को भेदने के लिए अपनी काम-वेदना का तर्क दिया। उसने अर्जुन को क्षत्रिय वीर के रूप में अपनी रक्षा करने के लिए पुकारा। उसका कथन यह था कि अर्जुन उसकी इच्छापूर्ति नहीं करता, तो वह अपनी काम-वेदना के हाथों जीवित नहीं बचेगी। अतः अर्जुन

उसके काम-निवेदन को स्वीकार कर ब्रह्मचर्य वचन को खंडित करने का दोषी नहीं होगा, वरन् एक कन्या की जीवनरक्षा करनेवाला क्षत्रिय वीर प्रमाणित होगा। इसकी तुलना में चित्रांगदा तथा सुभद्रा, दोनों ही प्रसंगों में आसक्ति अर्जुन की ओर से ही है। चित्रांगदा को प्राप्त करने के लिए अर्जुन उसके पिता चित्रवाहन के सम्मुख विवाह का प्रस्ताव रखता है अथवा चित्रांगदा की याचना करता है। चित्रवाहन उस याचना को स्वीकार करने के लिए अपना शुल्क घोषित करता है; कि चित्रांगदा की पहली सन्तान चित्रवाहन की सन्तान के रूप में ही मणिपुर में रहकर शासन सँभालेगी। सुभद्रा के प्रसंग में अर्जुन अपनी आसक्ति की बात कृष्ण के सम्मुख स्वीकार करता है, और कृष्ण स्वयं अपनी ओर से उसे सुभद्रा का अपहरण का परामर्श देते हैं; और अर्जुन पहले युधिष्ठिर की अनुमति प्राप्त कर सुभद्रा का अपहरण कर उसे इन्द्रप्रस्थ ले जाता है। इन तीनों की तुलना करें तो प्रत्येक कन्या के साथ अर्जुन का व्यवहार कुछ भिन्न दिखायी देता है। उलूपी से वह विवाह ही नहीं करता, क्योंकि वह उसमें आसक्त नहीं है। वह उसकी याचना पर मात्र एक रात का अस्थायी पतित्व ही स्वीकार करता है। चित्रांगदा के साथ वह विवाह करता है, किन्तु उसे सामान्य पत्नी के रूप में इन्द्रप्रस्थ लाकर आजीवन अपने साथ रखने की बात नहीं सोचता। उसके इस कृत्य को महाभारत में एक सुन्दर स्थिति के रूप में चित्रित कर दिया गया है। चूँकि चित्रांगदा की पहली सन्तान को मणिपुर में ही रहना है इसलिए वह सन्तान-जन्म तक चित्रांगदा के साथ मणिपुर में ही रहता है। सन्तान के जन्म के पश्चात् वह उसे यह परामर्श देकर चला जाता है कि वह मणिपुर में रहकर बभ्रुवाहन का पालन-पोषण करे और अपनी सुविधा के अनुसार इन्द्रप्रस्थ आ जाये। राजसूय यज्ञ में आने का निमन्त्रण भी वह उसे देता है। किन्तु न तो चित्रांगदा इन्द्रप्रस्थ आयी, न उसे लाने क़ा प्रयत्न किया गया। वह महाभारत के युद्ध के पश्चात् ही हस्तिनापुर आयी। सुभद्रा के सन्दर्भ में उसका व्यवहार इन दोनों के प्रति किये गये व्यवहार से सर्वथा भिन्न है। सुभद्रा से विवाह करने के लिए वह कृष्ण से तो अनुमति प्राप्त करता ही है; युधिष्ठिर की अनुमति भी उसके लिए आवश्यक है। प्रश्न यह है कि उसने चित्रांगदा के सन्दर्भ में युधिष्ठिर से अनुमति क्यों नहीं ली? क्या उसके मन में यह स्पष्ट था कि चित्रांगदा को भी कभी इन्द्रप्रस्थ जाना ही नहीं है। दूसरा कारण यह भी हो सकता है कि चित्रांगदा को ग्रहण करने की अनुमति उसे चित्रांगदा के पिता की ओर से प्राप्त थी, जबकि निकट सम्बन्धी होने पर भी वसुदेव से उसने सुभद्रा की याचना नहीं की थी।

सुभ्रदा के अपहरण का प्रसंग बहुत स्पष्ट नहीं है। पाठक के मन में यह जिज्ञासा बराबर बनी रहती है कि अर्जुन ने उसके लिए वसुदेव से याचना करने

के स्थान पर उसका अपहरण क्यों किया? उसका आकर्षण देखकर कृष्ण ने स्वयं ही यह कहा कि, 'यदि तुम्हारा विचार इससे विवाह करने का है तो मैं पिता से स्वयं कहूँगा।' (17/218 आदिपर्व) किन्तु कृष्ण अपने पिता से कुछ नहीं कहते, उल्टे अर्जुन को अपहरण का परामर्श दे देते हैं। वे अपनी ओर से तर्क देते है कि यदि सुभद्रा का स्वयंवर हुआ तो, "स्त्रियों का स्वभाव अनिश्चित हुआ करता है।" (21/218, आदिपर्व) अतः, "कौन जानता है, स्वयंवर में उसकी क्या चेष्टा होगी—वह किसे वरण करना चाहेगी।" (23/218, आदिपर्व) अतः अर्जुन उसका अपहरण कर ले। बाद में बलराम तथा अन्य यादव वीरों का क्रोध शान्त करने के लिए कृष्ण ने जो तर्क दिये, उसमें भी यही कहा कि अर्जुन ने यादवों का अपमान नहीं, सम्मान किया है, क्योंकि यादव शुल्क लेकर उसे कन्या नहीं देते, स्वयंवर में कन्या मिल जाने का पूर्ण निश्चय नहीं होता, और, "भला कौन ऐसा वीर पुरुष होगा जो पशु के तरह पराक्रम-शून्य होकर कन्यादान की प्रतीक्षा में बैठा रहेगा; एवं इस पृथ्वी पर कौन ऐसा अधम पुरुष होगा जो धन लेकर अपनी सन्तान को बेचेगा।" (4/220, आदिपर्व) "इसीलिए अर्जुन ने क्षत्रिय धर्म के अनुसार बलपूर्वक कन्या का अपहरण किया है।" (5/220, आदिपर्व)

इस सारे वर्णन को पढ़कर ऐसा प्रतीत होता है कि स्वयं कृष्ण को यह विश्वास था कि न तो सुभद्रा स्वेच्छा से अर्जुन को स्वीकार करेगी और न ही वसुदेव तथा बलराम इस सम्बन्ध को अपनी स्वीकृति देंगे; अन्यथा कोई कारण नहीं था कि न वे सुभद्रा की इच्छा की चिन्ता करते और न ही अपने पिता और बड़े भाई की अनुमति प्राप्त करते। सुभद्रा, बलराम तथा वसुदेव की अनिच्छा का कारण एक ही हो सकता है कि वे लोग यह सम्बन्ध कहीं और करना चाहते हों, किन्तु उसकी स्पष्ट चर्चा महाभारत में नहीं है। कृष्ण अपनी इच्छा सुभद्रा पर क्यों थोपना चाहते हैं, इसका भी कोई स्पष्ट संकेत महाभारत में नहीं है। यहाँ तो वे केवल अपने मित्र की इच्छापूर्ति के लिए प्रयत्नशील दिखायी पड़ते हैं। पर हम यह जानते हैं कि यदि वे सुभद्रा अथवा अपने पिता की अनिच्छा का कारण बताकर अर्जुन को निरस्त करना चाहते तो अर्जुन उनकी बात को कभी नहीं टालता। महाभारत के वर्णन से तो ऐसा प्रतीत होता है कि अर्जुन से ही कहीं अधिक स्वयं कृष्ण इस सम्बन्ध के लिए उत्सुक थे। वे किसी प्रकार का कोई जोखिम उठाना नहीं चाहते। वे किसी बात को संयोग पर छोड़ना नहीं चाहते। इसलिए स्वयं ही न केवल अर्जुन को सुभद्रा के अपहरण का परामर्श देते हैं, वरन् उसमें सक्रिय सहयोग भी करते हैं। पर क्या सुभद्रा की अपनी इच्छा उनके लिए कोई महत्त्व नहीं रखती? वे क्यों सुभद्रा की इच्छा के विरुद्ध उसका विवाह अर्जुन से करना चाहते हैं? इसका एक ही उत्तर हो सकता है कि उनकी दृष्टि से सुभद्रा के लिए अर्जुन से श्रेष्ठ वर और कोई हो नहीं सकता

था, किन्तु सुभद्रा अपनी अपरिपक्व बुद्धि के कारण इस सम्बन्ध को स्वीकार नहीं करती। कृष्ण ने उसके हित में ही उसकी इच्छा के विरुद्ध उसका विवाह अर्जुन से करवा दिया। इस विवाह के पश्चात् का, महाभारत का वर्णन कहीं यह संकेत नहीं देता कि सुभद्रा ने अर्जुन तथा कृष्ण के इस कर्म का कभी भी विरोध किया हो अथवा सम्बन्ध के कारण उसे कभी पश्चाताप हुआ हो। महाभारत में यह सारा प्रसंग एक प्रकार से कृष्ण की दूरदर्शिता के रूप में ही चित्रित किया गया है।

इसी प्रसंग में वरगा अप्सरा तथा उसकी चार सखियों के उद्धार की भी कथा महाभारतकार ने सुनायी है। इसमें अर्जुन ने उन पाँच अप्सराओं से विवाह इत्यादि तो नहीं किया और न ही इसे प्रेम-प्रसंग ही माना जा सकता है, किन्तु फिर भी यह प्रसंग अर्जुन के रोमानी नायक का ही स्वरूप उभारता है। इस प्रकार अर्जुन द्वारा स्वीकार किया गया यह दंड न तो पूरी तरह ब्रह्मचर्य-पालन है, और न ही वनवास। यह यात्रा, अर्जुन के लिए एक आनन्दप्रद तथा उपलब्धियों की यात्रा थी।

14

जहाँ इन्द्रप्रस्थ बसाया गया था, वह मूलतः खांडवप्रस्थ था। उसे कुरुवंश के प्राचीन राजाओं की राजधानी कहा गया है। धृतराष्ट्र की चतुराई यह है कि कुरु-वंश की दो राजधानियों में से एक उसने युधिष्ठिर को दी है और एक दुर्योधन को; किन्तु दुर्योधन को दी गयी अथवा अपने पास रखी गयी राजधानी, हस्तिनापुर, समृद्ध और जीवन्त नगरी है, और युधिष्ठिर को दिया गया खांडवप्रस्थ निर्जन, निर्धन तथा निर्जीव खंडहर है। इतना ही होता तो भी कोई बात नहीं थी। उसके साथ खांडव-वन है। खांडव-वन का महत्त्व आरम्भ में समझ नहीं आता। उसे महाभारतकार ने कोई महत्त्व दिया भी नहीं है; किन्तु फिर अकस्मात् ही हम देखते हैं कि अग्नि आकर कृष्ण और अर्जुन से निवेदन करता है कि उसे अपनी भूख मिटाने के लिए खांडव-वन का दहन करने की न केवल अनुमति दी जाये वरन् उसमें उसकी सहायता भी की जाये तथा उसके विरोधी इन्द्र से उसकी रक्षा की जाये। इस सन्दर्भ में हम देखते हैं कि देव-शक्तियों में भी परस्पर आत्मविरोध है; और उन्हें एक-दूसरे के विरुद्ध अपने सहायक खोजने पड़ते हैं। यहाँ अग्नि, देवताओं के राजा के विरुद्ध मनुष्यों से सहायता माँग रहा है; और यह भी ध्यातव्य है कि अर्जुन, इन्द्र का विरोध कर रहा है। अर्जुन को इन्द्र के पुत्र के रूप में स्वीकार किया गया है, किन्तु अर्जुन इन्द्र के विरुद्ध उसके अमित्र अग्नि की सहायता कर रहा है। इसी सन्दर्भ में हमारा ध्यान इस ओर भी जाता है कि कृष्ण ने भी इन्द्र-पूजा का विरोध कर गोवर्धन-पूजा करायी थी। कृष्ण

और अर्जुन मित्र है; और दोनों मिलकर इन्द्र का विरोध कर रहे हैं।

इस सन्दर्भ में यह स्पष्ट नहीं है कि इन्द्र उन लोगों की रक्षा क्यों कर रहा था, जो खांडव-वन में रह रहे थे, जो अग्नि के शत्रु थे तथा अन्त में कृष्ण और अर्जुन के भी शत्रु हुए। इस प्रकार की घटनाओं से हमें यह संकेत तो मिलता ही है कि जातियों के आधार पर विभाजन अन्तिम रूप से मैत्री-अमैत्री का निर्णय नहीं करता था। विभिन्न जातियाँ कभी-कभी इन सीमाओं का अतिक्रमण कर मैत्री-अमैत्री के नये समीकरण स्थापित करती थीं। अर्जुन की पड़नानी तथा कृष्ण की पड़दादी (मारिषा) का नाग-कन्या होना इसी तथ्य को प्रमाणित करता है।

खांडव-वन का दाह सामान्यतः असाधारण घटना नहीं मानी जानी चाहिए। उसकी सरल-सी व्याख्या यह हो सकती है कि इन्द्रप्रस्थ को बसाने के पश्चात् प्रजा बढ़ने के कारण पांडवों को और अधिक भूमि की आवश्यकता पड़ी, तो भूमि अधिग्रहण के लिए उन्होंने वन को जलाया। किन्तु उस वन में से प्राण बचाकर भागनेवाले जीवों की हत्या, खांडव-दाह को सीधी-सरल सी बात नहीं रहने देती। सहज ही पाठकों के मन में यह प्रश्न उठता है कि उन जीवों से अर्जुन तथा कृष्ण की क्या शत्रुता थी? क्या यह अकारण हिंसा नहीं थी? वे क्यों चाहते थे कि खांडव-वन उन सारे जीवों के साथ भस्म हो? यह जिज्ञासा भी मन में आती है कि उनके लिए उन वनवासी जीवों का नाश अधिक महत्त्वपूर्ण था अथवा वन का समाप्त होना? वे वन को नष्ट करना चाहते थे अथवा उन जीवों को? यहीं से कल्पना यह अनुमान करती है कि बहुत सम्भव है कि मूल-लक्ष्य वन में रहनेवाले वे जीव ही रहे हों और वन का दहन इसीलिए आवश्यक हो गया हो; क्योंकि खांडव-वन उन जीवों का आश्रय ही नहीं—सुरक्षा-कवच भी था : यहीं से चिन्तन आगे बढ़ता है कि वे कौन लोग थे और पांडवों के लिए किस रूप में संकट उत्पन्न कर रहे थे? ऐसा तो सम्भव नहीं है कि पांडवों के वहाँ आकर इन्द्रप्रस्थ बसाने के पश्चात् वे लोग वहाँ आ बसे हों; और पांडवों का विरोध करने लगे हों। अधिक सम्भावना इसी बात की है कि वे लोग इन्द्रप्रस्थ बसने से पूर्व ही खांडव-वन में रह रहे थे। यदि वे खांडव-वन के साधारण निवासी होते तो इन्द्रप्रस्थ बस जाने के बाद वे प्रसन्न होते, क्योंकि उन्हें आजीविका और सुरक्षा, दोनों ही प्रचुर मात्रा में प्राप्त होतीं। किन्तु ऐसा लगता है कि इन्द्रप्रस्थ बसने से वे प्रसन्न नहीं थे अन्यथा वे पांडवों के ऐसे शत्रु न होते, जिनके दहन के लिए कृष्ण और अर्जुन को खांडव-दाह करना पड़ा। इसका अर्थ यह है कि वे सीधे-सादे, शान्ति-प्रिय प्रजाजन नहीं थे। वे मित्र भी नहीं थे। वे अमित्र थे तथा संघर्षशील थे; और इस संघर्ष में, खांडव-वन उनका सुरक्षा-कवच था। खांडव-वन के रहते न उन्हें पराजित किया जा सकता था, न बन्दी ही बनाया जा सकता था। इस रूप में इन्द्रप्रस्थ बसने

के पहले भी वे हस्तिनापुर राज्य के लिए किसी न किसी रूप में संकट उपस्थित करते ही रहे होंगे। क्या यह सम्भव नहीं है कि पांडवों को खांडवप्रस्थ देते हुए धृतराष्ट्र के मन में यह बात रही हो कि खांडवप्रस्थ न केवल निर्जन, अनुर्वर तथा अलाभकारी क्षेत्र भी था, वरन् वह राजविरोधी, संघर्षशील, अदमनीय लोगों का क्षेत्र भी था, जो हस्तिनापुर के लिए स्थायी सिरदर्द था। पांडवों को वह क्षेत्र देने का अर्थ था कि पांडव उनके निकट जाकर रहें, उन्हें और अधिक क्षुब्ध करें और अनेक आक्रमणों तथा प्रत्याक्रमणों से सदैव पीड़ित रहें। बहुत सम्भव है कि धृतराष्ट्र ने यह भी सोचा हो कि उन अमित्र वन्य जातियों से लड़ते हुए पांडव समाप्त ही हो जायेंगे और हस्तिनापुर का सम्पूर्ण साम्राज्य उसका तथा उसके पुत्रों का हो जायेगा। इस रूप में उसने पांडवों को आधा राज्य नहीं दिया था, उन्हें ऐसे पथरीले, अनुर्वर, वनयुक्त क्षेत्र में भेजा था, जहाँ आजीविका की कठिनाई भी हो तथा दुर्धर्ष, अदमनीय शत्रुओं का संकट भी सदा बना रहे। इस रूप में उसने धर्मसंगत ढंग से राज्य का बँटवारा करने का पाखंड भी किया था, और पांडवों से अपना पीछा छुड़ा लिया था, जिन्हें वह अपना शत्रु मानता था।

यह सारी व्याख्या मात्र कल्पना नहीं है : अर्जुन और कृष्ण का खांडव-वन के उन सारे जीवों को इस प्रकार नष्ट करना निश्चित प्रमाण है कि वे लोग अकारण ही इतने क्रूर नहीं हो उठे होंगे। यह युद्ध की ही एक नीति रही होगी, जिसमें उन शत्रुओं को उनके ही विश्वसनीय शस्त्र से नष्ट किया गया। जो वन उनका सुरक्षा कवच था, उसी को उनके लिए यम-फाँस बना दिया गया। यह कुछ वैसी ही विधि है जैसे दुर्गम दुर्गों में छिपकर लड़नेवाले शत्रुओं को उससे बाहर निकालने का अवसर न देकर, उसी में घेरकर उनको बन्दी बनाकर उनका नाश कर दिया जाता है।

इस विषय में जो एक और जिज्ञासा मन में उठती है। वह यह है कि इस प्रकार के व्यापक संहार को, आनृशंसता के समर्थक युधिष्ठिर ने किस रूप में देखा और ग्रहण किया होगा? वस्तुतः 'महाभारत' में इस सारे प्रसंग में कहीं भी युधिष्ठिर का नाम नहीं आता। बहुत सम्भव है कि युधिष्ठिर को सूचना दिये बिना ही अर्जुन और कृष्ण ने इस अभियान की योजना बनायी हो। मुझे ऐसा लगता है कि पांडवो की ओर से जब कभी इस प्रकार की हिंसा हुई है, महाभारतकार ने उसमें से युधिष्ठिर को पृथक् ही रखा है। कदाचित् युधिष्ठिर व्यक्तिगत रूप से इस अनिवार्य हिंसा को कभी भी स्वीकार नहीं करता।

इन्द्रप्रस्थ के निर्माण की कथा पांडवों के ही कर्म का प्रमाण नहीं है, वह किसी भी निर्माण की प्रतीकात्मक कथा हो सकती है। जहाँ इन्द्रप्रस्थ का निर्माण हुआ था, उसे महाभारतकार ने खांडवप्रस्थ कहा है। उसमें पथरीली धरती का

भी वर्णन है, खांडव-वन की भी चर्चा है और साथ ही यमुना नदी भी बह रही है। नदी, वन तथा पर्वत अपने-आप में किसी के निर्माण के विरोधी भी हो सकते हैं और उस निर्माण के उपकरण भी। पांडवों को धृतराष्ट्र ने यह स्थान उसकी कठिनाइयों, बाधाओं, विघ्नों तथा विरोधियों के कारण भी दिया था। उसका विचार था कि पांडव इन चट्टानों, वनों, वनवासियों, यमुना नदी, उसके मगरमच्छों और उसमें आवागमन करनेवाली नाग अथवा दस्यु जातियों से लड़ते-लड़ते समाप्त हो जायेंगे। इसीलिए इन्द्रप्रस्थ का निर्माण पांडवों के कर्म, श्रम, विरोधियों को अनुकूल करने अथवा उन्हें समाप्त करने की क्षमता का प्रमाण है। यह काम जितना ही चुनौतीपूर्ण था, उतना ही प्रेरणादायक भी था। पांडवों ने चुनौती को, प्रेरणा के रूप में ही ग्रहण किया।

इन्द्रप्रस्थ अथवा एक नये राज्य का निर्माण पांडवों की प्रशासनिक क्षमता का भी साक्षी है। वस्तुतः भवन और मार्ग तो कोई भी बनवा सकता है, किन्तु राज्य को सुखी और समृद्ध बनाने के लिए किन्हीं और ही गुणों की अपेक्षा होती है। राजा न्यायप्रिय न हो तो उसके राज्य में सुशासन हो ही नहीं सकता। सुशासन नहीं होगा तो शान्ति और सुरक्षा नहीं होगी, शान्ति और सुरक्षा नहीं होगी तो व्यापार और व्यवसाय में वृद्धि और विकास के लिए अवकाश नहीं होगा। इसलिए न्याय की प्रतिष्ठा करनी होगी और न्याय के लिए राजा को निष्पक्ष होकर दुष्ट-दलन करना होगा। जिस राज्य में दुष्ट-दलन नहीं होता, अन्यायी, अत्याचारी, आततायी, अपराध-कर्मी-अधर्मियों को दंड नहीं दिया जाता, वहाँ शान्ति, सुरक्षा, सुख और समृद्धि कैसे आ सकती है? महाभारतकार ने वस्तुतः इन्द्रप्रस्थ के निर्माण के माध्यम से पांडवों की इन्हीं क्षमताओं को प्रस्तुत किया है। यद्यपि धृतराष्ट्र को महाभारत में अनेक बार प्रज्ञा-चक्षु, धर्मप्राण तथा न्यायप्रिय राजा कहा गया है, किन्तु हम जानते हैं कि उसने कभी भी दुष्ट-दलन नहीं किया, क्योंकि वह कभी भी निष्पक्ष, अनासक्त और दयावान नहीं हो सका। धर्मराज युधिष्ठिर इन्हीं गुणों से सम्पन्न था। यही कारण है कि उसने तथा उसके मित्रों ने राजसूय-यज्ञ करके एक धर्म-साम्राज्य की स्थापना की और प्रजा को न्याय, समृद्धि तथा सुरक्षा प्रदान कर सके।

हमारे पुराणकारों को राजसूय तथा अश्वमेघ-यज्ञ बहुत प्रिय हैं। वे मानते हैं कि इन यज्ञों को करनेवाला राजा धार्मिक और महान होता है। इसका सबसे बड़ा प्रमाण यह है कि हमारे दो सर्वोत्तम और महानतम ग्रन्थों 'रामायण' तथा 'महाभारत' के नायकों—राम तथा युधिष्ठिर—ने अश्वमेघ तथा राजसूय यज्ञ किये। सामान्यतः हमारे जनमानस में एक सीमा तक यह बात बैठी हुई है कि अश्वमेघ तथा राजसूय यज्ञ, केवल साम्राज्य स्थापना के साधन मात्र थे। जो राजा ये यज्ञ करता था, वह दूसरों का राज्य हड़पकर अपने साम्राज्य

का विस्तार करता था, अर्थात् वह अपना स्वार्थ-साधन करता था; अपने लिए धन-सम्पत्ति एकत्रित करता था, स्वयं से दुर्बल राजाओं का दमन और शोषण करता था तथा उसकी महत्त्वाकांक्षा से प्रेरित इन युद्धों में साधारण प्रजा को अपना रक्त बहाना पड़ता था।

मेरे मन में बार-बार यह प्रश्न उठता है कि इस प्रकार के स्वार्थपूर्ण कार्य को ऋषियों ने धर्म का नाम क्यों दिया? इस प्रकार के यज्ञ करनेवाले राजा को वे इतना महान क्यों मानते हैं? वे उसकी इतनी प्रशंसा क्यों करते हैं और इन यज्ञों को स्वर्ग-प्राप्ति का साधन क्यों बताते हैं?

वस्तुतः इन यज्ञों की उपयोगिता को विभिन्न दृष्टियों से आँका जा सकता है। किसी ऐसे युग में, जब सारे देश में अत्यन्त छोटे-छोटे राज्य रहे होंगे, जिनकी सैनिक शक्ति अत्यन्त सीमित रही होगी और विदेशी आक्रमणकारियों के सम्मुख वे टिक न पाये होंगे तो हमारे देश के चिन्तकों, ऋषियों-मुनियों और कदाचित् शासकों को भी यह समझ में आया होगा कि छोटे-छोटे राज्य किसी बड़े विदेशी आक्रान्ता के सामने दृष्टि से टिक नहीं सकते; इसलिए अपनी उस स्वतन्त्रता की भी रक्षा नहीं कर सकते जिसके आधार पर उन्होंने अपना आकार इतना सीमित कर रखा है। उदाहरण के रूप में हम सिकन्दर के आक्रमण का काल ले सकते हैं। जिस समय वह आया था, उस समय इस देश का उत्तर-पश्चिम अनेक छोटे-छोटे राज्यों तथा गणतन्त्रों में बँटा हुआ था; किन्तु उसी आक्रमण की प्रतिक्रिया में इस देश में मौर्य साम्राज्य की स्थापना हुई थी।

प्रजा की दृष्टि से भी छोटे-छोटे राज्यों की सीमाएँ बहुत सुखद और लाभप्रद नहीं हैं। वे यात्रा के लिए अत्यन्त कष्टकारक हैं। अतः व्यापार के लिए भी लाभकारी नहीं हैं। जितने अधिक राज्य होंगे, मार्ग में उतनी ही अधिक बाधाएँ होंगी और उतने ही अधिक स्थानों पर चुंगी और अन्य कर वसूल किये जायेंगे। इससे व्यापारियों के लिए उतनी ही कठिनाइयाँ बढ़ेंगी।

छोटे-छोटे राज्यों की सीमाओं पर टकराहट भी होती रहेगी। युद्ध होंगे; शान्ति भंग होगी; और प्रजा कभी सुख-चैन से नहीं रह पायेगी। इसलिए देश के भीतर शान्ति और सीमाओं पर सुरक्षा की स्थापना के लिए बड़े राज्य सदा ही लाभकारी रहे हैं। पूरे देश को एक राज्य के अधीन करने की इच्छा ने ही अश्वमेघ तथा राजसूय यज्ञों को जन्म दिया होगा और हमारे ऋषि-मुनि, चिन्तकों तथा कवियों ने देश के प्रमुखतम ग्रन्थों में उनको स्थान दिया होगा।

इसी दृष्टि से युधिष्ठिर के सम्मुख राजसूय का परामर्श रखा जाता है, ताकि एक धर्म-राज्य की स्थापना हो सके। एक साम्राज्य जरासन्ध ने भी स्थापित किया था; और पूर्वी भारत के उस साम्राज्य में उसने निन्यानबे राजाओं को बन्दी बनाकर उनकी बलि देने का संकल्प किया था। दूसरी ओर युधिष्ठिर के

धर्म-राज्य में, न किसी राजा का राज्य छीनने का प्रयत्न दिखायी पड़ता है, न किसी को अपनी शक्ति के मद में नष्ट कर देने की हिंसा अथवा प्रतिहिंसा; जिन राजाओं से पांडवों की सेनाओं को युद्ध करना भी पड़ता है, उनसे केवल कर वसूल किया जाता है। न उनको मृत्युदंड दिया जाता है, न उन्हें बन्दी बनाया जाता है और न ही उनसे उनका राज्य अथवा कोष छीना जाता है। जिन राजाओं को युद्ध में मारना भी पड़ा उनके राज्य को भी पांडवों ने हस्तागत नहीं किया। जरासन्ध की मृत्यु के पश्चात् तत्काल ही मगध के सिंहासन पर उसके पुत्र सहदेव का अभिषेक कर दिया गया। शिशुपाल के पुत्र को भी उसके स्थान पर सिंहासनासीन कराया गया। राजसूय-यज्ञ का लक्ष्य यदि दूसरे राजाओं का राज्य छीनना होता, तो ये दो राज्य कदापि मृत राजाओं के पुत्रों को नहीं लौटाये जाते। इसका अर्थ यह हुआ कि राजसूय तथा अश्वमेघ जैसे यज्ञों के माध्यम से जो साम्राज्य स्थापित होते थे, वे मूल राजाओं को उनके सिंहासनों पर सीमित सत्ता के साथ बने रहने देते थे; किन्तु यदि वे स्वेच्छा से उस बड़े साम्राज्य का अंग बनने को प्रस्तुत नहीं होते, तो उन्हें बलात् उसके लिए बाध्य किया जाता था और यत्किंचित् मात्रा में दंडित भी किया जाता था। इसी राजसूय के सन्दर्भ में शिशुपाल ने कृष्ण की अग्र-पूजा का विरोध करते हुए यह कहा था कि उसने किसी भय से युधिष्ठिर को सम्राट स्वीकार नहीं किया है। वह तो अपने बन्धुत्व के कारण इस यज्ञ में सम्मिलित हुआ है। स्पष्टतः अनेक शासक इस प्रकार के रहे होंगे, जो विभिन्न कारणों से स्व को साम्राज्य का अंग मान लेते होंगे; और एक बड़े राज्य की स्थापना में सहायक होते होंगे।

इन्द्रप्रस्थ के निर्माण तथा युधिष्ठिर के साम्राज्य की स्थापना के सन्दर्भ में अनेक छोटी-छोटी लड़ाइयों के अतिरिक्त हिंसा के तीन महत्त्वपूर्ण प्रसंग हैं। इनमें सबसे पहली खांडव-दाह की घटना है। खांडव-दाह के पश्चात् इस प्रकार की हिंसा का अवसर जरासन्ध के वध की घटना के समय आता है। यह भी एक संयोग ही है कि युधिष्ठिर के राजसूय यज्ञ के आदि और अन्त में जिन दो व्यक्तियों—जरासन्ध तथा शिशुपाल का वध होता है, वे प्रमुखतः कृष्ण के विरोधी हैं—पांडवों के नहीं। किन्तु अब कृष्ण तथा पांडव एक ही पक्ष के हैं। एक का मित्र, दूसरे का भी मित्र है; और एक शत्रु दूसरे का भी शत्रु। कुछ लोगों ने यह आरोप लगाया है कि राजसूय के बहाने पांडवों की सहायता से कृष्ण ने अपने शत्रुओं को मरवाया है। यह आरोप किसी तर्क पर आधृत नहीं है; क्योंकि शिशुपाल की हत्या में तो कृष्ण ने पांडवों की कोई सहायता नहीं ली; और जरासन्ध को मारने के लिए उन्हें इतना बड़ा समारोह रचने की आवश्यकता नहीं थी। वे स्वयं भी जरासन्ध की हत्या कर सकते थे। अपने साथ भीम के स्थान पर बलराम को ले सकते थे; इसलिए मैं इससे सहमत नहीं

हो पाता कि कृष्ण ने अपने स्वार्थ के लिए, अपनी रक्षा हेतु अपने शत्रुओं को मारने के लिए पांडवों की सहायता ली।

भरी सभा में अनेक क्षत्रिय योद्धाओं के द्वारा संगठित रूप में शिशुपाल के नेतृत्व में मात्र कृष्ण का विरोध करने के प्रयत्न में ही नहीं, पूर्णतः विध्वंस की मुद्रा में आने पर कृष्ण के हाथों शिशुपाल का वध हुआ। अपने सुदर्शन-चक्र की सहायता से कृष्ण कभी भी, कहीं भी शिशुपाल का वध कर सकते थे; किन्तु उन्होंने यही अवसर क्यों चुना? उसके लिए कुछ अन्य कारण ढूँढ़े जा सकते हैं। आर्यावर्त के सारे क्षत्रिय राजाओं की उपस्थिति में शिशुपाल का इस प्रकार किया गया वध, उन सम्पूर्ण राजाओं की सम्मिलित शक्ति को चुनौती था, कि सम्राट युधिष्ठिर के विरुद्ध उत्पात करनेवाले किसी भी व्यक्ति को कृष्ण इसी प्रकार दंडित करेंगे। यह ध्यातव्य है कि शिशुपाल इससे पूर्व भी कृष्ण के विरुद्ध इस प्रकार अभद्र व्यवहार कर चुका था; किन्तु कृष्ण ने तब उसका वध नहीं किया था आज वह युधिष्ठिर के राजसूय-यज्ञ की पूर्णता में विघ्नस्वरूप आ खड़ा हुआ था और कृष्ण की अग्र-पूजा का विरोध कर रहा था। कृष्ण को अपनी अग्र-पूजा बहुत प्यारी नहीं थी। यदि ऐसा कुछ होता तो वे आगन्तुक ऋषियों के चरण धोने का कार्य स्वीकार न करते। किन्तु उस उत्सव में उत्पात को रोकने के लिए शक्ति प्रदर्शन आवश्यक हो गया था। इस प्रकार कृष्ण ने अपनी शक्ति तथा युधिष्ठिर के साम्राज्य के अधिकार की प्रतिष्ठा की। इस प्रसंग में एक और बात हमारा ध्यान आकृष्ट करती है। जब तक शिशुपाल, कृष्ण के विरुद्ध बोलता रहा, अपने अभद्र शब्दों से उन्हें अपमानित करने का प्रयत्न करता रहा, तब तक कृष्ण मुस्कराकर उसे झेलते रहे; किन्तु जैसे ही उसने रुक्मिणी की चर्चा आरम्भ की, कृष्ण ने उसका वध कर दिया। नारी के सम्मान की रक्षा के लिए कृष्ण की यह व्यग्रता अथवा तत्परता भागवत और महाभारत में बार-बार दिखायी पड़ती है।

मेरे मन में इस घटना का सीधा सम्बन्ध कौरवों की द्यूत-सभा में द्रौपदी के अपमान के अवसर पर उसकी रक्षा से जुड़ा है। वहाँ भी एक नारी को अपमानित करने का प्रयत्न किया जा रहा था। हम देखते हैं कि जब तक द्रौपदी तर्क करती है, न्याय माँगती है, याचना करती है, अपनी स्थिति की चर्चा करती है, तब तक दुःशासन उसके चीरहरण का प्रयत्न करता ही रहता है; किन्तु जैसे ही द्रौपदी स्वयं को कृष्ण की सखी बताती है, तत्काल दुःशासन का शरीर शिथिल हो जाता है, उसकी ऊर्जा समाप्त हो जाती है, और वह थककर बैठ जाता है। यदि हम इस घटना को उसके अलौकिक रूप में ही देखना चाहें तो भी मुझे कोई आपत्ति नहीं है; किन्तु उसका लौकिक सौन्दर्य भी कम नहीं है। कृष्ण का नाम सुनते ही दुःशासन के मन में इन्द्रप्रस्थ का सभा-भवन कौंध गया होगा।

उसे याद आ गया होगा कि रुक्मिणी का अपने शब्दों से अपमान करने का प्रयत्न करते ही, कृष्ण ने अपने सुदर्शन-चक्र से शिशुपाल का मुंड उसके रुंड से पृथक् कर दिया था; और वह तो वस्तुतः अपने हाथों से द्रौपदी का चीरहरण कर रहा था। ऐसे में अवश्य ही उसकी आँखों के सम्मुख कृष्ण का सुदर्शन-चक्र प्रकट हो गया होगा; भय से उसकी कँपकँपी छूट गयी होगी; उसे पसीना आ गया होगा; उसका सारा उत्साह नष्ट हो गया होगा; और हतूर्जा, हतोत्साहित एक रोगी-सा वह निष्क्रिय होकर भूमि पर बैठ गया होगा।

जरासन्ध के वध की प्रक्रिया मेरे मन में बहुत स्पष्ट होकर नहीं आती। वस्तुतः राजसूय से पहले पांडवों की शक्ति-स्थापना के उद्देश्य से जरासन्ध का वध आवश्यक था। एक तो जरासन्ध जैसा शक्तिशाली प्रतिद्वन्द्वी नष्ट हो जाता और दूसरे जरासन्ध से पीड़ित, उसके विरोधी तथा उसके कारागार में मृत्यु की प्रतिक्षा करते हुए निन्यानबे राजा पांडवों के पक्ष में आ जाते। सम्भवतः कृष्ण की यही योजना थी। अकेले जरासन्ध के वध से युधिष्ठिर का आधा सम्राटत्व स्थापित हो जाता। किन्तु, जरासन्ध को मारने की प्रक्रिया बहुत जटिल दिखायी गयी है। सेना लेकर जरासन्ध पर आक्रमण नहीं किया गया, जैसेकि बाद में अन्य दिशाओं में युधिष्ठिर के छोटे भाई गये। द्वन्द्व-युद्ध के माध्यम से कृष्ण ने भीम के हाथों जरासन्ध का वध करवाया। इससे भीम की शक्ति की प्रतिष्ठा भी बढ़ी; और दोनों ओर की सेनाओं का अनावश्यक क्षय भी नहीं हुआ। किन्तु ब्राह्मण वेश में कृष्ण, अर्जुन तथा भीम का छिपकर राजगृह जाना और फिर वहाँ रखे नगाड़ों को नष्ट करना और आधी रात के समय जरासन्ध से युद्ध-दान माँगना—ये सारी बातें सरल, बोधगम्य तथा तर्कसंगत नहीं लगतीं। यदि कृष्ण, भीम तथा अर्जुन का छद्म-वेश में जाना आवश्यक था तो अपने अनेक कृत्यों से उन्हें, स्वयं को प्रकट करने की क्या आवश्यकता थी? अगर कृष्ण यह समझते थे कि भीम ही जरासन्ध को पराजित करने में सक्षम है, तो अर्जुन को साथ लेकर जरासन्ध से यह कहना कि हम तीनों में से जिस किसी से चाहो, अपने इच्छित शस्त्र से द्वन्द्व-युद्ध कर लो—का क्या अर्थ होगा? फिर जरासन्ध का कृष्ण को ब्राह्मण वेश में न पहचानना भी बहुत तर्कसंगत नहीं लगता। जरासन्ध और कृष्ण का शत्रुभाव रूपी सम्बन्ध बहुत पुराना था। वे लोग अनेक युद्ध कर चुके थे, और कृष्ण के रूप को वह भली-भाँति पहचानता था। उसने द्रौपदी के स्वयंवर में भी भीम तथा अर्जुन को देखा होगा। इसलिए इन तीनों को इतने निकट से भी न पहचानना बहुत तर्कसंगत नहीं लगता। किन्तु इनसे भी अधिक समस्या जरासन्ध और भीम के वय की है। जरासन्ध, कंस का श्वसुर था, अर्थात् कंस से एक पीढ़ी पीछे का व्यक्ति। कंस कृष्ण का मामा था, अर्थात् कृष्ण से एक पीढ़ी पीछे का व्यक्ति। इस प्रकार जरासन्ध की अवस्था

कृष्ण से दो पीढ़ी पुरानी है। अर्जुन और कृष्ण समवयस्क हैं। भीम अर्जुन से दो-ढाई वर्ष बड़ा होगा। इस दृष्टि से जरासन्ध, भीम के नाना की अवस्था का होना चाहिए। यदि उस समय भीम युवा था तो जरासन्ध को वृद्ध हो चाहिए। महाभारतकार के द्वारा वर्णित अवस्थाओं से हमारा मतभेद नहीं होता, क्योंकि वहाँ भी जरासन्ध की अवस्था भीम के बराबर नहीं है, किन्तु मल्ल-युद्ध के युग्ल के रूप में यह जोड़ काफी अटपटा है। भीम जैसा मल्ल-योद्धा, जिसके शरीर में दस हजार हाथियों का बल बताया जाता है—उसकी समकक्षता उसके नाना अथवा दादा की अवस्था का वृद्ध जरासन्ध कर रहा है, तो भीम की शक्ति की कोई विशिष्टता नहीं रह जाती। इसी तरह का प्रश्न यह भी है कि जरासन्ध ने उन तीनों में से, सबसे हृष्ट-पुष्ट और दीर्घाकार भीम को ही क्यों चुना? उसने अपेक्षाकृत कोमल तथा दुर्बल दिखने वाले कृष्ण अथवा अर्जुन का क्यों द्वन्द्व-युद्ध के लिए चयन नहीं किया? अथवा यह प्रकट हो जाने पर कि वे उसके शत्रु हैं, और उसका वध करने आये हैं—उसने अपनी सेना को उन्हें बाँध लेने का आदेश क्यों नहीं दिया?

इन जिज्ञासाओं के उत्तर में यह कहा जा सकता है कि या तो यह जरासन्ध का अहंकार था, या उसका क्षत्रिय धर्म कि न उसने किसी और की सहायता चाही और न ही अपेक्षाकृत दुर्बल प्रतिद्वन्द्वी को चुना। किन्तु मैं न तो उसके अहंकार से सहमत हो पाता हूँ और न ही क्षत्रिय-धर्म से। जिस समय वह कृष्ण और बलराम जैसे दो छोटे-छोटे लड़कों के वध के लिए सारी माग्ध सेना को लेकर बार-बार मथुरा पर आक्रमण कर रहा था, अथवा मथुरा के वृद्धों, बच्चों तथा महिलाओं को अपनी प्रतिहिंसा में जलाकर क्षार कर देने का प्रयत्न कर रहा था, अथवा कालयवन तथा अन्य मित्र राजाओं की सहायता से कृष्ण, बलराम तथा मथुरा के यादवों को जगह-जगह घेरकर मारने का प्रयत्न कर रहा था—उस समय तो कहीं भी न उसका वह अहंकार दिखायी देता है, न उसका क्षात्र धर्म। फिर भी इस समय वह उसी प्रकार का व्यवहार करता है, जिस प्रकार महाभारत के अनेक क्षत्रिय योद्धा करते हैं; जिससे उनके प्राण भले ही चले जायें, किन्तु उनकी आन तनिक भी आहत न हो।

राजसूय यज्ञ के समय पांडवों और विशेष रूप से युधिष्ठिर का व्यवहार सबके प्रति अत्यन्त विनीत और सौहार्दपूर्ण है। दुर्योधन तथा उसके भाइयों के प्रति उसके व्यवहार से कहीं रंचमात्र भी आभास नहीं होता कि यह वही दुर्योधन है, जिसने भीम को विष देकर, बाँधकर गंगा में बहा दिया था। न कहीं यह आभास होता है कि यह वही दुर्योधन है जिसने वारणावत में लाक्षा-गृह का निर्माण करवा, पांडवों की उनकी माता सहित अग्नि में जलाकर मार डालने का प्रयत्न किया था। युधिष्ठिर के इस व्यवहार को देखते हुए या तो यह माना

जा सकता है कि महाभारतकार की स्मृति बहुत दुर्बल है, क्योंकि इस कथा में अनेक भयंकर घटनाओं का भी उसके चरित्रों के व्यवहार पर तनिक भी प्रभाव नहीं है; या फिर हम यह मान लें कि युधिष्ठिर का चरित्र अति असाधारण है। उसके मन में द्वेष, क्रोध, रोष, प्रतिहिंसा तथा प्रतिशोध का भाव है ही नहीं। वह दुर्योधन को अपना भाई मानता है तो पूरी निष्ठा और प्रेम से मानता ही रहेगा। दुर्योधन के किसी भी दुर्व्यवहार का उसकी भावना पर कोई प्रभाव नहीं पड़ेगा। इतना विशाल, उदार तथा सात्विक हृदय अत्यन्त दुर्लभ है; किन्तु महाभारत का युधिष्ठिर इसी मिट्टी का बना हुआ है। उसने द्रोह और शत्रुता, प्रतिशोध और प्रतिहिंसा, विरोध और क्रोध को जीत लिया है। वह आनृशंसता के सिद्धान्त को मानता है और प्रतिशोध उसकी दृष्टि में नृशंसता है। इसलिए वह दुर्योधन को, अत्यन्त आत्मीय और विश्वसनीय परिवार-जन के योग्य दायित्व सौंपता है कि वह अतिथियों के द्वारा लाये गये उपहारों को युधिष्ठिर की ओर से स्वीकार करें और सुरक्षित रखने की व्यवस्था करे।

युधिष्ठिर के अन्य भाइयों का दृष्टिकोण क्या है, यह तो स्पष्ट नहीं है; किन्तु इतना अवश्य स्पष्ट है कि भीम ने दुर्योधन को उसके कृत्यों के लिए क्षमा नहीं किया है मयदानव द्वारा बनाया गया पांडवों का महल अद्भुत है। वह आगुन्तक अतिथियों के लिए जिज्ञासा और विस्मय की वस्तु भी हो सकता है। वैसे भी किसी व्यक्ति के नवनिर्मित भवन में जाने पर अतिथि द्वारा उसे देखने की उत्सुकता प्रकट करना, अतिथेय के लिए प्रसन्नता का विषय होता है। इस प्रासाद को देखने के लिए दुर्योधन भी उत्सुक रहा होगा, और पांडव भी प्रदर्शन के लिए आतुर रहे होंगे। दुर्योधन यह देखना चाहता होगा कि उसके द्वारा घर से कंगलों के समान निकाल दिये गये पांडवों ने अपनी क्षमता से कैसा प्रासाद बनवाया है; और पांडव शायद यह दिखाना चाहते हों कि उन्होंने दुर्योधन के उस सारे दुर्व्यवहार, छल और कपट के बावजूद इन्द्रप्रस्थ में हस्तिनापुर से भी सुन्दर प्रासाद का निर्माण किया है। दुर्योधन को प्रासाद दिखाने का कार्य भीम कर रहा है। उस महल में दुर्योधन एक से अधिक बार धोखा खाता है। वह जल को स्थल और स्थल को भ्रमवश जल मान लेता है। दीवार को द्वार और द्वार को दीवार समझ बैठता है। दुर्योधन ने हस्तिनापुर लौटकर अपने पिता को बताया कि उक्त अवसर पर, "वहाँ भीमसेन ने मुझे 'धृतराष्ट्र पुत्र' कहकर सम्बोधित किया।" (35/50, सभापर्व) दुर्योधन इस सम्बोधन की ध्वनि समझता है। वह जानता है कि भीम उसे 'अन्धे का पुत्र' कह रहा है; किन्तु यह भीम का कटाक्ष है, जो शब्द के सूक्ष्म-चयन पर आधृत है। उसने फूहड़ ढंग से दुर्योधन का परिहास नहीं किया, न प्रकट रूप से उसे अपमानित करने का प्रयत्न किया।

यहीं दुर्योधन हस्तिनापुर में लौटकर अपने पिता को अपनी पीड़ा बताते

हुए कहता है कि द्रौपदी भी उस पर हँसी थी। सम्भवतः महाभारत के इन दोनों वर्णनों में भेद का अर्थ यह है कि दुर्योधन अपने पिता का मन जीतने के लिए अपनी पीड़ा को बढ़ाकर असत्य भाषण कर रहा है। वह अपने पिता को यह बताना चाहता है कि पांडवों और द्रौपदी ने उसका अपमान किया है। यह भी सम्भव है कि स्त्री के उपहास को और अधिक पीड़ादायक और अपमानजनक माना जाता हो। किन्तु हम इसके आधार पर यह नहीं मान सकते कि वस्तुतः द्रौपदी ने दुर्योधन का अपमान किया था; क्योंकि न तो द्रौपदी उस स्तर की फुहड़ स्त्री है और न ही महाभारतकार के अपने वर्णन को हम झुठला सकते हैं। इन सबमें यदि कोई मिथ्या भाषण कर सकता है तो वह स्वयं दुर्योधन ही है।

दुर्योधन पर युधिष्ठिर के सौहार्द का अनुकूल प्रभाव नहीं पड़ा। वस्तुतः वह धनी पिता का, नीच प्रकृतिवाला लोभी और दुष्ट पुत्र है, जिसके मन में सत्य-असत्य, धर्म-अधर्म, न्याय-अन्याय का कोई विचार नहीं है। उसके लिए उसका अहंकार, स्वेच्छाचारिता और निजी भौतिक सुख ही सब कुछ है। इसलिए उसने यह नहीं देखा कि जिन पांडवों को उसने अन्यायपूर्वक समृद्ध राज्य से निकालकर अत्यन्त विपरीत परिस्थितियों में निर्जन तथा संकटपूर्ण खांडवप्रस्थ में भेज दिया था, उन्होंने अपने श्रम, साहस तथा उद्यम के आधार पर इतने कम समय में एक साम्राज्य खड़ा कर लिया था। उसकी ईर्ष्या ने केवल यह देखा कि पांडव उससे अधिक धनी हो गये हैं। उसने स्वयं अपने पिता के सम्मुख स्वीकार किया कि युधिष्ठिर के वैभव को देखने के पश्चात् उसे ईर्ष्यावश रातों को नींद नहीं आती। धृतराष्ट्र जैसा मोहग्रस्त पिता भी उसे समझाता है कि उसके पास किसी वस्तु का अभाव नहीं है। धन-सम्पत्ति, राज्य-सत्ता, सेना-कोष, सुन्दरी युवती दासियाँ—क्या नहीं है उसके पास? किन्तु दुर्योधन स्पष्ट रूप से स्वीकार करता है कि वह अभावग्रस्त नहीं, ईर्ष्याग्रस्त है। उसका दुख यह नहीं कि उसके पास किसी वस्तु का अभाव है। उसका दुख तो यह है कि पांडवों के पास इतनी सम्पत्ति क्यों है। वह तब तक सुखी नहीं हो सकता जब तक वह पांडवों को उनकी सम्पत्ति से वंचित न कर दे। उसकी अपनी कोई समृद्धि उसे वह सुख नहीं दे सकती, जो पांडवों को दरिद्र करके, उन्हें द्वार-द्वार भीख माँगते देखकर उसे मिल सकती है। यदि उसका वश चलता तो वह तत्काल सैनिक आक्रमण कर पांडवों से उनका सब कुछ छीन लाता; किन्तु एक तो इस प्रकार के आक्रमण का कोई हेतु नहीं है, दूसरे, पांडव इस समय अत्यन्त शक्तिशाली हैं। युधिष्ठिर सम्राट है और उसकी तथा उसके मित्रों की सेनाएँ कौरवों पर भारी पड़ सकती हैं। इसलिए दुर्योधन सम्मुख-युद्ध न कर, प्रवंचना से पांडवों का धन-वैभव छीनने की योजना बनाता है।

एक नये सभा-भवन का निर्माण, पांडवों को द्यूत खेलने के लिए आमन्त्रित

करने की कथा सर्वज्ञात है। किन्तु कथानक की समस्या यह है कि द्यूत की निरन्तर निन्दा करनेवाला धर्मराज युधिष्ठिर स्वयं ही द्यूत खेलने क्यों बैठ जाता है? कोई भी साधारण पाठक यह प्रश्न अवश्य पूछता है कि धर्मराज जुआ क्यों खेलता है? अथवा यह कैसा धर्मराज है जो जुआ खेलता है? और यह द्यूत भी साधारण नहीं था। उसमें अत्यन्त आसक्त तथा उन्मत्त जुआरी के समान युधिष्ठिर सारा धन, वैभव, सेना और सत्ता, राज्य और प्रासाद ही नहीं, स्वयं अपने आपको, अपने भाइयों को तथा पत्नी को भी हार जाता है। इस घटना को लेकर अनेक प्रश्न उठते हैं।

1. यदि युधिष्ठिर को द्यूत के दोष ज्ञात थे, वह उनकी निन्दा करता था, तो वह इस द्यूत में सम्मिलित क्यों हुआ?
2. यदि उसने द्यूत में भाग लिया ही था, तो कुछ साधारण दाँव लगाकर थोड़ा-सा धन हारकर वह द्यूत से उठ क्यों नहीं गया?
3. समस्त धन-सम्पत्ति को हारकर भी युधिष्ठिर क्यों नहीं चेता? उसने अपने भाइयों को तथा स्वयं अपने-आपको दाँव पर क्यों लगाया?
4. द्रौपदी को दाँव पर लगाने का उसे कोई अधिकार था या नहीं, और यदि पति होने के नाते तत्कालीन समाज में उसे यह अधिकार था भी, तो धर्मराज युधिष्ठिर के लिए क्या उचित था कि वह अपने इस अधिकार का दुरुपयोग कर, अपनी पत्नी को दाँव पर लगाकर उसे ही नहीं, सारी नारी जाति को इस प्रकार अपमानित करता?
5. एक बार सब कुछ हारकर, इतने अपमानित और पीड़ित होने के पश्चात् जब धृतराष्ट्र ने उसे वह सारा धन, सम्पत्ति, राज्य और अधिकार लौटा दिया तो युधिष्ठिर को पुनः जुआ खेलने की क्या आवश्यकता थी?

इन प्रश्नों के उत्तर में युधिष्ठिर का बचाव करने के लिए विभिन्न प्रकार के तर्क दिये गये हैं। उनमें से कुछ बातें तो सहज, सर्वमान्य हैं। यह ठीक है कि उस समय क्षत्रियों में द्यूत-क्रीड़ा अत्यन्त प्रचलित प्रथा थी। यह भी ठीक है कि शान्तिकाल में आखेट और द्यूत ही क्षत्रियों का मनोरंजन था, और चुनौतियों को स्वीकार करना ही उनकी वीरता का प्रमाण था। इस दृष्टि से यदि युधिष्ठिर को द्यूत का आह्वान किया जाता तो क्षत्रिय के रूप में वह पीछे नहीं हट सकता था। महाभारत के अपने ही एक श्लोक के अनुसार, युधिष्ठिर यह स्वीकार करता है कि द्यूत क्षत्रियों के लिए विनाशक क्रीड़ा है; किन्तु फिर भी यदि उसे चुनौती दी जायेगी, तो वह पीछे नहीं हटेगा। इस दृष्टि से द्यूत क्षत्रियों का शान्तिकालीन युद्ध ही है, जिससे वे किसी भी स्थिति में पीछे नहीं हटते।

कुछ लोगों ने तो यह मान लिया है कि जिस प्रकार साधारण मनुष्य में

बहुत सारे गुणों के साथ कुछ दुर्गुण भी होते हैं—उसी प्रकार युधिष्ठिर में भी असंख्य गुणों के साथ, द्यूत के व्यसन के रूप में एक दुर्गुण विद्यमान था। और यह व्यसन इस सीमा तक बढ़ा हुआ था कि उसका विवेक मोहग्रस्त होकर, उसे उचित-अनुचित की सुध नहीं रहने देता था। यही कारण है कि धन, वैभव तथा राज्य खोकर उसने द्यूत-क्रीड़ा समाप्त नहीं की। वह चौपड़ छोड़कर उठकर खड़ा नहीं हुआ, वरन् उसने एक-एक कर अपने भाइयों को, अपनी पत्नी को तथा स्वयं अपने-आपको दाँव पर लगा दिया।

यदि हम इस स्थिति को स्वीकार करें तो युधिष्ठिर का चरित्र अत्यन्त कलुषित रूप में हमारे सामने प्रकट होता है; जैसे कोई मद्यप अपनी पत्नी को दाँव पर लगाकर भी अपने नशे को पूरा करता है, उसी प्रकार युधिष्ठिर ने भी किया और यदि युधिष्ठिर का यही रूप सत्य है, तो हम उसे धर्मराज तो क्या, साधारण गुणी पुरुष भी नहीं मान सकते।

कुछ लोगों को इस प्रसंग में नारी पर पुरुष के असह्य अत्याचार का रूप दिखायी पड़ता है, जहाँ पति को यह अधिकार है कि वह पत्नी को जुए में दाँव पर लगाकर हार भी सकता है। किन्तु इसमें नारी-पुरुष के अधिकारों की समस्या अधिक नहीं है। क्योंकि युधिष्ठिर ने द्रौपदी को ही नहीं, अपने भाइयों को भी दाँव पर लगाया था। यदि अत्याचार हुआ भी तो केवल नारी पर नहीं, पुरुष पर भी हुआ। पति को अपनी पत्नी पर ही अधिकार नहीं था; परिवार के मुखिया को, परिवार के प्रत्येक सदस्य पर निजी सम्पत्ति के समान अधिकार प्राप्त था। यह उस काल का सामाजिक तथा प्रशासनिक विधान था। गंगा द्वारा अपने सात-सात पुत्रों को जल में प्रवाहित करने की घटना में भी हम इस अधिकार को देख चुके हैं। कुछ ऋषियों द्वारा अपने पुत्रों को बेचने अथवा दान कर देने की घटनाएँ भी मिलती हैं; और तो और हरिशचन्द्र ने स्वयं अपने आपको तथा अपनी पत्नी को बेच डाला था। आज हम अनेक प्राचीन प्रथाओं को कुप्रथाएँ मानते हैं, किन्तु अपने युग में वे प्रथाएँ, कुप्रथाएँ नहीं होतीं और उनको स्वीकार करनेवाले लोग बुरे, दुष्ट अथवा दुश्चरित्र नहीं होते। इसलिए अपने भाइयों तथा पत्नी पर युधिष्ठिर के अधिकार के विषय में कोई विवाद नहीं है; किन्तु यह प्रश्न अवश्य पूछा जा सकता है कि उसने अपने इस अधिकार का दुरुपयोग क्यों किया? क्या युधिष्ठिर का यही चरित्र उसे धर्मराज बनाता है?

15

'महाभारत' में पांडवों के सन्दर्भ में धृतराष्ट्र के लिए कहीं भी 'ताऊ' शब्द का प्रयोग नहीं किया गया। मूल श्लोकों में उसको 'पिता' ही कहा गया। यद्यपि

'पिता' शब्द का अर्थ पालनकर्ता होता है, और इसमें कोई सन्देह नहीं है कि पांडु की अनुपस्थिति में धृतराष्ट्र ही पांडवों के लिए पिता के स्थान पर था। किन्तु वारणावत जाते हुए पांडवों के विषय में यह कहा गया है कि अपनी माताओं से मिलने गये। हम जानते हैं कि कुन्ती के अतिरिक्त पांडु की एक ही पत्नी थी—माद्री। उसका देहान्त हो चुका था। इसलिए पांडवों की कोई दूसरी माता नहीं थी। फिर भी वहाँ 'माता' शब्द का बहुवचन में प्रयोग किया गया है। यह शब्द गान्धारी और विदुर की पत्नी के लिए है। इसका अर्थ यह हुआ कि ये लोग पिता के भाइयों को पिता के समकक्ष, समतुल्य और स्थानापन्न मानते थे, और ताई तथा चाची को भी अपनी माता ही स्वीकार करते थे। यह स्थिति केवल सम्बोधन के लिए नहीं थी। व्यवहारतः भी वे लोग इन सम्बन्धों को स्वीकार करते थे। ऐसी स्थिति में धृतराष्ट्र का प्रत्येक आदेश, युधिष्ठिर के लिए पिता का आदेश था।

स्वामी विवेकानन्द ने एक स्थान पर यह कहा है कि धर्म के अनेक रूप हैं और विभिन्न लोगों में उनका धर्म विभिन्न गुणों में प्रकट होता है। किसी का धर्म सत्य में है, किसी का कर्म में, किसी का आज्ञापालन में, किसी का सेवा में, किसी का वचन की रक्षा में इत्यादि। युधिष्ठिर का धर्म उसके सत्य में था और उसका सत्य बड़ों की आज्ञा के पालन में भी निहित था। ऐसी स्थिति में यह जानते हुए भी कि धृतराष्ट्र उसके प्राणों का हरण भी कर सकता है, या यह जानते हुए भी धृतराष्ट्र की इच्छा है कि हस्तिनापुर का राज्य दुर्योधन को मिले—उसके लिए चाहे पांडवों को यमलोक ही भेजना पड़े, युधिष्ठिर धृतराष्ट्र की किसी भी आज्ञा का उल्लंघन नहीं करता। साधारण सांसारिक व्यक्ति के लिए यह युधिष्ठिर की मूर्खता हो सकती है; किन्तु युधिष्ठिर का चरित्र साधारण सांसारिक मनुष्य की दृष्टि से निर्मित नहीं हुआ है। वह धर्मराज है। अपने धर्म का पालन, अपनी धन-सम्पत्ति ही नहीं, अपने प्राण देकर भी वह करेगा। ऐसी स्थिति में युधिष्ठिर, धृतराष्ट्र से तर्क तो कर सकता है, किन्तु उसकी आज्ञा का पालन करने से इनकार नहीं कर सकता। द्युत-क्रीड़ा के सन्दर्भ में युधिष्ठिर अपने इसी धर्म के बन्धन में बँधा हुआ दिखायी पड़ता है। वह द्युत-क्रीड़ा का निरन्तर विरोध कर रहा है, किन्तु जुआ खेलने से मना नहीं करता, क्योंकि यह धृतराष्ट्र का आदेश था।

यदि हम इस स्थिति को समझ पायें तो हमारे सम्मुख युधिष्ठिर का चरित्र और उसका व्यवहार स्पष्ट हो जाता है। अध्यात्म और संसार का विरोध सर्वविदित है। सांसारिक रूप में सफल व्यक्ति आध्यात्मिक दृष्टि से निकृष्ट कोटि का जीव सिद्ध हो सकता है, और आध्यात्मिक रूप से विकसित, उत्कृष्ट आत्मा, सांसारिक दृष्टि से महामूर्ख दिखायी पड़ती है। युधिष्ठिर का चरित्र भी आध्यात्मिक रूप से

अत्यन्त विकसित चरित्र है, और निरन्तर विकास कर भी रहा है। उसके आदर्श सांसारिक नहीं, आध्यात्मिक हैं। उसने विदुर से स्पष्ट शब्दों में कहा, "मैं राजा धृतराष्ट्र की आज्ञा से जुए में अवश्य चलना चाहता हूँ। पुत्र को पिता सदैव प्रिय हैं।" (15/58, सभापर्व) धृतराष्ट्र के सम्मुख पहुँचकर भी उसने कहा, "राजन! आप हमारे स्वामी हैं। आज्ञा दीजिये, हम क्या करें? भारत! हम लोग सदा आपकी आज्ञा के अधीन रहना चाहते हैं।" (1/76, सभापर्व)

युधिष्ठिर ने लगातार द्यूत की निन्दा की और कहा :

1. "जुए में तो झगड़ा-फसाद होता है। कौन समझदार मनुष्य जुआ खेलना पसन्द करेगा?" (10/58, सभापर्व)
2. "मेरे मन में जुआ खेलने की इच्छा नहीं है।" (16/58, सभापर्व)
3. "जुआ तो एक प्रकार का छल है तथा पाप का कारण है। इसमें न तो क्षत्रियोचित पराक्रम दिखाया जा सकता है, और न उसकी कोई निश्चित नीति ही है।" (5/59, सभापर्व)

राजा की आज्ञा से जुआ आरम्भ होता है और उसी की आज्ञा से वह रोका अथवा समाप्त किया जा सकता है। यही कारण है कि विदुर बार-बार धृतराष्ट्र से आग्रह करता है कि वह जुआ रोके, किन्तु एक बार भी युधिष्ठिर से नहीं कहता कि वह खेल छोड़कर उठ खड़ा हो। धृतराष्ट्र की आज्ञा के बिना युधिष्ठिर उठ नहीं सकता, और जुआ खेलते हुए उसे कुछ-न-कुछ तो दाँव पर लगाना ही है। उस सारी प्रक्रिया से यह भी लगता है कि यह द्यूत, द्वन्द्व-युद्ध के ही समान अन्त तक चलेगा। जैसे द्वन्द्व-युद्ध एक योद्धा की मृत्यु पर ही समाप्त होता है, उसी प्रकार यह घूत भी एक पक्ष के सर्वस्व-हरण के पश्चात् ही समाप्त होगा। युधिष्ठिर अपनी जिस बाध्यता में खेल रहा है, वह स्पष्ट है, इसलिए जब तक उसके पास किसी भी प्रकार का कोई धन शेष है, वह द्यूत छोड़कर उठ नहीं सकता। शायद यही कारण है कि वह एक प्रकार की शीघ्रता में है कि यदि वह जीत नहीं सकता तो शीघ्रातिशीघ्र सब कुछ हार जाये, ताकि जुआ समाप्त हो और उठ सके। यही कारण है कि वह अपने जानते सब कुछ हारकर बैठ जाता है और कौरव पक्ष के लोगों के द्वारा उसे सुझाया जाता है कि अभी उसके पास हारने के लिए उसके भाई हैं, उसकी पत्नी है और स्वयं उसका अपना शरीर है। युधिष्ठिर इसे अस्वीकार नहीं कर सकता था कि उन सब पर उसका अधिकार है। उन्हें अपने अधिकार में रहते हुए, वह जुए में से उठ नहीं सकता था। अतः उसे एक-एक कर उन्हें दाँव पर लगाना पड़ा और एक-एक कर उन्हें वह हारता गया।

एक बार सब कुछ हारकर, द्रौपदी के भरपूर अपमान के पश्चात् जब

धृतराष्ट्र के वरदानस्वरूप युधिष्ठिर को सब कुछ वापस मिल जाता है, तो पाठक चैन की साँस लेता है। किन्तु युधिष्ठिर को पुनः बुलाया जाता है और वह पुनः जुआ खेलने बैठ जाता है। उसके पुनः द्यूत में उपस्थित होने का भी ठीक वही कारण है, जो पहली बार था—धृतराष्ट्र का आदेश :

1. "भरतकुल भूषण पांडुनन्दन युधिष्ठिर! आपके पिता राजा धृतराष्ट्र ने यह आदेश दिया है कि आप लौट आयें। हमारी सभा फिर सदस्यों से भर गयी है और तुम्हारी प्रतीक्षा कर रही है। तुम पासे फेंककर जुआ खेलो।" (2/76, सभापर्व)
2. युधिष्ठिर ने कहा, "समस्त प्राणी विधाता की प्रेरणा से शुभ और अशुभ फल प्राप्त करते हैं। उन्हें कोई टाल नहीं सकता। जान पड़ता है, मुझे फिर जुआ खेलना पड़ेगा। वृद्ध राजा धृतराष्ट्र की आज्ञा से जुए के लिए यह बुलावा, हमारे कुल के विनाश का कारण है, यह जानते हुए भी, मैं उनकी आज्ञा का उल्लंघन नहीं कर सकता।" (3-4/76, सभापर्व)
3. "...लोगों की तरह-तरह की बातें सुनते हुए भी, राजा युधिष्ठिर लज्जा के कारण तथा धृतराष्ट्र के आज्ञापालन रूपी धर्म की दृष्टि से पुनः जुआ खेलने के लिए उद्यत हुए।" (18/76, सभापर्व) अध्यात्म की स्थिति और युधिष्ठिर के चरित्र को न समझनेवाला साधारण पाठक युधिष्ठिर के जिस कृत्य को उसकी मूर्खता, अव्यावहारिकता तथा द्यूत में उसकी आसक्ति समझता है—वह वस्तुतः युधिष्ठिर का सत्य है। जिसका न वह त्याग कर सकता है और न उससे भाग सकता है।

कौरवों की सभा में यह द्यूत-क्रीड़ा, पांडवों का व्यवहार तथा कुरुवृद्धों का दृष्टिकोण हमारे सामान्य पाठक के लिए एक अनबूझ पहेली है। उन्हें दुर्योधन, शकुनि, कर्ण, दुःशासन तथा धृतराष्ट्र का व्यवहार तो समझ में आता है, किन्तु उन्हें न पांडवों का व्यवहार समझ में आता है, न भीष्म का, न द्रोण का, न कृपाचार्य का। विदुर द्वारा सारी प्रक्रिया का स्पष्ट और मुखर विरोध तो सबके लिए बोधगम्य है; किन्तु भीष्म, द्रोण तथा कृपाचार्य की चुप्पी अथवा सूक्ष्म-उक्तियाँ प्रायः लोगों के लिए बोधगम्य नहीं हैं। परिणामतः हमारे साधारण पाठक ने यह मान लिया है कि युधिष्ठिर व्यसनी और जुआरी था। पांडव मूर्ख, दुर्बल और कायर थे तथा भीष्म, द्रोण और कृपाचार्य या तो पाखंडी थे अथवा वे धृतराष्ट्र के वेतनभोगी कर्मचारी होने के कारण सर्वथा मौन थे।

किन्तु यह सारा प्रसंग महाभारत के महत्त्वपूर्ण चरित्रों की अनेक विशेषताएँ उद्घाटित करता है, और धर्म के अनेक अत्यन्त सूक्ष्म बिन्दुओं को रेखांकित करता है। वस्तुतः इस सारी घटना और इन सारे लोगों के व्यवहार को समझने के लिए हमें उनका मनोविज्ञान, तत्कालीन सामाजिक व्यवहार, आध्यात्मिक

चिन्तन तथा कतिपय आध्यात्मिक अवधारणाओं को समझना होगा।

हम देखते हैं कि युधिष्ठिर अपने धर्म में बँधा है। दूसरी ओर उसके चारों भाई, अपने धर्म में बँधे हैं। वे देख रहे हैं कि उनके साथ छल हुआ है, उनका सारा धन-वैभव, सत्ता, अधिकारी—सब कुछ उनसे छीन लिया गया है। उन्हें अपमानित किया जा रहा है और दास बनाया जा रहा है, किन्तु फिर भी वे सब मौन हैं, सिर झुकाये निःशब्द बैठे हैं, और न युधिष्ठिर का विरोध करते हैं, न दुर्योधन का। शस्त्र उठाना तो दूर, वे उनके विरुद्ध एक शब्द भी नहीं बोलते। भीम अवश्य ही अपने क्रोध को नियन्त्रित नहीं कर पाता और क्रोध में यहाँ तक कह जाता है कि युधिष्ठिर के हाथों को जला देगा, जिसने पासे फेंके हैं, किन्तु न केवल उसका कोई दूसरा भाई उसका साथ नहीं देता, वरन् अर्जुन उसे शान्त होने के लिए भी कहता है। भीम का विवेक भी अर्जुन की बात को समझता है और अपने विरोध में उग्र होने के स्थान पर वह क्रमशः शान्त हो जाता है। अब वह युधिष्ठिर के व्यवहार में दोष नहीं ढूँढ़ता, उल्टे स्वयं अपने व्यवहार को अनुचित मानकर मौन हो जाता है।

वे सारे भाई यह समझते हैं कि युधिष्ठिर का सारा व्यवहार धर्म से संचालित है, इसलिए उसमें कुछ भी अनुचित नहीं है। वे स्वयं उसी प्रकार अपने धर्म से बँधे हैं। वे युधिष्ठिर के छोटे भाई हैं। बड़ा भाई होने के नाते युधिष्ठिर उनके लिए पिता के स्थान पर हैं। युधिष्ठिर के अधिकार को वे चुनौती नहीं दे सकते, न ही वे ऐसा कोई कार्य कर सकते हैं जिससे युधिष्ठिर अपने वचन-पालन में झूठा पड़े। दुर्योधन इस बात को समझता है। वह युधिष्ठिर को झूठा सिद्ध करने के लिए अथवा उसके धर्म की खंडित करने के लिए जाल भी रचता है। वह पांडवों के सम्मुख यह प्रस्ताव भी रखता है कि यदि वे लोग यह कह दें कि युधिष्ठिर को उन्हें इस प्रकार दाँव पर लगाने का कोई अधिकार नहीं था, तो वह उनको दासत्व से मुक्त कर देगा। किन्तु एक भी पांडव ऐसा कहने को तैयार नहीं है; क्योंकि वे जानते हैं कि यह उनके धर्म के विरुद्ध है, और इससे उनकी एकता खंडित होती है, जो उन्हें किसी भी स्थिति में स्वीकार्य नहीं है। वे दास बनेंगे, नगर छोड़कर वन में रहेंगे, राज्य त्यागकर भिक्षाटन करेंगे, किन्तु अपने बड़े भाई के अधिकार को चुनौती देकर मुक्त और सुखी जीवन व्यतीत करने की बात नहीं सोचेंगे।

द्रौपदी भी अत्याचार या लोकाचार की बात न कर केवल धर्म की बात करती है। वह यह नहीं कहती कि यदि युधिष्ठिर उसे हार भी गया है तो उसके साथ किया जानेवाला व्यवहार अनुचित है। वह यह नहीं कहती कि युधिष्ठिर को उसे हारने का कोई अधिकार नहीं है। उसका प्रश्न तो तत्कालीन मान्यताओं के अनुसार सामाजिक तथा राजनैतिक संविधान के अन्तर्गत मात्र इतना है कि

युधिष्ठिर पहले अपने आपको हारा या उसने पहले द्रौपदी को दाँव पर लगाया। इस सारे परिवेश में कहीं यह तर्क प्रस्तुत नहीं किया जाता कि युधिष्ठिर को, द्रौपदी को दाँव पर लगाने का अधिकार नहीं था, अथवा द्रौपदी को इस प्रकार घसीटकर सभा में लाया जाना अधर्म था। प्रश्न एक है कि यदि युधिष्ठिर स्वयं को पहले ही हार चुका है, तो उसके पास यह अधिकार नहीं रह जाता कि वह किसी और को हारे। द्रौपदी असहाय अबला नारी के रूप में याचना नहीं कर रही। वह एक पंडिता के समान शास्त्रार्थ कर रही है। यह उसकी कानूनी बहस है कि यदि एक व्यक्ति जो पहले ही जुए में स्वयं को हार चुका है, तथा दास बन चुका है, उसे एक स्वतन्त्र नागरिक को अपनी सम्पत्ति के समान, द्यूत में दाँव पर लगाकर हारने का क्या अधिकार है? इसमें तत्कालीन सामाजिक प्रचलन, सामाजिक संविधान तथा शासन-तन्त्र को चुनौती नहीं दी जा रही है। वह एक बार भी स्वयं को युधिष्ठिर के अधिकार से मुक्त घोषित नहीं करती। वह तो उन परिस्थितियों को लेकर प्रश्न उठा रही है, जिनमें युधिष्ठिर का उसको दाँव पर लगाना—संवैधानिक दृष्टि से अनुचित था। ऐसी स्थिति में वह स्वतन्त्र है और दुर्योधन को उसके साथ इस प्रकार का व्यवहार करने का कोई अधिकार नहीं है।

भीष्म की स्थिति सबसे विचित्र है। वे परिवार के बड़े-बूढ़े हैं। धर्म के ज्ञाता है, अन्याय के विरोधी हैं। उनके सामने ही सार्वजनिक रूप से उनकी पौत्र वधू का अपमान किया जा रहा है, और उनकी पौत्र वधू उनसे ही न्याय की माँग भी कर रही है। फिर भी वे केवल एक वाक्य कहकर चुप हो जाते हैं कि धर्म की गति अत्यन्त सूक्ष्म है। अर्थात् न तो द्रौपदी का समर्थन कर सकते हैं, न उसे इस अपमान से बचा सकते हैं। न दुर्योधन का विरोध कर सकते हैं, न उसका समर्थन कर सकते हैं।

सामान्य चिन्तन में यह भीष्म की बाध्यता थी और बाध्यता का कारण केवल इतना था कि वे राज कर्मचारी होकर युवराज का विरोध नहीं कर सकते थे। किन्तु यह धारणा मुझे बहुत उचित नहीं लगती। कर्मचारी तो विदुर भी थे। उन्होंने खुलकर राजा और युवराज, दोनों का ही विरोध किया और धर्म की राज-विरोधी व्याख्या की। तो फिर भीष्म की बाध्यता क्या थी?

भीष्म धर्म के ज्ञाता थे, ऐसा महाभारतकार का मत है। किन्तु महाभारतकार में ही धर्म के अनेक ज्ञाता हैं और उनका मत परस्पर मेल नहीं खाता। व्यास, विदुर, युधिष्ठिर, भीष्म, द्रोण, कृपाचार्य, परशुराम और कृष्ण—ये सब लोग ही धर्म के ज्ञाता हैं। फिर भी किसी भी विषय में ये लोग कभी एक मत नहीं हो पाये। जिस धर्म के ज्ञाता भीष्म हैं, उसके अनुसार पति को पत्नी पर पूर्ण अधिकार है, अर्थात् पत्नी, पति की सम्पत्ति है। स्वामी को यह अधिकार है कि

वह अपनी सम्पत्ति को जुए में दाँव पर लगाये। विजयी पक्ष को यह अधिकार है कि वह विजित वस्तु अथवा व्यक्ति को अपनी सम्पत्ति समझे और अपनी सम्पत्ति को वह जिस प्रकार चाहे—सम्बोधित करे या उसके साथ जैसा चाहे, व्यवहार करे। इस प्रकार युधिष्ठिर को पूर्ण अधिकार था कि वह द्रौपदी को दाँव पर लगाये। यदि वह अपने-आपको जुए में हार भी गया था तो पत्नी पर से उसका अधिकार समाप्त नहीं हो जाता। इसलिए युधिष्ठिर ने द्रौपदी को दाँव पर लगाया तो यह अधर्म नहीं था; किन्तु एक दास किसी स्वतन्त्र नागरिक का स्वामी नहीं हो सकता, इसलिए युधिष्ठिर को द्रौपदी के दाँव पर लगाने का अधिकार नहीं था। इस प्रकार भीष्म का तर्क दोनों ओर से चलता है और वे निर्णय नहीं दे पाते कि द्रौपदी दुर्योधन की दासी थी या नहीं थी। वह द्यूत में नियमानुसार जीती गयी थी अथवा नहीं।

यद्यपि महाभारत में यह कहा गया कि शकुनि ने युधिष्ठिर को छल से हराया; किन्तु भीष्म के चिन्तन में शकुनि के छल का तत्त्व कहीं भी दिखायी नहीं देता। वे यह मानते हैं कि युधिष्ठिर ने जुआ खेला और उसमें वह पराजित हुआ। शकुनि के छल की बात बीच में न आने के कारण वे युधिष्ठिर की सम्पत्ति पर दुर्योधन के अधिकार को अस्वीकार नहीं करते। वहाँ यह चर्चा या आपत्ति भी किसी ने नहीं उठायी कि दुर्योधन के स्थान पर शकुनि क्यों खेल रहा है? अथवा यदि दुर्योधन को यह अधिकार था कि वह अपने स्थान पर जुआ खेलने के लिए किसी कुशल जुआरी को नियुक्त करे तो युधिष्ठिर को यह अधिकार क्यों नहीं दिया गया कि वह अपने स्थान पर खेलने के लिए किसी दक्ष खिलाड़ी को लाये। वहाँ यह चर्चा भी नहीं है कि धृतराष्ट्र अपने आदेश से युधिष्ठिर को अपनी इच्छा के विरुद्ध खेलने के लिए क्यों बाध्य कर रहा है। कदाचित् भीष्म की तर्क प्रणाली इन्हीं तथ्यों के अधीन रही है कि युधिष्ठिर अपनी इच्छा से जुआ खेल रहा था। वह अपनी सम्पत्ति के साथ जैसा चाहे वैसा व्यवहार करे। इसमें इस व्यवहार की अभद्रता, अशालीनता, नारी के सम्मान इत्यादि के प्रश्न कहीं नहीं उठाये गये। इस सन्दर्भ में, मैं भीष्म के साथ पंचाल-राज द्रुपद के सम्बन्धों की भी उपेक्षा नहीं कर सकता। कौरवों और पांचालों में परम्परागत अमैत्री अथवा शत्रुता है। यही कारण है कि द्रुपद के परम शत्रु बनकर द्रोण ने कौरवों की राजधानी में ही स्वयं को सबसे सुरक्षित समझा। द्रोण के द्वारा गुरु-दक्षिणा माँगे जाने पर कुरु राजकुमारों द्वारा किये गये आक्रमण को भीष्म ने नहीं रोका। यह भी इस बात का प्रमाण है कि भीष्म के मन में पांचालों के लिए किसी प्रकार की सद्भावना अथवा सौहार्द नहीं था। फिर द्रुपद के दो पुत्रों में से एक—शिखंडी—ने भीष्म का वध करने के लिए ही काम्पिल्य के राजप्रासाद में जन्म लिया था। महाभारत में द्रुपद तथा भीष्म की शत्रुता के

कारण की चर्चा नहीं है, न ही वैसा कोई प्रमाण दिया गया है; किन्तु शिव की आराधना कर द्रुपद ने जो वरदान माँगा, वह यह था कि मुझे ऐसा पुत्र दो, जो भीष्म का वध कर सके। महाभारतकार के अनुसार, अम्बा, भीष्म के वध का वरदान पाकर शिखंडी के रूप में द्रुपद के घर में उत्पन्न हुई थी।

द्रुपद का दूसरा पुत्र धृष्टद्युम्न यज्ञ-कुंड में से द्रोण के वध तथा उसे आश्रय देनेवाले भीष्म एवं अन्य कुरुओं के नाश का संकल्प लेकर उत्पन्न हुआ था। इस प्रकार द्रौपदी के दोनों भाई, भीष्म, द्रोण तथा कुरुओं के नाश के लिए प्रतिज्ञाबद्ध थे। ऐसे पिता की पुत्री और ऐसे भाइयों की बहन द्रौपदी के प्रति भीष्म की क्या सहानुभूति हो सकती है? मैं यह नहीं कहता कि द्रौपदी के अपमान से भीष्म प्रसन्न थे अथवा वे यह चाहते थे कि द्रौपदी का अपमान हो, किन्तु इतना तो तथ्यों के आधार पर स्पष्ट ही है कि द्रौपदी की पीड़ा के लिए उनके मन में कोई विशेष तड़प नहीं हो सकती थी। दूसरी ओर वह उनके प्रिय पांडवों की पटरानी थी। उसके अपमान से होने वाली पीड़ा पांडवों के लिए असह्य थी। पांडवों का दुख, भीष्म का भी दुख था। इसलिए वे द्रौपदी को नहीं, तो पांडवों को तो उस दुख और अपमान से मुक्त करना चाहते ही होंगे।

वस्तुतः भीष्म सदा ही अपने द्वन्द्वों के बन्दी रहे हैं। कभी भी द्वन्द्व छोड़कर एक ओर हो जाने की क्षमता वे जुटा नहीं पाये। इसलिए वे न स्पष्ट रूप से कोई निर्णय ले पाये और न कर्म में अग्रसर ही हो पाये। वैसे भी उनका बल पारिवारिक शान्ति पर इतना अधिक है कि वे किसी को भी दंडित करने की बात नहीं सोचते। परिणामतः धृतराष्ट्र और दुर्योधन जैसे लोगों को भी अपने प्रत्येक कृत्य के लिए क्षमा मिल जाती है। सम्पूर्ण महाभारत में भीष्म के द्वारा अपने परिवार के किसी भी व्यक्ति को बड़े-से-बड़े अपराध के लिए दंडित करने की कहीं चर्चा नहीं है। यही कारण है कि द्रौपदी के सार्वजनिक अपमान जैसे जघन्य अपराध के लिए भी वे किसी को धिक्कारते तक नहीं हैं। उनके मन में परिवार के मान-सम्मान तथा परिवार की सामूहिकता, संयुक्तता इत्यादि की कुछ प्राचीन धारणाएँ इतनी अधिक बद्धमूल हैं कि वे अपने परिवार अथवा उसके किसी सदस्य के किसी भी कृत्य में शायद कोई दोष देख ही नहीं पाते।

परिवार के सम्मान अथवा गौरव की रक्षा के लिए जो कुछ आवश्यक है—वे करते हैं, किन्तु उससे किसी दूसरे को कितनी पीड़ा होती है, इस ओर उनका ध्यान कभी नहीं गया। अपने प्रतिज्ञापालन के लिए उन्होंने काशिराज की कन्याओं—अम्बा, अम्बिका और अम्बालिका—का हरण किया क्योंकि उनके निर्वीय भाई विचित्रवीर्य को एक पत्नी की आवश्यकता थी। उन तीनों बहनों के जीवन में कोई सुख आया या नहीं, इसकी उन्हें कभी कोई चिन्ता नहीं हुई। धृतराष्ट्र के लिए उन्होंने गान्धारी प्राप्त की। माद्री को वे शुल्क देकर लाये थे,

किन्तु पांडु की पत्नी बनकर जब कुन्ती को ही कोई सुख नहीं मिला तो माद्री को क्या सुख मिलेगा—यह उन्होंने कभी नहीं सोचा। वे केवल इतना जानते थे कि उनकी तथा उनके परिवार की इच्छा पूरी होनी चाहिए। वह चाहे सेना के बल पर हो अथवा धन के बल पर।

बहुत सारे बन्धन भीष्म ने अपनी प्रतिज्ञा के नाम पर बाँध रखे थे। उन्होंने राज्य के अधिकार का त्याग कर दिया था। अनेक स्थानों पर वे धृतराष्ट के सामने छोटे-छोटे प्रस्ताव तथा परामर्श रखते हुए तो दिखायी पड़ते हैं, किन्तु अधिकारपूर्वक अथवा बलपूर्वक वे अपनी बात धृतराष्ट्र से कभी नहीं कहते। बहुत सम्भव है कि यह सत्ता-त्याग की प्रतिज्ञा का ही परिणाम हो। चूँकि वे सत्ता त्याग चुके थे, इसलिए अपनी प्रतिज्ञा के अनुसार वे सत्ता अथवा राजा के कार्य में कोई हस्तक्षेप नहीं कर सकते थे, अन्यथा उस हस्तक्षेप को सत्ता को अंगीकार करना माना जा सकता था। किन्तु ये सारे तर्क अनुमानाश्रित ही हैं। महाभारतकार उनका उल्लेख नहीं करता। द्रौपदी की उस संकट की घड़ी में उन्होंने केवल इतना ही कहा कि धर्म अत्यन्त सूक्ष्म होता है। न उसकी व्याख्या की और न ही किसी का कोई पक्ष ग्रहण किया। द्रष्टा के समान बैठे हुए अपने सामने घटित होते दृश्य को सिर झुकाकर देखते रहे।

आचार्य द्रोण को भी धर्मज्ञ, शास्त्र तथा वेदों का ज्ञाता बताया गया है। किन्तु एक बात का हमें ध्यान रखना चाहिए कि महाभारत में जिस किसी पात्र की प्रशंसा में जिन विशेषणों का प्रयोग किया जाता है, आवश्यक नहीं कि वे सारे गुण उस चरित्र में हों ही। इसका कारण क्या है, यह कहना कठिन है। ऐसा तो नहीं कहा जा सकता कि महाभारतकार को अपने चरित्रों की समझ नहीं थी। न ही यह कहा जा सकता है कि चरित्रों का निर्माण किसी एक व्यक्ति ने किया और उनके गुणों का वर्णन किसी और ने। एक बात जो मेरी समझ में आती है, वह यह कि जहाँ तक वर्णन का सम्बन्ध है—अधिकांश चरित्रों के लिए प्रशंसात्मक पद्धति ही अपनायी गयी है। प्रशंसा करते हुए शैली कुछ आलंकारिक और अतिशयोक्तिपूर्ण हो गयी है। इसलिए सिवाय दुर्योधन जैसे कुछ पात्रों के शेष लोगों और विशेषतया वृद्ध लोगों की प्रशंसा ही की गयी है। यही कारण है कि द्रोणाचार्य की निन्दा में कोई भी उक्ति खोजनी मुश्किल है। किन्तु द्यूत-सभा में द्रोणाचार्य के व्यवहार को समझने के लिए हमें उनके चरित्र और उनके जीवन में घटित घटनाओं की पृष्ठभूमि को ध्यान में रखना होगा। अपने पुत्र के प्रति असाधारण प्रेम लिये हुए आचार्य द्रोण एक अत्यन्त संवेदनशील, महत्त्वाकांक्षी, अपने लक्ष्य की ओर एकाग्र मन से आगे बढ़नेवाले तथा आवश्यकता पड़ने पर धूर्तता पर उतर आनेवाले व्यक्ति हैं। आचार्य को अपना लाभ सबसे अधिक दीखता है। यद्यपि स्वयं महाभारतकार के अनुसार

हवन कुंड में से जन्म लेनेवाले धृष्टद्युम्न को द्रौणाचार्य, द्रुपद के प्रति अपनी शत्रुता और कटुता के बावजूद शिक्षा के लिए अपने साथ ले आये थे, किन्तु दूसरी ओर हम यह देखे हैं कि द्रोण, द्रुपद के एक वाक्य से उपजी अपनी कटुता भुला ही नहीं सके। उसी एक वाक्य के कारण उन्होंने द्रुपद को अपना शत्रु माना, हस्तिनापुर में शरण ली, वर्षों तक अपने शिष्यों को सिखाया-पढ़ाया और द्रुपद से अपने तथाकथित अपमान का प्रतिशोध लिया। द्रोण का प्रतिशोधपूर्ण आचरण ही सत्य है। क्षमा का तत्त्व उनके चरित्र में शायद था ही नहीं।

इस समय उनके चरम-शत्रु द्रुपद की पुत्री—द्रौपदी उनके शिष्यों की सभा में अपमानित हो रही है। गुरु, कुल-वृद्ध, सभासद, विद्वान ब्राह्मण ही नहीं—एक साधारण नागरिक के रूप में भी उन्हें इसका विरोध करना चाहिए था, किन्तु इस सारे प्रसंग में वे एक शब्द भी नहीं कहते। इसके विषय में भी पहला तर्क यही दिया जा सकता है कि वेतनभोगी कर्मचारी होते हुए, वे राजा अथवा युवराज की इच्छाओं के मार्ग में विघ्नस्वरूप नहीं आ सकते थे। किन्तु यह तर्क मुझे मान्य नहीं है, क्योंकि वेतनभोगी विदुर तथा स्वयं दुर्योधन के भाई विकर्ण ने भी इसका विरोध किया था। तो फिर द्रोण ही क्यों चुप रहे? सामान्य व्यक्ति के मनोविज्ञान के अनुसार तो हम यह मान सकते हैं कि अपने शत्रु की पुत्री तथा उन्हीं की मृत्यु के संकल्प से उत्पन्न द्रौपदी के अपमान से उन्हें प्रसन्नता ही हुई होगी। किन्तु एक विद्वान आचार्य के रूप में उनसे यह अपेक्षित नहीं है कि वह किसी स्त्री के ऐसे सार्वजनिक अपमान से प्रसन्न होंगे चाहे वह उनके चरम शत्रु की पुत्री ही क्यों न हो। किन्तु यह तो माना ही जा सकता है कि अपने शत्रु की पुत्री का सम्मान बचाने के लिए वे अपने राजा और युवराज को अप्रसन्न नहीं कर सकते थे। वे इतने व्यवहारकुशल तो थे ही कि इस बात को समझ सकते कि उन्होंने द्रुपद का आधा राज्य छीनने के पश्चात् कौरवों की राजसभा में जो सुरक्षा प्राप्त की है, वह धृतराष्ट्र और दुर्योधन की अप्रसन्नता के पश्चात् उन्हें प्राप्त नहीं रहेगी।

दूसरी ओर उन्हें अपना पुत्र अश्वत्थामा अत्यन्त प्रिय है। एकमात्र पुत्र किसे प्रिय नहीं होता? और फिर द्रोण तो अपने इसी पुत्र की प्रसन्नता के लिए अपना मूल स्थान गंगा द्वार छोड़कर बाहर निकले थे। अश्वत्थामा, दुर्योधन के परम मित्रों में से था। दुर्योधन की प्रसन्नता में ही अश्वत्थामा की प्रसन्नता भी थी। इसलिए धर्म का पक्ष ग्रहण करने अथवा द्रौपदी के सम्मान की रक्षा करने के लिए वे दुर्योधन तथा अश्वत्थामा को रुष्ट करने का जोखिम नहीं उठा सकते है। धर्म के प्रति उनके मन में कितनी आस्था थी, यह तो एकलव्य से गुरु-दक्षिणा प्राप्त करने की घटना से ही पर्याप्त स्पष्ट है। अपने शिष्यों को धनुर्विद्या का ज्ञान देते हुए, अपने पुत्र के लिए पक्षपात भी इसका प्रमाण है।

ऐसे ही और भी अनेक प्रमाण उपलब्ध हो सकते हैं। इसलिए यह माना जा सकता है कि द्रोणाचार्य को अपना लक्ष्य प्रिय था—धर्म नहीं।

किन्तु एक महत्त्वपूर्ण प्रश्न यह है कि अपने सर्वप्रिय अर्जुन की प्रिय पत्नी द्रौपदी के सम्मान की रक्षा के लिए और अर्जुन की पीड़ा को कम करने के लिए उन्होंने प्रयत्न क्यों नहीं किया? क्या अर्जुन के प्रति भी उनका प्रेम समाप्त हो चुका था?

इस प्रश्न के लिए हमें दो घटनाओं को ध्यान में रखना होगा। पहली घटना पांडवों का हस्तिनापुर से निष्कासित होकर वारणावत जाना है। यदि द्रोण ने अपना वरदहस्त पांडवों के सिर से उठा न लिया होता, तो धृतराष्ट्र उन्हें वारणावत भेजने का साहस नहीं कर सकता था। श्रीमती दुर्गा भागवत ने अपनी पुस्तक 'व्यास पर्व' में लिखा है कि आचार्य द्रोण युद्ध क्षेत्र के बाहर सदा ही अत्यन्त कायर रहे हैं। उनका मन निर्धनता से बहुत डरता था। वे हस्तिनापुर का राजसी जीवन त्यागकर साधनहीनता का निर्धन जीवन व्यतीत करने का साहस नहीं कर सकते थे। इसलिए वे सदा सत्ता के समर्थक रहे। दूसरा कारण यह भी था कि अत्यन्त निर्धनता में पला हुआ अश्वत्थामा इस समय दुर्योधन की सत्ता और वैभव से अभिभूत होकर उसका अभिन्न मित्र हो चुका था। अनजाने में ही वह पांडवों का विरोधी और क्रमशः उनका शत्रु होता गया था और द्रोण अपने पुत्र से इतना प्रेम करते थे कि वे उसके विरुद्ध नहीं जा सकते थे। एक तीसरे कारण का भी अनुमान किया जा सकता। युधिष्ठिर उस समय युवराज था और द्रोणाचार्य हस्तिनापुर की सेनाओं के संचालक थे। यह तो स्पष्ट ही है कि जहाँ युधिष्ठिर में प्रतिहिंसा का कणमात्र भी नहीं था—वहीं द्रोण में प्रतिहिंसा कूट-कूटकर भरी हुई थी। निश्चित् रूप से उनमें नीतिगण विरोध हो सकते हैं। द्रोण का सारा व्यवहार यह बताता है कि द्रुपद से प्रतिशोध उनका सर्वप्रमुख लक्ष्य था। उनकी सारी क्रियाएँ उसी लक्ष्य से परिचालित होती थीं। अर्जुन इस सन्दर्भ में उनका सबसे महत्त्वपूर्ण उपकरण था। इसलिए वे अर्जुन से अत्यधिक प्रेम करते थे। किन्तु अब प्रतिशोध लिया जा चुका था। अब अर्जुन उनके किसी कार्य में उपकरण रूप उपयोगी नहीं था। तो अपनी उपयोगिता समाप्त कर चुके उपकरण के प्रेम में वे अपनी कोई हानि क्यों करते? इन सारे तर्कों को ध्यान में रखें तो यह बात स्पष्ट हो जाती है कि आचार्य द्रोण का प्रेम भी अत्यन्त उपयोगितावादी है। अब उनका मार्ग पांडवों से भिन्न हो चुका था; और वे पूर्णतः दुर्योधन की ओर जा चुके थे।

द्रौपदी की सहायता के लिए इस सभा में जो दो व्यक्ति आगे बढ़े, वे उस वर्ग के व्यक्ति थे, जहाँ से दुर्योधन के विरोधियों के आने की कल्पना भी नहीं की जा सकती थी। दुर्योधन को विरोध करनेवाला एक व्यक्ति तो उसका अपना

भाई विकर्ण ही था। 'महाभारत' में युयुत्सु के विषय में तो यह उल्लेख है कि वह धृतराष्ट्र-पुत्र होने पर भी गान्धारी-पुत्र नहीं था, किन्तु विकर्ण के विषय में ऐसी कोई सूचना नहीं है। उसे गान्धारी का पुत्र ही माना जाता है। ऐसे में उसके द्वारा दुर्योधन का विरोध पाठक को चकित कर देता है। इस विरोध के दो ही कारण हो सकते हैं। प्रथम, दुर्योधन के प्रति व्यक्तिगत शत्रुता और विरोध और द्वितीय, धर्म की पक्षधरता। विकर्ण और दुर्योधन में किसी भी प्रकार के विरोध का कहीं कोई उल्लेख नहीं है, और न ही वह युयुत्सु के समान युद्ध के समय दुर्योधन का पक्ष छोड़कर पांडवों की ओर से लड़ा था। फिर भी उसने इस सभा में दुर्योधन और दुःशासन का विरोध किया। तो यह उसकी धर्म के प्रति पक्षधरता भी हो सकती है, नारी के प्रति सम्मान की भावना भी और द्रौपदी के प्रति उसका सौहार्द थी। किन्तु उसके विरोध को कर्ण ने अपने क्रोध में दबा लिया, और उस विरोध का कोई प्रभावपूर्ण परिणाम नहीं निकला।

द्रौपदी के समर्थन में जो दूसरा व्यक्ति सामने आया, वह स्वयं गान्धारी है। यद्यपि धृतराष्ट्र के समान गान्धारी, दुर्योधन का अन्धसमर्थन नहीं करती। फिर भी 'महाभारत' की कथा में शायद ही कोई और अवसर आया हो, जहाँ गान्धारी ने न केवल दुर्योधन का विरोध किया हो, वरन् उसे डाँटा-फटकारा भी हो। कदाचित् यह एकमात्र और अत्यन्त महत्त्वपूर्ण अवसर है, जहाँ गान्धारी ने खुलकर दुर्योधन की ताड़ना की है और धृतराष्ट्र को भी बाध्य किया है कि वह द्रौपदी को न केवल इस अपमानजनक स्थिति में से उबार ले, वरन् पांडवों का राज्य और धन-वैभव भी उन्हें लौटा दे।

प्रश्न उठता है कि इस अवसर पर गान्धारी के मन में दुर्योधन के लिए इतना क्रोध क्यों उमड़ा? और द्रौपदी के प्रति उसके मन में इतनी सहानुभूति क्यों जागी? निश्चित रूप से उसे द्रौपदी से कोई व्यक्तिगत सहानुभूति अथवा प्रेम हो या न हो, किन्तु उसके मन में नारी के सम्मान का महत्त्व है। नारी को अपमानित होते देखकर वह पीड़ित होती है। इसे केवल एक नारी की दूसरी नारी के प्रति सहानुभूति नहीं माना जा सकता। हम जानते हैं कि नारी ने नारी पर बहुत अत्याचार भी किये हैं, चाहे व पुरुष के माध्यम से ही करवाये गये हों। गान्धारी के सम्मुख यह सारी घटना, नारी की असहायता के रूप में उभरकर आयी होगी। नारी के इस अपमान ने उसे अपना अपमान याद दिलाया होगा। तब अपनी संवेदना में, द्रौपदी के स्थान पर वह स्वयं खड़ी हो गयी होगी और उसे लगा होगा कि दुर्योधन के हाथों किसी अन्य नारी का नहीं वरन् स्वयं उसका अपना अपमान हो रहा है। यह उसके लिए असह्य था। इस यातना में उसका पुत्र-प्रेम भी धूमिल हो गया होगा, और उसने क्षमता-भर दुर्योधन को डाँटा होगा।

इस प्रसंग में दुर्योधन और दुःशासन से भी हीनतर भूमिका कर्ण की है। कर्ण को हमारे आधुनिकता-बोध ने बहुत धोया-पोंछा, सँवारा और निखारा है। 'सफरिंग हीरो' के रूप में, वह अनेक लोगों का दुलारा भी है। प्रगतिशीलता के नाम पर भी उसे बहुत गौरवान्वित किया गया है, किन्तु महाभारत के अनुसार उसके चरित्र में उदात्तता की बहुत कमी है। सूत-पुत्र बनने की बाध्यता को उसने अपनी पीड़ा माना है और अनेक बार कर्ण और उसके समर्थकों ने कहा है कि समाज ने उसके साथ न्याय नहीं किया। किन्तु यदि हम 'महाभारत' के उदात्त पात्रों को उसके समकक्ष रखकर देखें तो हम पाते हैं कि उन उदात्त पात्रों को समाज अथवा कुछ व्यक्तियों के माध्यम से जो यातना दी गयी, जो दुर्व्यवहार किया गया—उसकी तुलना में कर्ण की पीड़ा कुछ भी नहीं है।

कौरवों की सभा में द्रौपदी को घसीटकर लाया गया। कुरुवृद्ध यदि द्रौपदी का समर्थन नहीं कर पाये तो उन्होंने दुर्योधन का भी समर्थन नहीं किया। वे लज्जित-से सिर झुकाये शान्त भाव से बैठे रहे। और जब विकर्ण ने दुर्योधन के अत्याचार का विरोध किया तो उसे डाँटकर चुप कराया और उससे कहा कि बड़ों के विरोध में नहीं बोलना चाहिए, साथ ही यह भी कहा कि दुर्योधन जो कुछ कर रहा है, वह न्यायसंगत और धर्मपूर्ण है। इतना ही नहीं, उसने यह भी कहा कि द्रौपदी पाँच पतियों की भार्या है, इसलिए वह वेश्या है। उसको तो सार्वजनिक रूप से निर्वस्त्र कर देने में भी कोई अधर्म नहीं है। उसने दुःशासन को आदेश दिया कि वह द्रौपदी को निर्वस्त्र कर दे। कर्ण के चरित्र का यह पक्ष यहीं समाप्त नहीं होता। उसने 'महाभारत' के युद्ध में अपनी सारथ्य करनेवाले मद्रराज शल्य की भर्त्सना करते हुए जो कुछ कहा, वह शल्य के व्यक्तिगत गुण-दोषों से सम्बन्धित नहीं था। उसने मद्र की नारियों के सम्बन्ध में जो अभद्र, अशिष्ट, अश्लील तथा अनुचित बातें कही हैं—उससे ऐसा लगता है कि नारी को अपमानित करने में कर्ण को विशेष रूप से सिद्धहस्तता प्राप्त थी।

16

द्यूत में हारकर धृतराष्ट्र की आज्ञा से पांडव तपस्वी वेश में वनवास के लिए चले आये। उनके साथ द्रौपदी भी थी और धौम्य भी। यह वनवास-चित्रण राम के वनवास की छाया लिये हुए प्रतीत होता है। इसमें भी उसी प्रकार का नगरवासियों का साथ आना, रात को प्रमाणकोटि में रुकना और फिर युधिष्ठिर द्वारा समझाये जाने पर अनेक नागरिकों का लौट जाना इत्यादि बातें राम, सीता तथा लक्ष्मण के वनगमन की याद दिलाती है। रामकथा में राम विभिन्न ऋषियों के आश्रमों में जाते हैं और उनका आतिथ्य स्वीकार करे हैं, किन्तु महाभारत में पांडवों के साथ ही अनेक ब्राह्मण यात्रा कर रहे हैं। वे युधिष्ठिर

के आश्रित हैं। अतः युधिष्ठिर का यह कर्तव्य है कि वह उनके भरण-पोषण का प्रबन्ध करे। इस दृष्टि से पांडवों का वनवास राम के वनवास से भिन्न है। राम, लक्ष्मण और सीता वनवासियों के समान वन के कन्दमूल तथा अन्य फलों पर ही निर्भर रहते हैं, किन्तु पांडवों को अन्न की आवश्यकता पड़ती है। यदि पांडवों के साथ इतनी संख्या में ब्राह्मण होते कि उनकी पूरी एक बस्ती बस जाती तो अन्न के लिए उन्हें खेती ही करनी पड़ती; किन्तु वे कृषक का नहीं, वनवासी का जीवन व्यतीत करने के लिए निकले थे। इसलिए वे धरती को जोत-बोकर अन्न उत्पन्न नहीं कर सकते थे। इस सारी स्थिति में से उन्हें उबारने के लिए महाभारतकार ने एक अक्षयपात्र की व्यवस्था की है। युधिष्ठिर सूर्य की उपासना कर उन्हें प्रसन्न करता है और सूर्य प्रकट होकर उसे वरदान देते हैं, "धर्मराज! तुम जो कुछ चाहते हो, वह सब तुम्हें प्राप्त होगा। मैं बारह वर्षों तक तुम्हें अन्न प्रदान करूँगा।" (71/3, वनपर्व) इस अलौकिक तत्त्व की सहायता से महाभारतकार ने पांडवों के लिए अन्न की व्यवस्था तो कर दी है; किन्तु पांडवों को अनेक प्रश्नों के आमने-सामने खड़ा कर दिया है।

सूर्य का पुत्र कर्ण है, और कर्ण, दुर्योधन का मित्र तथा पांडवों का शत्रु है। महाभारत की कथा में अनेक बार विभिन्न देव अपने पुत्रों के लिए सुख-सुविधा उत्पन्न करने के लिए सक्रिय दिखायी देते हैं, किन्तु यहाँ सूर्य अपने पुत्र के शत्रुओं की सहायता करते हुए दिखायी पड़ते हैं। पाठक सहज ही जानना चाहता है कि सूर्य ने पांडवों की सहायता क्यों की। इसका कोई उत्तर महाभारत में उपलब्ध नहीं है। यदि सूर्य पांडवों की यह सहायता न करते तो पांडवों के लिए न केवल ये बारह वर्ष व्यतीत करने बहुत कठिन हो जाते, वरन् उन्हें कई प्रकार की अन्य कठिनाइयों और अपमानजनक स्थितियों का सामना भी करना पड़ता। सूर्य ने जो कुछ किया, वह उस देवता के रूप में किया जिसके लिए कोई भी अपना या पराया नहीं है। उसका किसी से कोई निजी सम्बन्ध नहीं है। इसलिए उसका न कोई मित्र है, न कोई शत्रु। ऐसा लगता है कि महाभारतकार ने स्थान-स्थान पर इन देव-शक्तियों को विभिन्न रूपों में चित्रित किया है। कहीं तो उनका रूप अनासक्त तथा असंग देव-शक्तियों, प्रकृति के रूपों अथवा ईश्वरीय प्रतीकों के रूप में है, जहाँ उनका किसी से भी कोई व्यक्तिगत सम्पर्क नहीं है, और दूसरी ओर अनेक स्थानों पर उनका मानवीकरण हुआ है। उनकी इच्छाएँ, आकांक्षाएँ, चिन्तन और कर्म सर्वथा मनुष्यों के ही समान है। ऐसी स्थिति में उनका मनुष्यों के प्रति पिता-पुत्र भाव भी है और मित्र तथा अमित्र सम्बन्ध भी। जब कभी उनका चित्रणमात्र देव-शक्तियों के रूप में है तब वे प्रकृति के नियमों के अनुकूल चलते हैं, और उनके मन में मानवी इच्छाओं तथा आकांक्षाओं जैसा कोई भाव नहीं है। दूसरी ओर, जब कभी भी उनका

मानवीकरण हुआ है, इन्द्र ने अर्जुन की सहायता के लिए कर्ण को धोखा देकर उससे कवच और कुंडल माँगे हैं तथा सूर्य ने कर्ण को आनेवाली घटनाओं की चेतावनी भी दी है। दूसरी ओर, अर्जुन ने इन्द्र के विरुद्ध युद्ध भी किया है और सूर्य ने अपने पुत्र के विपक्षियों की सहायता भी की है।

यदि हम देवताओं के इस वरदान को मात्र कथा कहने की पौराणिक शैली ही मानें तो यह पूरा प्रसंग केवल एक ही तथ्य की ओर संकेत करता है कि पांडवों को सबसे पहले अपने लिए अन्न की व्यवस्था करनी पड़ी, जोकि उन्होंने सफलतापूर्वक की। इस तथ्य को ही पुराणकार ने अक्षयपात्र के रूप में एक सुन्दर काव्यात्मक आवरण ओढ़ाया है। इस प्रकार पांडवों का यह वनवास न तो पूरी तरह एकान्तवास है और न ही वनवासियों के समान। वे लोग कन्दमूल तथा वृक्षों के फलों पर ही निर्भर हैं। उनके साथ अनेक लोग हैं और उन सबके लिए अन्न की व्यवस्था है। इस प्रकार वे लोग वन में अपनी एक बस्ती बसाकर, एक समाज के साथ उन असुविधाओं के बीच सामान्य जीवन जीने का प्रयत्न कर रहे हैं।

द्यूत सभा में जुआ खेले जाने से पहले भी विदुर ने बहुत प्रयत्न किया था कि किसी प्रकार यह क्रीड़ा न हो, किन्तु वह अपने प्रयत्न में सफल नहीं हुआ। महाभारत की कथा हमें बताती है कि पांडवों को वन में भेजकर धृतराष्ट्र सन्तप्त हो उठा और उसे निरन्तर यह लगता रहा कि जो कुछ हुआ, वह अच्छा नहीं हुआ। धृतराष्ट्र घोर स्वार्थी किन्तु भीरु व्यक्ति है। वह दुर्योधन के समान क्रूर तो हो सकता है; किन्तु कठोर नहीं हो सकता। वह अपने स्वार्थवश पांडवों की हानि तो करता है, किन्तु उसके बाद सदा ही डर जाता है और चाहता है कि पांडवों के द्वारा उसकी हानि न हो। इस बार भी पांडवों को वन में भेजकर वह शान्त नहीं रह पाता। वह मन-ही-मन भयभीत है कि पांडव अत्यन्त शक्तिशाली हैं और वे प्रतिशोध अवश्य लेंगे। इस प्रतिशोध से बचने के लिए विदुर का सहारा लेता है। अतः विदुर को बुलाकर उससे पूछता है कि ऐसा कौन-सा मार्ग है जिससे पांडव उसके पुत्रों का अहित नहीं करेंगे। विदुर के मन में किसी प्रकार का कोई संशय नहीं है। वह पहले भी धृतराष्ट्र को दुर्योधन को त्याग देने का परामर्श दे चुका है। इस बार वह संशोधित परामर्श यह देता है कि धृतराष्ट्र पांडवों को सन्तुष्ट करे और शकुनि का तिरस्कार करे तथा दुर्योधन, शकुनि तथा कर्ण प्रेमपूर्वक पांडवों को स्वीकार करें। दुःशासन भरी सभा में भीम तथा द्रौपदी से क्षमा माँगे तथा धृतराष्ट्र, युधिष्ठिर को भली-भाँति सान्त्वना दे सम्मानपूर्वक राजसिंहासन पर बैठाये।

धृतराष्ट्र विदुर से विचार-विमर्श तो करता है किन्तु उसका परामर्श कभी मानता नहीं। इसलिए उससे कहता है, "विदुर! मैं तुम्हारा अधिक सम्मान करता

हूँ किन्तु तुम मुझे सब कुटिलतापूर्ण सलाह दे रहे हो। अब तुम्हारी जैसी इच्छा हो, चले जाओ या रहो। तुमसे मेरा कोई प्रयोजन नहीं है। कुल्टा स्त्री को कितनी भी सान्त्वना दी जाये, वह स्वामी को त्याग ही देती है।" (21/4, वनपर्व)

विदुर के सम्मुख अब सिवाय इसके और कोई उपाय नहीं है कि वह हस्तिनापुर त्यागकर पांडवों के पास चला जाये। वह वही करता है, किन्तु विदुर का तिरस्कार करने के पश्चात् धृतराष्ट्र और भी डर जाता है। उसे लगता है कि उसने विदुर को पांडवों के पक्ष में भेजकर उन्हें और भी बलवान बना दिया है। अब तक पांडवों के पास केवल शस्त्र बल ही था, किन्तु विदुर के उनसे जा मिलने पर उनका बुद्धि बल भी प्रबल हो जायेगा। वह तत्काल संजय को भेजकर विदुर को वापस बुला लेता है और आश्चर्य की बात यह है कि विदुर अपना सारा अपमान भूलकर वापस धृतराष्ट्र के पास आ जाता है कि, "मेरे लिए जैसे पांडु के पुत्र है वैसे ही आपके भी। परन्तु पांडव इन दिनों दीन दशा में हैं, अतः उनके प्रति मेरे हृदय का झुकाव हो गया।" (24/6, वनपर्व) विदुर को लौटाकर धृतराष्ट्र को तो सन्तुष्ट होना ही था, आश्चर्य की बात यह है कि वापस बुला लिये जाने पर विदुर भी सन्तुष्ट हो जाता है, "वे दोनों महातेजस्वी भाई, विदुर और धृतराष्ट्र एक-दूसरे से अनुनय-विनय करके अत्यन्त प्रसन्न हो गये।" (25/6, वनपर्व)

महाभारत-कथा का यह छोटा से प्रसंग पाठक के मन में अनेक जिज्ञासाएँ उत्पन्न करता है। सबसे पहला प्रश्न तो यह उठता है कि पांडवों के वन जाने पर कुन्ती जिस विदुर के सहारे हस्तिनापुर में रही, उस विदुर के हस्तिनापुर छोड़ देने पर कुन्ती कहाँ रही? महाभारत के वर्णन के अनुसार, विदुर अकेला ही पांडवों के पास जाता है। कुन्ती के साथ जाने अथवा पीछे रहने की कोई चर्चा वहाँ नहीं है। हम यह मान भी सकते हैं कि विदुर अकेला ही हस्तिनापुर छोड़ गया था, किन्तु उसका परिवार पीछे हस्तिनापुर में ही था। सम्भव है, कुन्ती उन्हीं के पास हस्तिनापुर में रही हो। यह कोई आश्चर्य की बात नहीं है। प्रश्न यह है कि यदि धृतराष्ट्र द्वारा विदुर हस्तिनापुर से निष्कासित किया गया तो वह अपने परिवार को हस्तिनापुर में छोड़कर अकेला ही क्यों गया? क्या उसे यह भय नहीं था कि उसके पीछे हस्तिनापुर में उसके परिवार का अनिष्ट हो सकता है? या क्या वह जानता था कि धृतराष्ट्र उसके जाते ही किसी को भेजकर उसे वापस बुला लेगा, इसलिए उसने अपने परिवार जनों को अपने साथ नहीं लिया? यदि वह इस बात को नहीं जानता था तो क्या वह इस बात के लिए तैयार था कि जब तक पांडव लौटकर हस्तिनापुर पर अपना आधिपत्य स्थापित नहीं कर लेंगे, तब तक वह अपने परिवार जनों से पृथक् पांडवों के साथ वन में ही रहेगा? विदुर ने इन सारे प्रश्नों पर विचार

नहीं किया। लगता है कि धृतराष्ट्र का उसको निष्कासित करना तथा उसका तत्काल उठकर चल देना मात्र एक सामयिक आवेश के अन्तर्गत हुआ, और किसी ने भी इस पर विचार नहीं किया कि क्या विदुर का यह निष्कासन स्थायी था? यदि वह निष्कासन स्थायी था तो उसका परिवार पीछे हस्तिनापुर में कैसे रह सकता था? आखिर दुर्योधन को भी तो यह ज्ञात ही था कि विदुर किस पक्ष में है। क्या विदुर की अनुपस्थिति में भी उसका परिवार, दुर्योधन के हस्तिनापुर में सुरक्षित था?

इस प्रसंग को इसके ठीक-ठीक सन्दर्भ में समझने के लिए यह आवश्यक है कि हम विदुर तथा धृतराष्ट्र के सम्बन्धों को उनके व्यापक परिप्रेक्ष्य में देखें। विदुर आरम्भ से ही दुर्योधन की नीतियों को विरोध करता रहा है और जिस स्तर पर खुलकर यह विरोध हुआ है, उससे बार-बार यह लगता है कि धृतराष्ट्र अथवा दुर्योधन में से कोई भी या तो उसे राज्य से निष्कासित कर देगा अथवा किसी अन्य प्रकार का दंड घोषित कर देगा। जब इस प्रकार का कोई दंड घोषित नहीं किया जाता तो पाठक को आश्चर्य ही होता है।

मुझे इसमें तनिक भी संशय नहीं है कि अपनी सारी उद्दंडता, सारे अत्याचारों तथा सारे आधिपत्य के बावजूद दुर्योधन अपने पिता धृतराष्ट्र की इच्छा के विरुद्ध कोई काम नहीं कर सकता। जो कुछ भी दुर्योधन कर रहा है, उन सबमें उसे धृतराष्ट्र की सहमति प्राप्त है। वह विदुर को दंडित नहीं कर सकता, क्योंकि धृतराष्ट्र उसे इसकी अनुमति नहीं देता। अब प्रश्न यह है कि धृतराष्ट्र, विदुर का अनिष्ट क्यों नहीं करना चाहता? क्या उसे विदुर से इतना प्रेम है कि वह उसका अनिष्ट करने की बात सोच भी नहीं सकता? उसे इतना प्रेम तो पांडु से भी नहीं था कि वह उसका अनिष्ट न करता। उसने पांडु तथा उसके पुत्रों को लगातार उनके अधिकारों से वंचित किये रखा था। वस्तुतः वह इतना आत्मकेन्द्रित और स्वार्थी व्यक्ति था कि वह किसी से प्रेम कर ही नहीं सकता था। तो क्या वह विदुर से भयभीत था? मुझे लगता है कि धृतराष्ट्र का यह भय बार-बार अपने अस्तित्व का पता देता है। इतना भय तो इस प्रसंग में भी प्रकट हो ही जाता है कि विदुर के पांडवों से मिल जाने पर पांडव और भी शक्तिशाली हो जायेंगे, इसलिए पांडवों को दुर्बल बनाये रखने के लिए यह आवश्यक था कि विदुर को उनसे दूर रखा जाये अर्थात् अपने निकट रखा जाये। मुझे लगता है कि धृतराष्ट्र के लिए एक अन्य कारण से भी विदुर बहुत महत्त्वपूर्ण था। अपने सारे अधिकारों, शक्ति तथा अत्याचारों के बावजूद धृतराष्ट्र अपने मन से यह भय कभी भी मिटा नहीं पाया कि किसी भी समय दुर्योधन तथा उसके साथियों को पराजित कर पांडव हस्तिनापुर के स्वामी हो सकते हैं। उस समय पांडवों के प्रतिशोध से बचने के लिए विदुर उसकी ढाल था। धृतराष्ट्र ने अपनी पराजय

के उन्हीं क्षणों में अपने बचाव के लिए विदुर को सदा अपने पास रखा। यही कारण है कि उसने विदुर को या तो हस्तिनापुर से जाने के लिए कहा ही नहीं और यदि कहा तो उसे अविलम्ब वापस बुला भी लिया।

इसी तरह का प्रश्न विदुर के विषय में भी पूछा जा सकता है। वह दुर्योधन और उसके राज्य को पसन्द नहीं करता था। दुर्योधन का समर्थन करते रहनेवाली धृतराष्ट्र की नीति भी उसे प्रिय नहीं थी। हस्तिनापुर में कुरु-राजसभा में बैठकर उसका दम घुटता होगा, किन्तु फिर भी राज्य के विभाजन के समय पांडवों के साथ इन्द्रप्रस्थ न जाकर वह हस्तिनापुर में ही क्यों रहा?

पांडव जब भी हस्तिनापुर से बाहर गये, वे इस स्थिति में नहीं थे कि विदुर का उनके साथ जाना श्रेयस्कर अथवा सुखकर होता। पहली बार वे वारणावत भेजे गये और उनकी सुरक्षा के लिए विदुर का हस्तिनापुर में रहना आवश्यक था। दूसरी बार वे खांडवप्रस्थ में एक नये राज्य को स्थापना करने के लिए गये थे, किन्तु एक प्रकार से हस्तिनापुर से निष्कासित होकर एक संकट की स्थिति में ही जा रहे थे। तीसरी बार वे द्यूत में अपना सब कुछ गँवाकर वनवास के लिए गये और कुन्ती को विदुर के पास हस्तिनापुर में छोड़ गये। उस समय विदुर उनके साथ नहीं जा सकता था। इन तीनों ही अवसरों पर विदुर का उनके साथ जाना संकटपूर्ण तथा कष्टकारक था। केवल एक स्थिति तब थी जब पांडव इन्द्रप्रस्थ का निर्माण कर चुके थे और राजसूय यज्ञ कर रहे थे। उस समय यदि विदुर हस्तिनापुर छोड़कर इन्द्रप्रस्थ आ जाता तो कदाचित् पांडवों तथा विदुर, दोनों के लिए ही वह सुखकर स्थिति होती, किन्तु फिर भी विदुर उनके साथ नहीं आया। इसके कारणों की चर्चा हम पहले ही कर चुके हैं।

तृतीय खण्ड

1

सामान्य धारणा के अनुसार, 'महाभारत' के नायक कृष्ण ही हैं, किन्तु 'भागवत' और 'महाभारत' ही नहीं, 'हरिवंश पुराण' को भी साथ रखें और उनका तुलनात्मक अध्ययन करें तो यह सहज ही स्पष्ट हो जाता है कि कृष्ण की जो स्थिति भागवत पुराण में है, वह महाभारत में नहीं है। भागवत में विभिन्न यादव वंशों के इतिहास के साथ-साथ कृष्ण के जन्म की सम्पूर्ण कथा सविस्तार वर्णित है, जबकि महाभारत में मूल कथा कुरुवंशियों की है और पांडवों की सहायता के लिए बीच-बीच में कृष्ण आ उपस्थित होते हैं। वस्तुतः कृष्ण का व्यक्तिगत इतना विराट, सामर्थ्यवान तथा महान है कि उनकी उपस्थिति मात्र से अन्य सारे पात्र बौने हो जाते हैं। किन्तु चूँकि महाभारत कृष्ण-कथा नहीं है, इसलिए उसके नायक कृष्ण नहीं माने जा सकते।

कुछ लोग यह तर्क भी देते हैं कि पांडवों ने जो कुछ भी अर्जित किया, वह कृष्ण की सहायता ही से अर्जित किया, इसलिए कर्त्ता तो कृष्ण ही हैं। कथा का नयन भी उनके ही माध्यम से होता है। जब पांडवों के नेता ही कृष्ण हैं तो वे महाभारत के नेता (नायक) क्यों नहीं हैं? वस्तुतः आध्यात्मिक दृष्टि से तो सारी घटनाओं के कर्त्ता तथा नेता भगवान ही हैं, किन्तु जब किसी रचनाकार द्वारा मानव-कथा का सृजन होता है तो उसमें कर्ता का अर्थ, लौकिक दृष्टि से कर्ता ही होता है। इस प्रकार महाभारत की कथा में कृष्ण के अवतरण से पूर्व भी कर्ता पांडव ही हैं, कृष्ण की सहायता से कार्य वे ही कर रहे हैं, तथा उसके फल के भोक्ता भी पांडव ही हैं। विदुर ने लाक्षागृह से बच निकलने में पांडवों की भरपूर सहायता की थी; किन्तु लाक्षागृह में रहना, उसमें आग लगाना और विदुर के खनक द्वारा तैयार की गयी सुरंग में से निकलकर हिडिम्ब-वन तक पहुँचने का कार्य तो पांडवों को ही करना पड़ा था। इसलिए उस कथा-खंड के नायक विदुर नहीं, पांडव ही है। पांडवों को हिडिम्ब-वन से काम्पिल्य तक लाने की सारी व्यवस्था व्यास द्वारा की गयी। व्यास ही उन्हें वन में मिले, व्यास ने ही

उन्हें एकचक्रा जाने का परामर्श दिया, व्यास ने ही उन्हें काम्पिल्य में कुम्भकार के घर में ठहराया, व्यास ने ही द्रुपद को युधिष्ठिर का प्रस्ताव मान द्रौपदी का पाँचों भाइयों से विवाह कर देने का आदेश दिया। किन्तु इन सारी घटनाओं के कर्ता व्यास नहीं, पांडव ही थे। हिडिम्ब तथा बकासुर को मारने का काम भीम ने किया, अग्निपर्ण से अर्जुन ने लोहा लिया, स्वयंवर की प्रतिज्ञा अर्जुन ने पूरी की, विरोधी राजाओं से भीम और अर्जुन ने युद्ध किया... इसलिए इस कथा-खंड के नायक व्यास नहीं, पांडव ही हैं।

महाभारत की ही घटनाओं में से ऐसे ही और भी अनेक उदाहरण दिये जा सकते हैं। विशेषकर महाभारत का युद्ध, इस गुत्थी को सुलझाने के लिए सबसे बड़ी चुनौती है। आध्यात्मिक दृष्टि से चारों ओर कृष्ण-ही-कृष्ण हैं, वे ही अर्जुन को गीता का उपदेश दे रहे हैं, वे ही अर्जुन के रथ का सारथ्य कर रहे हैं, वे ही युद्ध के घात-प्रतिघातों की योजनाएँ बना रहे हैं, किन्तु लौकिक दृष्टि से शस्त्र वे धारण नहीं कर रहे। वे एक योद्धा के सारथिमात्र हैं। यह समझना महत्त्वपूर्ण है कि सारथि तो प्रत्येक महारथी ही नहीं, प्रत्येक रथी के रथ पर बैठा था, किन्तु न भीष्म के सारथि का नाम ही कहीं उच्चरित होता है, न द्रोण के, न कृपाचार्य के, न स्वयं दुर्योधन के। केवल कर्ण के एक सारथि मद्रराज शल्य की चर्चा आती है, क्योंकि व्यवसाय की दृष्टि से सारथि न होते हुए भी उन्होंने कर्ण का सारथ्य किया। कुछ ऐसी ही स्थिति कृष्ण के सारथ्य की भी है कि उस युद्ध के महानतम योद्धा होते हुए भी वे पार्थ-सारथि बने। पर हम यह नहीं भूल सकते कि विजय अथवा पराजय योद्धा की होती है, सारथि की नहीं। सारथि तो योद्धा का वैसा ही सहायक उपकरण है जैसे धनुष और बाण हैं अथवा खड्ग और ढाल हैं। इसलिए उस युद्ध के योद्धा तो पांडव ही हैं।

इसी तर्क-शृंखला में एक महत्त्व की बात यह है कि कृतिकार किसकी कथा लिख रहा है? किसी भी युद्ध में निश्चित रूप से सेनापति का महत्त्व किसी भी एक सैनिक से कहीं अधिक होता है; किन्तु यदि कोई लेखक एक सैनिक की कथा लिखता है तो उस कथा का नायक सैनिक ही होगा, सेनापति नहीं। इस दृष्टि से व्यास ने महाभारत में पांडवों की कथा लिखी है। अतः नायक पांडव ही हो सकते हैं। जिस प्रकार किसी श्रमिक के घर अतिथि रूप में चाहे राजा भी वहाँ के लोगों की आँखों में चकाचौंध उत्पन्न कर दे और उसका वहाँ आने का क्षण बहुत महत्त्वपूर्ण हो जाये; किन्तु घर का स्वामी वह श्रमिक ही रहेगा।

महाभारत के नायक की समस्या केवल कृष्ण और पांडवों को लेकर ही नहीं है, स्वयं पाँचों पांडवों में नायकत्व के प्रश्न को लेकर विवाद हो सकता है।

सामान्य पाठक की दृष्टि से कभी महत्त्वपूर्ण होकर भीम नायक बन जाता है और कभी अर्जुन। दुर्योधन ने भीम को विष खिलाया और उसे अचेत अवस्था में बाँधकर गंगा में प्रवाहित कर दिया। भीम नागलोक में जाकर पुनर्जीवित होकर लौट आया। अतः वहाँ भीम ही नायक प्रतीत होता है। वारणावत में लाक्षागृह के दाह के प्रसंग में भी भीम ही नायक का स्थान ग्रहण करता दिखायी देता है। हिडिम्ब-वन तथा एकचक्रा नगरी में भी नायकत्व का निर्वाह भीम के माध्यम से ही होता दिखायी पड़ता है। काम्पिल्य में द्रौपदी के स्वयंवर के प्रसंग में अर्जुन की सहायता में विरोधी राजाओं से लड़ते हुए भी भीम नायकत्व का सहभागी प्रतीत होता है। द्यूत में राज्य हारकर पांडवों के वनवास के समय अनेक घटनाओं का नायक भीम ही है। द्रौपदी के लिए एक पुष्प लाने के लिए वह यक्षों से युद्ध करता है, अज्ञातवास में द्रौपदी को पीड़ित करनेवाले कीचक का वध करता है, राजसूय यज्ञ से पहले जरासन्ध को चीरकर दो खंडों में बाँट देता है। उसी प्रकार महाभारत के युद्ध में अनेक दुर्धर्ष योद्धाओं को वही मार गिराता है और अन्ततः दुर्योधन का वध भी उसी के हाथों होता है। इन सारे प्रसंगों में निस्सन्देह भीम ही नायक के रूप में सामने आता है और ऐसा प्रतीत होता है कि यदि भीम न होता तो शेष पांडव अपने सारे गुणों, शौर्य तथा युद्ध-कौशल के बावजूद जाने कहाँ मर-खप गये होते।

महाभारत की कथा में अर्जुन भीम से छोटा है, अतः उसका महत्त्व भी भीम के पश्चात् ही उभरकर सामने आता है। कथा के आरम्भ में जिन कारणों से युधिष्ठिर और भीम महत्त्वपूर्ण हैं, वे गुण अर्जुन में नहीं हैं, इसलिए उसका महत्त्व भी दिखायी नहीं पड़ता। द्रोण के हस्तिनापुर आने पर अर्जुन क्रमशः अपने महत्त्व—गुरु-भक्ति, धनुर्विद्या तथा दृढ़-संकल्प—का उन्मेष करता है। वस्तुतः अर्जुन के अभ्युत्थान में द्रोणाचार्य का महत्त्व भी निहित है। अर्जुन जो कुछ है, उसकी अपनी क्षमताओं तथा गुरु द्रोण की शिक्षा का योग है। शिष्य के महत्त्व में ही गुरु का भी महत्त्व है। शिष्यों की शिक्षा समाप्त करने के पश्चात् द्रोणाचार्य उनकी योग्यता प्रदर्शित करने के लिए एक सभा का आयोजन करते हैं। वस्तुतः हस्तिनापुर के राज-परिवार को वे यह दिखाना चाहते हैं कि उन्होंने कुरु-राजकुमारों को क्या से क्या बना दिया है और उनका सर्वश्रेष्ठ शिष्य है—अर्जुन। इसी सभा में सबसे पहले अर्जुन अपनी धनुर्विद्या तथा अपनी क्षमता का प्रदर्शन करता है। उसे सर्वश्रेष्ठ धनुर्धारी मान लिया जाता है, यद्यपि कर्ण के साथ उसके विवाद का कोई अन्तिम फैसला नहीं होता। किन्तु इतना तो स्पष्ट हो ही जाता है कि यदि दुर्योधन से पांडवों की रक्षा भीम कर सकता है तो कर्ण तथा अन्य धनुर्धारियों से उनकी रक्षा अर्जुन ही करेगा। वैसे भी युद्ध

में शस्त्रों की तुलना में अस्त्र अधिक महत्त्वपूर्ण हो जाते हैं। वे दूर से ही प्रहार कर सकते हैं अर्थात् अर्जन का सर्वाधिक उपयोगी योद्धा होना उसी सभा में प्रमाणित हो जाता है।

द्रुपद के साथ युद्ध में भी अर्जुन की भूमिका अत्यन्त महत्त्वपूर्ण है। जिस द्रुपद से दुर्योधन, कर्ण तथा उनके संगी-साथी पराजित होकर लौट आते हैं, उसी द्रुपद को भीम और अर्जुन न केवल पराजित करते हैं, वरन् उसे बाँधकर गुरु-दक्षिणा के रूप में अपने गुरु के चरणों में डाल देते हैं। इस युद्ध में भी अर्जुन प्रमुख योद्धा है और द्रुपद को पराजित कर बाँधने का कार्य भी वही करता है, अर्थात इस युद्ध का नायक अर्जुन ही है।

इसके पश्चात् अंगारपूर्ण से युद्ध के प्रसंग में अर्जुन का ही युद्ध-कौशल काम आता है, किन्तु वह एक छोटी-सी घटना है। अधिक महत्त्वपूर्ण बात तो यह है कि जो पांडव अपने प्राणों के भय से मृगछाल पहने, जटाएँ बढ़ाये वनवासी ब्राह्मणों के रूप में अज्ञातवास कर रहे थे और निर्जन प्रदेश में भी अपना परिचय प्रकट करने में भयभीत थे, वे ही पांचालों और यादवों की सेनाओं का नेतृत्व करते हुए निर्भय होकर हस्तिनापुर लौट आये। यह चमत्कार सम्भव ही इसलिए हो सका क्योंकि द्रौपदी के स्वयंवर की प्रतिज्ञा पूर्ण कर अर्जुन ने पांचालों से सम्बन्ध स्थापित किया था। द्रुपद को संसार के सर्वश्रेष्ठ धनुर्धारी की खोज थी, जो उसके जामाता के रूप में द्रोणाचार्य और उनको संरक्षण देनेवाले हस्तिनापुर के राजपरिवार की सेनाओं के विरुद्ध पांचालों का नेतृत्व कर सके। उसकी इस आवश्यकता की पूर्ति करने में अर्जुन ही समर्थ था। इस प्रकार द्रौपदी के विवाह के प्रसंग में अर्जुन स्वयं ही नायक बन जाता है। अर्जुन की वीरता के प्रमाणस्वरूप महाभारत की कथा में अनेक महत्त्वपूर्ण घटनाएँ प्रस्तुत की गयी हैं। भीम का अपने शारीरिक बल के कारण निर्विवाद रूप से महत्त्व है, किन्तु वह केवल द्वन्द्व-युद्ध में ही अधिक उपयोगी है। इसमें कोई सन्देह नहीं कि भीम सैकड़ों लोगों पर अकेला भारी पड़ सकता है किन्तु दुर्धर्ष सेनाओं तथा योद्धाओं से अकेले भिड़ जाने का काम अर्जुन ही कर सकता है। महाभारत में वर्णित विभिन्न दिग्विजयों को छोड़ भी दें तो भी पांडवों के वनवास के समय जब दुर्योधन, कर्ण और उनके साथी पांडवों को अपमानित करने के लिए अपने वैभव और सामर्थ्य का प्रदर्शन करने के लिए वन में आते हैं और पांडवों का मित्र गन्धर्वराज उन्हें पराजित कर बन्दी कर लेता है तो गन्धर्वराज और उनकी सेना से लड़ने के लिए युधिष्ठिर भीम को नहीं, अर्जुन को ही भेजता है। इसका एक कारण तो यह भी माना जा सकता है कि गन्धर्वराज अर्जुन का मित्र था। सम्भवतः युधिष्ठिर ने समझा हो कि अर्जुन के जाने पर कदाचित् युद्ध की

आवश्यकता ही न पड़े। फिर भी जब युद्ध हुआ तो गन्धर्व सेना अर्जुन की धनुर्विद्या और रणकौशल से ही पराजित हुई।

विराट नगर में अज्ञातवास की प्रायः समाप्ति पर जब दुर्योधन के आक्रमण को रोकने की आवश्यकता पड़ी तो राजकुमार उत्तम को साथ लेकर अर्जुन बृहन्नता के रूप में अकेला ही भीष्म, द्रोण, कृपाचार्य, कर्ण और दुर्योधन से जा टकराया था। इस सारे प्रसंग का नायक भी अर्जुन ही है।

उसके पश्चात् तो महाभारत का युद्ध ही है जहाँ अर्जुन ने अन्य सहस्रों योद्धाओं के साथ-साथ भीष्म तथा कर्ण जैसे योद्धाओं का पराभूत किया। द्रोण की हत्या यद्यपि उसके हाथों नहीं हुई, लेकिन युद्ध में दुर्योधन की सेना के आक्रमणों को रोकने और उसका विनाश करने में अर्जुन की प्रमुख भूमिका रही।

युद्ध-वीर के रूप में अर्जुन का महत्त्व भीम से किसी भी रूप में कम नहीं है। फिर भी यदि अन्य क्षेत्रों को देखें तो हमें दिखायी पड़ता है कि अर्जुन भीम की तुलना में अधिक गम्भीर, सौम्य, शालीन तथा संयमी है। उसका व्यवहार भीम की तुलना में कहीं अधिक नियन्त्रित तथा विवेकपूर्ण है। रूप-रंग में भी वह भीम के तुलना में अधिक आकर्षक माना गया है। भीम में रजोगुण अधिक है। वह सदा ही अपने अधिकार, प्रतिहिंसा तथा प्रतिशोध की बात करता है; किन्तु अर्जुन क्षमताओं के होने के बावजूद कभी उतना कठोर, क्रूर, क्रोधी तथा हिंस्र दिखायी नहीं पड़ता। वह सदा ही कहीं अधिक परिष्कृत और संस्कारी पुरुष के रूप में पाठक को मुग्ध करता रहता है।

शृंगार-रस की दृष्टि से अर्जुन कहीं अधिक महत्त्वपूर्ण है। वह आकर्षक तथा कमनीय नायक की भूमिका निबाहता है। श्रीमती दुर्गा भागवत ने उसे 'परी देश का राजकुमार' कहा है। उसमें नारी-हृदय को जय करने की अद्भुत क्षमता है। वैसे तो हिडिम्बा भीम पर भी मुग्ध हुई थी, किन्तु वह शृंगार का कहीं अधिक स्थूल रूप है, जहाँ शरीर का आकार, उसकी मांसलता तथा उसका बल ही महत्त्वपूर्ण है।

अर्जुन के सन्दर्भ में शृंगार का सूक्ष्म एवं परिष्कृत रूप दिखायी पड़ता है। वैसे तो द्रौपदी के सन्दर्भ में भी अर्जुन उसके प्रिय के रूप में चित्रित है, किन्तु फिर भी वहाँ उनका प्रेम स्वयंवर की प्रतिज्ञा के अधीन है। हमारे यहाँ स्वयंवर अधिकांशतः अपने-आपमें ही प्रेम-सम्बन्धों के आरम्भ का कारण होता है। किसी कठिन प्रतिज्ञा को पूरा कर नायिका को प्राप्त करना अपने-आपमें ही रोमानी अवधारणा है। फिर भी यदि यह आकर्षण उससे भी पूर्व ही जन्म ले ले, तो प्रेम का शुद्ध स्वरूप उभरकर सामने आता है। शायद इसीलिए 'रामचरितमानस' में तुलसीदास ने धनुष-यज्ञ से पूर्व ही सीता एवं राम में

परस्पर आकर्षण कर सूत्रपात कर दिया था। द्रौपदी और अर्जुन के मध्य इस प्रकार के पूर्व आकर्षण की चर्चा नहीं है, किन्तु प्रतिज्ञापूर्ति के पश्चात् द्रौपदी की प्रत्येक दृष्टि में स्वीकृति की ध्वनि है। पूरी कथा में यह निरन्तर ध्वनित होता रहता है कि भीम द्रौपदी के एक संकेत पर अपने प्राणों का पण लगा सकता है, किन्तु द्रौपदी का कमनीय अर्जुन ही है। स्वर्गारोहण के समय जब द्रौपदी अचेत होकर गिरती है तो उसके दोष के रूप में युधिष्ठिर ने यही कहा कि उसके मन में अर्जुन के लिए पक्षपात था।

अर्जुन का परी-देश के राजकुमारवाला रूप यहीं समाप्त नहीं होता। वह महाभारत की पूरी कथा में स्थान-स्थान पर बिखरा हुआ है। अर्जुन की प्रत्येक यात्रा किसी-न-किसी प्रेम-प्रसंग में जाकर समाप्त होती है। अपने पहले वनवास में अर्जुन, सुभद्रा के प्रति आकृष्ट होता है। सुभद्राहरण सारे कथा-प्रसंगों में अद्भुत और अनोखा है। अन्य अनेक प्रसंगों में जहाँ नायिकाएँ अर्जुन की ओर आकृष्ट होती हैं तथा उसकी कामना करती हैं, सुभद्रा ऐसी नारी है जिसकी कामना अर्जुन स्वयं करता है। अर्जुन की कामना अत्यन्त मुखर है, किन्तु सुभद्रा की ओर से इस प्रकार का कहीं कोई संकेत नहीं है। यदि सुभद्रा की ओर से भी यह स्पष्ट होता तो कदाचित् अर्जुन को उसके हरण की आवश्यकता नहीं होती।

कुल मिलाकर यह सारा प्रसंग अत्यन्त रोमानी है और वह अर्जुन जिसने काम्पिल्य में अपनी असाधारण धनुर्विद्या के आधार पर पांचालों की शर्त पूरी कर द्रौपदी को जीता था, द्वारिका में कृष्ण की अनुमति से ही सही, यादवों के प्रारम्भिक विरोध के बावजूद असाधारण साहस का प्रदर्शन करता है। इन दोनों प्रसंगों में शृंगार- क्षेत्र में अर्जुन अत्यन्त रोमानी नायक के रूप में उभरकर हमारे सामने आता है।

इसी यात्रा के आरम्भ में अर्जुन हरिद्वार में उलूपी और मणिपुर में चित्रांगदा को आकृष्ट करता है। ये दोनों प्रसंग भी शृंगार-क्षेत्र में ही नहीं, शूरवीरता के क्षेत्र में भी उसका नायकत्व स्थापित करते हैं।

शृंगार-रस की दृष्टि से अर्जुन का चरित्र अत्यन्त उदात्त धरातल पर स्थित दिखायी देता है। वह शृंगार-त्यागी संन्यासी नहीं है, किन्तु उसके चरित्र में कामुकता का दोष तनिक भी दिखायी नहीं पड़ता। यह अर्जुन ही था जिसने द्रौपदी जैसी विश्व-विजयिनी नारी को, अपनी माता का संकेत समझते ही तत्काल युधिष्ठिर को यह कहकर सौंप दिया कि इससे आप विवाह कर लें। उर्वशी का प्रसंग कम महत्त्वपूर्ण नहीं है। इन्द्र की सभा की सर्वश्रेष्ठ सुन्दरी, देवों की कमनीया अप्सरा उर्वशी जिसका यौवन और सौन्दर्य ऋषियों की

तपस्याओं से खिलवाढ़ करने का अभ्यस्त था, अर्जुन के रूप और यौवन पर मुग्ध होकर उसके सम्मुख आत्मसमर्पण करती है, किन्तु अर्जुन को इस सम्बन्ध में औचित्य दिखायी नहीं देता, इसलिए वह नतमस्तक उसे अस्वीकार करता है। इस सम्बन्ध के अनौचित्य अथवा औचित्य को लेकर मतभेद तथा विवाद हो सकता है। उसके कारणों इत्यादि के विषय में एकमत होना शायद विद्वानों के लिए सम्भव नहीं हो, फिर भी इतना तो मानना ही पड़ेगा कि अर्जुन किसी भी असाधारण सुन्दरी नारी के लिए उसकी इच्छानुसार उपलब्ध पुरुष नहीं था। शृंगारिक-सम्बन्धों में भी अर्जुन धर्म को नहीं भूल सकता था। इसका एक और उदाहरण विराट-पुत्री उत्तरा के सन्दर्भ में प्राप्त होता है। यह जान लेने के पश्चात् कि उसकी पुत्री को नृत्य सिखानेवाला बृहन्नला और कोई नहीं, स्वयं पांडु-पुत्र कौन्तेय अर्जुन है—राजा विराट अपनी पुत्री उत्तरा का सम्बन्ध अर्जुन से करना चाहता है, किन्तु अर्जुन उत्तरा को अपनी पत्नी के रूप में नहीं, पुत्र-वधू के रूप में स्वीकार करता है। उसका उत्तरा से गुरु-शिष्या का सम्बन्ध है और आज तक उसने कभी उत्तरा को कामिनी के रूप में देखा ही नहीं।

इन दोनों प्रसंगों में अर्जुन शृंगार-रस की दृष्टि से नायक नहीं है। उर्वशी के सन्दर्भ में तो उसे शाप भी झेलना पड़ता है। जो उसे किसी भी शृंगारिक प्रसंग का नायक बनने के अयोग्य कर देता है और दूसरे प्रसंग में वह नायक के पिता की भूमिका अंगीकार करता है; किन्तु इन दोनों ही प्रसंगों में उसका चरित्र उदात्तता की उस भूमि पर जा पहुँचता है, जो किसी पुरुष को वास्तविक अर्थों में नायकत्व प्रदान करती है।

2

शौर्य और शृंगार के क्षेत्रों में युधिष्ठिर कहीं भी अपने इन दो छोटे भाइयों—भीम और अर्जुन—के समकक्ष दिखायी नहीं पड़ता। यद्यपि वह रूपवान भी है और गुणवान भी, किन्तु किसी विकट युद्ध में अकेला जाकर वह शत्रुओं को पराजित नहीं करता और न ही कोई रूपसी युवती उस पर मुग्ध होती दिखायी पड़ती है। फिर भी कुछ ऐसे क्षेत्र अवश्य हैं जहाँ युधिष्ठिर अपने भाइयों से कहीं उत्कृष्टतर स्थिति में है। शतशृंग पर्वत से लौटते हुए पांडु का सबसे बड़ा पुत्र होने के नाते वह अपनी माँ तथा भाइयों के अवयस्क रक्षक के रूप में दिखायी पड़ता है। यद्यपि वह कुछ भी असाधारण कर्म करने में समर्थ नहीं है, किन्तु समय-समय पर कुन्ती को अपने इसी बड़े पुत्र से विचार-विमर्श करना होता है। भीम के गुम हो जाने पर चिन्ता उसी को होती है, और विदुर भी यदि कोई

परामर्श देते हैं तो उसी को देते हैं। रंगशाला में द्रोणाचार्य द्वारा प्रदर्शित किये गये शस्त्र-कौशल में यद्यपि युधिष्ठिर सर्वश्रेष्ठ नहीं है, किन्तु युवराज के पद के लिए अपनी अवस्था के कारण वही उपयुक्त माना जाता है। वारणावत जाते हुए भावी संकटों के प्रति विदुर उसी को चेतावनी देते हैं ताकि वह अपनी माता और अपने भाइयों की रक्षा कर सके। वारणावत में भी उसकी कोई विशेष भूमिका नहीं है और न ही हिडिम्ब-वन में। हिडिम्ब को पराजित करने में भी उसका कोई महत्त्व नहीं है, किन्तु यहीं से युधिष्ठिर का कथा में विशिष्ट योगदान आरम्भ होता दिखायी पड़ता है। भीम, हिडिम्ब का वध तो करता ही है, क्रोध में वह शत्रु की बहन के रूप में हिडिम्बा का भी वध कर देना चाहता है, उस अवसर पर युधिष्ठिर ही उसे रोकता है, 'पुरुष सिंह भीम! यद्यपि तुम क्रोध से भरे हुए हो, तो भी स्त्री का वध न करो। पांडुनन्दन! शरीर की रक्षा की अपेक्षा से भी अधिक तत्परता से धर्म की रक्षा करो।' (2/154, आदिपर्व) महाभारत की कथा में युधिष्ठिर का योगदान बहुत प्रकट, मुखर तथा स्थूल नहीं है। वह अत्यन्त सूक्ष्म धरातल पर अपना काम करता चलता है। प्राणों की रक्षा, अधिकारों की रक्षा, राज्यों की रक्षा, प्रजा की रक्षा की बात अनेक धरातलों पर, अनेक सन्दर्भों में, अनेक लोगों द्वारा की जाती है, किन्तु सूक्ष्म धरातल पर धर्म की रक्षा की चर्चा का दायित्व महाभारतकार ने युधिष्ठिर पर ही छोड़ा है।

इस दृष्टि से महाभारत में कर्म के साथ चिन्तन का जो पक्ष जुड़ता है, वह भीम अथवा अर्जुन के माध्यम से नहीं—युधिष्ठिर के माध्यम से है। युधिष्ठिर का नायकत्व कर्म के स्थूल धरातल पर कम, चिन्तन के सूक्ष्म धरातल पर ही अधिक है।

कुन्ती के साथ परामर्श करने अथवा कुन्ती के निर्णयों की समीक्षा का दायित्व भी ज्येष्ठ पुत्र के रूप में युधिष्ठिर ही वहन करता है। एकचक्रा नगरी में अपने आतिथेय ब्राह्मण के प्राण बचाने के लिए कुन्ती बकासुर का भोजन लेकर भीम को भेजने का निर्णय करती है। युधिष्ठिर को यह उचित नहीं लगता। वह स्पष्ट शब्दों में माँ से कहता है, "माँ! आपने यह असह्य और दुष्कर साहस क्यों किया? साधु पुरुष अपने पुत्र के परित्याग को अच्छा नहीं बताते। दूसरे के बेटे के लिए आप अपने पुत्र को क्यों त्याग देना चाहती हैं, पुत्र का त्याग करके आपने लोक और वेद, दोनों के विरुद्ध कार्य किया है। जिसके बाहुबल का भरोसा करके हम सब लोग सुख से सोते हैं और नीच शत्रुओं ने जिस राज्य को हड़प लिया है, उसको पुनः वापस लेना चाहते हैं। जिस अमित तेजस्वी वीर के पराक्रम का चिन्तन करके शकुनि सहित दुर्योधन को दुख के मारे सारी रात नींद नहीं आती थी, जिस वीर के बल से हम लोग

लाक्षागृह तथा दूसरे पापपूर्ण अत्याचारों से बच पाये और दुष्ट पुरोचन भी मारा गया, जिसके बल पराक्रम का आश्रय लेकर हम लोग धृतराष्ट्र पुत्रों को मारकर धन-धान्य से सम्पन्न इस सम्पूर्ण पृथ्वी को अपने अधिकार में आयी हुई ही मानते हैं, उस बलवान पुत्र के त्याग का निश्चय आपने किस बुद्धि से किया है? क्या आप अनेक दुखों के कारण अपनी चेतना खो बैठी हैं? आपकी बुद्धि लुप्त हो गयी है।" (5-11/161, आदिपर्व)

वस्तुतः ये घटनाएँ युधिष्ठिर के चरित्र के विकास के सम्बन्ध में छोटे-छोटे संकेत हैं, जो क्रमशः अपने पूर्ण रूप को प्राप्त होते हैं। आनृशंसता, समता, धर्म की रक्षा और धर्मपूर्ण मार्ग पर अपने भाइयों तथा प्रजा का नेतृत्व युधिष्ठिर ही कर सकता है। यद्यपि पांचालों से अपने पहले युद्ध में भीम को पांचाल सेना का अनावश्यक वध करते हुए अर्जुन ने भी रोका था, किन्तु वह अर्जुन की मात्र करुणा ही थी, जो अनावश्यक हिंसा से बचना चाहती थी। युधिष्ठिर आध्यात्मिक रूप से आनृशंसता के जिस स्तर पर जीता है, वह उससे कहीं उत्कृष्टतर एवं श्रेष्ठतर है। उसके चरित्र का सबसे बड़ा द्वन्द्व ही यही है कि वह क्षत्रिय राजकुमार होते हुए भी, कौरवों का युवराज और पांडवों का चक्रवर्ती सम्राट होने पर भी, हिंसा का पक्षधर नहीं है। इस तथ्य के अनेक उदाहरण हमें महाभारत की कथा में उपलब्ध होते हैं। कथाक्रम में धर्म-रक्षा की एक विकट समस्या द्रौपदी के स्वयंवर के तत्काल पश्चात् ही पांडवों के सम्मुख मुँहबाये खड़ी हो जाती है। द्रौपदी के स्वयंवर की प्रतिज्ञा अर्जुन ने पूरी की है। भीम अपने बाहुबल पर शत्रुओं से युद्ध कर अर्जुन और द्रौपदी को बचाकर लाया है। वह यह मानता है कि एक प्रकार से द्रौपदी को जीतकर वही लाया है और परिवेदन के पाप से डरी हुई कुन्ती युधिष्ठिर के अविवाहित रहते हुए किसी भी प्रकार से द्रौपदी का विवाह भीम या अर्जुन से नहीं होने देना चाहती। इस स्थिति में धर्म क्या है? द्रौपदी किसकी है? उस पर किसका अधिकार है? उसका विवाह किससे होना चाहिए—आदि समस्याओं को धर्मसंगत रूप से सुलझाने का काम युधिष्ठिर पर ही डाला जाता है, ताकि किसी के साथ न अन्याय हो, न अत्याचार और न ही धर्म-विरुद्ध मार्ग पर चलना पड़े।

युधिष्ठिर विचार करता है। माँ की इच्छा उनके लिए सर्वोपरि है। वह यह भी जानता है कि माँ की यह इच्छा युधिष्ठिर के प्रति उनके पक्षपात के कारण नहीं है। माँ की इच्छा वस्तुतः धर्मशास्त्र की इच्छा है, जो स्वस्थ बड़े भाई अथवा बहिन के अविवाहित रहते, छोटे भाई अथवा बहिन के विवाह को पाप मानता है, और उसे परिवेदन की संज्ञा देता है। शास्त्र का कहना है कि परिवेदन में सम्मिलित होनेवाले तथा उसमें सहयोग करनेवाले सभी लोग पापी

हैं, अतः नरक में जायेंगे। ऐसी स्थिति में युधिष्ठिर के सम्मुख सरल मार्ग था कि वह माँ की इच्छा के अनुसार द्रौपदी से विवाह कर लेता। अर्जुन ने भी माँ की इच्छा भाँपते हुए द्रौपदी, युधिष्ठिर को समर्पित कर दी थी। युधिष्ठिर माँ का संकेत और शास्त्र की आज्ञा को जानते हुए भी यह समझता था कि अर्जुन को द्रौपदी से वंचित करना घोर नृशंसता होगी। अर्जुन अपने धर्म का निर्वाह कर रहा था और युधिष्ठिर को अपने धर्म का निर्वाह करना था।

हमारी परम्परा में बड़े भाई की मृत्यु अर्थात् वैसी ही किसी स्थिति में उसकी पत्नी का पुनर्विवाह अपने देवर से कर दिया जाता है। देवर शब्द का अर्थ भी है—अन्य वर। रामकथा में तारा के साथ सुग्रीव और मन्दोदरी के साथ विभीषण के विवाह को इसी दृष्टि से देखा जाता है, किन्तु छोटे भाई की पत्नी का पुनर्विवाह किसी भी परिस्थिति में ज्येष्ठ के साथ नहीं हो सकता। बाली ने जब रूमा का अपहरण किया था तो राम ने उसे घोर पाप कहकर बाली के मृत्यु के कारणों में से एक बताया था। इस दृष्टि से युधिष्ठिर भी यह समझ रहा था कि यदि द्रौपदी को अर्जुन की पत्नी मान लिया जाये तो युधिष्ठिर और भीम का उससे किसी भी स्थिति में विवाह नहीं हो सकता किन्तु अर्जुन की इस भेंट को वह स्वयं अंगीकार कर ले और तब अपने छोटे भाइयों के भी द्रौपदी के साथ विवाह का प्रस्ताव रखे तो वह लुप्तप्राय बहुपतित्व की परम्परा का जीर्णोद्धार तो होगा, किन्तु वह अधर्म, परिवेदन अथवा नृशंसता का कृत्य नहीं होगा। इस प्रकार युधिष्ठिर के इस प्रस्ताव ने आरम्भ में पांचालों को चौंकाया तो अवश्य, किन्तु सारी समस्याओं का समाधान करते हुए, अन्ततः एक धर्मसम्मत मार्ग ढूँढ़ निकाला जो कुन्ती, शेष पांडवों तथा पांचालों को ही मान्य नहीं था, स्वयं धर्म धुरन्धर व्यास, श्रीकृष्ण तथा अन्य धर्माचार्यों को भी एकमात्र धर्मसम्मत समाधान के रूप में ग्राह्य था।

कौरवों के राज्य-विभाजन के पश्चात् खांडवप्रस्थ अथवा इन्द्रप्रस्थ का राजा युधिष्ठिर ही था। इस दृष्टि से युधिष्ठिर अब अपने-आप ही कथानायक हो जाता है, किन्तु युधिष्ठिर का नायकत्व उसके पद का ही ऋणी नहीं है। जहाँ-जहाँ शासन की चर्चा होती है, वहीं-वहीं युधिष्ठिर के कुशल प्रशासन, न्याय तथा धर्ममार्ग की प्रशंसा भी होती है, और महाभारतकार बार-बार यह कहता है कि राजा के रूप में युधिष्ठिर अद्वितीय है।

पांडवों के राजसूय-यज्ञ के केन्द्र में युधिष्ठिर ही है। वह योद्धा के रूप में सेनाओं का नेतृत्व नहीं करता, किन्तु राजसूय या अश्वमेध यज्ञ करनेवाला कोई भी राजा अपनी सेनाओं का नेतृत्व स्वयं नहीं करता है। स्वयं भगवान राम भी लव-कुश से युद्ध करने उसी स्थिति में गये थे, जब उनके भाई तथा सेनापति

पराजित हो चुके थे। युधिष्ठिर की आज्ञा के अधीन युद्ध करनेवाले योद्धाओं और सेनापतियों की कमी नहीं थी, इसलिए युधिष्ठिर को इन्द्रप्रस्थ में रहकर ही यज्ञ सम्बन्धी गतिविधियों को चलाना था। उसने वही किया।

अग्रपूजा तथा शिशुपाल-वध के प्रसंग में कृष्ण प्रधान पात्र हो जाते हैं, किन्तु शिशुपाल के वध के पश्चात् युधिष्ठिर ही अपने भाइयों को यह आदेश देता है कि ससम्मान शिशुपाल का दाह-संस्कार किया जाये तथा उसके पुत्र को उसके स्थान पर सिंहासन पर अभिषिक्त किया जाये। इस सारे प्रसंग में न युधिष्ठिर का शौर्य महत्त्वपूर्ण है, न शृंगार। महत्त्वपूर्ण है, उसका शील। अन्य पांडव युधिष्ठिर की आज्ञा के अधीन कार्य करते हुए दिखायी देते हैं। युधिष्ठिर कुछ करता हुआ दिखायी नहीं देता, किन्तु उस सारे कर्म के पीछे नीति-निर्माण का कार्य युधिष्ठिर का ही है। महाभारत की कथा में पांडव अपने बड़े भाई युधिष्ठिर की आज्ञा के अधीन कर्मरत हैं और धार्तराष्ट्र अपने बड़े भाई दुर्योधन की आज्ञा के अधीन। किन्तु यह युधिष्ठिर और दुर्योधन के शील का ही अन्तर है कि जो पांडवों को देवत्व प्रदान करता है और दुर्योधन का शीलाभाव धार्तराष्ट्रों को राक्षस बना देता है।

राजसूय-यज्ञ के पश्चात् सर्वप्रथम घटना हस्तिनापुर में होनेवाली द्यूत-क्रीड़ा है और यह वह घटना है जिसके आधार पर महाभारत का प्रत्येक पाठक अथवा श्रोता युधिष्ठिर के नायकत्व का निषेध करता है। सामान्यतः यह प्रश्न उठाया जाता है कि युधिष्ठिर कैसा धर्मराज था जो अपने व्यसन पर तनिक भी संयम नहीं रखता और द्यूत-क्रीड़ा में इस प्रकार बह जाता है कि उसे औचित्यानौचित्य की सीमा का कोई बोध ही नहीं रहता। सामान्य जन के लिए युधिष्ठिर को निर्बुद्धि तथा चरित्रहीन घोषित करने के लिए यह एक घटना ही पर्याप्त है। किन्तु ग्रन्थ को ध्यानपूर्वक पढ़ा जाये तो यह दिन के उजाले के समान स्पष्ट है कि युधिष्ठिर व्यसनी नहीं था। वह जुआ खेलने के लिए बैठते हुए भी जुए की निन्दा करता है। (5-6/59, सभापर्व) युधिष्ठिर स्वेच्छा से जुआ नहीं खेल रहा, यह हम देख चुके हैं। उसकी बाध्यता अत्यन्त स्पष्ट है। इस क्रीड़ा को बन्द करवाने के लिए विदुर जितने भी प्रबल रूप से आग्रह करता है, वह युधिष्ठिर से सम्बोधित न होकर धृतराष्ट्र से ही निवेदन करता है। उसने एक बार भी युधिष्ठिर से यह नहीं कहा कि वह जुआ न खेले। उसने बार-बार धृतराष्ट्र से ही निवेदन किया कि वह इस द्यूत को बन्द करवाये। इस निवेदन का अभिप्राय और भी स्पष्ट तब होता है जब हम धृतराष्ट्र द्वारा भेजे गये निमन्त्रण का भी अध्ययन करते हैं। इन्द्रप्रस्थ जाकर विदुर ने युधिष्ठिर से कहा था, "कुरुराज धृतराष्ट्र ने पहले तुमसे कुशल आरोग्य पूछकर यह सन्देश दिया है कि वत्स!

मैंने तुम्हारी सभा के समान ही एक सभा तैयार करवायी है। तुम अपने भाइयों के साथ आकर दुर्योधन आदि अपने भाइयों की इस सभा को देखो। इसमें सभी इष्ट-मित्र मिलकर द्यूत-क्रीड़ा करें और मन बहलायें। हम सभी कौरव तुम सबसे मिलकर बहुत प्रसन्न होंगे।" (7-8/58, सभापर्व)

युधिष्ठिर ने तब भी जुए के विरोध में कहा था, "विदुर जी, जुए में तो कलह होती है। कौन समझदार मनुष्य जुआ खेलना पसन्द करेगा?" (10/58, सभापर्व) और विदुर भी सहमत हुए, "विद्वन्! मैं जानता हूँ कि जुआ अनर्थ की जड़ है इसलिए मैंने उसे रोकने का प्रयत्न भी किया, तथापि महाराज धृतराष्ट्र ने मुझे तुम्हारे पास भेजा है।" (11/58, सभापर्व)

स्पष्ट है कि न विदुर इस पक्ष में है और न युधिष्ठिर कि जुआ खेला जाये, फिर भी विदुर पांडवों को द्यूत-क्रीड़ा के लिए आमन्त्रित करने के लिए आया है, क्योंकि वह धृतराष्ट्र की आज्ञा के अधीन हैं। जुआ आरम्भ हो चुकने के पश्चात् भी विदुर उसे बन्द करवाने का पूरा प्रयत्न करता है। वह कहता है, "दुर्योधन पांडुनन्दन युधिष्ठिर के साथ दाँव लगाकर जुआ खेल रहा है, साथ ही वह जीत भी रहा है, यह सोचकर तुम बहुत प्रसन्न हो रहे हो किन्तु आज का यह अतिशय विनोद शीघ्र ही भयंकर युद्ध के रूप में परिणत होनेवाला है जिससे (अगणित) मनुष्यों का संहार होगा। जुआ अधःपतन करनेवाला है, परन्तु शकुनि ने इसे उत्तम मानकर यहाँ उपस्थित किया है। यह जुए का निश्चय आप लोगों के हृदय में गुप्त मन्त्रणा के पश्चात् स्थिर हुआ है। परन्तु यह जुए का खेल आपके अपने ही बन्धु युधिष्ठिर के साथ आपके विचार और इच्छा के विरुद्ध कलह के रूप में परिणत हो जायेगा। प्रतीप और शान्तनु के वंशजो! कौरवों की सभा में मेरी कही हुई बात ध्यान से सुनो। यह विद्वानों को भी मान्य है। तुम लोग इस मूर्ख दुर्योधन के पीछे चलकर वैर की धधकती हुई भयानक आग में न कूदो।" (5-6-7/63, सभापर्व)

विदुर की उक्ति से स्पष्ट है कि वह जुआ धृतराष्ट्र की इच्छा से उसी के आदेश के अधीन हो रहा है, इसीलिए विदुर युधिष्ठिर, शकुनि अथवा दुर्योधन को जुआ खेलने से मना करने के स्थान पर धृतराष्ट्र से ही उसे रोकने का बार-बार निवेदन कर रहा है। उसकी बाध्यता यह है कि जो क्रीड़ा राजा की आज्ञा से आरम्भ हुई है, उसे और किसी की इच्छा अथवा आज्ञा से नहीं रोका जा सकता। उसे तो राजाज्ञा ही रोक सकती है। वह महामन्त्री के रूप में राजा को परामर्श दे सकता है, स्थिति का विश्लेषण कर सकता है, उसे समझा सकता है, किन्तु अपनी ओर से उस क्रीड़ा को रोकने का आदेश नहीं दे सकता। ठीक उसी प्रकार हस्तिनापुर के राजवंश के एक सदस्य के रूप में वंश के हित में वह

अपना विचार तो व्यक्त कर सकता है, किन्तु परिवार के लोगों को कुलवृद्धों के विरुद्ध विद्रोह करने की प्रेरणा अथवा उनकी आज्ञाओं की अवहेलना करने का परामर्श नहीं दे सकता।

नीतिवान विदुर की स्थिति को समझ लेने के पश्चात् हमारे सामने धर्मराज युधिष्ठिर की भी स्थिति काफी दूर तक स्पष्ट हो जाती है। विदुर छोटा भाई और महामन्त्री होकर भी यदि धृतराष्ट्र के विरुद्ध विद्रोह नहीं कर सकता तो पुत्र (भतीजा) होकर युधिष्ठिर धृतराष्ट्र की इच्छा का विरोध नहीं कर सकता है। युधिष्ठिर का धर्म उसे जो शील सिखलाता है, उसके अनुसार अपने पिता के स्थानापन्न अपने ताया के आदेश का विरोध कैसे कर सकता है? यदि धृतराष्ट्र ने उसे आने का आदेश दिया है तो वह आयेगा ही, धृतराष्ट्र यदि उसे जुआ खेलने का आदेश देगा तो युधिष्ठिर जुआ खेलेगा ही। यह ठीक है कि धृतराष्ट्र ने आदेश न देकर निमन्त्रण ही दिया है किन्तु युधिष्ठिर जैसे व्यक्ति के लिए धृतराष्ट्र की इच्छा भी आदेश का ही स्थान रखती है। यहाँ एक प्रकार से युधिष्ठिर के चरित्र में आज्ञापालन ही धर्म के रूप में प्रकट हुआ है।

यह आपत्ति की जा सकती है कि युधिष्ठिर की उक्तियाँ—1. "किन्तु बुलाने पर मैं कभी पीछे नहीं हटूँगा। यह मेरा सदा का नियम है।" (6/57, सभापर्व), तथा 2. "राजन! मैं बुलाने पर पीछे नहीं हटता। यह मेरा निश्चित व्रत है।" (18/59, सभापर्व)—यह संकेत देती हैं कि युधिष्ठिर क्षत्रिय धर्म के अनुसार जिस प्रकार युद्ध का आह्वान होने पर पीछे नहीं हटता, उसी प्रकार द्यूत के आह्वान से भी पीछे नहीं हटेगा, किन्तु मुझे लगता है कि यह अर्थ क्षत्रियों को एक विशेष दृष्टिकोण से देखने के कारण ही किया गया है। युधिष्ठिर ने यहाँ चुनौती अथवा इसी के पर्याय, किसी शब्द का प्रयोग न कर 'आहुत' शब्द का प्रयोग किया है, और 'आहुत' शब्द का अर्थ निमन्त्रण के अर्थ में अधिक उपयुक्त लगता है। मुझे लगता है कि इन दोनों स्थानों पर युधिष्ठिर के कथन का न यह अर्थ है कि वह व्यसनी है, अतः द्यूत को छोड़ नहीं सकता और न इसका अर्थ यह है कि द्यूत का आह्वान युद्ध के आह्वान के समान क्षत्रिय-धर्म को चुनौती है, जिससे पीछे हटना कायरता है, वरन् दोनों ही स्थानों पर उसका अभिप्राय धृतराष्ट्र के आमन्त्रण से है। वह आर्य के रूप में आमन्त्रण का तिरस्कार नहीं कर सकता। वह धृतराष्ट्र की इच्छा को पितृ-आज्ञा के रूप में मानकर उनके निमन्त्रण को स्वीकार कर एक परिजन के रूप में जुआ खेलने के लिए बैठ गया है। अब यह निमन्त्रण-दाता पर निर्भर करता है कि वह अपने अतिथि को किस सीमा तक ले जाना चाहता है।

यह तथ्य स्पष्ट हो जाये तो यह भी समझ में आ जाता है कि विदुर ने

बार-बार धृतराष्ट्र से जुआ बन्द करवाने का आग्रह क्यों किया और उसी सन्दर्भ में यह भी समझ में आता है कि युधिष्ठिर किसी एक सीमा तक जाकर उठ क्यों नहीं खड़ा हुआ। महाभारत के चित्रण से यह स्पष्ट है कि अपनी ओर से युधिष्ठिर जब सब कुछ हार जाता है और समझ लेता है कि अब उसके पास चूँकि हारने के लिए कुछ नहीं है इसलिए जुआ समाप्त हुआ। किन्तु दुर्योधन और उसके मित्र उसे यह समझने नहीं देते और न ही धृतराष्ट्र की ओर से जुआ बन्द करने का कोई आदेश दिया जाता है। शकुनि कहता है, "कुन्तीनन्दन युधिष्ठिर! आप अब तक पांडवों का बहुत-सा धन हार चुके। यदि आपके पास बिना हारा हुआ कोई धन शेष हो तो बताइये।" (1/65, सभापर्व)

इसके उत्तर में एक के पश्चात् एक दाँव लगाकर युधिष्ठिर सारा धन हार जाता है। यहाँ तक कि वह नकुल और सहदेव को भी हार जाता है, किन्तु शकुनि इतने पर सन्तुष्ट नहीं है। वह पुनः युधिष्ठिर को याद दिलाता है, "राजन! आपके ये दोनों प्रिय भाई माद्री के पुत्र नकुल, सहदेव तो मेरे द्वारा जीत लिये गये। अब रहे भीम और अर्जुन।" (17/65, सभापर्व)

ठीक इसी प्रकार युधिष्ठिर भीम और अर्जुन को हारने के पश्चात् स्वयं अपने आपको भी दाँव पर लगाकर हार जाता है और समझता है कि अब जुआ आगे नहीं चल सकता। शकुनि इतने से ही सन्तुष्ट नहीं होता और कहता है, "धन शेष रहते हुए अपने आपको हार जाना महान पाप है।" (30/65, सभापर्व) और अपनी बात का स्पष्टीकरण करते हुए वह पुनः कहता है, "राजन! आपकी प्रियतमा द्रौपदी एक ऐसा दाँव है जिसे आप अब तक नहीं हारे हैं। अतः पांचाल राजकुमारी कृष्णा को आप दाँव पर रखिये और उसके द्वारा फिर अपने-आपको जीत लीजिये।" (32/65, सभापर्व)

इस प्रकार यह जुआ अन्त तक खेला जाता है जैसे द्वन्द्व-युद्ध किसी एक प्रतिद्वन्द्वी के प्राणान्त होने तक लड़ा जाता है। इस क्रीड़ा को अनेक विद्वानों ने युधिष्ठिर की जुए में आसक्ति के रूप में देखा है, जबकि महाभारतकार का चित्रण अत्यन्त स्पष्ट रूप से कहता है कि दुर्योधन और शकुनि के षड्यन्त्र के रूप में हस्तिनापुर में नये सभा-भवन का निर्माण कर धृतराष्ट्र अपने प्रति धर्मराज युधिष्ठिर के सम्मान का लाभ उठाकर अपने निमन्त्रण रूपी आदेश के फन्दे में फँसाकर पांडवों को हस्तिनापुर में बुला लेता है। वहाँ धृतराष्ट्र के अधिकार, राजसभा की परम्परा और द्यूत के प्रचलित नियम आदि की मान्यताओं में बँधकर युधिष्ठिर अपनी इच्छा के विरुद्ध तथा प्रतिवाद के अधीन जुआ खेलने बैठता है। धृतराष्ट्र दुर्योधन तथा शकुनि के साथ मिलकर ऐसी परिस्थितियाँ पैदा करता है, जिनमें फँसकर युधिष्ठिर तब तक वहाँ से उठ नहीं सकता, जब

तक वह द्रौपदी को हारकर दास होने की स्थिति में नहीं पहुँच जाता।

वस्तुतः इस सारे प्रसंग में महाभारतकार ने युधिष्ठिर का व्यसन नहीं, धर्म पर चलने में उसकी आस्था और पांडवों के धर्मानुशासन का चित्रण किया है। यदि ऐसा न होता, और युधिष्ठिर ने वह जुआ व्यसन के रूप में खेला होता तो धृतराष्ट्र द्वारा सब कुछ लौटा दिये जाने के बाद वह तथा उसके भाई कभी भी हस्तिनापुर में न रुकते और पुनः जुआ खेलकर वनवास स्वीकार न करते। पहली बार इतनी बड़ी पराजय और इतने बड़े अपमान को सहकर पुनः धृतराष्ट्र के आदेश पर जुआ खेलने के लिए बैठकर एक ही दाँव में सब कुछ हार जाना, युधिष्ठिर का व्यसन नहीं था। वस्तुतः महाभारतकार पुनः इस बात को रेखांकित कर रहा है कि यदि अपने पिता के स्थानापन्न अपने ताया धृतराष्ट्र के आदेश का पालन करना, युधिष्ठिर ने अपना धर्म मान लिया है तो जीवन की विकटतम परिस्थितियों में, किसी भी मूल्य पर वह अपने धर्म का पालन करेगा। धर्म का पालन करने के लिए कोई भी मूल्य उसके लिए कम है। वह उसके लिए धन-सम्पत्ति, राज्य और वैभव तो क्या, प्राण भी दे सकता है। यही कारण है कि द्रौपदी भी उस घोर अपमान की स्थिति में कुरु राज्यसभा में एक बार भी यह नहीं कहती कि युधिष्ठिर को कोई अधिकार नहीं था कि वह उसे दाँव पर लगाकर जुआ खेलता। यद्यपि दुर्योधन उसे यह प्रलोभन देता है कि यदि वह ऐसी बात कह देगी तो वह उसे मुक्त कर देगा। न ही शेष पांडव ही धर्मराज के इस अधिकार को चुनौती देते हैं। उन्हें इस प्रकार अपमानित होना बुरा तो लगता है; किन्तु वे मानते हैं कि उनके बड़े भाई ने अपने धर्म का आचरण किया है, अतः उन्हें भी अपने धर्म का आचरण करना चाहिए।

हमारी कठिनाई यह है कि हमारा युग इस उदात्त धरातल पर जीनेवाले चरित्रों को उत्पन्न तो कर ही नहीं सकता, उनकी कल्पना कर उनका सृजन करना भी उसके लिए असम्भव हो रहा है। चूँकि हमारी कल्पना का मानव साधारण, सामान्य तथा बौना है, इसलिए हम महान चरित्रों के कृत्यों को समझने की क्षमता भी खोते जा रहे हैं; और परिणामतः उन्हें या तो असम्भव मान बैठे हैं या भयंकर मूर्ख। इसलिए हम उनका आदर भी नहीं कर पाते।

3

आगे की कथा पांडवों के वनवास की कथा है और उस जीवन में जब तक युद्ध इत्यादि का कोई प्रसंग नहीं आता, कथा का नायक युधिष्ठिर ही है। राजा के रूप में प्रजा का उसके साथ जाना और प्रजा को उसका समझाना तो साधारण बात है,

उसके पश्चात् ऋषियों-मुनियों के संग की कथा में भी युधिष्ठिर ही प्रमुख है। यह तथ्य विचारणीय है कि पांडवों के परम शत्रु कर्ण के पिता स्वयं सूर्य युधिष्ठिर को अक्षय-पात्र प्रदान करते हैं। महाभारत की कथा में उसके पात्रों के देव-पिता जिस प्रकार घटनाओं में हस्तक्षेप करते हैं, उस दृष्टि से सूर्य का यह कृत्य असाधारण है। क्या हम यह मान सकते हैं कि धर्मराज युधिष्ठिर की इच्छा का विरोध स्वयं देवता भी नहीं करना चाहते। किरमीर को अपना परिचय देनेवाले युधिष्ठिर हैं। कृष्ण के मुख से शाल्वोपाख्यान सुननेवाले युधिष्ठिर हैं। मार्कण्डेय धर्म विषयक आदेश युधिष्ठिर को ही देते हैं। यद्यपि द्रौपदी तथा भीम मिलकर युधिष्ठिर के कृत्यों की, विशेषकर जुआ खेलने की, घोर निन्दा करते हैं और ऐसे अवसर पर धार्तराष्ट्रों से प्रतिशोध लेने के लिए प्रबल आग्रह करते हैं, किन्तु युधिष्ठिर धर्म की व्याख्या कर, क्रोध की निन्दा और क्षमा की प्रशंसा कर, न केवल द्रौपदी के आक्षेपों का समाधान करते हैं, वरन् भीमसेन को भी समझाकर धर्म के मार्ग पर चलने का आग्रह करते हैं।

यह सारा प्रसंग महाभारतकार ने इस रूप में ही प्रस्तुत किया है, जिससे जीवन में धर्म के स्थान को समझा जा सके। क्रोध अस्थायी है, क्षमा स्थायी। जीवन में क्षमा उदात्त मूल्य है। ऐसा लगता है कि युधिष्ठिर के कृत्य की वास्तविकता को न समझने के कारण उनके आचरण पर किये गये आक्षेपों का समाधान करने तथा धर्म की दृष्टि से उनकी श्रेष्ठता सिद्ध करने के लिए ही इस प्रसंग का उपयोग किया गया है।

महर्षि बृहदश्व से वार्तालाप होता है। देव ऋषि नारद आते हैं। धौम्य तो उनके साथ ही रह रहे हैं जो उनके समक्ष चारों दिशाओं के तीर्थों का वर्णन करते हैं, तब महर्षि लोमश का आगमन होता है, जो शेष पांडवों को अर्जुन द्वारा पाशुपत आदि दिव्यास्त्र प्राप्त होने की सूचना देकर इन्द्र का सन्देश देते हैं। युधिष्ठिर तीर्थ-यात्रा के लिए चल पड़ते हैं और महर्षि लोमश अधर्म से होनेवाली हानि इत्यादि की चर्चा करते हैं। राजर्षि गय में यज्ञ की चर्चा होती है, अगस्त्य ऋषि का चरित्र सुना और सुनाया जाता है, भगीरथ और उनके माध्यम से समुद्र-पूर्ति का प्रसंग भी आता है। लोमश ऋषि उन्हें ऋष्यश्रृंग का चरित्र भी सुनाते हैं। महेन्द्र पर्वत के निकट आने तक जमदग्नि की उत्पत्ति और परशुराम के उपाख्यान का वर्णन होता है। महेन्द्र पर्वत पर उन्हें परशुराम के दर्शन होते हैं। आगे चलकर वे लोग प्रभास क्षेत्र पहुँचते हैं और तपस्या में प्रवृत्त हो जाते हैं। कृष्ण तथा बलराम, अन्य यादवों के साथ उनसे भेंट करने आते हैं। इसी प्रकार वे लोग विभिन्न दिशाओं में भ्रमण करते हैं, तथा इन सब प्रसंगों में कथा का नायक युधिष्ठिर ही है। गन्धमादन पर्वत पर पहुँचकर

भीम राक्षसों और यक्षों से युद्ध कर, उनका वध कर पुनः युद्ध-वीर के रूप में नायकत्व की ओर बढ़ता है, किन्तु उसके लौटने पर युधिष्ठिर कहता है, "वीर भीमसेन! तुमने दुःसाहसवश अथवा मोह के कारण जो यह पापकर्म किया है, वह भीम वृत्ति से रहनेवाले तुम्हारे अनुरूप नहीं है। राक्षसों का यह संहार व्यर्थ ही किया गया। भीमसेन! धर्मज्ञ पुरुष यह जानते और मानते हैं कि राजद्रोह का कार्य नहीं करना चाहिए, परन्तु तुमने तो न केवल राजद्रोह का, अपितु देवताओं के भी द्रोह के कार्य किया है। पार्थ! जो अर्थ और धर्म का अनादर करके पाप में मन लगाता है, उसे अपने पाप कर्मों का फल अवश्य प्राप्त होता है। यदि तुम वही कार्य करना चाहते हो जो मुझे प्रिय लगे, तो आज से फिर कभी ऐसा काम तुम्हें नहीं करना चाहिए।" (10-12/161, वनपर्व)

स्पष्ट है कि युद्ध में वीरता, युद्ध की क्षमता, बल तथा हिंसा, आत्मरक्षा के लिए आवश्यक तत्व होने पर भी महाभारत के प्रतिपाद विषय नहीं हैं। इन सारे प्रसंगों में, जुए में पराजित होकर अपने भाइयों को वन में ले आनेवाला युधिष्ठिर युद्ध में स्वयं से कहीं सक्षम भीम तथा अर्जुन पर नायकत्व की दृष्टि से सदा ही भारी पड़ता है। वस्तुतः वीरता, युद्ध-क्षमता तथा हिंसा को धर्म, क्षमा, उदारता और अहिंसा के आमने-सामने रखकर महाभारतकार ने धर्म, शान्ति, अहिंसा, क्षमा तथा उदारता का महत्त्व ही प्रतिष्ठित किया है, और इन सारे गुणों का वाहक युधिष्ठिर ही है। जब इन दोनों प्रकार के भाव-समूहों को आमने-सामने रखा जाता है तो इसलिए नहीं कि वीरता की स्थापना की जाये, वरन् इसलिए कि हिंसा तथा प्रतिशोध की लघुता तथा तुच्छता दिखायी जा सके।

द्वैतवन में आकर भीम कहीं अदृष्य हो जाता है। चितिन्त होकर युधिष्ठिर स्वयं उसे खोजने के लिए जाता है और देखता है कि एक अजगर ने भीम को पूरी तरह से जकड़ रखा है और भीम अपनी असाधारण, दस हजार हाथियों के बलवाले शरीर के साथ भी उस अजगर के सम्मुख अवश और असहाय पड़ा है। युधिष्ठिर उस सर्प रूपधारी नहुष से वार्तालाप कर अपने प्रभाव से न केवल भीम को, उस सर्प की गुंजलक से मुक्त कर लेता है, वरन् नहुष को भी सर्पयोनि से मुक्त कर देता है।

इसी के साथ आगे आनेवाला यक्ष-प्रश्न का प्रसंग भी जोड़कर हमें उनके मर्म का समझना चाहिए। जल की खोज में सबसे पहले नकुल जाता है, उसके लौटने में विलम्ब होने पर सहदेव जाता है। वह भी नहीं लौटता तो युधिष्ठिर अर्जुन को भेजता है। जब वह भी नहीं लौटता तो भीम जाता है और जब उन चारों में से कोई नहीं लौटता तो स्वयं युधिष्ठिर जाता है। इस प्रसंग में ध्यातव्य यह है कि शेष चारों पांडव अपने बल के अहंकार में यक्ष की चेतावनी

की तनिक भी चिन्ता नहीं करते, और अचेत होकर गिर पड़ते हैं। निश्चित रूप से उनका शारिरिक बल तथा युद्ध कौशल जहाँ अक्षम हो जाता है, वहाँ अहंकार-शून्य युधिष्ठिर का धर्म भाव ही काम आता है। उस सरोवर पर यक्ष के अधिकार को युधिष्ठिर स्वीकार करता है, और अपनी वीरता न दिखाकर धर्मपूर्वक यक्ष की अनुमति प्राप्त करने का प्राप्त करने का प्रयत्न करता है। यहाँ महत्त्वपूर्ण नहीं है कि युधिष्ठिर असाधारण ज्ञानी है, और अपने ज्ञान से यक्ष को प्रसन्न कर लेता है, महत्त्वपूर्ण यह है कि जहाँ अन्य पांडवों ने अपने अहंकार के कारण शारीरिक बल का प्रयोग किया है और अचेत होकर गिर पड़े, वहीं युधिष्ठिर ने केवल धर्म का मार्ग ग्रहण किया। यक्ष के अधिकार को धर्मपूर्वक स्वीकार करने, उसके प्रश्नों के अपनी धर्मबुद्धि से उत्तर देने तथा अपने शील-स्वभाव से युधिष्ठिर ने यक्ष को इतना प्रसन्न तो कर लिया कि उसने ने केवल उसे जल पीने की अनुमति दे दी, वरन् अपने मृतप्राय भाइयों में से किसी एक को जीवित करवा लेने का वरदान भी दिया।

इस सारे प्रसंग में युधिष्ठिर के चरित्र की असाधारणता अत्यन्त मुखर रूप से हमारे सामने प्रकट होती है। युधिष्ठिर अपने चारों भाइयों से अत्यधिक प्रेम करता है। मानवीय मनोविज्ञान यह है कि अपने सगे भाई होने के कारण ही नहीं, उनके गुणों और उपयोगिता के कारण उसे भीम और अर्जुन, नकुल तथा सहदेव की तुलना में अधिक प्रिय रहे ही होंगे। किन्तु मानव मनोविज्ञान की सीमाओं का अतिक्रमण कर युधिष्ठिर धर्म में स्थिर रहता है। यहाँ उसके धर्म का एक और पक्ष—आनृशंसता—प्रकट होता है, जिस पर युधिष्ठिर ने आजीवन बहुत बल दिया था। वह अर्जुन और भीम को मूर्च्छित पड़ा छोड़, नकुल के जीवित होने की इच्छा प्रकट करता है। उसकी मान्यता है कि उसकी दो माताओं—कुन्ती तथा माद्री—में से कुन्ती के एक पुत्र के रूप में वह स्वयं जीवित है, अतः दूसरी माता माद्री का भी एक पुत्र अवश्य जीवित होना चाहिए। यदि वह ऐसा नहीं करता तो माद्री के प्रति असम व्यवहार करने का आरोप लगाया जा सकता है। वह माद्री तथा उसके पुत्रों के प्रति क्रूरता होगी, इसलिए आनृशंसता का पालन करनेवाला युधिष्ठिर अपने सगे तथा अधिक उपयोगी भाइयों के प्रति अपने प्रेम और मोह को जीतकर, आनृशंसता के धर्म में स्थित हो, नकुल का जीवन माँगता है। परिणामतः वह अपने सारे भाइयों को जीवित कराने में सफल हो जाता है।

इसके साथ ही, यदि द्वैतवन में घोष-यात्रा के बहाने कौरवों के जाने तथा गन्धर्वराज चित्रसेन के द्वारा पराजित होकर बन्दी किये जाने का प्रसंग भी इसी दृष्टि से देखा जाये तो युधिष्ठिर के चरित्र के कुछ और गुण उभरकर आते हैं।

युधिष्ठिर की उक्ति है, "दूसरों के द्वारा पराभव प्राप्त होने पर उसका सामना करने के लिए हम लोग एक सौ पाँच भाई हैं। आपस में विरोध होने पर ही हम पाँच भाई अलग हैं और वे सौ भाई अलग हैं। एक बाहरी पुरुष द्वारा कुरुकुल की स्त्रियों का अपहरण होने से हमारे कुल का जो तिरस्कार हुआ है, वह कुल के लिए मृत्यु के तुल्य है। नरश्रेष्ठ वीरो! शरणागतों की रक्षा करने और कुल की लाज बचाने के लिए तुम लोग शीघ्र उठो और युद्ध के लिए तैयार हो जाओ। विलम्ब न करो।" (4-6/243, वनपर्व)

इस प्रकार युधिष्ठिर का चिन्तन रंचमात्र भी प्रतिशोध का चिन्तन नहीं है। महाभारत के किसी भी प्रसंग में युधिष्ठिर को कभी भी यह स्मरण नहीं रहता कि धतृराष्ट्र, दुर्योधन तथा अन्य धार्तराष्ट्रों ने पांडवों के साथ कितना दुर्व्यवहार किया है। दुर्योधन, दुःशासन और कर्ण द्रौपदी को सार्वजनिक रूप से अपमानित कर अत्यन्त प्रसन्न होते हैं, किन्तु गन्धर्वों द्वारा दुर्योधन तथा उसकी पत्नियों को बन्दी बनाये जाने पर युधिष्ठिर के मन में एक बार भी नहीं आता कि उससे दुर्योधन का अपमान हुआ है, अतः युधिष्ठिर को प्रसन्न होना चाहिए। उसे केवल यही लगता है कि गन्धर्वों ने कुरुकुल की स्त्रियों का अपहरण किया है, अतः कुरुकुल का अपमान हुआ है। जिस दुर्योधन ने उन्हें जुए में हराकर उनका सुब कुछ छीन, उनको दास-दासी बना, उनका घोरतम अपमान कर उन्हें राज्य से निष्कासित कर दिया था। उसी दुर्योधन की रक्षा के लिए युधिष्ठिर ने अपने भाइयों से कहा, "तुम्हारे लिए इससे बढ़कर आनन्द की बात और क्या होगी कि दुर्योधन विपत्ति में पड़कर तुम्हारे बाहुबल के भरोसे अपने जीवन की रक्षा करना चाहता है। वीर भीमसेन! यदि मेरा यह यज्ञ प्रारम्भ न हो गया होता तो मैं स्वयं ही दुर्योधन को छुड़ाने के लिए दौड़ा जाता। इस विषय में मेरे लिए कोई दूसरा विचार करना उचित नहीं है।" (14-15/243, वनपर्व)

इस प्रसंग में भी सामान्य सांसारिक तर्क यही स्वीकार करेगा कि युधिष्ठिर आर्दशवादी तो है, किन्तु अव्यावहारिक है। इसीलिए वह सांसारिक दृष्टि से असफल है। कुछ लोग तो उसे मूर्ख कहने में भी संकोच नहीं करेंगे।

किन्तु हमें यह नहीं भूलना चाहिए कि संसार के सारे महापुरुष सांसारिक तुला पर सदा असफल ही तुले हैं। सांसारिक कसौटी पर सफल पुरुष कभी भी महापुरुष नहीं हो पाये। युधिष्ठिर के सन्दर्भ में भी हमें बार-बार यह दिखायी देता है कि सांसारिक दृष्टि से सोचनेवाले अपने ही उन भाइयों से वह कितना भिन्न है और उनसे कहीं अधिक ऊँचाई पर स्थित है। जहाँ उसके अपने भाई गन्धर्वों का साथ देकर दुर्योधन, दुःशासन तथा कर्ण को दंडित करना चाहते हैं, वहीं युधिष्ठिर दुर्योधन के दुष्कृत्यों को क्षमा कर, अपने भाइयों को गन्धर्वों

के विरुद्ध लड़ने के लिए बाध्य कर दुर्योधन आदि की रक्षा करता है। उसके चरित्र में प्रतिकार तो हो सकता है, किन्तु प्रतिशोध नहीं। तुच्छ सांसारिक जीवन के धरातल पर जीनेवाला व्यक्ति कदाचित् प्रतिशोध को जीवन का एक महत्त्वपूर्ण अंग स्वीकार करेगा, किन्तु युधिष्ठिर तुच्छता की इन सीमाओं से कहीं ऊपर उठा हुआ है। उसका हृदय उदार है। वह क्षमा कर सकता है। उसके मन में शत्रु-भाव जैसे है ही नहीं। वह स्थित-प्रज्ञ की स्थिति को पहुँचा हुआ उदात्त चरित्र है। महाभारत का नायक तो ऐसा ही उदात्त चरित्र हो सकता है। महाभारत का अंगीरस न शृंगार रस है, न वीर रस, उसका अंगीरस शान्त रस ही है। अतः उसका नायक युद्धवीर अथवा परी-देश का राजकुमार न होकर, धर्मराज ही हो सकता है।

चतुर्थ खण्ड

1

महाभारत के युद्ध का वर्णन इतना विराट है कि सामान्य भाषा में 'महाभारत' शब्द का अर्थ ही 'महायुद्ध' अथवा 'भयंकर युद्ध' हो गया है। महाभारत की सारी कथा उसी विराट युद्ध में उलझकर ही नहीं रह गयी, लगता है कि कथा का सारा प्रवाह अपनी चरम परिणति में युद्ध के महासागर में लय हो गया है। युद्ध से पहले की सारी कथा भी युद्ध के विभिन्न कारणों के जन्म और विकास की ही कथा है। इसलिए इस युद्ध और उसके परिणाम को हम ऐतिहासिक अनुभवों का निष्कर्ष भी मान सकते हैं; रचनाकार का काव्यात्मक न्याय भी; भारतीय मनोविज्ञान की स्थापना भी; तथा अध्यात्म के सत्य की प्रतिष्ठा भी।

धृतराष्ट्र और दुर्योधन के मन में सदा यह शिकायत रही कि उनके साथ न्याय नहीं हुआ। जो राज्य उनका था, वह उनको नहीं मिला, इसलिए उन पिता-पुत्रों ने सायास हस्तिनापुर का राज्य हस्तगत करने का प्रयत्न किया। वस्तुतः दुर्योधन तो इस प्रयास में बहुत बाद में सम्मिलित हुआ, मूल रूप से यह प्रयास धृतराष्ट्र का ही था। यदि धृतराष्ट्र जन्मान्ध न होता तो कदाचित हस्तिनापुर का राज्य उसी को मिलता। उसके जन्मान्ध होने के कारण प्रजा की आवश्यकताओं और अपेक्षाओं को देखते हुए, राज्य उसे न देकर पांडु को दिया गया।... जिन सिद्धातों के अधीन धृतराष्ट्र राजा बनने का अयोग्य माना गया था, उनके प्रकाश में धृतराष्ट्र राज्य के अपने अधिकार के रूप में माँग नहीं सकता था और स्वयं को राज्य के अयोग्य मानकर, राज्य की इच्छा को त्याग, शान्त होकर बैठ जाना उसके वश में नहीं था।

यहीं से धृतराष्ट्र की राजेषणा के साथ-साथ उसके चरित्र के अनेक पहलू उभरकर हमारे सामने आते हैं। उसके लिए राज्य का अधिकार, एक क्षत्रिय राजा का प्रजापाल का दायित्व न होकर, भोग का अधिकार था। नेत्र-ज्योति के अभाव में उसके व्यक्तित्व में जो हीनता उत्पन्न हुई थी, कदाचित् उसी को भुलाने के लिए वे असन्तुलित ढंग से विलास की ओर प्रवृत हुआ था। राज्य

का अधिकार तथा उसके ऐश्वर्य का भोग उसकी आवश्यकता बन गया था। इन परिस्थितियों में वह न्याय-अन्याय, उचित-अनुचित तथा धर्म-अधर्म की बात सोच ही नहीं सकता था। वह केवल अपने स्वार्थ की बात सोच सकता था, और स्वार्थ में कहीं भी तनिक भी अवकाश नहीं है।

बात केवल अपनी आवश्यकताओं की पूर्ति और अपने विलास के लिए साधन जुटाने की ही नहीं थी। ऐसा तो किसी और के राजा होते हुए भी हो सकता था। यदि पांडु हस्तिनापुर के सिंहासन पर बैठकर, हस्तिनापुर में वर्तमान रहकर भी शासन चलाता, तो वह धृतराष्ट्र को इतना धन, वैभव और सुविधाएँ अवश्य देता जिससे उसका विलास अबाध गति से चलता रहता। किन्तु अन्धे धृतराष्ट्र का इतने से ही सन्तोष नहीं हो सकता था। पंगु शरीर से उत्पन्न मानसिकता उसके व्यक्तित्व का अनिवार्य अंग थी। वह कभी, किन्हीं भी परिस्थितियों में आश्वस्त नहीं हो सकता था कि उसका राज्य उससे छिनेगा नहीं। इसलिए जिन-जिन लोगों से किंचितमात्र भी यह आशंका हो सकती थी, कि उसके हाथों से फिसलकर राज्य उनकी हथेलियों में जा सकता था, या जो-जो लोग हस्तिनापुर के राज्य के दावेदार हो सकते हैं—उन सबको मन-ही-मन वह अपना शत्रु मानता था। कणिक की राजनीति, धृतराष्ट्र के उसी भय की चरम परिणति है—जिसमें ऐसे सभी लोगों का वध कर देने को नीति के रूप में स्वीकार किया गया है।

मुझे लगता है कि अपनी अपंगता के कारण उत्पन्न हीनभाव से परिचालित धृतराष्ट्र यह भी चाहता है कि शारीरिक रूप से श्रेष्ठतर होने के कारण जिस पांडु का राज्याधिकार मिला था, उसे हीनतर प्रमाणित करने के लिए न केवल राज्य धृतराष्ट्र के पास रहे, वरन् दूसरा पक्ष राज्य से वंचित भी रहे। इस नीति के अन्तर्गत राज्य का बराबर बँटवारा भी हो सकता। धृतराष्ट्र को राजा बना रहना चाहिए, और पांडु के पास न राज्य होना चाहिए, न अधिकार, न धन, न सत्ता, न सेना। वह उस हीन स्थिति में होना चाहिए, जिसमें उसे धृतराष्ट्र पर आश्रित होना पड़े, धृतराष्ट्र उसका पालनकर्ता बन जाये और पांडु की स्थिति सदा एक याचक की-सी ही रहे।

धृतराष्ट्र का पक्ष न्याय का पक्ष नहीं था, इसलिए न धर्म उसके साथ था, न लोक-मत। जन्मान्ध होने के कारण बल-प्रयोग में भी समर्थ नहीं था। इसलिए आरम्भ से ही उसने धूर्त-नीति अपनायी थी। उसके व्यवहार में सदा की पाखंड सर्वोपरि रहा। उसने अपने मन की बात स्पष्ट रूप में नहीं कही। उसके मन में जितना विष था, उसकी जिह्वा उतना ही अधिक अमृत उगलती थी। महाभारत की घटनाओं को यदि हम तनिक भी सूक्ष्म दृष्टि से देखे तो ये तथ्य हमसे छुपा

नहीं रहता कि पांडु को हस्तिनापुर से बाहर-ही-बाहर बनाये रखने में धृतराष्ट्र का कितना योगदान था। और पांडु के देहान्त के पश्चात् जब कुन्ती अपने अवयस्क पुत्रों को लेकर हस्तिनापुर आयी, तो धृतराष्ट्र के मन में पांडवों को धर्मानुकूल राज्याधिकारी मानकर हस्तिनापुर का राज्य युधिष्ठिर को सौंप देने का विचार एक बार भी नहीं आया। उसका सारा बल इस बात पर था कि वह किस प्रकार पांडवों को राज्य से दूर रखकर सत्ता पर अपना आधिपत्य बनाये रख सकता है। उसके सारे चिन्तन और विचार में, संकल्प और कर्म में, कहीं एक क्षण के लिए भी न्यायपूर्वक राज्य का दान अथवा विभाजन की प्रेरणा नहीं है। वह तो अपनी तृष्णा का बन्दी हो चुका है। उसकी राज्य-लिप्सा इतनी प्रबल है कि उसको और कुछ सूझता ही नहीं है। कभी-कभी तो ऐसा लगता है कि उसका जीवन सत्ता के साथ कुछ इस प्रकार एकाकार हो चुका है कि यदि सत्ता नहीं रहेगी तो उसके प्राण भी नहीं रहेंगे। वह वीर पुरुष नहीं है, कायर अपने प्राण नहीं दे सकता। अपने प्राणों की रक्षा के लिए वह किसी की भी बलि दे सकता। यही कारण है कि राज्य पर अपना आधिपत्य बनाये रखने के लिए, सिवाय अपने, वह किसी को भी महाकाल को सौंप सकता है।

बहुधा धृतराष्ट्र को पुत्र-मोह का अपराधी ठहराया गया है, किन्तु मुझे लगता है कि वह पुत्र-मोह से भी कहीं अधिक राज-मोह एवं राज-मद का रोगी था। यदि वह पुत्र-मोह का ही बन्दी होता तो एक ओर वह दुर्योधन के पक्ष में कब से राज-त्याग कर चुका होता और दूसरी ओर राजसत्ता अपने हाथ में बनाये रखने के लिए अपने पुत्रों को युद्ध की ओर धकेलने के स्थान पर, उनकी सुरक्षा की चिन्ता करता और उन्हें कृष्ण-रक्षित पांडवों से भिड़ने से रोकता। स्पष्ट है कि राज-लोभ में वह बड़े से बड़ा जोखिम ही नहीं, भारी-से-भारी क्षति उठाने के लिए भी प्रस्तुत था। राज-विसर्जन उसके लिए अन्तिम विकल्प था, या शायद स्वेच्छा से वह राज-विसर्जन कर ही नहीं सकता था।

यही कारण है कि महाभारत के युद्ध के पश्चात् अपने सारे पुत्रों की मृत्यु हो जाने पर भी उसके मन में वैराग्य नहीं जागा। वह पांडवों के साथ लौटकर हस्तिनापुर के राजप्रासाद में आया और पुनः राजसी भोगों को भोगने लगा। वैराग्य उसके मन में तब जागा, जब भीम ने विभिन्न प्रकार के वचनों और कृत्यों से उसका जीना दुभर कर दिया और उसे दिखायी देने लगा कि युधिष्ठिर और उसके अन्य भाइयों की उदारता के बावजूद भीम उसे सुखी नहीं रहने देगा।

इस प्रकार हम देखते हैं कि धृतराष्ट्र की हीनता-ग्रन्थि और विलास-लोलुपता ने किस प्रकार उसे मदान्ध, स्वार्थी, ईर्ष्यालु, द्वेषी, क्रोधी और अहंकारी बना दिया था। भारतीय मनोविज्ञान इन भावों को मानव-जीवन के लिए विष मानता है

और उद्घोष करता है, कि ये सारे भाव वास्तविक सुख के शत्रु हैं, और व्यक्ति को अपने प्रबल आकर्षण में महादुख की ओर धकेलते चलते हैं।

दुर्योधन धृतराष्ट्र से कुछ ही भिन्न है। उसमें धृतराष्ट्र की जन्मान्धता से उपजी असहायता नहीं है, इसलिए आक्रामकता अधिक है। वह अपनी शारीरिक शक्ति से परिचित है। सिवाय भीम के उसे और किसी के बल का भय नहीं है। अर्जुन की धनुर्विद्या के तोड़ के रूप में उसने कर्ण को खड़ा कर लिया है। शेष किसी को वह कुछ गिनता ही नहीं। षड्यन्त्र वह भी रचता है, किन्तु अपने पिता के समान वह मुख से मधुर वचन भी नहीं बोलता। उसकी वाणी कटु है और हृदय कठोर। शासन की मदान्धता और अपने पिता के अपने प्रति अन्ध प्रेम ने उसे असाधारण अहंकारी बना दिया है। अपने मामा शकुनि की कूटनीति तथा कर्ण का युद्ध-कौशल उसे भूमि पर पाँव ही नहीं रखने देता। अहंकार के मारे चाहे वह आकाश पर उड़ा फिरता हो, किन्तु पांडवों का तनिक-सा भी सुख-वैभव उससे देखा नहीं जाता। राज्य के विभाजन के पश्चात् हस्तिनापुर का सम्पूर्ण वैभव लेकर उसे शान्त और सन्तुष्ट हो जाना चाहिए था, किन्तु राजसूय यज्ञ में इन्द्रप्रस्थ का वैभव देखकर उसकी छाती पर साँप लोटने लगते हैं। धृतराष्ट्र जैसा ईर्ष्यालु व्यक्ति भी उससे पूछता है कि वह परेशान क्यों है? स्वयं उसके पास क्या नहीं है—राज्य, सम्पत्ति, सत्ता, विलास? सब कुछ तो है। दुर्योधन अत्यन्त स्पष्ट रूप में बताता है कि ईर्ष्या के कारण उसे नींद नहीं आ रही। पीड़ा उसे इस बात की नहीं, कि वह किसी सुख से वंचित है, पीड़ा उसे इस बात की है कि पांडव सुखी क्यों हैं।

दुर्योधन की रुग्न मानसिकता अनेक बार उसे परपीड़न-रति का रोगी प्रमाणित करती है। पांडवों से उनका धन-वैभव-सत्ता इत्यादि छीनकर उसे अपने ऐश्वर्य का सुख नहीं मिला, पांडवों को वंचित करने की प्रसन्नत ही उसकी वास्तविक उपलब्धि थी। यही कारण है कि वह अपना वैभव दिखाने के लिए, वनवासी पांडवों के निकट गया, ताकि उनकी निर्धनता की स्थिति में अपना वैभव दिखाकर उनकी शारीरिक तथा भौतिक असुविधाओं के साथ-साथ उन्हें मानसिक क्लेश भी पहुँचा सके!...इसी सन्दर्भ में, सभा में द्रौपदी के चीरहरण का प्रयत्न सबसे बड़ा प्रमाण है। उस चीरहरण से दुर्योधन को कुछ प्राप्त होनेवाला नहीं था। वह सुख तो बस परपीड़न का ही सुख था। द्रौपदी स्वयं को अपमानित अनुभव करे, पांडव इस अपमान से आहत और पीड़ित हों। वे ऐंठें और तड़पें। उससे दुर्योधन ही नहीं, उसके भाइयों और संगी-साथिओं को भी सुख मिलता।

निश्चित रूप से इस प्रकार का सुख, मात्र मानसिक रोग का ही लक्षण है।

भारतीय मनोविज्ञान बहुत स्पष्ट रूप से स्वीकार करता है कि इस रोग का रोगी चाहे दूसरों को कष्ट देकर सुख पाने का प्रयत्न करता है, किन्तु उसकी लालसा में वह स्वयं भी कम कष्ट नहीं पाता। रोगी की सेवा और देखभाल करनेवालों को, उसके निकट रहनेवालों को, आक्रामक रोगी के वारों को झेलनेवालों को भी कष्ट तो होता ही है, किन्तु जिस शरीर के भीतर वह रोग स्थापित है—वह शरीर उससे कष्ट न पाये, यह कैसे सम्भव है? जिस व्यक्ति में काम-क्रोध, लोभ-मोह, मद्य-मात्सर्य, ईर्ष्या-द्वेष, हिंसा और अहंकार जैसे विष विद्यमान हों—वह उनके कारण अपने उद्वेलनों से अन्य लोगों को अवश्य ही कष्ट पहुँचायेगा, किन्तु उन्हें धारण कर स्वयं उनके दाह से सुरक्षित रहेगा, यह सम्भव नहीं है। उसे सुख और दुख स्पष्ट रूप से दिखायी पड़ेंगे—यह भी सम्भव नहीं है। उसका मति-भ्रम उसे दिग्भ्रमित नहीं करेगा—यह कैसे सम्भव है? यही कारण है कि धृतराष्ट्र हो या दुर्योधन—वे निरन्तर यह मानते रहे कि वे अपना स्वार्थ साध रहे हैं, किन्तु वे एक भी निर्णय अपने हित में नहीं ले पाये। अपने विनाश को उन्होंने स्वयं ही आमन्त्रित किया और अन्ततः अपना राजपाट भी पांडवों को सौंपकर संसार से विदा हो गये। यदि दुर्योधन इस प्रकार का मानसिक रोगी न होता, तो वह हस्तिनापुर का राज्य लेकर सुखपूर्वक अपने भाइयों, पुत्रों और पौत्रों के साथ अपना जीवन व्यतीत कर सकता था।

इसके विपरीत, धृतराष्ट्र और उसके पुत्रों के हाथों आहत, अपमानित और वंचित होते रहने पर पांडवों के घोर अपमान के कुछ क्षणों को छोड़, शेष समय अपेक्षाकृत शान्ति से ही व्यतीत किया। युधिष्ठिर के मन में न लोभ था न मोह, न काम न क्रोध, न घृणा न द्वेष, न मद्य न मात्सर्य, न अहंकार न हिंसा, इसलिए वन में ऋषियों, तपस्वियों और साधकों के साथ रहकर भी वह सन्तुष्ट और सुखी रहा। यहाँ तक कि अपने सारे अपमान और वंचनाओं के बावजूद युधिष्ठिर ने गन्धर्वों द्वारा बन्दी किये गये दुर्योधन को मुक्त कराने के लिए अर्जुन को भेजा। किसी भी सामान्य व्यक्ति को युधिष्ठिर के इस प्रकार के कृत्यों में सामान्य व्यावहारिकता तथा चतुराई का अभाव दिखायी देता है। सामान्य जन मानता है कि युधिष्ठिर के मन में भी दुर्योधन तथा उसके भाइयों के प्रति क्रोध, घृणा तथा प्रतिशोध का भाव होना चाहिए।...किन्तु युधिष्ठिर सामान्य मानव नहीं है। यह अपने लोभ-मोह, काम-क्रोध, घृणा-द्वेष, मद्य-मात्सर्य तथा अहंकार और हिंसा जैसे भावों को प्रायः जीत चुका है। वह हमसे कुछ उच्चतर धरातल पर स्थित होकर जी रहा है। वह इन ऋणात्मक भावों के विष को पहचानता है, अतः उन्हें अपने मन में प्रवेश करने का कोई अवसर नहीं देता, और हम देखते हैं कि राजपाट छिन जाने पर द्रौपदी को सार्वजनिक रूप

से अपमानित किये जाने के प्रयत्न के बावजूद, वन में रहकर भी वह दुख, कष्ट और पीड़ा से उस प्रकार नहीं ऐंठता, जिस प्रकार दुर्योधन राज-सिंहासन पर बैठकर भी, पांडवों के सुखी वनवास से पीड़ित होकर ऐंठ रहा है।

सत्त्व, रज और तम—इन तीनों गुणों के इन समीकरणों को देखकर, घनात्मक तथा ऋणात्मक भावों के प्रभाव को जानकर—यह भ्रम नहीं रह जाता कि काम-क्रोध इत्यादि को त्यागने का उपदेश, कोई आध्यात्मिक परामर्श है। स्पष्टतः वह मानसिक कष्टों, रोगों तथा विकारों से मुक्त रहकर मानसिक स्वास्थ्य को स्थिर बनाये रखने की विधि है...और भारतीय चिन्तन में तो सबसे अधिक सुखकर स्थिति ही स्थित-प्रज्ञता की स्थिति है, जिसमें व्यक्ति सत्त्व, रज और तम गुणों में एक ऐसा सन्तुलन स्थापित कर लेता है जिससे वह जीवन की किसी भी परिस्थिति में विचलित नहीं होता।

2

महाभारत के प्रतिपाद्य को देखने की एक लौकिक सामाजिक दृष्टि भी हो सकती है। हमारे समाज की नैतिक मान्यता है, 'सत्यमेव जयते'। 'महाभारत' में भी अनेक स्थानों पर कहा गया है कि जहाँ धर्म है, वहीं जय है। हम धर्म की रक्षा करेंगे तो धर्म हमारी रक्षा करेगा।... ये सारी मान्यताएँ एक बहुत विराट जातीय अनुभव के निष्कर्ष हैं, जिन्हें अनेक लोगो ने अपने-अपने ढंग से समझा और व्याख्यायित किया है।

मैं समझता हूँ कि इन सूत्रों के प्रकाश में 'महाभारत' को देखने से पहले हम इतना तो स्पष्ट कर ही लें कि जिस सत्य और धर्म की हम चर्चा कर रहे हैं—वह क्या है। 'सत्य' शब्द के छोटे और बड़े, साधारण और विशिष्ट—इतने अर्थ समाज में विद्यमान हैं कि कई बार लगने लगता है कि सत्य तो प्रत्येक व्यूह पर हारता है, किन्तु उसकी विजय सम्बन्धी ये सूक्तियाँ समाज का मनोबल बनाये रखने मात्र के लिए गढ़ ली जाती हैं।...वस्तुतः जब तक हम किसी व्यक्ति अथवा किसी समुदाय की दृष्टि से देखेंगे सत्य को 'व्यक्ति-सत्य' और 'समुदाय के सत्य' के रूप में ही पहचानेंगे, तो मानव-निर्मित आदर्श को ही 'सत्य' मानने की भूल करेंगे। 'सत्य' को जब तक 'प्राकृतिक-सत्य' अथवा 'प्राकृतिक-नियम' के रूप में नहीं पहचाना जायेगा, तब तक निरपेक्ष सत्य का साक्षात्कार नहीं किया जा सकता। मानव इतिहास के परिप्रेक्ष्य से जिसे हम 'सत्य' और 'न्याय' कहते हैं, वह वस्तुतः प्राकृतिक सत्य और प्राकृतिक न्याय ही है। प्रकृति के नियम अपरिवर्तनीय तथा चरम सत्य हैं, इसलिए उनकी पराजय का प्रश्न ही

नहीं है। यह सत्य है कि यह सारी व्यवस्था इतनी जटिल है कि उसे उसकी पूर्णता में समझना मानव-मस्तिष्क की क्षमता से बाहर है। इसीलिए हम अपने सीमित सत्य को चरम सत्य मानने की भूल कर बैठते हैं और अपने सत्य को पराजित होते देख, हताश हो जाते हैं।

'महाभारत' की घटनाओं और विशेषकर महाभारत के युद्ध को पाठक अनेक बार प्राकृतिक न्याय के रूप में ग्रहण करता है। वह मानता है कि पांडव सच्चे थे, उनका पक्ष, न्याय का पक्ष था, और उन्होंने सदा धर्म की रक्षा की थी—इसलिए अन्ततः विजय तो उनकी ही होनी चाहिए थी। अतः उनकी जय, धर्म की ही जय थी। सबसे बड़ा प्रमाण तो यह है कि श्रीकृष्ण पांडवों की ओर थे, और भगवान अन्याय या अधर्म की ओर नहीं हो सकते।... किन्तु चिन्तन की इस स्थिति में कुछ और प्रश्नों पर भी विचार कर लेना आवश्यक है—

1. पांडवों ने यह युद्ध इसलिए जीता, क्योंकि वे सच्चे और सच्चरित्र थे, या वे इसलिए विजयी हुए, क्योंकि श्रीकृष्ण उनके साथ थे?
2. पांडवों ने यह युद्ध इसलिए जीता, क्योंकि वे न्यायी और धार्मिक थे, या इसलिए कि वे लोग कौरवों की तुलना में श्रेष्ठतर योद्धा थे?

यदि हम यह मान लेते हैं कि पांडवों ने यह युद्ध श्रीकृष्ण की सहायता से जीता, तो उसे भगवान की कृपा ही माननी चाहिए, उसमें पांडवों की सच्चरित्रता क्या करेगी। यद्यपि यह भी कहा जा सकता है कि श्रीकृष्ण उनके साथ इसलिए थे, क्योंकि वे लोग सच्चे, न्यायी, धर्मपरायण और सतोगुणी लोग थे। 'महाभारत' में कहा भी गया है 'जहाँ श्रीकृष्ण हैं, वहीं धर्म है, और जहाँ धर्म है, वहीं जय है।' इसमें पांडवों की युद्ध-वीरता कुछ धूमिल हो जाती है, धर्म-वीरता चाहे प्रत्यक्ष होकर सामने आये।

दूसरी ओर यदि हम यह स्वीकार करते हैं कि पांडव अपनी वीरता के कारण ही विजयी हुए हैं, तो उसकी तार्किक परिणति के रूप में यह भी स्वीकार करना पड़ेगा, कि ऐसी स्थिति में श्रेष्ठतर योद्धा ही सदा विजयी होगा—धर्म और अधर्म का उसमें कोई काम नहीं है।

किन्तु इन प्रश्नों के उत्तर कम-से-कम महाभारत में इतने सरल नहीं हैं। पांडव वीर भी हैं, रण-कुशल भी। वे समर्थ हैं, और फिर भी वे धर्म का मार्ग नहीं छोड़ते। स्वयंवर में द्रौपदी द्वारा कर्ण के साथ विवाह करना अस्वीकार करने पर, कर्ण स्वयं को इतना अपमानित अनुभव करता है कि उसके प्रतिशोध स्वरूप, भरी राजसभा में द्रौपदी के अपमान को वह उचित मानता है, किन्तु द्रौपदी के ऐसे क्रूर अपमान के पश्चात् भी युधिष्ठिर के मन में कर्ण, दुर्योधन

अथवा दुःशासन के लिए कटुता नहीं है। कुन्ती द्वारा कर्ण को त्याग दिये जाने के कारण, कर्ण को एक सूत-पुत्र के रूप में पलना पड़ता है, तो वह उससे इतना पीड़ित है कि वह समाज में कोई भी उत्पात कर सकता है, किन्तु दुर्योधन, कर्ण, शकुनि तथा दुःशासन से हर पग पर पीड़ित और अपमानित होने पर भी युधिष्ठिर न स्वयं धर्म का पथ त्यागता है, न अपने भाइयों को त्यागने देता है। वह धर्म की ही रक्षा करता है, ताकि धर्म उनकी रक्षा करे।...उनका सामर्थ्य और धर्म उनके साथ था, इसलिए श्रीकृष्ण उनके साथ थे, व्यास उनकी सुरक्षा के लिए चिन्तित थे, और विदुर प्रत्येक पग पर उनकी रक्षा का प्रयत्न कर रहे थे। अपने कर्म से पांडवों ने भगवत्कृपा प्राप्त की थी, और कृष्ण की कृपा के पश्चात! पांडव अपराजेय हो गये थे। इस युद्ध में पांडवों के पराजित होने का अर्थ था, धर्म का पराजित हो जाना। श्रीकृष्ण ने अर्जुन से कहा कि तुम इन्हें मारो या न मारो—ये सब मेरे द्वारा पहले ही मारे जा चुके हैं। इसका अभिप्राय क्या है? श्रीकृष्ण महाकाल द्वारा खा लिये शत्रुओं को मारने का यश पांडवों को दिला रहे हैं अथवा दुर्योधन और उसके साथियों ने अपने कर्मों से अपने लिए मृत्यु अर्जित की है? श्रीकृष्ण ने अर्जुन से यह भी कहा था कि आततायी अपने पाप से मारा जाता है। स्पष्टतः दुर्योधन और उसके साथियों ने अपने पापपूर्ण क्रूर कर्मों से अपनी इस भयंकर नियति को अर्जित किया है और पांडवों ने अपने धर्मपरायण आचरण से अपने लिए भगवत्कृपा अर्जित की है, जो उनके लिए महाभारत के युद्ध में विजय के रूप में प्रकट हुई है। यही कारण है कि इसे अधर्म पर धर्म की विजय माना गया है।

किन्तु अधर्म पर धर्म की विजय को 'महाभारत' का प्रतिपाद्य मानने के मार्ग में कुछ कठिनाइयाँ भी हैं। प्रतिपाद्य की स्थापना हो जाने पर, ग्रन्थ को वहीं पूर्ण मान लिया जाना चाहिए; किन्तु 'महाभारत' में इस प्रकार का कोई संकेत नहीं है। वरन् युद्ध के पश्चात् युधिष्ठिर का व्यवहार, कथा के एक ऐसे नये मोड़ को जन्म देता है, जिससे महाभारत की अब तक की सारी कथा का रूप ही बदल जाता है। 'महाभारत' में युद्ध के पश्चात् विजयोत्सव कहीं नहीं है। विजय-प्राप्ति के पश्चात् विजेताओं द्वारा सुखी जीवन व्यतीत करने, विजय के माध्यम से प्राप्त धन और ऐश्वर्य इत्यादि के भोग का कोई चित्रण नहीं है। जिस राजा के नाम पर यह युद्ध हुआ, वह युधिष्ठिर न इस युद्ध का इच्छुक था, न इस प्रकार की विजय से उसे प्रसन्नता हुई। युद्ध के पश्चात् एक बार भी उसके मन में यह भाव नहीं आया कि उसने अपना खोया हुआ राज्य वापस पाया है, या उसने अपने शत्रुओं को पराजित कर, उनसे मुक्ति पायी है। उसके मन में न राज्य के शासन की इच्छा है, न ऐश्वर्य के भोग की। उसके मन में

तो न केवल एक अवसाद आकर बैठ गया था, वरन् वह स्वयं को अपराधी भी अनुभव करने लगा था। वह अनुभव कर रहा था, कि इतना सारा रक्तपात उसी के कारण हुआ है और इतने बड़े पाप का प्रायश्चित असम्भ्व है।

युद्ध समाप्ति के साथ ही युधिष्ठिर के मन में वैराग्य का भाव उदित हो जाता है और वह अपना राज्य त्यागने के लिए तत्पर हो जाता है। वह धृतराष्ट्र से अपराधी के समान क्षमा माँगता है। वह तो धृतराष्ट्र को सारा राज्य सौंपने के लिए प्रस्तुत है। धृतराष्ट्र चाहे तो स्वयं राज करे या अपने औरस पुत्र युयुत्सु को राज्य सौंप दे। यह जानकर कि कर्ण उसका सहोदर भाई था, मानो आग में घी पड़ जाता है। वह वानप्रस्थ अथवा संन्यास ग्रहण की इच्छा प्रकट करता है। भाइयों द्वारा समझाये जाने पर भी उसकी धारणा नहीं बदलती और वह निरन्तर मुनिवृत्ति की प्रशंसा करता है। आनृशंसता का उपासक युधिष्ठिर जब स्वयं को इतने बड़े रक्तपात का अपराधी मानता है तो राज्य तो क्या, अपने प्राण भी त्याग देने को व्यग्र होने लगता है। व्यास और श्रीकृष्ण के समझाने पर वह किसी प्रकार हस्तिनापुर में प्रवेश करता है और अपना राज्याभिषेक तो करवा लेता है, किन्तु अपने शोक, खेद और पश्चात्ताप से मुक्ति न पा सकने के कारण स्वयं को उसी राजा धृतराष्ट्र के अधीन मानकर शासन चलाता है, जिसने उसे तथा उसके भाइयों को नष्ट करने अथवा करवाने में कभी रंचमात्र संकोच नहीं किया था। "महाराज! युयुत्सु आपके औरस पुत्र हैं, ये ही राजा हों, अथवा और किसी को, जिसे आप उचित समझते हों, राजा बना दें या स्वयं ही इस राज्य का शासन करें। मैं ही वन चला जाऊँगा। पिताजी! मैं पहले ही अपयश की आग में जल चुका हूँ, अब पुनः आप भी मुझे न जलाइये।" (47-48/3, आश्रमवास पर्व)

जब भीष्म, व्यास, धृतराष्ट्र तथा अन्य लोगों का समझाना भी युधिष्ठिर के मन को प्रकृतिस्थ नहीं कर पाता, तो कृष्ण युधिष्ठिर को समझाते हुए कहते हैं, "आपने अपने कर्त्तव्य कर्म को पूरा नहीं किया। आपने अभी तक शत्रुओं पर विजय नहीं पायी। आपका शत्रु तो आपके शरीर के भीतर ही बैठा हुआ है। आप अपने उस शत्रु को क्यों नहीं पहचानते हैं।" (5/11, अश्वमेध पर्व) और तब कृष्ण, इन्द्र तथा वृत्रासुर के युद्ध की कथा सुनाते हैं। उस युद्ध में वृत्रासुर इन्द्र से बचने के लिए विभिन्न पदार्थों में जाकर छिपता है और इन्द्र वहीं उसका वध करता है। अन्ततः "वृत्रासुर सहसा इन्द्र में समा गया और उनके विषय को ग्रहण करने लगा। तात! वृत्रासुर से गृहीत होने पर इन्द्र के मन में महान मोह छा गया। तब महर्षि वसिष्ठ ने रथन्तर साम के द्वारा उन्हें सचेत किया। भरतश्रेष्ठ! तत्पश्चात् शतक्रतु ने अपने शरीर के भीतर स्थित

वृत्रासुर को अदृश्य वज्र के द्वारा मार डाला, ऐसा हमने सुना है।" (18-19/11, अश्वमेध पर्व)

युधिष्ठिर के विषादजन्य वैराग्य और श्रीकृष्ण की उक्ति से 'महाभारत' के कथ्य को एक नया ही आयाम प्राप्त होता है। महाभारत के जिस युद्ध में अट्ठारह अक्षौहणी सेना मारी गयी, जिस युद्ध में पृथ्वी पर प्रलय की स्थिति हो गयी—वह युद्ध न तो उतना कठोर था, और न मनुष्य का अन्तिम युद्ध था। अन्तिम युद्ध तो मनुष्य को अपने-आपसे करना है, अपने मन की उच्छृंखलता के विरुद्ध लड़ना है। कृष्ण कहते हैं, "शत्रुदमन! द्रोणाचार्य और भीष्म के साथ जो युद्ध हुआ था, वही युद्ध आपके सामने उपस्थित है। इस समय आपको अकेले अपने मन के साथ युद्ध करना होगा। भरतभूषण! अतः उस युद्ध के लिए आपको तैयार हो जाना चाहिए। अपने कर्त्तव्य का पालन करते हुए, योग के द्वारा मन को वशीभूत करके आप माया से परे परब्रह्म का प्राप्त कीजिये। मन के साथ होनेवाले युद्ध में न तो बाणों का काम है और न सेवकों तथा बन्धु-बान्धवों का ही। इसमें आपको अकेले ही युद्ध करना है। इस युद्ध में यदि आप अपने मन को न जीत पाये, तो पता नहीं आपकी क्या दशा होगी। कुन्तीनन्दन, इस बात को अच्छी तरह समझ लेने पर आप कृतकृत्य हो जायेंगे।" (12-15/12, अश्वमेध पर्व)

वस्तुतः जिसे हम जितना पराया समझते हैं, उससे लड़ना उतना ही सरल होता है। सबसे कठिन अपने मोह से लड़ना है। अपने मोह के ही कारण कुरुक्षत्र में अर्जुन को भीष्म और द्रोण के विरुद्ध लड़ने में कठिनाई हो रही थी। आज वही मोह युधिष्ठिर के मन में जमकर बैठ गया है। इसीलिए उसे समझाते हुए कृष्ण कहते हैं, "'मम'—ये दो अक्षर ही मृत्यु रूप हैं और 'न मम'—यह तीन अक्षरों का पद सनातन ब्रह्म की प्राप्ति का कारण है। ममता मृत्यु है और उसका त्याग सनातन अमृतत्व है। राजन! इस प्रकार मृत्यु और अमृत—दोनों अपने भीतर ही स्थित हैं। ये दोनों अदृश्य रहकर प्राणियों को लड़ाते हैं अर्थात् किसी को अपना मानना और किसी को अपना न मानना—यह भाव ही युद्ध का कारण है, इसमें संशय नहीं है।" (3-4/13, अश्वमेध पर्व) कृष्ण ने सदा ही अनासक्ति का उपदेश दिया है। आसक्ति का ही दूसरा नाम ममता है। अपनी बात को स्पष्ट करते हुए कृष्ण पुनः कहते हैं, "चराचर प्राणियों सहित समूची पृथ्वी को पाकर भी, जिसकी उसमें ममता नहीं होती, वह उसको लेकर क्या करेगा, अर्थात् उस सम्पत्ति से उसका कोई अनर्थ नहीं हो सकता, किन्तु कुन्तीनन्दन! जो वन में रहकर फल-फूलों से ही जीवन-निर्वाह करता है, उसकी भी यदि द्रव्यों में ममता है, तो वह मृत्यु के मुख में ही विद्यमान है। जो मायिक

पदार्थों को ममत्व की दृष्टि से नहीं देखता, वह महान भय से छुटकारा पा जाता है।" (6-7/13, अश्वमेध पर्व)

इन उक्तियों की छाया में यह द्रष्टव्य है कि जो युधिष्ठिर सर्वस्व त्याग करने के लिए तैयार बैठा है, उसे ही कृष्ण आसक्ति और ममता से लड़ने का उपदेश दे रहे हैं। स्पष्ट है कि युधिष्ठिर का यह वैराग्य अनासक्ति के कारण नहीं है, उसका वैराग्य मोहजनित है। युद्ध में मारे गये कौरवों की ममता उसे स्वयं को 'कर्ता' मानने को बाध्य कर रही है। इसलिए कृष्ण उसे अपने मन की आसक्ति से लड़ने का परामर्श दे रहे हैं।

अश्वमेध यज्ञ में दिये गये दान इत्यादि से युधिष्ठिर की बुद्धि कुछ स्थिर होती है, किन्तु धृतराष्ट्र के वनवास के प्रस्ताव से वह पुनः विचलित हो उठता है और पुनः उसी प्रकार के प्रस्ताव करता है, जो वह पहले कर चुका है। इस अवसर पर उसके विचलित होने का एक और कारण कुन्ती का धृतराष्ट्र तथा गान्धारी की सेवा करने के लिए उनके साथ वन जाने का निश्चय भी है। वह समझ नहीं पाता कि जिस माँ ने उसे युद्ध के लिए प्रेरित करने के लिए इतनी कठोर बातें कही थीं, वही माँ अपने पुत्रों का राजपाट त्याग कर अपने उन शत्रुओं की सेवा करने के लिए वन क्यों जा रही है, जिनके कारण यह युद्ध हुआ। उसके प्रश्नों के उत्तर में कुन्ती निर्द्वन्द्व भाव से बहुत स्पष्ट रूप से बताती है कि उसने उस शिथिलता में युधिष्ठिर को युद्ध के लिए इसलिए प्रेरित किया था कि वे लोग अपनी रक्षा कर सकें, अपना सम्मान और अधिकार प्राप्त कर सकें, अपने सांसारिक कष्टों से मुक्ति पा सकें। अपने लिए वह कुछ नहीं चाहती थी। अपनी आसक्ति को तो वह पहले ही जीत चुकी थी। इसीलिए न उसके मन में अपने पुत्रों के प्रति ममत्व था, न शत्रुओं के प्रति घृणा। वह अपने घोरतम शत्रुओं को अपने पूज्य सास-ससुर बता रही थी और उनकी सेवा करने उनके साथ वन जा रही थी। उसके मन में न क्षोभ था न क्रोध, न घृणा न द्वेष, और न ही प्रतिशोध। उसके लिए न कोई अपना था, न पराया। जीवन तो मात्र एक कर्त्तव्य था, तपस्या का एक और रूप।

मौसल पर्व में यादवों और विशेष रूप से श्रीकृष्ण के देहावसान के पश्चात् युधिष्ठिर अपने ममत्व को पूर्णतः त्याग कर अपने-पराये में अभेद की परीक्षा देने के लिए स्वर्गारोहण-यात्रा आरम्भ करता है। इस यात्रा में एक-एक कर द्रौपदी, सहदेव, नकुल, अर्जुन और भीम का पतन होता है। यह पतन, उनकी मृत्यु है। भीम के प्रश्नों के उत्तर में स्वयं श्रीकृष्ण उनके पतन के जो विभिन्न कारण बताता है, वे मूलतः आसक्ति और अहंकार ही हैं। द्रौपदी के मन में अर्जुन के लिए पक्षपात था, अर्थात् उसके लिए आसक्ति थी, जो उसके धर्म को खंडित

करती थी। शेष चारों में अपने-अपने गुणों के कारण अहंकार था। अपनी इस आसक्ति तथा अहंकार के कारण वे लोग सदेह स्वर्ग नहीं जा सकते थे, अतः मार्ग में उनके शरीर का पतन हुआ। इस अवसर पर युधिष्ठिर ममत्वजनित दुर्बलता नहीं दिखाता और अपने उन अत्यन्त प्रियजनों को सर्वथा अनासक्त भाव से छोड़कर आगे बढ़ता जाता है। और अन्त में अपनी चरम सफलता के क्षणों में, जब स्वयं इन्द्र उसे सदेह स्वर्ग ले जाने के लिए रथ के साथ उपस्थित हुए हैं, वह, अपने भक्त अथवा आश्रम में आये हुए कुत्ते का तिरस्कार कर अकेला स्वर्ग नहीं जाना चाहता। वह उसको भी पराया नहीं मानता। वह भी उसका आत्मीय ही है। बाद के प्रश्नों के उत्तर में वह कहता है कि उसने अपने भाइयों और द्रौपदी का त्याग तब किया, जब वे मृत्यु को प्राप्त हो चुके थे, और वह उन्हें जीवित नहीं कर सकता था। कुत्ता जीवित था, अतः वह न उसका त्याग कर सकता था, न तिरस्कार। उसका चाहे जो भी मूल्य हो। वह स्वर्ग का तिरस्कार कर सकता है, किन्तु जीव-प्रेम का त्याग नहीं कर सकता—और इसी आनृशंसता, जीव-दया अथवा जीव-प्रेम तथा अपने-पराये का अभेद के लिए उसे सदेह स्वर्ग जाने का सामर्थ्य प्राप्त होता है।

वस्तुतः अपने अन्तिम रूप में 'महाभारत' भरतों में श्रेष्ठ युधिष्ठिर के इस महासमर की कथा है, जिसने उसने आजीवन संघर्ष कर अपने मन की आसक्ति को जीता है। अपने-पराये के भेद को मिटाया है, आनृशंसता तथा सर्वजीव दया को अपना धर्म माना है। इस सोपान तक आते-आते 'महाभारत' न तो केवल इतिहास रह जाता है, न मात्र काव्य। वह जीवन के विकासार्थ साधना के सोपानों को पार करने के लिए तपस्या के महासमर का चित्रण करनेवाला आध्यात्मिक ग्रन्थ ही प्रमाणित होता है।

महाभारत की प्रासंगिकता

महाभारत की प्रासंगिकता

महाभारत हमारा काव्य है, इतिहास है और हमारा अध्यात्म भी है। हमारे प्राचीन ग्रन्थ शाश्वत सत्य की चर्चा करते हैं। वे किसी कालखंड के सीमित सत्य में आबद्ध नहीं है, जैसाकि कुछ लोग अज्ञान के कारण मान लेते हैं। महाकाल की यात्रा खंडों में विभाजित नहीं है, इसलिए यह सोचना गलत है कि जो घटनाएँ घटित हो चुकीं, उनसे अब हमारा कोई सम्बन्ध नहीं है। मनुष्य की अखंड कालयात्रा को इतिहास खंडों में बाँटे तो बाँटे, साहित्य उन्हें विभाजित नहीं करता, यद्यपि ऊपरी आवरण सदा ही बदलता रहता है। महाभारत की कथा भारतीय चिन्तन और भारतीय संस्कृति की अमूल्य थाती है। यह मनुष्य के उस अनवरत युद्ध की कथा है, जो उसे अपने बाहरी और भीतरी शत्रुओं के साथ निरन्तर करना पड़ता है। वह उस संसार में रहता है, जिसमें चारों और लोभ, मोह, सत्ता और स्वार्थ की शक्तियाँ संघर्षरत हैं। मनुष्य को बाहर से अधिक अपने भीतर लड़ना पड़ता है। परायों से अधिक उसे अपनों से लड़ना पड़ता है। और यदि वह अपने धर्म पर टिका रहता है, तो वह सदेह स्वर्ग प्राप्त कर सकता है—इसका आश्वासन महाभारत देता है। लोभ, त्रास और स्वार्थ के विरुद्ध मनुष्य के इस सात्विक युद्ध को महाभारत में अत्यन्त विस्तार से प्रस्तुत किया गया है।

महाभारत अनेक आनुषंगिक कथाओं[1] और अनेक चिन्तन ग्रन्थों[2] के मध्य, पांडवों की कथा कहनेवाला एक महाग्रन्थ है। उन सबके ही माध्यम से उसने अनेक व्यक्तिगत, सामाजिक, राजनीतिक और आध्यात्मिक मूल्यों की स्थापना की है। अतः उसमें जीवन का चित्रण विभिन्न स्तरों पर हुआ है। काव्य है, अतः मानव के भावावेगों का चित्रण पूर्णता और पूरी ईमानदारी से हुआ है। उसमें राग-द्वेष है, शृंगार है, रतिप्रसंग है, वात्सल्य है, द्वेष है, ईर्ष्या है, कामना

1. नल-दमयन्ती, सावित्री-सत्यवान, दुष्यन्त-शकुन्तला इत्यादि।
2. विदुर नीति, भगवदगीता, अनुगीता, शान्तिपर्व में राजनीतिक चिन्तन इत्यादि।

है, तृष्णा है, क्रोध है, उत्साह है, भय, जुगुप्सा और शोक सब कुछ है। वे सारे भाव आज भी उतने ही प्रासंगिक हैं, जितने सहस्रों वर्ष पूर्व थे। भारतीय मनीषा की मान्यता है कि यह सृष्टि ऋत् के नियम के अधीन चलती है। इसे ईश्वरीय नियम कह सकते हैं। सामान्य भाषा में इसी को प्रकृति का नियम कहा जाता है। हम देख सकते हैं कि न तो कभी प्रकृति के नियम परिवर्तित होते हैं, न मनुष्य का स्वभाव ही बदलता है। संसार का परिदृश्य प्रतिदिन बदलता है; किन्तु मनुष्य के भाव तब भी वे ही थे और आज भी वे ही हैं। अतः काव्य की दृष्टि से महाभारत की कथाएँ आज भी उतनी ही आकर्षक हैं, जितनी अपने काल में रही होंगी।

महाभारत को हम अपना इतिहास मानते हैं। अतः उस समय की घटनाएँ और लोकाचार इसमें पूरी प्रामाणिकता से चित्रित हैं। उस समय की मूल्य-व्यवस्था इतनी स्पष्टता से अंकित की गयी है कि उसकी प्रत्यक्षता और सच्चाई पर आश्चर्य होता है। आज के अनेक चिन्तक कह सकते हैं कि उस समय के वे सारे छोटे-बड़े मूल्य—बहुपत्नीत्व, बहुपतित्व, परिवेदन, नियोग, स्वयंवर, हरण-अपहरण तथा चितारोहण इत्यादि—आज उतने प्रासंगिक नहीं हैं। मैं इसे अर्द्धसत्य कह सकता हूँ। वस्तुतः महाभारत में ही समाज की विविधता और विचारों तथा मूल्यों में होनेवाले परिवर्तन के लक्षण दिखायी देने लगते हैं। सत्यवती और कुन्ती दोनों ही अपने कानीन पुत्रों को अपने श्वसुरकाल में स्वीकार नहीं कर सकीं, अतः इस बात को गोपनीय रखा गया कि व्यास की माता सत्यवती और कर्ण की माता कुन्ती हैं। दूसरी ओर पराशर ने व्यास को निःसंकोच अपना पुत्र स्वीकार कर उनका पालन-पोषण किया। सूर्य ने भी अवसर आने पर कर्ण के साथ अपना सम्बन्ध प्रकट कर दिया था। कुन्ती ने कर्ण को तो बताया कि वह उनका पुत्र है; किन्तु समाज से उसे गुप्त ही रखा।

इन उदाहरणों में यह तो सहज ही दिखायी देता है कि माता-पिता की अनुमति के अभाव में भी स्त्री-पुरुष सम्बन्धों की स्वतन्त्रता को ऋषि तो स्पष्ट मान्यता देता है, किन्तु राजवंश इसे स्वीकार नहीं करता। दुष्यन्त ने भी शकुन्तला से गान्धर्व विवाह कर लिया; किन्तु बाद में उस सम्बन्ध को स्वीकार करने में उन्हें कठिनाई होने लगी। दूसरी ओर कन्धा को उस सम्बन्ध को स्वीकार करने में तनिक भी आपत्ति नहीं हुई।

यही कारण है कि मेरा ध्यान इस बात पर जाता है कि उस युग में हमारे देश में विधान राजाओं ने नहीं, ऋषियों ने रचे थे। समाज पर राजाओं के संविधान नहीं, ऋषियों की स्मृतियाँ शासन करती थीं। ऋषियों ने चार प्रकार की सन्तानों को मान्यता दी है : 1. कानीन पुत्र 2. औरस पुत्र 3. क्षेत्रज पुत्र और 4. दत्तक

पुत्र। यदि कानीन पुत्र और क्षेत्रजपुत्र को धर्मसंगत न माना गया होता, तो नियोग की प्रथा को भी स्वीकार नहीं किया जा सकता था।

इसका अर्थ स्पष्ट है कि ऋषि की दृष्टि में स्त्री-पुरुष की परस्पर सहमति से प्रत्येक सन्तान का जन्म पवित्र है। वह प्रकृति की सन्तान है। अतः धर्म-विरोधी नहीं है। किन्तु सत्यवती, कुन्ती तथा शकुंतला—तीनों के ही सन्दर्भ में हम देख रहे हैं कि उनके श्वसुरकाल राजवंश थे, अतः उन्हें गान्धर्व विवाह अथवा कानीनपुत्र की अवधारणा स्वीकार्य नहीं थी। कुन्ती का मायका भी राजपरिवार था, अतः वे कर्ण को अपने मायके में भी मान्यता नहीं दिलवा पायी।

स्पष्ट है कि ऋषि, व्यक्ति के रूप में नहीं सोचता था। उसका चिन्तन राजाओं के समान वैयक्तिक और स्वार्थपरक चिन्तन नहीं था। वह भिक्षा पर निर्भर रहकर भी समाज के हित में चिन्तन करता था। उसे तो समाज और देश की रक्षा के लिए योद्धा चाहिए थे, ज्ञान का विकास करने के लिए उत्तराधिकारी चाहिए थे। अतः सन्तान के जन्म को प्रकृति की इच्छा मानने के कारण, वह उसे किसी भी रूप में स्वीकार्य था। किन्तु उसमें माता की सहमति आवश्यक थी। एक प्रकार से काम-सम्बन्धों में स्त्री की इच्छा ही प्रधान थी। वह सन्तान की इच्छा से किसी भी पुरुष से रतिदान का आग्रह कर सकती थी। उलूपी इसी कामना से अर्जुन के पास गयी थी।

ऋषि को अपना ज्ञान वितरित करना था, वह किसी भी सात्विक, योग्य व्यक्ति को अपना मानसपुत्र मान कर, उसे अपना ज्ञान दे सकता था; किन्तु राजा को अपना राज्य देना था, अपनी सत्ता, सम्पत्ति और अधिकार देना था, अतः राजा किसी को भी अपनी सन्तान मानने से कतराने लगा था। वह अपना उत्तराधिकार देने के लिए अपना औरस पुत्र ही चाहता था। यहीं से ऋषियों और राजवंशों के चिन्तन में भेद उत्पन्न होने लगा था।

आज स्पर्म डोनर की कल्पना यथार्थ में परिवर्तित हो रही है। महाभारत में चर्चित नियोग की अवधारणा पाँच सहस्र वर्ष प्राचीन है। हमें स्पर्म डोनर से नियोग को नहीं, नियोग के माध्यम से स्पर्म डोनर को समझना चाहिए। अम्बिका और अम्बालिका की नियोग सम्बन्धी इच्छा-अनिच्छा तथा तत्सम्बन्धी नारी के अधिकार का संवाद, आज भी अप्रासंगिक नहीं है।

महाभारत में संयुक्त परिवार का एक अद्भुत रूप दिखायी पड़ता है। वहाँ चाचा और ताऊ जैसे शब्द हैं ही नहीं, न ताई और चाची हैं। केवल पिता और माता। धृतराष्ट्र को कहीं पांडवों का ताऊ और विदुर को चाचा नहीं कहा गया। वे पिता ही कहलाये। गान्धारी और विदुर-पत्नी (पारंसवी) उनकी माताएँ ही कहलायीं। इस प्रकार का संयुक्त परिवार भी जीवित रहा और ताऊ-चाचा

को पिता जैसा सम्मान भी मिलता रहा। अब निश्चित रूप से यह परम्परा क्षीण हो चुकी है, समाप्त-प्राय भी है। फिर भी आदर्श के रूप में इस परम्परा को आज भी श्रेयस्कर माना जाता है। कहीं-कहीं तो उसके लुप्त होने पर खेद भी प्रकट किया जाता है। किन्तु समाज और सामाजिक सम्बन्धों के इस परिवर्तन से महाभारत की प्रासंगिकता समाप्त नहीं हो जाती।

महाभारत में मुख्य कथा पांडव-कथा है, जिसमें प्रत्येक क्षण कृष्ण उनके सहायक हैं। उनके माध्यम से व्यक्ति, परिवार, समाज तथा राजा के धर्म को परिभाषित किया गया है। मुख्य कथा राजपरिवार अथवा राजपरिवारों की है, अतः राजनीति और राजधर्म के साथ-साथ धर्म भी बहुत महत्त्वपूर्ण है; और समाज में धर्म की स्थापना भी। अनेक प्रसंगों में धर्म का स्वरूप और परिभाषा बदल जाती है; किन्तु उसका अर्थ मज़हब या रिलीजन कहीं नहीं है। जब कृष्ण युद्ध को बचाने के लिए शान्तिदूत के रूप में अन्तिम प्रयत्न कर, हस्तिनापुर से लौट रहे हैं, तो वे कुन्ती के पास भी जाते हैं। तब युधिष्ठिर के लिए सन्देश देते हुए, कुन्ती ने बहुत महत्त्वपूर्ण बात कही है, काल-गणना की दृष्टि से कोई भी युग हो, किन्तु राजा यदि धर्मपूर्वक शासन करता है, तो सत्ययुग प्रकट हो जाता है; और यदि राजा अधर्म पर चलता है तो धरती पर कलियुग का आगमन हो जाता है।[1]

इसे ध्यान में रखें, तो यह बात आरम्भ से ही रेखांकित होती चलती है कि कहीं भी अन्याय और अधर्म न हो, किसी का भी अधिकार न छीना जाये, किसी को भी कष्ट न दिया जाये, समता और न्याय तक, सबकी पहुँच हो। इसलिए मुझे लगता है कि महाभारत की कथा का जन्म भागवत् की कोख से होता है। मथुरा में कंस के सारे अत्याचारों को सहकर भी वसुदेव और देवकी ने कृष्ण और बलराम को बचाया है; और उन दोनों ने कंस के साथियों का ही नहीं, अन्ततः कंस का भी वध किया। न्याय का युद्ध और धर्म-स्थापना का कार्य यहीं से आरम्भ हो जाता है।

एक तथ्य और भी ध्यातव्य है। किसी भी कंस का जन्म कैसे होता है? जब जरासन्ध जैसी एक महाशक्ति अधर्म का पोषण करती है, तो उसकी छत्रछाया में अनेक कंस जन्म लेते हैं; और सामान्य मानवता को पीड़ित करते हैं। जब कोई महाशक्ति अपनी शक्ति के मद में मनमानी को अपना अधिकार मान लेती है, तो अधर्म का पोषण होने लगता है। पिछली शताब्दियों में यूरोपीय महाशक्तियों ने अनेक दुर्बल देशों पर विभिन्न प्रकार के अत्याचार कर मानवता को पीड़ित

---

1. 132-137, उद्योगपर्व, महाभारत।

किया है और अन्ततः संसार ने महायुद्धों को झेला है। कृष्ण नहीं चाहते कि जरासन्ध के अत्याचार इतने बढ़ें कि संसार को महायुद्ध का महासंहार झेलना पड़े। अधर्मी शक्तियों को नियन्त्रित रखने का कार्य, वे कौरवों की राजधानी हस्तिनापुर से ही आरम्भ करते हैं।

कृष्ण ने अक्रूर को हस्तिनापुर भेजा था। बुआ कुन्ती और उनके पुत्रों के साथ धृतराष्ट्र अन्याय तो नहीं कर रहा? वहाँ पाप तो नहीं पनप रहा? यह वह समय है, जब दुर्योधन ने भीम को विष देकर मार डालने का प्रयत्न किया था। भीम बच गया, यह उसका भाग्य था। कुन्ती दुखी होकर अपने पुत्र की हत्या के प्रयत्न की शिकायत विदुर से करती हैं, तो हस्तिनापुर के राजकीय आतंक को समझनेवाले विदुर, उन्हें यही परामर्श देते हैं कि वे चुप रहें। ऐसा न हो कि अपने एक पुत्र की हत्या के प्रयत्न का परिवाद वे राजा से करें, तो उन्हें अपने अन्य पुत्रों के वध का समाचार सुनना पड़े।

जब अक्रूर अपने मन में यह धारणा लिये हुए हस्तिनापुर पहुँचे कि कुन्ती अपने परिजनों के मध्य सुरक्षित और प्रसन्न होगी, तो कुन्ती ने बताया कि वे अपने परिजनों के मध्य नहीं, एक भयभीत मृगी के समान, हिंस्र भेड़ियों के मध्य भय, आतंक और असुरक्षा के परिवेश में जी रही हैं।[1] आज भीम की हत्या का प्रयत्न हुआ है, कल उनके अन्य पुत्रों को भी मारने का प्रयत्न किया जायेगा।

कृष्ण समझ जाते हैं कि हस्तिनापुर में भीष्म, द्रोण और विदुर जैसे धर्मज्ञों के होते हुए भी, वहाँ का राजा धृतराष्ट्र पाप की जड़ था, और उसकी छत्रछाया में पाप ही नहीं पनप रहा था, दुर्योधन और दुःशासन जैसे राक्षसों का निर्माण भी हो रहा था। यदि उसी समय अधर्म को न रोका गया तो यह आग, फैलकर भयंकर विनाश-लीला रचेगी। यह तथ्य आज भी प्रमाणित करता है कि धर्मज्ञों और महान् चिन्तकों की उपस्थिति मात्र, राजा को धर्म पर चलाने में समर्थ नहीं होती। राजा के मन में धर्म हो, तभी अधर्म रुक सकता है। यह कृष्ण का ही प्रयत्न और सैन्य-बल था कि हस्तिनापुर में युधिष्ठिर का युवराज्याभिषेक हुआ और पांडव कुछ निश्चित हुए।

इस बीच कृष्ण की मथुरा पर जरासन्ध, कालयवन और बाणासुर के सामूहिक आक्रमण का संकट उपस्थित हो गया; और उस समय के असाधारण योद्धा श्रीकृष्ण यह निर्णय करते हैं कि यद्यपि आत्मरक्षा के लिए युद्ध अनिवार्य है, किन्तु वे मथुरा की निरीह जनता को महाकाल के मुख में धकेलने की अपेक्षा,

---

1. 10/49/10, श्रीमद्भागवत महापुराण।

स्वयं युद्ध से हट जाना पसन्द करेंगे। उन्होंने मथुरा खाली कर दी और द्वारका चले गये। कृष्ण का एक नाम रणछोड़ जी भी है—युद्ध से भागनेवाला। उन्होंने इतना बड़ा कलंक अपने माथे पर लिया; किन्तु निर्दोष और निरीह जनता का वध स्वीकार नहीं किया। यह आज तक के बड़े से बड़े योद्धा के लिए एक उदाहरण है कि युद्ध और बर्बरता में अन्तर होता है। युद्ध कितना भी बड़ा हो, कितने भी महान् लक्ष्य के लिए हो, किन्तु अनावश्यक हिंसा से बचना चाहिए। अपने ही नहीं, शत्रु सैनिकों के साथ भी अनावश्यक हिंसा नहीं होनी चाहिए। द्रुपद के साथ अपने पहले युद्ध में जिस समय भीम सैनिकों का अबाध संहार कर रहा था, अर्जुन ने उससे कहा कि हमने द्रुपद को बन्दी कर अपना लक्ष्य प्राप्त कर लिया है, अब अनावश्यक हिंसा मत करो।[1] हिंसा-विरोधी अपनी इसी परम्परा में, 1971 ई. के भारत-पाकिस्तान के युद्ध में भारत ने पाकिस्तान के 90 सहस्र सैनिकों को बन्दी कर पाकिस्तान को सुरक्षित लौटा दिया। हर प्रकार का अवसर होते हुए भी, उनके सैनिकों से किसी प्रकार का प्रतिशोध लेने का प्रयत्न नहीं किया। महाभारत की हिंसा और अहिंसा, दोनों ही मानवता के लिए सदा ही प्रासंगिक रहेंगी।

हम स्मरण रखें कि सम्पत्ति का लोभ और राज्य का मोह, मनुष्य में तब भी उतना ही था, जितना कि आज है। यादवों के मथुरा से हटते ही, धृतराष्ट्र ने पांडवों से राज्य छीनने का उपाय खोजना आरम्भ किया। उसके कूटनीतिज्ञ मन्त्री कणिक ने उसे परामर्श दिया कि राजनीति यही है कि आपके अतिरिक्त राज्य का जो कोई भी दावेदार हो, उसे जीवित न रहने दिया जाये।[2] धृतराष्ट्र ने तत्काल ही उस परामर्श को स्वीकार किया। अपनी भाभी कुन्ती और अपने भ्रातुष्पुत्रों—जो उसे अपना पिता मानते थे—को वारणावत के लाक्षागृह में भेजकर आग लगवा दी। उसने उन्हें जलाकर मार ही डाला था। वह तो विदुर की सावधानी और चतुराई थी और पांडवों का भाग्य अच्छा था कि वे जीवित बच गये।

यह प्राचीन इतिहास है। मध्य युग के इतिहास ने अनेक बार, राज्य के लिए भाइयों द्वारा भाइयों को और पुत्रों द्वारा पिता को प्रताड़ित होते देखा है। नेपाल में अभी-अभी (1 जून 2001 ई.) राज्य के लोभ में पूरे राजपरिवार की हत्या कर दी गयी है; और वह भी कदाचित् सगे भाई के द्वारा। पाकिस्तान में इसी वर्ष बेनजीर भुट्टो (जनवरी 2008 ई.) की ही नहीं, उसके साथ-साथ

---

1. 137-163, आदिपर्व, महाभारत।
2. 3-92/139, आदिपर्व, महाभारत।

सैकड़ों निर्दोष लोगों की हत्या की गयी है। अमरीका में कैनेडी भाइयों की हत्याएँ, इसी नीति का एक अंग हैं। ऐसी घटनाएँ बताती हैं कि महाभारत की घटनाएँ तनिक भी असाधारण और अस्वाभाविक नहीं हैं; और न ही वे अब तक अप्रासंगिक हुई हैं। हम उसी संसार में साँस ले रहे हैं, जिसमें महाभारत के पात्र रह रहे थे। राजनीतिक हत्याएँ आज का भी सामान्य सत्य है। व्यक्ति का लोभ, अपने शत्रुओं का ही नहीं, अपने परिजनों की भी हत्याएँ करवाता है। देश के शासकों का लोभ, पहले अपने परिवार में रक्त की होली खेलता है और फिर विभिन्न देशों के मध्य युद्धों का सूत्रपात करता है।

महाभारत की मान्यता है कि वस्तुतः हत्याओं का व्यापार भूखे-नंगे निर्धन लोगों ने कम ही किया है; यह तो सत्तालोलुप शक्तिशाली लोगों का ही काम अधिक रहा है। मध्य काल में यूरोप के राष्ट्रों ने एशिया, अफ्रीका, अमरीका तथा आस्ट्रेलिया में जितनी हत्याएँ की हैं, वे न्याय अथवा धर्म की स्थापना के लिए नहीं थीं। वे अपनी शक्ति के अहंकार और सत्ता और सम्पदा के लोभ में किये गये कृत्य हैं। मध्यकाल में जिस समय धार्मिक साम्राज्यों ने अपने विस्तार के लिए युद्ध छेड़े और सर्वसंहार किया, वह भी किसी अन्याय के विरुद्ध नहीं, अपनी सत्ता की स्थापना के लिए था। आज भी आतंकवाद के नाम पर जो नरसंहार हो रहा है, या अधिक शक्तिशाली देश दुर्बल देशों का दमन कर रहे हैं, वह जरासन्ध, कालयवन, बाणासुर के कृत्यों से ही नहीं, धृतराष्ट्र और दुर्योधन के अनाचारों से भी कुछ भिन्न नहीं है। आप खुली आँखों से महाभारत पढ़ने बैठेंगे, तो उसमें अपने देश और काल को ही प्रतिबिम्बित पायेंगे। अपने ही समय का सर्वांगीण रूप देखेंगे।

कृष्ण जैसे धर्म के संस्थापक, धृतराष्ट्र के लोभ के इस तांडव को निष्क्रिय रहकर नहीं देख सकते थे। वे चाहते तो तत्काल धृतराष्ट्र को इस पाप का दंड दे सकते थे। उससे उनका दुष्ट-दलन का धर्म तो पूर्ण हो जाता; किन्तु धर्म-राज्य की स्थापना का लक्ष्य पूर्ण नहीं होता। जिस प्रकार कुन्ती ने अपने सन्देश में राजा के धर्मसंगत शासन पर बल दिया था, उसी प्रकार कृष्ण भी उस व्यक्ति को खोज रहे थे, जो किसी भी स्थिति में अपने धर्म से च्युत न हो और प्रजा का अपनी सन्तान के समान पालन करे। उसके लिए उनको धर्मराज युधिष्ठिर में ही वह आदर्श शासक दिखायी पड़ता था। यह विचारणीय है कि कृष्ण स्वयं कभी राजा नहीं बने, न उन्होंने अपने पिता अथवा अपने भाइयों में से किसी को राजा बनाने का प्रयत्न किया। ऐसा कुछ करने पर यादवों में गृह-कलह छिड़ जाने की बहुत सम्भावना थी।

धृतराष्ट्र द्वारा पांडवों को वारणावत में जला देने के प्रयत्न के पश्चात्

कृष्ण ने उन्हें खोज निकाला। इस प्रयत्न में विदुर और कृष्ण द्वैपायन व्यास उनके प्रत्यक्ष-अप्रम्यक्ष सहयोगी थे। वस्तुतः यह धर्म का पक्ष था। इतना तो वे समझ ही गये थे कि यदि पांडव पुनः धृतराष्ट्र की छत्र-छाया में रहे तो जीवित नहीं बचेंगे; और उनकी मृत्यु के साथ ही कृष्ण का हस्तिनापुर में धर्म-राज्य की स्थापना का स्वप्न भी समाप्त हो जायेगा। अतः यह आवश्यक था कि पांडव, धृतराष्ट्र से पृथक् और दूर रहें; अपना सैन्यबल ही अर्जित न करें, उनके कुछ शक्तिशाली सहायक भी हों। कृष्ण की इसी योजना ने पांडवों का सम्बन्ध कौरवों के पारम्परिक शत्रु पांचालों से करवा दिया।

पांचालों की राजधानी काम्पिल्य में आने से पहले, पांडवों ने हिडिम्ब और बकासुर को मारकर अपना शौर्य प्रदर्शित किया, किन्तु महत्त्व की बात एकचक्रा नगरी में भीम के बकासुर से युद्ध की है। राक्षसों इत्यादि के पौराणिक शिल्प में से जो सत्य महाभारतकार उजागर करना चाहता है, वह आज भी उतना ही महत्त्वपूर्ण है। एकचक्रा का राजा अपनी शक्ति के भरोसे नहीं, बकासुर के बल पर एकचक्रा पर शासन कर रहा था। परिणाम यह था कि प्रजा सुरक्षित नहीं थी। वहाँ बकासुर प्रतिदिन एक न एक परिवार को नष्ट करता था, किन्तु राजा उसे न रोक सकता था, न उसका निषेध कर सकता था। जो सरकारें अमरीका या रूस जैसी महाशक्तियों के बल पर अपने देशों में शासन करती रही हैं, या आज कर रही हैं, वे इस बात को अच्छी तरह समझती हैं कि वे नाममात्र की ही शासक हैं। सत्य यही है कि वे अपनी प्रजा का कोई हित नहीं कर सकती हैं। इसका एक उदाहरण पाकिस्तान भी है। उसने आतंकवादियों को शस्त्र थमाकर, भारत से कश्मीर छीनने का प्रयत्न किया है, किन्तु आज उन आतंकवादियों के शस्त्रों के धमाकों से ही पाकिस्तान और अफगानिस्तान दहल रहे हैं।

ऐसा ही उदाहरण, राजा विराट का भी है, जिसका सेनापति कीचक उससे अधिक शक्तिशाली है। विराट, प्रजा का उत्थान तो क्या करता, वह एक असहाय अबला सैरन्ध्री (द्रौपदी) को भी उसके अत्याचार से नहीं बचा सकता। राजा के सम्मुख अपनी सुरक्षा के लिए गिड़गिड़ाती सैरन्ध्री को कीचक राजसभा में ही लात मारकर अपमानित करता है; और राजा तथा राजकर्मचारियों में से किसी का साहस नहीं होता कि वे उसका विरोध कर पायें। आज भी जिन-जिन देशों में सेना, नागरिक शासकों से अधिक शक्तिशाली है, वहाँ यही घटनाक्रम दुहराया जा रहा है। म्याम्मार में आम चुनावों में बहुमत से चुनी गयी आंग सान सू कई (Aung San Suu Kyi) आज भी कारागार में है; और सारा देश और नागरिक अधिकार सेना के बूटों तले कुचले जा रहे हैं।

कृष्ण ने पांडवों को पांचालों और यादवों की सहायता से शक्तिसम्पन्न बनाकर पुनः हस्तिनापुर लाने का प्रबन्ध किया। धृतराष्ट्र ने इस बार भी उनको उनका पूर्ण अधिकार तो नहीं दिया, किन्तु वह उन्हें पूर्णतः वंचित रखने का साहस भी नहीं कर सका, अतः उन्हें खांडवप्रस्थ का राज्य देकर पृथक् कर दिया। खांडवप्रस्थ में पांडवों के राज्य की स्थापना हुई; किन्तु वहाँ भी महाशक्तियों का आतंक स्पष्ट दिखायी देता है। कृष्ण अपने धन से पांडवों के राज्य का निर्माण करते हैं; किन्तु उनको परामर्श देते हैं कि इन्द्र को वे प्रसन्न रखें। खांडवप्रस्थ का नाम इन्द्रप्रस्थ रखा जाता है, ताकि इन्द्र पांडवों के इस नन्हे से नये राज्य के अनुकूल रहे। इतना सब कुछ करने पर भी हम देखते हैं कि पांडवों के राज्य की सीमा के भीतर खांडव वन में इन्द्र पांडवों के अनेक शत्रुओं का पोषण कर रहा है। अपने मित्रों के राज्यों में भी अपने गुप्त पुरुषों और जासूसों को रखने की परम्परा आज भी समाप्त नहीं हुई है। उससे भी आगे बढ़कर उनके शत्रुओं को आश्रय देने का काम भी किया जाता है। खांडव वन के दाह के समय पता चलता है कि इन्द्र वहाँ तक्षक और उसके परिवार को सरंक्षण दे रहा है। तक्षक वैसे तो एक नाग का नाम है, जिसे लोग एक सर्प मान बैठे हैं; किन्तु महाभारत की आगे की कथा में यही तक्षक छिपकर अर्जुन के पौत्र और अभिमन्यु के पुत्र परीक्षित को डस लेता है। वह एक प्रकार का आतंकवादी अथवा शार्पशूटर है, जो भाड़े का हत्यारा है। पांडवों के राज्य की सीमा में इन्द्र उसे पोषित कर रहा था। पाकिस्तान, अधिकृत कश्मीर और अफगानिस्तान में ही नहीं, अपने सीमान्त प्रदेश में भी, आतंकवादियों को प्रशिक्षण देता रहा है और दे रहा है। भारत ने जब अपनी सुरक्षा की दृष्टि से उन प्रशिक्षण केन्द्रों को समाप्त करना चाहा, तो अमरीका ने सदा ही अपनी टाँग अड़ाई है और कहा है कि वहाँ आतंकवादियों के होने का कोई प्रमाण नहीं है। यह दूसरी बात है कि उन्हीं आतंकवादियों के नाम पर उसने पाकिस्तान, अफगानिस्तान, इराक तथा अन्य देशों में सैनिक आक्रमण किये हैं। पाकिस्तान ने भी तालिबान और अन्य आतंकवादियों से युद्ध में अमरीका का साथ देते हुए, निरन्तर तालिबान की सैनिक सहायता की है। यह शायद अमरीका भी जानता है कि चीन ने सदा स्वयं को भारत का मित्र देश कहा हैः किन्तु यह किसी से छिपा नहीं है कि उसने सदा भारत को दुर्बल करने के लिए पाकिस्तान की सहायता की है। भारत के अनेक प्रदेशों को अपना बताकर उन पर अपना आधिपत्य जमा लिया है। नेफा तथा कश्मीर के कुछ क्षेत्र उसके अधिकार में हैं और वह आज भी अरुणांचल पर अपना अधिकार जताता रहता है। महाभारत में यही काम इन्द्र नामक महाशक्ति कर रही है। कृष्ण और अर्जुन जब खांडव वन में आतंकवादी

तक्षक के गुप्त ठिकाने तक पहुँच कर, उसे नष्ट करने ही वाले हैं, इन्द्र सीधा हस्तक्षेप करता है; और तक्षक के परिवार को बचाकर ले जाता है।

* * *

महाभारत में राजसूय यज्ञ का प्रसंग अत्यन्त महत्त्वपूर्ण है। आज अधिकांश आधुनिक बुद्धिजीवी राजसूय यज्ञ और अश्वमेध यज्ञ को प्राचीन काल की भूली-बिसरी घटनाएँ कहने में संकोच नहीं करेंगे। किन्तु हमें महाभारत में वर्णित इन यज्ञों का सूक्ष्म अध्ययन करना चाहिए। ऐसा लगता है कि छोटे-छोटे राज्यों और प्रजातन्त्रों के संकटों को देखते हुए, हमारे ऋषियों ने इन दो यज्ञों का आविष्कार किया। महाभारत में उन दोनों का ही वर्णन है। इन यज्ञों में सम्राट किसी राजा का राज्य नहीं छीनता। वह उससे कर लेकर उसे ही वहाँ का शासक मान लेता है। इसका लक्ष्य यह है कि सामान्य प्रजा, व्यापारी और तीर्थयात्री देश के एक कोने से दूसरे कोने तक निर्विघ्न जा सकें। छोटे-छोटे भूखंडों में स्थापित राज्यों की सीमाओं के कारण किसी प्रजाजन को कष्ट न हो। छोटे-छोटे राजा अपने निजी स्वार्थों के कारण एक-दूसरे से व्यर्थ युद्ध न करें; और बाहरी आक्रमणों से बचने में असमर्थ राजा सम्राट की सहायता से और सम्राट के सहायक होकर अपने देश की रक्षा करें। कुछ विद्वानों ने प्राचीन काल में सिकन्दर इत्यादि आक्रमणकारियों के विरोध में खड़े किये गये मौर्य साम्राज्य को इसका उदाहरण माना है। आधुनिक युग में भारत, चीन और अमरीका आदि देश इसका उदाहरण हैं, जहाँ प्रादेशिक सरकारें स्थानीय सन्दर्भों में स्वाधीन होकर भी एक शक्तिशाली केन्द्रीय सरकार के अधीन हैं। यूरोपीय यूनियन भी इसी का एक नया रूप है। यहाँ सारे देश प्रभुसत्ता सम्पन्न होकर भी, एक संघ बनाकर अपने लिए यात्रा, व्यापार और रक्षा की सुविधा का अनुभव कर रहे हैं।

कृष्ण पांडवों को राजसूय यज्ञ के लिए तैयार करते हैं। इस यज्ञ के माध्यम से इन्द्रप्रस्थ राज्य तो शक्तिशाली होगा ही, किन्तु इसको निमित्त बनाकर वे देश के अधमी राजाओं की शक्ति को समाप्त कर देना चाहते हैं। महत्त्वपूर्ण तथ्य यह है कि वे किसी बड़े युद्ध की घोषणा नहीं करते। कंस का वध वे कर ही चुके थे। अब जरासन्ध और शिशुपाल को मार्ग से हटाया जाना आवश्यक था। जरासन्ध 99 राजाओं को बन्दी कर, सौवें राजा को बन्दी करने के प्रबन्ध में लगा था, ताकि वह उन सबकी बलि देकर स्वयं को महासम्राट घोषित कर सके। उसके कारागार में बन्दी 99 राजाओं को बचाने के लिए भी जरासन्ध का वध आवश्यक था। किन्तु जरासन्ध से युद्ध का अर्थ था, जरासन्ध मंडल

के सारे राजाओं से युद्ध—एक प्रकार का विश्वयुद्ध, असंख्य मनुष्यों का संहार। कृष्ण जरासन्ध का वध तो चाहते हैं; किन्तु वे राजाओं के व्यक्तिगत अहंकार के कारण व्यापक जनसंहार नहीं चाहते। अतः सीधे-सीधे जरासन्ध पर आक्रमण न कर अथवा उसे युद्ध का निमन्त्रण न देकर, वे युक्तिपूर्वक उसे अकेले भीम से महायुद्ध करने को तैयार कर लेते हैं और उसमें भीम उसका वध कर डालता है। महाभारत में स्पष्ट उल्लेख है कि जरासन्ध के वध के पश्चात् कृष्ण ने मगध के सिंहासन पर जरासन्ध के पुत्र सहदेव का राज्याभिषेक किया; और कारागार में बन्दी सारे राजाओं को मुक्त कर दिया। इस प्रकार राजसूय यज्ञ होने से पूर्व ही वे सारे छोटे और निर्बल राजा मुक्त होकर स्वतन्त्र रूप से अपनी प्रजा का पालन करने लगे।

शिशुपाल का वध राजसूय यज्ञ के अवसर पर राजाओं की भरी सभा में कृष्ण ने स्वयं अपने सुदर्शन चक्र से किया। जरासन्ध के मित्र और सहयोगी शिशुपाल का वध, धर्म की रक्षा के लिए भी आवश्यक था। वह भविष्य में पांडवों का असहयोगी, विरोधी अथवा शत्रु भी हो सकता था; किन्तु उससे भी महत्त्वपूर्ण एक कारण और है। धर्म-राज्य की स्थापना का पहला लक्षण दुर्बल प्रजा के जीवन और सम्मान की रक्षा है। नारी को सदा ही पुरुषों की तुलना में अधिक रक्षणीय माना गया है। राजाओं की इस सभा में शिशुपाल आरम्भ से ही अग्रपूजा के सन्दर्भ में अभद्र व्यवहार कर रहा था। कुरुवृद्ध भीष्म ने अग्रपूजा के लिए कृष्ण का नाम प्रस्तावित किया था। शिशुपाल को यह किंचित् भी स्वीकार्य नहीं था। वह इसका विरोध करते हुए गाली-गलौज तक उतर आया था। वह कृष्ण को ही नहीं, भीष्म को भी अनेक अपशब्द कह बैठा था; किन्तु न तो युधिष्ठिर और पांडवों ने अभी तक उसे मौन कराने के लिए कोई प्रभावशाली पग उठाया था, न भीष्म ने अपनी रक्षा के लिए कुछ कहा या किया था, न कृष्ण ही कुछ बोले थे; किन्तु कृष्ण को अपशब्द कहते-कहते, शिशुपाल ने जैसे ही रुक्मिणी को अपनी वाग्दत्ता पत्नी कहा, कृष्ण ने अपने सुदर्शन चक्र से उसका शीश काट डाला।[1]

नारियों की स्वायत्तता, स्वतन्त्रता और सुरक्षा में कृष्ण के जीवन से अनेक प्रसंग लिये जा सकते हैं। रुक्मिणी की प्रार्थना पर उसके पिता और भाई के अत्याचारों से उसकी रक्षा करने के लिए कृष्ण तत्काल पहुँचे थे। भौमासुर के अवरोध में बन्दी सोलह सहस्र स्त्रियों को भी उन्होंने मुक्त कराया था। किन्तु वे सारे प्रसंग महाभारत के नहीं हैं। महाभारत में द्रौपदी के चीरहरण के समय

---

1. 25/45, सभापर्व, महाभारत।

कृष्ण स्वयं वहाँ नहीं पहुँचे थे, किन्तु उसकी रक्षा के पीछे कृष्ण ही थे। उस प्रसंग को लोग भक्ति और चमत्कार का प्रसंग भी मानते हैं; किन्तु मेरे लिए स्त्री के सम्मान की रक्षा का वह एक महत्त्वपूर्ण प्रसंग है, जो आज भी उतना ही प्रासंगिक है, जितना किसी भी युग में हो सकता है।

*   *   *

पांडव अपनी प्रगति और समृद्धि से सन्तुष्ट थे। ऐसा लगता है कि पृथक् हो जाने पर भी अभी तक युधिष्ठिर और उनके भाई कौरवों और पांडवों में भेद नहीं करते थे। वे उसे एक ही परिवार मानते थे। भीष्म उनके दादा थे और धृतराष्ट्र को वे अपना पिता ही मानते थे। शायद यही कारण था कि राजसूय यज्ञ से पूर्व दिग्विजय के लिए पांडव सेना हस्तिनापुर नहीं गयी। अपने ही राज्य को क्या जय करना या उससे क्या कर लेना। हस्तिनापुर से सारे महत्त्वपूर्ण लोगों को, राजसूय यज्ञ के उस उत्सव में बुलाया गया और उन्हें महत्त्वपूर्ण दायित्व सौंपे गये। उस समय कौरवों के पारम्परिक शत्रु पांचालों का कोई प्रतिनिधि इन्द्रप्रस्थ में दिखायी भी नहीं देता, जबकि वह सम्राज्ञी द्रौपदी का मायका है। कदाचित् यह सब भीष्म, द्रोण तथा धृतराष्ट्र को प्रसन्न करने के लिए किया गया। यहाँ राजनीति नहीं, पांडवों का अपने परिवार की एकता बनाये रखने का प्रयत्न दिखायी देता है। धृतराष्ट्र तो अन्धा है, वह कुछ देख नहीं पाता, किन्तु हस्तिनापुर जैसे समृद्ध राज्य का स्वामी होते हुए भी दुर्योधन पांडवों की समृद्धि झेल नहीं पाता। वह ईर्ष्या से जल उठता है और उसका लोभ उसे भयंकर कृत्यों की ओर प्रेरित करता है। एक व्यक्ति की ईर्ष्या, द्वेष और लोभ तो मनोविज्ञान का क्षेत्र है, जो किसी भी देश और काल में प्रासंगिक है; किन्तु यदि वह राजनीति का अंग बन जाये तो वह भयंकर युद्धों को जन्म देता है। हमने अपने ही काल में देखा है कि हिटलर की व्यक्तिगत महत्त्वाकांक्षाओं, ईर्ष्या तथा द्वेष ने विश्व को द्वितीय महायुद्ध की ओर धकेल दिया था। मुझे हिटलर और दुर्योधन एक-दूसरे के पर्याय ही लगते हैं, जो अपनी व्यक्तिगत तृष्णाओं से प्रेरित होकर संसार में महाविनाश को जन्म देते हैं।

दुर्योधन अपनी दूषित मानसिकता और लोभी चरित्र के कारण, सच्चे-झूठे बहाने बनाकर अपने पिता का बाध्य करता है कि वे युधिष्ठिर को द्यूतसभा में आने का आदेश दें। धृतराष्ट्र वही करता है। युधिष्ठिर द्यूत के सर्वथा विरोधी होते हुए भी धृतराष्ट्र—जिसे वे अपना राजा और पिता दोनों ही मानते हैं—के आदेश से बाध्य होकर, द्यूत-विद्या से सर्वथा अनभिज्ञ होते हुए भी, खेलने बैठ जाते हैं। द्यूत के नियमों और धृतराष्ट्र के आदेश से बँधकर वे अपना राज्य

ही नहीं, अपने भाइयों को, स्वयं अपने-आपको; और फिर शकुनि के आग्रह से बाध्य होकर द्रौपदी को भी हार जाते हैं। महाभारत में चित्रित द्यूत के प्रसंग को समग्रता में देखें तो समझ में आता है कि किस प्रकार लोभ से अन्याय का जन्म हुआ; और अन्याय तथा अत्याचार से उत्पन्न समस्याओं ने युद्ध की स्थिति उपस्थित कर दी।

पांडवों ने द्यूत में हार के फलस्वरूप राज्य की क्षति, अपना और द्रौपदी का सारा अपमान स्वीकार किया। बारह वर्षों का वनवास और एक वर्ष का अज्ञातवास अंगीकार किया। उसके सारे झंझट झेले, सारे कष्ट सहे, सारी शर्तें धर्मपूर्वक पूरी कीं, किन्तु समर्थ होते हुए भी युद्ध के विकल्प को अंगीकार नहीं किया। यदि पांडव भी दुर्योधन के अनुरूप अधर्म को अंगीकार कर लेते तो कदाचित् द्यूतसभा में ही रक्तपात हो जाता। किन्तु युधिष्ठिर ने स्वयं को तथा अपने भाइयों को नियन्त्रण में रखा। स्वयं अपमान और कष्ट सहन करके भी शान्ति को बचाये रखने का प्रयत्न किया। आज का भारत भी अनेक बार चीन जैसी विश्व शक्ति से ही नहीं, पाकिस्तान, बांगलादेश, नेपाल और म्याम्मार जैसे छोटे और दुर्बल देशों से अपमानित होकर भी शान्ति बचाये रखने की नीति को अपनाता आया है। अनेक बार इस प्रकार के व्यवहार को भारत की कायरता भी मान लिया गया है, जैसे दुर्योधन ने पांडवों की नीति को उनकी असमर्थता मान लिया था।

*　　　*　　　*

राजधर्म का एक अंग युद्ध भी है। महाभारत एक ऐसा ग्रन्थ है, जिसके केन्द्र में सर्वप्रमुख घटना कौरवों और पांडवों का युद्ध है। अतः महाभारत को एक प्रकार से युद्ध का ग्रन्थ ही माना जाता है। किन्तु रोचक तथ्य यह है कि कौरवों और पांडवों के मंच से हट जाने के पश्चात् अपने पिता की हत्या का प्रतिशोध लेने के लिए जनमेजय, एक नागयज्ञ करता है, जिसमें चुन-चुनकर नागों को जलाया जा रहा है। उस कथा की भूमिकास्वरूप डुम्डुभ की कथा में अहिंसा को परम धर्म के रूप में स्थापित किया गया है।[1] उसी सन्दर्भ में आस्तीक की कथा भी है, जो नागों के पक्ष से जनमेजय से वर माँगकर नागों की रक्षा करता है।[2] वेदव्यास अपने शिष्यों के साथ यज्ञ-स्थल पर पहुँचते हैं। वे भी जनमेजय को इस युद्ध के लिए प्रोत्साहित नहीं करते। वे मानते हैं कि युद्ध से किसी समस्या

---

1. 12-19/11, आदिपर्व, महाभारत।
2. आस्तीक पर्व/आदिपर्व, महाभारत।

का समाधान नहीं होता। जनमेजय के पूर्वजों ने युद्ध किया था; किन्तु विनाश के अतिरिक्त कुछ प्राप्त नहीं हुआ। अहिंसा को व्यास ने भी परम धर्म माना है। ध्यातव्य है कि जनमेजय सैनिक दृष्टि से शक्तिशाली है और वह नागों का संहार कर रहा है, फिर भी उसे निर्बलों और निरीह नागों को मारकर अपना प्रतिशोध लेने के लिए समर्थन नहीं मिलता।

आज, हमारे युग में भी संसार की सबसे बड़ी और भीषण समस्या भयंकर युद्धों की है। दो विश्व महायुद्धों की विभीषिका देख लेने के पश्चात् संसार के शान्तिप्रिय चिन्तकों ने इस विषय में बहुत सोचा-विचारा है। इसलिए हमारे लिए व्यास का चिन्तन बहुत महत्त्वपूर्ण हो जाता है। युद्ध किसी समस्या का समाधान नहीं है। आज से पाँच सहस्र वर्ष पूर्व भी मनुष्य यह जानता था और आज भी जानता है। तो भी संसार में निरन्तर कहीं न कहीं युद्ध हो ही रहे हैं। वे क्यों हो रहे हैं; और उनका समाधान क्या है? महाभारत इन दोनों ही प्रश्नों का उत्तर देनेवाला प्रामाणिक और प्रासंगिक ग्रन्थ है।

यह सत्य है कि महाभारत में एक महायुद्ध का भयंकरतम वर्णन किया गया है; किन्तु युद्ध का पक्ष कहीं नहीं लिया गया। उसे मनुष्य की समस्याओं के समाधान के रूप में स्थापित नहीं किया गया है। अहिंसा को ही सदा उच्चतम धर्म का स्थान दिया गया है; किन्तु न्याय, दुष्ट-दलन तथा आत्मरक्षा के लिए आपातृस्थिति में युद्ध की अनिवार्यता को भी मान्यता दी गयी है; युद्ध के कारण, उसके दुष्परिणाम, युद्ध-त्याग की नीति के दुष्परिणाम, विनाश के मूल्य पर भी उसकी अनिवार्यता इत्यादि अनेक प्रश्न आज भी इतने प्रासंगिक हैं कि लगता ही नहीं कि हम पाँच सहस्र वर्ष पूर्व के चिन्तन को पढ़ रहे हैं। महाभारत व्यक्तिगत जीवन की सुख-शान्ति के लिए सांसारिक प्रलोभनों के मध्य संयम को महत्त्व देता है। काम-क्रोध, लोभ-मोह का विरोध करता है और धर्म की स्थापना करता है, ताकि वह व्यक्ति, समाज के लिए अशान्ति का कारण न बने।

द्यूत की पराजय की सारी शर्तों को धर्मपूर्वक पूर्ण कर पांडव, दुर्योधन से अपना राज्य वापस माँगते हैं; किन्तु दुर्योधन उनका राज्य लौटाने से स्पष्ट इनकार कर देता है। इन तेरह वर्षों में जब असहाय पांडव वन तथा विराटनगर में तपस्यापूर्ण जीवन व्यतीत कर रहे थे, दुर्योधन संसार-भर की दुष्ट शक्तियों को एकत्रित कर, युद्ध की तैयारी कर चुका था। बलपूर्वक दूसरे के धन, सम्पत्ति और राज्य पर अधिकार कर लेना उसकी नीति थी। बलप्रयोग और हिंसा उसके उपकरण थे।

पांडव युद्ध नहीं चाहते, अतः द्रुपद अपने पुरोहित को शान्तिदूत के रूप में

दुर्योधन के पास भेजते हैं; किन्तु दुर्योधन शान्तिवार्ता को अस्वीकार कर देता है। कृष्ण पांडवों की सहायता की चर्चा करते हैं तो उनके अपने ही बड़े भाई बलराम उनके प्रस्ताव के विरोधी हो जाते हैं। कृष्ण भी उपप्लव्य नगर से उठकर द्वारका आ जाते हैं; किन्तु सैन्य-संग्रह उससे रुकता नहीं। दुर्योधन ही पहले कृष्ण से सैन्य-सहायता प्राप्त करने आ जाता है। उसकी स्पष्ट घोषणा है कि युद्ध करके राज्य ले सकते हो, तो ले लो। शान्तिपूर्वक राज्य लौटाया नहीं जायेगा।

युद्ध की सारी तैयारियाँ हो जाने पर भी कृष्ण युद्ध को रोकने के लिए, अन्तिम प्रयत्न करने के लिए, शान्तिदूत के रूप में स्वयं हस्तिनापुर जाते हैं। यह वह समय है, जब पांडव अपने पूरे राज्य के स्थान पर पाँच ग्राम लेकर भी सन्धि कर लेने को सहमत हैं। दुर्योधन सूई की नोंक बराबर भूमि देना ही अस्वीकार नहीं करता, शान्तिदूत कृष्ण को बन्दी करने का प्रयत्न भी करता है।

दुर्योधन के कामुक अहंकार ने द्रौपदी को भरी सभा में निर्वस्त्र करने का प्रयत्न किया और स्वतन्त्र भारत में तमिलनाडु की विधानसभा में जयललिता का उसी प्रकार का अपमान करने का प्रयत्न किया गया। धृतराष्ट्र अपने पुत्र के मोह में किस प्रकार पाप में लिप्त होता रहा—यह हम जानते हैं; और स्वतन्त्र भारत के एक प्रधानमन्त्री नरसिंहा राव को जब बताया गया कि उनका पुत्र यूरिया-कांड के सन्दर्भ में धन के लोभ में भ्रष्ट आचरण कर रहा है, जो देश के प्रति अपराध भी है, तो उन्होंने उसे सत्य मानने से इनकार कर दिया। मुझे अन्धे धृतराष्ट्र और नरसिंहा राव में कोई अन्तर दिखायी नहीं देता।

* * *

यह महाभारत का यथार्थ है। राजसभाओं में दस्यु, अपराधी और गुंडे आ बैठे और मनुष्य की हीनवृत्तियाँ शक्तिशाली हो उठीं। पाप और भ्रष्ट आचरण राजसिंहासन पर आसीन हो गये; और धर्म को भूखे-प्यासे-नंगे पैरों वन-वन भटकना पड़ा। किन्तु कृष्ण निरन्तर धर्म की स्थापना में लगे हैं। दुर्योधन की तृष्णा, मोह, अहंकार और राक्षसी महत्त्वाकांक्षा ने पांडवों का राज्य लौटाने से इनकार कर दिया। महाशक्तियों के अपने ही नियम होते हैं। वे न्याय और समता पर आधृत न होकर उनकी शक्ति और सुविधा से प्रेरित होते हैं। महाभारत का कहना है कि युद्ध में नियमों का पालन केवल दुर्बल पक्ष करता है। भारत में पाकिस्तानी आतंकवाद कितना भी संहार करता रहे, अमरीका उसे मानने को तैयार न था न है; किन्तु वर्ल्ड ट्रेड सेंटर पर एक आक्रमण के पश्चात् वह अलकायदा से लड़ने के लिए सारी अन्तर्राष्ट्रीय सीमाओं को भूलकर अफगानिस्तान तक पहुँच जाता है। अपने एक सन्देहमात्र के कारण वह इराक को ध्वस्त कर देता है।

दुर्योधन भी अपने समय की ऐसी ही महाशक्ति है।

*　　　*　　　*

जब अधर्म, अन्याय और राक्षसी अहंकार इस सीमा तक बढ़ जाये तो युद्ध हो या न हो? वस्तुतः महाभारत इसी प्रश्न पर विचार करता है। चीन यदि तिब्बत में से अपनी सेनाएँ नहीं हटाता, तो तिब्बत क्या करे? असमर्थ है तो अपमान और दासता की पीड़ा भोगता रहे; किन्तु यदि किसी समय वह समर्थ हो जाये, तो क्या तब युद्ध को रोका जा सकता है, या रोका जाना चाहिए?

महाभारत युद्धशास्त्र नहीं है, किन्तु धर्मशास्त्र वह अवश्य है; और कृष्ण धर्म के प्रतिनिधि हैं। जहाँ कृष्ण है, वहीं धर्म है।[1] इसलिए पांडवों द्वारा दुर्योधन के अधर्म और अत्याचार को स्वीकार नहीं किया जाता। वस्तुतः पांडव निर्बल होने के कारण धर्म की बात नहीं कर रहे। वह समर्थ होकर भी धर्म का मार्ग नहीं छोड़ते। न्याय प्राप्त करने के लिए, धर्मक्षेत्र कुरुक्षेत्र में सेनाएँ सज जाती हैं। अर्जुन अपने मित्र, गुरु और सारथी कृष्ण से कहता है कि वे उसका रथ ले जाकर दोनों सेनाओं के मध्य खड़ा कर दें, ताकि वह एक बार देख लें कि उसके विरुद्ध, पापी दुर्योधन के पक्ष से लड़कर अपने प्राण गँवाने कौन-कौन आया है। कृष्ण वैसा ही करते हैं। अर्जुन दोनों सेनाओं के मध्य खड़ा होकर देखता है कि दोनों पक्षों में संसार-भर के योद्धओं में उसके अपने सगे-सम्बन्धी भी खड़े हैं। युद्ध की विभीषिका उसके मन को फिर से सम्मोहित कर देती है—युद्ध हुआ तो ये सारे जन मारे जायेंगे। परिणामतः अर्जुन शान्ति का अन्तिम प्रयत्न करता है।

गुरूनहत्वा हि महानुभावान् श्रेयः भोक्तुम् भैक्ष्यम् अपि इह लोके।
हत्वार्थकामांस्तु गुरूनिहैव भुंजीय भोगान रुधिर प्रर्दिधान॥[2]

धन की इच्छा से गुरुओं की हत्या कर, उनके रक्त से भीगे, भोगों से तो अधिक श्रेयस्कर, इस लोक में भिक्षा माँगकर जी लेना है। अर्जुन की यह उक्ति, उन लोगों का पक्ष है, जो किसी भी मूल्य पर शान्ति चाहते हैं। इससे शान्ति तो बनी रह सकती है; किन्तु तब धर्म, न्याय, समता-समानता, और आत्मरक्षा के अधिकार का क्या होगा? धर्म के राज्य का क्या होगा? अर्जुन युद्ध के परिणाम की कल्पना से ही इतना विचलित है कि वह निश्चित करता

---

1. महाभारत।
2. 2/5, भगवद्गीता।

है कि अपने अधिकारों के लिए, सत्य, न्याय और धर्म के लिए भी, वह युद्ध नहीं करेगा। युद्ध से बचने का एक मार्ग यह भी है। किन्तु धर्म-संस्थापक श्रीकृष्ण अर्जुन के प्रस्ताव से सहमत नहीं है।

महाभारत के नायक युधिष्ठिर हैं; किन्तु कृष्ण एक ऐसे महानायक हैं कि उनकी उपस्थिति ही नहीं, चर्चा भी उन्हें सर्वप्रमुख पात्र बना देती है; और नायकत्व के जितने गुण उनमें हैं, वे कहीं और खोज सकना सम्भव ही नहीं है। वे ही कृष्ण युद्ध की मूल प्रेरणा हैं। जिस युधिष्ठिर के राज्य के लिए यह युद्ध होना था, वे युधिष्ठिर ही युद्ध के पक्ष में नहीं हैं। जिस अर्जुन के बल पर पांडवों को यह युद्ध लड़ना था, वह अर्जुन अपना गांडीव त्याग, हताश होकर बैठ चुका था। उसे युद्ध नहीं करना था। जिन यादवों का सबसे बड़ा सहारा था, उन यादवों में से, एक सात्यकि को छोड़, लड़ने के लिए कोई नहीं आया। न कृष्ण के पुत्र, न कृष्ण के भाई। तो महाभारत का युद्ध कौन लड़ रहा था? कृष्ण? अकेले कृष्ण? जिनके हाथ में अपना कोई शस्त्र नहीं था? वे कृष्ण हिंसा के नहीं, प्रेम के पुंजीभूत स्वरूप हैं; किन्तु वे जहाँ हिंस्रत्व का विरोध करते हैं, वहीं क्लीवता को भी धिक्कारते हैं। इसलिए उनका उत्तर है :

कुतस्त्वा कश्मलमिन्द विषमे समुपस्थितम।
अनार्य जुष्टम् अस्सवर्ग्यम् अकीर्ति करम् अर्जुनः॥
क्लैव्यं मा स्म गमः पार्थ, नैतत्त्वरूयपपद्यते।
क्षुद्रं हृदय दौर्बल्यं त्यक्त्वोत्तिष्ठ परम्पतप॥[1]

अर्जुन, इस कठिन समय में अनार्य आचरणवाला, नरक और अपकीर्ति देने वाला, यह मोह तुममें कहाँ से उत्पन्न हो गया है। क्लीव मत बन। यह तुम्हारे योग्य नहीं है। हे परन्तप, हृदय की इस क्षुद्र दुर्बलता को त्यागकर उठ खड़ा हो।

धर्म के लिए गीता ने गांडीव उठाने का सन्देश दिया है। आत्मरक्षा धर्म है; किन्तु युद्ध का यह आह्वान केवल आत्मरक्षा तक ही सीमित नहीं है। यह अन्याय और अधर्म के विरुद्ध युद्ध है। इसलिए इसमें अधर्म और अन्याय के पक्षधर अपने रक्त-सम्बन्धियों का भी विरोध है। यह रक्त-सम्बन्ध को भूलकर धर्म के लिए युद्ध है। यह भी ध्यातव्य है कि युद्ध के मूल में घृणा, ईर्ष्या या वैर नहीं, धर्म और न्याय का भाव है। युद्ध का लक्ष्य धर्म-स्थापना की आकांक्षा है।

स्पष्ट है कि पांडवों के पक्ष से युद्ध न करने के जितने उपाय हो सकते थे, वे सब कर चुके थे; किन्तु दुर्योधन के हठ के कारण युद्ध रुक नहीं पाता।

---

1. 2-3/2, भगवद्गीता।

महाभारत का स्पष्ट संकेत है कि धर्मभीरु लोग, युद्ध से जितना बच सकते हैं, बचते हैं; किन्तु अधर्मी, अन्यायी और अत्याचारी पक्ष, प्रेम और सन्धि की भाषा नहीं समझता। ऐसे में मानवता के पास दो ही उपाय हैं : अधर्म और अन्याय के सम्मुख सिर झुका दे तथा अपना सर्वस्व त्यागकर भिक्षुक या दास हो जाये; या फिर युद्ध के लिए शस्त्र उठा ले।

कृष्ण अर्जुन को गांडीव उठाने को कहते हैं। युद्ध करने को कहते हैं। उन परिस्थितियों में शान्ति की इच्छा को मोह और क्लीवता कहते हैं। धर्म की स्थापना के लिए वह शान्ति श्रेयस्कर नहीं है, जो न्याय के शव पर खड़ी हो। ऐसे समय में युद्ध ही श्रेयस्कर है। शान्ति की कामना, कायरता का नाम नहीं है। अतः हम कह सकते हैं कि महाभारत अहिंसा को उच्चतम और चरम धर्म मानते हुए भी अन्याय और अधर्म को स्वीकार करनेवाली कायरता का पक्ष नहीं लेता।

महाभारत में, और स्पष्ट कर कहें, तो भगवद्गीता में यहाँ से एक नया अध्याय आरम्भ होता है। अर्जुन का मोह दूर करने के लिए कृष्ण उसे अपना विराट रूप दिखाते हैं। वे अर्जुन के सम्मुख पहली बार प्रकट करते हैं कि वे सामान्य मनुष्य न होकर, स्वयं नारायण हैं। वे यह भी कहते हैं कि वे महाकाल हैं और इस समय विनाशोन्मुखी हैं। उन्होंने कौरवों के सारे योद्धाओं को पहले ही मार दिया है। आततायी अपने पाप से मारा जाता है, अतः दैवी नियम मृत्यु का क्षण पहले ही निर्धारित कर देते हैं। अर्जुन को केवल निमित्त ही बनना है। यहाँ दैवी नियमों का हस्तक्षेप होता है।

अर्जुन को कृष्ण का अपने शत्रुओं के विरुद्ध लड़ने का आदेश स्वाभाविक सांसारिक नियम है। उसमें कुछ भी असाधारण नहीं है। किन्तु महाभारत की विशेषता यह है कि कृष्ण कह रहे हैं कि मैं इन सब लोगों को पहले ही मार चुका हूँ, तुम केवल निमित्त हो। इन्हें मारो और यश प्राप्त करो। अर्जुन अपने सामने खड़े उन योद्धाओं को महाकाल के दाँतो तले पिसते हुए देखता है। यह न सांसारिक तर्क है, न व्यावहारिक स्थिति है। आज के एक साधारण बौद्धिक तार्किक व्यक्ति के लिए इसको स्वीकार कर पाना कठिन होगा।

तो पहले हम महाभारत की बात समझें। महाभारत के अनुसार यह सारी सृष्टि ऋत् के नियम के अधीन है। यह सिद्धान्त कहता है कि आततायी अपने पाप से मारा जाता है। जब पाप मर्यादाओं का उल्लंघन करने लगता है, तो प्राकृतिक नियमों के अन्तर्गत उसके नाश का समय आ जाता है। उसे समाप्त होना ही है, उसके लिए निमित्त चाहे कोई बने।

हमारी बुद्धि इसके लिए प्रमाण माँगती है। प्रमाणों की कमी नहीं है। किसने

सोचा था कि भारत में ऐसा शक्तिशाली मुगल साम्राज्य अन्त में दिल्ली के लाल किले तक सीमित हो जायेगा और अंग्रेज अन्तिम मुगल सम्राट बहादुरशाह जफर के राजकुमारों के सिर काटकर थाली में सजाकर उसके सम्मुख प्रस्तुत कर देंगे। किसने सोचा था कि जिस ब्रिटिश साम्राज्य में कभी सूर्यास्त नहीं होता था, वह अन्ततः इस प्रकार सिमटता जायेगा और अंग्रेज ही अपने देश में रहना पसन्द नहीं करेगे। आज उसी इंग्लैंड के अध्यापक अपना इतिहास अपने बच्चों को पढ़ाने में लज्जा का अनुभव करते हैं। हम इतिहास पर दृष्टि डालें। सोवियत रूस आधी शताब्दी तक संसार की एक महाशक्ति था; और फिर एक दिन जैसे अपने ही बोझ से दबकर गिर गया और समाप्त हो गया। नेपोलियन हो या हिटलर, उनका अन्त होने पर आया, तो चुटकियों में जैसे स्वतः ही हो गया। मैं ईरान के शाह के अन्तिम दिनों की बात सोचता हूँ। इतना शक्तिशाली सम्राट देश से निष्कासित हुआ और उसके पक्ष से एक गोली भी नहीं चली, एक सैनिक भी नहीं लड़ा। इस प्रकार के सैकड़ों उदाहरण हमारे सामने हैं, जहाँ किसी शक्तिशाली व्यक्ति अथवा राष्ट्र को धराशायी होते हुए देखकर आश्चर्य होता है कि ऐसा सम्भव कैसे हुआ। इसी प्रक्रिया को समझने के लिए हमें श्रीकृष्ण की उस उक्ति पर विचार करना होगा। आततायी अपने पाप से मारा जाता है। उसका पाप उसको मार चुका होता है; और प्रकृति का निमित्त बनकर, अथवा बहाना बनकर, कोई भी साधारण सी शक्ति उसे नष्ट कर देती है। कोई भी घटना पहले सूक्ष्म रूप से घटित होती है और फिर उसका स्थूल रूप प्रकट होता है।

*　　　*　　　*

युद्ध की समस्या से निबटने अथवा मानवता को विनाश से बचाने के लिए महाभारत का स्पष्ट सन्देश है कि उस स्थिति के आने को रोकने के लिए, व्यक्ति और समाज के धरातल पर ऐसा कोई कर्म न किया जाये, जो अधर्म हो, जो किसी और को वंचित और पीड़ित करता हो। अतः संयम, सन्तोष, समता, न्याय इत्यादि का शिक्षण और संस्कार मनुष्य को उसके शैशव से ही दिया जाना चाहिए। पांडव हिमालय में ऋषियों के आश्रय में पले थे, अतः उनका व्यवहार संयत और मर्यादित था। वे बिना राज्य के भी सन्तुष्ट थे। अपने अधिकार से कम पाकर भी वे मानव-रक्त बहाना नहीं चाहते थे। शक्तिशाली होने पर भी वे बल-प्रयोग करने को आतुर नहीं थे। युद्ध होने पर, आज के परमाणु शस्त्रों के समान शक्तिशाली देवास्त्रों के स्वामी होते हुए भी, उन्होंने कभी उनका प्रयोग नहीं किया। अर्जुन जब शस्त्रास्त्रों के महान ज्ञाता और निर्माता महादेव शिव से

पाशुपतास्त्र लेकर लौटा है; और उसके भाई उसका प्रदर्शन देखना चाहते हैं, उस समय भी ऋषियों के आदेश पर उसका प्रदर्शन स्थगित कर दिया जाता है; क्योंकि प्रदर्शन भी विनाश ही करता, जैसे आज भी परमाणु अस्त्रों के प्रयोग प्रकृति को आहत ही करते हैं। पांडवों ने अन्य भी किसी युद्ध में इन दिव्यास्त्रों और देवास्त्रों का प्रयोग नहीं किया। महाभारत के युद्ध में भी भीष्म, द्रोण और अश्वत्थामा के द्वारा भयंकर रूप से विनाशकारी अस्त्रों के प्रयोग करने पर भी पांडवों की ओर से उनका प्रयोग नहीं किया गया। नारायणास्त्र के सामने भी वे शान्त ही रहे। युद्ध के अन्त में जब अश्वत्थामा ने ब्रह्मशिर का प्रयोग किया तो उसको काटने के लिए अर्जुन ने ब्रह्मास्त्र प्रकट किया; किन्तु तत्काल ही ऋषियों ने प्रकट होकर उसे लौटा लेने के लिए कहा। अर्जुन ने तनिक भी विरोध नहीं किया और अपना ब्रह्मास्त्र लौटा लिया; जबकि अश्वत्थामा ने अपना शस्त्र लौटाने में अपनी असमर्थता प्रकट कर दी। द्वितीय महायुद्ध में अमरीका ने जापान पर एटम बम गिराये और मानवता की आत्मा काँप उठी। तब से आज तक सब लोग यही सोच रहे हैं, कि कोई भी राष्ट्र ऐसा राक्षसी कृत्य न करे। अश्वत्थामा आज तक अपनी राक्षसी हिंसा का परिणाम क्षत-विक्षत पशु के रूप में भुगत रहा है; हमें देखना है, कि अमरीका से उसका इतिहास कब प्रतिशोध लेता है।

आसक्ति, भोग, मोह, लोभ, अहंकार इत्यादि की कथा शान्तनु से ही आरम्भ हो जाती है। शान्तनु की कामुकता के कारण भीष्म विवाह से वंचित हुए और परिणामतः धृतराष्ट्र जैसा मोहासक्त और पाप का मूल व्यक्ति उत्पन्न हुआ। उसने अपने पुत्रों को अधर्म के मार्ग पर चलने से कभी नहीं रोका। उसके विपरीत वह उनकी दुष्टताओं को देख-देखकर प्रसन्न होता रहा और उनकी सफलता की कामना करता रहा। फलतः उसके पुत्र अपनी राक्षसी वृत्तियों का विकास करते रहे। उसका परिणाम था, महाभारत का युद्ध और अन्ततः उन सबका सर्वविनाश।

हमें आज अपना युग कितना भी भिन्न क्यों न प्रतीत होता हो; किन्तु प्रकृति के नियम और मनुष्य का स्वभाव आज भी वही है। हम त्रिगुणात्मक प्रकृति के तमोगुण और रजोगुण से मुक्त नहीं हुए हैं। महाभारत की स्पष्ट मान्यता है कि धर्म, नैतिकता अथवा ऋत् का नियम-परोक्ष रूप से हमारी रक्षा करते हैं। वे प्रकट नहीं होते; किन्तु घटनाओं के प्रवाह अथवा उनके परिणामों से हम प्रकृति के संकेत को पहचान सकते हैं। अधर्म का सदा सर्वदा सर्वनाश होता है। इसलिए युद्धों से चाहे मानव की समस्याओं का समाधान न होता हो, किन्तु यदि हम धर्म और संयम का मार्ग नहीं अपनायेंगे तो युद्ध की स्थिति

आयेगी ही और मानवता बड़े से बड़ा नरसंहार देखेगी।

* * *

अब प्रश्न यह है कि यह कैसे सम्भव है कि जो योद्धा सामने जीवित खड़े हैं, उन्हें अर्जुन कृष्ण के द्वारा मार दिया गया मान ले? अर्जुन को समझाने के लिए, कृष्ण सृष्टि के अनेक सत्यों का स्पष्टीकरण करते हैं। ये ही सत्य पहले उपनिषदों में भी वर्णित हैं। जीवन के तात्विक रूप को स्पष्ट करते हुए कृष्ण बताते हैं कि मूल और शाश्वत तत्व—अविकारी आत्मा है। वह न मरती है, न मारती है। शरीर, जो मन-बुद्धि-अहंकार जैसे अनात्म (जड़ तत्व) से निर्मित है, वस्तुतः विकार है, वही परिवर्तित होता है, अतः वही नश्वर भी है। जन्म भी वही लेता है, मरता भी वही है। वही मारता है, वही मरता है। युद्ध के क्षेत्र में सामने खड़े उन शरीरों का अन्त कृष्ण सूक्ष्म धरातल पर पहले ही कर चुके हैं।

आत्मा मरती नहीं और शरीर (विकार, अनात्म अथवा जड़ तत्व) के मरने-मारने के मूल में प्रक्रति का कर्म-सिद्धान्त कार्य कर रहा है। कर्म-सिद्धान्त कार्य-कारण सिद्धान्त का ही सूक्ष्म और परिष्कृत रूप है। आज के भौतिक विज्ञान में उसी का एक अत्यन्त स्थूल रूप न्युटन का एक्शन-रि-एक्शन का सिद्धान्त है। एक्शन ही कर्म है; और रि-एक्शन ही फल या परिणाम है। किन्तु प्रकृति का विधान है कि परिणाम फिर से कर्म बनकर अपने परिणाम को जन्म देता है। कर्म तथा फल की अनन्त शृंखला है; और वही कर्म-फल मनुष्य को बाँधता है। इसे हम कर्म-बन्धन कहते हैं। उसी शृंखला में बँधा जीवन, यह सांसारिक जीवन है, जिसे हम जानते हैं और उसी को यथार्थ मानते हैं।

कर्म-बन्धन की इस शृंखला को तोड़कर, जन्म-मरण के चक्र से मुक्त होने का प्रयत्न ही आध्यात्मिक जीवन है। प्रासंगिकता के प्रश्न को लेकर यहाँ एक समस्या है। हम सामान्य मानव, जो केवल अपनी ज्ञानेन्द्रियों पर निर्भर हैं, वही देखते, जानते और समझते हैं, जो प्रत्यक्ष हमारे सामने है; अर्थात् हम अपने चर्म-चक्षुओं से केवल स्थूल घटनाओं को ही देख सकते हैं। हम तो अपने रक्त में तैरते कीटाणुओं और अपने आस-पास कार्य करती विभिन्न प्रकार की तरंगों को भी नहीं देख सकते। तो ऐसे में इस सूक्ष्म आध्यात्मिक जीवन की हमारे लिए क्या प्रासंगिकता है? यह आपत्ति अपने स्थान पर एकदम उचित ही है। किन्तु मेरे मन में एक उदाहरण है।

मैं जब विद्यालय में शिक्षा ग्रहण कर रहा था तो मेरे मन में गणित के सन्दर्भ में अनेक प्रश्न थे, जिनका कोई उत्तर मुझे नहीं मिलता था। संख्याओं और उनके जोड़-घटाव, गुणा-भाग में कोई समस्या नहीं थी। उनकी उपयोगिता

तो प्रतिदिन प्रमाणित होती थी। पैसे का लेन-देन किसकी समझ में नहीं आता। अपनी चीज़ों की भी गिनती करनी ही होती थी; किन्तु अलजबरा, त्रिकोणमिति तथा ज्यामिति जैसे विषय क्यों पढ़ाये जाते हैं? वे सूत्र और थ्योरम क्यों रटाये जाते हैं? उनकी उपयोगिता क्या है? हमारे जीवन में उनकी प्रासंगिकता क्या है?

आज सोचता हूँ तो समझ में आता है कि जो लोग स्कूली पढ़ाई से आगे नहीं बढ़े अथवा उसके पश्चात् विज्ञान के विषय न पढ़कर अन्य दिशाओं में बढ़ गये, उनके लिए अलजबरा और त्रिकोणमिति का शिक्षण निश्चित रूप से अनावश्यक था। किन्तु जो लोग आभियन्त्रिकी अथवा विज्ञान सम्बन्धी अन्य विषयों के विभिन्न क्षेत्रों में उच्च अध्ययन के लिए गये, उनके लिए गणित की वे शाखाएँ बहुत महत्त्वपूर्ण सिद्ध हुईं। यदि वे गणित के उन विषयों में पारंगत न होते तो न वे कम्प्यूटर का आविष्कार कर पाते, न उसे समझ सकते और न ही उस पर जटिल कार्य कर सकते।

प्रासंगिकता का सम्बन्ध यद्यपि तात्कालिकता से जोड़ा जाता है; किन्तु ध्यातव्य यह है कि यदि सारे काम तात्कालिक दृष्टि से ही किये जायेंगे, तो मनुष्य का कोई भविष्य नहीं होगा, उसका विकास नहीं होगा, उन्नति नहीं होगी, उच्चतर जीवन नहीं होगा। अध्यात्म को भी जब तक हम समझ नहीं लेते, उसकी आवश्यकता का अनुभव नहीं कर लेते, उसकी स्थिति आठवीं कक्षा में पढ़नेवाले बच्चे को पढ़ाये जानेवाले अलजबरा के समान ही है। निश्चित रूप से वह मनुष्य के जीवन के भविष्य के विकास के लिए है। वैसे तो हमारी मान्यता है कि वह समस्त जीवों का भविष्य और अन्तिम लक्ष्य है; किन्तु मैं यह मानता हूँ कि उसका महत्त्व विकसित मस्तिष्क और विकसित आत्मा को ही समझ में आता है। प्रकृति के तीन गुण सतोगुण, रजोगुण तथा तमोगुण में जीव बँधा है। उस शृंखला को तोड़, रजोगुण और तमोगुण को विलीन कर सतोगुण में स्थित होना ही आध्यात्मिक जीवन का आधार है। वही हमें मोक्ष देता है। वही हमें आत्मसाक्षात्कार कराता है, वही हमें जन्म-मरण के चक्र से मुक्त करता है। वस्तुतः यह प्रकृति के अपने खोये हुए सन्तुलन को प्राप्त करने का ही प्रयत्न है; जीवात्मा का अपने मूल अविकृत रूप-आत्मा—को प्राप्त करने का संघर्ष है; और यह प्रत्येक युग में, प्रत्येक देश में, प्रत्येक जीव के लिए प्रासंगिक है।

*   *   *

भारतीय मनीषा की मान्यता है कि यह सृष्टि ऋत् के नियम के अधीन चलती है। इसे अध्यात्म के क्षेत्र में ईश्वर का नियम कह सकते हैं। सामान्य भाषा में इसे प्रकृति के नियम कहा जायेगा। ये वे नियम हैं, जिनका आविष्कार हमारे

ऋषियों ने सहस्त्रों वर्ष पूर्व किया था। आज उनका आविष्कार करनेवाले लोग उन्हें वैज्ञानिक नियम कहते हैं। हमारी मान्यता है कि न तो कभी प्रकृति के नियम परिवर्तित होते हैं, न मनुष्य का स्वभाव परिवर्तित होता है। किन्तु संसार का परिदृश्य प्रतिदिन बदलता है। यहाँ कुछ भी अपरिवर्तनीय नहीं है। सत्य यह है कि यह सृष्टि दो तत्वों से मिलकर बनी है। वे तत्व हैं : आत्म (चैतन्य) और अनात्म (जड़)। आत्म अनश्वर है, अतः अविकारी है। अनात्म नश्वर है, अतः निरन्तर परिवर्तनीय है।

इस पृष्ठभूमि में प्रासंगिकता भी दो प्रकार की हो जाती है : तात्कालिक प्रासंगिकता और शाश्वत प्रासंगिकता। मुझे ओस्लो आना था। आने के लिए विमान की टिकट चाहिए थी, अतः विमान कम्पनियों की प्रासंगिकता मेरे लिए बहुत बढ़ गयी। इस समय बोलना है तो माइक्रोफोन की प्रासंगिकता बढ़ गयी है। ये सामयिक और तात्कालिक प्रासंगिकताएँ हैं। शाश्वत प्रासंगिकता धर्म की है, जो सारी मानवता और मानवेतर प्राणियों के लिए त्रिकाल का सत्य है। वे प्रासंगिकताएँ धर्म की प्रासंगिकताएँ हैं। उन्हें हम अपने दैनन्दिन जीवन में प्रायः भूल जाते हैं, किन्तु समय आने पर उनका स्मरण हो ही जाता है।

*　　　　*　　　　*

महाभारत का तीसरा धरातल अध्यात्म का है। वैसे तो वह महाभारत की सारी घटनाओं और चरित्रों में बिखरा हुआ है, किन्तु घनीभूत होकर वह भगवद्गीता में ही आया है। यदि संक्षेप में कहें तो श्रीकृष्ण ने इसके माध्यम से ब्रह्म, प्रकृति, सृष्टि, आत्मा, जीवात्मा, जीवन और मोक्ष के सम्बन्ध में स्पष्ट रूप से अपने सिद्धान्त प्रस्तुत किये हैं। कर्म-सिद्धान्त उनमें प्रमुख है और अनासक्त भाव से निष्काम कर्म करना उसकी कुंजी है। यही कर्म को अकर्म में परिवर्तित करने का सीधा मार्ग है। कृष्ण ने कर्म-योग, भक्ति-योग तथा ज्ञान-योग का प्रतिपादन किया। कर्म के लिए कर्म, भक्ति के लिए भक्ति और ज्ञान के लिए ज्ञान। उनका अन्य कोई लक्ष्य नहीं होना चाहिए। इन्हीं सिद्धान्तों के प्रतिपादन के कारण भगवद्गीता को संसार के महान् ग्रन्थों में से एक माना गया।

जो लोग अध्यात्म के क्षेत्र में अपना विकास कर ईश्वर को प्राप्त करना चाहते हैं—ये सिद्धान्त उनके लिए अत्यन्त प्रासंगिक हैं। वस्तुतः भारतीय चिन्तन मनुष्य के लिए चार पुरुषार्थों को स्वीकार करता है। जब तक हम पारिवारिक, सामाजिक तथा सांसारिक जीवन तक सीमित रहते हैं, तब तक हमारे लिए धर्म, अर्थ और काम ही प्रासंगिक हैं; किन्तु जब हम उनसे आगे बढ़कर आध्यात्मिक जीवन को अंगीकार करते हैं और मुमुक्षु हो जाते हैं, तब हमारे लिए केवल

अध्यात्म ही प्रासंगिक रह जाता है—शेष सब कुछ अनावश्यक हो जाता है।

*   *   *

युद्ध की विभीषिका के पश्चात्, उस भयंकर नरसंहार के पश्चात् महाभारत अपनी मूलकथा की ओर लौटता है। कृष्ण को साथ लेकर पांडव भीष्म के पास आते हैं। यद्यपि भीष्म शिखंडी और अर्जुन के बाणों से धराशायी हुए हैं, किन्तु उन दोनों के सम्बन्धों में कहीं शत्रुता तो दूर, कटुता भी नहीं है। भीष्म उन्हें राजनीति सम्बन्धी बृहत् ज्ञान देते हैं। अपने जीवन का सार तत्व उन्हें समर्पित करते हैं। स्पष्ट है कि विरोधी पक्षों में होते हुए भी भीष्म जानते हैं कि कृष्ण और पांडव धर्म के मार्ग पर हैं। भीष्म ने अपनी कुछ परिस्थितियों, मान्यताओं और नीतियों के कारण हस्तिनापुर की सेना का नेतृत्व अवश्य किया, किन्तु वे भी समझते हैं कि वे पाप को संरक्षण दे रहे थे। यही कारण है कि कृष्ण ने उनके वध का आग्रह किया। यदि भीष्म और द्रोण का वध न किया जाता तो दुर्योधन के पाप और अधर्मपूर्ण राज्य को समाप्त नहीं किया जा सकता था। अधर्म को संरक्षण देनेवाला भी अधर्म का भागी है, अतः वह भी दंडनीय है। अब पांडव उस मोड़ पर आ खड़े हुए हैं, जहाँ वे स्वर्गारोहण भी कर सकते हैं और संसारारोहण भी। प्रत्येक चिन्तनशील मनुष्य के जीवन में एक वह स्थल आता है, जब उसका बाहरी महाभारत समाप्त हो जाता है और वह अस्तित्व के उच्चतर प्रश्नों के आमने-सामने आ खड़ा होता है।

महाभारत का स्वप्न धर्म-राज्य की स्थापना है। अतः धर्मराज युधिष्ठिर अश्वमेध यज्ञ कर धर्म राज्य की स्थापना करते हैं। ज्ञातव्य है कि पाँचों पांडव और कृष्ण अपने जीवन-भर के शत्रु दुर्योधन के माता-पिता—धृतराष्ट्र और गान्धारी—से भी मिलने जाते हैं। उनका कोप सहन करते हैं। उस पर भी युधिष्ठिर अपने ताऊ धृतराष्ट्र से कहते हैं कि राज्य पहले भी उनका ही था, अब भी उनका ही है। वे चाहें, उसे स्वयं ग्रहण करें, अथवा किसी और को दे दें। स्पष्टतः कोई युद्ध-विजेता ऐसा प्रस्ताव नहीं कर सकता; किन्तु महाभारत की प्रासंगिकता उसकी आदर्श आचार-संहिता में है। राज्य महत्त्वपूर्ण नहीं है; महत्त्वपूर्ण है धर्म। सम्पूर्ण राजनीति का निचोड़ यही है। युधिष्ठिर अपने ताऊ और ताई को अपने घर ले जाते हैं; और उनकी देखभाल करते हैं। किन्तु रजोगुणी भीम को यह बात तनिक भी प्रीतिकर नहीं है; और उसके कटु वचनों से पीड़ित होकर धृतराष्ट्र वनवास करने का निश्चय करता है।

महाभारत ही नहीं, सम्पूर्ण भारतीय चिन्तन ही मानव जीवन को चार चरणों में विभक्त करता है, जिन्हें हम आश्रम कहते हैं। उस योजना में गृहस्थाश्रम के

पश्चात् वानप्रस्थ आश्रम है। इसका अर्थ है, संसार के आकर्षणों और भोगों को स्वेच्छा से त्यागने का प्रयत्न, ताकि अन्त में वृद्धावस्था और मृत्यु जब बलात् वह सब किसी से छीन ले, जो उसे प्रिय है, तो उसे उसका कष्ट न हो। यह धृतराष्ट्र का स्वैच्छिक वानप्रस्थ नहीं है; किन्तु परिस्थितियों की बाध्यता में वह उसे स्वीकार करता है।

इस वनवास में विदुर और कुन्ती भी उनके साथ वन में चले जाते हैं। महत्त्वपूर्ण तथ्य यह है कि वह कुन्ती, जिसने आजीवन धृतराष्ट्र-गान्धारी तथा उनके पुत्रों के हाथों मरणान्तक कष्ट पाया था, वह अपने पुत्रों के विजय के क्षण में उनके राजसी भोगों का सुख भोगने को उनके साथ नहीं रहती, वह अपने जेठ और जेठानी की सेवा करने के लिए उनके साथ वनवास करती है। यह जीवन का आदर्श रूप है, जहाँ वह अपने शत्रुओं को उनके सारे अत्याचारों के लिए क्षमा ही नहीं कर देती, उनकी सेवा को ही अपने जीवन का लक्ष्य बना लेती है। आत्मा के उत्थान के लिए ऐसा आदर्श अन्यत्र कहीं भी खोजना अत्यन्त कठिन है। महाभारत घृणा, वैर, प्रतिशोध जैसे मानवीय गुणों को भी अनावश्यक घोषित कर देता है। और इसी क्रम में अन्ततः जनमेजय भी आस्तीक को वर देकर अपने घोरतम शत्रु तक्षक को भी क्षमा कर देता है। किन्तु ध्यातव्य है कि यह समर्थ लोगों द्वारा दिया गया क्षमा का दान है। दुर्बलता, असहायता अथवा असमर्थता में सन्त बनने का प्रयत्न नहीं है। इस प्रकार महाभारत समर्थ और शक्तिशाली बनकर जीवन को धर्मपूर्वक जीने की कला सिखाता है। यदि हम उसकी प्रासंगिकता को समझ सकें तो हम आज भी अपने संसार को कहीं अधिक सुखी और सुन्दर बना सकेंगे। (फाल्गुन कृष्ण एकम 2064/22.2.2008)[1]

175, वैशाली,
पीतमपुरा, दिल्ली-110034

—नरेन्द्र कोहली

1. 29 मार्च 2008 को, नेशनल थियेटर नार्वे, (ओस्लो) में पढ़ा गया पत्र।

पात्र-परिचय

पात्र-परिचय

अंगिरा : ऋषि। ब्रह्म जी के छह मानस पुत्रों में से एक। बृहस्पति के पिता।

अन्धक : यदुकुल में उत्पन्न अन्धक की कुल परम्परा में जन्म लेनेवाले क्षत्रिय।

अम्बष्ठपति : कौरव पक्ष का एक राजा, जो अम्बष्ठ देश (सिन्धु देश के उत्तर का एक राज्य) का स्वामी था। यह श्रुतायु नाम से भी प्रसिद्ध है।

अम्बा : काशिराज की उन तीन पुत्रियों में से सबसे बड़ी, जिनका हरण भीष्म कर लाये थे। भीष्म से विवाह करने के प्रयत्न में असमर्थ होने पर इसने आत्मदाह कर लिया और अगले जन्म में द्रुपद के घर शिखंडिनी के रूप में जन्म लिया।

अम्बालिका : काशिराज की तीसरी पुत्री। विचित्रवीर्य की पत्नी और पांडु की माँ।

अम्बिका : काशिराज की दूसरी पुत्री। विचित्रवीर्य की पत्नी और धृतराष्ट्र की माँ।

अक्रूर : यदु वंश के अन्तर्गत सात्वतवंशीय श्वफल्क के पुत्र। ये वृष्णि वीरों के सेनापति थे।

अक्षय : लेपक। चूना या सफेदी करनेवाला।

अग्निवेश : ये अग्नि के पुत्र थे। इन्होंने भरद्वाज ऋषि से आग्नेयास्त्र प्राप्त (ऋषि) किया था। ये द्रोण और द्रुपद के अस्त्रविद्या के गुरु थे।

अधिरथ : धृतराष्ट्र का एक सारथि। कर्ण का पालक पिता।

अनाधृष्टि : सात यादव महारथियों में से एक, जो अभिमन्यु के

विवाह के अवसर पर, सुभद्रा के साथ उपप्लव्य नगर में पधारे थे।

अनुविन्द : 1. धृतराष्ट्र के सौ पुत्रों में से एक। घोष-यात्रा के अवसर पर गन्धर्वों द्वारा दुर्योधन के साथ इसे भी बन्दी बनाया गया था। 2. अवन्तीस के राजकुमार। विन्द के भाई।

अपराजित : 1. एक कश्यपवंशी नाग। 2. एक क्षत्रिय राजा। 3. धृतराष्ट्र का एक पुत्र।

अभिभू : काशिराज के पुत्र। पांडव पक्ष के योद्धा।

अभिमन्यु : सुभद्रा और अर्जुन का पुत्र। उत्तरा का पति और परीक्षित का पिता। यह सोलह वर्ष की अवस्था में महाभारत के युद्ध में चक्रव्यूह का भेदन करते हुए कौरव पक्ष के अनेक महारथियों द्वारा घेरकर मार दिया गया था।

अर्जुन : कुन्ती और पांडु का पुत्र। पांडवों में तीसरा भाई। इसे इन्द्र का अंशावतार माना जाता है।

अलम्बुश : राक्षस ऋष्यशृंग का पुत्र। कौरव पक्ष का महारथी योद्धा।

अश्वत्थामा : कृपी और द्रोणाचार्य का पुत्र।

अश्वसेन : तक्षक नाग का पुत्र। खांडवदाह के समय अर्जुन द्वारा इसकी माता का वध। इन्द्र ने इसकी रक्षा की थी।

असित : 1. एक राजा। 2. एक ऋषि।

अस्ति : मगध नरेश जरासन्ध की पुत्री। कंस की पत्नी।

* * *

आत्रेय : एक प्राचीन ऋषि।

आयु : पुरुरवा और उर्वशी का पुत्र।

आराधन : विदुर का अनुचर।

आरोचक : भारतवर्ष का एक जनपद और वहाँ के निवासी।

आर्यक : एक प्रमुख नाग। ये शूरसेन के मातामह थे।

* * *

इन्द्र : कश्यप और अदिति के पुत्रों (आदित्यों) में ज्येष्ठ। देवराज।

इन्द्रसेन : पांडवों का सारथि।

इरावान : अर्जुन और उलूपी का पुत्र।

ईशानप्रिय : इन्द्रप्रस्थ के गुप्तचरों का मुखिया।

* * *

उग्रसेन : मथुरा और बाद में द्वारका के राजा। कंस के पिता। देवक के बड़े भाई। देवकी के ताऊ और इस सम्बन्ध से कृष्ण के नाना।

उत्तमौजा : पांचालदेशीय योद्धा। पांडवों का सम्बन्धी।

उत्तरा : राजा विराट और रानी सुदेष्णा की पुत्री। उत्तर की बहन। यह अभिमन्यु की पत्नी और परीक्षित की माँ थी।

उद्धव : एक यादव। कृष्ण के सखा, मन्त्री, मित्र, भक्त और सहयोगी।

उपसुन्द : निकुम्भ दैत्य का पुत्र। सुन्द का भाई। तिलोत्तमा के कारण इन दोनों भाइयों की एक-दूसरे के हाथ से गदायुद्ध में मृत्यु।

उलूक : शकुनि का पुत्र। यह युद्ध से पूर्व कौरवों का दूत बनकर पांडवों के शिविर में आया था।

उलूपी : कौरव्य नाग की पुत्री, जो अर्जुन पर मुग्ध हो गयी थी। अर्जुन की पत्नी। इरावान की माँ।

उल्मुक : एक वृष्णिवंशी महारथी राजकुमार, जो युधिष्ठिर के राजसूय यज्ञ में आया था।

* * *

एकलव्य : निषादराज हिरण्यधनु का पुत्र। द्रोणाचार्य ने इसे अपने शिष्य के रूप में अस्वीकार कर दिया था। इसने द्रोणाचार्य की मूर्ति को अपना गुरु मानकर उसके सामने धनुर्विद्या का अभ्यास किया। द्रोणाचार्य ने गुरुदक्षिणा के रूप में इससे दायें हाथ का अँगूठा माँग लिया था।

* * *

कंक : वृष्णिकुल के सात वीरों में से एक।

कंस : मथुरा के राजा उग्रसेन का पुत्र, जो बाद में मथुरा का राजा बना। इस सम्बन्ध से यह देवकी का भाई और कृष्ण का मातुल था। जरासन्ध की पुत्रियों—अस्ति और प्राप्ति—का पति। जरासन्ध का जामाता।

कणिक : धृतराष्ट्र का एक मन्त्री, जो कूटनीति में दक्ष था। इसने धृतराष्ट्र के पूछने पर उसे पांडवों के वध का परामर्श दिया था।

कनकध्वज : धृतराष्ट्र का एक पुत्र।

करेणुमती : चेदिनरेश शिशुपाल की पुत्री। नकुल की पत्नी। निरमित्र की माता।

कर्ण (वसुषेण, वसु) : कुन्ती (और सूर्य) का कानीन पुत्र, जिसका लालन-पालन हस्तिनापुर में अधिरथ और राधा के घर हुआ।

कलाप : एक महातेजस्वी ऋषि, जिनका राजसूय यज्ञ के पश्चात् युधिष्ठिर ने पूजन किया था।

कार्तवीर्य : हैहयराज कृतवीर्य का पुत्र सहस्रबाहु अर्जुन अथवा सहस्रार्जुन। परशुराम ने इसकी भुजाओं का उच्छेद और इसके वंश का नाश किया था।

कालयवन : एक असुरभावापन्न यवन, जो श्रीकृष्ण द्वारा मारा गया था।

कीचक : सुदेष्णा का भाई। विराट का साला और सेनापति। यह पांडवों के अज्ञातवास के समय द्रौपदी पर आसक्त हो गया था और अन्ततः भीम के हाथों मारा गया था।

कुंडभेदी : धृतराष्ट्र का एक पुत्र।

कुन्तीभोज : एक क्षत्रिय राजा, जो शूरसेन के फुफेरे भाई थे। कुन्ती के पालक पिता।

कुन्ती (पृथा) : मथुरा के शूरसेन की कन्या, जो कुन्तीभोज को गोद दे दी गयी। कुन्तीभोज की पुत्री होने के कारण ही वह कुन्ती कहलायी। पांडु की पत्नी। युधिष्ठिर, भीम तथा अर्जुन की माँ।

कुकुर : यदुवंशी 'कुकुर' नामक नरेश से प्रचलित वंश-परम्परा।

कुंडधार : धृतराष्ट्र का एक पुत्र।

कुब्जा : कंस की एक दासी। इसे त्रिवक्रा भी कहा जाता है। उसकी भक्ति देखकर कृष्ण ने उसके शरीर के दोष मिटा दिये थे।

कृतवर्मा : द्वारका का एक प्रसिद्ध यादव योद्धा, जो महाभारत के युद्ध में दुर्योधन की ओर से लड़ा। यह कृष्ण का समधी

था। कृष्ण की पुत्री, कृतवर्मा की पुत्रवधू थी।

कृपाचार्य : कृप (आचार्य), कृपाचार्य। शरद्वान ऋषि के पुत्र। कृपी के भाई ओर द्रोणाचार्य के साले और अश्वत्थामा के मातुल थे। हस्तिनापुर के राजकुमारों के पहले अस्त्र-गुरु।

कृपी : शरद्वान ऋषि की पुत्री। कृपाचार्य की बहन। द्रोणाचार्य की पत्नी। अश्वत्थामा की माँ।

कृष्ण : देवकी और वसुदेव के पुत्र (वसुदेव के पुत्र वासुदेव)। यादवों के महानायक। भगवद्गीता के गायक। विष्णु के एक प्रमुख अवतार।

कृष्ण द्वैपायन व्यास (वेदव्यास, व्यास) : अपने साँवले रंग के कारण कृष्ण, द्वीप पर जन्म लेने के कारण द्वैपायन और वेदों का सम्पादन करने के कारण वेदव्यास कहलाये। ये पराशर और सत्यवती के (कानीन) पुत्र थे। 'महाभारत' के आरम्भिक रूप 'जय' की रचना इन्होंने ही की थी।

केकय : एक भारतीय जनपद। व्यास और शतलज नदियों के मध्य का भूभाग। 1. दशरथ की तीसरी पटरानी, कैकेयी, इसी देश की राजकुमारी थी। 2. पांडव पक्ष से लड़ने वाले केकय देश के पाँच राजकुमार।

कौन्तेय : कुन्ती के पुत्र (युधिष्ठिर, भीम, अर्जुन)।

कौरव्य : नागराज। उलूपी के पिता।

* * *

गंगा : देवसरिता गंगा का मानवीय अवतरण। शान्तनु की पहली पत्नी। (देवव्रत) भीष्म की माता।

गद : श्रीकृष्ण के छोटे भाई।

गान्धारी : गान्धार की राजकुमारी। गान्धार के राजा सुबल की पुत्री। शकुनि की बहन। धृतराष्ट्र की पत्नी। दुर्योधन आदि सौ पुत्रों की माँ।

गोवासन : शिवि देश के राजा, जिनकी पुत्री देविका ने अपने स्वयंवर में धर्मराज युधिष्ठिर को अपना पति चुना था।

गौतम शरद्वान : ऋषि गौतम के पुत्र ऋषि शरद्वान। कृपाचार्य तथा कृपी के पिता।

* * *

घटोत्कच : भीम और हिडिम्बा का पुत्र।

* * *

चक्रवाल : दुर्योधन का रसोइया।

चारुदेष्ण : कृष्ण और रुक्मिणी का पुत्र।

चित्रवाहन : मणिपुर का राजा। चित्रांगदा का पिता।

चित्रसेन : धृतराष्ट्र के ग्यारह महारथी पुत्रों में से एक।

चित्रांगद : सत्यवती का ज्येष्ठ पुत्र।

चित्रांगदा : मणिपुर की राजकुमारी। अर्जुन पत्नी और बभ्रुवाहन की माँ।

चित्रायुद्ध : धृतराष्ट्र के सौ पुत्रों में से एक।

चेकितान : पांडव पक्ष का एक महारथी। वृष्णिवंशी यादव।

जय : धृतराष्ट्र का एक महारथी पुत्र।

जयत्सेन : जरासन्ध का पुत्र। मगध देश का एक राजा।

जयद्रथ : सिन्धु देश का राजा वृद्धक्षत्र का पुत्र। सिन्धु देश का राजा। धृतराष्ट्र की पुत्री और दुर्योधन की बहन दुःशला का पति।

जरासन्ध : मगधराज वृहद्रथ का पुत्र। मगध का सम्राट। इसे भीम ने राजगृह में मल्ल युद्ध में मारा था।

जलसन्धि : धृतराष्ट्र के सौ पुत्रों में से एक।

जाम्बवती : जाम्बवान की पुत्री और कृष्ण की तीसरी पटरानी। साम्ब की माँ।

जैमिनी : एक ब्रह्मर्षि। वेद व्यास के शिष्य।

* * *

तक्षक : एक प्रसिद्ध नाग। पांडुओं का शत्रु। खांडवदाह के समय वह वहाँ नहीं था। परीक्षित को इसी ने डसा था।

तिलोत्तमा : एक अप्सरा।

तुम्बरु : (गन्धर्व) एक देवगन्धर्व, जो कश्यकप और प्राधा के पुत्र थे। इन्द्र और कुबेर की सभाओं में संगीत के कारण सम्मानित सदस्य।

* * *

दन्तवक्त्र : करूष देश के क्षत्रिय राजा।

दक्ष (प्रजापति) : सती के पिता। महादेव शिव के ससुर। इन्हीं के यज्ञ में अपने पति महादेव शिव की अवहेलना देखकर सती ने हवन-कुंड में कूदकर अपने प्राण दे दिये थे।

दमघोष : चेदि देश के राजा। शिशुपाल के पिता।

दशार्णवराज : हिरण्यवर्मा के विशेष दूत।

दारुक : कृष्ण के सारथि।

दासराज : केवटों के राजा। सत्यवती के पालक पिता।

दुःशल : धृतराष्ट्र के सौ पुत्रों में से एक।

दुःशला : धृतराष्ट्र और गान्धारी की पुत्री। जयद्रथ की पत्नी। दुर्योधन आदि सौ भाइयों की बहन।

दुःशासन (सुशासन) : दुर्योधन का छोटा भाई। धृतराष्ट्र और गान्धारी का पुत्र।

दुर्मर्षण : धृतराष्ट्र के सौ पुत्रों में से एक।

दुर्मुख : धृतराष्ट्र के सौ पुत्रों में से एक।

दुर्योधन (सुयोधन) : गान्धारी और धृतराष्ट्र का ज्येष्ठ पुत्र। बाद में हस्तिनापुर का युवराज।

दुर्वासा : एक अत्यन्त क्रोधी ऋषि। कुन्तिभोज के घर पर, देवताओं का आह्वान कर उनसे सन्तान प्राप्त करने का मन्त्र इसी ने कुन्ती को दिया था। बाद में दुर्योधन के कहने पर यह वनवासी पांडवों को परेशान करने के लिए अपने असंख्य शिष्यों के साथ उनके निवास पर आया था।

देवदत्त : वारणावत में महादेव स्थान का कुलपति।

देवप्रसाद : कामदेव का शिष्य।

देवल : एक प्रसिद्ध ऋषि।

देविका : शिविनरेश गोवासन की पुत्री। युधिष्ठिर की पत्नी।

द्रुपद : पंचाल देश का राजा। द्रौपदी, धृष्टद्युम्न तथा शिखंडी के पिता।

द्रोण (आचार्य द्रोण, द्रोणाचार्य) : हस्तिनापुर के राजकुमारों के गुरु। कृपाचार्य के बहनोई। कृपी के पति तथा अश्वत्थामा के पिता।

* * *

धनंजय : अर्जुन का एक नाम। धन को अर्जित करने वाला।

धात्री कलिका : दुःशासन की धाय।

धृतराष्ट्र : विचित्रवीर्य तथा अम्बिका का पुत्र। इसका जन्म विचित्रवीर्य की मृत्यु के पश्चात् नियोग द्वारा हुआ था। पांडु का बड़ा भाई। गान्धारी का पति तथा दुर्योधन इत्यादि सौ पुत्रों का पिता। बाद में पांडु के स्थान पर हस्तिनापुर का राजा।

धृष्टकेतु : चेदिराज शिशुपाल के पुत्र।

धृष्टद्युम्न : पांचालों का राजकुमार। द्रुपद का पुत्र। द्रौपदी तथा शिखंडी का भाई। इसका जन्म ऋषियों के मन्त्रों द्वारा हवन कुंड में से हुआ माना जाता है।

धौम्य : पांडवों के पुरोहित।

* * *

नकुल : पांडवों में से चौथा भाई। माद्री तथा पांडु का पुत्र।

नन्द : गोकुल के गोपों का मुखिया। वसुदेव का मित्र। कृष्ण का जन्म होने पर वसुदेव उन्हें सुरक्षित रखने के लिए, गोकुल में नन्द को ही सौंप गये थे, जहाँ यशोदा तथा नन्द ने उनका पालन-पोषण किया था।

नहुष : आयु के पुत्र और ययाति के पिता।

नागचम्पा : उलूपी की सखी।

नारद : प्रसिद्ध देवर्षि।

निरमित्र : नकुल और करेणुमती के पुत्र।

निशठ : एक वृष्णिवंशी राजकुमार। हरिवंश पुराण के अनुसार ये बलराम और रेवती के पुत्र थे।

* * *

पंडितक : धृतराष्ट्र के सौ पुत्रों में से एक।

परशुराम : भार्गव (भृगु के वंशज) विष्णु के दशावतार में से एक। महाभारत कथा में वे भीष्म के गुरु थे।

पराशर : एक ऋषि। ये सत्यवती पर मुग्ध हो गये थे। कृष्ण द्वैपायन व्यास के जनक।

पल्लविका : चित्रांगदा की दासी।

पांडव : पांडु के पुत्र (युधिष्ठिर, भीम, अर्जुन, नकुल, सहदेव)।

पांडु : विचित्रवीर्य तथा अम्बालिका के पुत्र। इनका जन्म विचित्रवीर्य की मृत्यु के पश्चात् नियोग के माध्यम

से हुआ था। धृतराष्ट्र के अन्धे होने के कारण इन्हें हस्तिनापुर का राजा बनाया गया। इनका विवाह कुन्ती और माद्री से हुआ और पाँचों पांडव इनके पुत्र थे।

पारंसवी : विदुर की पत्नी।

पार्थ : पृथा (कुन्ती) के पुत्र (युधिष्ठिर, भीम, अर्जुन)।

पार्वती : पर्वतराज की पुत्री। महादेव शिव की पत्नी।

पुण्यप्रताप : चित्रवाहन का मन्त्री।

पुरु : अर्जुन का सारथि।

पुरुमित्र : धृतराष्ट्र के ग्यारह महारथी पुत्रों में से एक।

पुरुरुवा : बुद्ध और इला के पुत्र।

पुरोचन : दुर्योधन का मन्त्री। इसने वारणावत में लाक्षागृह का निर्माण करवाया था।

पुलिन्द : एक देश तथा वहाँ के निवासी।

पैल : वेदव्यास के एक शिष्य।

पौंड्रक : पुंड्र देश का राजा, वासुदेव।

प्रतिविन्ध्य : द्रौपदी और युधिष्ठिर के पुत्र।

प्रद्युम्न : श्रीकृष्ण और रुक्मिणी के ज्येष्ठ पुत्र। ये कामदेव के अंशावतार माने जाते हैं।

प्रभुदत्त : कृपाचार्य का एक शिष्य।

प्रातिकामी : दुर्योधन का सारथि। द्यूत के पश्चात् दुर्योधन ने इसे द्रौपदी को लाने का आदेश दिया था।

प्राप्ति : जरासन्ध की पुत्री। कंस की पत्नी।

* * *

फाल्गुन : अर्जुन का एक नाम।

* * *

बघेरा : पांडवों के कुत्ते का नाम।

बभ्रुवाहन : मणिपुर का राजकुमार। अर्जुन और चित्रांगदा का पुत्र।

बलन्धरा : भीम की पत्नी।

बलराम (बलभद्र) : कृष्ण के बड़े भाई। अपनी सातवीं सन्तान के रूप में देवकी ने इन्हें अपने गर्भ में धारण किया था, जिसे रोहिणी के गर्भ में स्थापित कर दिया गया। इन्हें

रोहिणी ने ही गोकुल में जन्म दिया और इनका पालन-पोषण किया। अतः ये रोहिणी के पुत्र कहलाये।

बाहुक : कृष्ण का सारथि।

बुद्धिमित्र : वारणावत का नगरपाल।

बृहद्बल : गान्धारराज सुबल के पुत्र।

बृहदन्त : उलूक देश का राजा।

* * *

भगदत्त : प्राग्ज्योतिषपुर का राजा।

भगीरथ : राजा दिलीप के पुत्र, जो गंगा को पृथ्वी पर लाये थे।

भरत : दुष्यन्त और शकुन्तला के पुत्र।

भरद्वाज (ऋषि) : सप्तर्षियों में से एक ऋषि।

भार्गव : भृगु के वंशज। इसे परशुराम के एक नाम भी माना जाता है।

भीम : कुन्ती और पांडु के दूसरे पुत्र। इन्हें वायु का अंशावतार माना जाता है।

भीष्म : (देवव्रत)। शान्तनु और गंगा के पुत्र। इन्हें आठवाँ वसु माना जाता है। अपने पिता शान्तनु की इच्छा को जानकर, सत्यवती से उनका विवाह करवाने के लिए इन्होंने आजीवन ब्रह्मचर्य का पालन करने की प्रतिज्ञा की। इस भीषण प्रतिज्ञा के कारण इनका नाम भीष्म पड़ा।

भीष्मक : रुक्मी और रुक्मिणी के पिता।

भूरिश्रवा : कुरुवंशीय सोमदत्त के पुत्र।

भोज : यदुकुल के अन्तर्गत एक वंश। एक यदुवंशी नरेश।

भौमासुर (नरकासुर) : प्राग्ज्योतिषपुर का राजा। भगदत्त का पिता।

* * *

मत्स्यराज : राजा विराट की उपाधि।

मद्रराज (शल्य) : मद्रदेश के राजा। पांडु की पत्नी माद्री के भाई और पांडवों के मातुल।

मनस्विनी : एक दासी।

मय (दानव) : खांडवदाह के समय कृष्ण ने इसे पांडवों के लिए एक अद्भुत प्रासाद बनाने के वचन पर अभयदान दिया था।

महामति : मथुरा का गुप्तचर।

महोदर : धृतराष्ट्र के सौ पुत्रों में से एक।

माद्री : मद्र देश की राजकुमारी। शल्य की बहन। पांडु की दूसरी पत्नी। इसने पांडु की मृत्यु के पश्चात् उसकी देह के साथ चितारोहण किया था।

माद्रेय : माद्री के पुत्र (नकुल, सहदेव)।

माधव : कृष्ण का एक नाम। अत्यन्त मधुर।

मान्धाता : इक्ष्वाकुवंशीय महाराज युवनाश्च के पुत्र।

मेघवाहन : जरासन्ध का अनुचर एक राजा।

मेघसन्धि : जरासन्ध का पौत्र।

* * *

ययाति : एक प्राचीन राजर्षि। राजा नहुष के दूसरे पुत्र।

यशोदा : गोकुल के गोप-प्रमुख नन्द की पत्नी। श्रीकृष्ण को पालनेवाली माता।

याज्ञवल्क्य : एक ऋषि।

यातुधानी : राजा वृषादर्भि द्वारा यज्ञ से प्रकट की गयी एक कृत्या।

युधिष्ठिर : कुन्ती और पांडव के ज्येष्ठ पुत्र। इन्हें धर्मराज का अंशावतार माना जाता है।

युयुत्सु : धृतराष्ट्र और उनकी वैश्य भार्या के पुत्र।

युयुधान (सात्यकी) : सत्यक का पुत्र युयुधान सात्यकी। कृष्ण का शिष्य। द्वारका का एक प्रमुख यादव।

यूपकेतु : भूरिश्रवा का एक नाम।

यौद्धेय : युधिष्ठिर और देविका के पुत्र।

* * *

राधा : अधिरथ की पत्नी। कर्ण को पालने वाली माता।

रुक्मांगद : मद्रराज शल्य का पुत्र।

रुक्मारथ : मद्रराज शल्य का पुत्र।

रुक्मिणी : कृष्ण की पहली पटरानी। रुक्मी की बहन और भीष्मक की पुत्री।

रुक्मी : भीष्मक का पुत्र। रुक्मिणी का भाई।

रेवती : बलराम की पत्नी।

रोहिणी : वसुदेव की एक पत्नी, जो गोकुल में ही रहती थीं। देवकी के सातवें गर्भ–बलराम–का प्रसव इन्होंने ही किया था और उनका पालन-पोषण भी किया था। अतः बलराम, रोहिणी के ही पुत्र कहलाये।

* * *

लक्ष्मणा : दुर्योधन की पुत्री और कृष्ण के पुत्र साम्ब की पत्नी।

लोहित : एक राजा, जिसे अर्जुन ने अपनी दिग्विजय के समय पराजित किया था।

* * *

वसु, वसुषेण : देखिये कर्ण।

वसुदान : पांशुराष्ट्र के नरेश। एक क्षत्रिय राजा।

वसुदेव : शूरसेन के पुत्र। कुन्ती के भाई। देवकी के पति। कृष्ण के पिता।

वासुकि : एक नागराज, जो आस्तीक के मामा तथा कश्यप और कद्रू के पुत्र थे।

वासुदेव : वसुदेव के पुत्र। कृष्ण का एक नाम।

वाह्लीक : 1. प्रतीप के पुत्र। 2. एक देश-विशेष का नाम। आज का बलख।

विकर्ण : धृतराष्ट्र के महारथी पुत्रों में से एक। दुर्योधन का एक भाई।

विचित्रवीर्य : शान्तनु और सत्यवती का दूसरा पुत्र। अम्बिका और अम्बालिका का पति।

विजया : मद्रदेश के राजा द्युतिमान की पुत्री। सहदेव की पत्नी।

विदुर : अम्बिका ने दूसरी बार नियोग के समय अपनी एक दासी को भेज दिया था। उस दासी और वेदव्यास के पुत्र। इन्हें धृतराष्ट्र और पांडु का भाई ही माना गया और हस्तिनापुर के महामन्त्री का पद दिया गया।

विन्द : 1. अवन्तीत का राजकुमार जो अनुविन्द का भाई था। 2. धुतराष्ट्र के सौ पुत्रों में से एक।

विपुल : सौवीर नरेश।

विराट : विराट (मत्स्य) देश का राजा, जहाँ पांडवों ने अपना

अज्ञातवास पूर्ण किया था। उन्हें मत्स्यराज भी कहा जाता है।

विविंशति : धृतराष्ट्र का एक महारथी पुत्र।

विशालाक्ष : धृतराष्ट्र के सौ पुत्रों में से एक।

विशोक : भीम का सारथि।

विश्वकर्मा : देवताओं के शिल्पी।

विश्वामित्र : एक प्रसिद्ध ऋषि।

विष्णु : त्रिदेव (ब्रह्म, विष्णु, महेश) में से एक।

वीरभद्र : महादेव शिव का एक पार्षद।

वीरसेन : वारणावत का सेना प्रमुख।

वृषाली : कर्ण की पत्नी।

वेत्रिक : एक भारतीय जनपद। यहाँ के सैनिकों को दुर्योधन ने भीष्म की रक्षा के लिए भेजा था।

वैनतेय : गरुड़। कृष्ण के धावकों में से एक।

वैराट : धृतराष्ट्र के सौ पुत्रों में से एक।

वैशम्पायन : महर्षि वेदव्यास के शिष्य। इन्होंने जनमेजय को महाभारत की कथा सुनायी थी।

व्यूढोरस्क (व्यूढोरु) : धृतराष्ट्र के सौ पुत्रों में से एक।

* * *

शकुनि : गन्धार का राजकुमार। गान्धारी का भाई। धृतराष्ट्र पुत्रों का मातुल। गान्धारी के विवाह के पश्चात् यह हस्तिनापुर में ही रहा।

शतधन्वा : द्वारका का एक यादव। यह सत्यभामा के पिता सत्राजित की हत्या कर और उनकी स्यमन्तक मणि लेकर भाग था। कृष्ण और बलराम ने इसका पीछा किया और अन्ततः कृष्ण ने इसका वध कर दिया।

शतानीक : नकुल और द्रौपदी का पुत्र।

शम्बर : दस्युराज।

शरद्वान : गौतमवंशी ऋषि। धनुर्वेद के ज्ञाता। कृप और कृपी के पिता।

शल : धृतराष्ट्र के सौ पुत्रों में से एक।

शल्य : मद्रदेश के राजा। पांडु की दूसरी पत्नी माद्री के भाई

और पांडवों के मातुल।

शान्तनु : हस्तिनापुर के राजा। भीष्म, चित्रांगद और विचित्रवीर्य के पिता। गंगा और सत्यवती के पति।

शार्दूल : पांडवों का रसोइया।

शालिहोत्र : एक मुनि, जिनके आश्रम में व्यास ठहरे थे।

शाल्व : एक क्षत्रिय नरेश। सौभ नामक विमान का स्वामी। अम्बा ने अपने हरण से पहले इसे ही अपना वर माना था।

शिखंडी (शिखंडिनी) : द्रुपद का पुत्र। द्रौपदी और धृष्टद्युम्न का भाई। पहले वह शिखंडिनी नामक राजकुमारी था। इसे पिछले जन्म की अम्बा का पुनर्जन्म भी माना जाता है।

शिव (महादेव) : त्रिदेव (ब्रह्म, विष्णु और महेश) में से एक। पार्वती के पति।

शिशुपाल : चेदि देश का राजा। दमघोष का पुत्र। जरासन्ध का प्रधान सेनापति।

शूरसेन : मथुरा के राजा। वसुदेव और कुन्ती के जनक।

शैलजा : द्रौपदी की सखी।

शौर्यकिरीट : जरासन्ध का सेनापति।

श्रुतसेन (श्रुतकर्मा) : सहदेव और द्रौपदी का पुत्र।

श्रुतायु : कौरव पक्ष का एक राजा, जो अम्बष्ठ देश (सिन्धु देश के उत्तर का एक राज्य) का स्वामी था।

श्रेणिमान : कुमार देश का राजा।

श्वफल्क : अक्रूर के पिता।

श्वेत : विराट की बड़ी रानी के पुत्र।

* * *

संजय : धृतराष्ट्र का मन्त्री और सारथि। इन्होंने पूरी गीता धृतराष्ट्र को सुनायी थी।

संस्थान : एक देश, जहाँ के सैनिकों को भीष्म की रक्षा का आदेश दिया गया था।

सती (पार्वती) : प्रजापति दक्ष की पुत्री और महादेव शिव की पत्नी।

सत्यक : एक यदुवंशी क्षत्रिय। सात्यकि के पिता।

सत्यजित : द्रुपद का भाई।

सत्यभामा : द्वारका के सत्राजित की पुत्री और कृष्ण की दूसरी

पटरानी।

सत्यवती : एक क्षत्रिय राजा की पुत्री, जो दासराज को एक मछली के पेट से प्राप्त हुई थी। इन्होंने पराशरपुत्र कृष्ण द्वैपायन व्यास को कानीन पुत्र के रूप में जन्म दिया। बाद में इनका विवाह शान्तनु से हुआ और ये हस्तिनापुर की महारानी बनकर आयीं। इनके दो पुत्र चित्रांगद और विचित्रवीर्य थे।

सत्राजित : सत्यभामा के पिता।

सरस्वती : 1. विद्या की देवा। 2. एक नदी। 3. एकचक्रा में जिस ब्राह्मण के घर पांडव ठहरे थे, उसकी पत्नी।

सर्वग : भीम और बलन्धरा का पुत्र।

सहदेव : 1.पांडु और माद्री का पुत्र। पांडवों में सबसे छोटा भाई। 2. जरासन्ध का पुत्र।

सान्दीपनि : कृष्ण के गुरु। कृष्ण और बलराम विद्या ग्रहण के लिए इनके आश्रम में गये थे।

साम्ब : कृष्ण और जाम्बवती का पुत्र। इसका विवाह दुर्योधन की पुत्री लक्ष्मणा से हुआ था।

सारण : वसुदेव और देवकी के पुत्र। कृष्ण और सुभद्रा के भाई।

सालकटंकी (हिडिम्बा) : भीम की एक पत्नी। घटोत्कच की माँ।

सुन्द : निकुम्भ दैत्य का पुत्र। उपसुन्द का भाई। तिलोत्तमा के कारण इन दोनों भाइयों की एक-दूसरे के हाथ से गदायुद्ध में मृत्यु।

सुतसोम : भीम और द्रौपदी का पुत्र।

सुदक्षिण : काम्बोज (काबुल) देश का राजा।

सुदेष्णा : मत्स्यराज विराट की रानी। राजकुमार उत्तर और राजकुमारी उत्तरा की माता। विराट के सेनापति कीचक की बहन।

सुनाभ : धृतराष्ट्र के सौ पुत्रों में से एक।

सुनीथ : एक देश और वहाँ के राजा। ये चाहते थे कि राजसूय यज्ञ में कृष्ण की अग्रपूजा न हो।

सुबाहु : कुलिन्दों का एक राजा। यह पांडवों का मित्र था।

सुभद्रा : वसुदेव की पुत्री, कृष्ण की छोटी बहन, अर्जुन की पत्नी

और अभिमन्यु की माता।

सुमित्र : सौवीर देश का राजा।

सुयोधन : देखिये दुर्योधन।

सुशर्मा : त्रिगर्त देश का राजा।

सुशासन : देखिये दुःशासन।

सुसामा : एक ब्राह्मण जो युधिष्ठिर के राजसूय यज्ञ में सामगान करते थे।

सुहोत्र : एक प्राचीन नरेश। वे सम्राट भरत के पौत्र और भुमन्यु के ज्येष्ठ पुत्र थे।

सैरन्ध्री : पांडवों के अज्ञातवास में द्रौपदी ने स्वयं को छिपाये रखने के लिए रानी सुदेष्णा की सेवा-टहल का काम किया था। सौन्दर्य-कर्म करनेवाली दासी सैरन्ध्री कहलाती है।

सोमदत्त : शान्तनु के भाई वाह्लीक के पुत्र।

सौमित्र : राजा दशरथ की पत्नी सुमित्रा के पुत्र।

* * *

हरदत्त : लेपक। चूना-सफेदी करनेवाला। ईंट पाथनेवाला।

हरिश्चन्द्र : इक्ष्वाकुवंशी राजा त्रिशंकु के पुत्र।

हिडिम्ब : हिडिम्बा का भाई। हिडिम्ब-वन में भीम ने इसका वध किया था।

हिडिम्बा : भीम की पत्नी। घटोत्कच की माँ।

हिमवान : हिमालय। हिमालय क्षेत्र के राजा, सती के पिता।

हिरण्यधनु : निषादराज। एकलव्य के पिता।

हिरण्यवर्मा : दशार्ण के राजा, जिन्होंने अपनी पुत्री का विवाह शिखंडी से किया था।

□□□